FRUTTERO & LUCENTINI

Das Geheimnis der Pineta

Buch

Winter an der tyrrhenischen Küste: Nebelschleier über dem Wasser, ein leerer Strand und ein stiller Pinienhain, in dem sich die Villen der Dauergäste verbergen. Hier tragen sich kurz vor Weihnachten plötzlich mysteriöse Dinge zu. Eine rätselhafte Krankheit grassiert, und auf unerklärliche Weise verschwinden immer mehr Bewohner des lauschigen Hains, obwohl der Ort rund um die Uhr bewacht wird. Maresciallo Butti, der zuständige Carabiniere, macht sich daran, der Sache auf den Grund zu gehen. Seine Untersuchungen führen ihn von einem schrulligen Villenbesitzer zum nächsten: vom dekadenten Grafen Delaude, der das blutjunge Model Katia zu erobern gedenkt, über die betörende Signora Neri bis zu einem lebensmüden Organisten und einem Trappistenmönch. Es dauert also eine ganze Weile, bis der Carabiniere nach mühevollen Umwegen endlich einen makabren Fund macht...

Autoren

Carlo Fruttero, 1926 in Turin geboren, lebt und arbeitet ebenso wie Franco Lucentini, geboren 1920 in Rom, als Lektor, Journalist und Übersetzer in Turin. Berühmt geworden sind die beiden durch ihre gemeinsam verfaßten Romane, die auf brillante Weise Kriminalistik, Romanze und Satire verbinden.

Bereits als Goldmann Taschenbuch

Der Liebhaber ohne festen Wohnsitz. Roman (42585)
Die Sonntagsfrau. Roman (42586)
Die Wahrheit über den Fall D. Roman (42587)

FRUTTERO
& LUCENTINI

Das Geheimnis der Pineta

Roman

Aus dem Italienischen
von Burkhart Kroeber

GOLDMANN

Die Originalausgabe erschien 1991 unter dem Titel
»Enigma in luogo di mare«
bei Arnoldo Mondadori, Mailand

Umwelthinweis:
Alle bedruckten Materialien dieses Taschenbuches
sind chlorfrei und umweltschonend.

Der Goldmann Verlag
ist ein Unternehmen der Verlagsgruppe Bertelsmann

Taschenbuchausgabe 5/97

Umschlaggestaltung: Design Team München
Umschlagfoto: Gruner + Jahr Fotoservice
Satz: Uwe Steffen, München
Druck: Elsnerdruck, Berlin
Verlagsnummer: 42588
AB · Herstellung: Sebastian Strohmaier
Made in Germany
ISBN 3-442-42588-3

1 3 5 7 9 10 8 6 4 2

I.
Eine gewisse Verschwiegenheit

1.

Eine gewisse Verschwiegenheit liegt in der Luft, verursacht teils durch die natürlichen Eigenschaften des Ortes, teils durch die künstlich erworbenen.

In den Drehständern für Ansichtskarten, die im Sommer vor den Schreibwaren-, Tabak- und Souvenirläden des nahen Städtchens aufgestellt werden, gibt es zum Beispiel nur eine einzige Karte, seit Jahren immer dieselbe, auf der die Pineta zu sehen ist. Und da der Fotograf im Bemühen, eine Gesamtansicht von ihr zu geben, sie von oben und in der Längsrichtung aufgenommen hat, sieht man nichts als einen breiten, langgezogenen Streifen Grün am Meer. »Pineta della Gualdana« lautet der Text auf der Rückseite, mit Übersetzung ins Englische, Französische und Deutsche (»Pinienhain der Gualdana«).

Anscheinend ein noch unberührtes Stückchen tyrrhenischer Küste, dessen Bild es daher schon verdient, an Verwandte und Freunde in der Ferne geschickt zu werden. Doch unter dieser glatt wirkenden Schicht von lückenlos ineinandergreifenden Baumkronen liegen die Dinge ein wenig anders.

So kann es zum Beispiel geschehen, daß ein dänischer Tourist, der von Pisa oder Volterra heruntergefahren kommt, mit Erleichterung sieht, wie sich die Straße plötzlich im Schatten der großen Schirme verdunkelt, und nach etwa zwei Kilometern wird er von einer Art Einbuchtung angelockt, einer unauffälligen Lichtung zwischen den Bäumen zu seiner Rechten. Keinerlei Schild oder Wegweiser ist zu sehen, und die Idee, zu einem kurzen Halt da hineinzufahren und womöglich den Strand zu erreichen, um einen Sprung ins Meer zu tun, erscheint ihm unwiderstehlich. Er tritt hart auf die Bremse, biegt in die einladende Wegmündung ein, lenkt seinen Campingbus einige Meter weit einen flachen Hang hinauf – aber nach dem leichten Anstieg (der in Wahrheit eine Düne ist) versperren ihm zwei rot-weiße Schranken den Weg, und daneben steht ein unscheinbares flaches Gebäude, von dem aus uniformierte Wächter den Zugang zur Pineta kontrollieren.

Einer von ihnen, zum Beispiel Vannucci (ein Mann um die Sechzig, hager und knorrig) wedelt leicht mit der Hand, den Zeigefinger zum Verbot erhoben, und der Skandinavier begreift, daß er umkehren muß mit seiner sich häutenden und enttäuschten Familie. Während er mühsam den Campingbus um das dreieckige Rasenstück rangiert, das die Einfahrt von der Ausfahrt aus der Pineta trennt, sieht er vielleicht, wie sich die Einfahrtsschranke zum Beispiel für den grauen Lieferwagen des Elektrikers Ciacci hebt oder die Ausfahrtsschranke für den blauen Lieferwagen des Installateurs Grechi; vielleicht kann er gerade noch den weißen Volvo des Signor Zeme langsam aus einem Seitenweg auftauchen sehen oder die schemenhafte Gestalt des Signor Mongelli, der auf seinem Fahrrad daherkommt, um sich die Zeitung zu holen (aus dem Pförtnerhaus tritt Vannuccini und reicht sie ihm, ein anderer Wächter, der nicht die geringste Ähnlichkeit mit Vannucci hat, er ist groß, dick, blond und jung).

Doch im Grunde ist das einzige, was man hier vom Eingang aus unschwer erkennt, daß die Pineta della Gualdana Privatbesitz ist. Nicht einmal der hohe Maschendrahtzaun, der sie auf drei Seiten umgibt (während die vierte sich auf ganzer Länge zum Strand hin öffnet), ist leicht zu erkennen, etwas zurückgesetzt, wie er dort zwischen den Pinien verläuft, und inzwischen überwachsen von hohen Klebsamen-, Erdbeerbaum-, Wacholder-, Durrhahirse- und Lorbeersträuchern.

Die Macchia, überaus dicht und mal zu künstlichen Hekken gezähmt, mal zu wüsten Knäueln verfilzt, verdeckt auch fast völlig die einhundertfünfzig Villen (jede mit ihrem ungefähr 10000 Quadratmeter großen Privatgrundstück), die der Zaun so diskret vor Fremden schützt.

Kaum sichtbar und kaum gesehen, wird die Pineta jedoch von denen, die um ihre Existenz wissen, auf die verschiedensten Arten wahrgenommen, die nicht weniger zahlreich sind als die verschiedenen Arten ihrer Vögel, Insekten und Sträucher oder die Nuancen ihrer Farben je nach der Tages- und Jahreszeit. Für die diversen Zweige der öffentlichen Verwaltung (Katasteramt, Regional- und Provinzverwaltung, Gemeinde, Finanzbehörde usw.) handelt es sich um ein simples *condominio residenziale*, eine Wohnungseigentümergemeinschaft. Aber zum Beispiel der Signor Monforti (ein Mailänder, der sich gern mit Lokalgeschichte befaßt oder vielmehr befaßte) hat sich besonders für die Vergangenheit der Pineta interessiert, angefangen mit den Statuten der Medici, in denen sie zum erstenmal erwähnt wird (1585), und er sucht noch immer, wenn auch inzwischen ein wenig lustlos, nach einer dokumentarischen Spur jener plündernd und brandschatzend umherziehenden Reiterhorde (dies nämlich war die Bedeutung des Wortes *gualdana* für Dante), nach der sie offenbar benannt worden ist.

Für die Feuerwehr ist sie eine Risikozone, wo im Sommer jederzeit ein Brand ausbrechen kann. Für Ciacci, Grechi, die Handwerker und die Ladeninhaber des nahen Städtchens ist sie eine beachtliche Einnahmequelle. Für Vannucci, Vannuccini und die anderen acht Wächter ist sie ein sicherer Arbeitsplatz, der nicht allzuviel Mühe macht, außer von Juni bis September, wenn die Bewohner der hundertfünfzig (um genau zu sein: 153) Wohneinheiten alle oder fast alle da sind, quirlig und anspruchsvoll, mit Kindern, Gästen, farbigen Domestiken, Automobilen und Surfbrettern.

Ein gewisser Andrang ist auch zu den hohen Festen zu registrieren, zu Weihnachten und zu Ostern, aber während des übrigen Jahres versinkt die Sonne am Abend über einem großen dunklen und stillen Wald. Die 153 Villen, alle flach und mehr oder minder tief in die Macchia geduckt, sind meistens leer, nur frequentiert von Mäusen, Spinnen, Tausendfüßlern, Eidechsen und auch Blindschleichen, deren brüchige Mumien sich dann Monate später in einer Dusche oder in einer Ecke des Kellers finden.

Einige Ausnahmen gibt es, zum Beispiel ist da der Signor Lotti, ein ehemaliger Juwelier aus Florenz, der während des ganzen Jahres hier lebt, mit niemandem gerne redet und nachts mit dem Fahrrad in der Pineta umherfährt, begleitet von seinen vier irischen Settern, denen er mit einer für das menschliche Ohr unhörbaren kleinen Pfeife Anweisungen erteilt. Dann ist da Hans Ludwig Kruysen, der große Cembalist und Organist, der noch ab und zu ein Konzert gibt, aber inzwischen mit seiner ihm treu ergebenen Lebensgefährtin den größten Teil des Jahres in der Pineta verbringt. Ebenso, wenn auch aus entgegengesetzten Gründen, ist da die schöne Signora Neri, die von ihrem Mann hier zurückgelassen worden ist mit ihren zwei Kindern, während er jetzt mit der Ex-Ehefrau von Signor Mongelli in Toronto lebt. Ferner ist da noch die alte Signora Borst aus Zürich mit ihrer alten Freundin Eladia aus Lugano.

Für diese und wenige andere Dauerbewohner ist die Pineta nicht der vorübergehende sonnige Ort, an dem man die Sommerferien verbringt, sondern ein Refugium, ein Versteck außerhalb der mondänen Welt, wenn auch mit allen Bequemlichkeiten dieser Welt ausgestattet. Es war die gewisse Verschwiegenheit des Ortes, die sie aus verschiedenen Gründen, ausgehend von den verschiedenen Wunden und Hoffnungen des Lebens, hierher gelockt hatte, und nun tragen sie selbst dazu bei, diese Verschwiegenheit noch zu betonen durch die spärlichen Lichter, die sie an Winterabenden zwischen den schwarzen Tiefen des Unterholzes entzünden.

*

Heute abend zum Beispiel – es dunkelt gerade an einem Dezembertag – weht der kalte Nordwind, der sich bei Sonnenuntergang erhoben hat, einen klagenden Laut in die Kamine, eine Art Rufen, das undeutlich mal hier, mal da zu vernehmen ist und mit den Silben »...o-liiin!« oder auch »...a-riiin!« endet. Ein fremdsprachiger Eigenname, möchte man meinen, vermutlich ein weiblicher.

Manche kümmern sich nicht darum und lesen weiter in ihrem Korbsessel, legen weiter ihre Tarotkarten auf einem Tischchen aus oder fahren fort, einen Fleck auf einem Sofabezug zu bekämpfen. Andere werfen schließlich einen Blick aus der Tür, mit der sie ein weiteres gelbes Rechteck in der nun völligen Dunkelheit der Pineta öffnen.

»...a-riiin!« ruft die Stimme matt, mal näher, mal ferner, vom Winde verweht. »...o-liiin!«

Vielleicht eine Katze, eine junge Rassehündin, die nicht nach Hause zurückkommt.

»Wahrscheinlich eher so ein Idiot von Babysitter, der ein Kind verloren hat«, sagt Signor Monforti, Eigentümer des Grundstücks Nr. 39 und der darauf errichteten Villa.

Er hat es in müdem und desinteressiertem Ton gesagt, ohne den Blick vom Fernseher abzuwenden, wo ein alter TV-Film aus der Perry-Mason-Serie läuft, die ein lokaler Sender täglich um diese Zeit wiederholt.

Signor Monfortis zwei Gäste – seine Schwester Sandra und sein Schwager Ettore, die für die Weihnachtsferien gekommen sind – erregen sich über solch eine Hypothese.

»Nein, meinst du wirklich? Aber dann mußt du telefonieren, wir müssen die Wächter anrufen, laß uns rausgehen und nachsehen!«

Auch Perry Mason telefoniert gerade. In einem Panzerschrank fehlen 75000 Dollar.

»Nicht mehr nötig«, sagt Monforti. »Bestimmt sind schon alle hingelaufen, um Verwirrung zu stiften, bestimmt haben sie schon die Carabinieri gerufen.«

Die Carabinieri sind in der Tat schon da und versuchen gerade, das unmögliche Durcheinander von bewegten Schatten, das die Pineta ihren Stablampen unter dem Ansturm dieser nun heftig blasenden Tramontana darbietet, auf ein polizeilich hantier- und kontrollierbares Geviert zu reduzieren. Unregelmäßiges Trapez von zirka 3000 mal 700 Metern, an den zwei Langseiten begrenzt von a) der Provinzstraße Nr. 249 und b) dem Meer. Inneres Wegenetz asphaltiert und angelegt in Form eines ungefähren, gewundenen Dreizacks, dessen drei langgezogene Zacken – die Fahrwege in der Längsrichtung – von fünf gewundenen Querwegen durchschnitten werden. Ein weiterer schmaler, nicht asphaltierter Weg, der kurvenreich den Dünen längs der Küste folgt, eingefaßt zwischen niedrigen Schutzhecken aus ineinander verschlungener Durrahirse alias Besenkraut. In der strandseitigen Hecke schmale Öffnungen mit Durchgängen zu den Sonnendächern aus Schilfrohr und den gleichfalls aus Schilfrohr errichteten Strandhütten zur Verfügung der Pineta-Bewohner anstelle ästhetisch unerwünschter Badekabinen und Sonnenschirme.

Gegen 17 Uhr am heutigen Nachmittag hatte Signora Graham Barbara, eine Pineta-Bewohnerin britischer Staatsangehörigkeit, nahe einem dieser Durchgänge eine leere Zigarettenschachtel entdeckt (Marke Philip Morris Ultra Light), die jemand dort ins Gebüsch geworfen hatte, ungeachtet der zahlreichen Schilder und eigens aufgestellten Abfallbehälter, die in regelmäßigen Abständen dazu auffordern, Strand und Pineta sauber zu halten.

In Anbetracht der Tatsache, daß ihr kleiner Sohn Colin, in dessen Begleitung sie einen Spaziergang machte, sich inzwischen auf den Boden gesetzt hatte, um seinen Eimer mit Sand zu füllen, war die Signora hingegangen, um den Abfall aufzulesen und in den nächsten Behälter zu werfen. Bei ihrer Rückkehr mußte sie jedoch feststellen, daß, obwohl der Eimer noch dalag, der kleine Sohn, ein zwanzig Monate altes Kind, verschwunden war.

2.

Der kleine Fiat der Carabinieri steht genau da, wo das Kind verschwunden ist, womit er den Durchgang zwischen den Dünen ebenso gründlich wie unnatürlich verstopft. Alles trägt dazu bei, das Auto noch kleiner erscheinen zu lassen, als es tatsächlich ist, trotz der eingeschalteten Scheinwerfer und des Blaulichts, das unermüdlich weiter auf seinem Dach kreist. Von den eisigen Böen der Tramontana klargefegt, wölbt sich der Himmel mit allen seinen außergewöhnlich hell strahlenden Sternen über den zahllosen Pinien der zirka 3000 mal 700 Meter großen Gualdana. Von seinen Kollegen im Forstamt weiß Maresciallo Butti, daß die Pinien in Wirklichkeit nicht zahllos sind; doch es handelt sich immerhin um gezählte 18300 Stämme, zwischen 10 und 150 Jahre alt, nicht mitgezählt die Aleppokiefern, Steineichen, Korkeichen, Mimosen, Stechpalmen und anderen halbhohen Bäume, die von allein dort gewachsen oder von den Bewohnern ohne Rücksicht auf die Kosten angepflanzt worden sind. Und darunter schließlich das stachlige, dichte, knotige Geflecht der Macchia.

Wie soll man hier drinnen ein zwanzig Monate altes Kind suchen, geschweige denn finden? Zum Glück steht die Mutter nicht unter Schock, sie weint nicht, sie macht keine Szene. (Allerdings – überlegt der Maresciallo – wenn sie eine ängstliche südeuropäische Mutter gewesen wäre, hätte sie ein so kleines Kind nicht mal eine Sekunde allein gelassen!) Sie ist eine hochgewachsene blasse Blondine, die alle Fragen knapp und in gutem Italienisch beantwortet.

Wie lange ist das Kind allein geblieben? Kaum länger als eine Minute, höchstens zwei. Was hat die Signora danach getan? Sie hat angefangen, nach ihm zu rufen, ist den Weg ein Stück vor- und zurückgelaufen, ist zum Strand hinuntergelaufen, ist wieder zurückgekommen, hat erneut gerufen und weitergesucht, ist schließlich nach Hause geeilt, um ihren Mann zu alarmieren.

Ihr Mann ist total erledigt. Vom vielen Rufen und Schreien im Wind hat er gar keine Stimme mehr, aber er kann noch immer nicht vom dem zärtlichen Lockruf lassen, den er heiser zwischen den Sträuchern wiederholt.

»Colin... Colin... Colin...«

Noch immer hat er die Vorstellung, daß der Kleine nicht allzu weit fortgelaufen sein kann, sondern irgendwo in der Nähe hockt, bibbernd vor Kälte und voller Angst vor der Dunkelheit. Und er lehnt eine andere Vorstellung ab, die der Maresciallo angedeutet hat, als er fragte, ob die Signora nicht vor dem Verschwinden einen Fremden gesehen habe, der sich in der Gegend herumtrieb. Eine Entführung? Aber die Grahams sind doch zum erstenmal hier! Sie sind doch erst heute morgen gekommen! Welche Entführerbande hätte die Zeit und die Mittel gehabt, den Coup zu organisieren?

Tatsächlich kennen die Grahams – die die Villa Nr. 97 im vergangenen März von einem Turiner Zahnarzt gekauft haben, dessen Frau sich hier tödlich langweilte – so gut wie niemanden in der Pineta und sind auch so gut wie niemandem bekannt. Die einzigen, denen sie ihre Ankunft vorher angekündigt hatten, sind Dalmiero (der einzige Taxifahrer am Ort, der sie nachmittags vom Flughafen Pisa abgeholt hat) und der Wächter Vannuccini mit seiner Frau Ivella, die gestern die Heizung angestellt und das Haus geputzt haben.

»Colin...«, beginnt der Vater wieder in lockendem Ton zu

rufen, spielerisch, als suchte er seinen Sohn zwischen den vertrauten Sesseln im Wohnzimmer und nicht zwischen den harten dornigen Sträuchern, »Colin... Colin...«

Um den Fiat Uno versammeln sich nach und nach undeutliche Gestalten mit Taschenlampen, die Krägen hochgeschlagen gegen die immer beißendere Kälte.

»Er könnte in eine von den Strandhütten gekrochen sein«, sagt eine männliche Gestalt. »Man müßte sie alle durchsuchen, systematisch.«

Das Adverb klingt wie ein Vorwurf an die Adresse des Maresciallo, der nichts systematisch tut, da ihm ein anderes, noch wichtigeres Adverb durch den Kopf geht: rasch. Aus Rücksicht auf die Eltern sagt keiner laut, was alle zu denken scheinen.

»Morgen früh werden wir ihn erfroren finden«, brummt Monforti leise.

»Ach Unsinn, was redest du da«, protestiert seine Schwester mit einem Schaudern.

»Heute nacht wird's unter Null gehen, wenn's das nicht schon ist«, insistiert düster ihr Bruder.

Tatsache ist, daß der kleine Colin (den Vannuccini als »robust« beschrieben hat) nur ein kurzes Höschen und eine Jeansjacke anhat, denn am Nachmittag war es trügerisch mild, ehe die Tramontana aufkam. Man müßte ihn also so schnell wie möglich finden. Aber der Maresciallo hat in Sardinien gelernt, daß, um ein Terrain wie dieses gründlich und in vertretbarer Zeit zu durchsuchen, dreißig Männer nicht genügen würden, und er hat nur drei.

Der Systematische, in dem Monforti jetzt unter der tief in die Stirn gezogenen Schirmmütze den Signor Zeme erkennt, hat noch einen Vorschlag.

»Hier müssen Hunde her, fragen wir doch mal den Signor Lotti, ob seine Hunde...«

Eine andere vermummte Gestalt spricht trocken aus der Dunkelheit. Es ist Signor Lotti.

»Meine Hunde sind Jagdhunde. Hier bräuchte man eigens trainierte Suchhunde.«

Der Maresciallo, der das Problem schon über Funk mit der Kommandantur in Grosseto erörtert hat, sagt ebenso trocken: »Ich habe schon welche angefordert, aber in Grosseto haben wir keine, da gibt's nur die von der Zollfahndung, für die Suche nach Drogen. Die Polizeihunde müssen wir uns aus Florenz herschicken lassen, sie werden erst in ein bis zwei Stunden hier sein.«

Monforti zuckt die Achseln und murmelt düster zu seinem Schwager: »Na wunderbar! Polizeihunde! Was sollen die schon groß riechen bei diesem Wind.«

Alle sehen auf die Uhr. Es ist 18.50 Uhr. Und obwohl es jetzt diese strategische Hoffnung auf die Suchhunde gibt, erscheint der Gedanke, hier tatenlos rumzustehen und auf sie zu warten (ohne zu wissen, was man den Eltern von Colin sagen soll) allen unerträglich. Daher kommt Signor Zeme erneut auf seinen Vorschlag zurück, die Strandhütten systematisch abzusuchen.

»Wir könnten zwei Suchtrupps bilden«, sagt er. »Der eine geht in Richtung Poggiomozzo rauf und der andere runter zur Capriola.«

Das sind die beiden felsigen Vorgebirge im Norden und im Süden, zwischen denen sich dieser Küstenabschnitt erstreckt. Doch sogleich tauchen Komplikationen auf, die Präzisierungen nach sich ziehen.

»Aber da ist der Alte Graben«, wirft Signor Monforti ein. »Deshalb müßte eine Gruppe an der Grenze zum Campingplatz anfangen und hierher kommen, während eine andere nach der anderen Seite losgeht, also in Richtung Rom, daß wir uns recht verstehen, und eine dritte...«

»Rom?« fragt Mrs. Graham, sich an den einzigen Namen klammernd, den sie in dieser für sie noch mysteriösen Toponymik kennt.

»Nach Süden«, erklärt Signor Zeme. »Dahin.«

Sein Arm hebt sich zu fernen Sternen und fällt wie vom Wind gebeugt wieder herunter. Scharfe Böen, die wilder denn je dazwischenfahren, verwehen Einwände und Gegenvorschläge, übertönen die Erklärungen, die nacheinander von den aus dem Dunkel auftauchenden Gestalten vorgebracht werden. Mittlerweile hat sich eine beträchtliche Anzahl Personen um das Carabinieri-Auto versammelt, und es entspinnt sich ein lebhaftes Palaver.

»Colin...«, fängt Mr. Graham wieder an zu rufen, wobei er den Strahl seiner Taschenlampe über Ginster- und Rosmarinbüsche gleiten läßt, während der Brigadiere und die beiden Gefreiten sich damit begnügen, dasselbe zu tun, aber in einem weiteren Kreis und mit stärkeren Lampen.

Was den Maresciallo betrifft, so steht er schweigend neben der halboffenen Autotür, aus der das vertraute Knistern und Prasseln des Funkapparates zu hören ist. Die Untätigkeit gefällt ihm nicht, aber er ergreift auch nicht gerne übereilte Maßnahmen, »nur um etwas zu tun«, und eine Durchsuchung allein der Strandhütten und des Strandes wäre eine sehr aufwendige Sache.

Neben allen anderen Schwierigkeiten muß nämlich auch der Alte Graben bedacht werden, ein gemauerter Kanal, etwa fünf Meter breit, den die Wasserbauingenieure des Großherzogs Leopold II. der Toskana im vergangenen Jahrhundert als Abfluß für Überschwemmungen infolge von Regen oder Hochwasser angelegt hatten. Dieser Kanal, über den eine Brücke führt, die nach besagtem Großherzog »Ponte del Granduca«, also »Großherzogsbrücke« heißt, zerteilt die Pineta diagonal von Nordosten nach Südwesten und mündet zwischen zwei Wellenbrechern aus großen Steinbrocken und Betonquadern ins Meer.

Für eine effiziente und schnelle Durchsuchung des Strandes bräuchte man daher vier Gruppen: zwei, die sich von der Kanalmündung ausgehend in entgegengesetzte Richtungen bewegten, und zwei, die ihnen von den beiden äußeren

Begrenzungen des »privaten« Strandes her entgegenkämen, nach vorheriger Absuchung der jeweils angrenzenden Stücke des öffentlichen Strandes. Außerhalb des Privatstrandes könnte das Kind nämlich im Norden bis Poggiomozzo vorgedrungen sein (wo sich im Sommer ein lärmender und verhaßter Campingplatz befindet) und im Süden bis zur Capriola...

Zu viele Möglichkeiten, zu viele Anhaltspunkte für improvisierte Suchtrupp-Organisatoren, die fortfahren, in der Dunkelheit konfuse Vorschläge auszutauschen, deren Verständlichkeit noch verringert wird durch die bis zur Nase hochgezogenen Wollschals. Aber selbst wenn es der dunklen Gestalt, die am lautesten und entschiedensten spricht (es ist der Signor Zeme), gelänge, die Situation in die Hand zu nehmen und eine adäquate Logistik durchzusetzen, gäbe es immer noch eine Reihe von Hindernissen, die der Maresciallo Butti sich hütet, den Versammelten darzulegen.

Auf dem 3,3 km langen »privaten« Stück wären theoretisch 51 Strandhütten zu durchsuchen. Tatsächlich hat der verheerende Südweststurm von Ende Oktober sieben davon umgestürzt und zur Hälfte zerstört, und weitere vier in vorgeschobener Position sind von den Wellen fortgespült worden. Bleiben also noch 40 Hütten, in denen das Kind sich befinden könnte. Jede Hütte ist rund und in drei Abteile aufgeteilt; jedes Abteil ist numeriert und gehört zu einem der 153 Grundstücke, auf denen die 153 Villen stehen (abgesehen von Ausnahmefällen, Sonderregelungen, Privilegien und Gesetzwidrigkeiten, die jedoch nichts mit der Durchsuchung zu tun haben). Die Tür zu jedem Abteil besteht aus einem Türflügel aus Rohrgeflecht, der gewöhnlich mit einem einfachen eisernen Haken verschlossen wird; mindestens ein Drittel der Bewohner hat jedoch einen übertriebenen Eigentumssinn und bedient sich daher lieber eines Vorhängeschlosses, einer meist klapprigen und verrosteten Apparatur, der in den Wintermonaten die Aufgabe zufällt, kaputte Liegestühle, Sandeimer und leere Luftmatratzen zu hüten.

Das Wahrscheinlichste ist, daß der kleine Colin, sollte er wirklich Zuflucht oder Unterschlupf in einer der Hütten gesucht haben, eines dieser Abteile gewählt hat, dessen Tür offenstand oder geradezu von dem erwähnten Herbststurm herausgerissen worden ist. Aber wie kann man ausschließen, daß er, als er vor einem verschlossenen Abteil stand und seiner geringen Größe wegen nicht an den Haken oder das Schloß herankam, ganz einfach *unter der Tür hindurchgekrochen* ist, zwischen dem ausgefransten Schilfrohr und dem Sand?

Woraus folgt, daß die Durchsuchung sich nicht auf die Abteile mit offener oder durch Heben des Hakens zu öffnender Tür beschränken dürfte, sondern auch im Innern der mit Vorhängeschloß gesicherten Hütten zu erfolgen hätte. Wie aber würden sich die Freiwilligen vor diesem Hindernis verhalten? Würden sie beschließen, die betreffende Hütte auszulassen, womit sie das Ergebnis der Operation dem reinen Zufall überließen? Oder würden sie die Verantwortung übernehmen, das Schloß aufzubrechen oder die Ketten durchzuschneiden?

Im Kofferraum des Fiat liegen zwischen allerlei anderem Werkzeug auch kräftige Eisenscheren, aber der Maresciallo hat keine Lust, sie den Suchtrupps zur Verfügung zu stellen. Eine Umkleidekabine am Strand ist zwar fraglos etwas ganz anderes als eine Wohnung, aber mittels Einbruchswerkzeug dort einzudringen stellt zweifellos die Verletzung einer Norm, eines Paragraphen oder Artikels im Gesetzbuch dar. Gewiß könnten die Ketten und Vorhängeschlösser anschließend wieder ersetzt werden. Aber auf wessen Kosten? Auf die der Grahams? Auf die der Eigentümergemeinschaft? Jemand könnte auch auf den Gedanken kommen, die Carabinieri in die Sache hineinzuziehen, unter den Bewohnern der Gualdana gibt es zahlreiche Advokaten (einige davon sehr einflußreich) und auch viele Ausländer (einige davon sehr bedeutend), zwei sehr empfindliche Kategorien, die zur Haarspalterei und zur Eingabe von Beschwerden neigen.

Deshalb greift der Maresciallo nicht in die Debatte ein und wartet schweigend unter den zahllosen Sternen auf das Eintreffen der Hunde. Er vernimmt – und billigt in seinem Herzen – den Kommentar eines vermummten Schattens, der Anstalten macht, sich von der Gruppe zu lösen.

»Ich gehe jetzt, wir nützen hier doch nichts mehr. Wir sind nur im Wege.«

Die getuschelten Worte des Signor Monforti sind für seine Schwester Sandra bestimmt, aber der weite Kapuzenmantel an seiner Seite enthält nicht, obwohl zum Verwechseln ähnlich, die betreffende Schwester.

»Ach, bist du auch da«, sagt die Frau, die in dem Mantel steckt.

Es ist die schöne Signora Neri, die mit ihrem dreizehnjährigen Sohn herbeigeeilt ist, um sich an der Suche zu beteiligen.

»Ich hätte zu Hause bleiben und mir lieber Perry Mason ansehen sollen«, vertraut ihr Monforti in einem zynischen Flüsterton an.

»Aber nicht doch, ein bißchen mithelfen können wir schon. Los, komm, jetzt bilden wir zwei einen Suchtrupp.«

Sie nimmt ihn am Arm, dirigiert ihn durch die Öffnung der Besenkrauthecke und führt ihn zwischen den Dünen zur nächsten Strandhütte hinunter. Dort zieht sie eine Taschenlampe hervor und leuchtet gewissenhaft in jedes der drei Abteile (Nr. 82, 83, 84); der Strahl gleitet kurz über einen schlaffen gelben Ball, zwei zusammenklappbare, aber durch den Rost steif gewordene Liegestühle, eine zahnlose kleine Harke, einen zerbrochenen Spiegel.

»Colin... Colin...«, beginnt auch sie halblaut zu rufen.

Ihr Begleiter schnaubt ungeduldig.

»Was rufst du den noch. Der ist doch inzwischen wer weiß wo gelandet, der arme Kerl.«

»Daniele, ich bitte dich!«

Ein Windstoß bläst ihr die Kapuze vom Kopf, und ihr matt leuchtendes Gesicht ist auf einmal wie eingerahmt vom schimmernden Glanz der Sterne.

»Du bist ein Wunder der Schöpfung«, seufzt Monforti. »Und das ist das schlimmste von meinen Übeln.«

»Na hör mal!«

Sie geht voraus zu den Sonnendächern aus Schilfrohr (die ebenfalls numeriert sind) am äußersten Rand der Düne und des Privateigentums. »Privateigentum« verkündet denn auch eine hölzerne Tafel an einem Pfahl zwischen zwei wilden Azaleenbüschen. Hier beginnt der Strand, der sich glatt und gleichmäßig etwa dreißig Meter weit bis zur Wasserkante hinunterzieht.

»Für mich ist er ertrunken. Von der Brandung fortgerissen.«

»Hör zu, Daniele...«, beginnt Signora Neri.

Aber eine heftige Bö scheint ihr absichtlich dazwischenzufahren, um ihr die Bitterkeit aus der Stimme zu fegen und sie geduldiger und vernünftiger neu ansetzen zu lassen.

»Entschuldige, aber sieh doch mal aufs Meer: Bei diesem starken Landwind macht es keinen Mucks.«

Das Meer scheint in der Tat über jeden Verdacht erhaben. Es liegt ganz ruhig da, die leise schwappende Dünung klingt brav und geduldig, während sie ihren feinen Saum aus zerplatzenden Bläschen zurückläßt und wieder überspült. Doch diese Unschuldsmiene, als ließe es sich nie träumen, einen kleinen, noch nicht mal zwei Jahre alten Jungen aus England zu packen und zu verschlingen, überzeugt Monforti nicht.

»Vielleicht eine Killerwelle«, schlägt er vor.

»Was denn für eine Killerwelle? Wir sind doch nicht in Australien!«

»Das weiß man nie.«

»Daniele, wenn du dich hier amüsieren willst auf...«

»Wer amüsiert sich hier?« ruft er plötzlich und breitet die Arme unter dem gestirnten Himmel aus. »Ich amüsiere mich nicht, okay? Ich amüsiere mich nicht!«

»Okay, okay, du amüsierst dich nicht, entschuldige«, sagt sie resignierend.

Monforti stolpert über einen leeren Benzinkanister, einen der vielen Abfälle, die das Meer im Herbst an den Strand gespült hat, und kickt ihn wütend beiseite.

»Dieser Strand wird immer dreckiger!«

»Er wird morgen gesäubert, oder jedenfalls noch vor Weihnachten, hat mir Vannucci heute früh gesagt.«

»Jaja...«, knurrt Monforti sarkastisch. »Der Vannucci...«

Sie gehen noch ein paar Schritte in Richtung La Capriola, in Richtung Rom, in allgemein südlicher Richtung, und gerade wollen sie einen dicken Baumstamm umgehen, der quer auf dem Strand liegt, als ebendieser Stamm auf einmal zu sprechen beginnt.

»Guten Abend«, grüßt liebenswürdig eine von seinen knotigen Verdickungen, während sie aufsteht.

*

Es dauert ein wenig, bis die beiden begreifen, daß es sich um Signorina Eladia handelt, die Tessiner Freundin der alten Signora Borst.

»Es ist zwecklos, dort in der Pineta zu suchen«, sagt sie und deutet auf das kreisende Blaulicht des Fiat und auf die kleinen Lichtpunkte, die im schwarzen Geflecht des Unterholzes auftauchen und wieder verschwinden. »Colin muß hier sein, dicht am Meer.«

»Haben Sie ihn am Strand gesehen?« fragt Signora Neri.

»Nein, es stand heute morgen in den Karten: Ich habe Wasser gesehen, viel Wasser...«, erklärt die Signorina mit einer weitausholenden Geste zum Tyrrhenischen Meer. »Und auch zwei Gestalten, eine größere und eine kleinere, die aus dem Dunkel kamen.«

»Aber das sind doch wir!« lacht Monforti flegelhaft los, wofür er von Signora Neri einen Rippenstoß erhält.

Einen unnötigen Rippenstoß, denn Eladias Glaube an ihre

Tarotkarten ist auf eine demütig-sanfte Weise unerschütterlich, unempfänglich für jeden Skeptizismus und über jede Ironie erhaben.

»Nein, das glaube ich nicht«, sagt sie ernsthaft. »Die beiden Gestalten kamen von der anderen Seite, und dann war da auch noch ein sehr schlimmes Zeichen, das auf große Gefahr hindeutete. Und tatsächlich...«

Die Kombinationsmöglichkeiten des Tarot spiegeln für sie die endlosen Kombinationen des Lebens wider; ja, mit der Zeit haben sich die Rollen sogar verkehrt: Das wahre Leben spielt sich dort ab, unter den symbolträchtigen Stab-Königen und Münzen-Buben, während das Hier, die Welt, nur als banale Bestätigung interessiert, als erwartete Angleichung an die von den Karten vorausgesagten Wahrheiten.

»Na, wollen wir das Beste hoffen«, sagt Signora Neri und betrachtet den schwerverhangenen Himmel, als könnten auch von dort wundertätige Zeichen kommen. »Kennen Sie diese Grahams? Haben die noch andere Kinder?«

»Ich habe sie nur einmal gesehen, vor zwei Monaten, als sie herkamen, um das Haus einzurichten«, antwortet Eladia. »Aber mir scheint, sie haben nur dieses eine Kind.«

Sie kauert sich wieder auf den Baumstamm oder wird eher, winzig, wie sie in ihrem schwarzen Pelzmantel wirkt, von ihm aufgesogen, wird wieder zu einem undeutlichen Knubbel zwischen zwei dicken, zum Himmel ragenden Ästen.

Signora Neri zieht sich die Kapuze über den Kopf und hält sie mit der behandschuhten Hand fest.

»Das wäre schrecklich«, sagt sie. »Die arme Frau.«

»Die arme Idiotin«, präzisiert Monforti. »Wie kann man so blöd sein, ein Kind auf diese Weise zu verlieren? Wegen einer Zigarettenschachtel, noch dazu einer leeren!«

»Das kann jedem passieren«, sagt Signora Neri.

»Ist es dir schon mal passiert?«

Die Signora Neri hat einen dreizehnjährigen Sohn und eine zwölfjährige Tochter.

»Was hat denn das damit zu tun? Und jedenfalls war es eine zivilisierte Geste.«

»Zu bequem«, erwidert Monforti, »sich in der Illusion zu wiegen, dies hier sei ein zivilisierter Ort.«

»Gott ja...«, sagt Signora Neri.

Aber dann verstummt sie, schaut umher und horcht.

Der Wind faucht weiter mit seinen ausgesprochen unzivilisierten Böen, zaust und beugt die dem Strand am nächsten stehenden Pinien, die schon von anderen barbarischen Unwettern im Laufe der Jahre zu verkrüppelten, monströsen, böse anmutenden Gebilden entstellt worden sind. Die Pineta bietet einen abweisend finsteren Anblick dar, wie eine niedrige Stirn unter einem sehr tiefen Haaransatz, und der Himmel darüber ist ein Strudel. Das Meer lappt aus seiner großen Höhle mit der Sanftheit eines sprungbereiten Raubtiers.

Angesichts dieser urzeitlichen Kräfte der tyrrhenischen Küste überkommt die Signora Neri ein heftiges Gefühl von Ungeborgenheit, sie zweifelt plötzlich an der Solidität der 153 Villen, der Umzäunung, des Wegenetzes, der zehn Wächter, der wohleingerichteten Ordnung, an die sie gemeinhin glaubt. Wo sind meine Kinder? fragt sie sich in einem Anfall von Panik. Ihr Sohn Andrea hat sich mit den anderen zusammengetan, um nach dem kleinen Colin zu suchen. Ihre Tochter Giudi hockt mit Erkältung zu Hause und sieht sich im Fernsehen einen alten Perry-Mason-Film an (in einem Panzerschrank fehlen 75000 Dollar).

»Ich erinnere mich, wie damals hier die Wildschweine waren«, sagt der dunkle Knubbel auf dem Baumstamm. »Sie kamen durch den Alten Graben herunter auf der Flucht vor den Jägern, und sie fraßen die Pinienkerne.«

Die Villa Borst (Nr. 126, in der vordersten Reihe am Meer) war unter den ersten, die in der Pineta gebaut wurden, weswegen sie jetzt auch zu den restaurierungsbedürftigsten gehört.

»Eines Nachts hörte Signor Lopez, unser Nachbar, seltsame Geräusche vor dem Haus und ging nachsehen und kam den Strand herunter bis ungefähr hier, wo wir jetzt sind. Wie jetzt schien kein Mond, und was er vor sich sah, hielt er für einen großen Hund, der knurrte. Er gehörte nicht zu denen, die Angst vor Hunden haben, im Gegenteil, er streckte ihm freundlich die Hand entgegen und sprach ihn an, und plötzlich ging das Vieh auf ihn los und erwischte ihn voll und warf ihn zu Boden. Es war ein verwundetes und dementsprechend wütendes Wildschwein. Als wir die Schreie hörten, liefen wir hin und fanden Lopez mit aufgeschlitztem Bauch im Sand liegen. Dem Ärmsten war nicht mehr zu helfen.«

»Mein Gott!« sagt Signora Neri schaudernd. »Hast du das gewußt, Daniele?«

»Sicher«, antwortet Monforti. »Hier gibt's noch andere Geschichten, wenn sie dich interessieren.«

»Von anderen Wildschweinen?«

»Nein, nach der fünfzigsten oder sechzigsten Villa sind die nicht mehr gekommen. Wildschweine sind sehr scheue Tiere, und inzwischen waren hier zu viele Baustellen, zu viele Autos, zuviel Lärm. Aber es gab hier mal eine Feuersbrunst, vor sieben... nein, vor acht Jahren, jedenfalls bevor du gekommen bist.«

»Ich hatte das Feuer vorausgesehen«, erinnert Eladia ohne die mindeste Prahlerei. »Die Karten sprachen sehr klar. Und wir waren vorbereitet, wir hatten unsere Wertsachen und Dokumente schon am Tag davor in eine Tasche gepackt und hielten die Fahrräder bereit.«

»Meine Güte!« ruft Signora Neri aus. »Wir leben hier ja wirklich in...«

»Psst!« macht Eladia.

Sie hat sich von ihrem Baumstamm erhoben und späht in die Ferne, nach Süden, wo der bleiche Streifen des Sandes verschwimmt.

»Da, sie kommen«, verkündet sie ohne jede Erregung.

»Wer?«

»Ich weiß nicht. Machen wir ihnen Zeichen.«

Nervös in ihren Handschuhen nestelnd, kriegt Signora Neri ihre große vernickelte Stablampe nicht gleich an, die sie nun aber endlich über ihrem Kopf schwenkt, obwohl sie noch nichts am Strand erkennen kann. Der Nordwind hat nicht nur das Lichtergefunkel am Firmament übertrieben, er verzerrt auch die Entfernungen auf diesem kleinen Stückchen der Erdkruste, indem er die verstreuten Lichter auf dem Vorgebirge La Capriola (wo es ebenfalls ein paar Villen gibt) heller und näher erscheinen läßt. Jetzt aber löst sich ein Pünktchen aus jener Traube von Lichtern und wird deutlicher. Es befindet sich in Wirklichkeit sehr viel weiter unten, auch sehr viel näher. Und es bewegt sich, es ist vom öffentlichen Strand schon weit auf den »privaten« Strand vorgedrungen, es ist schon in Rufnähe, man kann ihm rufend und durch den Sand stolpernd entgegenlaufen, es ist ein Silhouette, eine menschliche Gestalt, eine größere, die eine kleinere huckepack trägt, es ist der Wächter Vannucci, der den kleinen Colin wiedergefunden hat.

3.

Verständlicherweise, nach dem gräßlichen Ende, das der arme Signor Lopez unter dem Wildschwein gefunden hatte, wollte die Witwe damals nichts mehr mit der Pineta zu tun haben. So war die Villa an einen Textilindustriellen aus Prato übergegangen und vor zwei Jahren, als dieser Pleite gemacht hatte, von Signor Zeme gekauft worden. Der nun alle zu sich einlädt, Haus Nr. 122 in der vordersten Reihe am Meer, was ja, wie er sagt, bloß zwei Schritte von hier entfernt ist.

Und fast alle finden das eine ausgezeichnete Idee, sei's weil ihnen Whisky, Wodka usw. nach der langen Warterei in der Kälte höchst willkommen sind, sei's weil die Gelegenheit nach einem Fest verlangt, das Abenteuer ist gut ausgegangen, und da ist eine kleine Feier schon angebracht. Sogar die Eltern des kleinen Colin (der in den Armen seiner Mutter fidel und hochzufrieden mit seiner Unternehmung wirkt) zeigen keine Eile, nach Hause zurückzukehren; sogar die Carabinieri, die sich inzwischen darum gekümmert haben, die verstreuten Teilnehmer an der Suchaktion durch wiederholtes Hupen zurückzurufen und per Funk den Hundetransporter zu benachrichtigen (der schon in Monteriggioni, kurz vor Siena, war), sagen nicht nein. Vannucci, der Held des Abends, wünscht sich natürlich nichts Schöneres, als erneut die verschiedenen Phasen seiner Suche und ihres glücklichen Endes zu erzählen. Und der widerstrebende Monforti kapituliert schließlich vor den vereinten Bemühungen seiner Schwester Sandra und seines Schwagers Ettore, an denen sich, wenngleich mit geringerem Engagement, auch die schöne Signora Neri beteiligt.

Der Fiat wird stehengelassen, wo er steht, um weiter seine blauen Spielzeugblitze durch die Nacht zu verbreiten, und alle außer dem Brigadiere, der darin sitzenbleibt, gehen das kurze Stück den Dünenweg entlang, biegen dann rechts in einen Seitenpfad ein und gelangen zu einer breiten, mit Platten belegten Terrasse.

Wie fast alle Villen in der Gualdana besteht auch diese praktisch nur aus ein paar gemauerten Verbindungsstücken, die spektakuläre Glaswände zusammenhalten, in Befolgung des schönen Prinzips, daß die Bewohner sich an jedem beliebigen Punkt der Wohnung mitten im Grünen fühlen sollen. Ein sehr willkommenes Prinzip (wie der Maresciallo Butti nur allzu gut weiß) auch für die sommerlichen Diebe, die, wenn sie vom Strand her in die Pineta eindringen, unweigerlich irgendwo einen spektakulären Spalt finden, der versehentlich offengelassen worden ist und sich bestens eignet für den Abtransport von Filmkameras, Geld, Silber und manchmal auch Juwelen.

Die hölzernen Schiebeläden und Vorhänge dieser besonderen Glaswand sind offen und geben Einblick ins Wohnzimmer der Zemes, ein weites Rechteck mit blauem Keramikfliesenboden und weißgetünchter Decke, möbliert in einer Weise, bei der schwer zu entscheiden ist, ob sie sich purem Zufall oder einem gewollten und hemmungslosen Eklektizismus verdankt.

Sieht aus wie der Ausstellungsraum einer Möbelfabrik, denkt Signora Neri, die noch nie hier gewesen ist, während sie weiter eindringt in diese reiche Ansammlung von Holz-, Kristall-, Plastik-, Korb- und Stahlmöbeln mit Polsterungen, die von Seide über Fell bis zu Synthetikfasern reichen.

Einen ähnlich negativen Eindruck hat Vannuccini, aber aus eher praktischen als ästhetischen Gründen: Vor einigen Tagen hat er seiner Frau Ivella dabei geholfen, diesen Wust von Möbeln beiseitezurücken, damit sie staubsaugen konnte, und nun muß er daran denken, daß die Plackerei wieder losgehen wird, wenn die Zemes zu Ostern wiederkommen und dann erneut zu den Sommerferien.

Der Maresciallo Butti hingegen achtet nicht weiter auf diese Überfülle, die er automatisch der Opulenz eines Ortes wie der Gualdana zuschreibt, seine Aufmerksamkeit gilt eher einer halbverborgen in einer Ecke sitzenden Person. Es ist eine schmächtige kleine Frau, die auf dem äußersten Ende einer halbrunden Bank mit Fellbezug sitzt und den Eindruck erweckt, als sei sie dort hingesetzt, ja abgesetzt worden, ohne daß ihr graziler Körper seither willens oder imstande gewesen wäre, eine bequemere Haltung einzunehmen. Sie sitzt gebeugt und wie vorläufig da, die Hände zwischen den Knien, die Augen starr auf einen Fernseher gerichtet, der auf einer rustikalen Truhe thront. Und aus dem, was über den Bildschirm flimmert, schließt Signor Monforti, daß auch sie den TV-Film aus der Perry-Mason-Serie gesehen haben muß (denn auch gestern und vorgestern abend hat der lokale Sender im Anschluß an Perry Mason japanische Zeichentrickfilme gebracht). Aber es wäre zwecklos, sie zu fragen, wer die 75000 Dollar aus dem Panzerschrank gestohlen hat, denn die arme Signora Zeme leidet seit langem an einer schweren Form von Depression, und alles, was um sie herum geschieht, erreicht sie nur aus großer Ferne, wie ein Echo, das dumpf durch finstere Schluchten rollt und sich in trostlosen Wüsten verliert.

Monforti begreift, daß seit seinem letzten Besuch bei Signora Zeme, im vergangenen September, diese Landschaften sich nicht geändert haben und daß die Therapie, über die sie damals miteinander gesprochen hatten, nichts geholfen hat. Er sieht sie einen versteinerten Blick auf die plötzliche Invasion von Suchern und Rettern werfen und geht kameradschaftlich zu ihr hin, läßt ihr jedoch Zeit, sich auf die allgemeine Fröhlichkeit einzustellen, einen Anflug von Lächeln aufzusetzen, eine Spur von Anteilnahme zu simulieren.

Das Kind ist wiedergefunden worden? Welches Kind? Ah, ein englisches Kind...

Die zarte graue Gestalt erhebt sich, ihr Blick geht mit gläserner Gleichgültigkeit über den kleinen Colin hin, der blond, hübsch, still und glücklich in den Armen seiner Mutter liegt.

»Laß dir's erzählen, laß dir's von Vannucci erzählen!« fordert ihr Gatte sie auf, während er eine schwarzlackierte Schrankbar öffnet, um Flaschen und Gläser herauszunehmen. »Er war's nämlich, der ihn gefunden hat.«

Vannucci, als alter Jäger immer bereit, seine Abenteuer zu wiederholen, fängt sofort wieder an.

Gleich nachdem er die Carabinieri gerufen habe, erklärt er, also bevor es ganz dunkel war, sei er seinem Instinkt gefolgt und an den Strand geeilt, um nach Spuren zu suchen.

»Wenn's welche gab, mußte ich sie finden«, versichert er mit einem gewitzten Lächeln, womit er sagen will, daß ihm in dieser Jahreszeit, ohne das Hin und Her von Badegästen, die Fußspuren eines kleinen Kindes nicht entgehen konnten.

Als er sie gefunden habe, sei er ihnen nachgegangen, habe sie über launische Halbkreise und wiederholte Diagonalen verfolgt, mal dicht an der Wasserkante entlang, mal zwischen den Dünen am Rand der Pineta, mal im Bogen um bizarres Strandgut herum, mal seien sie weiter auseinander gewesen infolge eines kleinen Sprints, mal dichter zusammen infolge eines kurzen Zögerns, aber immer hätten sie nach Süden gewiesen, zur Grenze der Gualdana.

»Aber dann war's zu dunkel geworden, sie waren nicht mehr zu sehen«, erzählt der Jäger, und in seinem darstellerischen Eifer kniet er sich auf einen indonesischen Raffiabastteppich mit gelben und türkisgrünen Zeichnungen.

Er steht wieder auf, mit pfiffiger Miene.

»Aber ich hatte ja die Taschenlampe mit!«

Und so, Schritt für Schritt, habe er die Spuren bis fast zur Capriola verfolgt und schließlich das Kind hinter einem kieloben liegenden Boot aus Kunstharz gefunden. Es habe nicht geheult, es sei nicht verschreckt gewesen, es habe nur so geschaut, als wolle es sich ein bißchen ausruhen nach einem etwas anstrengenden Spaziergang.

»Ich kann leider kein Englisch«, offenbart Vannucci, »und der Kleine spricht kein Italienisch. Aber er hat sich auf den Arm nehmen lassen, ohne Geschichten zu machen, er ist ein Kerlchen, das sich vor nichts und niemandem fürchtet.«

Mr. Graham lächelt stolz zwischen zwei Schlucken Whisky. Das Kerlchen, immer noch auf dem Arm seiner Mutter, die einen Wodka vorgezogen hat, schaut unbeirrbar in die Runde.

»Ich konnt's gar nicht glauben, daß er so weit gelaufen war«, wiederholt Vannucci bewundernd. »Er hat fast drei Kilometer in weniger als einer Stunde geschafft.«

Er kippt seinen Wermut hinunter, und Signor Zeme schenkt ihm nach, bietet dann die Flasche noch einmal den Carabinieri an, die aber dankend ablehnen und sich mit militärischem Gruß verabschieden. Auch alle anderen, die bis auf Mrs. Graham die ganze Zeit stehengeblieben sind, begeben sich zu der spektakulären Glaswand, durch die sie eingetreten sind.

»Aber bleiben Sie doch noch ein bißchen, setzen Sie sich doch einen Moment«, sagt Signor Zeme und deutet auf eine bunte Sitzgruppe aus Rattanmöbeln.

»Nein, vielen Dank, wir müssen jetzt wirklich nach Hause, ich erwarte ein Telefongespräch«, antworten mehr oder weniger alle. Nachdem der Fall erschöpfend behandelt worden ist, weiß keiner mehr, was er mit Signor Zeme noch reden soll.

Monforti zögert einen Moment. Soll er bleiben, um mit Signora Zeme über ihre beiderseitigen Depressionen zu sprechen, die letzten Neuheiten aus dem Bereich der analytischen Therapien und der Psychopharmaka zu erörtern? »Wie es scheint, experimentieren sie in einigen Schweizer Kliniken mit einem...« Nein, zu deprimierend.

»Also ich verstehe nicht, wieso die Zemes immer wieder hierher kommen«, raunt er Signora Neri beim Hinausgehen ins Ohr. »Wenn ich es richtig verstanden habe, hat sie eine Mutter oder Schwester in Südtirol. Wieso bringt er sie nicht dorthin? Oder nach Cortina, oder auf eine Kreuzfahrt nach Ägypten, was weiß ich. Diese Pineta ist verheerend für Depressive.«

»Und wieso kommst du dann hierher?«

»Na, ich komme doch, weil du hier bist.«

»Gütiger Himmel!«

Draußen im Wind, der sie heftig schüttelt, als ob er sie dafür bestrafen wollte, daß sie ihn vergessen hatten, drehen sich die beiden noch einmal zu dem theatralisch erleuchteten Rechteck um, in dem soeben die letzte Szene des Dramas zu Ende gegangen ist. Hinter der spektakulären Scheibe sehen sie den Signor Zeme, der die Flaschen wegzuräumen beginnt, und die Signora Zeme, die sich selbst wieder an ihren Platz vor dem Fernseher wegräumt, in dem noch immer japanische Hampelmänner einander Duelle liefern. Alsdann, umbraust von Böen, die zwischen die Verabschiedungen fahren und den Höflichkeitsformeln ein rasches Ende bereiten, begibt sich ein jeder gesenkten Kopfes zu seiner numerierten Bleibe, und das Verschwinden und Wiederfinden des englischen Kindes geht ein in das launische Gedächtnis, in die ungeschriebenen Annalen, in die künftige Mythologie der Pineta della Gualdana.

II.
Auf dem gepflasterten Platz vor dem Pförtnerhaus

1.

Auf dem gepflasterten Platz vor dem Pförtnerhaus steht heute morgen in einem Tontopf eine Steineiche, die darauf wartet, in einen Weihnachtsbaum verwandelt zu werden.

Der Baumschulbetreiber Mazzeschi hatte sich zwar erboten, eine Tanne zu liefern, die ohne Zweifel klassischer gewesen wäre und als einzige der nordeuropäischen Tradition entsprochen hätte, wobei er zu bedenken gab, daß in den Augen der ausländischen Pineta-Bewohner jede andere Baumart einen Mißton und allenfalls einen Notbehelf darstellen würde. Aber dieser ängstliche Konformismus war mit dem in der Gualdana vorherrschenden Rigorismus zusammengestoßen, dem zufolge die geringste Abweichung von der heimischen Flora als Verrat und vulgäre Geschmacksverirrung gilt. Noch immer erbeben manche innerlich beim Anblick der Zypressen, die vor fünfzehn Jahren von dem verstorbenen Monsieur Perroux vor seiner Villa angepflanzt worden sind, und nicht wenige haben aufgehört, einen römischen Parlamentarier zu grüßen, den Abgeordneten Bonanno, der sein Grundstück von dem seines Nachbarn mittels einer Thujenhecke getrennt hat.

Die Steineiche ist mit Topf etwa drei Meter hoch, und Vannucci, der Gärtner Crociani und der Installateur Grechi überbieten einander mit guten Ratschlägen für Vannuccini, der auf einer Leiter stehend dabei ist, die Girlanden der bunten Lämpchen zwischen den Zweigen anzubringen.

Es ist elf Uhr vorbei. Signora Borst und ihre Freundin Eladia kommen angeradelt, bleiben einen Augenblick stehen, um den Baum und seine Dekoration zu bewundern, hinterlegen im Pförtnerhaus ein Buch für Signora Neri und radeln weiter ins nahe Städtchen, um ein paar Besorgungen zu machen. Ein leichter Schirokko weht, es ist nicht kalt, aber der Himmel ist großenteils bedeckt.

»Weiter rauf, weiter rauf!«

»Hier ist es locker, mach eine Klammer dran!«

Auch Signor Mongelli kommt angeradelt, um zu fragen, ob jemand den Elektriker gesehen hat. Als er hört, daß Ciacci tatsächlich schon in der Gualdana ist, vielleicht bei den Kruysens, macht er kehrt, legt sich in die Pedale und fährt energisch tretend ins Innere der Pineta zurück.

»Aber von hier aus sind sie nicht zu sehen!«

»Nein, nicht so, das hängt zu tief durch!«

Beide Schranken stehen offen, und Signor Zeme fährt mit seinem weißen Volvo die Ausfahrt hinaus, wobei er nur kurz verlangsamt und grüßend die Hand hebt. Neben ihm sitzt seine Frau, die nicht nur weniger steif als gewöhnlich wirkt, sondern auch redet und sogar die Hände dazu bewegt.

Geht es ihr besser?

Von der Höhe seiner Leiter herab bestätigt Vannuccini: Ja, als seine Frau Ivella gestern zum Putzen hinging, habe sie die Signora Zeme fast normal gefunden im Vergleich zum letzten Mal, wo sie kaum ein Wort sagte, nicht grüßte, sich nicht mal gekämmt hatte und überhaupt nicht mehr aus dem Haus gehen wollte. Jetzt dagegen sei sie wieder auf die Idee gekommen, nach den Festtagen ihre Familie in Südtirol zu besuchen, statt mit ihrem Mann nach Rom zurückzufahren.

Für Vannucci ist diese Besserung nur eine Frage der Logik: Es sei doch gar nicht zu glauben gewesen, daß eine noch relativ junge Frau, der im Grunde nichts fehlte, um glücklich zu leben, sich einfach so gehen lassen sollte, ohne jede Widerstandskraft!

Was heißt denn hier Logik? Was heißt denn hier Widerstandskraft? Für den Gärtner Crociani ist das alles dummes Geschwätz, wer so redet, beweist damit nur, daß er keine Ahnung von dieser Krankheit hat. Einer Cousine von ihm, einer fleißigen Frau, die jeden Morgen um sieben aufstand, ist es jahrelang so ergangen, immer hat sie nur dagesessen und auf ihre Hände gestarrt, unfähig, auch nur einen Knopf anzunähen oder sich ein Ei zu kochen.

Der Installateur Grechi erwähnt den Fall des Tankwärters Nannini, der seine Shelltankstelle wegen einer hartnäckigen Form von Depression an seinen Neffen abgeben mußte, trotz immerhin sechzig Injektionen und zwei Kuraufenthalten. Und auch die Tochter des Maurers Magnolfi hat das durchgemacht, auch der Vater des Friseurs Sguanci ist depressiv, seit Monaten sieht man ihn nicht mehr in der Bar »Il Molo«, und er tippt auch nicht mehr im Toto. Und hier in der Pineta, wie viele gibt es da noch außer der Signora Zeme und dem Signor Monforti? Nein, nix da, ob alt oder jung, ob arm oder reich, diese Krankheit überfällt die verschiedensten Leute aus heiterem Himmel, und sie kann plötzlich wieder gehen oder sich endlos hinziehen, wie's ihr gerade gefällt.

Die Vielzahl der Fallbeispiele kann Vannucci nicht überzeugen. Gerissene Simulanten sind das, Leute, die sich eine schöne Methode ausgedacht haben, um den ganzen Tag lang Däumchen zu drehen, *das* sind diese Depressiven für ihn. Oder im besten Fall Schlappschwänze ohne Willenskraft.

Ach hör mir doch auf mit der Willenskraft! Kapiert denn der große Dussel da nicht, daß der Verlust der Willenskraft eben genau diese Krankheit ist? Und wenn einem der Wille vergeht, dann vergeht einem auch die Kraft, einen Willen zu haben, das ist die wirkliche Logik in dieser Geschichte. Und im übrigen – feixt Crociani, während er sich zu den anderen umdreht –, wer sollte das besser wissen als gerade Vannucci? Befinde er sich nicht genau in derselben Lage bezüglich seiner Manneskraft? Wie jeder wisse, habe er keine Lust mehr zum Bumsen, der Ärmste, und auch keine Lust mehr, noch Lust zum Bumsen zu haben. Mache er vielleicht Injektionen, nehme er Pillen oder Zäpfchen? Nein. Er sei ein Schlappschwanz, dem es nichts mehr ausmache, einer zu sein, da könne man sehen, wie diese Krankheit funktioniert.

Vannucci protestiert gerade lauthals gegen die Unterstellung und fordert alle Anwesenden auf, ihm doch ihre Frauen und Schwestern ins Haus zu schicken, ja selbst ihre Mütter und Schwiegermütter – da kommt aus dem Inneren der Pineta die Familie Graham daher, zu Fuß. Der Vater hält den Sohn an der Hand. Die Mutter ist schwanger. Seit dem Tag, als der kleine Colin verschwunden und wiederaufgetaucht war, ist ein Jahr vergangen.

2.

Ein Jahr und ein Tag, um genau zu sein. Und als Vannucci ihm nun mit einem breiten, komplizenhaften Grinsen über den Kopf zu streicheln versucht, sieht ihn der Kleine ohne das geringste Zeichen des Wiedererkennens an, um gleich darauf seine Aufmerksamkeit einer Elster zuzuwenden, die laut schackernd davonfliegt. Von seinem Abenteuer am Strand hat er alles vergessen.

»Glückliches Alter«, sagt der Schwager von Signor Monforti. »Nach einem Jahr hat er alles vergessen.«

Er sitzt am Steuer seines Wagens, der gerade hinausfährt, neben seiner Frau Sandra. Aber der hinten sitzende Monforti läßt ihm die kühne Bemerkung nicht durchgehen.

»Das bleibt noch abzuwarten«, wendet er ein, mehr düster als polemisch. »Wer weiß, ob ihn nicht in dreißig Jahren ein Trauma anspringt.«

Die Geschichte mit den traumatischen Erlebnissen im frühen Kindesalter, die ins Unbewußte verdrängt oder einfach vergessen werden und trotzdem schwere Depressionen im späteren Leben hervorrufen können, hat ihm Signora Zeme in den Kopf gesetzt, die nämlich seit kurzem eine Analyse macht und ihn gestern nach ihrer Ankunft gleich angerufen hatte, um ihm von ihren Fortschritten zu berichten.

Nicht daß sie ihr Trauma schon herausgefunden habe, sagte sie, aber allein schon, daß sie angefangen habe, danach zu suchen, tue ihr sehr, sehr gut; es belebe sie, stimuliere sie, mache sie aktiver...

Zu sehr vielleicht. Monforti weiß sehr wohl, daß euphorische Zustände häufig das Vorspiel zu schrecklichen Rückfällen sind. Aber die Idee der Ärmsten, sich für einige Zeit nach Südtirol zu begeben, wo ihre Verwandten ihr bei der Suche helfen könnten, scheint ihm nicht schlechter als irgendeine andere. Ja, er selbst müßte eigentlich mal seine vier Jahre ältere Schwester fragen, ob sie sich nicht an etwas Besonderes erinnern kann, etwas potentiell Traumatisches, was ihm als Kleinkind passiert ist und was ihm später nie jemand erzählt hat. Womöglich gerade, um ihn nicht zu beeindrucken.

»Sandra«, sagt er, »du hast nicht –«

»Entschuldige einen Moment«, unterbricht ihn seine Schwester, die gerade eine Liste der Einkäufe schreibt, die im Städtchen gemacht werden müssen.

Oder könnte in seinem Fall, überlegt Monforti, das Übel gerade darin bestehen, daß ihm nie irgend etwas Besonderes passiert ist? Daß sein Leben, bis es in den dunklen Tunnel der Depression einfuhr, immer viel zu glatt abgelaufen ist? In zu gut geebneten Bahnen? Eine heitere Kindheit – rekapituliert er – und eine ruhige Jugend; schöne Erfolge bei den Mädchen und im Studium; dann aktive und nützliche Teilnahme, zusammen mit Sandra und ihrem Mann, an der Leitung der vom Vater geerbten Firma. Und dann auf einmal...

»Entschuldige, was hast du gesagt?« fragt Sandra, während sie ihre Liste zusammenfaltet. »Ich habe nicht...«

»Du hast dich nicht angeschnallt, wie üblich.«

»Ah ja, stimmt... Aber jetzt sind wir schon fast da.«

»Hinter der Shelltankstelle stehen fast immer die Carabinieri.«

»Wie du meinst«, sagt sie mit einer übertriebenen Munterkeit, die sie im letzten Moment anstelle eines Seufzers gewählt hat.

Sie zieht sich den Sicherheitsgurt über die Schulter, um den Schein zu wahren, und hält ihn fest bis nach der Kurve und dem kleinen Platz mit der Shelltankstelle, wo aber keine Carabinieri lauern.

Und schon liegt das Städtchen vor ihnen.

»Ist doch immer wieder ein wunderschönes Städtchen!« begeistert sich Sandra, die es seit September nicht mehr gesehen hat.

»Es *war* ein schönes Städtchen bis vor sechs, sieben Jahren«, räumt ihr Bruder aus dem Fond ein. »Heute kann's einem bloß noch leid tun.«

Der am Steuer sitzende Gatte und Schwager Ettore mischt sich nicht ein und konzentriert sich ostentativ auf das Fahren, obwohl der Verkehr um diese Zeit kaum der Rede wert ist im Vergleich zu dem, der im Sommer oder auch nur zu Ostern herrscht. Doch an dem Lächeln, das ihm um die Lippen spielt, während er in den Ort hineinfährt, kann man ablesen, daß er im Geiste die beiden Städtchen vergleicht: das, welches Sandra sieht, und das, welches Daniele sieht.

SANDRA: Abwechslungsreiche Reihen von modernen, anonymen Häusern, aber verschönt durch Bepflanzung mit Jasmin, Heckenrosen, Bignonien und Bougainvillea, dazu viele entzückende kleine Jugendstilvillen an der Uferpromenade, und dann...

DANIELE: Öde Randbebauung mit billigen Häusern, vor dreißig Jahren als Schwarzbauten angefangen und in den letzten zehn Jahren unkontrolliert gewuchert, dazu ein paar kleine Villen ohne erkennbaren Stil an der Uferpromenade, und dann...

SANDRA: ... und dann die natürliche Anmut der Armeleute-Architektur des letzten und vorletzten Jahrhunderts, die ein harmonisches Gewirr von Gassen und Gäßchen, Plätzen und Plätzchen geschaffen hat, herrlich belebt durch die bunten Auslagen der Obststände, Schmuckverkäufer, Trödler und Fischhändler, nicht zu vergessen die modischen Kleider mit Markenzeichen.

DANIELE: ... und dann das übliche Ex-Fischerdorf, renoviert und neu angemalt, überall verunstaltet durch Verchromtes, Verglastes, Aluminiumprofile und Plastikvorhänge, dazu das übliche Gewimmel von übelriechenden Pizzerien, Trattorien, Grill- und Fischrestaurants, nicht zu vergessen die Diskothek »Il Patio«.

SANDRA: Das Ganze zu Füßen eines Hügels, an dessen steile Hänge sich gleich einer Krippe der mittelalterliche *Borgo* schmiegt, eingeschlossen in seine noch fast intakten Mauern und beherrscht von der ***Collegiata**, einer kunstgeschichtlich wertvollen...

DANIELE: Das Ganze zu Füßen eines Hügels, an dessen morschen Hängen wie ein Wespennest der »mittelalterlich« genannte *Borgo* klebt, eingeschlossen in halb zerfallene Mauern und beherrscht von der sogenannten »Collegiata«, einem Unwort zur Bezeichnung...

SANDRA: ... einer kunstgeschichtlich wertvollen romanischen Kirche aus dem 13. Jahrhundert, die eine Altartafel von Sano di Pietro und eine große, Beccafumi zugeschriebene Auferstehung enthält und ihrerseits beherrscht wird von der ****Rocca**, einer stolzen, zinnengekrönten Burg, in der ich für den Rest meiner Tage leben könnte, wenn die Torrianis mir einen Flügel vermieten würden.

DANIELE: ... einer kleinen, schwarzweiß gestreiften Kirche mit zwei Löwen davor (oder was sonst das für Viecher sein sollen), bemoost und zerfressen, wie wir es alle einmal sein werden, und ihrerseits beherrscht von der sogenannten »Rocca«, einer unproportionierten, banalen Zwingburg aus grauem Stein, in der ich mich umbringen würde, wenn ich ständig darin leben müßte wie diese verrückten Markgrafen Torriani.

Sonst gibt es nicht viel zu vergleichen. Da ist natürlich der kleine Hafen mit seinem Leuchtturm, mit einem halben Dutzend Fischerkähnen und einer Unzahl von Segelyachten in allen Formen und Größen; da ist die Piazza Grande mit vier Platanen um einen Brunnen, dem Rathaus und einer weiteren kleinen Kirche in einfachem Renaissance-Stil, in der einmal jährlich die Messe gelesen wird; und da ist die sogenannte »Immenwiese«, eine weitläufige »archäologische« Fläche (mit Resten von römischen Mauern und der dürftigen Ruine eines gegen die sarazenischen Piraten errichteten Wachturms), die heute als öffentlicher Parkplatz dient.

Von hier aus gelangt man über ein Treppchen zum eigentlichen Zentrum des Städtchens, einem Platz in Form einer Sanduhr, benannt nach Fidia Burlamacchi, einem lokalen Wohltäter, aber allgemein Piazza Garibaldi genannt wegen der bronzenen Büste an der Fassade eines Hauses, in welchem der Nationalheld einmal übernachtet haben soll.

Hier befinden sich, läßt man die abfällige Meinung einiger Sonderlinge beiseite, die beste Brotbäckerei, die beste Metzgerei, der beste Obst-und-Gemüse-Laden und die beste Konditorei des Ortes, außerdem auch das einzige Schreibwarengeschäft, und hierher kommen die Gualdanesen zum Einkaufen, wobei sie den Platz auch als Treffpunkt und Ort zum Plaudern benutzen.

So braucht Monforti nicht lange, bis er vor dem Zeitungskiosk die schöne Signora Neri entdeckt, die mit Signor Zeme spricht, während Signora Zeme zerstreut zu der drohend hochragenden Burg hinaufblickt und eine extrem dünne Zigarette raucht.

Es folgen Ausrufe, Begrüßungen und Meinungsaustausch über das Wetter. Ein Jammer, dieser Schirokko, bis vor drei Tagen war noch kein Wölkchen am Himmel zu sehen. Und im Radio sagen sie, es soll noch schlimmer werden, eine atlantische Störung sei im Anzug. Hoffen wir, daß sie sich irren, tun sie ja oft. Andererseits wäre Regen dringend nötig, die Pineta ist knochentrocken.

Aber das Gespräch würde hier zu versanden drohen, wenn ihm die Schlagzeile der am Kiosk ausgehängten Lokalzeitung nicht einen weiteren Anstoß lieferte:

Bei km 52 der »Maremmana«:
DIE TODESKURVE FORDERT
EIN NEUES OPFER

3.

Dieselbe Lokalzeitung weckt sorgenvolle Vermutungen im Kopf des Maresciallo Aurelio Butti, der am Fenster seines Dienstzimmers im ersten Stock der Kaserne steht. Die Kaserne erhebt sich fast genau gegenüber dem Kiosk, und der Maresciallo kann die schwarzen Balkenlettern deutlich erkennen, aber als besorgter Ordnungshüter, der im übrigen mehr noch vorzubeugen als zu verfolgen hat, liest er im Geiste dort andere, mörderischere Worte:

GÄRTNER BEGEHT DOPPELMORD
AN EHEFRAU UND LIEBHABER
UND ERSCHIESST SICH DANACH SELBST

oder auch:

JUNGER SKIPPER
MASSAKRIERT MIT 36 MESSERSTICHEN
DEN EHEMANN SEINER GELIEBTEN

Es ist noch nicht passiert, aber es könnte sehr wohl dazu kommen, wenn er bedenkt, was ihm heute morgen von mehreren Seiten berichtet worden ist. Der Maresciallo ist naturgemäß auf dem laufenden über das heimliche Liebschaftsverhältnis, das seit mehreren Monaten zwischen der Frau des Baldacci Orfeo, Gärtner in der Gualdana, und dem jungen Fioravanti Dino besteht, der davon lebt, daß er sich und sein Boot in den Sommermonaten an Touristen vermietet und im Winter den Grundschulkindern Schwimmunterricht erteilt. Ein langer, spirriger Mensch um die Dreißig, ein bißchen überspannt und anarchisch, aber eher vom grünen, ökologischen Typ, und jedenfalls nicht vorbestraft.

In seinen blonden Bart hat sich die Frau des genannten Baldacci verliebt oder auch nur verguckt, eine Zugewanderte aus San Quirico d'Orcia, 42 Jahre alt, unruhige Frau, unbefriedigt von ihrem Mann und ihrer sozialen Lage, mit einer Vorliebe für exotische Kleider, manchmal bis an die Grenzen des Anstands. Als sie einen kleinen Besitz in Val d'Orcia erbte, hat sie ihn prompt an einen Choreographen aus Deutschland verkauft, hat mit dem Erlös eine Boutique eröffnet, in der sie sogenannte Florentinerhüte verkauft, die sie aus Indonesien importiert, und hat angefangen, Englisch und Flöte zu lernen.

Ihr Ehemann hat in keiner Weise auf diese Extravaganzen reagiert, weshalb der Maresciallo schon glaubte, er habe sich um des lieben Friedens willen mit seiner Lage als Hahnrei abgefunden. Aber das war offensichtlich ein Irrtum. Denn gestern abend hatten die beiden Rivalen vor der Bar »Il Molo« einen heftigen Wortwechsel, der über Bespucken zu Handgreiflichkeiten führte, die sich schließlich über Knüffe, Fausthiebe und Fußtritte bis zu annähernden Karateschlägen steigerten.

Da zum Glück keiner der beiden bewaffnet war, endete der Streit mit einfachen Hautabschürfungen und mehrfachen Prell- und Quetschungen beiderseits. Und da keiner der beiden weder ins Krankenhaus eingeliefert wurde noch Anzeige erstattete, hat der Maresciallo keinen Grund, etwas von Amts wegen zu unternehmen. Ja, von Amts wegen weiß er gar nichts von der Sache. Dessenungeachtet ist ihm ein Austausch von Drohungen berichtet worden, die zum Teil gewiß eher symbolischer Art waren (»Ich schlag dir den Schädel ein!«, »Ich reiß dir die Eier ab!«), zum Teil aber leider auch recht realistisch und beunruhigend klangen (»Ich schieß dir eine Kugel durch den Kopf, dir und dieser Hure!«, »Ich erwürge dich, ich steche dich ab und werf dich den Fischen vor!«).

Der betrogene Ehemann ist immerhin Jäger und besitzt zwei regulär gemeldete Flinten (eine Benelli und eine Remington). Der Liebhaber verfügt als Seemann, Angler und Taucher vermutlich über ein ganzes Arsenal an Schnitt- und Stichwaffen, von Messern über Spieße bis zu Harpunen, nicht mitgerechnet seine Vertrautheit mit Seilen und Knoten. Was also tun, bei diesem Stand der Dinge?

Es vergeht sozusagen kein Monat, ohne daß die vorgesetzten Dienststellen ein neues Rundschreiben schicken, um den Begriff der Vorbeugung zu illustrieren und zu bekräftigen. Aber wie soll man hier vorbeugen?

Zerstreut läßt der Maresciallo die Dienstpistole pendeln, die in der schwarzen Ledertasche an seinem Gürtel hängt. Er ist, wenn es sein muß, ein mutiger Mann, der im Laufe seiner Karriere schon in etliche Schießereien mit der Unterwelt verwickelt war, sowohl mit der organisierten wie mit der nicht organisierten, aus denen er manchmal siegreich und immer ehrenvoll hervorgegangen ist. Hier jedoch gibt es nicht einmal die nötigen Tatbestände für eine gewöhnliche Vorladung in die Kaserne. Man müßte auf das sogenannte »Gespräch vertraulichen und informellen Charakters« zurückgreifen. Aber mit wem? Nur mit dem Fioravanti allein oder auch mit dem Baldacci? Oder womöglich mit allen dreien, zu welchem Zweck man die Frau vorübergehend aus ihren Flötenstudien reißen müßte?

Der Gedanke verursacht dem Maresciallo ein unangenehmes Kribbeln im Magen, überfällt ihn mit einem plötzlichen, heftigen Gefühl der Leere und Sinnlosigkeit des Lebens. Und der Anblick der Signora Zeme (bei dem er sich sehr gut erinnert, in welchem Zustand sie voriges Jahr war, obwohl sie jetzt, während sie mit ihrem Mann und Signor Monforti zur Konditorei geht, einen fast normalen Gesichtsausdruck hat) kommt ihm fast wie eine Ermahnung an die eigene Adresse vor.

In Wahrheit, überlegt der Maresciallo, bedürfte es hier weniger eines Vertreters der weltlichen Macht als eines der geistlichen; passender als seine Carabinieri-Uniform wäre in dieser Situation die Kutte des Paters Everardo, der vor ein paar Minuten auf der Piazza eingetroffen ist, sich von seinem Moped geschwungen und die Gualdanesen vor dem Zeitungskiosk begrüßt hat.

Gleichfalls ein großer Konjugierer des Verbums vorbeugen, hätte der Kapuzinerpater es gern (aber wer hätte das nicht?), wenn Pistolen und Maschinengewehre nie in Aktion treten müßten, er bezeichnet Handschellen als ein »Symbol der Niederlage« und würde die Carabinieri am liebsten in eine Truppe von Sozialhelfern, Psychiatern, Beichtvätern, Animatoren von pädagogischen Spielen und Pantomimen umfunktionieren. Vorbeugen, lieber Maresciallo, vorbeugen...

Aber der Maresciallo hat bereits das Fenster verlassen und läuft eilig die hellen Steintreppen hinunter, wobei ihm die Pistole an der Hüfte tanzt. Er hat keinen Augenblick Zeit zu verlieren, wenn er ein vorbeugendes Gespräch mit diesem Pater führen will, der unentwegt hin und her flitzt, um mal hier und mal da vorzubeugen.

4.

Als der Maresciallo den Pater Everardo mit sich davonführt, wobei er ihm sogar anbietet, sein Moped zu schieben (was der Kapuziner jedoch entschieden ablehnt), löst sich die übriggebliebene Gruppe der Gualdanesen auf. Signora Borst und ihre Freundin Eladia steigen auf ihre mit Einkäufen beladenen Räder, das Ehepaar Kruysen geht zum Parkplatz zurück, und der Schwager Monfortis begibt sich im Auftrag des letzteren zum Haushaltswarengeschaft Favilli, um zwei Meter verzinkte Kette und eine Schachtel Rattengift zu besorgen. Sandra und Signora Neri beschließen dagegen, einen Blick in den neueröffneten Laden *L'Omino Blu* (»Das blaue Männchen«) zu werfen, wo ihnen vielleicht noch eine Idee für ein Weihnachtsgeschenk kommen könnte.

Nicht daß die beiden Frauen vergeßlich oder flatterhaft wären. Für die wichtigeren und wohlüberlegten Geschenke sorgen sie lange im voraus. Aber auch ihnen kann es passieren, daß sie sich zwei Tage vor Weihnachten plötzlich die Hand vor den Mund schlagen und rufen: »Mein Gott, ich hab ja noch gar nichts für die Piera!«

Und nicht nur das ist es, was sie zum »Blauen Männchen« treibt. Es hat auch eine Art telepathisches Signal gegeben, das die eine ausgesandt und die andere sofort aufgefangen hatte, betreffend die Zweckmäßigkeit eines kurzen Tête-à-tête ohne die anderen, um ein Gespräch von, sagen wir, vertraulichem und informellem Charakter zu führen.

»Ich finde, es geht ihr viel besser.«

»Ja, sie scheint sich wirklich zu erholen.«

Sie beziehen sich offenkundig auf den Gesundheitszustand der Signora Zeme. Aber keine der beiden glaubt wirklich, was sie sagt. Mehr als konventionelle Sätze sind es verschlüsselte Botschaften, die sie austauschen, um sich erst einmal darüber zu einigen, auf welcher Ebene sie das Gespräch führen wollen.

»Hältst du es für richtig, daß ihr Mann sie allein so weit fahren läßt? Ist 'ne ziemliche Reise.«

»Wenn sie sich dazu imstande fühlt und es gern möchte, warum nicht? Im Gegenteil.«

»Ja, es ist tatsächlich ein gutes Zeichen.«

Sie wollen an der Oberfläche bleiben, das ist klar. Beim äußeren Anschein. Jetzt sind sie vor den Schaufenstern angelangt, die nur so wimmeln von schwindelerregend heterogenen und doch seltsam ähnlichen Gegenständen: Schildkröten aus Kristall, Feuerzeuge in Form von Segelschiffen, Feigen aus Olivenholz, Golfbälle aus Silber, ein Riesenbleistift, ein Miniaturelefant...

»Meinst du?«

»Hoffen wir's.«

Sie treten in den schlauchartigen, von Neonleuchten erhellten Laden, zwischen lange Verkaufstische und lange Regale, die vom Boden bis zur niedrigen Decke vollgestopft sind.

»War hier nicht vorher ein Schuster?«

»Ja, der Saletti.«

Zwei andere Kundinnen inspizieren die Halsketten, die Fingerhüte, die Manschettenknöpfe, die Taschenkalender, die Briefbeschwerer und die Backgammonspiele. Eine Frau in einem lila Overall, über den ein rötlicher Zopf fällt, sitzt an einem Gasofen, liest in einer Illustrierten und blickt ab und zu träge auf. Sandra und Signora Neri gehen schweigend jede für sich umher, bleiben stehen, machen kehrt, nehmen dies und das in die Hand, betrachten es und stellen es wieder hin.

Ein Bügeleisen aus Alabaster. Scheren aus Steingut. Ein kleines Tischtelefon aus massivem Messing, dessen Hörer als Flaschenöffner dient.

»Na?« fragen sie sich über einen der Tische.

»Hm«, machen sie, als sie sich hinten im Laden begegnen.

Sie zögern, vergleichen, verwerfen.

Als sie sich erneut begegnen, bleiben sie mit einem leichten Achselzucken stehen. Sandra nimmt aufs Geratewohl ein kleines nacktes Mädchen aus Bronze, das auch ein Korkenzieher ist, in die Hand und stellt es, nachdem sie den Preis gesehen hat, wieder hin.

»Auch noch teuer«, kommentiert sie mehr mitleidig als ironisch, als könnte der sinnlose Krimskrams, der sie da umgibt, in zwei Frauen wie ihnen nur milde Nachsicht gegenüber den menschlichen Torheiten wecken. Und nach kurzem Zögern kommt sie mit einem Seufzer auf den Punkt: »Er sagt mir ständig, seine einzige Hoffnung wärest du.«

»Ich weiß«, seufzt Signora Neri ihrerseits. »Das sagt er mir auch.«

»Wir hatten ihn schon fast überredet, mit uns irgendwohin zu fahren, dieses Weihnachten, nur damit er mal was anderes sieht, aber dann war's wieder nix. Er wollte unbedingt hierbleiben.«

»Was soll ich dazu sagen.«

»Willst du es wirklich nicht mal versuchen?«

»Nein wirklich, ich kann nicht«, seufzt Signora Neri erneut. »Versetz dich nur mal in meine Lage.«

»Tja.«

Ihre Beziehung hat jetzt den Charakter einer Komplizenschaft zwischen praktischen Frauen, die wissen, welchen Preis das Leben kostet, die das Leid kennen und sich bewußt sind, daß sie es ständig in Schach halten müssen, ja daß sie ihm so weit wie möglich (noch einmal das Verb des Maresciallo) vorbeugen müssen.

Gegenstand des delikaten Gesprächs ist Monforti, der seit einiger Zeit in die schöne Signora Neri verliebt ist. Aber was heißt in solch einem Fall »verliebt«? Beide Frauen haben dazu keine sehr gefestigte Meinung.

Für Sandra ist Daniele ein gutaussehender Mann mit vielen Qualitäten, sehr intelligent, manchmal auch zu sehr (mithin: nicht von einem Idioten zu unterscheiden), der nie geheiratet hat, weil er nie die richtige Frau finden konnte. Daher im Laufe der Jahre ein wachsendes Gefühl von Leere und Sinnlosigkeit, die Krise, die Depression. Die er überwinden könnte, wenn er sich verehelichen oder »zusammentun« würde mit der nun endlich goldrichtigen Natalia Neri.

Für welche hingegen Daniele zwar ebenfalls ein gutaussehender Mann mit vielen Qualitäten ist, sehr intelligent und manchmal auch zu sehr (so daß es an Idiotie grenzt), der jedoch nie geheiratet hat, weil ihm sein schwieriger und umwölkter Charakter dabei im Wege stand, sein radikaler Pessimismus, der sich inzwischen zu einer unheilbaren Form von Depression verhärtet hat. Einen solchen Mann zu heiraten oder sich mit ihm »zusammenzutun« würde ihm nichts helfen und ihr nur endlose Mühen und Scherereien bereiten.

Allerdings gibt jede der beiden Frauen zu, daß im Grunde auch die andere recht haben könnte. Denn beide sind keine dogmatischen Frauen mit apodiktischen Meinungen, wiewohl andererseits auch nicht flatterhaft oder unsicher. Es ist vielmehr so, daß unter den ehernen kleinen Gewißheiten, auf die sie im Alltagsleben vertrauen (Gärtner sind Stümper, auf die man aber nicht verzichten kann, Lederkoffer sind schön, aber schwer) sich in ihnen allmählich, angehäuft durch Widerrufe und freudige Überraschungen, durch Verblendungen, Vergeltungen und grausame Ernüchterungen, eine Art philosophischer Relativismus gebildet hat, dem zufolge es gilt, dem Irrtum eine existentielle Bandbreite zuzubilligen. Beide haben inzwischen begriffen: Was ist, könnte letzten Endes auch nicht sein, und was a priori ausgeschlossen erscheint, könnte sich summa summarum als möglich erweisen.

»Du hast deine Kinder«, meint Sandra, während sie einen Buddha aus Kork betrachtet.

»Nein, das wäre kein Problem. Sie mögen ihn sehr, und er ist sehr lieb und nett zu ihnen.«

»Na ja, sicher, vom Naturell her ist er ein guter Kerl«, räumt seine Schwester ein. »Wär' ja noch schöner, wenn er auch noch ein Dreckskerl wäre!«

»In einem gewissen Sinn wäre alles viel einfacher, wenn er schlecht wäre«, lächelt Natalia. »Nein, aber verstehst du, was mich erschreckt, ist die Vorstellung, mit einem zusammenzuleben, der immer so... so negativ ist. Er kann darüber auch scherzen, er sagt, daß er jedesmal, wenn er einen Wasserhahn aufdreht...«

»Ich weiß, dann ist er darauf gefaßt, daß kein Tropfen

rauskommt. Und natürlich besteht die Gefahr, daß er dich auf die Dauer ansteckt.«

»Genau. Sicher gibt's Tage, an denen es ihm besser geht, und er selber meint, es könnte sich alles von einem Moment auf den andern legen, einfach so, mit einem Klick, und zumal wenn er mit mir leben würde... Aber wie soll ich denn wissen, ob er nun kommt oder nicht, dieser famose Klick?«

Sandra dreht den extrem leichten Buddha zwischen den Fingern und stellt ihn wieder auf den Tisch.

»Das *kannst* du nicht wissen. Niemand kann das bei diesen Depressiven je wissen. Du hast die Zeme gesehen. Heute vormittag steht alles zum besten, sie ist mitten in einer euphorischen Phase, aber morgen oder heute abend oder schon heute nachmittag...«

Natalia betrachtet einen Aschenbecher aus Keramik in Form einer halb geöffneten Sardinenbüchse.

»Ich weiß nicht, ob ich diese ständigen Wechselbäder ertragen könnte, immer rauf und runter, schwarz und weiß, warm und kalt. Es ist auch so schon alles so ungewiß.«

»Ich verstehe dich sehr gut.«

Sie lächeln einander kameradschaftlich an, zwei Veteraninnen des ewigen Krieges gegen die Unvorhersehbarkeit des Lebens.

»Aber wieso«, ereifert sich Natalia, »wieso mußte das gerade ihm passieren, dem Ärmsten? Und dazu ich, die es nur noch verschlimmern kann, die ihn nur noch schwermütiger werden läßt! Wieso?«

Sie schauen sich an in diesem Laden, in dem die Phantasie, der Fleiß und die Geduld der Menschen nichts als schwachsinnige Horrorgebilde zustande gebracht haben. Sandra pflückt eine gläserne Sonnenblume, die auch als Kompaß benutzt werden kann.

»Wieso überhaupt dies alles? Warum sind wir hier in diesem Loch, das mir nur Beklemmungen macht?«

»Der Einsiedler sagt, daß die Depression...«

»Ach, komm mir jetzt bitte nicht mit dem Einsiedler! Er ist der unerträglichste Mensch, dem ich jemals begegnet bin, ich kann ihn einfach nicht ausstehen. Und übrigens, wenn du mich fragst, er macht uns was vor. Wer weiß, was er wirklich treibt und was er alles in seine Klause mitnimmt.«

»Aber Daniele findet ihn sympathisch, alles in allem.«

»Ja, ich weiß, aber ich verstehe offen gesagt nicht...«

»Du kannst nicht leugnen, daß er in puncto Intelligenz und Bildung...«

»Ich leugne alles, er ist bloß einer, der besonders heiße Luft verkauft.«

»Nein, das stimmt nicht. Wenn er zum Beispiel sagt, daß die *apathía*, die im Griechischen übrigens nicht die Apathie wäre, sondern...«

Die gläserne Sonnenblume kehrt an ihren Platz zurück, und die beiden Frauen verlassen grußlos das »Blaue Männchen«, angeregt weiter über den Einsiedler diskutierend, eine offenbar strittige, zwiespältige Person, die in ebendiesem Moment aus ihrer strittigen Klause tritt, etwa zwölf Kilometer von hier, um sich auf den Weg in die Gualdana zu machen.

5.

Einige zig Kilometer weiter nördlich und ebenfalls auf dem Weg in die Gualdana, aber im Auto, befindet sich eine Frau von ziemlich anderem Schlag als Sandra oder die schöne Natalia Neri. Auch sie ist schön, wenn man so will, aber auf eine ganz andere Weise. Sie ist jünger und hat den größeren Teil ihrer Irrtümer noch vor sich. Sie ist gieriger, dreister. Vielleicht dumm, wie sie selber bisweilen argwöhnt. Oder vielleicht auch nur unreif. In jedem Fall ziemlich strittig in verschiedener Hinsicht. Sie heißt Katia und kommt aus Florenz, und als sie sich nun der Todeskurve nähert, achtet sie gar nicht weiter darauf, da sie noch nie hier gewesen ist und nicht einmal von ihr hat reden hören.

Die Kurve, die für die von Norden Kommenden bergab geht, öffnet sich in einem weiten, einladenden Bogen und schließt mit einem scharfen Knick nach links. Aber Katia sitzt nicht am Steuer und denkt an andere Sachen. Sie fragt sich gerade, was wohl konkret für sie herauskommen mag bei diesem »Ausflug ans Meer« (der natürlich im Bett enden soll) mit diesem Grafen Girolamo Delaude (der allgemein Gimo genannt wird).

Denn sicher, nur eine total Beknackte könnte glauben, daß er sie einfach so ohne weiteres in den Kreis der Top-Models einführt und sie auch zum Film undsoweiter bringt. Aber was, wenn er ihr nun tatsächlich ein Engagement bei »Telegiotto« oder einem anderen regionalen TV-Sender verschafft?

»Also ich«, sagt sie, um vorsichtig auf das Thema zurückzukommen, »wenn man mir sagt, eine wie ich sollte...«

Aber es sieht nicht so aus, als ob Gimo ihr zuhört, obwohl er bisher keine Gelegenheit versäumt hat, ihr zu sagen, was sie tun und lassen sollte, ihr Ratschläge und Lehren zu erteilen über das Leben, die Männer, die Frauen und alles. Im übrigen sagt er schon seit einer ganzen Weile nichts mehr oder gibt bloß einsilbige Antworten. Was hat er auf einmal? Fürchtet er vielleicht, sich mit seinen Versprechungen zu weit vorgewagt zu haben? Man müßte schon ziemlich beknackt sein, um nicht zu merken, daß sich sein Verhalten geändert hat.

Katia, die unregelmäßig einen Sprechkurs besucht, fragt sich, was die Lehrerin ihr jetzt raten würde. Einen kameradschaftlich-burschikosen Ton? Oder einen lieb-schmollenden? Sie entscheidet sich schließlich für einen mütterlich-besorgten Ton, obwohl der Graf mindestens dreißig Jahre älter als sie ist.

»Was hast du, Gimo? Bist du müde?«

Er dreht ihr für einen Moment den halbkahlen Kopf zu, um ihr ein Lächeln von ungebeugter Virilität vorzuführen.

»Ich? Nein, wieso?«

»Na, ich weiß nicht, du redest nicht mehr, du schleichst wie 'ne Schnecke...«

»Gezwungenermaßen, hier muß man höllisch aufpassen.«

Er zeigt ihr die Todeskurve mit ihrem gefährlich gewölbten Straßenprofil und ihrem holprigen, vielfach geflickten Belag, er macht sie auf die weiß-roten Stäbe aufmerksam, die provisorisch angebracht worden sind, um ein eingedrücktes Stück Leitplanke zu ersetzen.

»Hier sind schon viele zu Tode gekommen.«

»Mamma mia!« murmelt Katia in mitleidig-erschrockenem Ton.

Nach dem scharfen Knick kommt ein ebenes Stück, danach steigt die Straße wieder an, dringt in einen dichten Wald ein und scheint sich bis zum Gipfel dieses anderen Hügels hinaufschwingen zu wollen. Aber sie besinnt sich eines Besseren und biegt nach links ab, um an einem steilen gelben Tuffsteinbruch entlangzuführen.

Der Graf verlangsamt abermals, zögert, biegt dann in die alte Straße ein, die vor Jahren geradeaus zum Hügelkamm hinaufführte, und hält schließlich auf dem rissigen, von Gras und Sträuchern durchwachsenen Asphalt. Er muß wohl mal pinkeln, denkt Katia. Es sei denn, er will...

Sie verwirft den argwöhnisch-aggressiven Ton zugunsten des schmachtend-erstaunten.

»Was machst du? Was machen wir?«

»Früher ging hier die Straße lang, aber sie war zu steil, und da hat man sie umgeleitet«, erklärt Gimo. »Aber wir fahren hier rauf, ich will dir was Schönes zeigen. Du wirst sehen, eine echte Überraschung.«

Ach ja? Der Typ hält mich wohl für beknackt, bäumt sich Katia innerlich auf. Erstens soll er sich bloß nicht einbilden, sie wäre nicht längst gefaßt auf diese »Überraschung«. Zweitens ist sehr zu bezweifeln, daß es so schön ist, was er ihr da zeigen will. Und drittens ist es bestimmt nicht an so einem Ort, daß sie eventuell bereit wäre...

»Hier ist im Sommer vielleicht ein Verkehr, du machst dir keine Vorstellung«, ſeixt Gimo, während er im Schrittempo die verlassene Straße hinauffährt.

»Was für ein Verkehr?«

»Na, Huren, verstehst du? Die Zentrale ist in Livorno, sie werden mittags in Kleinbussen hergebracht und nachts um zwei wieder eingesammelt. Lauter Schwarze inzwischen. Früher sind immer nur drei, vier alte Nutten aus der Gegend gekommen, um auf die Lkw-Fahrer zu warten, aber jetzt haben diese Pendlerinnen sie verdrängt, jedenfalls in der Hochsaison. Die sind ja viel jünger, und ich kann dir sagen, manche von ihnen sind wirklich toll. Echte schwarze Statuen.«

»Magst du sie, die Schwarzen?« informiert sich Katia in unbefangen-neugierigem Ton.

»Na ja, weißt du, die sind eben... anders, die haben so was... Animalisches.«

»Ach ja, wirklich?« sagt Katia ironisch-pikiert.

Gimo legt ihr eine Hand auf den prallen Schenkel, den die enganliegende Lastexhose voll zur Geltung bringt.

»Sei ruhig, auch du bist 'ne prächtige Statue.«

Katia erwidert nichts und reagiert nicht, sondern bereitet den beißend-beleidigten Ton vor, den sie gleich gebrauchen wird, wenn der Graf über sie herfällt. Für wen hält er sie eigentlich, dieser Idiot? Wenn überhaupt heute eventuell was passieren soll, dann auf jeden Fall erst später, in dieser famosen exklusiven Pineta, wo er, wie er behauptet, eine exklusive Villa besitzt, in die mitzufahren sie sich leider hat überreden lassen ohne die Spur einer Garantie in bezug auf den Rest. Und jetzt will dieser Lüstling wohl schon hier zur Sache kommen, in dieser schönen Umgebung, auf diesem schönen Hügel für schwarze Nutten, seit einer halben Stunde denkt er daran, bereitet er sich darauf vor, spannt er die Fallstricke für die weiße Frau! Um sie im Gras zu vernaschen (das hier nicht mal richtig wächst) oder im Auto wie das letzte billige Flittchen!

Die Vorstellung läßt sie stumm mit den Zähnen knirschen, während das Auto vorsichtig weiter den Hang hinauffährt zwischen dichten Büschen, die kratzend an seine Flanken schlagen. Sie wird dem Kerl ins Gesicht hinein sagen: Was ist nun mit all deinen schönen Reden über den feinen Stil? Mit deinen schönen Lehren über die Distinktion, die Reserviertheit, die noblen Umgangsformen eines künftigen Top-Models? Schwein wird sie zu ihm sagen, Drecksack, flegelhafter und wahrscheinlich gehörnter! Und zu sich selber sagt sie: Beknackt bist du, beknackt und noch mal beknackt, auf so was reinzufallen, sich sogar noch vor Stefania und Debora zu brüsten mit diesem ach so distinguierten und raffinierten neuen Bekannten, der so ganz anders ist als die andern!

Das Auto erreicht den Hügelkamm, läßt die letzten Fetzen Asphalt hinter sich und hält auf einer Lichtung zwischen gelben Stoppeln und Steinen.

»Da wären wir«, sagt der Graf.

Katia sitzt starr neben ihm, Lippen und Knie zusammengepreßt.

Aber der Graf steigt aus, geht um den Wagen, öffnet ihr den Schlag, faßt sie galant am Arm und führt sie zu einem zerfallenen Mäuerchen.

»Schau, was für ein Panorama!« ruft er aus, während er sich auf das Mäuerchen setzt.

Er zündet sich eine Zigarette an und lächelt unschuldig.

Sie wählt einen ekstatisch-entzückten Ton, aber heraus kommt ein langer erleichterter Seufzer.

»Aaah...«

*

Auch der Graf (um genau zu sein: aus einer Seitenlinie der Grafen) Delaude, angeblich Besitzer (in Wahrheit gehört der Besitz seiner Frau) einer der 153 Villen in der Gualdana, stößt einen momentan erleichterten Seufzer aus. Zeit gewinnen, das heißt Zeit verlieren, nämlich dafür sorgen, daß sie nicht vor Einbruch der Dunkelheit zur Pineta gelangen, das ist der einzige Gedanke, der ihm seit ungefähr dreißig Kilometern im Kopf herumgeht. Aber mit diesem kurzen Abstecher ist sein Problem freilich noch nicht gelöst.

Gerade erst Viertel nach eins, stellt er mit einem heimlichen Blick auf die Armbanduhr fest, während er so tut, als genösse er andächtig schweigend dieses Panorama, das er auswendig kennt und das ihm nichts weiter bedeutet. Täler und Hügel bedeckt mit Macchia, verstreute Gehöfte, Olivenhaine, Felder, steingraue Profile von Bergdörfern auf fernen Höhen. Nichts Besonderes, nichts, was einem den Atem rauben könnte. Ländereien, die zu alledem auch noch großenteils der Vannozza Vettori gehören, dieser alten Giftschlange, die ihn nicht nur wiederholt im Bridge geschlagen hat, sondern einen Mähdrescher dafür gäbe, ihn hier mit dieser Katia zu erwischen und dann die Chose mit höhnischem Grinsen Hinz und Kunz zu erzählen. Und selbstredend auch seiner Frau, die, nachdem sie die Festtage damit verbracht hat, sich um das Weingut im Chianti zu kümmern (das ebenfalls ihr gehört, er selbst besitzt keine Lira), sich bestimmt nicht mit höhnischem Grinsen begnügen würde.

Er betrachtet Katia, die ebenfalls raucht, aber stehend, eine Hand in die Hüfte gestemmt, in einer »zwanglosen« Haltung nach Art eines Fotomodells für Supermärkte – was sie ja übrigens effektiv ist –, mit den Paradestücken der jahreszeitlichen Werbung am Leib: orangefarbene Sportswear-Jacke aus Nacryl mit Pelzbesatz (L. 94000); weinrote Leggings aus extra-elastischem Lastex (L. 39900); Stiefeletten »Los Angeles« (L. 70000). Dazu eine Frisur in Ananasform, überdimensionale Ohrringe aus Silberdraht und grün lackierte Fingernägel.

Schön? Ja, schön für einen, der aufs Handfeste achtet, sonst wäre er nicht schon fast eine Woche lang hinter ihr her. Aber wie hat er nur denken können, mit einer derartigen »Schönheit« am hellichten Tage in der Gualdana einzutreffen? Vor der Schranke zu halten, mit ihr auf dem Beifahrersitz, umgeben vom Hin und Her der Pineta-Bewohner und anderer womöglich gerade ein oder aus gehender Bekannter? Sogar von dort unten auf der Straße könnte jetzt leicht jemand, sichtbar wie sie hier oben sind...

Er dreht den Kopf und schaut hinter sich in die Runde, langsam, aber unbeirrbar. Dann zieht er die Schultern hoch und schaut wieder zum bewölkten Horizont.

»Was ist? Was hast du gesehen?« fragt Katia sofort alarmiert.

»Nichts, was soll schon sein?«

Absurd. Aber einen Moment lang war ihm gewesen, als hätte er einen Verwalter der Vannozza Vettori gesehen oder gar die Vannozza selbst, die dort unten vorbeigefahren, ihn erkannt und neugierig den Weg heraufgekommen wäre.

Zu schwache Nerven, zuviel Einbildungskraft, hält er sich vor, während er das Panorama zu erklären beginnt, um noch ein paar Minuten mehr herauszuschinden: »Dieses Dorf da unten ist Poggiali, jenes andere dort oben auf jenem Hügel da...«

Oder war da nicht, vielleicht, eben doch ein kleines Geräusch hinter ihnen?

»Magst du das Land?« fragt Katia.

»Na ja, weißt du, ich bin da praktisch zu Hause, ich lebe davon...«

»Mich macht es bloß trübsinnig«, bekennt sie mit einer Grimasse. »Ich würde sterben, wenn ich da immer leben müßte. Mein Ideal ist die Großstadt, das Gewimmel, das Hin und Her und die Lichter. Ich würde zum Beispiel sehr gut in New York leben können, da bin ich ganz sicher.«

Herrgott, warum hat er sie bloß nicht nach Mailand mitgenommen? denkt der Graf und verflucht seinen Geiz, vor allem aber den seiner Frau, die ihm nur einen lächerlichen, trotz der Inflation seit Jahren nicht erhöhten Monatswechsel zubilligt. Andererseits ist natürlich klar, daß ein Hotel in Mailand, bei den Ansprüchen, die eine Top-Model-Aspirantin zweifellos stellen würde, ihn alles in allem, mit Zimmer, Frühstück und Garage mindestens...

Er ist noch am Rechnen, da faßt ihn Katia heftig am Arm.

»Was ist das da hinten?« fragt sie mit einem kindlich-erschrockenen Flüstern.

»Wo?«

»Da, hinter den Büschen. Da bewegt sich was.«

»Ruhe, Ruhe«, sagt er, auch um sich selbst zu beruhigen.

In der Stille sind tatsächlich leise Geräusche aus dem Gestrüpp von Ginster und jungen Eichen zu hören. Jemand oder etwas scharrt da im Laub, entfernt oder zertritt kleine Zweige.

»Ein Tiger ist es nicht, die sind hier schon länger ausgestorben«, versucht er zu scherzen. »Vielleicht ein Fasan.«

»Laß uns hier weggehen«, flüstert Katia.

»Im schlimmsten Fall ist es ein Spanner, der sich davonmacht. Wir haben ihn enttäuscht.«

»Hör mal, ich will weg hier, okay?«

Als sie hinunterfahren, stoßen sie auf einen zerbeulten Kleinwagen, der die verlassene Straße fast blockiert. Gimo zwängt sich mühsam und fluchend vorbei, aber dann lacht er auf, denn im Außenspiegel ist eine kleine Gestalt zu sehen, die oben aus dem Gebüsch tritt: ein miniaturisiertes Mannweib im Minirock mit einer Zigarette im Mund, das aus dieser Entfernung eine gewisse Ähnlichkeit mit Vannozza Vettori hat.

»Das war eine von der alten Garde. Wie man sieht, profitieren die von der toten Jahreszeit, um ins Nest zurückzukehren.«

»Also sag mal, in was für 'ne Gegend hast du mich hier eigentlich gebracht!« schnaubt Katia in beleidigt-knurrendem Ton. »Und übrigens ist es schon halb zwei vorbei. Wo machen wir halt, um was zu essen?«

In Bagliano, denkt er, und die Vorstellung muntert ihn etwas auf. Er verspricht ihr einen exzeptionellen Lunch in einer für die Gegend typischen, aber exklusiven Trattoria, die im Guide Michelin mit zwei, wenn nicht drei Gabeln angezeigt ist: Da Mamma Adolfina.

»Ist nicht ganz nahe, aber es lohnt sich, du wirst schon sehen!«

Bagliano ist nicht nur nicht ganz nahe, sondern bedeutet, außer daß es nur über Nebenstraßen mit viel Auf und Ab und zahlreichen Haarnadelkurven zu erreichen ist, auch eine beträchtliche Verlängerung der Wegstrecke, während der immer dichter bewölkte Himmel ein frühes Dunkelwerden verspricht. Die fatale Schranke am Eingang der Pineta erscheint nicht mehr ganz so fatal.

Im Schutze der Dunkelheit, denkt Gimo.

III.
Jeden Tag um sechs Uhr morgens

1.

Jeden Tag um sechs Uhr morgens, um zwei Uhr nachmittags und um zehn Uhr abends werden die zwei diensttuenden Wächter im Pförtnerhaus durch zwei andere ersetzt, nach einem komplizierten und oft heftig angefochtenen Rotationsverfahren, das den Jahreszeiten, den Ferien, den Krankheiten und vielen anderen Variablen Rechnung zu tragen hat.

Um zwei Uhr nachmittags kommt es jedoch nicht selten vor, besonders wenn Festtage anstehen, daß einer der ausscheidenden Wächter oder auch alle beide anstatt nach Hause zu gehen noch ein Weilchen im Pförtnerhaus bleiben, um sich bereitzuhalten für eventuelle Besorgungen im Städtchen, dringende Reparaturen im Haus oder andere angemessen vergütete Aufträge der Pineta-Bewohner. Heute zum Beispiel ist es Vannuccini, der noch dableibt, nachdem er durch Barabesi und Guerri abgelöst worden ist. Vannucci hingegen müßte sich schleunigst zur Villa des Abg. Bonnano begeben, der gestern abend bei seiner Ankunft zahlreiche Mäusespuren im ganzen Haus vorgefunden hat – in der Küche, im Speisezimmer, im Salon, eine wahre Invasion – und der sich nun hinsichtlich der in einem solchen Falle zu treffenden Maßnahmen ganz auf den Wächter verläßt.

Allerdings hat sich soeben die Schranke geöffnet, um den Gärtner Agostino einzulassen sowie einen anderen Gärtner namens Diomede, der ihm auf dem Reifen folgt. Und alsbald hat der Austausch von Meinungen, Ideen und Reflexionen mit den Neuankömmlingen alle erfaßt.

Jeder Gärtner hat sich um etwa ein Dutzend Anwesen in der Pineta zu kümmern, mit Ausnahme von Orfeo Baldacci, dem die Pflege von ganzen neunzehn obliegt. Es ist jedoch nicht dieser beneidete, aber unbestreitbare Rekord, an dem sich die Diskussion entzündet und aufs lebhafteste rings um die Weihnachtssteineiche entwickelt.

»Ich sage nur, er hätte es früher tun sollen!«

»Aber er hat es doch nicht gewußt!«

»Aber wenn es doch alle wußten!«

»Das heißt gar nichts. Der Ehemann ist immer der letzte, der es erfährt!«

Thema der Debatte ist mithin der aufsehenerregende Zwischenfall, der sich gestern vor der Bar »Il Molo« ereignet hatte und schon dem Maresciallo Butti Anlaß zu sorgenvollen Überlegungen gab.

Ein aufsehenerregender, aber nicht sehr einschneidender Zwischenfall nach Ansicht von Guerri. Und jedenfalls, nach Ansicht von Vannuccini, ein reichlich verspäteter. Habe er doch im Grunde nur die offizielle Bestätigung dafür erbracht, daß sich der arme Orfeo in der Situation eines Gehörnten befindet. Infolgedessen hätte dieser, auch nach Meinung seines Kollegen Diomede, entweder schon früher energisch reagieren müssen oder alles weiterlaufen lassen können wie vorher, da er ja auch vorher nichts unternommen hatte.

»Aber wenn ich euch doch sage, daß er's nicht gewußt hat!« erwidert Agostino, der andere Kollege.

»Oder womöglich hat er's gewußt, aber er hat gehofft, daß sie reumütig zurückkehrt«, schaltet sich Vannuccini philosophisch ein.

Ein unüberbrückbarer, prinzipieller Gegensatz zeichnet sich hier nicht etwa zwischen Gärtnern und Gärtnern ab, sondern zwischen Ledigen und Verheirateten. Letztere nämlich (Diomede, Vannuccini und Guerri) vertreten mit Verve die folgenden Thesen: 1.) Wenn ihre Frauen sie jemals betrügen würden (eine freilich undenkbare Eventualität), würden sie es sofort bemerken. 2.) Sie würden erst einmal dafür sorgen, daß die Treulose für mindestens vierzig Tage, Verlängerung vorbehalten, ins Krankenhaus von Grosseto oder Siena eingeliefert würde. 3.) Dann erst würden sie mit dem Liebhaber abrechnen, würden sich aber damit begnügen (da ja die Initiative zum Ehebruch immer von der Frau ausgehe), ihm gehörig die Fresse zu polieren.

Die drei Ledigen (Agostino, Barabesi und Vannucci) setzen dem anspielungsreiche und beunruhigende Argumente entgegen. Die Frauen (natürlich die der Anwesenden ausgeschlossen) seien in Liebesaffären äußerst raffiniert und zu den verblüffendsten Simulationen fähig. Wenn sie ihre Männer betrögen (selbstredend die Anwesenden ausgeschlossen), müsse man sich immer fragen, ob die Schuld nicht bei den Versäumnissen des Betrogenen liege. Sie zu verprügeln nütze gar nichts, abgesehen davon, daß viele sich sehr gut zu wehren wüßten. Und was das Polieren der Fresse des Liebhabers angehe, so müsse man das fallweise entscheiden, könne es doch sehr leicht passieren, daß dem angehenden Fressepolierer am Ende selber die Fresse poliert werde. Siehe den Fall des armen Orfeo.

Wie von diesem Argument *ad hominem* herbeibeschworen, erscheint in diesem Moment der genannte Baldacci Orfeo in seinem klapprigen Pritschenwagen. Die Schranke geht hoch, und obwohl er nicht anhält, sondern grußlos durchfährt zu einem seiner neunzehn Anwesen, erstirbt die Debatte in einem verlegenen, zerknirschten Schweigen ohne jedes anzügliche Grinsen oder Zwinkern. Alle bedauern – auch wenn sich keiner die Probleme der Vorbeugung stellt, die der Maresciallo dem Pater Everardo dargelegt hat –, daß sie in einer so heiklen Angelegenheit, noch dazu mit einem so störrischen Typ wie diesem Orfeo, nichts tun können.

In ihrem Unbehagen steckt indes auch die Wahrnehmung eines sonderbaren und deprimierenden Phänomens. Aus der Nähe betrachtet sind die traditionell komischen Situationen oft gar nicht komisch, sondern stürzen wie Kartenhäuser in sich zusammen, mit einem trockenen Plopp wie fallende Pinienzapfen. Ein gehörnter Ehemann ist komisch, solange er abstrakt aufgespießt wird, im Klatsch und Tratsch oder im Lokalteil einer Provinzzeitung. Aber Orfeo konkret in Fleisch und Bein, wie er wachsbleich und düster vor sich hinstarrend vorbeifährt mit seiner Ladung Hacken, Harken, Sensen und Sicheln, erzeugt einen anderen Effekt, er entlockt einem nicht das geringste Lächeln. Im Gegenteil.

So kommt es, daß Vannucci, derart zu den harten Fakten des Lebens zurückgerufen, sich nun schleunigst im Auto zum Hause des Abg. Bonnano aufmacht, das auf der anderen Seite des Alten Grabens liegt. Während Vannuccini sich fragt, ob er noch länger dableiben soll, um sich mit seinem Motorroller für höchst ungewisse Aufträge bereitzuhalten. Nichts erlaubt ihm schließlich, den einträglichen und wenig mühsamen Auftrag vorauszusehen, der ihm in Kürze von den beiden Zemes erteilt werden soll.

Oder hätten es ihm die Tarotkarten der Signorina Eladia erlaubt? Immerhin erwartet ihn eine Reise, wenn auch nur eine kurze.

2.

Milagros, das philippinische Dienstmädchen der Signora Borst, ist hereingekommen, um den Kaffee zu bringen, kann sich aber nicht entschließen, wieder hinauszugehen. Sie steht hinter Signorina Eladia und studiert ebenfalls die zwölf Karten, die diese vor sich zu einem Astrologischen Rad ausgelegt hat.

»Ah, zum Glick, da is' der Magier!« ruft sie mit ihrem

kuriosen Akzent, der inzwischen mehr toskanisch als philippinisch ist, als sie ihre Lieblingskarte erblickt.

Nie hat die Signorina sie davon zu überzeugen vermocht, daß keine Karte der Großen Arkana, auch nicht der »Magier«, von sich aus günstig oder ungünstig ist, sondern immer nur in Kombination mit anderen, mit dem »Haus«, in dem sie sich befindet, und vor allem mit der dreizehnten Karte, dem Kleinen Arkanum »zur Kontrolle«. Für Milagros kann diese freundliche bunte Gestalt mit dem Zauberstab in der Hand und dem Spieltisch vor sich nur glücksbringend sein.

»Der Magier is' immer gut«, bekräftigt sie.

»Milagros, bitte!« ruft Signora Borst sie zurecht, die gesehen hat, wie ihre Freundin von Anfang an die Stirn runzelte (und noch einmal besonders, als sie die dreizehnte Karte gezogen hatte), und die sie nun nicht mit der kleinsten Frage zu stören wagt.

Aber Eladia scheint gar nicht hingehört zu haben. Sie hat nicht einmal den Kaffee bemerkt, der in dem Täßchen neben ihr kalt wird. Ihr Blick gleitet fortwährend hin und her zwischen dem Kleinen Arkanum (die Schwerter-Vier) und dem Astrologischen Rad, zu dem sie die Großen Arkana ausgelegt hat, eines in jedes der Zwölf Häuser, und ihre Lippen bleiben zusammengekniffen in einem Ausdruck der Ratlosigkeit und wachsenden Unruhe. So daß Milagros schließlich kopfschüttelnd und nun selber besorgt hinausgeht.

Wilhelmine (so heißt Signora Borst mit Vornamen) tut so, als ob sie sich wieder in ihre Arbeit vertieft, die darin besteht, weihnachtliche Pinienzapfen golden und silbern anzumalen. In Wahrheit versucht sie sich zu erinnern, ob das Astrologische Rad, das Eladia nach jedem Eintritt in ein neues Tierkreiszeichen neu legt, schon jemals so dunkel gewesen war wie an diesem 23. Dezember. Vielleicht damals vor dem Brand vor sieben Jahren? Nein, damals hatte Eladia ganz sicher sein wollen, bevor sie Alarm gab, aber das Feuer (die Kontrollkarte war eine der Stäbe) hatte sie sofort gesehen.

Auf jeden Fall, denkt Wilhelmine, kündigt sich dieses Weihnachten nicht sehr glücklich an. Denn die anderen Karten mögen bedeuten, was sie wollen, sie kann sie von ihrem Platz aus nicht erkennen und wäre ohnehin nicht in der Lage, sie zu deuten. Aber die Schwerter-Vier, die als dreizehnte außerhalb des Rades liegt, ist deutlich zu sehen und erlaubt keinerlei Optimismus. Ihr Einfluß ist *immer* negativ.

In der Stille, die sich hinzieht, ist das Ticken der Pendeluhr auf dem Kamin zu hören und klingt alarmierend. Es ist halb zwei, als Eladia endlich den Kopf hebt.

»Niemand kann wissen«, sagt sie, »was geschehen wird. Aber wir müssen uns auf alles gefaßt machen: Das Rad schwankt, die Häuser bewegen sich, der Narr hat den Magier mitgerissen und die Vier Tore aus den Angeln gehoben.«

»Aber das ist ja das Erdbeben!« schreit Wilhelmine auf.

⋆

Vorausgesetzt, die Vier Tore im Astrologischen Rad sind die der Vier Häuser in den Vier Himmelsrichtungen, und weiter vorausgesetzt, diese Häuser sind im Westen das Erste (»Das Leben«), im Osten das Siebte (»Die Gattin«), im Norden das Zehnte (»Das Reich«) und im Süden das Vierte (»Der Vater«), und überdies noch hinzugefügt, daß die genannten Häuser allesamt »glückliche« sind, so gilt es nun zu sehen – wie Eladia gerade sagt –, welche Arkana sich heute in ihnen befinden.

»Ja, aber draußen liegt doch diese scheußliche Schwerter-Karte«, sagt Wilhelmine mit einem Anflug von Ungeduld. »Und die ist doch die schlimmste, oder?«

»Entschuldige«, erwidert Eladia, »die Schwerter lassen wir besser erst mal beiseite. Beginnen wir mit dem Westtor, also dem Ersten Haus, wo der MAGIER ist. Der kann zwar, wenn er sich in einem Unglücklichen Haus befindet, wie zum Beispiel im Zwölften (»Die Feinde«) oder noch schlimmer im Achten (»Der Tod«), auch unheilvoll sein, aber in den

Glücklichen Häusern gibt er sein Bestes: Er ist die Lebenskraft, gepaart mit der Vernunft, die aufs Gute gerichtete Willenskraft.«

»Wie schön!«

»Allerdings«, fährt Eladia fort, »ist im gegenüberliegenden Tor der NARR, der ein kräftiges Gegengewicht darstellt. Denn auch der Narr...«

Sie unterbricht sich, um rasch ihren Kaffee zu trinken, der inzwischen kalt geworden ist, und spricht dann weiter: »Auch der Narr ist in einem Glücklichen Haus wie dem Siebten auf dem Höhepunkt seiner Kräfte. Aber diese Kräfte sind blind und irrational, diese Kräfte zielen aufs Chaos!... Zum Glück finden wir am Nordtor die GERECHTIGKEIT mit ihrer Waage, die das Gleichgewicht garantieren müßte. Aber... was haben wir denn da am Südtor?«

Signora Borst mag diese Art von Suspense mit abwechselnd warmen und kalten Duschen gar nicht. Sie hätte es lieber, wenn ihre Freundin gleich auf den Punkt käme. Außerdem hat sie sowieso schon gesehen, daß im Süden das GLÜCKSRAD liegt, und langsam begreift sie, welchen katastrophalen Mechanismus die Kontrollkarte ausgelöst hat.

»Ohne diese Schwerter«, sagt nun in der Tat Eladia, »hätten wir eine Patt-Situation, wenn auch eine mit extremen Spannungen. So aber haben die Kräfte des Irrationalen auch den Magier erfaßt, und der Narr hat freie Bahn bekommen. Die Waage der Gerechtigkeit hat geschwankt. Und als die Tore gefallen sind, hat das Glücksrad seine Bewegung auf das ganze System übertragen. Siehst du?«

Wilhelmine hat keine Lust, näherzurücken, um zu kontrollieren, ob das Schwanken nur symbolisch ist oder ob die Karten sich wirklich bewegen. Aber auch aus der Entfernung hat sie den Eindruck, daß der Magier immer wieder vom Haus des »Lebens« zu dem der »Feinde« hinüberschwingt, während der Narr auf der gegenüberliegenden Seite immer wieder vom Haus der »Gattin« zu dem des »Todes« pendelt. Die

Suggestion ist so intensiv, daß es ihr vorkommt, als wäre sogar ihr Tischchen mit den drei fertig bemalten Pinienzapfen und den Farbtöpfchen in die Pendelbewegung mit einbezogen. Als sie die Augen hebt, fällt ihr Blick auf die große Glaswand des Wohnzimmers, und sie starrt durch die Scheibe auf das Waldstück, das die Villa Nr. 126 von der ebenfalls in der ersten Reihe am Meer liegenden Nr. 122 trennt.

»Müßte hier ganz in der Nähe sein«, sagt sie mit einem Schaudern, während sie ihren großkarierten, in allen Farben prangenden Schal enger um sich zusammenzieht. »Es wird doch nicht die Signora Zeme sein?«

»Was denn? Wer denn?«

»Der Narr«, sagt Signora Borst. »Die Verrückte.«

*

Nein (erklärt Eladia), der Narr könnte jeder sein, auch ein Kind, sogar ein Tier. Und dasselbe gilt für den Magier, für den Liebenden, für den Eremiten, den Wagen und alle anderen Karten des Rades. Keine Entsprechung zu wirklichen Tatsachen oder Personen steht ein für allemal fest, da sich die Lage der astrologischen Häuser ständig verändert. Der Liebende zum Beispiel: im Fünften Haus (»Die Kinder«) könnte er Daniele Monforti sein, der gesund wird und endlich heiratet und dann auch Kinder hat; aber im Sechsten Haus (»Die Krankheit«) könnte er derselbe Daniele sein, der noch kränker wird, oder dieser Liebhaber von Signora Baldacci, der von einer unheilbaren Krankheit befallen wird, oder womöglich auch dieser Graf Delaude, der sich die Krankheit bei einem seiner Liebesabenteuer zuzieht... Oder nehmen wir den Eremiten, auch Kapuziner genannt, der schon wegen seiner zweifachen Entsprechung zu Ugo dem Einsiedler und zu Pater Everardo zweideutig ist; aber während er im Dritten Haus (»Die Brüder«) eine positive Rolle spielen könnte, ist er im Zweiten Haus (»Der Gewinn«) nur ein Betrüger oder jedenfalls ein Scharlatan, wie es ja Monfortis Schwester behauptet. Was den Wagen angeht, mit seinem Fahrer, der die Peitsche schwingt, um seine zwei Pferde anzutreiben...

Milagros ist wieder hereingekommen, um die Kaffeetassen zu holen, und bleibt nun stehen, um den Wagen zu studieren. Sie betrachtet den Fahrer, mustert die Pferde und erinnert sich an den alten, zum Pritschenwagen umgebauten 2 CV, der immer noch in der Gualdana umherfährt.

»Aber der schwingt nicht Peitsche«, quiekt sie los. »Das ist der Baldacci, der auf sein' Frau schießt!... Peng, peng, mausetot!«

Eladia schüttelt ungeduldig den Kopf.

»Nichts ist mehr das, was es scheint«, sagt sie. »Nichts scheint mehr das, was es ist. Wir können nur warten.«

»Nur zu!« ermutigt sie die Filippina. »Wenn der Magier dabei is', braucht man vor nix keine Angst ham!«

»Milagros, bitte geh in die Küche!« seufzt Signora Borst auf, während sie sich wieder daranmacht, Schuppe für Schuppe die Pinienzapfen zu bemalen, die sich Pater Everardo von ihr für den Weihnachtsbaum im Oratorium gewünscht hat.

3.

Unentwegt fallen Zapfen von den 18300 Pinien der Gualdana. Alte, aufgeplatzte und schon am Zweig verdorrte Zapfen und solche in schönster Reife, Trauben von Samenkernen, zartgrüne Zäpfchen und kaum ausgeschlüpfte Zäpfchenbabys, nicht mitgerechnet die länglichen Zapfen der Strandkiefern, die hart und borstig sind, als wären sie durch ihre Zwitterherkunft böse geworden. Sie fallen mit leisem Plopp in den Sand oder in die Rosmarinsträucher, sie knallen hart auf ein Dach oder auf das Pflaster einer Terrasse, sie platzen wie eine Bombe mitten auf einen Kaffeetisch im Freien, so daß jählings die Konversation abbricht.

»Das macht doch nichts, regt euch nicht auf«, sagt Sandra und beginnt die Scherben aufzulesen.

»Dreißig Zentimeter weiter dort, und es hätte dich voll erwischt«, bemerkt ihr Bruder.

»Die Pinienzapfen haben Augen, sagt man hier.«

»Ein idiotisches Sprichwort, wie alle Sprichwörter. Aus zwanzig Metern Höhe kann so ein Zapfen ganz schön was anrichten. Und wenn er einem Kind auf den Kopf fällt...«

Theoretisch mag das ja stimmen, aber Sandra kann sich wirklich nicht erinnern, schon jemals gehört zu haben, daß jemand, ob Kind oder Erwachsener, wegen eines Pinienzapfens in die Notaufnahme der nächsten Klinik eingeliefert worden wäre. Dennoch hütet sie sich, ihrem Bruder zu widersprechen, weiß man doch, daß diese Depressiven, diese Pessimisten immer mit unwiderleglichen Argumenten für das Allerschlimmste zur Hand sind, so daß man am Ende selbst davon überzeugt ist, daß Pinienzapfen eine öffentliche Gefahr darstellen.

Nein, Natalia hat ganz recht, wenn sie für sich bleiben will, denkt Sandra, während sie die Scherben in den Mülleimer wirft. Einer wie Daniele kann dich zur Weißglut treiben, er setzt dich unter Hochspannung, und die Spannung steigt und steigt, bis schließlich...

Das Schrillen des Telefons läßt sie übertrieben heftig zusammenfahren.

»Na bitte«, knurrt sie, während sie hinläuft.

Es ist Signora Zeme (was die wohl über Pinienzapfen denken mag?), die sich jetzt definitiv entschieden hat, noch heute abzureisen, und zwar allein, weil sie jetzt, wie ihr Analytiker ihr in einem Anruf aus Rom bestätigt hat, diesen ihren neuen Bewußtwerdungsprozeß so weit wie möglich selbst in die Hand nehmen muß, das heißt ohne ihren Mann, der sie deshalb heute abend nur bis Florenz fahren wird, um sie dort in den Schnellzug 21.10 Uhr nach Mailand zu setzen, in dem schon ein Platz reserviert ist – Vannuccini muß nur noch die Fahrkarte und die Platzkarte aus dem Reisebüro in Grosseto holen –, so wie auch in Mailand schon ein Hotelzimmer reserviert ist, so daß sie morgen früh, bevor sie nach Bozen weiterfährt, noch schnell ihren Neurologen in Mailand aufsuchen kann, mit dem sie nämlich auch schon telefoniert hat und der ihr den riesigen Gefallen getan hat, ihr noch am Vormittag einen Termin zu geben, bevor er selbst in die Ferien fährt, weil ja die Pillen, die kann sie natürlich nicht einfach so von heute auf morgen absetzen, obwohl die neue analytische Therapie ihr schon unheimlich gutgetan hat, ganz unglaublich, wenn man bedenkt, daß noch vor einer Woche, man stelle sich vor, die bloße Idee, auch nur hierher zu kommen, um die Weihnachtstage hier...

Sie lacht, spricht mit erregter Stimme und überhastet, sprudelt die Wörter hervor, als könnte der Fluß plötzlich wieder ins Stocken geraten und sie wieder in den Treibsand der Stummheit zurückfallen lassen.

Erklärter Zweck ihres Anrufs ist, sich vor der Abreise zu verabschieden und die jahreszeitlichen Grüße und Glückwünsche loszuwerden. Wahrer Zweck ist (als Monforti von Sandra an den Apparat geholt wird), sich Ermutigung von einem zu holen, der sie versteht, der Bescheid weiß, von einem Leidensgefährten, ehe sie sich ins Abenteuer stürzt. Und sogar, ihm das letzte Wort zu lassen, denn schließlich ist noch nichts unwiderruflich entschieden, der Elan des Aufbruchs kann noch gestoppt werden, der plötzliche Eifer kann wieder in Untätigkeit umschlagen, in die Erstarrung vor einem Fernsehfilm mit Perry Mason.

»Ich gehe rasch mal auf einen Sprung zu ihr rüber«, verkündet Monforti schon in der Tür.

»Gute Idee«, sagt Sandra. »So machst du gleich einen Spaziergang. Aber willst du dir nicht den Hut aufsetzen?«

»Den Hut? Ist doch gar nicht kalt.«

»Ich meine doch wegen der Pinienzapfen«, neckt ihn seine Schwester liebevoll.

Dann fällt ihr das Rattengift ein, das sich ihr Bruder am Vormittag hatte besorgen lassen, als er von der Invasion im Hause Bonnanno gehört hatte, und sie macht sich resigniert daran, das Zeug in die Zimmerecken zu verteilen. Zwar haben die Nager hier in der Nachbarschaft noch nie eine große Bedrohung dargestellt, aber es kann ja nichts schaden, ihn zu befriedigen. Wollte Gott, denkt sie, daß er keine anderen Probleme hätte als Ratten und Mäuse, Pinienzapfen und Carabinieri hinter der Shelltankstelle...

*

Die Tür bei den Zemes steht offen. Monforti tritt ein, bleibt aber im Eingangsraum stehen und hüstelt, um seine Anwesenheit zu signalisieren. Rauch steigt von einer extrem dünnen Zigarette auf, die in einem Aschenbecher neben dem Telefon glimmt. Irgendwo sind Schritte zu hören, trokkene Geräusche, dann die Stimme von Signora Zeme, laut rufend.

»Antonio! Hast du's gefunden?«

»Nein«, ruft ihr Mann, der kurz darauf mit gesenktem Kopf aus einem Flur tritt und ärgerlich vor sich hinknurrt: »Wo zum Teufel...«

Als er Monforti erblickt, starrt er ihn blöde an, bevor er sich ein höfliches Begrüßungslächeln abringt. Er sei auf der Suche nach einem der vielen Fläschchen mit Psychopharmaka, die den Tagesablauf der Signora Zeme einteilen.

»Entschuldigen Sie, aber ehe diese verdammten Tropfen nicht gefunden sind...«

Er enteilt in einen anderen Flur und verschwindet. Gleich darauf erscheint seine Frau in der Wohnzimmertür.

»Das NZ«, sagt sie zu Monforti oder zu wem auch immer mit verstörter Miene. »Wo hab ich's nur hingetan?«

Sie sieht die brennende Zigarette, nimmt sie mit zitternden Fingern und zieht daran, schaut auf die Uhr und legt die Zigarette wieder in den Aschenbecher.

»Ich muß es jetzt nehmen, sonst nützt es nichts. Dreißig Tropfen.«

Dieses NZ ist ein unterstützendes Beruhigungsmittel, anzuwenden – aber in gebührendem Abstand zu den anderen – zur Vorbeugung auf besondere Umstände, die den Patienten in eine Streßsituation bringen können.

»Wo kann es nur geblieben sein? Es war hier, zusammen mit allen anderen, in der Schublade des... oder vielleicht hab ich's gestern abend...«

»Wenn ich Ihnen irgendwie behilflich sein kann...«, murmelt Monforti im Bemühen, zu verhindern, daß sich dieses Aufbrodeln von Verzweiflung bis zum Siedepunkt erhitzt. Aber sie antwortet nicht, sondern enteilt durch denselben Flur wie ihr Mann und läßt den Besucher mit der weiterglimmenden Zigarette allein.

Ohne sich von der Stelle zu rühren, beginnt Monforti, mit den Augen die Bretter eines Wandregals abzusuchen, auf denen sich die unterschiedlichsten Dinge drängen: Muscheln, Terrakotten, afrikanische Statuetten, orientalische Masken, einige Bücher, dazwischen skurril geformtes Strandholz, glattpoliert und gebleicht wie Knochen phantastischer Tiere.

»Entschuldigung«, sagt jemand in der noch immer offenen Eingangstür. »Darf ich reinkommen?«

Es ist Vannuccini, den die Signora vor kurzem telefonisch herbeigerufen hat.

»Ja, ja«, versichert ihm Monforti, »die Signora ist da, sie sucht nur gerade ein...«

Signor Zeme taucht wieder auf, läuft rasch zwischen den beiden durch, ohne sie eines Blickes zu würdigen, und enteilt zu anderen Zimmern, Schubladen, Regalen. Auch die Signora erscheint wieder, und sofort ruft sie Vannuccini zu: »Ah ja, sehr gut, einen Moment noch, gleich kommt mein Mann, nur einen Augenblick noch...«

Sie sieht die brennende Zigarette, drückt sie aus und

knickt sie erbarmungslos um, verschwindet dann erneut hinter einer Tür. Eine andere Tür, weiter innen, schlägt zu.

Vannuccini erklärt Monforti gestenreich die Aufgabe, die ihm anvertraut worden ist. Mit Hin- und Rückweg – schließt er, sein schweres blondes Haupt wiegend, auch zum Ausdruck der Hoffnung, daß im Reisebüro in Grosseto schon alles vorbereitet ist – wird er dafür mindestens anderthalb Stunden brauchen. Andererseits ist es gut, daß die Signora sich einen Platz hat reservieren lassen, bei dem Gedränge, das zu den Festtagen in den Zügen herrscht!

Ach ja, das Gedränge. Monforti hatte noch gar nicht an diesen erschwerenden Umstand gedacht, und nun erscheint ihm das Unternehmen auf einmal alles andere als ratsam, er stellt sich die arme, zerbrechliche Signora Zeme im Gedränge des Eisenbahnwagens vor, eingekeilt und angebufft von allen Seiten, und wie sie dann ihren Koffer durch das Gewühl in der Halle des Mailänder Hauptbahnhofs schleppt, umtost von angsteinflößenden Lautsprecherdurchsagen, Rufen, Schreien, dröhnenden Echos. Nein, das darf er nicht zulassen, sie darf auf keinen Fall fahren.

»Entschuldigung«, sagt jemand an der Tür. »Störe ich?«

Es ist Pater Everardo, der den Gärtner Orfeo sucht.

»Mir wurde gesagt, er sei in der Pineta, aber niemand weiß, wo er steckt. Hier ist er nicht zufällig vorbeigekommen?«

Die anderen haben keine Ahnung und sind gerade dabei, den Pater über das Verschwinden der Tropfen zu informieren, als das Telefon läutet, schrill, fast brutal in dem kleinen Eingangsraum. Die drei erstarren und warten verlegen, bis Signor Zeme kommt, sich den Hörer ans Ohr reißt, ein paar knappe Ja und Nein hervorstößt und dann mit den Worten: »Aber nein, auch nicht zur Vertretung in Viterbo! Wir sehen uns nach den Festtagen, wenn überhaupt!« den Hörer wieder auf die Gabel wirft und den Besuchern ein finsteres Gesicht zeigt, das sich noch mehr verfinstert, als seine Frau tränenüberströmt erscheint.

»Sie sind nicht da, sie sind nicht da, ich *kann* sie nicht finden«, wiederholt sie panikartig.

Sie bleibt stehen und läßt die Arme wie tote Zweige von den Schultern herabhängen.

»Jetzt hör mir mal zu«, sagt ihr Mann. »Bist du ganz sicher, daß sie nicht in der Kommode...«

»Los, suchen wir alle mit«, greift der Pater ein. »Irgendwo müssen sie ja sein, nicht wahr?«

Vannuccini wiegt noch einmal sein Haupt, diesmal zum Ausdruck seiner Bestürzung bei dem Gedanken an die vielen Möbel und Nippessachen, die jedes Zimmer in diesem Haus überfüllen, aber Pater Everardo schiebt ihn ins Wohnzimmer, fordert Monforti auf, die Badezimmer zu durchsuchen, schickt den Hausherrn in die Schlafzimmer, auch in die nicht benutzten, und nimmt die Signora mit zur Inspektion der Kellerräume.

»Aber da können sie unmöglich sein, da gehe ich nie hin«, lamentiert sie, während sie die ersten Stufen hinuntersteigt.

»Los, los, werfen wir trotzdem einen Blick hinunter, wer suchet, der findet.«

Der verlassene kleine Eingangsraum wird zu einem Sammelbecken für Echos von allen Seiten, um dann, nach vielleicht zehn Minuten, die beschämten Suchtrupps wieder zu sich zu rufen.

Während Signora Zeme sich schief auf die kleine Sitzbank neben dem Telefon sinken läßt, rutscht ihr ein Fuß aus dem braunen Schuh und bleibt auf dem kalten Fliesenboden liegen wie ein knochiges Strandgut.

»Ich frage mich allerdings jetzt...«, sagt Signor Zeme in ernstem Ton, an den Pater gewandt.

Er redet nicht weiter, aber alle verstehen. Die Reise wäre ein Wahnsinn. Aber könnte er nicht, ja müßte er nicht daran denken (fragt sich Monforti), seine Frau nach Florenz zu bringen, nach Mailand, zu ihrem Neurologen, zu ihrer Schwester oder weiß der Teufel wohin?

»Nein, ich fahre«, seufzt die Frau. »Ich fahre auf jeden Fall, ich will hier weg...«

»Aber Signora«, sagt der Pater.

Sie betrachtet langsam und schweigend von unten nach oben die vier Männer, die sie umstehen, sie überragen, sie mit ihrer Mißbilligung umzingeln. Und plötzlich springt sie ungelenk auf die Füße, behindert durch ihren fehlenden Schuh.

»Antonio, du bist es gewesen!« schreit sie ihren Mann an. »Du hast sie versteckt, damit ich nicht fahren kann! Wo hast du sie hingetan? Sag sofort, wo hast du sie hingetan?«

»Ruhe, Ruhe«, beschwichtigt der Pater.

»Was heißt hier Ruhe, er war's! Er will mich hierbehalten! Er will mich daran hindern, auf meine Weise zu leben, wenigstens einmal auf meine Weise, damit er mich weiter unterdrücken kann, wie er's immer getan hat! Damit er mich zerstören kann! Damit er...«

Sie versucht im Stehen, ohne hinzusehen, in den Schuh zu schlüpfen, kippt ihn mit dem großen Zeh um, kickt ihn wütend davon.

»Magda, ich bitte dich«, sagt ihr Mann. »Warte, ich helfe dir...«

Er kniet sich vor ihr auf den Boden, aber etwas in seinem Ton (der unendlich geduldig klingt – oder nicht eher auf eine perfide Art klagend, jammernd, vorwurfsvoll?) weckt in Monforti einen Hauch von Antipathie, von instinktivem Widerwillen gegen diesen ungeschlachten, aber guten Kerl, der Signor Zeme noch bis vor einem Moment für ihn war. Auf einmal ist sich Monforti ganz sicher, daß *er* und nur *er* der Grund für die Depression seiner Frau ist, das permanente Trauma, von dem die Ärmste sich unbedingt befreien muß. Und er begreift: Diese Reise der Signora Zeme, das ist keine Laune, kein Ausdruck vorübergehender Euphorie, sondern ein Fluchtversuch. Und es kann sehr gut sein, daß ihr Mann wirklich die Tropfen irgendwo in den mörderischen, verschlungenen Gängen unter ihrem Eheleben versteckt hat, daß wirklich infolge obskurer Kalkulationen von ihm...

»Ist es vielleicht diese Medizin?« fragt Vannuccini, der sich unbemerkt entfernt hatte.

Er hält unsicher ein braunes Fläschchen hoch, und Signora Zeme läuft ihm hinkend entgegen.

»Das NZ! Jawohl, bravo! Bravissimo! Danke, vielen Dank, vielen herzlichen Dank!«

»Es stand auf einem Wandbord in der Küche, hinter den Töpfen.«

»Ah, siehst du!« schreit sie auf und drückt das Fläschchen an sich. »Ah, siehst du!«

Monforti muß an Mrs. Graham denken, wie sie vor einem Jahr ihr Kind an sich drückte, das Vannucci wiedergefunden hatte. Aber er bemerkt auch die Ambivalenz des Aufschreis: Ist ihr jetzt eingefallen, daß sie selbst das NZ hinter die Töpfe gestellt hatte? Oder hat sie nun den Beweis dafür, daß ihr Mann es versteckt hatte?

Der erhebt sich nun steif von den Knien, schlurft davon, kommt mit einem Glas Wasser zurück und reicht es Pater Everardo, der sich bereits das Fläschchen genommen hat und daraus jetzt, leise abzählend, dreißig Tropfen einer farblosen Flüssigkeit in das Glas fallen läßt. Alle lauschen mucksmäuschenstill diesem Gebet aus Zahlen, acht, neun, zehn... vierzehn, fünfzehn, sechzehn... achtundzwanzig, neunundzwanzig, dreißig!

Und so wie am Ende der Messe alle von einer hektischen Motorik ergriffen werden, zieht Signor Zeme nun seine Brieftasche hervor und übergibt Vannuccini ein paar Geldscheine, seine Frau schüttelt sich auch den anderen Schuh vom Fuß und entschwindet, etwas von ihrem Koffer murmelnd, kommt aber gleich zurück, um den Pater zu umarmen und ihrem Mann zu sagen, er solle dem Hotel in Mailand ihre Ankunft bestätigen, und Vannuccini zu ermahnen, er solle rasch zurückkommen aus Grosseto, mit oder ohne die

Platzkarte für den morgigen Zug, und allen ringsum noch einmal frohe Weihnachten und ein recht gutes neues Jahr zu wünschen – bis sie schließlich, barfuß, leichtfüßig, zu Monforti tritt, ihn am Arm nimmt, als wolle sie ihn zum Tanz auffordern, aber nichts sagt, sondern ihn nur anschaut, um ihn auf den Grund ihrer Angst schauen zu lassen.

»Aber ja«, sagt er. »Fahren Sie, fahren Sie ruhig.«

»Ende gut, alles gut«, sagt der Pater, während er sein Moped anläßt. Und während auch Vannuccini seinen Motor aufheulen läßt, fällt ein dicker Pinienzapfen mit einem sonoren »Boing« auf den vorderen Kotflügel seines Rollers. Auch dies ist eine Entscheidung, denkt Monforti, während er sich auf den Heimweg macht. Ein heruntergefallener Pinienzapfen kann nicht mehr herunterfallen.

Nur daß – überlegt er, während er nach rechts statt nach links abbiegt, um seinen Spaziergang ein wenig auszudehnen –, nur daß im Leben der Depressiven nie etwas wirklich entschieden ist, alles wird immerzu wieder in Frage gestellt und annulliert, und das in der kurzen Zeitspanne eines Tages, einer Stunde, einer Minute...

4.

Nach Feststellung der Schäden (Teppiche angefressen und Bücher zerbröselt, ein Sofa durchlöchert, sogar Schränke angenagt), nach Verstopfung des Zugangs, durch den die Nager eingedrungen sind (ein verrostetes und halb abgelöstes Lüftungsgitter im Heizungsraum) und nach strategischer Verteilung des Ausrottungsmaterials (vergiftete Körner und Kuchenstücke, Fallen mit Schnapp- und Fallgittermechanismus, Käfige mit Reuseneingang) kann Vannucci der Familie Bonanno einige Vorwürfe nicht ersparen.

Vor allem, erinnert er die Gattin und die zwei Töchter des Abgeordneten, hätten sie keinerlei Lebensmittel in der

Speisekammer lassen dürfen. Nicht mal Konservenbüchsen. Denn, so erklärt er, »die riechen das trotzdem, und dann toben sie sich an allem aus, was sie finden können«. Außerdem hätten sie ihn im September vor der Abreise rufen und kontrollieren lassen sollen, ob auch alles richtig gut zugeschlossen und verrammelt war.

»Denn sicher«, sagt er listig, »wenn die kleineren Mäuse rein wollen, finden die immer 'nen Weg. Aber durch dieses Lüftungsloch...«

Ein rascher Blick des Abgeordneten stoppt ihn, aber zu spät. Die drei Frauen – drei spindeldürre blasse Gestalten, die in ihrer Farblosigkeit fast gleichaltrig wirken – starren ihn entsetzt durch drei Paar dicke Brillengläser an.

»Die kleineren... Mäuse?« stammeln die beiden Mädchen. »Soll das heißen, durch dieses Loch wären...«

»Wie groß waren die?... Wie groß sind die?...« fragt erdfahl die Mutter. »Sie meinen, das waren...«

»Kleine, ganz kleine«, versichert Vannucci. »Was hab ich andres gesagt? Kleine Hausmäuschen! Die schlimmsten Schäden sind immer von denen. Na ja, vielleicht gibt's hier in der Pineta, bei denen, die wo in die Häuser reingehen, auch so ein paar mittlere« – dabei spreizt er Daumen und Zeigefinger etwa zwölf Zentimeter auseinander –, »aber große bestimmt nicht, das fehlte grad noch!«

»Keine großen?«

»Absolut keine«, bestätigt der Abgeordnete. Der zwar keine Ahnung von der Pineta hat (denn immer wenn er hier ist, verbringt er praktisch den ganzen Tag am Telefon und am Faxgerät), der aber vor allem hofft, keine weiteren Nächte mehr im Sessel verbringen zu müssen, bei brennendem Licht, um seine Frau zu bewachen, die sich mit den Töchtern im Ehebett verbarrikadiert hat.

Inzwischen hat sich Vannucci unter den bangen Blicken der Frauen hingekniet, um noch eine weitere »Reusenfalle« aufzustellen, in der bequem ein Kaninchen Platz fände.

»So«, sagt er, als er wieder aufsteht. »Das wär's dann. Jetzt können Sie ganz beruhigt sein, Signora, und Sie auch, Signorine, weil jetzt haben Sie hier, wie man bei uns sagt, mehr Fallen als Mäuse!«

Doch als Bonanno ihn in sein Arbeitszimmer bittet, um ihn für die Mühe zu entlohnen, fügt der Wächter leise hinzu: »Ich hab's gesagt, wie Sie's gewünscht haben, Herr Abgeordneter, aber es sind große Viecher, verstehn Sie? Haben Sie nicht die Köttel gesehen? In jedem Fall brauchen wir nur zu warten, bis wir eins gefangen haben, dann sehen wir ja, was für welche das sind. Wenn es Wasserratten sind, was ich aber nicht glaube, weil, hier sind wir doch ziemlich weit weg vom Alten Graben, dann ist es nicht so schwer, sie wieder wegzukriegen, aber wenn es Dachratten sind, die allerdings nicht so groß wären, oder gar Wanderratten...«

»Na hören Sie mal, wie viele gibt's denn hier davon? Das hätten Sie mir vorher sagen sollen, ehe ich das Grundstück gekauft habe! Statt dessen...«

»Nein, schaun Sie, Herr Abgeordneter: die wo in die Häuser reingehn, wie ich Ihnen schon gesagt hab, das sind gar nicht so viele. Sonst müßte man ja zum Beispiel auch diese sogenannten Maulwürfe mitzählen, die man *talponi* nennt.«

»*Talponi?*«

»Ja, das heißt, wir sagen in Wirklichkeit *tarponi*, aber das sind keine Maulwürfe, das sind große Nager, die auf den Bäumen wohnen. Natürlich haben wir auch Eichhörnchen, klar, und Haselmäuse, die in Haselnußsträuchern wohnen. Und dann im Herbst, da kommen die Wildschweine runter, obwohl, inzwischen gibt's nicht mehr so viele, aber wir haben auch Siebenschläfer, wir haben Dachse, wir haben sogar ein Stachelschwein, stellen Sie sich vor. Es ist ein altes Stachelschwein, das nachts herumläuft wie alle Stachelschweine, aber inzwischen trifft man's nur noch selten. Wenn es mal gestorben ist, wer weiß, ob dann noch welche kommen... Weiter haben wir Frösche, wir haben Schildkröten, wir haben *frusto-*

ni, das sind Schlangen, die sogar ziemlich groß werden können... Na ja, was wollen Sie, eine Pineta ist eben eine Pineta.«

»Das weiß ich sehr wohl«, sagt pikiert der Abgeordnete Bonanno, der sich als Angehöriger nicht nur des Ersten Parlamentarischen Ausschusses (Verfassungsfragen), sondern auch des Elften (Landwirtschaft und Forsten), wo er den Unterstaatssekretär Ciaffi vertritt, einiger ökologischer Kenntnisse rühmt. »Aber hier, scheint mir, wird das Maß doch wohl überschritten!«

5.

»Zwei Feuerwehrmänner treffen sich im Hof der Feuerwache, wo ein winziger Weihnachtsbaum mit nur einer brennenden Kerze steht. Der eine sagt zum andern...«

»Feuerwehrmänner sind nicht witzig.«

Ein langes Schweigen folgt, in welchem zwei Männer zwei Koffer und zwei große Taschen im Fond eines alten Geländewagens verstauen, der vor einem Gartentor steht. Der eine hat eine Wildlederjacke an und ist Mitte Dreißig, der andere ist zehn Jahre älter und trägt einen dicken weißen Pullover mit Zopfmuster, der ihm fast bis zu den Schenkeln reicht. An das Gartentor gelehnt steht eine Frau in Jeans und verfolgt zerstreut die Gepäckverladung und das Gehüpfe der Spatzen unter den mageren Akazien der Allee.

Die beiden Männer steigen ins Auto.

»Zwei Lkw-Fahrer fahren im Nebel. Der eine sagt zum andern...«

»Lkw-Fahrer sind nicht witzig.«

»Zwei Priester steigen ins Auto. Der am Steuer sitzt, kramt in seinem Talar, findet den Schlüssel nicht, zieht das Brevier hervor und sagt zum andern...«

»Priester funktionieren nicht. Komm, laß uns losfahren.«

Der Mann im weißen Pullover winkt einen Gruß hinaus, während das Auto anfährt, und die Frau schließt das Gartentor, liest einen Ball auf, der in einer Ecke des Gartens gelandet ist, und geht ins Haus.

»Sind sie weg?« tönt die Stimme einer anderen Frau aus einem nahen Zimmer.

»Ja«, sagt die erste Frau und bleibt vor einem riesigen Weihnachtsbaum stehen, der den halben Eingangsraum füllt.

»Gott sei Dank. Das war ja nicht mehr zum Aushalten. Ich hab sie noch nie so blockiert gesehen«, sagt die zweite Frau und kommt ebenfalls in den Eingangsraum.

»Es liegt einfach daran, daß sie zuviel arbeiten. Sie ermüden, es fallen ihnen keine guten Witze mehr ein, und dann verbiestern sie sich noch mehr«, sagt die erste, während sie ein paar Kerzen geraderückt. »Es ist ein richtiger Teufelskreis.«

»Hoffen wir, daß die Gualdana sie lockert.«

»Entweder sie lockern sich, oder sie werden sich schließlich trennen, was eine Katastrophe wäre. Inzwischen sind die Leute gewohnt, sie als Duo zu sehen.«

»Aber wenn ihnen keine Witze mehr einfallen, könnten sie sich doch von anderen welche schreiben lassen. Das machen doch fast alle so.«

»Sie sagen, wenn ihnen ein Witz nicht selber eingefallen ist, macht es ihnen keinen Spaß, ihn zu erzählen, und dann hat auch das Publikum keinen Spaß daran. Nein, wir können nur hoffen, daß wenn sie dort unten in Ruhe arbeiten...«

Dramatisches Kindergeschrei reißt die beiden Frauen vom Weihnachtsbaum weg und zieht sie automatisch, aber ohne übertriebene Eile, zu einem Zimmer am Ende des Flurs.

»Schade. Wir hätten ein so schönes Weihnachten gefeiert, alle zusammen.«

»Hoffen wir, daß sie sich bis Neujahr gelockert haben.«

*

Die beiden Männer im Auto stehen blockiert in einer langen Schlange am Eingang der Autobahn Rom–Civitavecchia.

»Ob die Heizung an sein wird?«

»Ja, Graziella hat im Pförtnerhaus angerufen.«

»Wann?«

»Vor zwei Stunden, gleich nachdem wir uns entschieden hatten.«

»Das Haus wird noch eiskalt sein.«

»Wir haben immer noch den Kamin.«

»Werden die Betten bezogen sein?«

»Nein. Das müssen wir heute wohl selber machen.«

Es folgt ein peinliches Schweigen. Von der fernen Mautstation her ertönt ein protestierendes Hupkonzert, das sich, lauter und lauter werdend, rückwärts die aufgestaute Schlange entlang bis zur Höhe der beiden Männer fortpflanzt. Der jüngere, der am Steuer sitzt, zuckt die Achseln.

»Was für einen Lärm die machen«, sagt er. »Das nützt doch nichts.«

»Sklavenprotest.«

»Das wär's vielleicht: ein Sketch über die Sklaverei. Wir alle sind ausnahmslos Sklaven von allem. Zwei Sklavenhändler, beide selber in Ketten, treffen sich auf dem Sklavenmarkt, und der eine...«

»Sklaven sind nicht witzig.«

Während ihres erneuten Schweigens schwappt das Hupkonzert an ihnen vorbei, brandet weit hinten noch einmal mächtig auf und verebbt schließlich resignierend.

6.

Was ist Kunst? Auf diese Frage, die er selber manchmal unvorsichtigerweise provoziert, wenn er die ästhetische Anmache bei Touristinnen unterschiedlicher Herkunft versuchte, hat Delaude nie eine Antwort gewußt. Immer hat er bloß, wenn sie im Freien waren, auf die nächste Sehenswürdigkeit gedeutet, sei's der Campanile von Giotto oder die Kirche San Miniato al Monte, und mit feierlicher Schlichtheit gesagt: »Da, das ist Kunst.« Oder er hat, wenn sie sich in geschlossenen Räumen befanden, die höhere Ansprüche stellten, auf eine andere unfehlbare Kurzformel zurückgegriffen: »Nun, ich lebe inmitten von Kunst, ich *atme* sie. Wie soll ich da wissen, was sie ist?«

Jetzt aber, während er sich mit Katia den Resten einer alten Kirche nähert, dämmert ihm langsam eine simple Wahrheit: Kunst ist gut, um Zeit zu gewinnen. Das Mittagessen bei »Mamma Adolfina« hatte sich ganz schön in die Länge gezogen, da im Winter, wenn nur wenige Gäste kommen, auch nur wenige Kellner bedienen, so daß sich die Intervalle zwischen Appetithappen, Vorspeisen und so weiter eher hinziehen. Dann der Kaffee. Dann noch der vom Hause offerierte und genüßlich in kleinen Schlückchen genippte Magenbitter. Dann auf die Toilette. Dann endlich, als alles andere ausgeschöpft war, die Rückkehr zum Auto. Noch ein Halt an der Tankstelle, um sorgfältig vollzutanken und das Öl, die Batterie, den Reifendruck zu kontrollieren. Dann aber war nun wirklich nix, gar nix mehr geblieben, nur noch eine volle Stunde, mindestens, hellichter Tag.

Es war San Guglielmo, der ihm die Rettung brachte. Mitten an einer langen Geraden plötzlich der gelbe Pfeil am Straßenrand: »San Guglielmo, romanische Kirche aus dem 12. Jahrhundert.« Wunderbarerweise vom Himmel gefallen.

Ohne zu zögern war er in den steinigen Pfad eingebogen und hatte angehalten.

»Was ist, Gimo? Was machst du? Amüsieren wir uns wieder mit den Nutten?«

»Aber nein, hier gibt's eine uralte Kirche, es wäre ein Jammer, da nicht kurz reinzuschauen, wo wir schon mal hier sind. Komm, steig aus.«

»Wieso? Müssen wir da zu Fuß hingehen?«

»Siehst du nicht, in welchem Zustand die Straße ist? Los, komm schon, es sind bloß dreihundert Meter, es ist gleich da oben.«

»Bist du schon mal dagewesen?«

»Und ob«, lügt Gimo. »Das ist ein wahres Juwel, du wirst schon sehen.«

Der Pfad verengt sich bald zu einer Furche zwischen verbrannten Stoppelfeldern und steigt leicht an zur Macchia, die einen flachen, langgezogenen Hügel säumt. Doch von der Kuppe aus zieht sich ein Wäldchen auf der anderen Seite hinunter, und da in einer Mulde sind die Reste von San Guglielmo zu sehen.

»Sieh mal, sieh mal die Lämmchen da!« ruft Katia.

Verstreut zwischen den Olivenbäumen zu ihrer Linken sind tatsächlich Schafe mit dazugehörigen, staksig durch die Gegend springenden Lämmchen zu sehen.

»Sieh mal da das schwarze!«

Die Ruine aus dem 12. Jahrhundert enthusiasmiert sie weniger, obwohl die Apsis noch fast intakt ist und sich eine gewisse melancholische Imposanz bewahrt hat. Vom Portal existiert nur noch ein großer angeknabberter Bogen, und weiter vorn halten sich zwei einsame Säulen aufrecht, um das Nichts zu stützen, umgeben von zerbrochenen Steinblöcken und scharfkantigen grauen Schutthaufen. Vom Dach keine Rede mehr. Es steht noch ein Stück der Außenmauer mit zwei verwitterten und von Efeu zugewachsenen Bogenfenstern, und das Efeu zusammen mit anderen Kletterpflanzen überzieht auch einen Großteil der Ruinen, um die ein schwer erkennbarer Trampelpfad läuft, der nicht oft von Touristen begangen sein kann.

»Dies hier muß der Glockenturm gewesen sein«, sagt Gimo vor einem hohen Haufen zerbröckelter Steine.

Sonst aber hat er nichts zu sagen. Von dieser wie von jeder anderen romanischen oder gotischen oder barocken Kirche weiß er nichts und will er nichts wissen. Und davon, wer dieser San Guglielmo war und wieso ihm zu Ehren ausgerechnet hier in dieser entlegenen Mulde eine Kirche errichtet worden ist, hat er nicht die blasseste Ahnung.

Schwarze Vögel erheben sich krächzend von einem nahen Stoppelfeld und vereinigen sich mit dem Schwarz der Macchia auf der Kuppe des nächsten Hügels. Ein Hund bellt in der Ferne, vielleicht wegen der Schafe, dann ist alles wieder still und reglos, wieder eingefügt in seine unendlich langsamen Zyklen.

An der Außenmauer der Apsis entdeckt Gimo eine Nische mit einer vom Zahn der Zeit angenagten Sitzbank und nimmt, nachdem er Brennesseln und braunes Gestrüpp beiseitegeschoben hat, mit einem Seufzer darin Platz. Er fühlt sich auf einmal sehr müde, und es ist eine echte Müdigkeit, keine bloß simulierte, um Zeit zu gewinnen. Nicht einmal nach Rauchen ist ihm zumute, und Katias enthusiastische Stimme tut ihm richtig weh.

»Aber das ist ja phantastisch! Das wäre ja toll!«

Was schreit sie denn da, was will dieses Mädchen?

Dem Mädchen ist plötzlich eingefallen, daß die Ruinen von San Guglielmo einen idealen Hintergrund für eine »Serie« abgäben. Was denn für eine »Serie«? Na, eine Fotoserie, eine herbstlich-winterliche Modekollektion. Bruno, ein mit ihr befreundeter Fotograf, wäre ganz verrückt nach so einer *location*, und auch Giancarlo, ein anderer Fotograf, würde den Kopf verlieren für so einen romantischen Kontrast.

»Na, findest du nicht? Ist das nicht sensationell?«

»Doch, ja«, sagt Delaude matt. »Ja, sicher.«

»Das muß ich ihm unbedingt zeigen, los, komm, gib mir die Autoschlüssel, ich lauf schnell runter und hol die Polaroid, du kannst mir doch sicher ein paar Aufnahmen machen, nur so als Beispiel, oder?«

»Ja«, nickt er aus seiner kariösen Nische heraus. »Jaja, ich denke schon.«

»Los, rasch, ehe es dunkel wird! Das war genial von dir, daß du diesen Platz gefunden hast.«

Der Geniale gibt ihr die Schlüssel, und das Top-Model eilt mit Elan davon, durchdringt resolut und emphatisch die Passivität der Schafe und das runzlige Greisentum der Olivenbäume. In sechs Monaten erscheint sie vielleicht wieder in irgendeinem billigen Magazin, zusammen mit anderen Mädchen wie sie, in anderen grellfarbenen Jacken und anderen buntgesprenkelten Hosen, an eine von diesen Säulen gelehnt, umrahmt von einem dieser efeuüberwucherten Fenster.

Gut, sagt sich Gimo, während er überschlägt, daß die gewünschten »paar Aufnahmen« leicht eine halbe Stunde dauern können und somit die Gefahr, zu früh in der Pineta einzutreffen, als gebannt betrachtet werden kann. Gut. San Guglielmo hat ihm eine Hand gereicht.

Doch allzusehr freut er sich, um die Wahrheit zu sagen, nicht über dieses Wunder. Es bedeutet ihm irgendwie nicht sehr viel. Das wahre Wunder, sagt er sich träge, das wahre Wunder wäre, wenn der Heilige es ihm gewähren würde, sich in dieser selben Nische wiederzufinden, den Blick auf diese selben Olivenbäume gerichtet und auf diese selben schwarzverbrannten Stoppelfelder unter denselben vom Seewind getriebenen Wolken, aber... im 12. Jahrhundert, fern von dieser Welt der Tankstellen und Todeskurven, der Polaroids, der pseudorustikalen Mamma Adolfinas, der mehr oder weniger topmäßigen Models und Katias für Supermärkte.

7.

Das zwischen den Pinienstämmen geronnene Licht hat inzwischen die gleiche Farbe wie der Asphalt, der staubig unter den Rädern des Fahrrads dahingleitet, und Natalia Neri, auf dem Heimweg von der Villa Kruysen, fühlt sich selber schon von diesem bald in Schwarz übergehenden Grau durchdrungen.

Ach, die Farben, die wunderbaren Farben der Gualdana, an denen sich alle von Mai bis Ende September ekstatisch berauschen!

Doch jetzt im Winter und zu dieser trüben Tageszeit widerruft die Pineta alle ihre Angebote als malerischer Ferienort und privilegierte Zufluchtsstätte. Die rigide Vertikalität der Stämme, die kilometerlange Drahtumzäunung, die Schranken der Ein- und Ausfahrt, bewacht von uniformierten Wächtern, lassen eher an ein Gefängnis denken.

Lebenslänglich? fragt sich Signora Neri nicht zum erstenmal. Und wie immer bleibt sie im Zweifel, ob es, um dieses strittige Refugium zu verlassen und sich noch einmal eine normale Existenz aufzubauen, für sie noch zu früh oder schon zu spät ist.

Jetzt jedenfalls drängt es sie, rasch nach Hause zu kommen, denn der gewohnte Weg am Alten Graben entlang bis zum Ponte del Granduca ist nicht nur deprimierend, sondern auch unheimlich in diesem verdämmernden Licht. Und als sie endlich zur Brücke gelangt ist, heitert es sie überhaupt nicht auf, dort die Gestalt eines Mannes an der Brüstung lehnen zu sehen. Sie verspürt im Gegenteil ein unangenehmes Kribbeln in den Haarwurzeln. Eine üble Begegnung im Wald? Ach was, es kann sich doch nur um einen Wächter oder einen Bewohner handeln, womöglich um Mongelli, der da trübselig ins trübe Wasser starrend mit seinem Schicksal hadert.

Die Brücke ist in Wahrheit ein schmaler, aus Ziegelsteinen gemauerter Steg über dem, was früher einmal eine Schleuse war. Auch ein Fahrrad kommt da zur Not hinüber, aber Signora Neri steigt lieber ab, um nicht Gefahr zu laufen, den Unbekannten anzustoßen, der sich da mit den Ellbogen auf das Brüstungsmäuerchen stützt.

Es ist Monforti, wie sich herausstellt. Und obwohl nicht gerade »übel« zu nennen, ist die Begegnung mit diesem anderen Depressiven auch nicht unbedingt eine der wünschenswertesten, so wie die Dinge liegen.

Aber die Rollen verkehren sich seltsamerweise sofort.

»Was für ein schöner Farbfleck!« begrüßt er sie freudestrahlend.

»Das ist nur das Fahrrad«, dämpft sie ihn mit einer Grimasse.

»Du bist das einzig Lebendige in dieser Ödnis.«

Er deutet auf das stehende Wasser des Alten Grabens, in dem Papierfetzen, Plastiktüten und andere Abfälle aus dem Hinterland treiben.

»Und wieso schaust du da rein?« fragt sie mit einem Hauch von Sarkasmus. »Suchst du darin dein Trauma?«

Monforti mustert sie überrascht und schweigt eine Weile, bevor er ihr liebevoll antwortet.

»Nein, ich habe die Teichhühner beobachtet, sie haben da unten ein Nest.«

Er deutet auf eine Stelle, wo der Kanal eine leichte Biegung zwischen Sumpfpflanzen und niedrigen Sträuchern macht.

»Letztes Jahr haben wir drei gesehen, dein Sohn und ich. Sie sind sehr scheu und sehr schnell, sie flitzen übers Wasser wie Flügelboote.«

Eine plötzliche, heftige Regung drängt Natalia, ihm zu sagen, daß ihre Kinder größer geworden sind und sich hier tödlich langweilen, weil sie nicht wissen, was sie tun und zu wem sie gehen sollen, auch wenn sie jetzt bei den Kruysens geblieben sind, zu denen sie gerne gehen, weil sie zum Glück musikliebend sind, aber schließlich, so schön das auch sein mag, dasitzen und zwei Stunden lang einem wenn auch berühmten Musiker zuhören ist nicht unbedingt das Höchste im Leben, in diesem Alter.

»Sonst gibt's hier ja bloß noch die beiden Töchter Bonanno«, schließt sie lustlos und stützt ebenfalls die Ellbogen auf das Mäuerchen aus großherzöglichen Ziegeln.

»Stimmt es eigentlich, daß die Mäuse bei denen ein Desaster angerichtet haben?«

»Ja, und es ist nicht mal sicher, daß es bloß Mäuse waren. Die Ärmsten sind echt terrorisiert.«

Das Wasser liegt reglos und resigniert unter ihnen, als hätte es für immer die Überschwemmungen vergessen, derentwegen die großherzöglichen Ingenieure den Kanal einst angelegt hatten.

»Was meinst du, habe ich alles falsch gemacht?«

Monforti drückt ihr zärtlich den Arm.

»Mach's nicht wie ich, laß nicht immer wieder den Film deines Lebens vor dir ablaufen. Das hört nie auf.«

Er zwinkert ihr aufmunternd zu.

»Der Trick ist«, sagt er, »sich einzureden, daß der Film gar kein anderer sein konnte, daß es immer derselbe ist, in welchem Moment du ihn auch betrachtest.«

»So wie bei Perry Mason?«

»So ungefähr.«

Eine Möwe fliegt lustlos ein Stück weit über das wenig verheißungsvolle Gewässer, dann dreht sie ab zum Meer.

»Also wär's das Schicksal«, sagt Natalia.

»Oder Eladias Tarot«, scherzt Monforti.

»Na schön, um im selben Film zu bleiben: Gehen wir zu Signora Borst, um Tee zu trinken und über das Wetter zu reden. Ich muß ihr auch ein Buch zurückgeben. Komm.«

Sie zieht ihn rasch mit sich fort, während sie mit der anderen Hand ihr Fahrrad schiebt.

»Seit Wochen hat es nicht geregnet«, sagt er mit einem letzten Blick auf das stehende Wasser. »Und dieser Schirokko scheint mir keine große Zukunft zu haben.«

»Vielleicht erfahren wir bei Eladia mehr.«

IV.
Ein dunkles Pünktchen ist vor kurzem

1.

Ein dunkles Pünktchen ist vor kurzem ganz hinten am Ende des freien Strandes vor Poggiomozzo aufgetaucht und hat sich, beträchtlich an Größe gewinnend, der Pineta genähert. Schon bewegt es sich den Privatstrand entlang bis zum Alten Graben, wo es hinabsteigt und für ein paar Augenblicke zwischen den Felsbrocken und dem Gestein in der Mündung verschwindet. Ein Tier vielleicht.

Oder, wenn es doch ein menschliches Wesen ist, wie man sagen würde, als es nun diesseits des Grabens im Gegenlicht wieder auftaucht, warum hat es dann diesen beschwerlichen Weg genommen? Es hätte doch die weiter innen liegende Großherzogsbrücke nehmen können.

Es ist tatsächlich ein Mann, wenn auch gewiß kein Pineta-Bewohner. In einem langen dunklen Mantel, mit einem Schlapphut, ausgetretenen Schuhen, einem altertümlichen Quersack auf der Schulter und einem derben Stock in der Hand, erinnert die abgerissene Gestalt an einen Wandersmann aus früheren Zeiten. Aber mehr als an einen Landstreicher oder Herumtreiber würde man an einen Pilger denken, der auf ein bestimmtes Ziel zusteuert, in diesem Fall auf die Villa Borst. Dorthin nämlich biegt er nun vom Strand ab, ohne sich um die Hunde des Signor Lotti zu kümmern, die ihm bellend entgegengelaufen kommen.

Weiß er schon, daß sie ihn nicht werden erreichen können? Tatsache ist, daß die vier Tiere, vermutlich zurückgepfiffen durch die unhörbare Pfeife ihres unsichtbaren Herrn, mit einemmal kehrtmachen und so schnell, wie sie aufgetaucht sind, wieder verschwinden.

Der Mann geht weiter auf die Villa zu. Doch als er den Kiesweg erreicht hat, biegt er, statt bis zur Tür vorzugehen und anzuklopfen, nach links ab und beginnt im Gebüsch verborgen ums Haus zu schleichen. So kommt er an der Küche vorbei, wo schon das Licht brennt und Milagros zu sehen ist, wie sie Törtchen auf ein Tablett legt. Er passiert eine Reihe dunkler Fenster mit geschlossenen Läden, biegt um die Ecke und hat die große Glaswand des Wohnzimmers vor sich.

Dort brennt nur das Kaminfeuer. Aber im letzten Licht des verdämmernden Tages kann man Signora Borst an ihrem Tischchen erkennen, in ihren Schal mit den lebhaften Farben gehüllt, sowie Signorina Eladia vor ihren Karten und verschiedene Gäste, die rings um sie sitzen. Der Mann, der spähend hinter einem Lorbeerbaum stehengeblieben ist, scheint schon hervortreten zu wollen, um an die Scheibe zu klopfen. Aber er setzt seinen Rundgang fort bis zu einer Hintertür, die nicht verschlossen ist, und schlüpft verstohlen hinein.

*

Die durch die Scheibe erspähten Gäste sind fünf an der Zahl und alle bereits mehr oder minder bekannt, angefangen mit Pater Everardo. Der wirklich nur gekommen war, um seine Pinienzapfen abzuholen, aber dann gern eingewilligt hat, noch zum Tee zu bleiben. Seine Streifzüge auf der Suche nach Orfeo haben ihn schließlich müde werden und auch etwas frösteln lassen.

Im übrigen hält sich Pater Everardo immer gern im Hause Borst auf, obwohl (und das verwirrt ihn ein bißchen) er nicht recht weiß, warum eigentlich. Das Haus, das so nahe am Meer liegt, ist feucht und ziemlich renovierungsbedürftig, und den Charakter der beiden Frauen kann man eigentlich auch nicht besonders offen und herzlich nennen. Mehr als an eine Tugend gemahnt ihn ihre ständige, immer gleichbleibende Freundlichkeit bisweilen an eine Art leichte Krankheit, so etwas wie eine klaglos ertragene chronische Erkältung, ein Hüsterchen hier, ein unterdrücktes Niesen da. Tatsache ist jedoch, daß man bei ihnen stets unter jenem Tierkreiszeichen empfangen wird, welches man (so es denn existierte) das des Lächelns nennen könnte: ein ruhiges, echtes, wenngleich unerklärliches Lächeln.

Bequem in seinem Sessel versunken, während die Hausherrin ihre Malarbeit beendete, hatte der Pater sich in Gedanken über das Schicksal dieser zwei Ausländerinnen verloren: Welche Verkettung von Zufällen, Glücks- oder Unglücksfällen, mochte sie hierher verschlagen haben, in diese Pineta an diesem Vorweihnachtsabend, die eine, um ein paar Dutzend Pinienzapfen zu bemalen, die andere, um die Zukunft aus den Karten zu lesen...

Sodann hatte er gebührend den Wechsel von Gold- und Silberfarbe von einer Schuppe zur andern bewundert und seine Dankbarkeit in Worten ausgedrückt, die auch den blaßgelben Umschlag mit einbezogen, den er, mit einem großzügigen Scheck darin, wie jedes Jahr auf dem Boden des Korbes vorfinden würde... Wahre christliche Nächstenliebe, hatte er gedacht, obwohl er nicht weiß, ob diese beiden Schweizerinnen calvinistischen, lutherischen oder sonstigen Glaubens sind. Vielleicht hängen sie auch nur einem unbestimmten, eklektischen Spiritualismus an, bedenkt man das Knäuel von Glaube, Aberglaube und Magie, das sich in jenem Rad aus bizarren Figuren konkretisiert, zu dem Eladias Blick immer wieder schweift.

An diesem Punkt war ihm ein anderer Zweifel gekommen, ein wenn nicht direkt bösartiger, so doch seinen Gastgeberinnen gegenüber sicher nicht eben großzügiger: Die liebenswürdige Art, mit der diese beiden jeden Besuch empfangen, sei er ein gelegentlicher oder ein regelmäßiger, wird doch nicht etwa einer totalen Gleichgültigkeit entspringen? Als wäre gewissermaßen jedes Läuten an der Haustür schon vorprogrammiert, jeder Neuankömmling schon in den Sternen zu lesen, schon seit Jahrtausenden ins Rad der Tarotkarten eingeschrieben? Als ob diese beiden Frauen sich sagten, daß, wer immer da kommen oder gehen mochte, nichts jemals auch nur das Allergeringste für irgendwen ändern könnte?

Dieser neue Gedanke war dann genau durch ein Läuten an der Haustür unterbrochen worden, gefolgt vom Eintritt der Signora Neri in Begleitung des Signor Monforti mit der Nachricht, daß die Mäuse ein echtes Desaster bei den Bonannos angerichtet hätten. Eine beispiellose Invasion.

»Aber vielleicht stand es ja schon in den Karten geschrieben«, hatte Monforti in ungewöhnlich guter Laune gescherzt, während er sich zu Eladia setzte.

»In den Karten steht immer schon alles geschrieben«, hatte sie ernst geantwortet, auch an Pater Everardo und Signora Neri gewandt. »Aber in manchen Situationen, bei Verbindungen von Zeichen, die alle... mehrdeutig sind, alle potentiell... bedrohlich, ist es unmöglich vorauszusagen, welche spezielle Form die Geschehnisse annehmen werden. Hier zum Beispiel«, hatte Eladia hinzugefügt und dabei auf das Rad gedeutet, »ist es klar, daß sich etwas vorbereitet, was wirklich... was äußerst...«

Ein erneutes Läuten der Türglocke hatte sie jedoch herumfahren lassen, und als sie die Stimme von Mrs. Graham erkannte, hatte sie sich rasch einen Finger auf die Lippen gelegt, wie um zu sagen: »Nicht vor ihr!« Eine ihrer Regeln ist nämlich, nie in Gegenwart von Schwangeren über gefährliche oder jedenfalls unangenehme Konjunkturen zu reden.

Mrs. Graham hatte dann erklärt, sie habe ihren täglichen Spaziergang durch die Pineta nutzen wollen, um vorbeizukommen und frohe Festtage zu wünschen. Aber natürlich ohne das andere Kind, das inzwischen zu lebhaft geworden sei, um auf Besuche mitgenommen zu werden. Im übrigen werde es ja auch nur einen Moment allein bleiben, hatte sie hinzugefügt, weil sie gleich wieder...

Nein, nein, hatten Eladia und Signora Borst sofort protestiert: sie müsse gleichfalls zum Tee bleiben, Milagros sei schon dabei, ihn für alle zu machen.

Keine der beiden hatte sich jedoch über die Abwesenheit des »anderen Kindes« gegrämt, wie Pater Everardo zufrieden bemerkte, der mit Kindern sehr gut im Oratorium, im Hort und in der Kirche auskommt, aber beim Teetrinken liebend gern auf sie verzichten kann. Als dann jedoch Signor Mongelli erschienen war (auch er, wie er versicherte, »nur für einen Moment vorbeigekommen, um ein fröhliches Fest zu wünschen«), hatte der Pater eine gewisse Verwunderung und Verlegenheit in aller Augen bemerkt, selbst in denen der hellsichtigen Damen des Hauses. In Wirklichkeit, hatte er gedacht, war er selbst der einzige gewesen, der diesen Besuch hätte voraussehen können, hatte der arme Mongelli ihm doch erst am Tag zuvor anvertraut, daß er seine trostlose Einsamkeit nicht mehr aushalte, nach nunmehr zwei Jahren, seit...

Aber vielleicht steht es in den Karten und in den Sternen geschrieben, daß Pater Everardos Überlegungen ständig unterbrochen werden müssen. Denn nun hatte Mrs. Graham begonnen, um das beim Eintritt von Signor Mongelli erstorbene Gespräch wieder in Gang zu bringen, die Tarotkarten als Kunstwerke zu bewundern.

»Die sind wirklich sehr schön«, hatte sie gesagt.

»Glauben Sie das bloß nich, Signora Gramme!« hatte Milagros ihr da widersprochen, die gerade mit dem Tee hereinkam. »Da is' nix Schönes drin, im Gegenteil, das is'n ganz scheußliches Rad, sagt die Signorina. Das wird viel Kummer geben, ich weiß nich, ob ich mich treffe.«

Niemand hat dem Mädchen je klarzumachen vermocht, daß dieser ihr Lieblingsausdruck nicht nur keineswegs bedeutet »ich weiß nicht, ob ich mich klar ausdrücke« oder »ich weiß nicht, ob ich es treffend gesagt habe«, wie sie fest glaubt, sondern daß er überhaupt keinen Sinn ergibt. Doch nicht dies ist der Grund, warum jetzt Signora Borst in scharfem Ton ruft, so daß der Pater aus seinen Gedanken aufschreckt: »Milagros!... Wir haben dir mehr als einmal verboten...«

Aber zu spät, es ist schon passiert. Eladia muß zugeben, während das unbedachte Mädchen hinausgeschickt wird, um die Törtchen zu holen, daß dunkle Drohungen über der Pineta hängen, vielleicht auch über dem Umland, wenn nicht über der ganzen Maremma. Und während Eladia noch bei ihren Erklärungen ist, geschieht es, daß plötzlich im hinteren Teil des Raumes eine Tür aufspringt.

»Da bin ich, Freunde!« tönt von der Schwelle im Halbdunkel, ein blakendes Öllämpchen hochhaltend, eine undeutliche, in einen langen dunklen Mantel gehüllte Gestalt. »Ich bin Krates, der Türenöffner!«

Auf seinen Pilgerstock gestützt und ohne den Hut abzunehmen tritt das weiland dunkle Pünktchen (denn zweifellos handelt es sich um dasselbe Individuum, das den Strand entlang gekommen und dann verstohlen ins Haus geschlüpft war) aus dem Halbdunkel hervor, kommt näher und setzt sich vor dem Kamin auf den Boden, legt Lampe und Stock neben sich und beginnt in seinem Quersack zu wühlen.

Keiner der Anwesenden hat bisher ein Wörtchen gesagt. Nur Mrs. Graham hat erschrocken »O dear!« gemurmelt, als die Tür aufsprang, hat sich dann aber beruhigt, als sie die Hausherrin wohlwollend lächeln sah. Auch Pater Everardo und Monforti haben gelächelt, wenn auch nicht ganz so wohlwollend, indes Signor Mongelli sich darauf beschränkt hat, die Brauen hochzuziehen.

Was Milagros angeht, die soeben mit den Törtchen wieder erscheint, so bleibt sie einen Moment mit offenem Mund in der Tür stehen. Dann geht sie schnurstracks auf den Unbekannten zu – der unterdessen einen Kanten Brot und eine Handvoll getrocknete Feigen aus seinem Quersack gefördert und zu futtern begonnen hat, als ob er zu Hause wäre – und beugt sich nieder, um ihm unter den Hut zu sehen.

»Haha, hab ich mir gleich gedacht«, lacht sie los, »das is' der Signor Ugo, der sich mal wieder den Scherz erlaubt, er wär' der Türenaufmacher... Aber das is' dann wirklich ein Zeichen für Unheil!«

Ugo De Meis, alias Ugo der Einsiedler, alias (für dieses Mal) Krates der Thebaner, genannt der Türenöffner, nickt genüßlich kauend.

»Denen, die nicht naturgemäß leben«, sagt er, »droht immer Unheil, liebe Milagros.«

2.

Keiner der Gärtner, die in der Gualdana arbeiten, ist ein richtiger Gärtner. Bevor dieser nicht so berühmte und wildere Teil der Toskana entdeckt und prompt durch Villen, Bungalows, Hotels, Campingplätze und sonstige Anlagen zivilisiert worden war, hatten die Eingeborenen sich überwiegend in der Landwirtschaft betätigt, waren Schweinehirten, Waldhüter, Jagdaufseher, Pinienkernsammler, Fischer, Fahrradmechaniker oder Schuster gewesen und hatten sich dann mit der Zeit alle auf Geranien und Nelken umgestellt.

Baldacci Orfeo macht da keine Ausnahme, auch er ist ein ehemaliger Bauer, aufgewachsen in der harten Schule des Artischocken-, Sonnenblumen- und Olivenanbaus und noch immer im Innersten überzeugt, daß Zierblumen etwas für Friedhöfe sind, vergängliche Erscheinungen, die unerklärlicherweise den Frauen und den Stadtleuten teuer sind. In den letzten Jahren hat er einiges gelernt, wenn auch störrisch und distanziert. Von Beeten, Hecken und Spalieren hat er sich eine gewisse Ahnung verschafft, und er kennt auch seltene, ausgefallene Blumen, deren Namen, wenn er sie mundartlich anverwandelt ausspricht, Linné perplex gelassen hätten.

Aber alles in allem stellt ihm die Gualdana keine ernsthaften Probleme. Abgesehen von der schändlichen Thujenhecke des Abg. Bonanno und von drei ausgedehnten englischen Rasen, die den Gipfel der Unvernunft in einer mediterranen Pineta darstellen, halten sich die Bewohner treu an die lokale Vegetation, in der sich Orfeo völlig zu Hause fühlt. Er mag das Meer nicht und schreibt es einer Art kollektivem Wahn zu, daß so viele Leute, darunter wohlgemerkt auch seine Frau, Stunden um Stunden am Strand verbringen, um sich zwischen zwei Sprüngen ins Wasser von der Sonne das Hirn verbrennen zu lassen. Infolgedessen haßt er den Sommer, wenn alle diese Verrückten sich in ihren Villen einrichten, scharenweise durch die Pineta ziehen, einander Besuche machen, die Gärten der anderen bewundern und auf den eigenen spucken, um sich am Ende unweigerlich mit ihm anzulegen. »Orfeo, erklär mir doch bitte mal, warum die Bougainvillea bei den Pescarmonas so eine Pracht ist und unsere so ein Bild des Jammers!«

Orfeo hat einen Teil des Nachmittags in der Villa Melis damit verbracht, die Abdeckung ihrer verdammten Bougainvillea zu verstärken, eine große durchsichtige Plastikplane, die der Wind herumzerren und abreißen kann, wie er will, und die jedesmal wieder mit Klammern, Nägeln, Haken und Häkchen festgemacht werden muß. Der Schirokko, der seit heute morgen weht, scheint zwar nicht gefährlich, aber ein Schulterblatt und ein Knie sagen dem ehemaligen Bauern, daß sich das Wetter verschlechtern wird, und es ist nicht nötig, daß Signora Melis, wenn sie morgen oder übermorgen ankommt, kaum daß sie aus dem Wagen gestiegen ist, vor einem Bild der Vernachlässigung und des Verfalls steht. Es sind immer die Frauen, die ihm das Leben schwer machen. Immer die Frauen, die ihm zusetzen mit ihren Ansprüchen, ihren fixen Ideen und absurden Auflagen.

Orfeo reißt sich von dem Gedanken an die Kröten los, die seine Frau ihn schlucken läßt, und versucht seinen ganzen

Groll auf die Melis zu konzentrieren, die partout nicht begreifen will, wieso an dieser Mauer, so schutzlos dem Wind ausgesetzt, unmöglich eine Bougainvillea gedeihen kann. Was ihn jedoch am meisten aufbringt, ist der Umstand, daß es sich in diesem Fall um die reine Wahrheit handelt. Orfeo ist ein Mann, der zu lügen versteht wie jeder andere, aber im Unterschied zu seinen Kollegen, die alle sehr geschwätzig sind, immer geneigt, ihre Mißerfolge mit endlosen Erklärungen zu rechtfertigen, ist er wortkarg und gilt daher als absolut glaubwürdig. Das wenige, was er zwischen zwei Grunzern sagt – es war der Frost im Januar, der Südweststurm im März, die rote Blattlaus an den Wurzeln –, klingt nie wie eine Entschuldigung, wird nie in Zweifel gezogen. Und diese Signora Melis, die bei anderer Gelegenheit schon die dicksten Lügen wie Sahnebonbons geschluckt hat (das mit den Mimosen war wirklich zum Lachen), will ihm ausgerechnet diesmal partout nicht glauben.

Die Piniennadeln von der Terrasse und den plattenbelegten Wegen ums Haus zu fegen wäre vergeudete Mühe, bei den stechenden Signalen, die ihm vor allem das Knie weiter schickt; und im übrigen gehen die Stunden vorüber, der Tag geht langsam zur Neige. Orfeo steigt mit einem Grunzen in seinen Pritschenwagen und macht sich auf den Weg unter dem nunmehr dunkel gewordenen Grün der Pinienschirme. Der Winter ist seine Jahreszeit, der Winter ist es, der die Pineta wieder in ihre einstige feierliche, leise rauschende Andacht versetzt, ohne das Blech der Autos, die sich zwischen die duftenden Sträucher schieben und zwischen die hundertjährigen Stämme; ohne das aufdringliche Gelächter, das Geschrei, das multinationale Gekeife all dieser sonnenverbrannten Frauen.

Fünf Sechstel der Villen sind dunkel und leer, und da man nur hin und wieder da ein Stück Mauer, dort einen Streifen Dach sieht, kann man sich leicht vorstellen, daß sie schon Ruinen wären, überwuchert von der Macchia, die mit ihrer grünen Zähigkeit alles unter sich zu begraben und zu zersetzen vermag.

Aber Orfeo Baldacci hat eine ganz bestimmte Villa im Sinn, die flach hinter einer Düne gelegen noch weniger als die anderen zu sehen ist. Dort muß er eine weitere Arbeit zu Ende machen (die er den Besitzern zu Weihnachten versprochen hat), und dort wird er vor allem, nach so vielen unnützen Worten, heute abend zu bestimmten Taten schreiten.

3.

Ugo der Einsiedler – für die Welt Prof. Ugo De Meis, 45 Jahre alt, geboren in Borgomanero (Provinz Novara) und vormals Gymnasiallehrer dortselbst – spielt seit unbestimmter Zeit den Einsiedler in der Maremma. Manche sagen seit neun Jahren, andere seit zwölf. Tatsache ist, daß er anfangs, wie's scheint, nur im Sommer herkam, und zwar als gewöhnlicher Camper. Später dann auf vertrauten Fuß mit einigen alten Familien der Gegend gelangt, speziell mit den Gherardinis, konnte er sich dauerhaft auf einem ihnen gehörenden Hügel niederlassen, in dem freistehenden Häuschen, das er seither bewohnt.

Auch seine Berufung zum Eremiten ist umstritten, sowohl in der Gualdana wie im Städtchen und im Hinterland. Für einige ist er ein bloßer Scharlatan und Parasit. Für andere ist er eine Art Heiliger. Für wieder andere ist er nur ein armer Teufel, den das Leben enttäuscht hat, der sich aber guten Glaubens als Weisheitslehrer betrachtet.

»Ein Depressiver, der sich selber nicht kennt«, ist er nach Monfortis sarkastischer Definition.

Er selbst hat sich immer als Anhänger des Diogenes bezeichnet, jenes kynischen Philosophen, der in einem Faß wohnte und bei Tage mit einer Lampe durch die Straßen zog auf der Suche nach einem Menschen. Bis vor einiger

Zeit allerdings deutete nichts darauf hin, daß er über Diogenes mehr wußte als ebendies. Faß und Lampe genügten ihm, sich Pater Everardo als laizistischer Anachoret gegenüberzustellen: fern der Welt und ihren Eitelkeiten, jeglicher Lohn- und Söldnerarbeit abhold, doch im Namen eines Naturideals.

Dann hatte ihm derselbe Pater unvorsichtigerweise erzählt, daß jemand, er wußte nicht mehr, ob Schopenhauer oder wer sonst, vielleicht Zeller in seiner monumentalen *Philosophie der Griechen in ihrer geschichtlichen Entwicklung*, die Anhänger des Diogenes mit den Prediger- und Bettelmönchen des Mittelalters verglichen und sie geradezu »die Kapuziner der Antike« genannt habe.

Hätte er das bloß nie getan!

Noch selbigen Tages (nach Auskunft der Schwester Monfortis, die es von einer Kusine der Gherardinis gehört haben wollte) war Ugo De Meis zu den Salvanis geeilt (eine andere alteingesessene Familie mit Villa im Hinterland), um sich in ihrer Bibliothek von Grund auf zu informieren. Er hatte den Zeller konsultiert, bei Schopenhauer nachgeschlagen und sich, um das Maß vollzumachen, auch noch in Lübkers *Reallexikon des klassischen Altertums* vergewissert. Schließlich hatte er sich die *Leben und Meinungen der berühmten Philosophen* des alten Laertius ausgeliehen.

Und seither ist es, als wäre predigend und Almosen erbettelnd nicht nur Ugo da Borgomanero von seiner Einsiedelei auf dem Hügel herabgestiegen, sondern die ganze Bande der kynischen Philosophen des 4. und 3. Jahrhunderts v. Chr., bis hin zu Bion dem Borystheniten und Menippos dem Phönizier.

Mal klopft zum Beispiel der Begründer der Schule, Antisthenes von Athen, genannt »der Straßenköter«, an die Tür der Kruysens...

Mal läutet Diogenes höchstpersönlich, genannt »der närrische Sokrates«, an der Tür von Signora Neri...

Oder – wie eben geschehen – es ist Krates, der ohne anzuklopfen oder zu läuten ins Haus der Signora Borst eindringt. Nicht umsonst nannten ihn die Athener den »Türenöffner«. Denn dieser treue Jünger des Diogenes war so hochgeschätzt ob seiner Weisheit und so vielgesucht ob seiner Ratschläge, daß nicht nur alle Türen sich vor ihm öffneten, sondern er, um die Sache zu vereinfachen, sie schließlich selber zu öffnen begann und umstandslos eindrang, wo es ihm gerade beliebte. So jedenfalls berichten es Laertius in den *Leben* und Apuleius in seiner *Blütenlese*.

*

»Sehr schön, sehr interessant«, sagt Mrs. Graham, der Monforti, während die Filippina Törtchen und Tee servierte, halblaut die nötigen Erklärungen geliefert hat. »Aber warum ist die Ankunft dieses Herrn eine Bestätigung dafür, daß es Unheil geben wird? Waren die Kyniker vielleicht auch Wahrsager? Legten sie auch schon Karten?«

»Nicht daß ich wüßte«, sagt Monforti mit einem fragenden Blick zu dem Pseudo-Krates. »Da jedoch unser Freund, wenn er im Gewand des Türenöffners erscheint, immer nur Katastrophen voraussagt...«

Doch der Angesprochene unterbricht ihn, um sich Mrs. Graham, die er heute zum erstenmal sieht, förmlich vorzustellen.

»Krates von Theben«, sagt er, ohne sich von seinem Platz am Feuer zu erheben, aber höflich den Hut ziehend. »Und du, Fremde, woher kommst du? Wie heißest du? Bist du neu in diesem Lande?«

»So gut wie neu, o Krates«, sagt Mrs. Graham, ohne die Miene zu verziehen. »Ich komme aus Chatham in Kent und heiße Barbara. Und du also bist Thebaner?«

»Ja, aus Theben in Böothien. Allerdings begab ich mich bald, nachdem ich all mein Hab und Gut an die Armen verteilt hatte, nach Athen, um der Lehre des Diogenes teilhaftig zu werden. Heute lebe ich in der Maremma von Grosseto unter dem Namen Ugo der Einsiedler.«

»Erfreut, Sie kennenzulernen, Signor Ugo.«

»Ganz meinerseits, edle Dame.«

Die Hausherrin und Signora Neri klatschen Beifall. »Eine formvollendete Vorstellung«, kommentiert die Neri, »trotz der doppelten Identität des Vorgestellten.«

»Die Kyniker waren Zyniker, aber Gentlemen«, mischt sich Pater Everardo lächelnd ein. »Allerdings frage auch ich mich, wie Signor Monforti, ob sie in ihrem Pessimismus nicht etwas zu weit gingen. Warum soll man immer nur das Schlimmste erwarten? Das ist, wie wenn man bei Sonnenschein mit dem Regenschirm ausgeht.«

Ein ironischer Blick von Signora Neri erinnert Monforti daran, daß auch er diese Angewohnheit hat, und so bleibt er still.

»Aber abgesehen vom künftigen Leben«, schaltet sich statt dessen überraschend Mongelli ein, der ein praktizierender Katholik ist, »hat nicht auch das Christentum immer gesagt, daß diese Welt ein Tal der Tränen sei?«

»Gewiß«, lächelt Pater Everardo und nippt an seinem Tee. »Nur daß wir heute... nun ja, sagen wir: den Tränen vor allem vorzubeugen versuchen.«

Ugo der Einsiedler, der den Tee abgelehnt und einen verbeulten Blechbecher hervorgezogen hat, schwenkt ihn zum Zeichen der Mißbilligung. »Geben Sie doch zu, lieber Pater, daß auch Sie uns was vorzumachen versuchen. Schöne Art von Vorbeugung! Und was den Regenschirm betrifft, gestatten Sie mir, daran zu erinnern... Entschuldige einen Moment, meine Liebe, ich finde den Thymian nicht«, sagt er zu Milagros, die bereitsteht, um ihm den Becher mit kochendem Wasser zu füllen. »Ah, da ist er ja...«, ruft er, während er ein Bündel Zweige hervorzieht und sich an Mrs. Graham wendet. »Das ist Thymian aus der Stadt Sporta, wie Krates in einem seiner berühmten Epigramme scherzte.«

»Sporta?« fragt wohlerzogen Mrs. Graham, die einzige in der Runde, die das betreffende Epigramm nicht schon mindestens zehnmal gehört hat.

»Sporta ist der Quersack, verstehn Sie? Weil *sporta* doch auf italienisch ›die Tasche‹ heißt!« erklärt ihr Milagros, die Pointe zerstörend. »Das wissen hier inzwischen sogar schon die Steine!«

Was freilich den Einsiedler nicht daran hindert, das Epigramm nun in extenso zu zitieren, nachdem er zwei Thymianzweige in den Becher getan hat.

Es gibt eine putzige Stadt, die wird Sporta genannt,
sie hat nichts zu bieten, was selten und kostbar wäre,
nur Thymian, getrocknete Feigen und altes Brot
und des Knofellauchs Knollen, mit einem Wort: alles,
was Krates zu einem geruhsamen Leben benötigt.

Mrs. Graham findet das Epigramm hübsch, obwohl sie einige Vorbehalte gegen den Knoblauch hat. Andererseits habe sie nichts gegen Thymian, versichert sie, doch warum solle der Tee ausgeschlossen werden? Sei er nicht ebenfalls etwas Natürliches?

»Nicht in Griechenland und auch nicht in der Toskana«, antwortet der Einsiedler mit einem tadelnden Blick in die Runde. »Andernfalls müßtet ihr hier auch die Thujen des Abgeordneten Bonanno oder die Bougainvillea von Signora Melis natürlich finden.«

»Das war aber ein Tiefschlag, lieber Ugo!« ruft Signora Neri lachend.

»Aber nicht ganz daneben«, wirft Monforti unparteiisch ein. Und in Ermangelung anderer makrobiotischer Epigramme bringt er selbst das Gespräch auf die Wettervorhersagen. »Stimmt es, daß der Kyniker, wie Pater Everardo sagte, so pessimistisch ist, daß er auch bei Sonnenschein mit dem Regenschirm ausgeht?«

Der Einsiedler stellt seinen Becher neben sich auf den Boden und springt auf.

»Im Gegenteil!« erwidert er. »Der Kyniker, gesetzt, er hat einen Regenschirm, gewöhnt sich zunächst einmal daran, auch im Regen darauf zu verzichten. Dann wirft er ihn weg, womit er sich auch von der Furcht befreit, ihn zu verlieren. Was bitte ist daran übertriebener Pessimismus? Es ist nur die vernünftigste Art, mit den Wechselfällen des Wetters umzugehen, ebenso wie...«, er wirft einen Blick auf Eladias Karten, »mit den Launen des Schicksals.«

»Besser, man hat nichts, was man verlieren kann«, murmelt düster Signor Mongelli, womit er wieder alle in Verlegenheit bringt. Die Anspielung auf das Durchbrennen seiner Frau mit dem Mann von Signora Neri hätte in der Tat nicht deutlicher sein können.

»Je nun, ich würde nicht so apodiktisch sein...«, beginnt Pater Everardo, der als Mongellis Beichtvater schon mit ihm über diese trübe Ansicht gesprochen hat.

Doch der Diogenesjünger kann sich diese Gelegenheit nicht entgehen lassen, vor Mrs. Graham, mögen die anderen auch bereits jedes Wort kennen, den grundlegenden Apolog seines Meisters noch einmal auszukramen.

»Stobaios in seiner *Anthologie* und Seneca in seinem Traktat *Über die Seelenruhe*«, wirft er mit Entschiedenheit ein, »referieren in diesem Zusammenhang den berühmten Apolog oder besser gesagt Dialog zwischen Diogenes und Fortuna. Erinnert ihr euch, wie der geht?«

»Na und ob! Auch das wissen hier schon die Steine«, kichert Milagros, die sich hingesetzt hat, um dem Gespräch zu folgen. »Sie begegnen sich auf der Straße...«

»Wer?« fragt Signora Borst, die eingenickt war.

»Na, Diogenes mit seine' Lampe und die Fortuna mit ihr'm Rad! Sie begegnen sich auf der Straße. Sagt die Fortuna..., was sagt sie doch gleich?... ah ja: ›O Diogenes‹, sagt sie, ›nimm dich in acht, weil heute mag dich mein Rad nich besonders gut leiden!‹«

»Gut«, sagt der Einsiedler, »das heißt, sie sagt in Wirklichkeit: ›mein Rad ist dir nicht wohlgesonnen‹, aber das ist dasselbe. Und darauf der andere? Was sagt er in verächtlichem Ton?«

»Und darauf der andere, der ja noch immer Diogenes wäre, in verächtlichem Ton: ›O Fortuna, mach, was du willst! Diogenes hat nichts, was du ihm wegnehmen können tätest!‹«

»›... was du ihm wegnehmen könntest‹. Sehr gut. Und so...?«

»Und so geht er ruhig davon, und sie bleibt verdattert stehn und sagt sich: ›Mamma mia! Dem kann mein Rad nie nix anhaben!‹«

»Großartig! Bravo!«

Unter dem Applaus und den Komplimenten aller beeilt sich Milagros, das Teegeschirr abzuräumen, und zieht sich verwirrt in die Küche zurück.

Der Einsiedler schaut mit zufriedenem Lächeln in die Runde.

»*Apathía*«, doziert er, »was im Griechischen nicht Apathie bedeutet, sondern Gleichmut, Unerschütterlichkeit, vollkommene Seelenruhe – das ist das wahre und einzige Ziel, das der Weise...«

Aber Signora Borst droht schon wieder einzunicken, Pater Everardo gibt Zeichen der Ungeduld von sich, und Signorina Eladia schüttelt den Kopf, während sie auf ihre Tarotkarten blickt. »Ich frage mich«, sagt sie, »ob Diogenes persönlich vor einem solchen Rad apathisch geblieben wäre.«

4.

Auf seiner risikoreichen Fahrt nach Grosseto könnte Vannuccini: a) die Küstenstraße genommen haben, die beiderseits von Pinien gesäumt wird, und infolge eines unbedachten Manövers gegen einen Baum gefahren sein; b) die Landstraße weiter innen genommen haben, die viele Kilometer lang an einem Kanal entlangführt, und nach einem Schleudern in denselben gefallen sein; c) in jedem Falle von einem Lastwagen überfahren worden sein, dem er an einer Kreuzung die Vorfahrt genommen hat, oder niedergemäht von einem Ferrari, der an einer anderen Kreuzung ihm die Vorfahrt genommen hat.

Signora Zeme sieht zunehmend realistisch die Pinie, den Kanal, den Lastwagen (weiß, von einem Möbelgeschäft), den Ferrari (schwarz, erbarmungslos, mit einer Zulassungsnummer aus Brescia), und schließlich kommt der Moment, in dem sie sich auf die Bettkante sinken läßt.

»Bist du müde, willst du dich einen Augenblick ausruhen?« fragt ihr Mann.

»Nein. Es reicht. Ich fahre nicht mehr.«

»Was soll das heißen, du fährst nicht mehr?« sagt er. »Wo wir doch schon fast fertig sind!«

Er steht vor dem Wandschrank, an dem alle vier Türen weit offen und zahlreiche Schubladen herausgezogen sind. Auch die zweite und dritte Schublade der venezianischen Kommode stehen offen.

»Mir geht's schlecht.«

»Aber bis vor einem Moment war doch noch alles...«

»Mir geht's schlecht, mir geht's schlecht, mir geht's schlecht!«

»Aber *wie* denn schlecht, Magda? *Wie* denn? Auf welche Weise? Was empfindest du?«

Magda verscheucht die Frage mit einer schwachen Handbewegung, die aussieht, als fiele ein letztes Stück Dachgesims von einem zusammenbrechenden Haus, verschränkt die Arme vor der Brust und wiegt sich vor und zurück.

»Das kannst du nicht verstehen«, sagt sie. »Das kann man nicht erklären.«

»Ist dir übel?«

»Ja. Auch.«

»Dann gehe ich dir das Eteraxil holen! Willst du nicht das Eteraxil?«

»Nein, sag nichts mehr, bitte.«

»Aber wenn dir übel ist, ist das Eteraxil doch...«

»Sei still, ich bitte dich!«

Signor Zeme geht entschlossen aus dem Zimmer, um das Eteraxil zu suchen, das sich an jedem beliebigen Punkt des Hauses befinden kann, weggeräumt, versteckt, verfallen, in den unwahrscheinlichsten Winkeln vergessen. Magda bleibt allein im Zimmer und wiegt sich im Sturm, um den Kopf über den großen Wellen zu halten, die man nicht sehen kann, nicht hören, nicht berühren und nicht erklären, wabernde nächtliche Massen, die sich in jeder Richtung ausbreiten. Immer höhere. Um nicht überflutet zu werden, steht sie auf und geht zwischen den Koffern und verstreuten Kleidungsstücken umher, die Arme weiter vor der Brust verschränkt. Ab und zu stolpert sie, doch es gelingt ihr, sich aufrecht zu halten, sich nicht erneut in jene schwarzen Strudel reißen zu lassen, die schon alles fortgespült haben, alle Pinetas, die Städte, die Leute, die Telefone, die Züge, alle Ordnungen aller Universen.

Schwer und zugleich unsicher nähern sich Schritte, eine Stimme dringt durch, gedämpft aber drängend.

»Vannuccini hat angerufen. Er hat die Fahrkarten.«

Signora Zeme wiegt sich in ihren eigenen dünnen Armen.

»Hast du gehört? Die Fahrkarten sind da, die Platzkarten auch, Vannuccini ist bald wieder da.«

»Mein Gott...«, fleht sie. »Mein Gott...«

Ihr Blick verliert sich im Durcheinander des Zimmers.

»Das schaffen wir nie!« schreit sie auf. »Das ist unmöglich!«

»Magda! Es ist doch schon fast alles drin. Das haben wir in zwei Minuten.«

»Nein nein«, protestiert sie, »das ist viel zuviel, was brauch' ich das ganze Zeug!«

Sie kniet sich hin, zerrt aus einem Koffer von mittlerer Größe einen bunten Stoß Pullover und Strickjacken, wirft ihn aufs Bett, reißt dann aus einem anderen Koffer einen säuberlich zusammengefalteten Rock, entfaltet ihn mit weit ausgebreiteten Armen und wirft ihn einen Augenblick später ungeduldig weg.

»Und dieser andere hier? Und der da? Also nein, ich bin ja verrückt gewesen, aber auch du, entschuldige, hättest du nicht...«

»Aber ich hab doch versucht, dich...«

»Das muß alles noch mal von vorn gepackt werden, das geht überhaupt nicht so, wie soll ich denn jemals mit zwei solchen Koffern...«

»Aber genau das habe ich dir doch...«

»Einer reicht. Oder bloß eine Tasche. Die stehen da oben, hol sie mir bitte alle mal runter.«

Signor Zeme steigt auf eine kleine Stehleiter aus Aluminium und holt aus dem obersten Schrankteil drei Reisetaschen, zwei aus Segeltuch und eine aus Leder.

»Die hier... nein, die ist zu schwer... Diese, ja, diese. Also: die beiden Pyjamas... nein, bloß einer und ein Nachthemd... Strümpfe... Wäsche... Zu viele Taschentücher... Sechs Blusen? Das ist doch Unsinn!... Nein, den Pullover nicht, der ist zu dick, bei denen ist es immer so überheizt... Die Hose? Was meinst du, werd' ich die brauchen?«

»Ich weiß nicht«, antwortet Signor Zeme. »Könnte doch bequem sein.«

»Und wenn ich sie auf der Reise anziehe? Hm? Was meinst du?«

»Ja, vielleicht.«

»Nein, auf keinen Fall, im Zug ist es immer so überheizt, die Beine würden mir anschwellen... Ach je, die Schuhe!«

Fünf säuberlich aneinandergereihte Säckchen sind am Boden des Koffers zurückgeblieben.

»Und wo tu ich die jetzt hin? Wo?«

Signora Zeme lehnt sich erschöpft mit dem Rücken ans Bett und schließt die Augen. Deutlich sieht sie Vannuccini auf dem Rückweg, über den Lenker gebeugt, der große Kopf noch vergrößert durch den Helm, und die Doppelreihe der Pinien am Straßenrand macht ihr keine Angst mehr, der Kanal, nun auf der linken Seite, ist nicht mehr bedrohlich, aber die wahre Gefahr lauert in dem kleinen Vorort Tavernelle, wenige Kilometer von hier, mit seiner Bar-Trattoria und angeschlossenem Gemischtwarenladen, wo Vanuccini bestimmt bremsen, anhalten, absteigen und sich den Helm abnehmen wird, um einzutreten und ein Glas Wein zu trinken, nein, einen Whisky, und an einem Tisch werden vier oder fünf seiner Freunde sitzen, Männer ohne Gesichter, lauter Jäger, und sie werden ein Gespräch mit ihm anfangen über die Jagd, über Enten und Wildschweine und danach über Flinten und Hunde, und sie werden es nie beenden, sie werden nie wieder aufhören, während draußen im Dunkeln die Minuten wie leere Eisenbahnwaggons vorbeisausen, nicht mehr einholbar, für immer verloren.

»Es reicht«, sagt die Signora in einem Atemzug, die Augen noch immer geschlossen. »Ich fahre nicht mehr.«

5.

»Zwei erschöpfte Urwaldforscher bahnen sich ihren Weg durch den Dschungel. Sie kommen zu einer Lichtung, auf der ein paar Hütten stehen, und der eine sagt zum andern...«

»Es gibt keine Urwaldforscher mehr. Nur noch blöde Touristen.«

»Also gut: zwei blöde Touristen durchqueren den Dschungel in ihrem Geländewagen, und...«

»Es ist der Dschungel, der nicht mehr funktioniert.«

»Schon gut, schon gut: zwei blöde Touristen nähern sich dem Nordpol auf ihrem Motorschlitten, als ein riesiger Eisbär...«

»Nein, kein Eisbär.«

»Eine Robbe.«

»Du verstehst nicht. Es ist der Nordpol, der nicht mehr funktioniert, es gibt ihn nicht mehr. Du mußt abblenden.«

Der Mann in der Wildlederjacke gehorcht mechanisch und fährt schweigend weiter auf eine Hügelkette zu.

»Es ist schon unglaublich«, sagt nach einer Weile der Mann im weißen Pullover, »wie viele Arten von Schwarz es in Wirklichkeit gibt.«

»Was? Wie meinst du?«

»Dieser Himmel ist schwarz, oder?«

»Ja, und?«

»Aber die Hügel da drüben sind noch viel schwärzer.«

»Ach so. Na ja, das liegt wohl am Lichtkontrast.«

»Nein, es ist ein anderes Schwarz. Ein ganz anderes.«

»Das gilt aber auch für die anderen Farben, es gibt eine Unzahl von Grüntönen, von Rottönen.«

»Aber beim Schwarz, wie auch beim Weiß, hättest du doch gemeint, du wärst auf sicherem Boden. Dieser Pullover ist weiß, dieses Armaturenbrett ist schwarz: Ende der Durchsage. Aber statt dessen...«

»Das liegt nur daran, daß du nicht das Auge dafür hast, du bist eben kein Maler.«

»Ich weiß.«

»Du siehst die Nuancen nicht.«

»Ich weiß, ich weiß. Interessiert niemanden. Ich hab's nur so dahingesagt.«

Die verstreuten Lichter auf den schwarzen Hügeln gruppieren sich da und dort zu Dörfern oder lassen mehr und mehr eine solitäre Distanz erkennen oder sinken tiefer und tiefer, bis sie sich zu einem Stück Straßenbeleuchtung ordnen. Nach einem halben Dutzend Laternen blinkt sogar eine gelbe Ampel, um einen Fußgängerübergang zu signalisieren.

»Wir sind in Tavernelle«, meldet der Fahrer. »Noch vier Kilometer, und wir sind da. Anderthalb Stunden, gar nicht so schlecht.«

»Und wenn wir zwei gebraucht hätten, was wäre dann anders gewesen?«

»Nichts. Ich mein' ja bloß.«

Der Wagen fährt langsamer, hält auf einem Platz zwischen riesigen Eukalyptusbäumen und der Umfassungsmauer eines alten Gehöfts.

»Die Zigaretten«, sagt der Fahrer. »Und dann können wir auch gleich die übrigen Einkäufe machen, hier gibt's so ziemlich alles.«

»Richtig. Dann haben wir morgen den ganzen Vormittag für die Arbeit.«

»Aber heute abend essen wir doch nicht zu Hause? Ich hab keine Lust zu kochen.«

»Wir gehen ins Städtchen, irgendwas wird ja noch offen sein.«

»Vielleicht ›Da Febo‹. Oder ›Al Bastione‹. Oder schlimmstenfalls irgendeine Pizzeria.«

»Nein, von Pizzerien hab ich die Nase voll.«

»Oder warum nicht gleich hier in Tavernelle. Hier ißt man nicht schlecht.«

»Mal sehen.«

Sie treten ein. An der kleinen Bar steht ein Grüppchen von Männern, sie trinken, reden, achten nicht auf den Perry-Mason-Film, der in einem Fernseher auf einer Konsole läuft. Links führt eine Tür in den Laden, wo man verschiedene Waren im Neonlicht ausgestellt sieht, Schinken, Brotlaibe, Puppen, Gummistiefel. Die Wirtin hört auf, Bierkästen übereinanderzustapeln, und kommt herbei, um die Neuankömmlinge zu bedienen. Als sie am Tresen vorbeigehen, sehen sie hinter Perry Mason den noch leeren Saal der Trattoria, dekoriert mit bunten, an die Decke gehängten Papiergirlanden. Im kalten Kamin eine Krippe mit spärlichen Figuren, ein kleiner Elefant aus rosa Gummi, ein Tiger aus Stoffresten.

»Was meinst du?« fragt der Mann im Pullover.

Sie kehren um und gehen sich die Zigaretten im Tabakladen auf der anderen Seite des Platzes holen.

6.

Das letzte Stück der Straße fährt Gimo in einem Zustand der Persönlichkeitsspaltung. Ohne zu wissen, warum, und ohne es sich zu fragen, hat er jedes Interesse an dem Mädchen neben sich verloren, sie ist für ihn eine Fremde geworden, er könnte sie sehr gut rauswerfen wie einen Pappbecher und sie am Straßenrand liegenlassen. Aber was einer mal, wann oder wo auch immer, beschlossen hat, daß es getan werden muß, das muß getan werden. Gimo führt aus. Er ist eine leere Hülse, ein passiver Empfänger für Impulse, die er nicht kontrolliert. Gasgeben, Schalten, Bremsen, Abblenden, Aufblenden, alles erfolgt exakt und mechanisch ohne seine Beteiligung. Er ist nicht zerstreut, auch nicht verwirrt, aber selbst seine Gedanken folgen obligatorischen Bahnen, wie programmiert von einem fernen Prozessor. Als sich der Gedanke an Kaffee einstellt, läuft die Sequenz automatisch ab. Vom Wein aus den Gütern seiner Frau liegen immer ein paar Kartons im Keller, und oben fehlt es bestimmt nicht an Resten von Whisky, Sherry, Gin und vielleicht auch noch von jenem exzeptionellen Calvados, den Pierre im September mitgebracht hatte. Aber Kaffee? Man kann sich unmöglich von einem Besuch auf den andern erinnern, ob noch Kaffee in der Vorratskammer war oder nicht.

Und dann die prompte Verbindung mit der blinkenden Ampel da vorne. Der Ort Tavernelle. Der Gemischtwarenladen mit angeschlossener Bar-Trattoria.

Gimo vollführt mit Sorgfalt die Manöver zum Parken unter den Eukalyptusbäumen, die auf dieser Seite des Platzes stehen.

»Warum hältst du hier?« fragt Katia.

Gimos Stimme ertönt automatisch.

»Ich besorge Kaffee für morgen früh. Trinkst du Kaffee am Morgen?«

Katia zögert vor den Implikationen, aber dann entscheidet sie, daß der geeignete Ton hier der sachliche ist.

»Ja, mit ein bißchen Milch.«

»Also auch Milch.«

»Und Orangen, wenn du welche findest. Oder 'ne Dose Orangensaft.«

»Gut«, sagt Gimos Stimme. »Orangen.«

Aussteigen, die zwei Stufen raufgehen, eintreten...

Nein. Rasch wieder umkehren und so tun, als wäre man ins Studium einer Todesanzeige vertieft, die als schwarzgerändertes Plakat neben der Tür hängt (»Aida Passerini, verwitwete Mosca, im Alter von 87 Jahren...«), um zwei Männer vorbeizulassen, zwei Gualdanesen, die sicher auch für die Weihnachtsferien gekommen sind und die Gimo kennt, obwohl sie ihn vermutlich nicht kennen. Aber man weiß ja nie. Warten, bis sie vorbei sind.

Erneut die Stufen raufgehen und eintreten. Erledigt. Es ist die Bar, an einem Tisch sitzt ein Grüppchen erregt diskutierender Einheimischer. Ihre Diskussion klingt eher wie Gebell. Hinter dem Tresen ist niemand. In den angrenzenden Laden rübergehen. Erledigt. Da ist die Wirtin, sie räumt gerade Zwiebackpackungen auf ein Regal. Sich von ihr Kaffee, Milch, Orangensaft und Zwieback geben lassen, aber auch etwas für heute abend, um nicht noch mal raus zu müssen: Vollkornbrot mit Schinken und Käse, das wird genügen nach dem späten Mittagessen bei »Mamma Adolfina«. Erledigt. Mit der Wirtin zur Bar rübergehen, wo die Kasse ist. Bezahlen. Auf das Restgeld warten, während die Männer sich immer lauter gegenseitig überschreien – irgendein Vorfall im Städtchen, Ehefrau, Ehemann, Hörner. Rechts Mistelzweig über dem Eingang zur Trattoria. Weihnachtsdekoration. Krippe im kalten Kamin. Darüber ein Wildschweinkopf als Trophäe. Das Restgeld nehmen. Erledigt. Rausgehen, wieder ins Auto steigen.

»Alles gefunden?«

»Alles. Und noch was für danach.«

Katia empfindet das Wort »danach« als anspielungsreich, denkt an Champagner und beschließt, daß ein Lächeln angebracht ist.

Sie küssen? Nein. Hand auf ihren Schenkel? Ja. Erledigt. Gimo führt weiter mit mechanischer Sorgfalt die nötigen Handgriffe aus, um die Bremse zu lösen, den Motor anzulassen, das Licht einzuschalten und...

Idee.

Die zwei Männer von vorhin sind eben, aus dem Tabakladen auf der anderen Seite des Platzes kommend, in ihren Geländewagen mit römischer Nummer gestiegen und biegen jetzt nach Norden auf die Landstraße ein: zur Gualdana offensichtlich. Die Gelegenheit nutzen. In gebührendem Abstand hinterherfahren, aber zu gegebener Zeit beschleunigen, um direkt hinter ihnen reinzufahren, ehe die Wächter die Schranke wieder runterlassen. So wird es möglich sein, mit einem kurzen Gruß zu Vannucci oder Vannuccini oder wer sonst da sein wird vorbeizufahren, ohne auch nur einen Augenblick anzuhalten. Da sich das Pförtnerhäuschen auf der linken Seite befindet, wird niemand das Mädchen rechts neben ihm erkennen, ja nicht einmal merken, daß da überhaupt jemand neben ihm sitzt.

Durchführen.

Nach zwei Kilometern gerader Strecke, einer Doppelkurve und einem weiteren geraden Stück: da vorn der Eingang zur Pineta. Gas geben. Schon blinkt der linke Blinker des Geländewagens. Dicht auffahren, aber vor der kurzen

Steigung einen Augenblick warten. Jetzt!... Perfekt: die Schranke ist oben, der andere Wagen fährt durch und Gimo direkt hinterher, den linken Arm hebend, um Barabesi zu grüßen, der in derselben Weise antwortet.

Erledigt. Den Abstand zum andern Wagen wieder vergrößern, ihn geradeaus davonfahren lassen und an der Abzweigung rechts einbiegen, knapp vorbei an einer über die Straße schnürenden grauen Katze.

»Ein Glück, daß sie nicht schwarz war«, sagt Katia. »Bist du abergläubisch?«

Verneinen.

»Schade, daß hier keine Laternen sind. Wieso sind denn hier keine Laternen? Ich würde mich fürchten, an einem Ort ohne Straßenlaternen zu leben.«

Ignorieren. Aufpassen, daß man nicht die Einfahrt zu den Valenzanis mit der eigenen verwechselt. Unter das Rohrdach fahren, Licht ausschalten, aussteigen.

»Aber man sieht ja gar nichts. Gibt's denn hier kein Licht?«

Die undeutliche Gestalt am Arm nehmen, sie zwischen den Büschen zur Haustür führen. In der Tasche nach dem Schlüssel kramend sie auf den herrlichen Duft der Pinien hinweisen.

»Also ich finde, hier riecht's nach Verbranntem.«

Schnüffeln. Es *riecht* nach Verbranntem. Der Meinung Ausdruck geben, daß wohl irgendwo in der Windrichtung jemand Beefsteaks grillt. Dann diese Wildfremde über die Schwelle schieben, das Licht anknipsen, die Haustür schließen und tief durchatmen, um Herz, Lunge, Luftröhre, Kinnladen mit einem langen Seufzer zu entspannen.

7.

Aber als Vannuccini dann mit den Fahrkarten eintrifft, ist die Entscheidung gefallen, die Reisetasche – nicht die von vorhin, eine andere – steht bereit, wenn auch noch offen, und nach zwei letzten Veränderungen und einer allerletzten Zutat gelingt es Signor Zeme mit einer gewissen Kraftanstrengung, das Schloß einschnappen zu lassen.

»Ah, das Namensschild.«

»Ist schon dran.«

»Name und Adresse, für den Fall, daß ich die Tasche irgendwo stehenlasse«, sagt Signora Zeme lächelnd, während sie prüft, ob das kleine lederne Rechteck gut an einem der Handgriffe festgemacht ist. »Soll ja schon vorgekommen sein.«

»So was kann jedem passieren«, sagt ihr Mann.

»Ich bin mal«, gesteht Vannuccini, »in einen falschen Zug eingestiegen, hab gedacht, ich wär unterwegs nach Florenz, und war plötzlich in Lucca.«

»O mein Gott«, sagt Signora Zeme erschrocken, »und wenn ich am Ende in Turin ankomme?«

»Magda, du *wirst* nicht am Ende in Turin ankommen, beruhige dich«, sagt ihr Mann mit einem Blick zu Vannuccini, der errötet. »Komm, bieten wir unserem Expreßkurier einen Whisky an.«

»Nein, wir haben keine Zeit mehr, entschuldigen Sie, Vannuccini, aber es ist zu spät.«

»Aber Magda, das dauert doch bloß zwei Minuten, und wir haben noch massenhaft Zeit. Auch ich könnte jetzt einen Whisky vertragen, nach allem.«

»Nein, nein, du mußt fahren! Und er hat sich schon einen in Tavernelle genehmigt.«

»Ich?« sagt Vannuccini verblüfft. »Ich würde doch nie...«

Signora Zeme schneidet ihm mit einer herrischen Geste das Wort ab. »Schon gut, schon gut, reden wir *bitte* nicht mehr von Whisky! Wir müssen los, komm, mach schon, es ist höchste Zeit!«

Vannuccini trägt die Tasche hinaus und stellt sie in den Kofferraum des Volvo, während Signor Zeme die Haustür zuschließt, die steinernen Stufen hinuntergeht und sich ans Steuer setzt.

»Frohes Fest! Alles Gute!« ruft Signora Zeme zum Autofenster hinaus, als ob Vannuccini schon weit entfernt wäre. »Grüßen Sie mir Ivella!«

Aber kaum ist das Auto losgefahren, fällt ihr ein, daß sie ja noch gar kein Weihnachtsgeschenk für Ivella oder ihr Söhnchen Luca besorgt hat.

»O mein Gott, was mache ich bloß, was machen wir bloß, kannst du nicht morgen dran denken?«

»In Ordnung.«

»Ein Parfum für sie oder ein Spielzeug für das Kind. Du wirst doch was finden?«

»Jaja, mach dir keine Sorgen.«

»Oder nein, in Florenz, auf dem Bahnhof in Florenz, da kann ich selber mal sehen, ob ich was finde, wenn wir früh genug da sind.«

»Gut, gut, in Ordnung, das sehen wir ja dann.«

Die Ausfahrtsschranke hebt sich ruckend, während Barabesi aus dem Fenster des Pförtnerhäuschens grüßt. Der Volvo setzt sich wieder in Bewegung.

»Warte.«

Signor Zeme hält noch einmal an, gleich hinter der Weihnachtssteineiche mit ihren Girlanden aus blinkenden roten, grünen und blauen Lämpchen, die im Winde schwanken.

»Willst du den Wächtern noch was sagen?«

»Nein, nein, nichts, die kriegen ja dann ihr Trinkgeld, denk dran, oder ich werde dran denken, wenn ich zurück bin, fahr los, fahr los, fahr endlich los! Sag ihnen, daß der Weihnachtsbaum wunderschön ist.«

»In Ordnung.«

So endlich taucht der Kegel des Scheinwerferlichts die letzten Sträucher der Pineta in gipsernes Weiß, leckt die Stämme der letzten Pinien, fleckt über den Asphalt der

Landstraße, strafft sich und bündelt sich zu einer langen Klinge, die rasch in die Dunkelheit schneidet.

8.

Mrs. Graham und Signor Mongelli sind beide gegangen, nachdem sie sich für den Tee und die kartenlegerischen Erklärungen von Eladia bedankt haben. Was Pater Everardo betrifft, so hatte er die Wächter gebeten, dem Orfeo zu sagen, falls er wieder auftauchen sollte, daß der Pater hier sei und ihn gern sprechen möchte. Aber vor kurzem haben sie aus dem Pförtnerhaus angerufen, um mitzuteilen, daß Baldacci sich nicht habe blicken lassen.

Noch länger warten? Kaum anzunehmen, daß der Gärtner noch irgendwo an der Arbeit ist, um diese Zeit und bei dieser Dunkelheit. Aber wenn er die Pineta verlassen hätte, müßten sie ihn doch gesehen haben, oder?

Nicht unbedingt, sagt Monforti. Die hinausfahrenden Autos werden weniger kontrolliert als die hereinfahrenden. In den Stoßzeiten bleibt die Ausfahrtsschranke oft oben. Außerdem wohnt Orfeo nicht weit, er könnte den Wagen hiergelassen haben, wenn er morgen weiterarbeiten will, und zu Fuß nach Hause gegangen sein. Womöglich am Strand entlang.

Aber, wenn die Frage nicht indiskret sei, fragt der Einsiedler, warum wolle Everardo ihn denn so dringend sprechen? Handle es sich um eine Arbeit fürs Kloster oder...

»Aber Ugo!« protestieren heuchlerisch gleichzeitig Signora Borst und Signora Neri, um dem Pater zu bedeuten, daß die Geschichte von Orfeo hier zum Gemeingut gehört, weshalb Zurückhaltung nicht erforderlich ist.

Der Geistliche gibt zu, daß er von Orfeos Problemen weiß und hofft, ihm Beistand leisten zu können. Aber er bleibt streng bei den Allgemeinheiten.

»Heutzutage, wo niemand oder fast niemand mehr beichtet«, sagt er, »schließt sich am Ende jeder mit seinem Unglück im eigenen Schneckenhaus ein. Und so kommt es dann, daß die Verzweiflungstaten sich häufen, daß diese depressiven Zustände, für die jeden Tag neue hochkomplizierte Therapien erfunden werden, immer mehr um sich greifen, während doch die einfache Praxis der Beichte...«

Als chronisch und gewissermaßen professionell Depressiver weiß Monforti schon so gut wie alles über die therapeutischen Beichten. Das Thema interessiert ihn jedenfalls nicht. Statt dessen versucht er dem Gespräch zu folgen, das Natalia halblaut mit Eladia begonnen hat, obwohl er nur Bruchstücke davon mitbekommt.

»Hoffen wir, daß der arme Orfeo nicht... Aber könnten sich diese Unglücksvorzeichen nicht gerade auf ihn...? Oder auf die arme... im Zug allein, in dem Zustand, in dem sie... Wäre das nicht denkbar?«

»Unmöglich zu sagen. Die Zeichen sind zu undeutlich... Menschen, Dinge, Tiere, ein ganzes Knäuel von...«

»Was denn für Tiere? Doch nicht etwa Mäuse? Weil doch die armen Bonannos... Oder eine von diesen Schleiereulen, die anscheinend so gern... Oder die Hunde von Signor...«

»Ich weiß nicht. Bei den Karten ist es nicht immer möglich zu unterscheiden zwischen...«

Allgemeinheiten auch dies. Nichtige Grillen. Aber die Atmosphäre bleibt, wie immer im Hause Borst, jene eigentümlich schwebende und verdünnte eines Clubs, eines alten Cafés in der Provinz: Orte einer gedämpften, milden Geselligkeit, bei der es praktisch aufs gleiche hinausläuft, ob man teilnimmt oder sich abseits hält... ob man da ist oder nicht da ist... wenn nicht gar (überlegt Monforti hamletisch), ob man *ist* oder nicht ist.

Unterdessen macht sich Ugo der Einsiedler über den großen Pachomius lustig, den Begründer des Mönchtums in Oberägypten, sowie über Isaak von Syrien, Symeon den

Neuen Theologen und verschiedene andere der ältesten, ehrwürdigsten »Väter der Wüste«. Woraus zu schließen ist, daß Everardo, nachdem er das Thema der Beichte erschöpft hat, zu dem der klimatischen Bedingungen übergegangen sein muß. Nicht anders als der Kirchenvater Hieronymus schrieben die genannten Väter nämlich der Feuchtigkeit und/oder gewissen Winden wie dem *ramshin* und dem *shulūq* (unserem »Schirokko«) jene tödliche *akedía* zu (unsere »Depression«), die so viele Anachoreten und Zönobiten in den Wüsten Syriens, Palästinas, Ägyptens und Mesopotamiens befiel.

»Aber hätten dann nicht«, meint Ugo der Einsiedler spöttisch, »diese ganzen guten Leutchen besser daran getan, zu Hause zu bleiben? Wenn schon ein bißchen Wind genügte, um sie in die Krise zu stürzen…«

Monforti hat nie sehr an den Einfluß der Winde, besonders des Schirokko, auf seinen psychischen Zustand geglaubt. Heute zum Beispiel müßte er sich hundeelend fühlen. Statt dessen geht es ihm beinahe gut, und er lauscht mit heiterer Distanziertheit, ja sogar mit amüsiertem Interesse den Anklagereden der Wüstenväter gegen den Dämon der *akedía*:

> Wie jene Gestrüppkugeln, die der Wind bald hierhin, bald dorthin über den Sand und die Steine bläst, so schweifen die von diesem Dämon befallenen Mönche ziel- und rastlos umher.
>
> *Nilus Sinaïta*

> Die Unglücklichen, die mit diesem Übel geschlagen sind, versuchen in Meditation und Gebet zu verharren. Doch es genügt die schwächste Stimme, das kleinste Geräusch von draußen, schon eilt der Zönobit ans Fenster der Zelle und der Anachoret zum Eingang der Höhle – und schon sind sie wieder in die schwärzeste Verzweiflung zurückgefallen.
>
> *Euagrius Ponticus*

Die *akedía* drängt uns, alles anzufangen und nichts zu beenden. Sie läßt uns jeden Ort erstrebenswert erscheinen außer dem, an welchem wir uns befinden, jede Beschäftigung angenehm außer der, die wir gerade verrichten, jede Rede fad außer dem leersten Geschwätz, trostreich und barmherzig das ganze Menschengeschlecht außer denen, die gerade um uns sind.

Barsanuphius und Johannes von Gaza

Es ist dies in Wahrheit der schlimmste aller Dämonen. Es ist der Tod der Seele und des Verstandes.

Symeon der Neue Theologe

Es ist der tiefste Grund der Hölle.

St. Theodorus Studita

Na na!

Ein bißchen erschüttert trotz allem, atmet Monforti erleichtert auf, als der Kapuziner sich erhebt, um ins Kloster zurückzugehen, da Orfeo ja offenbar unauffindbar bleibt. Und als sich dann auch Natalia mit ihrem Fahrrad auf den Heimweg gemacht hat, beschließt er, den Einsiedler ein Stück zu begleiten. Diese Kyniker waren zwar etwas repetitiv in ihrem programmatischen Pessimismus, aber im Grunde waren sie fröhliche Leutchen, immer zu einem Scherz aufgelegt, und mit ihrem Jünger aus Borgomanero ist man – was Sandra auch von ihm halten mag – in guter und angenehmer Gesellschaft. Heute hat er sein Bestes gegeben, um seine alte Nummer »Krates der Türenöffner« gut zu spielen.

»Lieber Ugo, gehen Sie jetzt zu Fuß bis rauf in Ihre Einsiedelei?«

»Aber gewiß doch. Der Weg ist nicht viel länger als der von Piräus nach Athen, den Antisthenes zweimal täglich gegangen ist, um Sokrates zu hören. Was lehrte übrigens selbiger Sokrates über das Fußwandern?«

Im Unterschied zu seiner Schwester findet Monforti diese didaktischen Fragen mit bedrohlichen Pausen am Ende nicht unerträglich; es muß sich um eine Marotte handeln, die De Meis sich aus seiner Zeit als Lehrer bewahrt hat.

»Ich weiß nicht«, sagt er entgegenkommend.

»Er lehrte, wenn man alle Schritte zusammennehme, die man in wenigen Tagen zu Hause oder in seinem Viertel tue, gelange man ohne Schwierigkeiten bis nach Olympia auf dem Peloponnes.«

»Donnerwetter!«

So gelangen sie auf den inzwischen kaum noch erkennbaren Dünenweg, geleitet vom schwachen Licht der Lampe des Einsiedlers. Monforti hat seine Taschenlampe dabei, aber er zündet sie nicht an, weil, auch dies muß er zugeben, die Leuchte des Diogenes ein ganz anderes Licht verbreitet, ein viel angenehmeres und suggestiveres.

»Aber Sie werden doch nicht«, sagt er, während sie weiter zum Alten Graben gehen, »auch zum Nachtmahl nur Brot und Thymian essen? Oder Brot und Knoblauch, was weiß ich?«

»Nein, nein. Das heißt: in der Rolle des Krates bin ich streng vegetarisch, wie meine Frau, aber wenn ich...«

»Ihre Frau?«

»Die Frau von Krates meine ich. Ein Mädchen aus reicher Familie namens Hipparchia, das... Kennen Sie die Geschichte nicht? Die muß ich Ihnen mal erzählen, die ist wunderschön. Aber was ich gerade sagen wollte: Anders als der Türenöffner und als Bion, der eine Diät allein auf der Basis von Saubohnen und frischem Wasser empfahl, waren die anderen Kyniker mehr fürs Praktische. ›Der Reiche‹, sagte Diogenes, ›ißt, wann er will und was er will. Der Kyniker, wann er kann und was er findet.‹«

»Großartig. Aber warum kommen Sie dann nicht zum Essen zu uns? Meine Schwester wird überglücklich sein, die Geschichte von Hipparchia zu hören.«

Die Einladung wird gerne angenommen, und Monforti knipst die Lampe an, um den Weg zu seinem Haus im Inneren der Pineta zu finden. Immerhin, denkt er, wird ihn Sandra lieber in Gesellschaft des Einsiedlers ankommen sehen als in den Klauen des Dämons der *akedía*.

9.

Im Innern des weißen Volvo ist alles schwarz: die Ledersitze, die Veloursteppiche, das Armaturenbrett, der Schalthebel und der für die Handbremse, das ausgeschaltete Radio.

»Willst du Musik?« fragt Signor Zeme.

»Ja, gern«, murmelt seine Frau aus ihrer schwarzen Stummheit auftauchend.

Die leuchtende Nadel des automatischen Suchlaufs gleitet die Senderskala entlang: acht Sekunden Rockmusik, acht Sekunden Reklame, ein Sopran, noch mal Rock, ein Sportkommentator, acht Sekunden Geigen...

»Das?«

»Ja, ja, sehr gut.« Signora Zeme lebt etwas auf. »Weißt du, daß sie in Schweden angefangen haben, Musik als komplementäre Therapie zu verschreiben? Das hat mir Monforti erzählt. Oder war's in der Schweiz, ich weiß nicht mehr, aber ich kann ja mal morgen den Neurologen fragen, der müßte's doch wissen, was meinst du?«

»Wahrscheinlich.«

»Aber wer weiß, wie sie rausfinden, was gut für dich ist, vielleicht lassen sie dich von allem ein bißchen hören und entscheiden dann, ein bißchen Mozart oder Verdi am Morgen, eine halbe Beethoven-Sonate nach dem Essen und Chopin vor dem Einschlafen, oder Wagner, ich weiß nicht, aber sicher wär's lohnend, das mal zu probieren, ich werde den Neurologen fragen, auch weil ich als junges Mädchen sehr gerne Musik gehört habe, ich bin oft ins Konzert gegangen mit meiner Schwester, weshalb vielleicht, wenn ich anstelle von dir einen anderen geheiratet hätte, der mich ein bißchen ermuntert hätte, ich sage noch nicht mal ermuntert, ich sage bloß ab und zu mitgenommen in *La Bohème* oder so, was weiß ich, oder mir ein Konzertabonnement geschenkt, also ich bin sicher, dann wär' nichts passiert, dann wäre die Depression nicht bei mir zum Ausbruch gekommen, das ist die Wahrheit.«

Die Geigen lassen einen Spalt frei, in den sich prompt das Klavier einschiebt, um sich schlängelnd seinen Weg zu suchen.

»Ich müßte wieder mit dem Klavier anfangen, aber inzwischen ist es mehr als zwanzig Jahre her, daß ich nicht mehr spiele, ich müßte praktisch noch mal bei Null anfangen, und dann müßten wir natürlich erst mal eins kaufen, und Gott weiß, wohin damit in einer Wohnung, die so vollgestopft ist wie unsere, eines Tages schmeiße ich alles raus, ich halt's bald nicht mehr aus zwischen all den Möbeln, Schluß damit, alles weg, und vielleicht ziehen wir sogar aus, verkaufen diese verdammte Penthousewohnung, viel zu groß für zwei Leute ohne Kinder, und laß uns auch gleich die Gualdana verkaufen, seit Jahren sag ich dir das, mit Kindern wär's ja was anderes, aber klar, ich bin natürlich schuld, das hast du mir nie verziehen, das ist die Wahrheit, obwohl, im Grunde hast du ja recht, ich hab dir das Leben ruiniert, du hättest gern Kinder gehabt, du wärst sicher ein besserer Vater geworden als meiner, wozu allerdings nicht viel gehörte, weil, als Vater war mein Vater eine Katastrophe, sagen wir ruhig, er war mein Ruin, ihm hat nie was an mir gelegen, nix als Nörgeleien und Schelte und nie ein ehrliches Interesse, ein Ratschlag, eine Ermutigung, übrigens war's bei meiner Schwester dasselbe, er hätte lieber zwei Söhne gehabt, das ist die Wahrheit, für uns war's schon viel, wenn er uns was zu Weihnachten oder zum Namenstag schenkte, bei der Gelegenheit, denk daran, dich nach einem Geschenk für den Kleinen von Vannuccini umzusehen, fünf Jahre ist er alt, du kannst ja mal in diesem Laden da in dieser kleinen Straße hinterm Rathaus schauen, den kennst du doch, oder? Gleich nach der Teigwarenhandlung, weißt du, welchen ich meine?«

»Ja«, sagt Signor Zeme, »ich weiß.«

Schwarze Hügel tauchen auf und profilieren sich gegen den schwarzen Himmel, die Scheinwerfer leuchten in Kurven, die von schwarzweiß gestreiften Pfosten markiert werden, und in Seitenpfade, die sich in schwarzem Gehölz verlieren. Es ist fast kein Verkehr, und Signor Zeme hält sich beim Fahren, so gut es geht, auf der Mitte zwischen den Ängsten seiner Frau, zwischen der Angst, zu spät zu kommen, und der Angst vor zu hoher Geschwindigkeit.

»Schluß mit diesem gräßlichen Zeug!« sagt die schwarze Silhouette neben ihm und würgt einen Ausbruch der Blechinstrumente ab.

Dann drückt sie den Zigarettenanzünder am Armaturenbrett hinein, holt eine ihrer fadendünnen Zigaretten aus der Handtasche, überlegt es sich anders, holt ein silbernes Döschen mit emailliertem Deckel hervor, klappt es auf und klappt es mit einem trockenen Knacken sofort wieder zu. Tack.

»Leer, schon wieder leer, aber was soll's, ich mach mir keine Illusionen mehr, mit Pfefferminz- und Karamelbonbons werd' ich das Laster nicht los, ich rauche, soviel ich rauche, da kann man nichts machen, oder vielleicht um so besser, mit 'nem schönen Kehlkopfkrebs wären alle meine Probleme gelöst und deine dazu, oder mit 'nem Lungenkrebs wie bei der armen Anita, sicher, die hat ein Jahr lang gelitten mit dieser schrecklichen Chemotherapie, aber wenigstens ist sie dabei von allen ernst genommen worden, es war eine Krankheit, die man sehen konnte, die einem ins Auge sprang, alle Haare fielen ihr aus...«

Tack. Sie hat die Zigarette angezündet, klappt aber weiter das Döschen auf und zu, tack, tack, wie um ihren Redefluß irgendwie rhythmisch zu gliedern und zu kanalisieren, bevor er sich ausbreitet und im nächsten Sumpf aus tödlichem Schweigen versickert.

»... während bei der Depression, nix da, du hast sie im Kopf, und die andern sagen nur immer Kopf hoch, reiß dich zusammen, keiner glaubt's dir, keiner begreift, wie schlecht es dir geht, richtig körperlich elend geht's dir, im Grunde glaubst du's mir auch nicht, du meinst, es wär' bloß so eine Marotte, was Eingebildetes.«

Tack, tack.

»He, fahr nicht so schnell, du hast die Kurve zu eng genommen, was ist los, sind wir spät dran? Sag, ist es spät, meinst du, ich könnte den Zug verpassen?«

»Nein«, sagt Signor Zeme. »Gar nichts wirst du verpassen, bleib bitte ruhig.«

»Ruhig? Ich? Also ruhig werde ich nie mehr sein, und wer weiß, wann ich mir wieder zutrauen werde zu fahren, auch wenn ich mit all diesen Psychopharmaka bestimmt nicht den Führerschein erneuert kriege, aber du jedenfalls fahr langsamer, hier muß man gut aufpassen, hier kommt irgendwo die Todeskurve, ist das da vorn nicht die Todeskurve?«

»Noch nicht«, sagt Signor Zeme, während er die Fahrt verlangsamt. »Und gefährlich ist sie sowieso nur in der anderen Richtung, wenn man runterkommt.«

Tack, macht das Döschen, tack, tack. Und der unsichtbare, unerbittliche Suchlauf in Magda Zemes Kopf setzt sich wieder in Bewegung, läuft von neuem die Skala ihres Lebens hinauf und hinunter, um in der Vergangenheit Fehler, traurige Erfahrungen, versäumte Gelegenheiten herauszufiltern, kommt zurück auf das Geschenk für den kleinen Vannuccini, verharrt bei der Fenstertür im Schlafzimmer, die nicht mehr richtig schließt, streift den bedrückenden Smog von Mailand, verweilt ein bißchen bei eventuellen Klavier- oder Gitarrestunden, acht Sekunden bei nicht gehabten Kindern, acht Sekunden bei einer Mithilfe in einer Gruppentherapie für Drogenabhängige, oder wie wär's mit einer Boutique für asiatische Webereien, oder lieber eine erlösende Metastase, oder auch ein erlösender Unfall in der Todeskurve oder in irgendeiner anderen Kurve, dann wieder der desinteressierte Vater, die im Grunde ebenfalls egoistische Schwester, die unfähigen Neurologen, und nochmals Ivella Vannuccini, die zu vielen Zigaretten, ein paar irgendwo in der Gualdana vergessene Ohrringe, und unablässig das auf- und zuklappende Döschen, auf- und zuklappend zwischen versäumten Pflichten, verlorenen Freunden, weit zurückliegenden Glücksmomenten, tack, tack, tack, während die schwarze Silhouette redet, sich erinnert, sich befragt, sich quält, ohne einen Augenblick Ruhe zu geben, bis zum nächsten quälenden Schweigen.

V.
Was die Frauen betrifft

1.

Was die Frauen betrifft, so kann sich Graf Girolamo Delaude, genannt Gimo, in einem gewissen Sinne als Puritaner betrachten. Er hat zum Beispiel nie den perversen Geschmack mancher seiner Bekannten verstanden, die alles tun, um sich die beste Freundin ihrer Frau oder die Frau ihres besten Freundes ins Bett zu holen; er hat nie die Eitelkeit mancher anderer geteilt, die sich aus reinem Exhibitionismus über die Schönste des Abends, des Strandes oder des Clubs hermachen; er hat nie zugelassen, daß seine galanten Unternehmungen durch so unpassende Motivationen wie Rache, Revanche, Snobismus, männliche oder gesellschaftliche Selbstbehauptung verunreinigt wurden. Nein, seit frühester Jugend hat Gimo immer nur sozusagen ohne Nebenabsichten geschweinigelt, immer streng nach der Devise: »Die M... ist die M...«

Aber wie jede idealistische Formel (das Vaterland ist das Vaterland, die Mama ist die Mama) neigt auch diese fatalerweise zur Abnutzung im Kampf gegen die prosaischen, banalen Aspekte der Realität. Ein Nichts genügt, um einen glücklichen Moment zu kompromittieren, überlegt Gimo gerade, den Blick auf die Gummisandalen an seinen Füßen geheftet. Aber was genau war dieses »Nichts«? Von woher hatte sich die Nadel in den rosaroten Luftballon gesenkt?

Zufrieden hatte er unter der Decke gelegen, nach einer

guten halben Stunde wohldosierter und schließlich zum besten Ende gebrachter Wallungen, und hatte die gelöst strategischen Berührungen mit dem nachgiebigen Körper von Katia genossen, diesem braven, diesem sympathischen Mädchen, dessen befriedigte Seufzer und Lustschreie gleichsam noch im Raume hingen. Ein Moment vollkommener Hingabe, still zu genießen, während der Finger um einen ansehnlichen Busen kreiste und das Denken um den Satz: »Der alte Gimo kann's noch.«

Dann hatte der Busen sich zurückgezogen, das Mädchen hatte sich auf den Rücken gelegt, sich gestreckt und über die ganze Länge von Kopf bis Fuß gegähnt.

»Und jetzt nehm' ich eine schöne heiße Dusche.«

Das war der Nadelstich gewesen, rekonstruiert Gimo. Denn der Warmwasserboiler braucht einige Zeit, bis er warm wird, und außerdem hatte er, als sie angekommen waren, ganz vergessen (da eben die M... die M... war), ihn anzustellen.

»Die wirst du kalt nehmen müssen!«

Erste Grimasse. Erste Schnute.

»Aber inzwischen, bis der Boiler warm geworden ist, können wir ja was trinken.«

Und sie, leutselig wie eine große Dame: »Na schön, trinken wir einen drauf.«

Und er nix wie hin, ihr seinen alten schottischen Morgenmantel aus einem feuchten Wandschrank zu holen.

»Und was ziehst du an?«

»Och, ich nehm' wieder meine Lodenjacke.«

So sind sie dann ins Wohnzimmer rübergegangen. Einen Wodka? Nein, danke. Einen Frizzantino aus der eigenen Kellerei? Auch nicht, danke. Einen Sherry? Mag sie nicht. Und was mag sie? Eine Cola, natürlich.

»Ich fürchte, wir haben keine im Haus.«

»Dann einen Fruchtsaft. Ein Fruchtsaft wird doch wohl da sein, oder?«

»Nein, leider nicht. Aber warte... da wäre der Orangensaft, den ich für morgen früh gekauft habe.«

»Nein, abends mag ich keinen Orangensaft, er bleibt mir im Halse stecken.«

Zweite Grimasse. Zweite Schnute. Kurzes Auflachen, alles andere als liebevoll.

»Weißt du, wie komisch du aussiehst, so wie du angezogen bist?«

Nackt unter der schenkellangen Lodenjacke, die Füße nackt in den zerlatschten Sandalen, na ja... Aber auch sie in diesem abgetragenen dunklen Morgenmantel, kann nicht gerade *top* genannt werden; und der Sessel, in den sie sich gesetzt hat, könnte eine neue Polsterung gut vertragen; und an der Wand hinter ihr entdeckt Gimo schließlich auch den feuchten Fleck, den das Schleiereulennest verursacht hat. Nicht allzu groß zum Glück. Aber ausgefranst und zerlaufen wie ein sündiger Schandfleck auf einem Laken in einem drittklassigen Hotel. Ekelhaft.

»Müssen wirklich die Schleiereulen sein.«

»Was für Schleiereulen? Wovon sprichst du?«

Er erklärt ihr, daß die Schleiereulen, große Nachtvögel, manchmal die Ziegel lockern, wenn sie in den Dächern nisten. Normalerweise ziehen sie Türme und Burgruinen vor, aber sie haben sich auch schon in einigen Häusern der Gualdana niedergelassen, natürlich nur in solchen mit Schrägdach, nicht mit Flachdach.

»Komm, schauen wir mal, ob was zu sehen ist.«

»Ich?« schaudert die zarte Schöne zusammen. »Draußen geht so ein Wind, es ist kalt, geh du allein.«

Dritte Grimasse. Dritte Schnute.

Und der alte Gimo, so angezogen, wie er ist, nimmt die Dynamolampe Marke »Crickett« vom Haken im Flur und geht hinaus in den Wind, der ein paar Regentropfen mitführt. Es muß in der Zwischenzeit einen Schauer gegeben haben, denn das Pflaster glänzt feucht. Gimo geht um die Hausecke, sucht ungefähr die Stelle, wo im Wohnzimmer der feuchte Fleck an der Wand war, und leuchtet den Rand des Daches mit seinem Lichtstrahl ab.

Nichts zu sehen, natürlich. Um diese Zeit sind Schleiereulen auf Mäusejagd, und die Ziegel scheinen alle in Ordnung zu sein, von hier aus. Man wird den Crociani anrufen müssen, daß er mal vorbeischaut, sobald er kann. Gimo läßt die Dynamolampe erlöschen und betrachtet den sternlosen Himmel, über den kaum erkennbare Wolken jagen, vom Schirokko zu Wirbeln getrieben. Ob es noch mal regnen wird?

Die Pineta ist stockdunkel bis auf ein Licht, das hundert Meter entfernt zwischen den Pinien leuchtet. Die Villa von Max & Fortini, den beiden von der Vorsehung geschickten Komikern, die es ihm ermöglicht haben, die Schranke ohne Aufenthalt zu passieren. Wunderbarer Glücksfall. Wunderbares Komikerpaar, auch wenn Gimo die beiden, um die Wahrheit zu sagen, nur ein paarmal im Fernsehen und noch nie im Theater gesehen hat.

Als er wieder reinkommt, empfängt ihn eine Lachsalve vom Band. Katia hat den Fernseher eingeschaltet und sieht eine bunte Sendung mit Spielen, Werbung, Varieté-Einlagen.

»Was ist das? Ist es interessant?«

Sie antwortet nicht, sie lacht. Ihr Morgenmantel ist aufgegangen, so daß ihre sehr bemerkenswerten Schenkel zu sehen sind.

»Was siehst du?«

»Bindo und Bicci«, sagt sie, ohne sich umzudrehen. »Jeden Abend haben sie zwei Stunden in Telegiotto: *Rücken an Rücken*, so 'ne Art Revue.«

Der alte Gimo tritt näher, schiebt ihr eine Hand unter das dichte Haar, das sie sofort mit einer kindlich-gereizten Bewegung schüttelt.

»Laß, ich will mir das ansehen.«

Auf dem Bildschirm sind zwei erwachsene Männer in farbigen und mit Pailletten besetzten Jacketts gerade dabei, auf den Händen zu gehen, als ein Mädchen mit einem Staubsauger dazwischenfährt.

»Die Assistentin«, schnaubt Katia verächtlich. »Ich kenne sie, die ist voriges Jahr Miß Fucecchio gewesen. Nicht zum Aushalten. Ich wär' viel besser. Die hat keine Ahnung, wie man sich bewegt, schau dir das an, nein also *schau* dir das an, was für 'ne Schreckschraube!«

Der Morgenmantel ist jetzt auch oben aufgegangen, so daß die Top-Titten zu sehen sind.

»Aber ehrlich gesagt, auch die beiden Kerle sind eine Strafe«, meint Gimo. »Da sind meine Nachbarn viel besser.«

»Was für Nachbarn? Wovon sprichst du?«

»Max & Fortini.«

Katia fährt herum.

»Du kennst Max & Fortini? Sie sind deine Nachbarn in Florenz? Aber sie leben doch in Rom!«

»Nicht in Florenz, hier. Und du hast sie auch schon gesehen, sie saßen in dem Geländewagen vor uns, als wir reinfuhren. In diesem Moment«, enthüllt ihr Gimo lächelnd mit einer vagen Geste zum Fenster, »sind sie kaum hundert Meter von uns entfernt.«

Der Effekt ist der erhoffte. Katia springt auf, die Augen noch mißtrauisch, aber schon bereit, sie ekstatisch aufzureißen.

»Und du sprichst mit ihnen? Du kennst sie echt?«

»Na klar, sie kommen seit Jahren in die Gualdana.«

Alle Grimassen verscheuchend und alle Schnuten zurückziehend wirft ihm das Mädchen die Arme um den Hals und tut einen Jubeljuchzer, der jedes Risiko wert ist.

»Max & Fortini! Das ist ja unglaublich! Stellst du mich ihnen vor? Machst du uns miteinander bekannt?«

»Aber klar doch«, sagt Gimo mit zärtlich-jovialer Großzügigkeit.

Ein sehr gewagtes Versprechen (ahnt er), voll düsterer Wolken wie der Himmel, geladen mit Winden, die noch wer weiß wohin treiben können. Aber zunächst behauptet sich ein weiteres Mal die Reinheit seines Ideals, schickt die M... sich an, noch einmal die M... zu sein oder doch zu scheinen.

2.

Natürlich ist der angebliche Schnellzug mit vierzig Minuten Verspätung gekommen. Natürlich sind alle Wagen, einschließlich der Nr. 7 mit den reservierten Plätzen, gesteckt voll von stehenden Passagieren und Gepäckstücken, die alle Gänge verstopfen. Und natürlich ist der Platz von Signora Zeme, als er endlich erreicht ist, besetzt von einem Typ, der ihn nicht räumen will, ehe er sich nicht umständlich die Brille aufgesetzt, seine Platzkarte herausgekramt und entdeckt hat, daß sein Fensterplatz Nr. 54 in Wagen 6 ist.

Aber schon ist das Geräusch zuschlagender Türen zu hören und kommt bedrohlich näher. So daß Signor Zeme, nachdem er die sperrige Reisetasche seiner Frau auf der proppenvollen Gepäckablage verstaut hat und auch das am Bahnhof gekaufte Bündel Zeitschriften, das im Durcheinander zu Boden gefallen war, wieder aufgesammelt hat, gerade noch Zeit genug bleibt, sich zwischen den stehenden Reisenden durchzudrängen und die Tür zu erreichen und hastig hinauszuspringen.

»Eine Schande ist das, eine Schande!« ruft er dem Stationsvorsteher zu, der das Abfahrtssignal gibt.

Bleibt noch, zum Abschied zu winken, bis der letzte Wagen vorbei ist, dann steigt er langsam in die Unterführung hinunter. Bleich und verschwitzt kommt er in der Halle wieder herauf. Bevor er sich an die Rückfahrt macht, geht er an die Bar und genehmigt sich einen doppelten Whisky, jetzt, wo seine Frau ihn nicht mehr daran hindern kann.

3.

»Zwei Roboter, ein alter und ein junger, begegnen sich vor dem...«

»Woran sind sie zu unterscheiden?«

»Der alte hat einen langen weißen Bart.«

»Nein.«

»Einen langen Bart aus verrostetem Blech. Und er stützt sich beim Gehen auf einen Stock.«

»Nein.«

»Auf eine Eisenstange. Auf einen sehr langen Schraubenschlüssel.«

»Nein.«

Der Mann im weißen Pullover (er ist Fortini) wirft einen Pinienzapfen in den brennenden Kamin, dann einen zweiten und einen dritten. Knisternd lodern die Flammen auf.

»Roboter sind nicht witzig. Zu oft gesehen.«

»Eben drum«, sagt der Mann in der Wildlederjacke (er ist Max), »eben drum. Ich sehe sie längst als traditionelle Figuren, wie die zwei Schiffbrüchigen auf dem Floß oder die zwei Betrunkenen an der Laterne. Sie sind witzig, eben *weil* sie nicht mehr witzig sind.«

»Erzähl mir nix.«

Ein Pinienkern explodiert trocken, aus dem Haufen brennender Scheite schießt ein brennender Pinienzapfen hervor und rollt funkensprühend bis zum Rand des Kamins.

»Könnte ein Schädel sein«, sagt Max, während er den Zapfen mit der Feuerzange zu greifen versucht. »Draculas Schädel in Flammen.«

»Horror ist nicht witzig.«

»Ich mein' ja bloß. Oder auch ein Igel. Weißt du, daß sie die Igel hier geröstet essen?«

»Wer?«

»Jeder, der welche findet, Waldhüter, Maurer, die Wächter der Pineta, alle. Wie's scheint, schmecken sie köstlich.«

»Was hätten wir eigentlich zu essen da?« fragt Fortini.

»Zum Grillen? Nichts.«

»Nein, überhaupt. Was haben wir im Haus?«

»Die Vorräte für morgen. Aber hast du nicht gesagt, du wolltest nicht kochen?«

»Aber ich will auch nicht ausgehen. Es regnet, und jetzt im Winter sind die Trattorien eiskalt, sie haben bestenfalls diese kleinen Gasöfen.«

»Spaghetti sind da. Thunfisch ist da. Und es muß auch noch Minestrone in Dosen da sein, Erbsen...«

»Pappteller?«

»Jede Menge. Wir könnten uns schon was machen.«

»Tatsache ist«, sagt Fortini sinnend, die Augen starr in die heftig lodernden Flammen gerichtet, »ich hasse Trattorien, ich hasse Luxusrestaurants, ich hasse Pizzerien, ich hasse Self-Service-Restaurants.«

»Also bleiben wir hier, organisieren wir uns ein Picknick vor dem Kamin.«

»Nenn's nicht Picknick. Ich hasse Picknicks.«

»Ein kleines Nachtmahl.«

»Uuh!«

»Einen Imbiß.«

»Hör auf!«

»Die Verpflegungsaufnahme.«

»Gut, ja, Verpflegungsaufnahme ist das richtige Wort.«

»Zwei Soldaten«, sagt Max, »tragen den schweren Kessel der Gulaschkanone. Der eine bleibt stehen und läßt den andern...«

»Soldaten sind nicht witzig.«

»Zwei römische Legionäre. Zehnte Legion. Julius Cäsar.«

Fortini schüttelt den Kopf und stochert mit der Feuerzange in der Glut herum.

»Griechische Hopliten?« überlegt Max.

»Nein.«

»Napoleonische Grenadiere?«

»Nein.«

»Marines?«

»Nein«, sagt Fortini und steht auf. »Komm, laß uns in die Küche gehen.«

4.

Auch hundert Meter weiter, auch in der Küche des Grafen Girolamo Delaude, genannt Gimo, gäbe es Spaghettipackungen, Dosen mit Thunfisch und Erbsen sowie die Wurst und den Käse aus dem Laden in Tavernelle. Aber Katia ist unbeugsam.

»Nein, ich habe Lust auf Pizza.«

»Aber versteh doch, hier sind die Pizzen nicht eßbar, die Leute hier wissen nicht, wie man sie macht.«

»Egal, mir schmecken sie immer.«

»Aber ich mach dir ein paar Spaghetti.«

»Du? Du kannst kochen?«

»Na ja, warum nicht, ich schaff's schon.«

»Wer's glaubt!«

»Na, dann mach du doch welche!«

»Ja, und hinterher mach ich auch den Abwasch«, schnaubt Katia und geht aus der dottergelb gekachelten Küche.

»Da sind Peperoncini, da ist Knoblauch«, ruft ihr Gimo nach, der einen der Hängeschränke geöffnet hat. Und mit leiser werdender Stimme fügt er hinzu: »Und da waren auch Sardinen.«

Nichts zu machen. Muß so was wie ein Brauchtum sein, ein posterotischer Ritus dieser neuen Generationen. Die Pizza ist eben die Pizza: ein absolutes Ideal.

»Jetzt hat's auch noch angefangen zu regnen!« ruft er aus dem Flur. »Hör mal! Hör bloß mal, wie es duscht!«

Und sie aus dem Bad, wo sie sich kämmt: »Dann nehmen wir eben den Schirm.«

»Kannst du mir sagen, wozu wir in so einer Nacht noch rausfahren sollen? Kannst du mir sagen, was wir machen, wenn wir keine offene Pizzeria finden, was sehr wahrscheinlich ist?«

»Na, dann kommen wir eben zurück und essen deinen Schinken. Aber wenigstens haben wir's mal versucht. Wenigstens haben wir mal die Nase aus dieser stinklangweiligen Pineta rausgesteckt! Komm, zieh dich an, ich hab Hunger!«

Bei all den vielen Frauen, die eiserne Diät halten, sich nur von Crackers und Magerjoghurt und rohem Grünzeug ernähren, mußte ihm ausgerechnet diese verfressene Göre unterkommen, die er jetzt noch ein zweites Mal durch die Schranke bringen muß. Eine zweite Herausforderung, überflüssig und noch riskanter als die erste, denn bei der Ausfahrt hat man das Pförtnerhaus rechts, und naturgemäß ist es die Person rechts neben dem Fahrer, die sofort die Aufmerksamkeit des diensthabenden Wächters auf sich zieht.

Gimo fällt wieder zurück in die bebende und pedantische Schizophrenie seiner Ankunft. Hosen anziehen, Strümpfe, Schuhe. Erledigt. Die Cricket-Lampe vom Haken nehmen, mit der Pizzafresserin rausgehen, Tür zumachen. Erledigt.

»Wo ist denn der Regen? Es regnet kein bißchen.«

Antworten, daß es bei Schirokko immer so ist: eine Wolke, ein Schauer, noch eine Wolke, noch ein Schauer.

»Was ist das für ein Licht da hinten? Ist das ihre Villa, die Villa von Max & Fortini?«

Ja sagen. Sich auf die nächste Frage vorbereiten.

»Was meinst du, machen wir einen Sprung vorbei, um sie gleich jetzt zu besuchen?«

Entschieden nein sagen, sie könnten noch an der Arbeit sein oder jedenfalls müde und nervös. Besser morgen vormittag. Der Pizzafresserin den Weg durch die Büsche leuchten, das Rohrdach und das Auto erreichen. Einsteigen. Anlassen. Losfahren. Erledigt.

Verzweifelt nach zwanglosen Worten suchen, nach einem unbefangenen, scherzhaften Ton, um das Mädchen zu bitten, sich zusammenzukauern und den Kopf einzuziehen, damit man es beim Rausfahren nicht sieht. Darauf verzichten, weiterfahren, die klandestine Sicherheit der stockdunklen Pineta mehr und mehr verlassen, sich immer mehr dem Flaschenhals nähern, dem flachen Pförtnerhäuschen, dem melancholisch im Winde schwankenden Weihnachtsbaum, der waagerecht den Weg versperrenden Schranke.

Aber kein Wächter ist zu sehen, erst nach einer ganzen Weile kommt einer aus einem hinteren Raum (es ist Guerri), wo er vermutlich ferngesehen hat. Er wirft kaum einen Blick auf das Auto, drückt nur kurz auf den Knopf und rennt gleich wieder zurück, um sich an den Scherzen von Bindo und Bicci zu ergötzen.

Gimo gibt Gas und lacht leise auf.

»Worüber lachst du?«

»Ich hab grad an Max & Fortini gedacht.«

»Also ich«, sagt Katia ebenfalls lachend, »ich könnte mich über die beiden totlachen.«

5.

Auf dem Rückweg zur Gualdana fährt Signor Zeme lange hinter einem Lastwagen her. Die Straße ist wenig befahren und böte mehrmals Gelegenheit zum Überholen, aber Zeme verhält sich weiter so, als befände sich auf dem Sitz neben ihm anstelle einer hölzernen Puppe immer noch Magda mit ihrem sprunghaften Wechsel von Apathie zu Angst, von Stummheit zu alarmiertem Aufschrei. Er fährt behutsam, besonnen, noch ganz im Geist einer peniblen Fürsorglichkeit.

Die beiden Rücklichter des Lastwagens, die da vorne ruhig, fast schläfrig vor ihm herfahren, begrenzen die Weite der Nacht und ermuntern die Kürze der Gedanken. Im schwarzen Innenraum des Volvo beginnt der Fahrer träge, die Qualität der ihn umgebenden Stille zu ermessen: eine Stille, die ausgebreitet daliegt wie das Fell eines Tiers, weich, fest, nicht mehr ständig bedroht durch die nicht enden wollende Stimme des Leidens.

Ein bißchen Musik, trotzdem? Er setzt den automatischen Suchlauf des Radios in Gang, und die Stille rückt gähnend ein wenig zur Seite, läßt wohlig acht Sekunden Rockmusik über sich ergehen, acht Sekunden andere Rockmusik, acht Sekunden Werbung, acht Sekunden Kontrabässe...

»Na los, mach schon, fahr zu!«

Signor Zeme strafft sich in seinem Sitz, gibt kräftig Gas und schickt sich an, die beiden roten Pünktchen des Lastwagens zu überholen.

6.

Mit nichts als einem groben Mantel bekleidet
wirst du mit mir durch die Lande ziehen
wie einst Hipparchia mit dem Kyniker Krates.

Tatsächlich (wie dieses leicht pathetische Fragment einer verschollenen Komödie von Menander in Erinnerung ruft) hatte die liebreizende Hipparchia, nachdem sie den Türenöffner gegen den Willen ihrer reichen Eltern geheiratet hatte (die einwilligen mußten, weil andernfalls ihre Tochter, wie sie jedenfalls androhte, Hand an sich gelegt hätte) – tatsächlich hatte besagte Hipparchia die Gebräuche der Kyniker voll und ganz übernommen und zog mit ihrem Gemahl in einem *tríbon* durch die Lande (einem Mantel aus grobem Leinen, der den wandernden Philosophen auch zum Schlafen diente), unter dem sie nichts weiter anhatte.

Dies führte zu einer pikanten Episode im Hause des Lysimachos, der den Krates zum Essen eingeladen hatte, zusammen mit seiner jungen Frau und diversen anderen Philosophen, darunter Theodoros der Atheist, ein Ex-Kyniker, der zum Hedonismus der kyrenaischen Schule übergegangen war.

Nun war auch Hipparchia wie alle Kyniker eine Atheistin oder jedenfalls eine Agnostikerin. Aber Theodoros ging ihr auf die Nerven wegen der eitlen, extravaganten Sophismen, mit denen er sie ständig zu ärgern versuchte. So wollte sie ihn auf seinem eigenen Terrain schlagen.

»Kann ein und dieselbe Handlung«, fragte sie ihn, »dem Theodoros erlaubt und der Hipparchia verboten sein?«

»Nein«, gab Theodoros zu (vermutlich aus Angst, als Macho angeprangert zu werden).

»Mithin«, sagte sie, »wenn es Theodoros erlaubt ist, sich selber zu ohrfeigen, ist es Hipparchia nicht verboten, Theodoros zu ohrfeigen.«

Und klatsch, versetzte sie ihm eine.

Er verzog keine Miene. Aber im selben Moment muß ihm eingefallen sein, daß, während er in seiner Eigenschaft als Kyrenaiker unter dem Mantel das *chitón* trug (eine weite Tunika mit Gürtel), seine Gesprächspartnerin nichts darunter anhatte.

»Sehr richtig«, sagte er. »Und da Theodoros sich den Mantel ausziehen darf, darf er ihn auch der Hipparchia...«

Der Mantel war schon so gut wie unten, als es Hipparchia gelang, ihn zu ergreifen und sich wieder zu bedecken. Dennoch – berichtet ihr Biograph – geriet sie nicht aus der Fassung und zeigte sich auch sonst nicht weiter beschämt, wie es für eine junge Frau ihrer Herkunft natürlich gewesen wäre. Und den Anwesenden, die sich verwundert über so viel »Aplomb« oder Selbstbeherrschung *(eustátheia)* zeigten, sowie dem Theodoros, der sie bewundernd mit des Euripides Worten fragte, ob sie dieselbe sei, »die vor kurzem die Arbeit an Spinnrocken und Webrahmen niedergelegt hatte«, antwortete sie liebenswürdig: »Jawohl, Theodoros, die bin ich.

Und dünkt dir, ich hätte übel daran getan, mich um meine Bildung zu kümmern, anstatt noch mehr Zeit mit Spinnen und Weben zu verlieren?«

*

Mit schöner Lebendigkeit während des Essens erzählt, hat die Geschichte von Hipparchia dem Erzähler die Sympathien Sandras wiedergewonnen, die nun sogar noch mehr davon hören will. Wie hat Krates den Scherz mit dem Mantel aufgenommen? Wie hatten sie sich kennengelernt, er und die künftige Philosophin? Was erzählt man sich sonst noch von ihnen?

Aber es ist spät geworden, sorgt sich Monforti, und der Gast hat einen Fußmarsch von elf Kilometern vor sich, um auf seinen Hügel zurückzukehren. Es sei denn, jemand würde ihn im Auto hinbringen?

Sein Schwager Ettore erklärt sich sofort bereit, aber der Einsiedler lehnt ab, da seine Prinzipien es nicht erlaubten. Er habe oben, sagt er, ein altes Fahrrad, und manchmal benutze er es auch. Aber Motorfahrzeuge niemals, nicht einmal ein Moped wie das von Pater Everardo.

»Wegen der Umweltverschmutzung?« fragt Sandra.

Nein, nein, für ihn sei die Umweltverschmutzung so etwas wie schlechtes Wetter, darum kümmere er sich überhaupt nicht, das fehle ja noch, daß ein Kyniker anfange, sich wegen Blei oder Asbest zu sorgen! Schlimm für die, die es nicht vertrügen. Für ihn sei es eher eine Frage des... Aber nun sei es wirklich spät geworden, und er werde gut daran tun, sich sofort auf den Weg zu machen.

Eine Frage des was? fragt sich Monforti, nachdem er den Gast bis zur Straße gebracht hat und ihm nun nachschaut, wie er davonzieht in seinem flatternden Mantel, mit seinem Pilgerstock und seiner mehr denn je flackernden Lampe in diesem Schirokko, der sich zu einem regelrechten Wüstensturm auszuwachsen droht.

Des Stils, sagt er sich schließlich, eine Frage des Stils. Denn man kann nicht leugnen, daß der gute De Meis einen eigenen Weg gefunden, sich eine würdige, wenn auch reichlich bizarre Persönlichkeit zurechtgezimmert hat. Aber könnte man sich ihn in seiner Uniform als Kyniker auf einem Motorroller oder am Steuer eines Fiat vorstellen? Auf einem alten Fahrrad, ja, das mag gerade noch angehen.

Der Gedanke bringt Monforti zurück zu seiner alten, aus Depressionsgründen immer aufgeschobenen Idee einer Radtour mit Natalia Neri und ihren beiden Kindern. Doch wenn er sich nun auch weiterhin besser fühlt, warum schlägt er ihr dann nicht vor, allein mitzukommen, womöglich zu Fuß und »mit nichts als einem groben Mantel bekleidet«?

Aber es ist wie immer noch zu früh oder schon zu spät, denkt er, während er sinnend zum Haus zurückgeht. Die Vorstellung der schönen Signora Neri im *tríbon* und mit nichts darunter dient nur dazu, ihn in Erregung zu bringen.

7.

Ein paar Kilometer südlich des Städtchens, auf dem, was einmal Weizen- und Rapsfelder waren, erhebt sich ein Gewirr von Schuppen und Magazinen, dem man vor allem eine symbolische Funktion zu geben versucht hat: die Einheimischen wie die Touristen an das arbeitserfüllte Grau-in-Grau zu erinnern, von dem in so großem Maße der reibungslose Gang ihrer Tage abhängt.

Um den Bug des havarierten Motorbootes wieder auf Elba oder Korsika zu richten, um den störrischen Motor des BMW wieder auf den Weg zu Duccio da Buoninsegna oder Piero della Francesca zu schicken, um den kaputten Schrank oder das von Mäusen zerfressene Sofa in neuem Glanz erstrahlen zu lassen, muß man sich hierhin begeben!

Es ist die »Zona industriale«, das Gewerbegebiet, wo Seite

an Seite Tischler und Schlosser, Klempner und Automechaniker, Reifenhändler und Polsterer ihr Gewerbe betreiben. Ihre kastenförmigen grauen Gebäude gruppieren sich mehr oder minder zufällig, um Platz zu lassen für kurze enge Passagen, unbestimmt geometrische Plätze, breite Alleen, die unversehens ihren Asphalt verlieren und sich zu einem Feldweg verengen; und obgleich die »Zone« als solche durch eine Vielzahl von Schildern angekündigt wird, herrscht im Innern ihres eckigen Durcheinanders die Anonymität. Hier gibt es keine Adressen, keine Via Kennedy 23 oder Piazza Einstein 5b, auch keine Straßennamen zu Ehren des Fortschritts und der Technologie. Man orientiert sich anhand von Wegweisungen der mittelalterlichen Art. Die Autoelektro-Werkstatt von Lilli? Ja, die ist quasi gegenüber von Ilario dem Marmorsteinmetz, gleich nach Malentacchi, dem mit den Brennern.

Jetzt ist der Ort freilich dunkel und leer. Niemand ist zu sehen, den man nach dem Weg fragen könnte.

Aber die Frau am Steuer des Panda, der in diesem Moment daherkommt – eine dick vermummte Frau, von der man nur eine dichte schwarze Mähne sieht –, scheint ihren Weg zu kennen. Sie fährt rasch vor bis zu einem vage sechseckigen Platz, auf dessen hohe Laterne sich die ganze Beleuchtung der Zone beschränkt, zwängt sich dann durch eine schmale Gasse zwischen Baracken aus Holz oder Eternit, biegt in eine Allee ein, fährt weiter zwischen heterogenen Bauten und zögert erst an einer Kreuzung mit einer anderen Straße.

»Links«, sagt der Mann neben ihr.

Nach Malentacchi (*Öl-, Gas- und Kerosin-Brenner*, präzisiert das Firmenschild) kommt tatsächlich die Werkstatt des Autoelektrikers Lilli, bezeichnet nur durch ein rohes Schild mit der Aufschrift *Elettrauto*. Hinter einem eisernen Gittertor liegt ein Hof mit gestampftem Lehmboden, in dem rings um einen alten Pritschenwagen allerlei undefinierbarer Schrott aufgestapelt ist. Dahinter, am anderen Ende des Hofes, leuchten die Scheinwerfer des Panda auf einen Schuppen mit hohen breiten Torflügeln, halb Wellblech, halb Glas, unterbrochen von einer mannshohen Tür.

Der Mitfahrer steigt aus und schiebt das Gittertor auf, um das Auto in den Hof zu lassen. Dann geht er vor, kramt einen Schlüssel aus der Tasche, schließt die Tür des Schuppens auf, tritt ein und knipst das Licht an. Die Fahrerin stellt das Auto ab und folgt ihm. Sie steigen hintereinander eine schmale Eisentreppe hinauf, die aus der Garage in einen oberen Raum führt. Das Licht unten erlischt, das obere geht an.

Wir sind im Büro von Lilli, wie es scheint, obwohl ein Gasöfchen, ein Kühlschrank und ein Klappbett in einer Ecke auch an einen Wohnraum denken lassen.

Man könnte meinen, daß der gewissenhafte Handwerker, wenn die Arbeit wirklich sehr dringend ist, hier übernachtet, anstatt nach Hause zu gehen; oder auch (bedenkt man die gegenwärtige Situation), daß ihm dieser Raum für intime Begegnungen dient, am Tage oder bei Nacht, geschützt vor der Neugier und dem Klatsch seiner Mitbürger.

Nur daß der junge Mann, der im Panda mitgekommen ist und nun mit sauertöpfischer Miene hinter dem Schreibtisch sitzt, während die Fahrerin das Klappbett mit zwei Laken bezieht, die sie aus einer Tasche genommen hat, nicht der dunkelhaarige und untersetzte Autoelektriker ist. Er ist ein blonder langer Lulatsch mit Bart und Haartracht nach Art der Nazarener, dessen leicht wäßrige Augen ein wenig hervortreten, dessen hageres Gesicht aber, wären da nicht die Pflaster, mit denen es an mehreren Stellen bedeckt ist, einer gewissen romantischen Attraktivität nicht entbehren würde.

Aus dem Dialog, den er jetzt mit der Fahrerin begonnen hat, geht im übrigen hervor, daß er es ist beziehungsweise sie beide, die, da sie gute Freunde von Lilli sind, den Raum des öfteren für ihre Zusammenkünfte benutzen, daß aber in dieser Nacht das Klappbett offenbar nur ihm allein dienen soll.

»Ich komme morgen früh wieder oder rufe dich an, sobald

ich was weiß«, schließt nämlich gerade die Frau. »Du bleibst schön hier drinnen und läßt dich nicht blicken, man weiß ja nie.«

»Na, dann«, knurrt er zwischen den Zähnen, »dürfte ich mich nirgendwo mehr blicken lassen.«

»Ich muß erst rauskriegen, wo er hingegangen ist und was er vorhat. Im übrigen kann's ja auch sein, daß er inzwischen zurückgekommen ist.«

»Und wenn er dich fragt, wo du gewesen bist?«

»Dann sag ich, daß ich auf der Suche nach ihm war. Aber wie auch immer, jetzt muß ich jedenfalls gehen. Die Ziegenmilch und die Sojakeime für morgen früh stelle ich dir in den Eisschrank.«

»Warte noch... Hör mal... Wenn er inzwischen zurückgekommen ist... oder jedenfalls wenn er zurückkommt... könntest du ihm dann nicht sagen... ihm versprechen, daß du ihn von jetzt an... ich sage nicht immer, aber ab und zu... also hin und wieder wenigstens. Verstehst du, was ich meine?«

»Nein«, sagt sie knapp, klappt den Kühlschrank zu, dreht sich um und sieht ihm finster ins Gesicht.

Sie ist eine Frau in mittleren Jahren und von mittlerer Größe mit olivbraunem Teint, einer dichten kohlschwarzen Mähne und Formen, die sich schwellend unter ihrem fliederfarbenen Poncho abzeichnen. Die Augen, die ebenfalls kohlschwarz sind, flammen jetzt drohend.

»Nein«, wiederholt sie. »Was könntest du meinen?«

Er steht auf.

»Ich meine«, sagt er, »du solltest nicht immer nein sagen, wenn er dich darum bittet. Immerhin ist er dein Mann.«

»Aber er bittet mich ja gar nicht mehr darum!«

»Weil er weiß, daß du ihn sowieso nicht mehr ranlassen würdest!«

»Und jetzt soll ich ihn ranlassen, meinst du? Ist es das, was...«

»Ja! Denn letztlich ist es doch genau diese Verweigerung, die ihn am meisten aufbringt. Während er, wenn du ihn... ich meine ja gar nicht immer, aber wenigstens manchmal...«

»Hör zu, Dino, hör mir mal gut zu...«

»Nein, Amelia, jetzt hörst du mir mal zu!«

An diesem Punkt wird klar, daß der lange Lulatsch mit den wallenden Haaren der junge Dino Fioravanti ist und die Frau im fliederfarbenen Poncho Amelia Baldacci, die Frau des Gärtners Orfeo. Des weiteren wird klar, daß sie, als ihr Mann an diesem Abend nicht nach Hause gekommen ist, sich wohl gedacht hat, er könnte auf der Suche nach ihrem Liebhaber sein, um ihn mit jener Flinte niederzustrecken, die er immer bei sich im Wagen hat, um auf die Prozessionsraupennester zu schießen. Weshalb sie sich ihrerseits auf die Suche nach Fioravanti gemacht, ihn in der Bar »Il Molo« gefunden und dazu überredet hat, sich in Lillis Werkstatt zu flüchten, anstatt nach Hause zu gehen, wo Orfeo wahrscheinlich mit der Flinte auf ihn wartet.

Was noch nicht so klar ist, sind hingegen die Motive der beiden hinsichtlich dessen, was der Ehemann will und was seine Frau ihm partout verweigert. Es handle sich um eine Prinzipienfrage, sagt die Baldacci, in der auch Fioravanti immer derselben Meinung gewesen sei. Ja schon, erwidert Fioravanti, aber jetzt gehe es darum, weitere Gewalttaten zu verhindern, und auch die Gewaltlosigkeit sei eine Prinzipienfrage.

»Sag lieber, daß du Angst hast!« schreit sie ihn an.

»Also das ist ja wohl die Höhe! Du bist es doch, die gekommen ist, um mir angst zu machen mit dieser Geschichte von der Flinte!« schreit er zurück. Und als sie endlich mit lautem Türenschlagen gegangen ist, bleibt er sinnend stehen und denkt, wieviel einfacher doch alles wäre, wenn sie den armen Orfeo ab und zu ranlassen würde.

8.

Die Pizza der Pizzeria »Las Vegas« gehört nicht gerade zu denen, die man sein Leben lang in Erinnerung behält, aber Katia vertilgt sorgfältig auch noch den harten, verkohlten Rand, um dem Grafen nicht die Genugtuung des »ich hab's dir ja gesagt« zu geben. Genauso wie sie es sich zur Ehrensache macht, eine zufriedene Miene aufzusetzen, während sie den letzten Schluck Cola runterkippt und sich umsieht. Das Lokal ist in Wirklichkeit ein stinklangweiliges Loch mit erbärmlichen bunten Lämpchen, lächerlich leiser Hintergrund-Rockmusik und nicht mehr als vier bis fünf Typen aus dem Städtchen, die so ungehobelt sind wie die Bänke und Tische, an denen sie sitzen.

Und genauso stinklangweilig ist auch das Städtchen selbst, das Katia als ein wahnsinnig lebendiges, wahnsinnig munteres Gewusel in Erinnerung hatte, mit allen Läden bis Mitternacht offen unter der angestrahlten Rocca. Aber sicher war das ein Sonntag im Sommer vor zwei (nein, vor drei) Jahren, als sie mit Aldo (nein, mit Bruno) hier war und diesen leichten grünen Overall mit weißen Blumen drauf anhatte und darunter bloß den fluoreszierenden Tanga.

Als sie jetzt aus der Pizzeria treten, finden sie bloß Wind und schräg fallenden Regen vor, und der einzige tröstliche Gedanke, an den sich Katia zu klammern vermag, während sie dem Hin und Her der Scheibenwischer durch diese verödeten Straßen folgt (die Peripherie eines Städtchens an der Peripherie von allem), ist: Ein Glück, daß ich nicht hier leben muß, sonst würde ich mich erschießen.

Nein, sie amüsiert sich nicht und sie hat sich nicht amüsiert, dieser »Ausflug ans Meer« ist bisher ein Reinfall gewesen, wie andere ähnliche »Ausflüge« früher. Als aufmerksame Leserin von Biographien berühmter Sängerinnen, Schauspielerinnen, Top-Models und TV-Moderatorinnen weiß Katia sehr gut, daß ein modernes Mädchen, wenn es seinem Leben neue Horizonte eröffnen und »den Durchbruch schaffen« will, sich mächtig abrackern und viel lernen muß und so weiter; aber vor allem muß es skrupellos berechnend sein können. Von Skrupeln, scheint ihm, hat sie sich seit einiger Zeit befreit, der Beweis ist gerade dieser Typ hier, dieser Graf, der da neben ihr fährt und an den sie, nachdem sie mit ihm ins Bett gegangen ist, kurioserweise nicht mehr unter dem Kosenamen »Gimo« denken kann. Aber was das Berechnen angeht, hat sie mehr und mehr Zweifel, ob sie da wirklich ganz auf der Höhe ist.

Mit dem Marketing-Direktor neulich ist die Rechnung nicht aufgegangen. Und genausowenig mit dem Hilfsregisseur von »Telegiotto« und mit dem Free-lanced-Fotografen des Modezentrums »Botticelli«. Lauter Leute, die ihr »Kontakte« von großer Bedeutung für ihr Weiterkommen verschaffen sollten und die sie daher in Gedanken oder im Gespräch mit Freundinnen auch immer viel eher bloß als »Kontakte« denn als Männer betrachtet hatte. Nur daß dann diese famosen Kontakte sich in der Praxis auf eine einzige Art von Kontakt reduzierten, immer nur auf den einen. Und die Horizonte, die sich eröffnen sollten, reduzierten sich immer nur auf denselben einzigen Horizont: eine Zimmerdecke, mal mit Hängelampe in der Mitte, mal mit indirekter Beleuchtung.

Bin ich eine beknackte Idiotin? fragt sich Katia. Aber in dieser Stunde der Nacht und an diesem trostlosen Badeort ist das eine rhetorische Frage. Ja, sie ist eine beknackte Idiotin, jedenfalls eher als eine Hure, denn Huren wissen wenigstens, wie sie auf ihre Kosten kommen, klare Vereinbarungen, Bezahlung im voraus und dann Höschen runter. Während sie sich die Höschen jedesmal auszieht, ohne irgendwas vorher ausgemacht oder ernsthaft berechnet zu haben.

Wenn es ihr je gelingen sollte, den Durchbruch als Top-Model oder TV-Assistentin zu schaffen, wird sie gut daran tun, sich über diese Periode nur vage zu äußern. »Das sind schwierige Jahre gewesen«, wird sie den Journalisten antworten müssen. »Es war sehr viel Mut nötig, um sich gewissen Prüfungen zu unterziehen, gewisse Opfer zu bringen.« So antworten sie doch im übrigen alle, alle verweisen immer nur ganz allgemein auf »Enttäuschungen«, »Irrtümer«, »Zeiten der Krise und der Entmutigung«.

»Bist du müde?« fragt ihr letzter »Irrtum«.

Katia strafft das Kinn und die Schultern. Mut sieht man auch an diesen Dingen.

»Nein, woher denn, ich könnte noch bis vier Uhr früh weitermachen. Gibt's hier nicht irgendwo was, wo man tanzen kann?«

Der »Irrtum« zuckt zusammen und stammelt, daß im Winter alle einschlägigen Lokale geschlossen haben, in Punta Ala, am Monte Argentario, überall. Als ob sie das nicht selber sehr gut wüßte!

»Gehst du im Sommer mit deiner Frau tanzen?«

Man braucht bloß seine Frau zu erwähnen, schon zuckt er wieder zusammen.

»Ach, weißt du, im Sommer vermieten wir für gewöhnlich die Villa und gehen aufs Land, ich kümmere mich um den Reitstall, die Pferde, wir haben einige Gäste...«

»Zahlende?«

»Gott ja, zahlende, meist Ausländer.«

»Ist 'n schöner kleiner Nebenverdienst, was?« sagt Katia und denkt, die werden schon wissen, wie sie auf ihre Kosten kommen.

»Och...«, brummt der Reitlehrer.

Netter als viele andere ist er ja schon, besser erzogen, der arme Graf. Und vielleicht doch nicht ganz so nutzlos als »Kontakt«, wenn er sie morgen mit Max & Fortini bekannt macht. Ein Drink am Mittag oder ein kleiner Strandspaziergang nach dem Essen. »Wie hast du sie kennengelernt?« wird der Interviewer sie eines Tages fragen. »Das war ein reiner Zufall«, wird sie antworten. »Ich war mit Freunden in dieser stupenden Pineta, dieser Gualdana, wo die beiden auch eine Traumvilla haben...«

Da vorn ist schon wieder der Eingang zu dieser stupenden Pineta. Der Graf fährt langsamer und zittert, er zittert und fährt noch langsamer, so daß Katia schließlich versucht ist, sich diesmal runterzukauern und unsichtbar zu machen und ihn dafür zu preisen, daß er vorher die Klasse gehabt hat, sie nicht darum zu bitten. Aber es ist nicht nötig, ein anderes Auto fährt gerade rein, und erneut schnellt der Graf sofort los, um sich hinten dranzuhängen, erneut macht er sich die offene Schranke zunutze, um rasch durchzufahren in die Pineta, erneut gelingt es ihm, kaum ist der andere davongeflitzt, hinterherzuflitzen.

»Glück gehabt«, sagt Katia.

Zu früh, denn einen Augenblick später: Quietsch, Boing, Slam, Crash, und Katias Stirn knallt, nicht sehr hart, an die Windschutzscheibe.

9.

In »Telepadùle« führt ein Züchter seit einer Viertelstunde weiße Schäferhunde aus der Maremma vor, eine vor kurzem mit Recht wieder aufgewertete Rasse, wenn auch nur dank der Engländer, die noch immer die ersten auf der Welt sind, wenn es um Hunde und Pferde geht. Doch als der Wächter Roggiolani, der seinen Kollegen Guerri für die Nachtschicht abgelöst hat, gerade wieder vor dem Fernseher Platz nehmen will, um mehr über diese Züchtung zu erfahren, hört er über dem Heulen des Schirokkos draußen und dem Bellen der Tiere drinnen ein schauerliches Krachen von Blech. Mit einem Satz ist er wieder im Wachraum vorne und stürzt hinaus auf den Platz.

Dreißig Meter hinter der Schranke ist ein Unfall passiert. Der weiße Volvo von Signor Zeme, den er vor weniger als einer Minute hereingelassen hat, ist von dem grauen Fiat des Grafen Delaude, der ihm auf dem Reifen gefolgt ist, heftig angebumst worden.

Roggiolani läuft hin. Unfälle sind in der Gualdana nicht selten, immer wieder stößt einer mit dem Heck oder mit der Nase gegen eine der 18300 Pinien oder prallt mit einem anderen zusammen, der ohne die gebotene Vorsicht um eine Kurve biegt oder aus einem Privatweg kommt, zu schweigen von dem, was Mopeds und Fahrräder anrichten. Aber ein Auffahrunfall ist doch recht ungewöhnlich.

Schlimm ist er offenbar nicht, da Signor Zeme gerade aus seinem Wagen aussteigt und auch die Tür des Grafen problemlos aufgeht.

»Wie ist das passiert?« fragt Roggiolani.

Die beiden Männer ignorieren ihn finster blickend, jeder in seinen ungläubigen Ärger vertieft und nur darauf aus, den Schaden zu mustern. Es hat ganz schön gerumst. Der schwere Volvo ist natürlich besser davongekommen, bei ihm ist nur die hintere Stoßstange eingedrückt, das Nummernschild verbeult und vielleicht der Kofferraum ein bißchen verzogen; aber den Fiat des Grafen hat es böse erwischt: der halbe Kühlergrill deformiert, der linke Scheinwerfer in Scherben, der linke Kotflügel so tief eingedrückt, daß er fast den Reifen berührt.

»Hat ganz schön gerumst«, sagt Roggiolani.

Die beiden Fahrer, die zwischen ihren Autos stehen, sind stumm, sei's noch im Schock oder bloß auf der Mitte zwischen Wut und Resignation. Wird es gleich einen heftigen Wortwechsel geben? Einen Streit, den er, Roggiolani, wird schlichten müssen?

Nein, sicher nicht. Das sind keine Lkw-Fahrer, sondern wohlerzogene Einwohner der Gualdana. Der Graf gibt sich ohne weiteres selber die Schuld: Er sei zu dicht aufgefahren, gibt er grummelnd zu, und Signor Zeme, ebenfalls grummelnd, gibt zu, daß er zu hart gebremst habe, als plötzlich ein

Stachelschwein quer über die Straße gelaufen sei, ein Viech, sage ich Ihnen, sooo groß.

»Ah, das Stachelvieh«, nickt Roggiolani, der hin und wieder die langen Stacheln in der Pineta findet.

Aber sie hören nicht auf ihn, sondern fangen an, von Versicherungen zu reden, Zeme zieht ein Stück Papier hervor und stützt sich entschlossen auf den Kofferraumdeckel (der übrigens ganz naß ist) in der offenkundigen Absicht, sich die Daten des anderen zu notieren und auch den Namen des einzigen Zeugen, Roggiolani Dario.

Aber die Situation verändert sich mit dem unerwarteten Auftauchen eines zweiten Zeugen, einer Frau, die aus dem Auto des Grafen springt. Es ist nicht die Gräfin, sondern eine hochgewachsene und wütende Brünette, die sich die Stirn reibt und böse fragt: »So, und jetzt?«

Der Graf entdeckt plötzlich Roggiolani und erklärt ihm: »Eine Freundin meiner Tochter.«

Unterdessen hat ein erneuter Schauer eingesetzt, und Zeme schlägt vor: »Hören Sie, es regnet, wollen wir nicht lieber alles auf morgen verschieben?«

»Sicher, gewiß, ich komme bei Ihnen vorbei, und dann regeln wir alles«, erklärt sich der Graf sofort einverstanden und nimmt die Brünette am Arm.

»Nein, ich komme zu Ihnen«, sagt Zeme, schon die Hand am Türgriff.

»Aber nein, das fehlte ja noch, für mich ist es kein...«, insistiert der Graf.

»Nein, wirklich, ich komme lieber zu Ihnen«, schneidet der andere ihm das Wort ab, schlägt die Tür zu und fährt sehr vorsichtig los.

Roggiolani bleibt stehen, um zu sehen, ob auch der Fiat wieder in Gang kommt. Bei einem solchen Zusammenstoß könnte auch der Motor was abgekriegt haben, und auf jeden Fall ist zu befürchten, daß der eingedrückte Kotflügel das Rad blockiert.

»Das werden wir ja gleich sehen«, sagt der Graf.

»Sonst hol ich rasch den Gummihammer«, bietet Roggiolani an, »und mit zwei Schlägen...«

»Jaja, danke«, sagt der Graf und schiebt die Freundin seiner Tochter ins Auto. Das sich alsdann, so zerbeult und einäugig es auch sein mag, brav in Bewegung setzt und ebenfalls zwischen den Bäumen verschwindet, so daß Roggiolani nun nichts anderes mehr übrig bleibt, als den Besen zu holen, um die Glassplitter zusammenzufegen, die am Unfallort liegengeblieben sind.

10.

»Und hier soll's also Stachelschweine geben!« sagt Katia in ungläubig-empörtem Ton.

»Ja, sie haben hier irgendwo eine Höhle.«

»Du gehst hier also ganz ruhig zwischen den Pinien dahin und stehst plötzlich vor einem Stachelschwein!«

»Ja, kann passieren.«

»Hab noch nie eins gesehen.«

»Die sieht man nur nachts.«

»Und sind die gefährlich?«

»Na, du siehst doch, wie sie mein Auto zugerichtet haben!« sagt Gimo mit Leichenbittermiene.

»Was hat denn das damit zu tun? Das war doch deine Schuld, du bist zu dicht aufgefahren.«

»Der Blödmann hätte nicht so hart bremsen dürfen.«

»Aber wenn doch das Stachelschwein...«

»Psst!« macht Gimo.

Er spitzt die Ohren, und bei einer neuen Unebenheit im Asphalt ist ihm erneut, als hörte er den Kotflügel hart über den Reifen raspeln.

»Er berührt ihn! *Diocristo*, er berührt ihn!«

»Fluch nicht, das mag ich nicht.«

»Der kratzt mir das ganze Profil ab!«

»Du bist doch wohl versichert, oder?«

»Nicht gegen selbstverschuldete Schäden.«

»Und wenn ich mir den Schädel an der Scheibe eingeschlagen hätte, müßtest du mir dann die Klinik bezahlen?« fragt Katia und reibt sich die Stirn.

Gimo antwortet nicht, sein geplagter Kopf ist nicht imstande, diesen weiteren, wenn auch nur hypothetischen Unglücksfall in Betracht zu ziehen.

Als sie unter dem Rohrdach ankommen, inspiziert er noch einmal die Schäden. Ein Fiasko, ein wahres Fiasko. Unmöglich, damit bis nach Florenz zu fahren. Aber erst im Hause, als er die Tür wieder geschlossen hat, macht er sich bewußt, daß er nicht allein ist, daß er irgendwie mit diesem zusätzlichen »Etwas« klarkommen muß, mit diesem Mädchen, das sich so deutlich bemerkbar macht, so unübersehbar hervortritt aus diesem desaströsen nächtlichen Zusammenstoß.

Er setzt sich hin und beginnt mit düsterer Konzentration zu überlegen.

»Erstens gehe ich morgen zu Sirio, dem Mechaniker, in der Hoffnung, daß er da ist und mir den Wagen auch am 24. Dezember repariert. Zweitens rufe ich dir ein Taxi, das dich nach Grosseto bringt, wo du den Zug nach Florenz nehmen kannst oder auch nach Rom, falls du nach Rom willst.«

Das Dritte hat er nicht vorgesehen.

»Hehe, Schätzchen, machst du Witze?«

Katias Stimme ist plötzlich gespickt von Stacheln.

»Nein, da ist leider nichts zu machen. Es tut mir ja selber leid, aber du verstehst, daß in einem solchen Notfall...«

»Ich verstehe gar nichts! Das einzige, was ich verstehe, ist, daß du mich für eine Nutte gehalten hast!«

»Nein, aber entschuldige, was hat denn das damit zu tun, ich habe eben das Pech gehabt, an...«

»Aber wenn ich für dich eine Nutte bin, dann mußt du

mich auch bezahlen, und zwar teuer, weil Katia als Nutte, das kostet schon was, das ist nicht wie deine Nigerianerinnen im Wäldchen oben, verstehst du?«

»Katia, ich bitte dich, du siehst doch selber, daß die Lage...«

»Du bittest mich? Du hast die Traute, mich um etwas zu bitten?? Du mich???«

Geschrei geht los. Speichel wird durch die Luft gespotzt, und Fäuste werden geschüttelt, Absätze stapfen wütend durch den Raum. Da bleibt keine Zeit zu antworten, irgendwie zu reagieren auf so viel wildgewordene Irrationalität, die wider besseres Wissen Gimos Männlichkeit verleugnet, sich grausam bei seinen Jahren aufhält, bei seinem spärlichen Haar, seinem faltigen Bauch, die seiner Frau gleichzeitig ein abstoßendes Äußeres und einen krankhaften Hang zum Ehebruch unterstellt und schließlich auf einen Telefonanruf oder gar einen Brief anspielt, der besagte Frau über alles informiert, was heute geschehen ist, und von ihr, jawohl, ausgerechnet von ihr die Bezahlung der Leistungen Katias fordert.

Gimo grinst unwillkürlich.

»Was gibt's da zu grinsen, du Sack!«

»Du kennst sie nicht.«

»Da leg ich auch gar keinen Wert drauf, denn wer so einen wie dich heiratet...«

Und plötzlich hat sie sich entschieden: Sie wird nicht fahren, es wird keine Taxis und Züge geben, sie wird bleiben, bis sie in Kontakt mit Max & Fortini gebracht worden ist oder bis sie reichlich bezahlt worden ist, kapiert? Um den Preis, daß sie auch über Weihnachten dableiben muß und womöglich sogar bis Neujahr, auf die Gefahr hin, daß jeder, der endlich mit dem Scheck ankommt, sich vor dem Skandal einer total demolierten Ferienvilla sieht, die Stuhl für Stuhl, Glas für Glas zertrümmert worden ist, weil ein Mädchen, das so behandelt wird, nicht für seine Nerven garantieren kann, kapiert? Und um einen Anfang zu machen, wird sie sich sofort in einem anderen Zimmer einrichten, mit anderen

Decken und Laken, und die Tür mit dem Schlüssel zuschließen, um nichts mehr, aber auch gar nichts mehr mit diesem Wurm zu schaffen zu haben, mit diesem widerlichen, schleimigen, jämmerlichen Nassauer, der ja noch schlimmer ist als jeder beliebige kleine Straßenganove, kapiert?

Türen krachen, Schubladen werden aufgerissen und wieder zugedonnert, und schließlich dreht sich ein Schlüssel zornig im Schloß. Gimo ist allein.

*

Als alles im Hause still ist, füllt der Wind die Stille wieder mit seinem immer lauter werdenden Heulen, und Gimo begrüßt ihn wie einen ungebärdigen, aber treuen Freund, horcht lange auf seine Variationen zwischen den Büschen, den Stämmen, im Laub. Die Natur ist die Natur, feierlich, großartig, ewiges Gegenstück zu den kleinen Reibereien der kleinen Menschen. Was ist denn schon groß geschehen? Nichts Ernstes, nichts wirklich Schlimmes.

Gimo gähnt ausgiebig und erhebt sich. Es ist Zeit, schlafen zu gehen, morgen wird man in Ruhe weitersehen. Aber dann, als er am Fuße des Doppelbettes die zerknautschten Laken und herumgeworfenen Kissen betrachtet, steigt ihm ein muffiger Geruch in die Nase, in dem noch das Parfum »Velvet« zu riechen ist, das er selber vor wenigen Tagen Katia geschenkt hat. Besser das Fenster ein Weilchen öffnen, damit der Wind es forttragen kann, und derweil noch mal rübergehen und etwas trinken, um diese verdammte Pizza und diesen infamen Weißwein runterzuspülen.

Da ist der erlesene Calvados, den Pierre mitgebracht hat, da liegen zwei, drei monatealte Wochenmagazine, da liegt ein Bildband, den Gimo aufschlägt und zerstreut durchblättert: *Irland, Paradies der Pferde*. Saftige grüne Wiesen, Mäuerchen, Pferde.

Im Fernsehen gibt es um diese Zeit (es ist beinahe eins) nur Werbung für gebrauchte Autos und neue Möbel, aber

»Telegiotto« bringt einen verblichenen Piratenfilm. Bei dem bleibt Gimo, und als er aufwacht, ist es fast zwei.

Er hat Sodbrennen, weder die Pizza noch der Calvados sind runtergegangen, dafür sind ihm in einer ätzenden Brühe alte und neue Sorgen hochgekommen. Eine Spielschuld bei Vannozza Vettori, nicht viel, aber muß irgendwie bezahlt werden. Seine Stieftochter Griselda, die ihn inzwischen offen als Nichtstuer und Parasiten behandelt. Seine Frau, die über den Unfall informiert werden muß und am Ende auch alles übrige erfahren wird, sei's von den Wächtern oder von Katia.

Gimo starrt auf die irischen Pferde in dem Bildband, der aufgeschlagen auf dem Sofatisch liegt, dann auf eine Frau, die im Fernsehen Schönheitsmittel anpreist, dann erhebt er sich mühsam, steif mit eingeschlafenen Beinen und knackenden Gelenken, und geht auf Zehenspitzen an der Tür horchen, hinter der sich das Mädchen verschanzt hat, vielleicht ist es ja wach und zu einer Versöhnung bereit. Aber der Türknopf gibt nicht nach, und kein Geräusch dringt durch die dünne Füllung. Gimo wagt ein paar leise Klopfsignale mit den Fingerkuppen, dann gibt er's auf und kehrt ins Wohnzimmer zurück, um sich noch einen Schluck Calvados zu genehmigen.

Er ist jetzt hellwach und sehr erregt, wie jedesmal, wenn die kleinen selbständigen Segmente, in die es ihm normalerweise gelingt, sein Leben zu zerlegen – gestern abend, in zwei Stunden, morgen früh –, sich plötzlich zusammenfügen und ihm das Gesamtbild einer Müllgrube darbieten, einer illegalen Mülldeponie voll giftiger Abfälle. Katia hat recht, seine Frau hat recht, Griselda hat recht, Vannozza hat recht, der Architekt Salvini hat recht, alle haben recht, wenn sie ihn als einen Wurm ansehen, eine Laus, einen nutzlosen Schmarotzer, einen Schürzenjäger, der sich nicht wenige Ohrfeigen einholt, vor allem aber als einen hoffnungslosen, kongenitalen Vollidioten, einen unheilbaren Deppen. Zu schweigen von all dem Pech, das ihn dauernd verfolgt und alles nur immer noch schlimmer macht, anstatt ihn zu entschuldigen.

Der feuchte Fleck an der Wand gegenüber scheint größer geworden zu sein, er hat sich oben und links noch ein weiteres Stück Wandverputz einverleibt, aber jetzt ist das Prasseln des Regens nicht mehr zu hören. Gimo geht mit der Lampe hinaus, und vom Lichtstrahl aufgescheucht flattert ein großer Nachtvogel ganz nahe an ihm vorbei und verschwindet zwischen den Bäumen. Fledermaus oder Schleiereule? Und sind Schleiereulen nicht, wie die Käuzchen, womöglich Unglücksboten? Aber Unglück hat Gimo heute nun wirklich genug gehabt, auch wenn »die M... die M...« gewesen ist und Katia ihn immerhin ganz schön »rangelassen« hat.

Eine erneute, schmerzliche Inspektion des Wagens enthüllt ihm Schäden, die vielleicht noch schlimmer sind als die bisher festgestellten. Gimo drückt da und dort mit dem Fuß gegen Blech und Plexiglas, aber diese Materialien, wachsweich gegenüber dem Auto von Zeme, setzen ihm jetzt einen erbitterten Widerstand entgegen und lassen sich keinen Millimeter bewegen. Und all das wegen eines Stachelschweins, wegen diesem verdammten Mistvieh, das ausgerechnet heute nacht hier herumspazieren mußte, ausgerechnet in diesem Moment an diesem bestimmten Punkt in der Pineta. Das Unglück, denkt Gimo düster, ist eben das Unglück.

Er löscht die Lampe und steht in der nun totalen Dunkelheit der Pineta. Auch das Licht von Max & Fortini ist erloschen, während der Wind ein stärkeres, drängenderes Meeresrauschen heraufträgt. Der Himmel hat sich vollkommen zugezogen, und ein fernes Wetterleuchten im Südwesten kündigt ein Gewitter an. Es regnet nicht mehr. Gimo macht ein paar unentschlossene Schritte, atmet tief durch, aber nichts läßt nach, nichts vergeht, nicht das Kopfweh, nicht das Sodbrennen, nicht Katia, nicht das kaputte Auto, nicht seine Frau, nicht die Müllgrube, die unter obszönen Schwaden erstickende Müllkippe, die sein Leben ist und immer bleiben wird.

11.

Der *shulūq* oder Schirokko, der Wind, den die Wüstenväter so fürchteten wegen seiner üblen Einflüsse auf das menschliche Gemüt, ist obendrein für eine ausgeprägte Wechselhaftigkeit bekannt, für eine sowohl während des aufsteigenden oder Frühlings-Äquinoktiums als auch während des absteigenden oder Herbst-Äquinoktiums zu beobachtende Neigung, in den verwandten Libeccio umzuschlagen, einen Südweststurm aus der libyschen Wüste (daher der Name, von griechisch *libykos*), auch Libecciata oder abfällig Libicocco genannt. Ein ähnliches Phänomen tritt indes auch gelegentlich in den Wintermonaten auf, und dann kommt es zu dem, was nach allgemeinem Konsens eine »anomale Libecciata« genannt wird.

Der Libicocco ist ein sehr heftiger und vor allem sehr überraschender, unvorhersehbarer Wind. Einer wie Roggiolani zum Beispiel, der vor Jahren, bevor er sich im Pförtnerhaus der Gualdana vergrub, auch Fischer gewesen ist, erzählt von gewissen Libecciate vor den Inseln Montecristo oder Giglio mit unbewußt homerischen Anklängen. Er und seine Gefährten auf Deck sitzend oder liegend in Erwartung der Morgendämmerung, während ihr Boot in sanft bewegten Gewässern dümpelt, und jäh, ohne jede Vorwarnung, das Dreinfahren der ersten Böen, die rasende Fahrt, um die Netze einzuholen, den Bug mit großer Mühe auf eine Felsennase der Insel gerichtet, umtost von haushohen Wellen und Blitzen und peitschendem Regen...

Nicht die ersten Donnerschläge wecken ihn heute nacht, sondern die unverkennbaren Peitschenhiebe gegen die Fenster des Pförtnerhäuschens und den Kamin hinunter. Da ist er wieder, der jäh einbrechende alte Feind! Auf dem Klappbett sitzend lauscht Roggiolani, froh, daß er außer Gefahr ist, dankbar, daß Vannucci ihn damals für diesen ruhigen Posten als Wächter empfohlen hat, und doch nicht unempfänglich für den Lockruf jener Fahrten über das weite offene Meer.

Schließlich steht er auf und geht zur Tür unter dem Vorwand, einen Blick auf den Weihnachtsbaum zu werfen, den eine Bö umblasen könnte.

Auch aus dieser Entfernung ist das Brausen des Meeres betäubend laut, und alle 18300 Pinien ächzen und stöhnen gleichzeitig, alle unzähligen Sträucher und Büsche scheinen wegfliegen zu wollen. Die bunten Lämpchen der »Weihnachtssteineiche« schwanken ebenso wie die Äste, und durch ihren polychromen Lichtschein wirbeln Piniennadeln, Rindenstücke, Blätter, Zweige und schräge Regenstreifen.

Roggiolani läuft hin, um die Standfestigkeit der Eiche in ihrem Tontopf zu prüfen, läuft wieder zurück, um ihre Glühlämpchen auszuknipsen, und ein Blitz, der apokalyptisch ganz in der Nähe einschlägt, veranlaßt ihn, auch die anderen Lampen außerhalb des Pförtnerhauses zu löschen. Alles ist noch gewalttätiger und wilder geworden, als er in seiner gelben Ölhaut unter das Vordach zurückkehrt.

Die Donnerschläge häufen sich wie ausgeschüttet aus einem riesigen Krachsack, und weitere Blitze, die ganz in der Nähe einschlagen, beleuchten sekundenlang Gespenster von großen Bäumen in verzweifelten Haltungen. Nichts scheint den entfesselten Elementen standhalten zu können, und als das elektrische Licht im ganzen Bezirk ausgeht, scheint es, als stünde das Ende der Welt unmittelbar bevor.

De facto passiert dann nichts weiter Schlimmes. Die auf den Strand gepeitschten Wellen säubern ihn bis hinauf zu den runden Hütten, von denen wie üblich ein Dutzend durch den Sturm abgedeckt und umgeweht wird. Ein paar weitere tausend Pinienzapfen fallen zu Boden, etliche dicke Äste brechen ab, und der Regen bildet große Pfützen in allen Senken. Ein paar offengelassene Fenster zersplittern, ein paar erschrockene Hunde jaulen, ein Fahrrad oder eine Leiter, die an eine Mauer gelehnt waren, fallen scheppernd um. Aber keine der Villen in der Gualdana reißt sich los oder sinkt in sich zusammen, kein Dach fliegt zum Himmel empor.

In der ersten Reihe am Meer läßt die Villa Borst kaum einen Schimmer von Notkerzenlicht durchscheinen, indes bei den Zemes alles dunkel und still ist, desgleichen bei den Kruysens und den Grahams, die selbstredend, einschließlich des kleinen Colin, über diese mediterranen Turbulenzen erhaben sind. Tiefer Schlaf oder vielleicht auch Gleichgültigkeit oder verdrossene Resignation bewirken, daß keinerlei Reaktion auf das Unwetter aus den Villen von Monforti, von Gimo, von Mongelli sowie von Max & Fortini dringt. Nur bei den Bonannos steht die ganze Familie, das Herz schon im Halse wegen eines Blitzes, der praktisch auf dem Kopfkissen eines jeden von ihnen eingeschlagen ist, vor einer zweiten, noch grauenhafteren Entdeckung: Zwei Taschenlampen und eine Kerze beleuchten im Wohnzimmer eine riesige Ratte, die gräßlich quiekend in einer von Vannuccis Fallen sitzt. Signora Neri fährt jäh aus dem Schlaf, geht nachsehen, ob sich ihre Kinder (als wären sie noch drei und vier Jahre alt) auch so erschrocken haben, und legt sich wieder hin, an die mögliche Kollokation der Libecciata im Rad der Tarotkarten denkend. Bei Orfeo kann man sich vorstellen, daß er im warmen Bett liegt, vielleicht seiner treulosen Frau den Rükken kehrend, und bei Ugo dem Einsiedler kann man nur hoffen, daß er rechtzeitig seine ferne Klause erreicht hat oder daß wenigstens sein Kynikermantel ihn vor diesem Zorn der Götter zu schützen vermag.

Der Wächter Roggiolani genießt noch ein paar Minuten das Schauspiel, dann geht er ins Pförtnerhäuschen zurück, tastet sich zu seinem Klappbett und legt sich wieder hin, inmitten von Donner, Blitz und Wolkenbruch mit einem Lächeln auf den Lippen.

VI.
Ein Mann und ein Junge betrachten

1.

Ein Mann und ein Junge betrachten das Meer nach dem Sturm. Der Regen hat aufgehört, auch wenn schwere schiefergraue Wolken den Himmel noch unter Kontrolle halten und von einem Moment zum andern beschließen könnten, die Gualdana und ihre Umgebung erneut zu bestrafen.

»Vannucci sagt, daß zwei Fischerkähne nicht zurückgekommen sind«, enthüllt der Junge. »Sie haben's nicht geschafft.«

Es ist Andrea, der Sohn von Signora Neri, und er hat in ernstem Ton gesprochen, aber voller Hoffnung auf Abenteuer: Es würde ihm schon gefallen, seine dreizehn Jahre mit einem Seefahrerdrama zu bereichern. Monforti, der neben ihm steht, sagt sich im stillen, daß die beiden robusten Motorkutter wahrscheinlich Zuflucht im Hafen von Portoferraio oder Piombino gefunden haben, aber er sagt es nicht laut. Er weiß, daß in diesem Fall seine ausnahmsweise so optimistische Hypothese eine deprimierende Wirkung hätte.

»Hoffen wir das Beste«, sagt er. »Hoffen wir, daß es ihnen nicht wie der *Viktor Hansen* ergeht.«

»Der *Viktor Hansen*?«

Das Abenteuer liegt in der Luft, im Wind, der nicht aufgehört hat, aus der fernen libyschen Wüste zu blasen, in der salzigen Gischt, die aus dem Aufruhr der Wellen sprüht, in der drängenden Stimme des Jungen.

»Was ist die *Viktor Hansen*? Ein Schiff?«

Kann man die Erwartungen eines dreizehnjährigen Jungen in gelber Ölhaut, der noch mit jeder Pore offen fürs Epische ist, enttäuschen? Mit einer Anstrengung, die ihn immer weniger kostet, tut Monforti, was getan werden muß, will man, auch ohne zu lügen, antike Heldentaten besingen: Man muß die schlaffe und bleiche Meduse der Realität kolorieren oder besser gesagt »aufmöbeln«.

Vor fünfzehn Jahren, nach einem Libeccio, der sogar noch heftiger als der von heute nacht war, strandete ein abgedrifteter kleiner Frachter vor der Gualdana, dort hinten, jenseits des Alten Grabens, an jenem Strandabschnitt, wo die Strömung immer alles Treibgut anschwemmt. Er war offensichtlich von der Mannschaft verlassen worden, wer weiß wann und wo, und nie kam jemand, um Anspruch auf den nur wenige Tonnen großen, weiß und blau gestrichenen Kahn zu erheben, der am Heck den Namen *Viktor Hansen* trug. Die Hafenkommandantur hatte weder Interesse noch vielleicht auch genügend Autorität, ihn ins Offene schleppen zu lassen, es gab vielleicht einen trägen Notenwechsel zwischen diversen Seeämtern, während das Wrack liegenblieb, wo es lag, der Bug immer tiefer im Sand eingesunken, die Farbe immer mehr abgeblättert, von besorgten Eltern gefürchtet, heißgeliebt von den Kindern, die für ihre unermüdlichen Spiele endlich das richtige Opfer eines richtigen Schiffbruchs hatten. Jahr um Jahr, Sturmflut um Sturmflut faulten die Planken dahin, der Kiel versank, die eisernen Aufbauten rosteten und zerfielen, bis die Möwen aufhörten, sie zu überfliegen, die Fische, sie zu besuchen, und die *Viktor Hansen* gänzlich vom Sand verschluckt wurde und verschwand.

»Aber sie ist doch noch da, oder?« fragt der beglückte Zuhörer.

»Ich denke schon«, antwortet der gewissenhafte Erzähler.

»Und kann man sie sehen?«

»Nein, ich glaube nicht, nicht mehr. Man müßte sie ausgraben.«

Andrea denkt über dieses Geheimnis des Meeres nach.

»Wer mag Viktor Hansen gewesen sein? Ein Däne?«

»Vermutlich. Ein kleiner Reeder aus Kopenhagen, der Eigner oder vielleicht sein Vater. Aber es war ein alter Kahn, der schon wer weiß wie oft den Besitzer gewechselt hatte.«

»Hatte er eine Flagge?«

»Ich weiß nicht mehr, aber er wird unter zypriotischer oder liberianischer Flagge gefahren sein.«

»Ich hätte schon gern ein Stück von der *Viktor Hansen*«, seufzt Andrea und mustert begierig den Strand.

In den Stunden des heftigsten Wütens, gegen Morgen, sind die Wellen bis zu den Strandhütten hinaufgetrieben worden, von denen sie einige zerstört und andere fortgeschwemmt haben; jetzt ist das Meer immer noch sehr bewegt, aber es hält seine grauen und gelblichen Zungen etwas mehr zurück, und der Strand präsentiert sich als ein schimmernder, gleichförmig glatter Streifen unter dem unaufhörlichen Vor und Zurück des Schaums. Verstreut längs der Dünen sind außer Monforti und Andrea noch andere zu sehen, die gekommen sind, um sich die Hinterlassenschaft der Libecciata anzuschauen, darunter ein ferner Mr. Graham, identifizierbar an dem Kind, das er an der Hand hält, und eine nähere Milagros mit einer übertrieben großen russischen Pelzmütze auf dem Kopf. Unten auf dem feuchten Streifen, den die Wellen immer wieder glattbügeln, stapft langsam in seinen Gummistiefeln der Wächter Barabesi daher, den Blick auf die gemarterte Reihe der Sonnendächer und Strandhütten gerichtet.

»Gehen wir auch runter?« schlägt Andrea vor, der gern näher an jenem Schauplatz dramatischer Handlungen wäre, den das Meer heute darstellt.

Aber Monforti hat keine Stiefel an, und so geht der Junge mit ihm den gewundenen, von Zweigen und Blättern übersäten Dünenweg zurück. Weiter vorn ist ein schlagendes Fenster zu hören. An Tagen wie diesem ist das normal, die ganze Gualdana hallt wider von schlagenden Fenstern und

Türen. Tatsächlich ertönt kurz darauf wieder ein trockener Knall, den Andrea lautmalerisch unterstreicht.

»Können die nicht mal richtig zumachen?« sagt er mit denselben Worten, die er unzählige Male von seiner Mutter gehört haben muß. Und als das Fenster zum drittenmal schlägt, biegt er rasch in einen Seitenweg zwischen den Büschen ab.

»He, wo willst du denn hin?« ruft Monforti vergebens hinterher.

Es ist die Villa der Zemes.

Der gelbe Fleck springt hin, verschwindet, erscheint wieder und bleibt rechts vor einer Fenstertür stehen.

»Was machst du denn da?«

»Komm dir das mal ansehen!« ruft der Junge und winkt heftig mit den Armen.

Ärgerlich geht Monforti hin, um den übereifrigen Kundschafter dort wegzuholen, und sieht durch den nicht ganz geschlossenen Schiebeladen, daß in der Fenstertür eine Scheibe zerbrochen ist.

»Sieh mal, da sind Einbrecher gewesen!«

Durch die Öffnung ist ein verwüstetes Schlafzimmer zu erkennen. Rings um das unberührte Doppelbett scheint der Sturm nach Belieben getobt zu haben, Koffer und Taschen liegen umgestürzt auf dem Boden, Schubladen stehen offen, Kleidungsstücke sind durchs ganze Zimmer verstreut, dazu eine Fülle von Piniennadeln in Wasserpfützen.

»Ist das nicht die Villa der Zemes?« fragt Andrea.

»Ja.«

»Sind sie da?«

»Er müßte da sein. Es sei denn, er ist in Florenz geblieben. Er hat seine Frau gestern abend zum Bahnhof gebracht.«

»Sehen wir mal nach, ob das Auto in der Garage steht.«

Man braucht nur dem gelben Springinsfeld zu folgen, der schon auf die Nordostseite der Villa hinübergeflitzt ist, wo sich die Haustür und gleich daneben die Rampe zur Garage im Souterrain befindet.

»Das Auto ist da«, vermeldet Andrea mit einem Anflug von Enttäuschung.

Tatsächlich ist durch die Ritzen des heruntergelassenen Lamellentors der weiße Volvo zu sehen.

»Aber wenn Signor Zeme da ist, wo hat er dann geschlafen?« fragt Andrea mit neuer Hoffnung, dieses Geheimnis des Landes »aufmöbeln« zu können.

»Wie soll ich das wissen, wahrscheinlich in einem anderen Zimmer.«

Die wahrscheinliche Wahrheit kann man dem Jungen nicht sagen: daß dies die Unordnung nach einem überstürzten, bis zum letzten Moment ungewissen Aufbruch ist; und daß der arme Signor Zeme bei seiner Rückkehr aus Florenz den Anblick nicht noch einmal sehen wollte und sich deshalb anderswohin verzogen hat, um in einem Einzelbett zu schlafen.

Der Junge ist verschwunden, er taucht nach einer Minute wieder auf.

»Ich bin ums ganze Haus rumgelaufen«, berichtet er atemlos. »Alle Fenster sind zu.«

»Und was heißt das?«

»Na, wenn er in einem anderen Zimmer geschlafen hat, dann kann's doch sein, daß er nix von den Einbrechern gehört hat. Sollen wir klingeln?«

Monforti sieht auf die Armbanduhr, und Andrea tut es ihm nach: Es ist zehn vor zehn.

»Nein.«

»Um diese Zeit müßte er doch schon auf sein.«

»Nein. Er war bestimmt todmüde und schläft noch.«

»Aber irgendwie müssen wir ihm doch Bescheid sagen.«

»Ich sage dir: nein, man kann die Leute nicht einfach so aus dem Schlaf reißen. Komm, laß uns gehen.«

Sie entfernen sich ins Innere der Pineta, und als erneut ein schlagendes Fenster zu hören ist, wirft Andrea seinem Begleiter einen tadelnden Blick zu.

»Wir hätten es wenigstens zumachen sollen. Oder Barabesi Bescheid sagen.«

»Paß auf, sobald ich nach Hause komme, versuche ich Signor Zeme anzurufen, okay?«

»Einverstanden.«

»Und dann sag ich dir Bescheid.«

»Einverstanden.«

Aber kaum ist Monforti zu Hause und erzählt seiner Schwester von dem verwüsteten Schlafzimmer, kehren die Rollen sich um.

»Wozu willst du ihn denn anrufen? Um ihm zu sagen, was er wegen einer zerbrochenen Scheibe tun soll?« fragt sie sofort. »Er schläft sicher noch.«

Wortlos wählt Monforti die Nummer, läßt es zwölfmal klingeln und legt wieder auf.

»Er ist nicht da.«

»Er wird ins Städtchen gefahren sein.«

»Ohne was bemerkt zu haben? Und außerdem wie? Das Auto steht in der Garage.«

»Jemand hat ihn wohl mitgenommen. Ich muß selber gleich hin, komm doch mit, du wirst sehen, wir finden ihn irgendwo beim Einkaufen, wenn's dich so sehr interessiert.«

Wie sehr interessiert es mich? fragt sich Monforti, während er, die Hände in den Taschen, ins Wohnzimmer schlendert. Eigentlich interessiert es ihn gar nicht, überlegt er, und tatsächlich kommt er nicht einmal auf den Gedanken, die Sache seinem Schwager Ettore zu erzählen, der da ruhig sitzt und Zeitung liest. Aber das Problem ist falsch gestellt, Sandra wollte ihm in Wirklichkeit zu verstehen geben, daß seine natürliche Sorge um einen Nachbarn, der von Einbrechern heimgesucht und womöglich angegriffen worden ist, das Vorspiel zu einer Phase euphorischer Ängste sei. Dem ist aber nicht so, darüber ist sich Monforti ganz sicher; allenfalls könnte ihn der Aktivismus von Andrea ein bißchen angesteckt haben. Der Junge langweilt sich in der Gualdana, mit der schönen, beneidenswerten Langeweile der Heranwachsenden, und der nächtliche Sturm sowie die Geschichte vom Schiffbruch der *Viktor Hansen* haben ihn dazu verleitet, diese zerbrochene Fensterscheibe »aufzumöbeln«, sie zum Werk von Einbrechern oder Banditen zu überhöhen.

Das Licht ist fahl hinter den großen Scheiben, die verschiedenen Grüntöne der Pineta scheinen alle erloschen. Monforti läßt sich schlaff in einen Sessel fallen, greift sich eine andere Zeitung (von gestern vielleicht) und beginnt sie ohne das geringste Interesse durchzublättern.

*

Doch eine halbe Stunde später, nur so um's zu wissen, läßt er seine Schwester am Pförtnerhaus halten, steigt aus und erkundigt sich bei den Wächtern. Haben sie Signor Zeme heute morgen irgendwie rausfahren sehen? Nein, er wurde nur gestern nacht beim Reinfahren gesehen, als er aus Florenz zurückkam, er hat auch einen kleinen Unfall gehabt, er ist vom Grafen Delaude angebumst worden. Nichts Schlimmes, Roggiolani kann es bezeugen. Aber hier ist er danach nicht noch einmal vorbeigekommen? Auch nicht vielleicht mit dem Fahrrad? Nein. Und er hat auch nicht angerufen? Nein.

»Mal angenommen, er liegt im Koma, mit einer gebrochenen Wirbelsäule«, sagt Monforti zu seiner Schwester. »Bei diesen Auffahrunfällen weiß man doch nie. Im ersten Moment scheint es bloß ein kleiner Schlag in den Nacken gewesen zu sein, aber dann...«

Sehr geschickt bringt Sandra das Gespräch auf das heutige Abendessen, das weder sie noch Ettore in ein gastronomisches Großereignis verwandeln wollen.

»Was meinst du, essen wir drei was zu Hause, bevor wir zur Mitternachtsmesse gehen?«

»Wie? Entschuldige, was hast du gesagt?«

»Du willst doch nicht etwa auswärts essen? Dann müßte ich einen Tisch im ›Uncino‹ oder in Tavernelle bestellen.«

»Nein, bloß nicht, zu Hause ist es viel besser.«

»Auf jeden Fall besorge ich auch gleich was für übermorgen, dann brauchen wir nicht mehr...«

Monforti verliert das Interesse an diesen kulinarischen Planungen, falls er es je gehabt hat, und als sie im Städtchen eintreffen, läßt er Sandra zu ihrem resoluten Zickzackgang von Laden zu Laden aufbrechen.

»Wir treffen uns dann so in einem Stündchen wieder hier«, ruft sie ihm schon aus der Ferne zu.

»Hier« heißt auf der Piazza Grande, dem weiten Platz, der sanft zum Hafen mit dem Kanal abfällt, wo Dutzende und Aberdutzende von Booten in allen Größen Seite an Seite mit einem unaufhörlichen Klirren von Ketten und Ringen dümpeln. Der Wind erfaßt die raren Passanten, die hinter einer Ecke hervorkommen, und fegt sie in eine Seitengasse, treibt sie rüde in einen Hauseingang.

Die Kunden in der Bar »Il Molo«, unter denen Zeme nicht ist (aber warum sollte er hier auch sein?), sprechen von der anomalen Libecciata und den im Städtchen entstandenen Schäden an Schornsteinen, Fenstern und Dächern. Aber es hat kein Drama auf dem Meer gegeben, die beiden Fischkutter, die vor Elba vom Sturm überrascht worden sind, konnten sich in den Hafen von Portoferraio retten, von wo die Fischer dann angerufen haben. Monforti denkt daran, Andrea Bescheid zu sagen, daß die Gefahr überstanden ist, aber dann wählt er statt dessen die Nummer von Zeme. Niemand antwortet. Der Mann könnte im Bad zusammengebrochen sein, oder während er sich zum Telefon schleppte, um Hilfe zu rufen...

Draußen geht eine kleine alte Frau vorbei, strebt vorgebeugt und mit gesenktem Kopf die vom Wind leergefegte

Straße hinauf; es könnte die Mutter des Maresciallo Butti sein (ist es aber nicht), der Monforti vor Monaten einmal zu Hilfe geeilt ist, um ihr eine schwere Packung Mineralwasserflaschen zu tragen. In diesem Alter genügt ein Nichts, um zu stürzen, sich einen Knöchel zu brechen, in der Klinik zu landen, wenn nicht gar...

Die Alte verschwindet in einem Kurzwarenladen genau gegenüber der Carabinieri-Kaserne, und Monforti, der nun beschließt, daß es sich keineswegs um eine Phase euphorischer Ängste handelt, sondern allenfalls (was aber nicht gesagt ist) um eine ängstliche Euphorie, klingelt am Kasernentor.

2.

Katia erwacht mit recht lebendigen, regen Rachegedanken im Herzen. Das nächtliche Donnern und Blitzen ist zwar nicht über die Schwelle ihres Schlafes gedrungen, aber es ist, als hätte es trotzdem ihre Wut noch verschärft, statt sie zu besänftigen. Dem werde ich's zeigen, dem Kerl da, denkt sie, als sie die Augen aufschlägt.

In zwei Minuten ist sie angezogen und geht sofort auf die Suche nach dem Feind, um den Kampf genau an dem Punkt wiederaufzunehmen, wo sie ihn heute nacht abgebrochen hatte. Aber im ehelichen Schlafzimmer findet sie ihn nicht. Im dazugehörigen Bad auch nicht. Das Wohnzimmer ist leer, und auch in der Küche ist niemand.

Mit aggressiven Schritten macht sich das Mädchen an eine gründliche Inspektion der Villa, Zimmer für Zimmer. Immerhin wird sie hier ja die nächsten Tage verbringen, wenn sich die Lage nicht ändert. Zwei weitere Schlafzimmer. Ein drittes Bad. Die Treppe runter ins Souterrain, wo dumpf die Ölheizung brummt: noch zwei Zimmerchen, eine Dusche, ein Waschbecken, ein Bügelbrett, ein kleines Fenster, das im Wind schlägt... Auch hier keine Spur von dem Wurm, natürlich, und Katia geht ärgerlich wieder hinauf. Er muß ins Städtchen gefahren sein, um sein kaputtes Auto zur Reparatur zu bringen.

An diesem Punkt macht sie sich klar, daß sie bei ihrem Rundgang überall Licht angeknipst hat, als ob es noch Nacht wäre. Dabei ist es schon nach neun, und durch die Schlitze der Rolläden dringt, wenn auch grau, das Tageslicht ein. Also schnell aufmachen, alles durchlüften und diesen muffigen Geruch, diese abgestandene Feuchtigkeit rauslassen.

Der Regen hat den Pinienduft so verstärkt, daß er sofort ins Haus strömt, und Katia saugt ihn in vollen Zügen ein, berechnet ihn als einen gesunden Vorschuß auf das, was sie erwartet – zumindest wird sie ein paar Tage gute Luft geatmet haben. Dann tritt sie durch die Fenstertür der Küche hinaus und erlebt eine Überraschung: Nach einem gelblich-matschigen Rasen ist hinter einem Dutzend triefnasser Büsche deutlich das Rohrdach mit dem Auto darunter zu sehen. Schon repariert? Nein, unmöglich. Also ist wohl das Großväterchen mit dem Fahrrad in die Stadt gefahren, um den Mechaniker persönlich herzuholen. In ein paar Minuten werden sie mit dem Abschleppwagen hier sein.

Der Lärm eines schlagenden Fensters ruft sie wieder nach drinnen, obwohl – denkt sie – es auf eine Scheibe mehr oder weniger nicht ankommt, die Villa ist schließlich nicht ihre und könnte von ihr aus in tausend Scherben gehen. Der Wind macht sie nervös, und ärgerlich denkt sie, daß nicht mal das Wetter sich großzügig ihr gegenüber erweist. Später könnte sie zum Beispiel einen schönen Spaziergang durch die Pineta und am Strand entlang machen, aber dieser düstere, niedrige Himmel und dieses stürmisch tosende Meer ermuntern sie ganz und gar nicht.

Sorgfältig macht sie sich ihr Frühstück zurecht und stellt alles auf ein Plastiktablett, auf dem die Antwort auf ein Fernseh-Quiz prangt, das sie voriges Jahr gesehen hat: die *Sonnenblumen* von Vincent van Gogh. Sie trinkt ihren Orangensaft, kaut ihren Zwieback und schlürft ihren Milchkaffee. Den Käse und den Schinken rührt sie nicht an, die könnten ihr mittags dienlich sein, wenn sie bis dahin hierbleiben muß. Und dieser Aspekt ihres Plans beginnt ihr nun doch etwas Sorgen zu machen. Sich nicht aus der Villa des alten Knackers fortzubewegen, solange er ihr nicht Genugtuung gegeben hat, ist in der Theorie ein perfekt berechneter Plan; aber in der Praxis, wie verschafft sie sich während der Okkupation was zu Essen?

In den hängenden Wandschränkchen findet sie ein paar Konserven, eine halbleere Packung Spaghetti, gerade genug, um ein paar Tage durchzuhalten. Aber es wäre viel einfacher, wenn Gimo mit einem schönen kleinen Geschenk in rotem oder goldenem Papier zurückkäme und sie Frieden schlössen und er sie zu Max & Fortini mitnähme. Das wäre besser, entschieden besser.

3.

Quieklaute aus dem Keller vermelden dem Abg. Bonanno (seine Frau und seine Töchter haben sich zu den Kruysens geflüchtet), daß ein weiteres Untier in die Falle gegangen ist. Das achte bisher. Die anderen sieben hat Vannucci in einen Sack gesteckt und weggebracht, als er vor kurzem vorbeigekommen war, um die Wirkung seiner Maßnahmen zu überprüfen und neue Köder auszulegen sowie Worte der Hoffnung und Ermutigung auszusprechen.

Es sei ja schon ein Glück, hatte er gesagt, daß die ins Haus eingedrungenen Viecher *talponi* seien: große Nager, die auf den Bäumen lebten und nie in die Häuser reingingen, wie er's ja gestern schon erklärt habe. Das heiße, *normal* gingen sie nie in die Häuser rein, oder jedenfalls in dieser Gegend sei das noch nie vorgekommen. Weshalb es sich denn auch bloß um eine *anomale* Invasion handle, die, wenn die gegenwärtigen Invasoren erst einmal verjagt worden seien, sich höchstwahrscheinlich nicht wiederholen werde.

Vannucci hatte zwanglos das neu gelernte Wort »anomal« gebraucht und auch nicht versäumt, es auf die Libecciata von heute nacht anzuwenden. Ja, die beiden Anomalitäten könnten sogar zusammenhängen, hatte er heiter erklärt: in dem Sinne nämlich, daß die *talponi* (die ähnlich wie die Ratten einen sechsten Sinn hätten) den Sturm schon lange vorausgesehen haben und von den benachbarten Pinien heruntergekommen sein könnten, um Zuflucht bei den Bonannos zu suchen.

Aber diese scherzhafte Hypothese muß ihm jemand anders eingegeben haben. Denn bevor er wieder gegangen war, hatte er noch einmal von außen das verrostete und verbogene Lüftungsgitter untersuchen wollen, durch das die Nager vermutlich eingedrungen sind.

»Es sei denn, jemand hat sich einen üblen Scherz mit Ihnen erlaubt, Herr Abgeordneter«, hatte er gemeint und dabei abwechselnd auf das Lüftungsgitter und auf den Sack voll unruhig quiekender »Baumratten« geschaut, den er neben sich abgestellt hatte, um ihn anschließend wegzubringen und die Gefangenen an geeigneter Stelle freizulassen. Jemand könnte in der Tat das Umgekehrte getan haben: Jemand könnte die Tiere in der Pineta eingefangen und den Sack vor dem kaputten Gitter entleert haben. Aber wer?

Bonanno war erbleicht.

Der Unterstaatssekretär Ciaffi! war ihm sofort durch den Sinn geschossen. Aber da er sich Vannucci nicht anvertrauen konnte, hatte er sich in düsteres Schweigen gehüllt, während ihm der Wächter darlegte, daß es besser wäre, mit der Reparatur des Gitters – ob es nun aufgebrochen worden sei oder nicht – noch ein bißchen zu warten. Weil nämlich, dieser Ausweg würde die Viecher dazu ermuntern, von selber rauszugehen. Und wenn dann noch mal eins in die Falle gehen sollte, dann bräuchte er bloß die Falle zu einem Baum zu bringen und das Türchen zu öffnen – dann würde er sofort sehen, wie sich ein Talpone *normal* verhalte.

*

Der Abg. Giampaolo Bonanno ist kein Feigling. Als er die Reusenfalle im Keller gefunden hat, in der das quiekende Tier sitzt (ein noch größeres als die anderen), hält er sich treu an die Instruktionen und trägt die Falle hinaus, um sie in gehöriger Entfernung von der Villa unter einem riesigen Baum abzusetzen. Vorsichtig macht er das Türchen auf.

Im Nu ist das rötliche Untier (oder doch eher Tierchen, denn jetzt, in seiner natürlichen Umgebung, erscheint es auf einmal viel weniger ungeheuerlich) mit erleichtertem Quieken hinausgeschossen und flitzt den rotbraunen Stamm der Pinie hinauf, um an der ersten Astgabelung zu verschwinden.

Der Abg. Bonanno hat keine Zweifel mehr. Ein gedungener Scherge hat das Lüftungsgitter aufgerissen und die Nager ins Haus gelassen, um ihm das Weihnachtsfest zu verderben, seine Familie zu erschrecken und ihn vor allem von jenen politischen Pflichten abzuhalten, denen er sich unermüdlich, sei's per Telefon oder per Fax, selbst während der Ferien widmet. Was den Auftraggeber betrifft, so kann es kein anderer gewesen sein als sein Parteifreund und sogar Parteiflügelgenosse, aber dafür um so wütenderer Rivale und Verfolger: der Unterstaatssekretär für Landwirtschaft und Forsten Abg. Severino Ciaffi.

Wie kann er sich rächen und sich zugleich gegen weitere Attentate schützen? Soll er sich ans Parlamentspräsidium wenden? An die Parteiführung? Bonanno weiß nur zu gut, daß er sich auf keinen von diesen Karrieristen und Kofferträgern von Karrieristen verlassen kann: Nicht zufällig haben sie eine Null wie diesen Ciaffi zum Unterstaatssekretär gemacht, während sie ihm, den sie mit Ciaffis Vertretung im Elften Parlamentsausschuß abgespeist haben, sogar eine lumpige Leibwache verweigern. Und zu denken, daß ein einziger

Wachtposten an der Villa genügt hätte, um den Attentäter auf frischer Tat zu ertappen, mit den Händen (beziehungsweise – lacht er bitter – den Mäusen) im Sack!

Andererseits ist seine Gewißheit zwar absolut, aber nur auf der moralischen Ebene. Er bräuchte einen konkreten Beweis, und sei es auch nur ein indirekter wie...

Ah ja, das wäre vielleicht einer:

Questa chiude il terren, ed è veneno
alla notturna talpa, al topo ingordo.«
(Dieses verschließet den Boden, und es ist Gift
für den nächtlichen Maulwurf, die gefräßige Maus.)

Das sind Verse aus dem Lehrgedicht *La Coltivazione* von Luigi Alamanni (1495–1556), das oft von Ministern und Unterstaatssekretären für Landwirtschaft und Forsten konsultiert wird. Daraus einen Elfsilbler zu zitieren macht sich immer gut in Presseerklärungen und mehr noch in TV-Interviews, weil es außer von Fachkompetenz auch von humanistischer Bildung zeugt.

Er selbst kann ganze Passagen auswendig, obwohl er nicht mehr weiß, was es war, das da »den Boden verschließt« (vielleicht eine Thujenhecke wie seine?) und was gleichzeitig Gift für *talpe* und *topi* ist. Dies jedenfalls muß es gewesen sein, was den Ciaffi auf seinen kriminellen Plan mit den *talponi* gebracht hat! Wonach es für ihn in seiner Position ein Kinderspiel war, sich einen Komplizen in Gestalt eines Feld- oder Waldhüters zu besorgen, dem er eine Beförderung in Aussicht gestellt haben wird.

Vielleicht war es ein Angestellter der hiesigen Kommune? Der Kreis der verdächtigen Attentäter zieht sich zusammen. Und im Kopf des Abg. Bonanno bildet sich langsam der elementare, wenn auch ein bißchen demütigende, für einen Abgeordneten erniedrigende Gedanke, sich an die örtlichen Carabinieri zu wenden.

4.

Nirgendwo auf den Tischchen, in den Schränken, in den Schubladen der ganzen Villa ist ein lumpiges Radio oder Kassettengerät zu finden, mit dem sich ein einsames Mädchen die Zeit vertreiben könnte. Katia hat das ganze Haus abgesucht, von oben bis unten, dann hat sie noch einmal alles durchwühlt, nur um die Zeit totzuschlagen. Was den Hausherrn betrifft, so ist er noch immer nicht wiedergekommen, weder allein noch mit dem Mechaniker. Das Auto steht immer noch unter dem Rohrdach, der Wind bläst immer noch, und das Meer tost nach wie vor.

Er könnte wenigstens mal anrufen und ihr erklären, was los ist, der blöde Hund. Aber das Telefon ist die ganze Zeit stumm gewesen, und sie hätte es auch nicht benutzen können, um im Pförtnerhaus anzurufen, sich eventuell ein Taxi zu holen, einen Freund in Florenz oder ihre Tante Ines zu mobilisieren. Der Apparat ist so ein altmodischer mit Wählscheibe, und im Loch mit der 5 steckt so ein Schloß, das jeden Mißbrauch durch Fremde blockiert. Da kannst du mal sehen, wohin der Geiz führt.

Im Wohnzimmer gilben ein paar alte Zeitschriften vor sich hin, darunter ein Modemagazin, das sich zum großen Teil mit der Renaissance des Hutes befaßt, der Katia entschieden ablehnend gegenübersteht. Und den Bildband *Irland, Paradies der Pferde* hat sie schon zweimal in die Hand genommen, jetzt ist es das dritte Mal. Doch diese so wenig verlockenden Bilder (graue Hütten, Steine, Reiter auf einem Feldweg) wecken in ihr von neuem den Wunsch zu reisen, nach New York vor allem, aber auch nach Bali, den Malediven, den Bermudas... nicht zu vergessen Disneyland. Florenz ist ohne Zweifel die schönste Stadt der Welt, aber es muß noch schöner sein, wenn man es nach einer langen Dienstreise in ferne Länder wiedersieht. »Und sag mal ganz ehrlich, Katia«, wird der Interviewer von »Telegiotto« sie fragen, »was gefällt dir am meisten an deinem Beruf als Top-Model?« »Das Reisen! Die Möglichkeit, diese jungfräulichen Strände zu sehen, diese smaragdgrünen Inseln im azurblauen Meer!«

Aber der feuchte Fleck auf der Wand gegenüber hat inzwischen die Dimensionen nicht bloß einer Insel, sondern eher schon eines Kontinents, und es ist diese deprimierende Geographie, mit der sie jetzt hier zu rechnen hat. Von wegen Sonne und Palmen! Ein scheußlicher Wind, der nicht aufhören will, eine graue Düsternis, die einen zwingt, den ganzen Tag lang das Licht anzulassen, eine verlassene Ferienvilla, die nur Schleiereulen und Stille beherbergt.

»Und sag mal ganz ehrlich, Katia«, wird der Interviewer von »Telemerda« sie fragen, »was war der schwierigste Augenblick in deiner Karriere als Top-Nutte... äh, pardon... Top-Model?«

»Als mir klar wurde, daß der Kerl abgehauen war, im Taxi oder weiß der Teufel wie, und mich einfach da sitzengelassen hatte, ohne sich um meine Drohungen zu kümmern. Da habe ich begriffen, daß ich nicht der Typ bin, der sich wirklich dranmacht, aus Trotz eine Villa zu demolieren oder zu plündern, auf die Gefahr hin, mir eine Anzeige einzuhandeln oder mich von den Carabinieri rauswerfen zu lassen. Und sonst, was hätte ich sonst schon machen können?«

Der Band über das Pferdeparadies rutscht mit einem dumpfen Plumps auf den Boden, aber Katia hebt ihn nicht auf, sie ist ihrerseits in die tiefste und luzideste Niedergeschlagenheit abgerutscht. Einen Skandal machen? Ach wo! Der Kerl ist doch nicht der König von England, der ist ein Niemand, kein Wochenblatt würde jemals einen Artikel, ein Interview, nicht die elendeste kleine Notiz darüber bringen, daß er seine Frau mit einer beknackten Idiotin betrogen hat. Und was die Gräfin angeht, die muß an diese kleinen Abenteuer ihres Gimo gewöhnt sein, abgesehen davon, daß sie es ihm vermutlich mit gleicher Münze heimzahlt. Die wird ihm allenfalls ein paar aufs Maul geben und ihm für ein Weilchen sein kümmerliches Taschengeld entziehen, er wird sie auf Knien um Vergebung bitten, und dann werden sich alle wieder glücklich und zufrieden unter dem Weihnachtsbaum in die Arme sinken. Nein, es gibt keine mögliche Rache, auch diesmal muß Katia zugeben, daß sie sich verrechnet hat.

Um nicht vor lauter Beschämung im Boden zu versinken und jedenfalls diesen klammen, ungastlichen Räumen zu entkommen, bleibt ihr nichts anderes übrig als hinauszugehen, aber die Fenstertür der Küche angelehnt zu lassen. Ein kleiner Rundgang durch die Nachbarschaft, die Ohren immer gespitzt auf die eventuelle Ankunft des Abschleppwagens, kann nichts schaden.

Keine lebende Seele ist zwischen den dichten, von der Nässe dunkel getönten Stämmen zu sehen, und ansonsten verbergen triefende Hecken und Büsche alles; das sind Leute, die wie besessen auf ihre *privacy* achten, und Katia kann sich nur allzu gut denken, warum. Im Sommer mag es hier ja vielleicht sogar herrlich sein, aber jetzt ist diese Pineta eine stinklangweilige Angelegenheit, wo absolut gar nichts los ist. Eine Katze, zum Glück keine schwarze, schnürt über den Weg, ohne auch bloß herzuschauen. Ein unsichtbarer Vogel fliegt krächzend zwischen den Zweigen davon. Eine Unzahl regendurchnäßter Pinienzapfen verlangt nur danach, mit Fußtritten traktiert zu werden, und so von Fußtritt zu Fußtritt gelangt Katia zur Villa von Max & Fortini, deren Geländewagen sie unter dem üblichen Rohrdach wiedererkennt.

»Erzähl uns doch mal ein bißchen, Katia«, wird die Interviewerin von »Telemiracolo« sagen, »wie du sie kennengelernt hast.«

»Na ja, aus einer Reihe von Gründen, die meine strikte *privacy* betreffen, befand ich mich in dieser ihrer Pineta, mutterseelenallein, praktisch ohne eine Lira in der Tasche und die Moral im Keller, was sag ich, drei Meter tief unter der Erde. Mit einem Wort, die totale Krise... Aber ich hab mich nicht unterkriegen lassen, ich hab reagiert und hab mir gesagt: Katia, hab ich mir gesagt, wenn du jetzt nicht den Mut aufbringst, an dieser Tür da zu klingeln...«

Aber der Mut ist gar nicht so leicht aufzubringen, wie dieser eine Typ mal gesagt hat, und jedenfalls müßte es eine ganz andere Art von Mut sein als der, den man zum Beispiel braucht, um sich auf einer Kawasaki die Hänge des Apennin rauf- und runterzustürzen, an diesen rasenden Irren Giancarlo geklammert...

Katia setzt sich halb auf den niedrigen Lattenzaun, der das Grundstück Nr. 114 umgibt und die übliche Barriere aus Besenkraut-, Erdbeerbaum-, Steinlinden- und Myrtensträuchern einfaßt. Sie ist nicht vom Haus aus zu sehen, das im übrigen noch recht weit entfernt ist und schräg zu ihr steht, wohingegen sie, wenn sie den Hals reckt, durch die Hecke einen Rasen um einen Swimmingpool ohne Wasser sehen kann. Wozu haben die hier einen Swimmingpool, so nahe am Meer? Für die Kinder vielleicht. Beide sind verheiratet, beide haben Kinder, und das wäre sicher die einmalige Gelegenheit, ein echt toller Supervorwand: Hier, ich hab dieses Kind gefunden, es hat geweint, es ist vom Fahrrad gefallen und hat sich einen Arm gebrochen (nein, besser bloß einen Fuß verstaucht, eine Hand verrenkt), und da hab ich's aufgehoben und hergebracht, es sagt, daß es hier wohnt...

Aber von dort hinter der Hecke sind keine Kinderschreie zu hören und keine gebieterischen Rufe von Müttern, sondern nur zwei Männerstimmen, die näherkommen, vom Wind hergetragen wie Piniennadeln.

»Die Heiligen Petrus und Paulus«, sagt die erste Stimme, »treffen sich im VIP-Raum eines Flughafens, und der eine sagt zum andern...«

»Das ist nicht witzig«, unterbricht die zweite Stimme.

Katia richtet sich auf, das Herz im Halse. Mein Gott, das sind ja *ihre* Stimmen, das sind sie selbst, Max & Fortini persönlich! Was, wenn die jetzt durch die Öffnung in der Hecke da kommen und sie hier neugierig herumspionieren sehen? Einen Moment wie gelähmt, hat sie die Geistesgegenwart, sich hinzukauern, als wollte sie sich einen Schuh zubinden. Aber niemand kommt heraus, alles ist wieder ein paar Minuten lang still

»Die Propheten Hesekiel und Jesaja«, sagt die erste Stimme, »nehmen an den Olympischen Spielen im Stabhochsprung teil, und als Hesekiel gerade Anlauf nimmt...«

»Das ist nicht witzig«, unterbricht die zweite Stimme.

Katia hält den Atem an: Sie sind an der Arbeit, sie entwerfen gerade ihre neue Kreation! Im Freien, um sich die Köpfe durchpusten zu lassen! Und ihr (ihr!) ist das unglaubliche, unerhörte Glück zuteil geworden...

»Zwei Komiker, die nicht mehr witzig sind«, sagt die erste Stimme, »gehen immerzu um ein leeres Schwimmbecken herum. An einem bestimmten Punkt läßt der eine den andern einen Meter vorgehen und befördert ihn mit einem kräftigen Fußtritt hinein. Da sagt der andere von unten...«

»Das ist nicht witzig...«

Aber hinter der Hecke bricht Katia in ein unbändiges Gelächter aus.

5.

Ein Rapport ist für den Maresciallo Butti essentiell »der Akt, mit welchem ein Carabiniere oder Polizeibeamter die zuständige Behörde (Amtsgericht oder Staatsanwaltschaft) über einen Sachverhalt informiert, der Anlaß zu einem Strafverfahren wegen Offizialdelikts geben kann«. Nie würde es ihm in den Sinn kommen, den Ausdruck *rapporto* für die liebevolle, wenn auch zuweilen anstrengende Beziehung zu verwenden, die zwischen ihm und seiner alten Mutter besteht, mit welcher er, da er Witwer und kinderlos ist, die Dienstwohnung in der Kaserne teilt. Und die Vorstellung, daß er und seine Mutter in der genannten Wohnung besagten *rapporto*

»unterhielten«, der überdies auch noch »fruchtbar und konstruktiv« sein soll, würde ihm geradezu obszön vorkommen.

Ebendies sind jedoch die Begriffe, in denen Fioravanti Dino, 27 Jahre alt, unverheiratet, und Picchi Amelia, verehelichte Baldacci, 42 Jahre alt, die vor einer halben Stunde aus freien Stücken in der Kaserne erschienen sind, ihm partout ihr heimliches Liebschaftsverhältnis zu Lasten des Baldacci Orfeo beschreiben wollen.

Was heiße denn hier »zu Lasten«, wenden sie ein. Ihr *rapporto* sei ein fruchtbarer und konstruktiver, den sie auf einer vor allem kulturellen Ebene unterhielten, auch wenn...

Einer kulturellen?

Allerdings, bekräftigt die Baldacci im Tonfall derer, die wissen, daß es bei bestimmten Dingen sinnlos ist, sie einem Maresciallo der Carabinieri erklären zu wollen. Auf einer vor allem kulturellen Ebene, auch wenn dabei das Menschliche im weitesten Sinne nicht zu kurz komme.

In welchem Sinne meine sie das?

Im weitesten Sinne, wiederholt sie mit zusammengebissenen Zähnen. In dem Maße jedenfalls, wie es sich bei ihnen um einen strikt interpersonellen *rapporto* handle, betreffe er nur sie beide.

Der Maresciallo Butti unterdrückt einen heftigen Impuls, die beiden mit interpersonellen Fußtritten hinauszubefördern.

Und weshalb, fragt er, seien sie dann zu ihm gekommen?

Aber das habe sie doch, antwortet sie (denn es ist fast immer sie, die spricht, dem Fioravanti gelingt es nur hin und wieder, ein Wort einzuwerfen), das habe sie doch schon dem Gefreiten draußen und auch ihm selbst schon erklärt. Seit gestern sei ihr Mann verschwunden, im Wagen habe er diese doppelläufige Flinte, die er immer mit sich herumtrage, und nach dem Ausbruch von Gewalttätigkeiten vorgestern abend müsse man das Schlimmste befürchten.

Meine sie damit, er habe Selbstmord begangen?

Aber nein, das doch nicht! Beziehungsweise an Selbstmord habe sie überhaupt nicht gedacht, weil Orfeo nicht der Typ dazu sei. Aber er sei durchaus der Typ, vor Dinos Wohnung zu warten und auf ihn zu schießen, sobald er ihn sehe! Deshalb sei er, also der Dino, gestern abend nicht nach Hause gegangen, sondern habe sich in der Werkstatt von Lilli versteckt und dort geschlafen.

Allein?

Jawohl, sie sei nach Hause gegangen. Aber Orfeo habe sich auch heute morgen nicht blicken lassen, und da seien sie hergekommen, um zu fragen, was sie jetzt tun sollten. So könne es ja nicht weitergehen. Die Carabinieri müßten sie doch beschützen statt sich damit aufzuhalten, ihnen so viele Fragen über das Warum und Wieso ihres Rapports zu stellen.

Der Maresciallo beherrscht sich erneut und versucht nachzudenken.

Kann sein, überlegt er, daß Orfeo sich gestern abend, nachdem ihn auch Pater Everardo vergeblich gesucht hatte, irgendwo hat vollaufen lassen und dann draußen geblieben ist, um seinen Rausch auszuschlafen. Wenn nicht die Flinte wäre, bräuchte man sich weiter keine Sorgen zu machen. Andererseits ist für einen Gärtner der Gualdana die Flinte, mit Spezialpatronen geladen, ein ganz normales Arbeitsgerät, das dazu dient, die Wipfel der Pinien von Prozessionsraupennestern zu säubern – von den Nestern dieser haarigen Raupen, die nicht nur den Baum ruinieren, sondern, wenn sie einem in den Nacken fallen, auch eine Art Verbrennung hervorrufen können.

Nur ist es noch ein bißchen früh, um auf die Prozessionsraupennester zu schießen, die Saison ist eher Februar–März. Und dann vor allem, überlegt der Maresciallo, haben ihm, mit der Entschuldigung ihres fruchtbaren Verhältnisses, weder die Baldacci noch der Fioravanti (oder hat sie ihn absichtlich nicht zu Wort kommen lassen?) den Punkt erklärt, der ihn am meisten interessiert.

»Dann meinen Sie also«, sagt er sarkastisch, »die Carabinieri müßten ihre kulturellen Interessen beschützen?«

Die Frau preßt die Lippen zusammen und hüllt sich in ein verächtliches Schweigen, während der Fioravanti schließlich murmelt: »Ich meine nur, Sie müßten uns beschützen.«

»Na gut, wenn ihr wollt, lasse ich euch alle beide in die Sicherheitszelle bringen. Beschützter als dort...«

»Ach ja?« fährt sie wütend hoch und steht auf.

Der Junge hingegen rührt sich nicht, als ob ihm die Idee durchaus nicht so abwegig vorkäme.

»Ich«, sagt er und wischt sich die Schweißperlen von der Stirn, »ich hasse Gewalt.«

»Aber als er dich vor der Bar ›Il Molo‹ angegriffen hat, hast du auch ganz schön zugeschlagen«, sagt der Maresciallo und steht ebenfalls auf.

Dann bedeutet er dem jungen Mann sitzenzubleiben, geht zur Tür und ruft den diensthabenden Gefreiten.

»Macchia«, sagt er, »laß die Signora im Vorzimmer warten. Ich muß noch mit Signor Fioravanti sprechen.«

»Im Vorzimmer wartet bereits der Signor Monforti«, sagt der Gefreite Macchia.

*

Die Anwesenheit einer distinguierten Person wie Signor Monforti (den der Maresciallo sofort begrüßen gegangen ist, mit der Bitte, noch ein paar Minuten zu warten) hat die Baldacci daran gehindert, ihrer Wut freie Bahn zu lassen. Was den jungen Mann betrifft, so scheint er sich jetzt sehr viel wohler zu fühlen.

»Maresciallo, also ich, wenn Sie mir raten, hier zu bleiben, bis Orfeo...«

Aber der Maresciallo scheint jetzt auch an etwas anderes zu denken. Wer sagt ihm, daß mit Orfeos Verschwinden, wenn er denn wirklich verschwunden ist, nicht gerade diese beiden zu tun haben? Wonach sie dann hier »aus freien Stücken« erschienen wären, um den Verdacht von sich abzulenken? Es wäre nicht das erste Mal, daß so etwas vorkommt.

»Hör mal zu«, sagt er zu Fioravanti, »ich habe noch nicht ganz kapiert, wie die Dinge bei Orfeo liegen. Seit wie langer Zeit setzt ihr beide ihm... Pardon: besteht zwischen dir und seiner Frau diese Beziehung?«

Fioravanti zuckt die Achseln, als wollte er sagen, daß er im Gegensatz zu Amelia durchaus bereit ist, Hörner Hörner zu nennen.

»Seit etwa sechs Monaten«, sagt er. »Das heißt, wir kannten uns eigentlich schon vorher, weil sie sich, seit sie ihren Laden eröffnet hat, auch für Ökologie interessiert, für Makrobiotik, Yoga-Meditation und so... Aber Sie wissen ja, wie das geht, Maresciallo, nach einer Weile...«

»... wurde der *rapporto* umfassender«, hilft ihm der Maresciallo nach. »Und wann hat Orfeo davon erfahren?«

»Na ja, schon ziemlich bald. Weil inzwischen der Klatsch im Ort angefangen hatte, und da hat Amelia ihm alles offen gesagt. Wir hassen die Lüge.«

»Bravo. Und er?«

»Nix, er hat ein bißchen rumgeschrien und wollte sie mit dem Riemen verprügeln, aber sie ist keine, die sich das gefallen läßt. Sie hat ihm gesagt, wenn er wollte, würde sie weiter seine Frau bleiben wie vorher, und wenn nicht, würde sie weggehen. Und da er einer ist, der immer arbeitet und die Frau nur fürs Bett und für die Küche braucht... Na, jedenfalls schien er sich drein zu fügen, er sah nicht so aus, als wollte er noch Geschichten machen. Statt dessen ist er jetzt mit der Flinte hinter mir her.«

»Nach sechs Monaten! Aber wieso? Das ist es, was ich gern wüßte. Es muß doch einen Grund dafür geben, meinst du nicht?«

»Jaa...«

»Aber den willst du mir nicht sagen.«

Der junge Mann blickt unentschlossen und wie eingeschüchtert zur Tür.

»Ach, ich weiß nicht«, kneift er schließlich, »man sieht doch, daß... Ich meine: ich hasse die Gewalt, wie ich schon sagte, aber da ich vorgestern abend, um mich zu wehren, auch zuschlagen mußte... man sieht doch, daß er sich jetzt dafür rächen will, oder?«

»Ach ja?« platzt der Maresciallo los. Und auf die Gefahr hin (oder auch in der Absicht), daß man es bis ins Vorzimmer hört, klärt er mit lauter und drohender Stimme die folgenden Punkte:

1.) Der Fioravanti und die Baldacci halten ihn offenbar für einen Trottel. Es ist doch klar, daß sie beide den wahren Grund kennen, aus dem Orfeo, nachdem er ihr Verhältnis so lange geduldet hat, vorgestern abend vor der Bar »Il Molo« auf den Fioravanti losgegangen ist.

2.) Wenn Orfeo jetzt verschwunden ist, ist nicht auszuschließen, daß gerade sie beide es waren, die ihn haben verschwinden lassen, bedenkt man, daß erstens ihre Version der Tatsachen lückenhaft und widersprüchlich ist und daß zweitens keiner sagen kann, wo sie von gestern abend bis heute früh waren und was sie da gemacht haben, insofern Fioravanti, der normalerweise bei seinen Eltern im Ort wohnt, zwar behauptet, die Nacht in der Werkstatt des Lilli verbracht zu haben, es aber nicht beweisen kann.

Weshalb sie sicher sein könnten – schließt der Maresciallo, während er die Tür öffnet und den jungen Mann ins Vorzimmer geleitet –, daß sie von jetzt an überwacht würden. Ansonsten aber könnten sie tun, was sie wollten.

»Sie, gnädige Frau, können wieder nach Hause gehen, und du bleibst vorerst lieber in deiner Werkstatt«, verabschiedet er die beiden, bevor er sich Monforti zuwendet. »Bitte, kommen Sie herein, Signor Monforti. Und entschuldigen Sie, daß ich Sie habe warten lassen.«

6.

»Zwei Komiker treffen ein Mädchen, das sich im Wald verlaufen hat und ihnen eine todtraurige Geschichte erzählt. Sein... Begleiter...«

»Einschub: ein Wurm.«

»Einschub: ein widerlicher Wurm, hat sich verdünnisiert, ohne auch nur einen Zettel zu hinterlassen, so daß die arme Kleine allein geblieben ist, aller Fortbewegungs- und Lebensmittel beraubt an einem Ort am Ende der Welt, wo sie keine lebende Seele kennt.«

»Die zwei, die ein sooo großes Herz haben...«

»Sagen wir: zwei Kanten Brot...«

»... erbarmen sich ihrer und lassen sie, nachdem sie ihre Tränen getrocknet haben, in ihre bescheidene Hütte.«

»Aber sie werden doch nicht...?«

»Einschub: fragt sich die Unglückselige nach einer Weile.«

»Sie werden doch nicht etwa ebenfalls schlimme Absichten hegen?«

Katia hat sich noch nie so großartig amüsiert. Als verfolge sie eine Tennispartie, schnellt ihr Kopf abwechselnd zu Max und zu Fortini, die jetzt einen ekelerregend schlüpfrigen Gesichtsausdruck angenommen haben. So *live* sind sie noch besser als im Fernsehen oder im Kino, noch sympathischer.

»Die kleine Katia«, sagt Fortini, Augen und Mund zu brutalen Schlitzen verengt, »könnte effektiv zwei sadomasochistischen Mädchenschändern in die Hände gefallen sein...«

Katia lacht, aber ein kleiner Schauder läuft ihr über den Rücken.

»Und wenn es sich statt dessen«, flüstert Max, wobei ihm ein dünner Speichelfluß übers Kinn rinnt, »um zwei auf Kokain und Kannibalismus versessene Psychopathen handelt?«

Katia lacht mit gezwungener Natürlichkeit. Es folgt ein

Schweigen, in das sich sofort wieder das dumpfe Brausen des Meeres und das sprunghafte Heulen des Windes einschiebt.

»Uhuuuu, macht der Libeccio«, murmelt Fortini, »Uhuuu...«

»Wie viele Mädchen von heute«, seufzt Max, »verfangen sich in den heikelsten Situationen, vertrauen zu sehr auf Unbekannte...«

»Aber ich...«, beginnt Katia mit belegter Stimme.

»Aber Sie«, setzt sie neu an, »Sie sind doch... Sie sind berühmte Leute, ich kenne Sie!«

»Ach ja?« sagt Max, das Gesicht auf einmal versteinert.

»Meinst du?« sagt Fortini mit tückischem Grinsen.

Katia kann nicht mehr lachen. Nein, denkt sie, das ist doch nicht möglich, die nehmen mich auf den Arm!

Max steht auf. »Mädchen«, sagt er hart, »besser, du weißt es gleich: Du wirst uns zu Diensten sein, jetzt sofort.«

»Mit besonderen Leistungen«, präzisiert Fortini honigsüß.

Katia sieht die beiden an, errötet, versucht als skrupellos Berechnende zu denken. Warum nicht, letzten Endes? Immerhin wäre das ein Kontakt, sogar ein Doppelkontakt, mit Persönlichkeiten von Rang, mit Max & Fortini in Fleisch und Bein, und ihre Karriere...

Aber dann steht sie mit einem Ruck auf. Nein, unmöglich, Karriere her oder hin, mit Max & Fortini könnte sie nie, eben *weil* sie Max & Fortini sind... Sie schaut ihnen geradewegs in die Augen, erst dem einen, dann dem andern.

»Nein«, sagt sie, »ich kann nicht, ich könnte nicht.«

Die beiden Komiker setzen sich auf den Boden und stützen den Kopf in die Hände.

»Ich kann nicht kochen«, seufzt Max.

»Und ich hasse kochen«, seufzt Fortini.

»Und ich hasse zu essen, was er gekocht hat.«

»Und ich hasse Restaurants.«

»Die Hoffnung war, daß sie uns ein paar Spaghetti macht, wir kriegen langsam Hunger.«

»Mit Kapern und Sardellen womöglich.«

»Nein, mit Knoblauch und Öl und Peperoncini.«

»Und daß sie uns dann auch den Abwasch macht, natürlich.«

»Wo sie doch eh nicht weiß, wohin.«

»Und daß sie sich auch gleich mal überlegt, was es zum Abendessen geben soll – immer vorausgesetzt, daß ihr Graf bis dahin nicht wieder aufgetaucht ist.«

»Aber natürlich, wenn es ihr zuwider ist, uns zu bedienen...«, sagt Max zu Fortini.

»Ich weiß schon, diese Mädchen von heute sind stolz, autonom...«

»Und jedenfalls können sie nicht kochen, sie kennen nix als Pizza. Die Kleine da würde uns morgens und abends Pizza servieren. Besser so. Besser, sie geht ihrer Wege.«

»Aber das ist nicht wahr!« ruft Katia. »Das ist überhaupt nicht wahr! Ich kann sehr gut kochen, meine Großmutter...«

»Unglaublich«, unterbricht Max, »sie hat auch eine Großmutter!«

»Aber dann«, sagt Fortini verblüfft, »dann bist du ja... Rotkäppchen!«

»Und wir zwei sind die Wölfe«, sagt Max.

Katia lacht glücklich und streichelt sie über den Kopf.

»Ihr seid zwei Lämmer«, sagt sie, »zwei anbetungswürdige Lämmchen.«

»Nein, Herzchen, das nicht!« sagt Fortini.

»Das ist nicht witzig, verstehst du?« sagt Max.

»Wo ist die Küche?« sagt Katia.

7.

Die Depression ist für Maresciallo Butti und die Carabinieri insgesamt ein polizeiliches Problem insofern, als »die Personen, die von diesem Übel befallen sind – das in einer krankhaften Angst besteht, die häufig von Wahnideen begleitet wird –, zu derart extremen Leidensformen gelangen können, daß sich ihre Erregung in Akten sinnloser Raserei entlädt: im sogenannten *raptus melancholicus*«.

Wie und gegen wen äußert sich dieser Raptus?

Im letzten Fall, mit dem sich der Maresciallo zu befassen hatte, dem des Tankwarts Nannini, hatte sich die sinnlose Raserei des Depressiven zum Glück auf die klassische »Zerstörung lebloser Sachen« beschränkt. Bewaffnet mit einer schweren Wagenheberkurbel war Nannini auf die Zapfsäulen seiner eigenen Tankstelle losgegangen, hatte die Scheiben eingeschlagen und die Zählwerke irreparabel beschädigt.

Aber es kommt nicht selten vor, daß der Raptus zum Suizid führt und, ihm vorgeschaltet, zum Blutbad unter den Familienangehörigen. In welchem Falle – wie das erschöpfende *Handbuch des Polizeiwesens* darlegt, das zur Ausstattung der Kaserne gehört – der Akt des Wahnsinns einer zweifachen Bestimmung entsprechen kann.

Einerseits nämlich »können jene Angstzustände und angsterfüllten Erwartungszustände, die den Kranken fortwährend beherrschen, dazu führen, daß er die Existenz seiner Angehörigen in demselben düsteren Licht sieht, so daß er es als eine verdienstvolle Tat betrachtet, sie von einer derart traurigen Gegenwart zu befreien und vor einer ähnlichen Zukunft zu bewahren«. Und andererseits »kann der Kranke auch in Abwesenheit von Wahnideen zum Blutbad getrieben werden durch den oft wohlbegründeten Gedanken, daß seine Frau und seine Kinder sich im Elend befinden werden, wenn er, der Familienernährer, Suizid begangen hat«.

Fälle von Suizid nach vorangegangenem Blutbad sind übrigens auch schon unter den Carabinieri selbst vorgekommen (mag es das *Handbuch* auch unerwähnt lassen), und der Maresciallo weiß sehr wohl, daß die Krankheit keinen Beruf und keine soziale Schicht ausspart. Aber er weiß auch, daß der Raptus ein relativ seltenes Phänomen ist, während es nicht an

Kranken fehlt, die wieder völlig genesen, wie zum Beispiel (jedenfalls hofft man das) die Tochter des Maurers Magnolfi.

Was den Signor Monforti betrifft, der ihm soeben die Gründe seines Besuches dargelegt hat, so scheint ihm, daß sich sein Zustand sehr gebessert hat, seit er ihn kennt.

Noch letzten Sommer war er von Ängsten geschüttelt gewesen, hatte überall Unheil, individuelles und kollektives Unglück kommen sehen. Ihm selbst, dem Maresciallo, der, als er ihn am Zeitungskiosk traf, sich beeilt hatte, ihm für die seiner alten Mutter geleistete Hilfe zu danken, hatte er sofort ein eindrucksvolles Bild all dessen gezeichnet, was einer alten Dame widerfahren kann, die sich in den Kopf setzt, eine Sechserpackung Mineralwasserflaschen allein zu tragen – ein Oberschenkelhalsbruch sei das Mindeste. Aber auch bei späteren freundschaftlichen Begegnungen, auf der Piazza oder auf der Caféterrasse, hatte Monforti es selten versäumt, ihn mit seinen pechschwarzen, wenn nicht tatsächlich wahnhaften Ideen zu beunruhigen.

Jetzt hingegen, während er von der zerbrochenen Scheibe, dem durchwühlten Schlafzimmer und der »Abwesenheit« des Signor Zeme berichtet (und er hütet sich, von einem »Verschwinden« zu sprechen, im Gegensatz zu den beiden vorhin im Falle Orfeos), scheint seine größte Sorge zu sein, sich allein an die konkreten Tatsachen zu halten, ohne sich in gewagte und beunruhigende Hypothesen zu versteigen.

»Meine Idee ist«, schließt er sehr vernünftig, »daß in der Hektik des Aufbruchs das Schlafzimmer in großer Unordnung zurückgeblieben ist, mit aufgerissenen Schränken, die Schubladen auf dem Boden und sowohl der Fensterladen wie die Glastür schlecht geschlossen. So daß dann die Libecciata den Rest besorgt hat, während Zeme im Wohnzimmer oder in einem anderen Raum schlief.«

»Ja, das scheint mir eine plausible Erklärung zu sein.«

»Was dagegen den Umstand betrifft, daß er nicht da ist oder jedenfalls nicht ans Telefon geht, so weiß ich nicht... Sie kennen mich, lieber Maresciallo, und wissen, daß ich mich leicht beunruhige. Aber ich möchte auch nicht... Nun ja, auf jeden Fall wollte ich nicht versäumt haben, Sie zu benachrichtigen.«

Der Maresciallo nickt.

»Und daran haben Sie gut getan«, sagt er. »Vor einer halben Stunde, sagten Sie, haben Sie ihn zuletzt anzurufen versucht? Versuchen wir's jetzt noch mal.«

Schließlich sind Monfortis Besorgnisse ja nicht immer unvernünftig, denkt er, während er die Nummer wählt. Letzten Sommer zum Beispiel war's ihm so vorgekommen, als hätte sich die Garibaldi-Büste an der Fassade des Hauses gegenüber der Kaserne ein wenig nach vorn geneigt. Und sein besorgter Hinweis hatte dazu gedient, ein effektiv drohendes Umkippen der Büste zu verhindern.

Zeme seinerseits nimmt effektiv nicht ab, und es meldet sich auch niemand in der Villa Delaude, wohin Zeme ja gegangen sein könnte, um den Auffahrunfall von gestern abend zu besprechen.

»Sie sagten doch, Signor Monforti, daß ihn der Aufbruch seiner Frau in diesem Zustand erschüttert haben muß. Und daß es in ihrem Hause, immer wegen der Frau, Schlafmittel und Psychopharmaka aller Art gebe. Sie würden also alles in allem nicht ausschließen, daß...«

»Nein, das habe ich nicht gemeint. Ich kenne Zeme nur wenig, aber dafür scheint er mir nicht der Typ.«

Zum zweitenmal innerhalb einer Stunde, überlegt der Maresciallo, wird ihm hier von eventuell verschwundenen Personen erzählt, die jedoch nicht der Typ zu sein scheinen, sich umzubringen. Die Koinzidenz irritiert ihn wegen ihrer offenkundigen Bedeutung: Bei allem, was er zu tun hat (während der Brigadiere Farinelli auf Weihnachtsurlaub ist), verliert er seine Zeit mit haltlosem Geschwätz über grundlose Befürchtungen.

»Ich dachte nur, daß er, nachdem er eine schlaflose Nacht

verbracht hatte, ein etwas stärkeres Mittel genommen haben könnte, um bis mittags zu schlafen. Und in diesem Fall könnte er vielleicht den Hörer abgenommen haben, um nicht von Delaude geweckt zu werden, mit dem er sich heute vormittag hätte treffen sollen.«

»Ja, sehr richtig.«

»Oder auch von seiner Frau, kommt mir jetzt gerade in den Sinn, die ihn aus Mailand hätte anrufen können, um ihn mit wer weiß was für Katastrophenprognosen zu nerven. Sie *ahnen* ja nicht, Maresciallo, Sie machen sich keine Vorstellung, bis zu welchem Punkt wir Depressiven für unsere Angehörigen deprimierend, beängstigend, in jeder Hinsicht zerrüttend sein können. Und dieser arme Kerl...«

Der Maresciallo erinnert sich an den schrecklichen Eindruck, den die Zeme bei ihrer ersten Begegnung vor genau einem Jahr auf ihn gemacht hatte. Damals befand sie sich in jenem »durch Hemmung auf motorischem Gebiet charakterisierten« Zustand, den das *Handbuch des Polizeiwesens* als »atonische Melancholie« definiert und in dem »die Passivität sich bis zur totalen Willenslähmung verstärken kann«. Allerdings kehrt man gerade aus diesem Zustand, präzisiert das Handbuch, oft zurück zu »wahnhaften Prognosen unmittelbar bevorstehenden Unglücks, raschen Verlustes von Geld und sozialer Stellung, baldigen Abstiegs bis zur totalen Verelendung usw., welche die manische Raserei erneuern und zur Gewalttätigkeit treiben: von der Sachbeschädigung bis zur Brandstiftung und zur Körperverletzung usw.«.

Schwer zu sagen, welcher der beiden Zustände für die Angehörigen besser ist, denkt der Maresciallo. Doch ihm scheint, daß auch unter den Angehörigen selbst – seien sie nun »der Typ« oder nicht und obwohl sich das *Handbuch* darüber ausschweigt – an Suizidfällen kein Mangel sein kann. Und er fragt sich interessiert, wie er selber wohl reagieren würde, wenn seine Mutter sich auf Sachbeschädigung oder »Zerstörung lebloser Sachen« verlegen würde, anstatt ihn nur mit dem Vorwurf zu attackieren, er vernachlässige seine Uniform (die sie ihm unermüdlich ausbürstet, von Flecken reinigt und bügelt, wobei sie ebenso unermüdlich wiederholt: »Du bist zwar kein Oberst, Aurelio, aber immerhin bist du ein Unteroffizier der Carabinieri!«).

»Aber apropos«, sagt der Unteroffizier, »könnte es nicht die Signora selber gewesen sein, die diese Scheibe mit einem schweren Gegenstand zertrümmert hat? Denn, Libecciata her oder hin, Sie sagten doch, daß sich der chaotische Zustand des Schlafzimmers mit der Hektik des Aufbruchs erklären ließe. Angenommen, diese Hektik hätte sich mit einem jener Anfälle von Zerstörungsdrang verbunden, die leider so oft...«

Monforti sieht ihn erstaunt an.

»... zur Zerstörung lebloser Sachen führen? Ich wußte ja gar nicht, daß Sie sich so gut auskennen, Maresciallo. Aber wie auch immer, natürlich, an die Scheibe hatte ich gar nicht gedacht, das scheint mir sehr gut möglich, die Krise kann auch noch schlimmer gewesen sein, als ich sie mir vorgestellt hatte. Und dann... ich weiß nicht... man kann ja wirklich nicht ausschließen, daß am Ende eines solchen Tages, schon verzweifelt aus Florenz zurückgekommen, an den Grenzen des Erträglichen angelangt und dann erneut mit jenem Chaos konfrontiert... mit so vielen Schlaf- und Beruhigungsmitteln im Hause und womöglich über ein Fläschchen Tavor oder Sedipnol stolpernd... Aber ich will mich nicht in Phantasien verlieren...« Monforti lehnt sich zurück, zuckt die Achseln und akzeptiert eine Zigarette.

Der Maresciallo zündet sich auch eine an und verharrt eine Weile in Gedanken.

»Hören Sie«, sagt er schließlich, »ich kann mich im Augenblick hier nicht wegrühren, und ich habe nicht mal einen Gefreiten, den ich hinschicken könnte. Aber ich wäre ruhiger, wenn jemand nachsehen ginge. Ist diese Fenstertür immer noch offen?«

»Ja. Das heißt, ich habe die Läden von außen zugemacht, aber die Tür ist offen. Wollen Sie, daß ich hingehe?«

»Besser einer der Wächter, es sind vereidigte Wächter, die wissen, was zu tun ist, falls wirklich ... Aber ich möchte nicht alle beunruhigen, indem ich selber telefoniere. Könnten Sie nicht vielleicht, wenn Sie wieder zu Hause sind, im Pförtnerhaus anrufen?«

»Selbstverständlich. Und ich werde Ihnen sofort Bescheid geben, falls Zeme... also ob er da ist oder nicht. Oder ob inzwischen jemand etwas von ihm gehört hat.«

»Sehr gut. Danke. Ich hatte sowieso vor, am Nachmittag einmal vorbeizuschauen und nach Orfeo zu sehen, dem Gärtner, der...«

»... der ebenfalls verschwunden ist, wenn ich das vorhin richtig verstanden habe«, sagt Monforti lächelnd. »Aber in seinem Fall würde ich mir keine Suizidsorgen machen. Er ist absolut nicht der Typ.«

VII.
Kaum hat Milagros den Kaffee serviert

1.

Kaum hat Milagros den Kaffee serviert, ist sie rasch wieder in ihr Zimmer geeilt. Nun steht sie vor dem Spiegel und bewundert sich in der weichen Kunstpelzjacke und den eleganten Stiefeletten mit dazu passender Handtasche, die ihr Signora Borst und Signorina Eladia soeben zu Weihnachten geschenkt haben. »Ich weiß wirklich nich«, wiederholt sie hingerissen, »ob ich mich treffe!«

Auch Signora Borst ist, entgegen ihrer Gewohnheit, aber in Voraussicht der Mitternachtsmesse, auf ihr Zimmer gegangen, um noch ein Stündchen zu schlafen.

Eladia sitzt allein im Wohnzimmer vor ihren Karten. Sie hat einen angespannten Gesichtsausdruck. Die zwölf Arkana des Astrologischen Rades liegen unverändert auf dem Tisch. Aber die dreizehnte Karte, die unheilvolle Vier der Schwerter, die sich mit den Erschütterungen von gestern verband (und zweifellos auch mit der Sturmflut von heute nacht), ist wieder in den Kartenstoß zurückgekehrt, den das Fräulein jetzt langsam mischt.

Gewiß bleibt die Lage ernst. Ein Astralsturm wie der, den gestern das Rad registriert hat, endet selten anders als mit einer Tragödie. Doch wenn die neue Kontrollkarte eine der Kelche wäre (korrespondierendes Element: *Luft*) oder besser noch eine der Stäbe (Element *Feuer*, unwahrscheinlich zu dieser Jahreszeit in der Pineta, aber nützlich gegen das entgegengesetzte Element), könnte es noch einen Ausweg geben. Selbst die stets ambivalenten, unzuverlässigen Münzen *(Erde)* würden noch etwas Hoffnung lassen.

Sollte dagegen die Karte noch einmal eine der unheilvollen Schwerter sein *(Wasser)*...

Eladia mischt den Stoß wieder und wieder, ohne sich entschließen zu können, die neue Karte zu ziehen. Sogar unter den Schwertern, überlegt sie, gibt es ein paar, die nicht immer unheilvoll sind. Zum Beispiel der König, der für gewöhnlich eine gnadenlose Macht verkörpert, aber dessen Bild in der gutartigen Bedeutung des Arkanums »illustre oder einflußreiche Personen wie Priester, Richter, Offiziere darstellen kann«.

Allerdings kann der Priester auch auf ein Begräbnis hindeuten, der Richter auf einen Prozeß und der Offizier – wenn er einer der Carabinieri ist – auf ein schweres Verbrechen. Am ehesten würde Eladia noch die Figur des Ritters vorziehen, die zumeist skrupellose Abenteurer symbolisiert, aber – in diesem Punkt sind sich die besten Handbücher einig – »in der gutartigen Bedeutung auf Forscher, Sportler, Unteroffiziere verweist«.

Impulsiv zieht sie die Karte und starrt sie einen langen Augenblick an, bevor sie sie neben das Rad legt.

Es ist die Zwei der Schwerter.

Die schlimmste Karte von allen, bei einem solchen Rad. Denn – auch darin sind sich die Handbücher einig – »sie bedeutet nicht nur, daß etwas Schreckliches geschehen wird, sondern daß es schon geschehen *ist*, auch wenn man noch nicht weiß, was es ist«.

2.

Weniger unheilsschwanger gedeutet als die Zwei der Schwerter, aber gleichfalls umwabert von alarmierenden Suggestionen wäre ein Auto mit der Aufschrift CARABINIERI, das in der Pineta umherfährt. Die Bewohner, die im großen und ganzen eine gesetzestreue Gemeinschaft darstellen, würden sich wer weiß was für Gedanken machen, würden das Pförtnerhaus mit einem Sturm von Anrufen eindecken, um Genaueres zu erfahren.

Daher läßt der Unteroffizier Butti seinen Fiat am Eingang stehen und steigt zusammen mit Vannuccini in den Wagen Monfortis, der im Innern der Pineta keine Angst vor den Ungewißheiten des Fahrens hat.

»Was von Orfeo gehört?«

»Immer noch nichts. Vorhin haben ihn auch die Tavellas gesucht.«

»Hier in der Gualdana?«

»Ja, sie haben eine Fabrik in Piacenza, und er kümmert sich um ihren Garten. Da ist eine Pumpe, die nicht...«

»Gut, wir schauen nachher mal vorbei.«

Als der Finger des Maresciallo formell auf den Klingelknopf drückt, hofft Monforti, daß die Tür von einem munteren und überraschten Signor Zeme geöffnet wird. Schon vor zwei Stunden hatte er diese Hoffnung gehabt, als er mit Vannuccini hier war, der als vereidigter Wächter ebenfalls skrupulös lange geklingelt hatte, ehe er eindrang. Und wie vor zwei Stunden rührt sich auch jetzt nichts, niemand kommt an die Tür. Zeme ist nicht in der Zwischenzeit wiedergekommen.

Der Maresciallo nickt dem Wächter zu, worauf dieser den Ersatzschlüssel, den es für jede Villa im Pförtnerhaus gibt, ins Schloß steckt. Die Tür öffnet sich ins Halbdunkel des Eingangs, und Vannuccini knipst das Licht an.

Monfortis Stimmung geht von Enttäuschung zu Beunruhigung über. Zwar hatte er mit Vannuccini eine skrupulöse Kontrolle vorgenommen und hatte dem Maresciallo am Telefon gesagt, die Villa sei leer; aber nun überfällt ihn die Angst, er könnte nicht gründlich und nicht phantasievoll genug gesucht haben. Während er dem Maresciallo von

Zimmer zu Zimmer folgt, würde es ihn nicht verwundern, wenn plötzlich aus einem vergessenen Winkel zwei Füße herausragen würden, eine leblose Hand. »Mein Gott, das ist mir ganz entgangen, das habe ich gar nicht gesehen« – eine jämmerliche Entschuldigung, die zum Glück nicht nötig ist, wie sich am Ende erweist. Es findet sich wirklich niemand im Haus, weder tot noch lebendig.

Keines der Betten zeigt Spuren von Benutzung. Bei dreien ist die Matratze aufgerollt, zwei präsentieren sich makellos mit glattgestrichenem Überwurf. Nirgendwo liegen Decken herum, und in der Küche deutet nichts auf ein kürzlich eingenommenes Frühstück hin, Tassen und Schalen befinden sich an ihren Plätzen, die Spüle ist leer.

»Sieht fast so aus, als wäre er gar nicht zurückgekommen«, brummt der Maresciallo.

»Aber Roggiolani hat...«, sagt Vannuccini.

»Ich weiß, ich weiß.«

Alle Läden, Türen und Fenster sind gut verschlossen, außer natürlich der Fenstertür und dem Laden im Schlafzimmer, die jedoch beide keinerlei Einbruchsspuren aufweisen. Sie sind einfach aus Versehen offengelassen worden, und dann hat der Sturm den Rest besorgt. Die Unordnung im Zimmer ist für Monforti, der sie jetzt zum drittenmal betrachtet, inzwischen zu einer Ordnung geworden. Scherben, Schubladen, Kleidungsstücke liegen zwar immer noch kreuz und quer durcheinander, aber alle in derselben Position wie heute morgen, und das genügt schon, um die Magma zur Lava der Normalität gerinnen und alles bedrohliche Beben verlieren zu lassen. Der Maresciallo zieht da und dort eine Schublade auf, dann läßt er's bleiben.

»Man müßte wissen, ob etwas fehlt, Schmuck, Geld...«

Auf einem der Nachttischchen steht ein Drahtkorb voller Arzneien, und eine Unzahl anderer Schachteln und Fläschchen drängt sich auf der Kommode.

»Nimmt die Signora das alles ein?«

»Na ja, das nimmt man nicht alles täglich«, erklärt Monforti. »Das heißt, jeden Tag nimmt man im allgemeinen schon eine ganze Reihe von Tropfen, Kapseln, Tabletten, aber nach einer Weile verlieren sie an Wirkung, und man muß andere nehmen, und dann läßt man die alten Mittel liegen, weil man sie vielleicht nach drei Monaten wieder...«

»Und sind dabei auch... gefährliche?«

Monforti kramt zwischen den bunten, farbenfrohen Pakkungen.

»Was weiß ich... Milovan... Quantril... Manche davon hab ich auch schon genommen... Aber es kommen ständig neue raus, und wenn ich sagen müßte... Abriton...? Glaube nicht.«

Die drei Männer sehen sich ein letztes Mal um, hauptsächlich um diese nicht gerade unverzichtbare, aber auch nicht direkt überflüssige Ortsbesichtigung in ihren eigenen Augen zu rechtfertigen.

Vannuccini beugt sich über die zwischen den Piniennadeln verstreuten Glassplitter.

»Soll ich aufräumen?«

Der Maresciallo überlegt einen Moment.

»Nein, lassen wir alles noch so, wie es ist.«

Spuren von Handgreiflichkeiten hat er keine gesehen, keines der Kleidungsstücke, die lauter weibliche sind, ist zerrissen, auch sonst gibt es keinerlei Anzeichen, die auf eine Entführung hindeuten. Aber man kann andere Hypothesen nicht ausschließen, die eventuell den Eingriff von Experten erfordern, und das erste, was die Experten immer fragen in ihrem üblichen eisigen Ton, ist, ob irgend etwas verändert oder entfernt worden sei. Ganz abgesehen davon, daß Zeme, genau wie Orfeo, jeden Moment wieder auftauchen oder sich melden kann. Ganz abgesehen davon, daß dies im Grunde sogar das Wahrscheinlichste ist.

»Gut, dann können wir eigentlich gehen.«

Monforti atmet auf. Seit einer halben Stunde bedrückt ihn

derselbe Gedanke wie den Maresciallo, nämlich daß Zeme jeden Moment in der Tür erscheinen kann. Aber ein Zeme, der finster dreinblickt, indigniert über diese lächerliche Einmischung, für die letzten Endes kein anderer als er, Monforti, verantwortlich ist. Erklär ihm mal einer die Geschichte mit Andrea und der *Viktor Hansen*...

Im Eingangsraum an den hölzernen Garderobehaken hängen ein Kamelhaarmantel mit dazu passendem Schal und ein alter Regenmantel mit Kapuze.

»Hängen diese Sachen immer hier?«

»Nur der Regenmantel der Signora, glaube ich«, sagt Vannuccini. »Der Kamelhaarmantel ist seiner, er hatte ihn gestern an, als sie weggefahren sind.«

Der Wächter bückt sich, um einen schweinsledernen Handschuh aufzuheben, dann sieht er den anderen aus einer Tasche des Mantels hängen, zieht ihn hervor, streicht ihn glatt, bis er sich säuberlich mit dem ersten zu einem Paar fügen läßt, und legt das Paar auf die Ablage neben dem Telefon. Aber beim Herausziehen des Handschuhs sind zwei Stückchen Papier aus der Manteltasche gefallen, die aufzuheben der Maresciallo für richtig hält.

Und als er sich dann in aller Ruhe die Brille aufsetzt, um die Papierstückchen zu untersuchen, drängt es Monforti zu einer kleinen Geste der Diskretion, er tritt kaum merklich etwas beiseite und schaut in eine andere Richtung, als wolle er sich heraushalten, um nicht die schmale, aber entscheidende Grenze zwischen Ortsbesichtigung und Durchsuchung zu überschreiten.

»Ein Kassenzettel der Bar im Bahnhof Santa Maria Novella, mit dem Datum von gestern«, stellt Butti fest. »Und da ist auch eine Bahnsteigkarte für denselben Bahnhof.«

Sind das schon »Indizien«, diese zwei banalen Stückchen Papier? fragt sich Monforti. Werden sie vom Maresciallo eingezogen im Vorgriff auf wer weiß was für unheilvolle spätere Ermittlungen?

Aber der Durchsucher steckt sie sich seelenruhig einfach in die Hosentasche, und aus der Tasche des Mantels am Kleiderhaken zieht er ebenso seelenruhig ein pralles Portemonnaie hervor. Er wiegt es prüfend in der Hand, beschließt, es nicht zu öffnen, und steckt es in die Manteltasche zurück.

»Jedenfalls sind sie in Florenz angekommen, die Frau ist abgefahren, und er ist wieder hierher zurückgekommen.«

»Und tatsächlich hat ihn ja auch Roggiolani gesehen, wie er...«

»Ich weiß, ich weiß. Aber ins Bett ist er dann nicht gegangen, und später, wir wissen nicht wann, ist er noch mal ausgegangen, ohne Mantel und Hut.«

Was ist in diesem Schrank?

Der Wächter öffnet prompt einen Wandschrank, in dem lange Jacken, Anoraks und ein gummiertes Regencape hängen, aber natürlich kann man nicht sagen, ob etwas fehlt oder nicht.

»Kann man von hier aus in die Garage?«

»Ja, über diese Treppe.«

»Sehen wir uns mal das Auto an.«

An einen Selbstmord mittels am Auspuff befestigten Schlauches hatte Monforti schon während der vorangegangenen Ortsbesichtigung lebhaft gedacht. Aber die Garage war und ist trotz des starken Benzingeruchs immer noch eine Garage und keine Leichenkammer. Der weiße Volvo steht da, eng eingezwängt zwischen zwei Fahrrädern, einem Rasenmäher und ein paar anderen Gartengeräten.

Der Maresciallo stellt fest, daß das Lamellentor von innen verschlossen ist, wirft einen Blick in den vom Aufprall verbeulten Kofferraum und bemerkt, als er ins Wageninnere blickt, eine Packpapiertüte auf dem Beifahrersitz. In der Tüte befindet sich eine durchsichtige Plastikschachtel, die mit einem Zierband für Weihnachtsgeschenke zusammengehalten wird und einen aufklappbaren Pinocchio in Embryonalstellung enthält.

»Das muß das Geschenk für meinen Sohn Luca sein«, erklärt Vannuccini, »die Signora hat davon gesprochen, als sie rausgefahren sind.«

Der Maresciallo prüft den in der Tüte befindlichen Kassenzettel, der den Aufdruck »S. M. Novella Gift-Shop« trägt, und nickt. Auch das Spielzeug ist also gestern am Hauptbahnhof von Florenz gekauft worden.

»Lassen wir das aber erst mal hier liegen«, sagt er, tut die Schachtel wieder in die Tüte und die Tüte wieder auf den Sitz, behält aber den Kassenzettel und steckt ihn sich in die Hosentasche zu den zwei anderen.

»Morgen wird er's ihm selbst überreichen«, sagt Monforti, »immer vorausgesetzt, daß er bis dahin...«

Oben klingelt das Telefon.

»Das Telefon!« ruft Vannuccini und eilt die Treppe hinauf, gefolgt von den zwei anderen.

Dreimal, fünfmal, siebenmal klingelt es. Beim siebten Mal überfällt den Wächter, als er die Hand schon am Hörer hat, eine plötzliche Lähmung. Er sieht Monforti an, sieht den Maresciallo an. Es klingelt ein achtes Mal, diesmal mit einem leicht vorwurfsvollen Ton.

»Gib her«, sagt Butti.

»Pronto«, sagt er. Dann antwortet er: »Nein, Signor Zeme ist im Moment nicht da... Wir sind hier zwei Wächter. Nein, nicht daß ich wüßte. Mit wem spreche ich denn?... Signora D'Alessio? Aus Bozen?«

»Ah«, sagt er weiter. »Ja, verstehe, die Schwester der Signora, ja... Sehen Sie, Signora, wir wissen, daß er gestern am späten Abend aus Florenz zurückgekommen ist, aber heute morgen ist er sehr früh fortgegangen und bisher noch nicht... Wir sind hier wegen einer... Nein, nein, heute nacht hat es hier eine anomale Libecciata gegeben, und viele Villen sind leicht beschädigt worden, und da sind wir hergekommen, um nachzusehen, ob alles in Ordnung ist, wegen einer Fensterscheibe, die... Gewiß, Signora, wir werden ihm ausrichten, daß er gleich anrufen soll... Wie bitte?... Aber der Zug... Ja. Verstehe.«

Dann sagt er noch: »Ah, ja... Nein, gewiß... Selbstverständlich, Signora D'Alessio.«

Und nach einer langen Pause und etlichen weiteren Einsilbenwörtern und erneuten »Gewiß, Signora« und einem abschließenden »Gewiß, so wird es sein, rufen Sie bitte in jedem Fall die Pförtner an, egal wie spät es ist, und halten Sie uns auf dem laufenden, auch wir werden Sie, sobald Ihr Schwager... Gewiß, Name und Telefonnummer im Adreßbuch, gewiß, seien Sie unbesorgt, guten Abend« nimmt sich der angebliche Wächter die Carabinierimütze ab, die er bis dahin aufgehabt hatte, und setzt sich auf die Bank neben dem Telefon.

»Das war die Schwester in Bozen. Sie sagt, sie seien zum Bahnhof gegangen, um sie wie vereinbart abzuholen, aber sie sei nicht im Zug gewesen, sie sei nicht angekommen und habe auch nicht angerufen, und mehr wüßten sie nicht.«

Er hebt eine Hand und bewegt drei Finger.

»Und wir sind zu dritt«, sagt er, aber als ob er's nicht glauben wollte.

Auch Vannuccini läßt ein skeptisches »Mammeglio« fallen, was in diesem Teil der Toskana und unter diesen Umständen soviel wie »Na wenn schon« heißt. Und selbst Monforti scheint geneigt, die Sache zu entdramatisieren, die Zeme werde den Zug verpaßt haben, sie komme bestimmt mit dem nächsten.

»Ja, das meint ihre Schwester auch«, sagt Butti. »Ab Mailand gibt es noch einen anderen Zug, der kommt heute abend um 21 Uhr an, aber er ist kein Schnellzug. Der nächste Intercity geht morgen früh. In jedem Fall werden sie uns benachrichtigen, wenn sie angekommen ist, und wir werden inzwischen ihren Mann benachrichtigen, der...«

Er betrachtet zweifelnd die Handschuhe, das stumme Telefon.

»Immer vorausgesetzt, daß ihr Mann in der Zwischenzeit auftaucht.«

Alle drei schweigen, und Monforti fragt sich, ob auch die anderen beiden über das kuriose Problem nachdenken, wie man eine Verbindung zwischen zwei unauffindbaren Personen herstellen soll. Der Mann wer weiß wo und die Frau... Verloren heute früh zwischen den vielen Zügen, die aus Mailand abfahren im vorweihnachtlichen Gewimmel, ist sie in den falschen eingestiegen und entdeckt nun mit einem Aufschrei, daß sie in Ancona gelandet ist, in Schaffhausen. Verloren gestern abend in der Umgebung des Bahnhofs, hat sie den Namen ihres Hotels vergessen und irrt nun in Mailand umher, ihr Gepäck hinter sich herschleppend, aufgelöst, mit zerzaustem Haar und eingefallenen Wangen...

»Aber für den Fall, daß sie nicht mit dem nächsten Zug kommt«, sagt er, »könnte man nicht wenigstens erfahren, ob sie in dem Hotel in Mailand, wo sie ein Zimmer reserviert hatte...«

»In welchem Hotel?« fragt Butti. »Wissen Sie das?«

»Nein, leider nicht, aber ich dachte, wenn man die Anmeldungen überprüfen ließe...«

»Das wäre schon machbar«, räumt Butti ein, »aber ich würde sagen, wir sollten noch einen Moment warten, meinen Sie nicht?«

»Ja, gewiß.«

»Sie sagten, heute morgen habe sie einen Termin bei einem Spezialisten?«

»Ja, aber...«

»Kennen Sie ihn? Können wir ihn eventuell anrufen?«

»Nein, ich glaube... Ich meine, ich kenne ihn dem Namen nach, und man kann natürlich die Nummer seiner Praxis raussuchen, aber soweit ich weiß, wollte er gleich nach ihrem

Besuch verreisen, er wird ebenfalls in die Ferien gefahren sein.«

»Na schön«, sagt der Maresciallo, »wir werden ihn schon irgendwo auftreiben, wenn es nötig ist, aber ich denke, es wird nicht nötig sein. In jedem Fall...«

Aus dem in schwarzes Leder gebundenen Adreßbuch neben dem Telefon schreibt er sich in sein Notizbuch den Namen und die Nummer der Schwester in Barbiano (Bolzano) und diktiert sie Vannuccini, der sie sich ebenfalls notiert.

»Für alle Fälle...«

Er erhebt sich und setzt sich die Mütze wieder auf.

»Und was machen wir mit diesen Läden hier, Maresciallo?« fragt der vereidigte Wächter Vannuccini. »Soll ich sie schließen?«

»Ja, aber nicht zusperren«, antwortet Butti, der an die eventuellen Experten denkt.

»Könnte ja auch ein Dieb vorbeikommen...«, gibt Monforti zu bedenken.

Vannuccini schließt die Läden mit einem »Mammeglio«, was in diesem Teil der Toskana und unter diesen Umständen soviel heißen kann wie »das fehlte grad noch«.

Dann, nach einem letzten Blick auf die leere, stille, verschlossene Villa, steigen sie alle drei wieder ins Auto, fahren rückwärts den Kiesweg hinunter, erreichen die asphaltierte Straße und gelangen zur ersten Abzweigung. Monforti hält an.

»Ich weiß nicht«, sagt der Maresciallo, »ich sollte vielleicht mal mit diesem Grafen über den Auffahrunfall reden.«

Sie stehen an einem Punkt, von dem aus man kein einziges Dach von keiner einzigen Villa sehen kann. Die Pineta zittert noch im Wind, aber sie ist wie ein großes siegreiches Tier, das die letzten, vereinzelten Schläge des ermatteten Feindes von sich abschüttelt. Das Tosen des Meeres klingt nicht mehr so aggressiv, und auch oben sind die Dinge dabei, sich zu bessern. Die grauen Streifen, die zwischen den Wolken erscheinen, sind genau betrachtet schon Himmel.

Links taucht unversehens ein Terzett von Spaziergängern auf. Es sind Mr. und Mrs. Graham, die langsam näherkommen und mit festem Griff den kleinen Colin zwischen sich führen, den ersten, den Stammvater der Verschwundenen. Scheint irgendwie ein gutes Zeichen zu sein.

3.

Zwei Neurochirurgen, zwei Straßenfeger, zwei Öltanker, eine Katze und eine Maus, eine Flasche und ein Glas... Dutzende von möglichen Paarungen und embryonalen Witzen, alle im Augenblick der Geburt zerschmettert durch ein knappes, klagendes oder wütendes »Das ist nicht witzig«. Aber Katia braucht bloß an diese beiden Stimmen und diese beiden zerfurchten Stirnen zu denken, schon muß sie wieder losprusten, während sie ihre paar Sachen in der Villa des Grafen Delaude zusammensucht.

Sie ist total hundertprozentig glücklich. Sie hat für Max & Fortini gekocht, sie hat am Tisch von Max & Fortini gegessen (»Zwei französische Köche klopfen bei einem Nonnenkloster an, und eine Novizin...« »Das ist nicht witzig.« »Zwei Manager essen Fleischklößchen, die von einer rückfälligen Giftmischerin zubereitet worden sind...« »Das ist nicht witzig«), sie hat den Kaffee gekocht und den Abwasch gemacht, und sie hat sich immer bemüht, das strikte Gebot einzuhalten, nie zu lachen, sich unsichtbar zu machen, sich insgesamt so zu verhalten, daß die beiden Arbeitenden sie vergessen. Aber dann sind sie selbst es gewesen, die ihr den Umzug vorgeschlagen haben, um sie vorläufig, bis sie etwas Besseres gefunden hat, unter dem Titel »verworfenes sowie unbezahltes Mädchen-für-alles« aufzunehmen. Katia muß lachen, während sie Tuben und Döschen in ihr Necessaire packt.

Gimo hat sich nicht mehr blicken lassen, aber das ist ihr jetzt egal. Im Gegenteil, es ist *ihr* Verdienst, wenn ihr Leben (jawohl, *ihr* Leben!) eine solche Wende genommen hat. Als skrupellos Berechnende überschlägt sie zwar noch die Vorteile, die ihr aus dieser Begegnung erwachsen können, aber sie tut es fahrig, unkonzentriert, bloß wie aus Pflichtgefühl. Die Wahrheit ist, daß sie die Wollust der Uneigennützigkeit genießt, das erregte Staunen derer, die sich von einem günstigen Schicksal geleitet fühlen und sich zuversichtlich rosigen Zeiten entgegentreiben lassen.

Als es an der Tür klingelt, geht sie im Tanzschritt öffnen. Dem endlich zurückgekehrten Gimo wird sie die Arme um den Hals werfen, wird ihm von ihrem Glück erzählen und ihn mit einem dicken Kuß auf die Stirn verlassen. Alles vergeben, alles vergessen. Nicht im entferntesten hat sie vorausgesehen, daß sie mit ihrem fröhlichen Trällern die Carabinieri begrüßen könnte.

Der eisige Schlag in den Magen löst einen Augenblick später eine Art Gefühls-Libecciata in ihr aus. Dieser Wurm, dieser Dreckskerl, dieses elende Stück Scheiße hat den Mut, ihr die Carabinieri auf den Hals zu hetzen, um sie hier rauszuschmeißen! Grün und blau wird sie ihn prügeln, wenn sie ihn wiederfindet, mit dem Hammer wird sie's ihm heimzahlen, mit dem Eispickel! Und sie *wird* ihn wiederfinden, selbst wenn sie dafür bis in die Hölle gehen muß!

Sie stemmt die Fäuste in die Hüften und schnaubt: »Was ist? Was wollt ihr?«

Jetzt, wo man sie hier rauswerfen will, beschließt sie unwiderruflich, sich nicht aus diesem Loch wegzurühren. Die müssen schon Gewalt anwenden.

Der Carabiniere (es ist in Wahrheit nur einer) nimmt grüßend die Hand an die Mütze.

»Maresciallo Butti. Ich würde gern mit Graf Delaude sprechen. Ist er zu Hause?«

Total hundertprozentige Verblüffung.

»Aber hat *er* Sie denn nicht hergeschickt?«

»Nein, wir suchen ihn wegen einer Auskunft.«

»Was für einer Auskunft?«

Der Maresciallo blickt fragend auf einen großen Blonden in Khaki-Uniform, der verneinend den Kopf schüttelt. Sicher ein Wächter dieser exklusiven Pineta, den sie noch nicht gesehen hat.

»Ist der Graf nicht zu Hause?«

»Nein«, sagt Katia, noch auf der Hut, »er ist nicht da.«

»Wohnen Sie hier, sind Sie hier... zu Gast, können Sie uns sagen, wann er anzutreffen sein wird?«

»Ich weiß nicht«, sagt Katia und läßt die Arme sinken, »ich warte selber auf ihn. Ich hab ihn seit gestern abend nach dem Essen nicht mehr gesehen. Seit wir aus dieser Pizzeria zurück sind.«

»Aber Sie wissen, wo er hingegangen ist?«

»Nein, eben nicht, heute morgen, als ich in meinem Zimmer aufgewacht bin, das heißt, als ich ihn in seinem Zimmer suchen gegangen bin, da war er nicht da, und seitdem...«

»Hat er nicht angerufen?«

»Nein«, sagt Katia und schiebt die Unterlippe vor. »Er hat nichts von sich hören lassen, er ist verschwunden. Ich dachte, ich denke...«

»Und somit«, sagt der Maresciallo verblüfft, »wären wir zu viert.«

»Was zu viert?«

Die drei (denn da ist auch noch einer in Zivil, ein Mann mit gelbem Pullover unter dem Trenchcoat, ein echter Zivilist, wie's scheint) sehen sich wortlos an, dann sagt der Maresciallo halb lächelnd, halb seufzend: »Vielleicht können Sie uns ein bißchen weiterhelfen?«

Zurück zur grauen Vorgeschichte. Ein Graf und ein Mädchen sind gestern abend in die Pineta zurückgekommen? Bei der Einfahrt haben sie kurz nach der Schranke einen Autounfall gehabt? Einen Auffahrunfall, bei dem sie einem anderen hinten draufgefahren sind? Einem weißen Volvo? Sind der Fahrer des angefahrenen Fahrzeugs und der Fahrer des Auffahrfahrzeugs aus ihren jeweiligen Fahrzeugen ausgestiegen? Ist das Mädchen auch ausgestiegen? Hat es gehört, ob der Angefahrene die Absicht geäußert hat, sich im Laufe des Vormittags dieses heutigen 24. Dezembers zu dem Auffahrer zu begeben? Hat sich besagter Angefahrener dann tatsächlich eingestellt?

»Ich habe ihn nicht gesehen«, sagt Katia. »Es ist niemand gekommen, jedenfalls nicht, solange ich hier war.«

»Das heißt, bis wann?«

»Na, so etwa bis elf. Danach weiß ich nicht.«

Also, um es noch etwas länger zu machen: Die Signorina sieht sich nicht in der Lage, Angaben über eine mögliche Begegnung zwischen dem Fahrer des angefahrenen Fahrzeugs und dem des Auffahrfahrzeugs zu machen? Und andererseits hat sie keine Ahnung, wo letzterer sich befinden könnte? Und sie weiß auch nicht, welche Werkstatt es sein könnte, an die er sich wegen des Abschleppens und der Reparatur seines Wagens gewandt hat?

»Er geht immer zu Sirio«, wirft der große Blonde ein. »Zu dem hinter Lilli, im Gewerbegebiet.«

Der dritte gibt zu bedenken, daß es, ob bei Sirio oder woanders, an Heiligabend recht schwierig sein dürfte, um nicht zu sagen unmöglich...

»Sie bleiben doch jedenfalls hier?« sagt der Maresciallo. »Wenn der Graf wiederkommt, würden Sie uns dann bitte...«

»Ich war eigentlich nur gekommen, um meine Sachen zu holen, ich verlasse dieses Haus.«

Unwiderruflich. Mit Gimo, seinem Auto, seinen Affären, seiner Villa und all dem will sie nichts mehr zu tun haben. Ein für allemal Schluß damit.

»Aber...«, fängt der Carabiniere an und mustert sie von Kopf bis Fuß.

Katia weiß sein Zögern zu schätzen und ist versucht, ihm entgegenzukommen, ja, sie würde ihm nicht einmal ungern von dieser Wende in ihrem Leben erzählen und ihm sagen, wohin sie zu gehen gedenkt. Aber ihre erste Pflicht ist es jetzt, die *privacy* von Max & Fortini zu schützen, während die beiden bemüht sind, ihre schöpferische Krise zu überwinden. Neugierige Gaffer, Fotografen, Autogrammjäger und auch Carabinieri sind da ganz und gar unerwünscht. Sie hält die Lippen fest verschlossen, und als der Maresciallo begreift, daß sie kein einziges Wort mehr sagen wird, grüßt er höflich und macht mit den beiden anderen auf dem Absatz kehrt.

Katia geht lächelnd wieder an ihren Umzug und denkt: Ein Angebumster und ein Anbumser begegnen sich in einer Pineta...

4.

Viel mehr als die Abwesenheit des Grafen Delaude würde die Anwesenheit in seiner Villa eines in mehrfacher Hinsicht bemerkenswerten Mädchens wie Katia zu allerlei Mutmaßungen einladen. Aber unter den gegebenen Umständen würde jedwede Mutmaßung unvermeidlich in Klatsch und Tratsch ausarten, was im Dienst unzulässig wäre, und so beeilt sich der Maresciallo, als Vannuccini ein schnalzendes »Mammeglio« von sich gibt, das Thema zu wechseln.

»Wie viele Gärten betreut Orfeo in der Pineta?«

»Neunzehn.«

»Dann müssen wir sie alle einzeln abklappern, bis wir wenigstens seinen Pritschenwagen finden.«

»Jetzt?«

Mit dem Wind läßt in der Tat auch das Licht langsam nach, und wenn jetzt eine Durchsuchung stattfinden soll, wird sie zwangsläufig eher begrenzt und wenig ergiebig sein. Außerdem ist Orfeo, wie Vannuccini zu bedenken gibt, ein recht eigenwilliger Typ: Als die Pineta noch ein Schlangennest war, sei er zum Beispiel hergekommen, um Vipern zu fangen und ihr Gift zu verkaufen, oder er habe im November nackt gebadet, zusammen mit dem alten Ex-Bürgermeister von Köln...

»Was willst du damit sagen?« unterbricht ihn der Maresciallo schroff, ärgerlich über diese Aufzählung von Exzentrizitäten.

»Nichts, aber wenn er sich in den Kopf gesetzt hat, den Pritschenwagen zu verstecken, wird's schwierig werden.«

Die drei stehen an einer Kreuzung, auf deren Mitte eine kahle Korkeiche im Schutz eines Steinmäuerchens den Verkehr reguliert.

»Na, irgendwo müssen wir schließlich anfangen«, sagt der Maresciallo. »Los, welches ist die nächste Villa?«

Ganz in der Nähe ist der kleine Platz, von dem aus man zur Großherzogsbrücke gelangt, nach der links die Villa der Kruysens kommt, fast gegenüber der der Tavellas, wo Orfeo wegen dieser Bewässerungspumpe vorbeigeschaut haben könnte, die, wie es scheint...

Als sie aus dem Wagen steigen, sehen sie auf der Brücke einen Mann, der in das träge fließende Wasser des Alten Grabens starrt.

»Guten Abend, Herr Abgeordneter«, begrüßt ihn Vannuccini, der als erster über die schmale alte Brücke geht.

Der Mann hält sich automatisch ein drahtloses Telefon ans Ohr, als könnte er nur durch dieses Gerät die menschliche Stimme vernehmen.

»Ah, guten Abend«, sagt er unsicher.

»Haben Sie gesehen, wie stark der Kanal angeschwollen ist durch diese Sintflut heute nacht?« sagt Vannuccini, ohne zur Kenntnis zu nehmen, daß er nicht erkannt worden ist. »Das war auch mal nötig, meinen Sie nicht?«

»Das war nötig, das war nötig«, bestätigt der Abgeordnete mit einem vielsagenden Blick zum Maresciallo. Und zu

Vannuccini gewandt, der dieselbe Uniform wie Vannucci trägt, stellt er eine unschuldige ökologische Frage.

»Gibt es Wasserratten hier im Alten Graben?«

»Die gibt es, die gibt es«, feixt der Wächter, »aber es sind nicht Ihre, Herr Abgeordneter. Ihre sind...«

»Sprechen Sie mir nicht davon«, sagt Bonanno.

Und schon beginnt er selber davon zu sprechen, in einem Ton, der zwanglos sein soll, fast amüsiert, sich aber rasch zur Emphase einer parlamentarischen Rede aufschwingt.

»Ich weiß nicht«, schließt er, »aber Tatsache ist, daß meine Töchter sich weigern, noch eine weitere Nacht hier zu verbringen, sie sind traumatisiert!«

»Mammeglio!« ruft Vannuccini teilnahmsvoll aus.

»Ich weiß nicht«, wiederholt Bonanno, den Blick des Maresciallo suchend, »aber meines Erachtens steckt etwas dahinter, und ich bin nicht der einzige, der das denkt. Eine solche Invasion kann doch unmöglich purer Zufall sein!«

Aber der Blick des Maresciallo folgt einer halb versunkenen Pappschachtel, die von der schlammbraunen Strömung um die weite Biegung des Kanals getrieben wird, zwischen Sumpfpflanzen, Schilf und kahlen Tamarisken hindurch. Und mit einemmal raunt ihm die Stimme des Abgeordneten aus nächster Nähe, drängend, verschwörerisch, eine ganze Intrigengeschichte von politischen Flügelkämpfen ins Ohr, ein Komplott mit Verzweigungen in Rom und in der Maremma, mit gedungenen Schergen, riesigen Mäusen, korrupten Waldhütern...

Der politischen Macht begegnet der Maresciallo Butti gewöhnlich mit einer respektvollen Gleichgültigkeit, nicht unähnlich jener, die er empfunden hatte, als er einmal (abkommandiert) in Florenz einer Ballettvorstellung in den Boboli-Gärten beigewohnt hatte. Angelegenheiten für hochgestellte und hochkarätige Spezialisten, die auf Leute in seiner Position allenfalls in Gestalt von gelegentlichen Belästigungen durch einen Ordnungsdienst oder eine Eskortierung heruntertröpfeln können. Aber dieser Abgeordnete Bonanno, der seinen Wahlkreis in den Abruzzen hat und nur zu den Ferien in die Gualdana kommt, läßt nun weit mehr als nur eine kleine Belästigung auf ihn heruntertröpfeln: Er wünscht eine vertrauliche Untersuchung.

»Mit größtmöglicher Diskretion«, wiederholt er mit einer alles andere als diskreten Stimme, während er sich schon rückwärts zwischen den niedrigen Mäuerchen der Brücke entfernt, schon im abendlichen Dunkel verschwindet. »Ich empfehle Ihnen größtmögliche Diskretion.«

Der Maresciallo salutiert mit der ganzen Emphase, die er, wie er schon weiß, nicht in die gewünschte Untersuchung wird legen können. Der Wunsch ist absurd. Der Verdacht des Abgeordneten mag in der Optik des politischen Lebens in Rom vielleicht logisch sein, aber er bietet nicht die geringste operative Grundlage. Wo soll man beginnen? Wen befragen?

»Hört hört«, feixt Vannuccini im selben mundartlichen Tonfall, den er später im Pförtnerhaus und am Tresen der Bar im Städtchen benutzen wird. »Der Maresciallo ist zum Rattenfänger befördert worden!«

Wenngleich durch die Dämmerung abgeschwächt, wirkt der eisige Blick des Maresciallo wie ein Peitschenhieb. In Uniform und im Dienst sind gewisse Vertraulichkeiten inakzeptabel, der Wächter hat eine ungeschriebene, aber für das Gemeinwohl essentielle Regel verletzt: Die Macht des Verspottens darf nur zu bestimmten Zeiten und an den dafür vorgesehenen Orten ausgeübt werden.

»Die Untersuchung wird durchgeführt«, erwidert der Maresciallo streng, »und bis zum Beweis des Gegenteils sind auch die vereidigten Wächter der Gualdana gehalten, mir dabei ihre volle Unterstützung zu gewähren, wenn ich es für nötig halte. Und zwar mit der gebotenen Diskretion.«

Vannuccini schweigt beschämt. Hinter der treibenden Pappschachtel, die jetzt weiter unten als weißlicher Fleck im hohen Schilfgras hängengeblieben ist, an der Stelle, wo der

Kanal in die Zielgerade vor seiner Mündung ins Meer einbiegt, geht eine Möwe auf Nahrungssuche zu einer diesbezüglichen Untersuchung des Strandes nieder und zieht mit geschlossenen Flügeln präzise Kreise um etwas, das durch die dürren Brombeersträucher und gefiederten Schilfrohrstengel nur undeutlich zu erkennen ist.

»Was ist das? Sieht aus wie ein Fahrzeug.«

»Es steht auf dem Treidelweg, es könnte der Traktor sein, der ihn sauber hält.«

»Und könnte es nicht Orfeo sein, Orfeos Pritschenwagen?« sagt Monforti.

»Sehen wir uns das mal genauer an.«

Über die Furchen und Buckel des Treidelwegs holpernd gelangen sie zu Orfeos Pritschenwagen, und von da schweift der Blick frei bis zur Mündung des Alten Grabens und bis zu Orfeo selbst.

»Da ist er ja! Er ist es!«

Orfeo ist die kleine Gestalt, die da aufrecht auf dem vordersten Quader des Wellenbrechers steht, gegen den die Flut ihre letzte Gischt aufbietet.

»Was macht er da? Angelt er?«

»Nein, er ist nie Angler gewesen.«

Der Maresciallo steigt aus dem Wagen und geht allein das letzte Stück des Treidelwegs hinunter, der sich bald im Sand des Strandes verliert. Monforti und Vannuccini sehen ihn die ersten zum Schutz der Mündung aufgeschütteten Steine erreichen, über die zackenbewehrte Betonbarriere klettern, auf den schiefen Quadern nach vorne gehen und auf dem vordersten zu dem reglosen Orfeo treten.

Aus dieser Entfernung ist nichts zu hören, aber sie wechseln ohnehin nur ein paar Worte. Orfeo starrt weiter wie versteinert aufs Meer, dreht nie den Kopf zurück, auch nicht, als er ihn an einem bestimmten Punkt senkt und so eine Weile verharrt; dann, nach ein paar Minuten, löst sich die Gestalt des Maresciallo von der seinen und vom wolkenverhangenen

Horizont und kommt wieder zurück auf den Sand, auf den Treidelweg und zum Auto.

»Was macht er da vorne?«

»Ich weiß nicht, er hat es mir nicht gesagt.«

»Aber er geht doch wieder nach Hause zu seiner Frau?«

»Er sagt ja, aber heute nacht habe er hier draußen geschlafen, weil er nicht nach Hause wollte, und heute morgen habe er hier noch zu tun gehabt. Mehr hat er mir nicht sagen wollen.«

»Ist'n eigenwilliger Kerl«, meint Vannuccini grinsend. »Ein Anomaler auch er. Ein anomaler Gehörnter.«

5.

»Der Fall des somnambulen Taxifahrers« gehört zu den dümmsten der Serie, weshalb Monforti es um so irritierender findet, daß sein Schwager Ettore unverwandt weiter in die Glotze starrt, während er ihm die neuesten Entwicklungen des Falles Zeme erzählt.

»Eigenartig, stimmt schon, aber solche Sachen passieren doch jeden Tag«, meint Ettore verharmlosend, ohne den Blick von Perry Mason zu lösen, der mit seiner Sekretärin telefoniert. »Hinterher stellt sich immer heraus, daß die Lösung die denkbar einfachste war.«

Sandra schaut sich den Film nicht an, sondern ist noch mit der Erledigung letzter Weihnachts- und Neujahrsgrüße beschäftigt.

»Entschuldige, aber mit diesen Glückwunschkarten wird man nie fertig«, sagt sie kurz aufschauend. »Auf jeden Fall würde auch ich mir nicht allzuviel Sorgen machen. Nichts ist leichter möglich, als daß die Ärmste in ihrem Zustand den Zug verpaßt hat und einen späteren nehmen mußte. Oder daß sie sich's heute morgen anders überlegt hat und jetzt auf dem Weg hierher zurück ist. Und ihr Mann könnte auf dem Weg nach Florenz sein, um sie abzuholen.«

»Zu Fuß?« will Monforti gerade ironisch fragen. Aber dann überlegt er sich, daß in Wirklichkeit, einmal abgesehen von der Flucht des Delaude, ein Zusammenhang zwischen der ausgebliebenen Ankunft der Frau und der Abwesenheit ihres Mannes durchaus bestehen könnte. Sie könnte ihn tatsächlich heute früh angerufen und ihm gesagt haben, daß sie zurückkommen werde, und er...

Nur kann man darüber mit diesem Perry-Mason-Fan und dieser Glückwunschkartenfanatikerin nicht diskutieren. Statt dessen – beschließt er, während er sich den Trenchcoat wieder überzieht – wird er hingehen, um den Fall genüßlich mit Natalia zu erörtern, die er seit gestern abend nicht mehr gesehen hat. Der Vorwand könnte nicht besser sein.

*

Auch Andrea und seine Schwester Giudi kleben am Fernseher (wo Perry Mason schon wieder oder noch immer mit seiner Sekretärin telefoniert). Und auch Natalia ist wie Sandra mit einem Stapel bunter Umschläge und Karten beschäftigt. Aber ihre Begrüßung ist viel weniger entmutigend.

»Ein Glück, daß du kommst. Ich hätte sonst noch bis heute abend weitergemacht«, sagt sie, während sie die beschriebenen Karten einsammelt und die anderen wegräumt. »Du machst dir's bequem, du verschickst nie welche!«

»Na, ich hab doch die Entschuldigung mit der Depression! Ich stelle mich sogar extra deswegen depressiv, habt ihr das nie kapiert?«

Die Kinder lachen und verlieren das Interesse an dem somnambulen Taxifahrer. Andrea will das Neueste von Zeme hören. Monforti erzählt.

Aber nach einer Weile, obwohl er sich sorgsam bemüht, die düstersten Hypothesen zu übergehen und im Gegenteil die Stimmung aufzuheitern mit dem erfreulichen Wiederauftauchen von Orfeo und der komischen Einbeziehung der Carabinieri in die Geschichte mit den »großen Mäusen«, bemerkt er, daß Andrea irgendwie bedrückt ist. Sein brennender Entdeckerdrang ist nicht mehr derselbe wie heute morgen. Was Giudi betrifft, die ein Jahr jünger als ihr Bruder ist, so schaut sie mit entschiedener Aversion auf die schwarzen Büsche und die noch schwärzeren Stämme in der Dunkelheit draußen vor der Glaswand.

Aber natürlich! sagt sich der Erzähler vorwurfsvoll, während er sich in Erinnerung ruft, wie unterschiedlich gewisse Geschichten auf ihn als Junge wirkten, je nachdem, ob er sie bei hellem Tageslicht oder am Abend im Dunkeln zu hören bekam. Wie sollten die beiden sich etwas anderes vorstellen können, als daß unter jenem Oleanderstrauch die blutige Leiche von Signor Zeme liegt oder hinter jenem Pinienstamm das Gespenst seiner Frau hervorlugt?

Auf jeden Fall, schließt Monforti eilig, ist die plausibelste Erklärung immer noch die seiner Schwester: Nämlich daß heute morgen die Zeme ihren Mann angerufen hat, um ihm zu sagen, daß sie zurückkommen werde, und daß er sich auf den Weg nach Florenz gemacht hat, um sie abzuholen.

»Zu Fuß?« fragt Natalia leise, als die Kinder sich wieder vor den Fernseher gehockt haben.

»Er könnte sich von jemandem hingebracht haben lassen«, antwortet Monforti ebenfalls leise. »Ich weiß nicht, nimm mal an, daß... Aber auch zu Fuß wär's nicht unmöglich, wenn man es recht bedenkt.«

»Wie das? Ich verstehe nicht.«

»Ich meine, nach Florenz, wenn ich dich da abholen müßte, also da würde ich auch zu Fuß hingehen«, sagt Monforti, ohne sich darum zu kümmern, ob die Kinder ihn hören können.

6.

In einem Traum vor wer weiß wie langer Zeit (in seinem Alter kann er sich nicht mehr daran erinnern) saß Hans Ludwig Kruysen am Spieltisch einer majestätischen Orgel in einer großen leeren Kirche, als ihn eine leichte Berührung an der Schulter herumfahren ließ. Niemand war da. Die Kirche, die er nun wiedererkannte, war die Marienkirche in Lübeck, und die Orgel war die größte der drei, die Hauptorgel auf der hochgotischen Empore an der Westwand des Mittelschiffs. Hinter den feierlich-ernsten Fensterscheiben wurde es dunkel.

Auf der Empore fehlte die Brüstung (nach dem Krieg, als die zerstörte Kirche wieder aufgebaut worden war, mußte man sie vergessen haben), aber er trat dessenungeachtet bis ganz vorn an den Rand. Er wußte, daß die Berührung sich wiederholen würde, und wartete darauf, den Göttern dankend, daß sie ihm gnädig erlaubten, sich von den letzten, endlosen Jahren des Überdrusses und Verfalls zu befreien. Unten, aus dieser Höhe und in dieser Dunkelheit, war der Steinboden kaum zu ahnen.

Die federleichte Berührung wiederholte sich.

Der Fall, nach einem unkalkulierbaren Augenblick, endete mit einem blendenden Blitz, wonach schlagartig alles erlosch. An jenem Punkt des Alls, der so viele Jahre lang Hans Ludwig Kruysen gewesen war, gab es nichts mehr als tiefste Ruhe. Niemals in seinem ganzen Dasein hatte der alte Organist sich einen solchen Frieden und solches Glück vorgestellt.

Die Zeit verging, ohne daß sich etwas rührte. Nichts beeinträchtigte die astrale Vollkommenheit dieser Stille. Außer (von einem bestimmten Moment an oder vielleicht schon von Anfang an, ohne daß er es bemerkt hatte?) einem kaum merklichen Sirren...

Vielleicht die Hundepfeife von Signor Lotti, die hier in gewisser Weise hörbar wurde? Oder ein normales, aber fernes elektrisches Haushaltsgerät, vielleicht der Staubsauger, mit dem die Frau von Vannuccini unter Anleitung seiner Frau Ute im Erdgeschoß zugange war?

So wurde dem alten Herrn Kruysen noch im Traume bewußt, daß er noch existierte, und die bittere Enttäuschung weckte ihn auf.

*

Doch wenngleich es zunimmt, ist ihm seither das Gewicht der Jahre und der Altersbeschwerden weniger unerträglich geworden. Er kennt nun aus eigener Erfahrung, nicht bloß vom Hörensagen, den Ort der kosmischen Ruhe und stillen Musik, der ihn erwartet. Es macht ihm nichts mehr aus, den ganzen Weg bis dorthin noch gehen zu müssen.

Inzwischen hat er klaglos sein berühmtes antikes Cembalo aufgegeben und es der Pflege seiner noch jungen Frau anvertraut, ein hochempfindliches Ruckers, dem seine arthrosegeplagten Finger nicht mehr gerecht zu werden vermögen. Um sich eine Illusion von Spiel zu verschaffen, begnügt er sich meistens mit einem alten Flügel, auf dem bereits Ute, bevor sie seine Frau geworden war, oder besser gesagt seine Krankenschwester, die Ärmste, sich mit den Cramerschen Etüden abgeplagt hatte.

Was die Orgel betrifft, so hat er auch dieses Jahr wieder versprechen müssen, sie zur Mitternachtsmesse in der Kirche des nahen Städtchens zu spielen, unter der Bedingung, daß er weder vorher noch nachher irgendwelche Zeremonien über sich ergehen lassen muß. Aber er wird sich auf ein Manual beschränken und die Register im voraus einstellen, um sich beim Spielen nicht mit den Zügen abquälen zu müssen. Das Pedal wird er so gut bedienen, wie er noch kann. Jedenfalls hofft er, die Toccata von Frescobaldi (die vierte aus dem 2. Buch), die er für die Elevation ausgewählt hat, nicht allzusehr zu malträtieren; und für den Rest wird er, im Gedenken an Lübeck, die sechs Weihnachtschoräle des großen Buxtehude auf seine Weise vereinfachen. Auf Bach hingegen wird er verzichten müssen, dessen Toccaten und Choräle würde er niemals zu retuschieren wagen.

»Puer natus est in Bethlehem«, sagt er aufmunternd zu den Töchtern Bonanno, die Ute noch beherbergt in Erwartung besserer Nachrichten über die Mäuse. Und sie lohnen es ihm mit einem jener zitternden und verwunderten Lächeln der Armen im Geiste, die, ob man will oder nicht, die sicherste Garantie des himmlischen Reiches sind.

7.

Obwohl Priester nicht witzig sind, ist es Katia gelungen, Max & Fortini zu überreden, mit ihr in die Mitternachtsmesse zu gehen. Es könnte doch sein, daß ihnen in der Kirche ein guter Witz einfällt, oder? Gleich danach hat sie bereut, sich so über die Kirche und die Priester lustig gemacht zu haben, ausgerechnet zu Weihnachten. Doch man kann sagen, sie hat es für einen guten Zweck getan.

Sie ist neugierig, wer alles da sein wird, welche andern noch aus der Gualdana kommen werden, und vor allem möchte sie sich natürlich mit den beiden berühmten Künstlern sehen lassen. Aber auch unabhängig davon ist sie nicht abgeneigt, in die Kirche zu gehen, Ostern zum Beispiel geht sie immer hin, und letztes Jahr, als sie sich sehr down fühlte, hat sie sogar am Abendmahl teilgenommen. Max & Fortini dagegen scheinen nie hinzugehen, auch nicht mit ihren Frauen, aber da haben sie unrecht. Heute abend wird es ihnen beiden vielleicht guttun und dazu führen, daß Fortini seine Krise überwindet, wer weiß.

Nur kann sie natürlich nicht wie eine Nutte angezogen hingehen, nicht wahr? Also hat sie sich etwas umgesehen und hat in einem Schrank ein dezentes Kleid von Signora Fortini gefunden, das ihr sehr gut gepaßt hat, und hat gefragt, ob sie es anziehen dürfte, und da haben die beiden aberjadoch gesagt, warum nicht, im Gegenteil, sehen wir mal: »Ein Mädchen findet zwei Kleider, ein gelbes und ein rotes...«

Herrgott, wieviel sie über die beiden lachen muß! Außerdem sind sie wirklich ungeheuer sympathisch, sie hat gehört, wie sie mit ihren Frauen telefoniert haben und mit den Kindern, um ihnen frohe Weihnachten zu wünschen, wobei sie aber so komische Sachen gesagt haben über alles, auch über sie – daß sie ein arbeitsloses Au-pair-Mädchen wäre, aber tüchtig und sogar hübsch, direkt vom lieben Jesuskindlein geschickt –, daß ihr auf einmal die Tränen gekommen sind bei dem Gedanken, im Haus von solchen Leuten zu sein, auch ihre Frauen müssen ungeheuer sympathisch sein, auch die Kinder, ach lieber Gott, wenn es doch dauern würde!

*

Obwohl die Gherardinis und auch die Salvanis ihn herzlich zum Abendessen eingeladen haben, ist Ugo der Einsiedler weder zu den einen noch zu den anderen gegangen – mit dem Vorwand, an diesem Abend müsse er sich strikt mit gekochten Wurzeln und getrockneten Feigen begnügen.

In Wirklichkeit wäre er gern hingegangen, wenn dort bei solchen Anlässen nicht immer zu viele Leute, zuviel Jubel und Trubel wären. Was andererseits die zurückhaltenden und langweiligen Vettoris angeht, so hat er beschlossen, nicht hinzugehen, weil, wie Diogenes einmal von gewissen Athenern sagte, »als ich das letztemal bei ihnen zum Essen war, haben sie mir nicht genügend gedankt«.

Eher schon, überlegt er, während er das Herdfeuer in dem einzigen Raum seiner Hütte auf dem Hügel anzündet und sich tatsächlich daranmacht, seine Wurzeln zu kochen, eher schon wird er zur Mitternachtsmesse ins Städtchen gehen. Leider wird er dazu das Fahrrad nehmen müssen, denn nachts zu Fuß sind insgesamt zweiundzwanzig Kilometer, mit Hin- und Rückweg, ein bißchen viel. Doch er möchte gerne die

Predigt von Pater Everardo hören, die ihm sicher ein paar schöne Ansatzpunkte für seine Sticheleien bietet, und außerdem möchte er nicht das Orgelspiel des alten Kruysen versäumen, wer weiß, ob es den nächstes Jahr noch geben wird.

Wer weiß im übrigen, ob es ihn selbst dann noch geben wird, oder ob er nicht am Ende die Lehren des Hegesias von Kyrene befolgt, den man auch Peisithanatos oder »Sterberat« genannt hat?

*

Obwohl seine Frau, mit dem Herd und den Töpfen beschäftigt, ihm den Rücken zukehrt, errät Orfeo ihre starr blickenden Augen, ihre zusammengekniffenen Lippen, ihr hartes, unnachgiebiges Kinn. Er weiß, daß sie ihn auch heute abend leer ausgehen lassen wird, obwohl sie beide kein Wort gesagt haben, als er nach Hause zurückgekehrt ist.

Für heute will er's noch mal hinnehmen. Es ist Weihnachten. Er wird später am Abend zur Messe gehen, um diesen Pater Everardo zu hören, von dem ihm gesagt worden ist, daß er gestern nach ihm gesucht habe und daß er heute die Predigt halten werde. Er wird ihn fragen, was er von ihm gewollt hat.

Aber ab morgen...

Diese Hure, die da ihre Broccoli kocht, als ob nix wäre, die weiß nicht, mit welchen Vorsätzen er zurückgekommen ist. Sie hat keine Ahnung, welche Kräfte er im Innern der Pineta wiedererlangt hat. Sie glaubt immer noch, sie könnte ihm den Fuß auf den Nacken setzen, zusammen mit diesem kriminellen Schwachkopf, von dem sie sich bumsen läßt, und diesem andern oder diesen anderen, die ihr den Rücken stärken. Aber er weiß genau, daß es da noch andere gibt, und er wird es ihnen allen heimzahlen. Von wegen Broccoli!

VIII.
Der steil ansteigende mittelalterliche Borgo

1.

Der steil ansteigende mittelalterliche Borgo, der das Städtchen mit seiner Rocca beherrscht und weiter unten, auf halber Höhe, mit der romanischen Kirche Santa Maria delle Preci, erfreut sich in Sommernächten einer prachtvollen, bühnenbildartigen Illumination auf Kosten der GEMEINDE. Und zweifellos profitieren davon der TOURISMUS, der HANDEL und selbst das GEWERBEGEBIET.

Aber wenn eine solche Verausgabung von Energie – wird im Pfarramt gefragt – auf die kirchlichen Feste und insbesondere die Weihnachtsnacht ausgedehnt würde, könnte dann nicht auch der GLAUBE davon profitieren?

Das könnte schon sein – heißt es darauf im Gemeinderat –, aber dann müßten die Kosten doch wohl von der Kirche getragen werden. *Unicuique sum!*

Der Streit zieht sich seit Jahren hin. Und so steigen die Besucher der Mitternachtsmesse auch heute nacht durch das Gewimmel der Gassen und Gäßchen und dann die einzige, vielfach gewundene Straße zur Kirche hinauf im Dunkeln oder doch fast. Der Himmel ist zwar inzwischen klar geworden, aber der Mond, obgleich schon halb voll, steht noch nicht hoch genug, um der kommunalen Knausrigkeit abzuhelfen.

Vielen ist es auch lieber so. Der schweigende und langsame nächtliche Aufstieg gehört mit zum Ritual. Und das Getrappel der Füße (Autos und Motorräder müssen unten geparkt werden), die halblauten Wortwechsel oder die raren Begrüßungen zwischen Wandernden, die einander trotz der Dunkelheit erkannt haben, verleihen dem Ganzen die Suggestion einer mittelalterlichen Wallfahrt

Doch oben auf dem Kirchplatz ändert sich die Atmosphäre. Vor der schönen, nicht allzusehr beschädigten Fassade aus dem achtzehnten Jahrhundert wird der kiesbestreute viereckige Platz recht und schlecht durch ein Paar kommunaler Laternen erhellt, und die Leute aus dem Städtchen, die zum großen Teil schon lange vor Beginn der Messe eintreffen, halten sich hier noch gerne zu einem Schwätzchen auf. In Erwartung des Sakralen wird dem Profanen freier und oft recht lebhafter Lauf gelassen.

Diesmal gibt es zudem einen sehr ernsten Vorfall zu diskutieren, der sich, wie es scheint, gestern nacht während der Libecciata zugetragen hat, über den jedoch die ersten Nachrichten erst vor ein paar Stunden durchgesickert sind: die Entführung, nach Ansicht der einen durch sardische Hirten, nach anderen eher durch die *'ndrangheta*, die kalabresische Mafia, eines römischen Großindustriellen, des Signor Zeme, der mitsamt seiner Frau aus seiner Villa in der Gualdana verschleppt worden ist. Die Lösegeldsumme soll bereits in einem Telefonanruf aus Südtirol genannt worden sein.

Aber wenn die Entführer auch die Ehefrau entführt haben (wendet der Wirt der Bar »Il Molo« ein), von wem fordern sie dann das Lösegeld?

Von ihrer Familie (präzisieren die Bestinformierten), die nämlich in Südtirol wohne und sich direkt mit dem Maresciallo Butti in Verbindung gesetzt habe.

Diese Erklärung wird jedoch widerlegt durch das Erscheinen des genannten Maresciallo, der jetzt mit seiner alten Mutter am Arm auf dem Platz eintrifft und seelenruhig in die Kirche geht. Müßte er sich nicht mit seinen Vorgesetzten in Grosseto beraten oder doch wenigstens schon intensiv am Ermitteln sein, wenn die Dinge wirklich so lägen?

Um mehr zu verstehen (oder eher weniger), müßte man den verschlungenen Weg der Gerüchte bis zu ihrer Quelle im Städtchen zurückverfolgen, nämlich zu Ivella Vannuccini, geborene Sguanci und Tochter des gleichnamigen Friseurs, der von ihr, als sie für einen Moment in seinen Laden gekommen war, eine bereits farbig ausgeschmückte Version dessen bekommen hatte, was ihr Mann ihr erzählt hatte, und der sich daraufhin beeilt hatte, diese Version für seine Kundschaft noch farbiger auszugestalten, worauf ihrerseits diese Kundschaft...

Die Bewohner der Gualdana treffen erst jetzt langsam ein (bis auf Maestro Kruysen, den der Pfarrer persönlich mit seiner Frau im Auto abgeholt hat und der schon die Orgel ausprobiert). Aber die meisten gehen sofort in die Kirche, wie der arme Signor Mongelli, der jetzt immer allein ist, oder die schöne Signora Neri mit dem Signor Monforti (aber warum sind ihre Kinder nicht mitgekommen?) oder der Abgeordnete Bonanno mit seiner Familie. Und die wenigen, die noch auf dem Kirchplatz verweilen, unterhalten sich ausschließlich miteinander, ohne umherzublicken, so daß niemand sie etwas zu fragen wagt. Sogar Milagros, das philippinische Dienstmädchen, das sonst immer zu einem Schwatz mit jedem bereit ist, hält sich höchst würdevoll in Pelzjacke und hoher Pelzmütze abseits und spricht mit einem fremden Mädchen, das vom Akzent her ebenfalls aus der Toskana, aber aus Florenz sein muß, während die zwei Herrinnen von Milagros mit den berühmten Komikern Max & Fortini über Tarot sprechen.

Zum Glück kommt da gerade Orfeo, dessen Eheprobleme zwar jetzt niemanden mehr interessieren, der aber als einer, der jeden Tag in der Gualdana arbeitet, neue Nachrichten bringen könnte. Doch er erkundigt sich nur, ob Pater Everardo schon da ist, und geht, als es ihm bestätigt wird, schnurstracks in die Kirche.

Im übrigen ist es inzwischen Mitternacht, und alle gehen hinein, um sich im Mittelschiff einen Platz zu suchen oder nach Bauernart in den Seitenschiffen und hinten stehen zu bleiben. Die Orgel empfängt die Eintretenden mit dem ersten der *Weihnachtschoräle* (»Nun komm' der Heiden Heiland«) des großen Buxtehude.

2.

Majestätische Orgelklänge ertönen auch im Pförtnerhaus der Gualdana, wenngleich TV-übertragen aus dem Dom von Siena. Man kann auf einen andern Kanal umschalten, aber heute abend ist die Auswahl nicht groß. Kein Western, kein Softporno, keine Dokumentarfilme über Hunderassen. Entweder du genehmigst dir einen Priester, der eine Predigt hält, oder du ziehst dir das Leben irgendeines Heiligen rein, oder du begnügst dich mit einem Film über die ersten Christen, nackt unter Löwen. Nachdem der Wächter Roggiolani einmal alles durchprobiert hat, kehrt er wieder zur festlichen Messe im Dom von Siena zurück, die immerhin eine Direktübertragung ist, auch wenn sie nicht als richtige Messe zählt, außer für die Schwerkranken.

Das Feuer im Kamin brennt schwach, und Roggiolani beugt sich hinüber, um es wieder anzufachen, streckt sich dann in seinem Kunstledersessel und gähnt gelangweilt. Etwas essen? Er hat noch keinen Hunger, und im übrigen ist die Diät, die ihm der Doktor Scalambra nach der Verdauungsstörung am letzten Sonntag verschrieben hat, nicht sehr verlockend. Reis und gekochtes Huhn, Bratäpfel. Und dabei raucht dieser Doktor inzwischen locker sechzig Zigaretten am Tag. Müßte er nicht als Arzt mit gutem Beispiel vorangehen?

Durch das Fenster zu seiner Rechten scheint der Mond herein, halbrund, aber bleich, fahl, als hätte es ihn ermüdet, die letzten Wolkenfetzen abzuschütteln. Roggiolani tritt hinaus, um zu sehen, wie das Wetter ist, und stellt fest, daß es sich wirklich aufgeklärt hat, viele Sterne sind zu sehen, und das

Geräusch des Meeres hat wieder seinen üblichen ruhigen, unschuldig schwappenden Rhythmus.

Aber da schrillt über den Orgelklängen mit ihrer fernen Meeresbegleitung ein lebhafterer, wiederholter, dringlicher Ton. Der Wächter läuft schnell hinein, stellt das Fernsehen leise und nimmt den Hörer ab.

»Pronto?«

Es ist die Signora D'Alessio-Pettinati aus Bozen, immer noch ohne Nachrichten von ihrer Schwester ebenso wie von ihrem Schwager, der sich nicht bei ihr gemeldet hat und auch in Rom nicht antwortet. Keine Neuigkeiten in der Gualdana?

Leider nein, antwortet Roggiolani, keine. Er sei auf dem laufenden über die Lage, und wenn es Neuigkeiten gäbe, hätte er selbst schon angerufen. Aber bisher... Ja sicher, wenn es etwas Neues gebe, werde er sofort anrufen. Zu jeder Tages- und Nachtzeit. Selbstverständlich.

Der Wächter legt den Hörer auf, stellt aber den Fernseher nicht wieder lauter. Soll er noch mal die Carabinieri anrufen? Daß die Zeme auch mit dem 21-Uhr-Zug nicht gekommen ist, wissen sie schon von seinem Kollegen von der vorigen Schicht. Außerdem wird um diese Zeit sowieso niemand mehr rangehen, sie haben bestimmt schon das Band angestellt.

Statt des Bandes meldet sich jedoch der Gefreite Macchia und macht sich eine Notiz.

Alsdann nutzen beide die Gelegenheit zu einem Schwätzchen über die Langweiligkeit der Programme in dieser Nacht, während auf dem Bildschirm die Messe stumm weiterläuft.

3.

Makellos zelebriert vom Gemeindepfarrer, assistiert von Pater Everardo, großartig begleitet vom alten Kruysen und aufgemuntert durch den Brief des heiligen Paulus an Titus (den Milagros gerade mit reinstem Maremma-Akzent verliest) vollzieht sich die Christmette in Santa Maria delle Preci zur Zufriedenheit aller bis auf Orfeo.

Er war eigentlich nur gekommen, um einen Moment mit Pater Everardo vor dessen Predigt zu sprechen. Aber der war schon ganz mit seiner Rolle als Koadjutor von Pater Albino beschäftigt gewesen. Wenn er ihn sprechen wolle, war Orfeo gesagt worden, müsse er bis zum Ende der Messe warten. Deswegen hatte er sich dann in eine der hintersten Bänke gesetzt, wo er jetzt stumm und voller Ingrimm sitzt und begreiflicherweise nicht einmal zur Lesung des Evangeliums aufstehen wird – genausowenig, wie er sich zur Ehrung des Altars erhoben noch sich bekreuzigt hat, sich weder reumütig an die Brust geschlagen noch eine einzige Lira gespendet hat, als die Töchter Bonanno mit der Kollekte vorbeikamen.

Und doch, erinnert sich Monforti, der ihn seit ein paar Augenblicken betrachtet, war er noch letztes Ostern in höchst respektvoller Haltung und sogar auf den Knien zu sehen gewesen. Er muß sich mit Gott verkracht haben wegen seiner Frau, der Ärmste, ganz im Gegensatz zu Signor Mongelli, der immer frommer und observanter geworden ist.

Monforti selbst geht nur in die Kirche, sofern er denn hingeht, um seine Schwester und seinen Schwager zu begleiten oder Signora Neri mit ihren Kindern. Um aber nicht die Gefühle der aktiv am Ritus Teilnehmenden zu verletzen, bleibt er dann in der Nähe der Tür stehen, zwischen den weniger engagierten oder jedenfalls weniger ostentativ frommen Gläubigen. So kommt es, daß er sich jetzt neben dem Maresciallo befindet, der militärisch und undurchdringlich in seiner Uniform für die großen Anlässe dasteht. Seine alte Mutter sitzt derweil in der ersten Reihe neben Signora Neri. Und hinten an der Tür steht, im zerlumptesten seiner Mäntel, aber ohne Stock und Laterne, da mit dem Fahrrad gekommen, Ugo der Einsiedler mit dem Hut in der Hand.

Der Titusbrief ist beendet, und während alle außer Orfeo sich zur Lesung des Evangeliums erheben, geht Milagros würdevoll zurück zu Katia und ihren zwei Herrinnen.

Pater Albino beginnt seine Lesung. Maria wickelt das Kind in Windeln und legt es in die Krippe. Der Engel des Herrn umgibt die demütig niederknienden Hirten mit seinem Licht und verkündet ihnen die Frohe Botschaft. Die himmlischen Heerscharen preisen Gott in der Höhe und wünschen Frieden auf Erden. Maestro Kruysen intoniert das wunderbare *Puer natus est in Bethlehem.*

Sodann tritt Pater Everardo an das auf der Brüstung befestigte Mikrofon. Er beginnt mit einem Aufruf zum Frieden in der Welt, insbesondere in der Dritten, und geht dann über zur Illustration der unvermeidlichen Bande zwischen dem Frieden und der Gerechtigkeit, vor allem der sozialen.

Aber vielleicht auch aufgrund von Defekten am Mikrofon wirkt seine Predigt nicht so recht fesselnd. Viele schweifen in ihren Gedanken erneut zur Doppelentführung des Ehepaars Zeme ab, und manche ertappen sich dabei, nur an die eigenen Angelegenheiten zu denken.

Signora Neri macht sich ein wenig Sorgen wegen Andrea, er meinte, er wäre zu müde, um mitzukommen, und hat sich schlafen gelegt, weshalb dann auch Giudi zu Hause geblieben ist. Er wird doch nicht irgendwas ausbrüten?

Sandra und ihr Mann fragen sich eher, ob die beiden Kinder, wo sie doch Daniele so mögen, ihn nicht absichtlich mit der Mutter alleingelassen haben. Ihm geht es übrigens wirklich besser. Warum also sollte sie selber dann nicht – denkt Sandra – mit Ettore nach Cortina fahren, wie es ursprünglich geplant war? Wenn sich die Dinge, wollte Gott, mit Natalia gut fügen sollten, würden sie hier bloß hinderlich sein.

Signor Mongelli weiß, daß sich für ihn die Dinge nie mehr gut fügen werden. Der Glaube ist ihm ein Trost, aber er würde ihn auch daran hindern, sich eventuell wiederzuverheiraten, so unwahrscheinlich das auch sein mag... Und verbittert diesem Gedankengang folgend gelangt er schließlich dazu, seiner glücklich wiederverheirateten Ex-Ehefrau zu wünschen, daß sie wenigstens im anderen Leben dafür büßen muß.

Ähnlich wünscht auch der Abg. Bonanno, obwohl die Baumratten, wie es scheint, seine Villa nun endlich wieder verlassen haben, dem Unterstaatssekretär Ciaffi unvorstellbare Höllenstrafen.

Katia langweilt sich zu Tode und schaut zu ihrer neuen Freundin hinüber, die heimlich neben ihr gähnt. (»Diese' Predigt fehlt's wirklich an Salz«, flüstert Milagros ihr zu.) Zum Glück sehen Max & Fortini, die am nächsten Pfeiler lehnen, ganz und gar nicht so aus, als ob sie's ihr übelnähmen. Gott weiß, was für komische Sachen ihnen gerade durch den Kopf gehen.

Signora Borst ist eingenickt, während Eladia daran denkt, daß nun, seit Mitternacht vorüber ist, alle Spiele unweigerlich zu Ende sind: Die Zwei der Schwerter kennt kein Pardon. Monforti fühlt sich wieder leicht vom Flügel der Depression gestreift. Und Ugo der Einsiedler neben ihm denkt erneut an Hegesias, genannt Peisithanatos oder »Der zum Tod Ratende«, dessen pessimistische Lehre zu ungezählten Selbstmorden geführt hat, einschließlich seines eigenen – aus Resignation, aus Überdruß...

*

An einem bestimmten Punkt indes bemerken auch die Zerstreutesten, die einen früher, die anderen später, daß Pater Everardo von seiner einschläfernd theoretischen Tour durch die Dritte Welt zurückgekehrt ist. Denn nun spricht er von der Maremma, insbesondere der senesischen und grossetanischen, die von der Mündung des Cècina bis zu den Monti dell'Uccellina und zum Einzugsgebiet des Albegna reicht.

Der genaue Zeitpunkt seiner Rückkehr ist der Versammlung jedoch entgangen, weshalb sie jetzt nicht ganz mitkommt. Was hat die Maremma von Siena oder die von Grosseto mit den Entwicklungsländern zu tun? Was haben Pia und Sapìa hier zu suchen, die jeweiligen Ehefrauen von Paganello Pannocchieschi und Ghinibaldo Saracini? Und wer zum Teufel ist der Selige Pietro Pettinaio?

Die Sache ist die, daß der Prediger seiner Predigt einen dialektischen Dreh geben wollte. Zunächst der Weltfrieden, für den ein jeder beten und sich einsetzen muß, so gut er nur kann. Dann aber die Ermahnung, daß der erste bescheidene Winkel dieser Welt, in dem wir unsere Friedensliebe konkret unter Beweis stellen müssen, unser eigener sein muß.

»Es wäre zu bequem, unsere Nächstenliebe dem... fernsten Nächsten zu reservieren!« hatte er mit feinem Spott gesagt, der freilich in der allgemeinen Unaufmerksamkeit verlorengegangen war.

Doch nun beginnt die Versammlung sich langsam wieder zurechtzufinden. Die Frau des ruchlosen Paganello ist jene bedauernswerte Pia de' Tolomei, die in Siena geboren und in der Maremma umgekommen ist oder, wie sie selber in der berühmten Stelle bei Dante sagt (*Purg.* V, 134),

> *Siena mi fe', disfecemi Maremma*
> (Siena schuf mich, zerstört hat mich die Maremma)

insofern nämlich ihr Ehemann sie aus Eifersucht in eine dort befindliche tiefe Schlucht gestürzt hatte. War die Eifersucht des Mörders gerechtfertigt oder nicht?

»Wir wissen es nicht«, sagt der Prediger, »aber welches Unrecht ihm auch angetan worden sein mag, stets ist die erste Pflicht des Christen, sich jedes Rachevorsatzes oder -wunsches zu entschlagen.«

Alle hören schuldbewußt zu, fragen sich aber sofort, wiewohl es im Städtchen nicht an Geschichten von Hörnern mangelt, ob die Ermahnung nicht an Orfeo gerichtet ist. Nur Mongelli denkt an die eigene Ex-Ehefrau und gerät in Bestürzung bei dem Gedanken, daß er ihr eben erst die ewige Verdammnis an den Hals gewünscht hatte.

Die Geschichte der Sapìa, die ebenfalls in Siena geboren, aber als Angehörige der Guelfenpartei ins Val d'Elsa verbannt worden war, führt ihrerseits zur Reue des Abgeordneten Bonanno, der mit Schrecken erkennt, zu welchen Abscheulichkeiten der politische Haß führen kann. Denn als sie von einem Turm der Burg, in die sie verbannt worden war, eine blutige Niederlage ihrer eigenen Landsleute miterlebte, bei der über tausend Bürger von Siena vor ihren Augen hingemetzelt wurden, scheute sich die rachsüchtige Dame nicht, dem Sinne nach zu rufen: »Dies ist der schönste Tag meines Lebens!«

An dieser Stelle nun beschwört Pater Everardo mit einer weiteren Bezugnahme auf die Dantesche Dichtung (*Purg.* XIII, 128) die Figur eines anderen Ehrenbürgers der Maremma herauf, nämlich die des Seligen Pietro Pettinaio, dessen Fürbitte der Sapìa viele Strafen im Fegefeuer erspart hat.

Der betreffende Pettinaio oder Pettinagno – erklärt der Prediger – war ein wohlhabender Kaufmann (der seinem Namen gemäß mit Kämmen handelte, die er aus Pisa bezog), doch eines schönen Tages schenkte er alles den Armen, zog sich in eine Hütte außerhalb von Siena zurück und begann, von dort aus das Tal des Ombrone hinunterziehend, im Lande zu predigen, wobei er sich von Wurzeln und Beeren ernährte wie die antiken »Väter der Wüste«. Und wo immer er predigte, wirkte er friedensbringend, indem er die Familienzwistigkeiten beilegte, die Streitereien zwischen Nachbarn schlichtete, die Flammen des Hasses löschte und die der Freundschaft wieder entfachte... So daß man sagen konnte, für diejenigen, die ihm zuhörten, war es immer Weihnachten.

An dieser geistreichen Rückkehr zum Anfang ist erkennbar, daß die Predigt sich ihrem Ende nähert. Monforti und Ugo der Einsiedler tauschen ein Lächeln, als wollten sie sagen, daß Everardo sich alles in allem ganz gut geschlagen hat. Die geschickten Bezugnahmen auf die Maremma und auf den vergessenen Pettinaio (1802 seliggesprochen) haben schließlich sogar Orfeo erschüttert, der...

Nein. Orfeo hat sich zwar in seiner Bank wieder aufgerichtet, aber jetzt kommt er heraus und geht davon, wobei er dem Prediger verächtlich den Rücken kehrt. Sein Gesichtsausdruck ist düsterer denn je. Und sowohl Monforti wie auch der Einsiedler sehen sich, als er an ihnen vorbei zur Tür geht, mit einem derart finsteren Blick gemustert, daß ihnen angst und bange werden könnte. Aber mit wem genau hat er's denn nun?

4.

Im Pförtnerhaus hat es keine weiteren Anrufe mehr gegeben, und die Schranken haben sich seit fast einer Stunde nicht mehr heben müssen, um irgendwelche Autos rein- oder rauszulassen. Auf dem Bildschirm, mit jetzt wieder etwas lauter gestelltem Ton, scheint die Messe aus Siena ungefähr die Halbzeit erreicht zu haben.

Roggiolani geht hinaus, um sich ein wenig die Beine zu vertreten. Es wird noch ein Weilchen dauern – überschlägt er, während er die Straße entlanggeht, die ins Innere der Pineta führt –, bis die ersten von der Messe im Städtchen zurückkommen werden.

Ringsum ist alles ruhig, aber plötzlich befindet sich der Wächter im Zentrum eines stummen Wirbels. Wie ein Spuk aus dem Unterholz aufgetaucht, umkreisen ihn vier Hunde (aber es scheinen viel mehr zu sein) mit zuckenden Köpfen, zuckenden Schwänzen und zuckendem Fell, fast lautlos hechelnd, einander anstoßend und verdrängend, Augen und Nasen am Boden in einem dichten und drängenden Reigen.

Es sind die Hunde von Signor Lotti, prächtige, fürstlich gehaltene Tiere, denen es jedoch sicher guttäte, ab und zu aus der Gualdana rauszukommen, hin und wieder mal auf die Jagd zu gehen. Was nützt es ihnen sonst, so gut in Form zu sein? Seltsame Tiere mit seltsamen Namen, Hunde, die einen nicht freudig begrüßen, die keine Liebkosungen oder Spiele suchen und bei denen man, abgesehen von ihrer Schönheit, nicht ganz kapiert, was für eine Befriedigung sie ihrem Herrn verschaffen.

Roggiolani späht die Straße entlang in der Erwartung, ihn auf seinem Fahrrad näherkommen zu sehen. Er würde gern ein paar Worte mit ihm plaudern, obwohl dieser Signor Lotti ein wortkarger Mensch ist, seltsam wie seine Setter. Doch niemand kommt. Im Gegenteil, die Hunde unterbrechen ihren Reigen, erstarren für einen Moment und verschwinden dann ebenso rasch, wie sie erschienen sind, schlanke mahagonifarbene Schatten, die davonschießen auf ein für sie bindendes, für den Wächter jedoch unhörbares Signal. Woraufhin dieser kehrt macht, um wieder in seine Wachstube zu gehen.

*

Eine Minute später hat Lotti sie wieder um sich, aber er radelt weiter ohne Furcht, sie anzustoßen oder von ihnen angestoßen zu werden, so fließend ist der Lauf der Tiere, immer bereit zu einem Ausweichmanöver. Lautlos jagen sie durch die Nacht, bald als Eskorte am Rücklicht des Fahrrads, bald geschmeidig zu einer ihrer mysteriösen Erkundungen rechts oder links der Straße verschwunden. Der Radler biegt zum Meer ab, schlägt den Strandweg über die Dünen ein, und als der Anstieg zu steil wird, steigt er ab und schiebt das Rad weiter. Auf der Dünenkuppe ist er allein.

Eine Strandkiefer reckt ihren windschiefen Stamm schräg über den Weg, und andere dicke Äste bilden krumme Sprossen in verschiedenen Höhen. Lotti sucht sich einen von diesen Sitzplätzen, um sich auszuruhen, blickt aufs Meer hinaus, das der Mond jetzt silbern zu streifen beginnt, ruft dann die Hunde und steigt wieder aufs Rad. Jedoch nach einer weiteren Düne und einer zweiten Pause sind die Hunde immer noch nicht gekommen.

Kein Licht dringt aus den Villen in der ersten Reihe, die in die Macchia eingetaucht sind, und das einzige Geräusch, das die Stille stört, ist das sanfte, monotone Schwappen der Dünung. Lotti sendet erneut sein Signal aus und wartet. Die Hunde kommen nicht, irgend etwas Stärkeres hält sie irgendwo zurück. Lotti dreht das Fahrrad um, fährt zurück, hält bei der windschiefen Strandkiefer, ruft einmal, zweimal, und hört endlich von der Seite des Meeres her, nicht von der Landseite, ein heftiges Rascheln und Knacken von Zweigen. Aber der Hund, der da kommt, ist nur einer, und er bleibt vor ihm stehen, wedelt langsam mit dem Schwanz, sieht seinem Herrn in die Augen und hebt eine Pfote. Es ist Onyx.

Lotti begreift, daß es sich um einen Boten handelt, und läßt sich von ihm durch die Rosmarin- und Ginsterbüsche zum Strand hinunterführen, wo der Hund ihn sofort verläßt und mit großen Sprüngen zu den drei anderen läuft, die vorn an der Wasserkante einen reglosen Halbkreis bilden. Es ist ungefähr die Stelle, wo die *Viktor Hansen* im Sand versunken ist und wo das Spiel der Strömungen auch von weither alles anschwemmt, was nach größeren Stürmen im Wasser treibt, Baumstämme, Stühle, ganze Kabinen, Schlauchboote, einmal sogar einen großen Katamaran.

Aber solche Gegenstände, das ist klar, würden nicht genügen, um die nervöse Aufmerksamkeit von Onyx, Jaspis, Jade und Opal zu fesseln. Es müßte schon mindestens der Kadaver eines Hundes sein oder eines Schafes, das irgendwo vom Hochwasser fortgerissen und hier angeschwemmt worden ist, wie letzten Sommer genau an dieser Stelle geschehen.

Aber das dunkle Gebilde, das da ausgestreckt liegt, halb im Wasser und halb auf dem Sand, genau auf der beweglichen mondbeschienenen Grenze, ist etwas Größeres als ein Hund oder ein Schaf. Etwas Größeres auch als ein Mensch. Oder zumindest – urteilt Lotti nähertretend – als ein Mensch von normaler Statur.

5.

Die Ankunft des Gefreiten Macchia in der Kirche Santa Maria delle Preci wäre unbemerkt geblieben, hätte man nicht zuvor schon den kleinen Fiat die Straße heraufkeuchen und über den Kies auf dem Kirchplatz knirschen gehört.

Auch so aber hat der Eintritt des Carabiniere nicht allzuviel Neugier erregt. Diejenigen, die sich umgedreht haben, haben ihn schweigend neben dem Maresciallo stehenbleiben sehen, mit einer Miene, als wäre auch er bloß wegen der Messe gekommen. Weshalb sich alle wieder zum Altar gedreht haben, wo nun der Koadjutor und ein weiterer Helfer dabei sind, das Meßbuch, das Korporale und den Kelch für die Eucharistiefeier herzurichten. Was Ugo den Einsiedler angeht, der jetzt auf dem Platz von Orfeo sitzt, so wartet er auf die Toccata von Frescobaldi, die Maestro Kruysen zur Elevation spielen wird, und sammelt inzwischen Kräfte für den Heimweg.

Nur Monforti hat bemerkt, daß zwischen den beiden Carabinieri ein Geflüster im Gange ist. Und jetzt bemerkt er auch, daß ihn der Maresciallo beharrlich ansieht, als wolle er ihm etwas mitteilen. Infolgedessen bewegt er sich unauffällig zur Tür, bis er neben ihm steht.

»Es gibt etwas Neues in der Gualdana«, raunt ihm der Unteroffizier zu, »und es wäre vielleicht gut, wenn Sie mitkämen, für eine eventuelle Identifizierung.«

Sie haben Zeme wiedergefunden, denkt Monforti sofort. *Aber tot. Ich hatte recht.*

»Komme sofort«, flüstert er. »Aber jemand müßte«, fügt er mit einem Blick auf den Gefreiten Macchia hinzu, »nach der Messe meiner Schwester Bescheid sagen.«

Der Maresciallo nickt, erklärt aber, daß der Gefreite auch mitkommen müsse. »Wenn Sie so gut wären, selbst Ihren Angehörigen Bescheid zu sagen – und«, fügt er etwas verlegen hinzu, »auch meiner Mutter... Wir gehen schon mal raus und warten im Auto.«

*

Während sie ohne Sirene und nicht übertrieben schnell die gewundene Straße hinunterfahren, gibt der Maresciallo die nötigen Informationen. Ein Pineta-Bewohner, der Signor Lotti, den Signor Monforti zweifellos kenne...

»Nicht sehr gut. In der Gualdana kennt man vor allem seine vier Hunde...«

Eben. Denn genau diese Hunde seien es, wie es scheine, gewesen, die ihn am Strand zu einer noch halb im Wasser liegenden Leiche geführt hatten; zur Leiche eines Mannes, der nach einer ersten Beschreibung, die Lotti selbst dem Wächter Roggiolani gegeben habe, sehr gut...

»... Signor Zeme sein könnte.«

Jawohl. Aber der Wächter habe sich, als er vor ein paar Minuten in der Kaserne anrief, erst noch an Ort und Stelle begeben müssen; und er kenne den Zeme kaum, da er erst seit kurzem in der Gualdana Dienst tue. Das erste Mal, daß er ihn gesehen habe, sei gestern abend gewesen, nach dem Unfall mit dem Delaude, und er erinnere sich nur an einen großen schweren Mann mit schütterem grauen Haar.

»Was tatsächlich zutreffen würde.«

Jedenfalls habe der Maresciallo gedacht, da Signor Monforti derjenige sei, der ihn am besten gekannt habe...

»... sei der Täter eben Monforti.«

Der Maresciallo Butti ist vielleicht derjenige im Städtchen, der Monforti am besten kennt, und sein Scherz läßt ihn amüsiert auflachen. Der Gefreite Macchia hingegen, der am Steuer sitzt und nun mit hoher Geschwindigkeit die schnurgerade Straße hinunterbraust, ist fassungslos.

6.

In Abwesenheit von Roggiolani ist das Pförtnerhäuschen geschlossen, aber beide Schranken sind oben, und vor der Weihnachtssteineiche wartet Signor Lotti, schon auf dem Fahrrad sitzend und umgeben von seinen Hunden. Als er den amtlichen Fiat mit Blaulicht den kurzen Hang heraufkommen sieht, winkt er mit dem Arm und fährt kräftig antretend los.

»Fahr ihm nach«, sagt der Maresciallo zu dem Gefreiten.

Mondlicht und Schatten folgen einander in raschem Wechsel auf der verschlungenen Wegstrecke, die den beiden Carabinieri bei dieser Geschwindigkeit noch labyrinthischer vorkommt.

»Wir fahren zum Weststrand, jenseits des Alten Grabens«, erklärt Monforti, und da sind sie auch schon auf der schmalen Brücke, nach welcher ihr Führer auf den Dünenweg abbiegt. »Es muß mehr oder weniger auf der Höhe der *Viktor Hansen* sein. Da wird immer alles angeschwemmt.«

»Angeschwemmt?« fragt der Maresciallo.

»Ja, wenn Zeme gestern nacht auf der Höhe seiner Villa von der Flut fortgerissen worden ist, muß die Strömung ihn genau hier angeschwemmt haben.«

»Demnach hatten Sie recht«, meint der andere, »als Sie an das Schlimmste dachten.«

»Tja«, gibt Monforti zu.

Doch immer wenn es ihm passiert, daß eine seiner pessimistischen Annahmen sich bestätigt, empfindet er keinerlei Befriedigung. Höchstens eine Art von lustloser Erleichterung, hat doch nun jene drängende Sorge, jene düstere Zusammenballung von Zukunft, die drohend über der Welt hängt, sich einen bestimmten Ausweg gesucht, sich zu einer klar umgrenzten und behandelbaren Vergangenheit komprimiert. Die zerbrochene Fensterscheibe heute morgen im Hause Zeme hatte ihn mehr erregt, als ihn jetzt der Gedanke erschreckt, gleich vor der vom Meer wieder ausgespienen Leiche Zemes zu stehen.

Welcher er sich dann freilich, als sie das Auto auf dem Dünenweg stehengelassen haben und zum Strand hinuntergegangen sind, nur bis zu einem bestimmten Punkt nähert, um abzuwarten, daß die zuständigen Amtspersonen die ersten Feststellungen treffen. Auf jeden Fall: ja, die ungewöhnlich große Gestalt, die da zu Füßen des als Wache dagebliebenen Roggiolani mit dem Gesicht nach unten halb im Sand und halb noch im Wasser liegt, scheint wirklich Zeme Antonio zu sein, verstorbener Ehemann – denkt Monforti mit bürokratischer Distanziertheit – der unauffindbaren Zeme Magda.

Daß er tot ist, haben sowohl Lotti wie Roggiolani festgestellt, die überdies beide versichern, die Position der Leiche nicht verändert zu haben.

»Gut«, sagt der Maresciallo, »dann erst mal die Fotos. Sie werden so gut, wie sie werden«, erklärt er Monforti, »aber das ist die Praxis, wie bei Verkehrsunfällen.«

Der Gefreite geht zum Wagen zurück und kommt mit einer schon aufs Stativ montierten Kamera wieder, die aufzustellen ihm aber Schwierigkeiten bereitet, da mal der eine, mal der andere der drei Füße im nassen Sand einsinkt.

Lottis Hunde stehen reglos ein wenig abseits mit ihrem Herrn. Monforti schaut im Licht der Blitze kaum auf das unheimliche Bündel im Sand.

Ob er es wohl bemerkt hätte, fragt er sich, wenn er nach der Messe, in dieser Nacht für Verliebte, bei einem Strandspaziergang mit Natalia hier vorbeigekommen wäre? Am Horizont bewegen sich die Positionslichter eines Fischerkahns langsam von links nach rechts, aber das Tuckern des Dieselmotors ist deutlich zu hören, es gleitet ungehindert übers Wasser und erreicht den Strand in einem warmen, vertrauten Ton. Der Fang wird sicher gut sein, nach dem Aufruhr der Libecciata. Weihnachten her oder hin, die Gelegenheit darf man sich nicht entgehen lassen.

Der Mond scheint immer noch hell aufs Meer. Eine endlos lange silberne Falte bildet sich still auf dem Wasser, rollt heran, bricht sich an einer Sandbank zwanzig Meter vor dem Ufer und schickt ausrollend kleine Schaumkronen vor sich her, die den Leichnam erfassen, bis fast zu den Schultern überspülen und im Licht eines letzten Blitzes wieder zurückschwappen.

Monforti erstarrt. Erst jetzt bemerkt er, daß die große Gestalt sozusagen keine Füße hat.

»Machen Sie sich nicht die Schuhe naß«, sagt Butti, als er ihn nähertreten sieht. »Wir ziehen ihn jetzt aufs Trockene und drehen ihn um. Dann können Sie uns bestätigen, ob er...«

»Er ist es nicht«, sagt Monforti.

»Aber wenn...«

»Es kann nicht Zeme sein. Sehen Sie doch nur, bis wohin die Füße reichen.«

Der Tote hat eine Jacke an, die für einen Mann von seiner scheinbaren Größe eine normale Länge hätte, aber in Wirklichkeit ist sie eine überlange Jacke. Und die Hose, die das tobende Meer ihm fast ausgezogen hat, reicht ihm weit bis über die Fersen. Seine wirkliche Größe – macht sich der Maresciallo jetzt klar – beträgt nicht mehr als einen Meter siebzig, höchstens eins fünfundsiebzig.

Mit Hilfe des Gefreiten Macchia zieht er den Toten aufs Trockene und macht sich als erstes an die Durchsuchung der Taschen, um vielleicht Papiere oder sonst irgend etwas zu finden, das zu seiner Identifizierung taugen könnte. Aber er findet nichts. Wenn etwas da war, hat das Meer es fortgespült.

Als die Leiche auf den Rücken gedreht wird, knipst Roggiolani seine große Stablampe an, um dem Toten ins Gesicht zu leuchten.

»Madonnina, wie der zugerichtet ist!« sagt er und nimmt sich fromm die Wollmütze ab.

Obgleich noch über und über von Sand bedeckt, erscheint das Gesicht zerquetscht und blutig, als wäre der Tote wieder und wieder gegen scharfkantige Hindernisse geschlagen worden. Die Nase ist eindeutig gebrochen. Ein sandiger Fetzen Haut hängt ihm von der Stirn ins rechte Auge.

Der Gefreite zieht sein Taschentuch hervor und macht sich an die mühsame Aufgabe, das Gesicht vom Sand zu säubern. Der Maresciallo schweigt und schaut auf seine bespritzte Hose, auf die salzwassergetränkten »Festtagsschuhe«. Lotti und seine vier Setter stehen in respektvollem Abstand ringsum.

Auch Monforti ist ein wenig zurückgetreten, aber es gelingt ihm nicht, den Blick abzuwenden.

»Er muß gegen die Betonquader des Alten Grabens gestoßen sein«, sagt er.

»Nein, für mich war's das Wrack der *Viktor Hansen*«, sagt Roggiolani. »Nur das hat ihn so zurichten können.«

»Ich sage schon seit Jahren, das ist eine Gefahr«, wirft Lotti ein. »Aber niemand tut was, um es zu entfernen.«

Die heftigeren Stürme wühlen den Grund auf und verlagern die Sandbänke unter Wasser so, daß bisweilen für kurze Zeit die verrosteten Aufbauten des alten Frachters wieder hervortauchen, nach denen jetzt alle zwischen den flüssigen Falten Ausschau halten.

»Morgen setze ich die Bojen«, sagt Roggiolani energisch. »Auch wenn es noch nicht die Badesaison ist, gefährlich ist es trotzdem.«

Inzwischen hat der Gefreite Macchia, nachdem er wieder und wieder aufgestanden ist, um sein Taschentuch auszuspülen, das entstellte Gesicht vom Sand gereinigt, die herunterhängenden Hautfetzen wieder angeklebt und die schütteren Haare aus der Stirn gestrichen. Die Augen sind offen. Der Tote, der nicht mehr Zeme ist, sondern irgendein Ertrunkener, der von irgendwoher hier angeschwemmt wurde, vielleicht von Marina di Grosseto oder sogar von noch weiter her, womöglich vom Argentario, ist nun bereit für ein letztes Foto.

Der Gefreite stellt die Kamera so ein, daß sie den Kopf frontal erfaßt, und für den Bruchteil einer Sekunde gibt das

Blitzlicht den entstellten Zügen wieder eine präzise, wenn auch gespenstische Evidenz.

Monforti runzelt sie Brauen. Lotti macht eine Bewegung, als wolle er etwas sagen. Aber es ist Roggiolani, der rasch einen Schritt vortritt und den Toten, der nicht Zeme ist, identifiziert.

»Herrgott!« ruft er. »Das ist ja der andere!«

»Welcher andere?« fragt der Maresciallo.

»Der andere von diesem Auffahrunfall. Der den Volvo angebumst hat! Das hier ist der Signor Delaude!«

Der Signor Lotti ist ebenfalls nähergetreten, umgeben vom drängenden Pulk seiner Hunde.

»Ja«, bestätigt er mit Entschiedenheit, »das ist Delaude, ich kenne ihn, seit wir zusammen im Gymnasium waren. Das ist der alte Gimo, keine Frage.«

7.

Als die Türen des Leichenwagens sich schließen und die sterbliche Hülle des Grafen Girolamo Delaude sich anschickt, im Rückwärtsgang und für immer die Pineta della Gualdana zu verlassen, ist das Sternbild der Pleiaden schon untergegangen; auf Monfortis Uhr ist es vier Uhr morgens.

Rimozione. Das italienische Wort für »Abtransport« (von Verletzten und Toten), »Wegschaffung«, das in den letzten Stunden oft in diesem direkten und nekrologischen Sinn gebraucht worden ist, wird von den Psychiatern und Psychoanalytikern auch im bildlichen Sinn für »Verdrängung« gebraucht; und Monforti stellt sich vor (die Müdigkeit läßt ihn sinnieren), wie diese Forscher ihre Suche nach dem »Weggeschafften« in den Justizarchiven von Grosseto betreiben, wo die Filmrolle der Fotografien, die der Gefreite Macchia gemacht hat, eingelagert und über Jahre aufbewahrt werden wird. Der Film des Unbewußten, katalogisiert für jeden Mann und jede Frau in einem endlosen Register...

Niemand ist mehr am Strand außer Monforti und dem Maresciallo, die noch fröstelnd ausharren, den Blick in die teilnahmslose Weite des Meeres gerichtet. Das Schauspiel ist zu Ende. Lotti ist schon vor einer Weile gegangen, aus Furcht, seine Hunde könnten sich erkälten. Der Wächter Roggiolani ist, nachdem er den Leichenwagen durch das Labyrinth der Pineta geführt hat, ins Pförtnerhäuschen zurückgekehrt, um sich am Kamin aufzuwärmen. Doktor Scalambra hat den Stummel seiner zwanzigsten Zigarette an diesem 25. Dezember auf den Schotter des Dünenwegs geworfen, hat sich den schwarzen Deutschordensritterhelm wieder aufgesetzt und seine Honda 1000 bestiegen, um ebenfalls die Szene zu verlassen.

»Kommen Sie, ich nehme Sie ein Stückchen mit«, sagt der Maresciallo, dreht dem Meer schroff den Rücken und geht zurück zur Pineta. Auf dem Dünenweg wartet der Gefreite mit leise laufendem Motor und Blaulicht, das still und pflichtgemäß auf dem Autodach kreist wie in der Nacht vor einem Jahr, als der kleine Colin verschwunden war.

Vertrauenerweckend, die Carabinieri, denkt Monforti. Auch wenn es diesmal kein glückliches Ende gegeben hat. Aber es ist schön zu wissen, daß wenn ein Mensch in einer stürmischen Nacht mysteriöserweise aus seiner Villa verschwindet und am nächsten Tag ein anderer tot von den Wellen angespült wird, es jemanden gibt, der nicht den Kopf verliert, sondern sich in Bewegung setzt und handelt und tut. Hätte Ödipus die Carabinieri rufen können, um die Spuren zu sichern nach dem Verkehrsunfall mit Laios, hätte Hamlet sich an den Maresciallo von Helsingfors wenden können wegen der ersten Ermittlungen über den verdächtigen Tod seines Vaters...

»Beruhigend, Sie bei der Arbeit zu sehen.«

Am Tonfall erkennt der Maresciallo, daß Monforti es nicht ironisch meint.

»Das ist die Prozedur«, sagt er schlicht.

Tja, die Prozedur, die vorgeschriebene Verfahrensweise. Seit gestern morgen ist Monforti in engem Kontakt mit der prozeduralen Arbeitsweise der Carabinieri und hat sich dabei nicht unwohl gefühlt. Er ist ein bißchen erkältet, er ist sehr müde, er hat schreckliche Dinge gesehen, aber er fühlt sich seltsamerweise ganz wohl. Sicher wäre das nicht so gewesen, denkt er mit einem Lächeln, hätte er sich hier in Gesellschaft von Pater Everardo, von Ugo dem Einsiedler oder von Eladia mit ihren jeweiligen Prozeduren befunden. Vielleicht, denkt er mit einem erneuten Lächeln, hätte ich Carabiniere werden sollen, vielleicht war's das, was mir gefehlt hat...

»Nun?«

Butti hält ihm die Wagentür auf.

»Danke, ich hab's mir anders überlegt, ich gehe lieber zu Fuß nach Hause, das wärmt mich ein bißchen auf.«

»Wie Sie wollen.«

Statt der Hand drückt ihm der Maresciallo überraschenderweise den Arm.

»Danke für die Hilfe, und frohe Weihnachten auch.«

»Ah ja, frohe Weihnachten.«

Das Wageninnere ist ein einziges elektronisches Knistern, auch das Funkgerät hat zu tun gehabt heute nacht, angefangen mit dem ersten Anruf zur Information der vorgesetzten Dienststelle in Grosseto. Und weitere Anrufe erwarten Butti in den nächsten Stunden, ein immer dichteres Netz von Informationen, Antworten, Anfragen, Dispositionen, Befehlen, Kontrollen. Und Wartezeiten, immer wieder lange Wartezeiten.

Nein, denkt Monforti und verzichtet auf die Karriere als Carabiniere, das ist nichts für mich, ich könnte höchstens am Rande in einem alten Perry-Mason-Film mitmachen, ein paar Telefonate führen, aber nicht mal mit ihm, dem Anwalt selber, sondern bloß mit seiner Sekretärin.

Das Auto fährt im Rückwärtsgang davon, bis es eine Stelle zum Wenden findet, und kurz darauf verebbt auch dieses letzte Geräusch, und in der gespenstisch stillen Pineta beginnen die Vögel sich wieder zu regen.

– Ist die Ehefrau benachrichtigt worden? zwitschert die Sekretärin von Perry Mason.

– Ja, durch die Carabinieri von Castellina in Chianti, wo sie einen agrotouristischen Bauernhof führt. Aber man kann nicht gerade sagen, daß die Nachricht sie erschüttert hätte. Sie hat nur gesagt, daß sie morgen ins Leichenschauhaus von Grosseto kommen wird, um ihn zu identifizieren. Sie hatte gar keine Ahnung, daß ihr Mann sich in der Gualdana befand.

– Und diese Brünette, die am Abend zuvor mit ihm gekommen ist? Sie müßte die letzte gewesen sein, die ihn lebend gesehen hat.

– Scheint, daß sie noch in der Pineta ist, irgendwo anders zu Gast, aber im Moment ist sie unauffindbar. Als erstes müßte man auf jeden Fall die Todesursache feststellen.

– Ist denn der Delaude nicht ertrunken?

– Das wird man erst nach der Autopsie mit Sicherheit wissen, morgen früh wird der Gerichtsmediziner...

– Aber den kenne ich gar nicht, der war nicht am Strand. Und auch der Staatsanwalt hätte mit Sirenengeheul aus Malibu ankommen müssen, in unserem Telefilm.

– Die Toskana ist ja nicht Kalifornien, liebes Fräulein. Hier war jedenfalls nichts mehr zu machen, die Leiche ist ja nicht in einem verschlossenen Zimmer gefunden worden, wo man Fingerabdrücke nehmen und Fußspuren sichern und Patronenhülsen hätte finden könnte undsoweiter. Da war nichts als Strand, übersät mit Algen, Ästen, Abfall und Teerklumpen. Die Umstände hatten nichts Verdächtiges an sich.

– Und so hat Ihr Maresciallo Butti nur an einen Tod durch Unfall oder durch Selbstmord gedacht, eins von beiden.

– Genau. Und der Staatsanwalt, der ihn seit Jahren kennt und schätzt, hat ihn zum Abtransport der Leiche ermächtigt, nach den von der Prozedur vorgeschriebenen Maßnahmen, versteht sich.

– Aber dieser motorradfahrende Doktor, dieser Scalambra? Ich muß schon sagen, sein Auftritt hat mir gefallen, das war ziemlich eindrucksvoll. Wie er da aus dem Gebüsch auf der Düne hervorkam und zum Strand runterfuhr, mit diesem schwarzen Helm, der im Mondlicht schimmerte... Man konnte meinen, der Tod persönlich.

– Der sich dann aber im nächsten Moment den Helm abnimmt, ihn in den Sand wirft, sich eine Zigarette zwischen die Lippen klemmt, und Butti ist prompt mit dem Feuerzeug zur Stelle, und der Doktor mit seinem ständig wiederholten Witz »Ah, diese gute Luft!« nach dem ersten Zug. In Wirklichkeit ist auch er ein alter Freund und gelegentlicher Mitarbeiter des Maresciallo, der ihn deshalb auch hergebeten hatte, wie es die Prozedur gestattet, um die Rolle des Gerichtsmediziners zu übernehmen, selbstverständlich mit vorausgegangener Erlaubnis des letzteren sowie des Staatsanwalts und des Einsatzleiters in Grosseto. Ich wiederhole: die Umstände waren nicht dazu angetan...

– Hab schon verstanden: Unfall oder Selbstmord.

Das Telefongespräch bricht abrupt ab. Ein Rascheln im Gebüsch auf der rechten Seite hat Monforti erstarren lassen, er schreibt es einer Katze, einem Igel, einem seltenen Marder zu. Unterdessen aber steht er reglos zwischen den reglosen Stämmen, die in manchen Augenblicken so aussehen, als könnten sich 18300 Mörder hinter ihnen verbergen, die Knarre im Anschlag, um dir das Gehirn aus dem Schädel zu blasen.

– Wo sind wir? fragt angstvoll Signora Zeme. Ist die Großherzogsbrücke schon vorbei, haben wir die Kreuzung mit der Korkeiche noch vor uns? Mein Gott, mein Gott, wir haben keine Orientierungspunkte mehr, wir haben uns verirrt, wir finden nie wieder zurück zur Straße, zum Haus, zum Bett, o mein Gott, mein Gott!

– Beruhigen Sie sich, Signora, beruhigen Sie sich.

Monforti setzt sich wieder in Bewegung, geht mit festem

Schritt weiter in der Gewißheit, daß früher oder später etwas kommen wird, woran er sich orientieren kann.

– Beruhigen Sie sich, Signora, auch Sie werden wiedergefunden werden, auch Ihr Mann. Die Prozedur ist pedantisch, aber auf lange Sicht effizient. Ein Schritt nach dem andern, immer nur eins auf einmal, denken Sie nur an den Doktor Scalambra, der 1.) den Zigarettenstummel wegwirft, 2.) seine Tasche aufmacht, 3.) sich die durchsichtigen Handschuhe anzieht, 4.) sich über die Leiche beugt und 5.) oioioi sagt.

– Doktor Scalambra kann mich nicht überzeugen, er ist einer von denen, die weder an Psychopharmaka noch an Psychoanalyse glauben, er glaubt nur an Motoren, an den seiner Honda, die aussieht wie die Rippe von einem Raumschiff, er liebt mir zu sehr das Risiko.

– Und dabei hat er nicht nur noch nie einen Unfall gehabt, sondern ist auch ein ausgezeichneter Arzt, immer besonnen und sehr genau; nachdem er 1.) die Temperatur der Leiche gemessen hatte (gleich der des Meeres: also hat der Tote viele Stunden im Wasser gelegen); 2.) das Fehlen von Leichenstarre konstatiert hatte (aber sie konnte begonnen und wieder nachgelassen haben); 3.) in das im Fiat befindliche Tonbandgerät eine allgemeine Beschreibung der Leiche diktiert hatte, soweit sie im Mondlicht und im Schein der Lampe des Gefreiten Macchia möglich war – nachdem er dies alles erledigt hatte, war er dazu übergegangen, die Verletzungen und Abschürfungen speziell am Kopf zu untersuchen.

– Oioioioi, oioioioi! ruft Signora Zeme beunruhigt. Weiß denn dieser Scalambra nichts anderes zu sagen?

– Noch etwas Geduld, Signora, das ist eine heikle Arbeit, und auch wenn Scalambra weiß, daß nur die Autopsie unumstößliche Resultate erbringen kann, tut er dennoch sein Bestes, um jetzt schon ein möglichst genaues Bild der Lage zu geben, denn diese ersten Angaben können sehr nützlich für seinen Freund Butti sein.

Monforti erkennt die beiden kegelförmigen weißen Steine wieder, die als Ornament am Eingang des Viale dei Pescarmona stehen. Noch drei Villen, und er ist auf der Höhe von Natalia, wo er klingeln könnte, sich einen Kaffee machen lassen, erzählen...

– Nein, nicht jetzt, widerspricht sie, die Kinder würden aufwachen und es auch hören wollen, und das wäre, glaube ich, nicht so gut. Denn schon gestern abend schien mir, daß nicht nur Andrea, sondern auch Giudi... ich weiß nicht, vielleicht hatte sie die Geschichte mit den Zemes beeindruckt. Aber du, sag mal, wie hast du selber es bloß heute nacht so lange bei diesem schrecklichen Schauspiel aushalten können?

– Ich hab hingesehen und nicht hingesehen. Und außerdem, ehrlich gesagt, es ist mir gar nicht so schrecklich vorgekommen. Es war alles sehr praxisbezogen, sehr funktional, sehr gut in die Prozedur eingefügt.

– Also auch langweilig?

– Auch das ein bißchen, und während der Doktor dem Maresciallo summarisch die Einzelheiten der Hauptverletzung erklärte, bin ich ins Sinnieren gekommen und hab meine Gedanken schweifen lassen, um die Tragödie außerhalb der Prozedur zu rekonstruieren, die Sturmnacht mit Delaude, wie er in Blitz und Donner am Strand entlang gewankt ist, die Augen weit aufgerissen, vom Regen geblendet, vielleicht betrunken, bis eine besonders hohe und böse Welle ihn gepackt und niedergeworfen und fortgespült hat, wenn er's nicht selber war, der ihr entgegengelaufen ist, wer weiß an welcher Stelle des Strandes, wer weiß von welcher quälenden Sorge getrieben...

– Und während dieser schönen Gedanken, unterbricht streng die Sekretärin von Perry Mason, hat sich Scalambra Zentimeter für Zentimeter, Hautfetzen für Hautfetzen an eine ganz andere Art von Hypothese herangearbeitet.

– Bloß eine Hypothese, eigentlich bloß ein kleiner Zweifel, eine Verwunderung, ganz ohne jeden Nachdruck geäußert, ich versichere es Ihnen... Ich habe gesehen, wie er sich die Handschuhe auszog, sich in den Sand setzte, sich eine Zigarette anzündete, aber dann vergaß, seinen üblichen Witz mit der guten Luft für seine Lungen zu machen.

– Und was sagte er statt dessen nach dem ersten Zug?

– Er sagte wörtlich: »Aurelio, mit diesem Schlag, den er da auf den Kopf gekriegt hat, mit dem stimmt was nicht.«

– Mein Gott, das ist ja ein schrecklicher Verdacht, ein ganz fürchterlicher, das kann doch nicht sein, o mein Gott, ich brauche meine Tropfen, gebt mir meine Tropfen!

– Kein Verdacht, Signora, nur eine Möglichkeit, eine vage Idee, die überprüft werden muß. Vielleicht stammt ja diese Verletzung wie die anderen nur von den Stößen gegen das Wrack des Frachters oder gegen die Betonklötze in der Mündung des Alten Grabens. Oder vielleicht auch nicht.

– Das würde natürlich alles ändern, überlegt die Sekretärin von Perry Mason.

– Fürs erste ändert es nur die Zeiten der Autopsie, die auf heute morgen früh um acht im Ospedale della Misericordia in Grosseto vorverlegt worden ist. In ein paar Stunden werden wir wissen, ob Wasser in den Lungen war oder nicht, also ob Delaude lebendig oder tot ins Wasser eingetaucht ist und ob eventuell dieser häßliche Schlag auf den Kopf bedeuten könnte, daß...

– Mein Gott, mein Gott, ich will nichts mehr hören, ich will nichts mehr wissen, meine Tropfen!

Ein bloßer Zweifel, aus Gewissenhaftigkeit von Scalambra geäußert und aus prozeduraler Gewissenhaftigkeit auch schon nach Grosseto gemeldet. Und doch kann Monforti, während er über eine durch den Asphalt gebrochene Wurzel stolpert, das Gleichgewicht wiedererlangt und nach ein paar Schritten den Seitenweg zu seinem Haus erkennt, seine herumgeisternden Gesprächspartner nicht ganz zur Ruhe bringen.

Nichts ist am Strand gesagt worden. Angesichts des Ortes,

der Zeit und der Prozedur wäre jede Schlußfolgerung verfrüht, gewagt, unhaltbar gewesen. Gleichwohl hat Signora Zeme schon Gründe zur Sorge wegen des Zusammenhangs, der sich zwischen dem Verschwinden ihres Mannes und dem Ende des Grafen Delaude abzeichnet; und zu Recht insistiert die Sekretärin von Perry Mason auf dieser Brünetten, die bei dem Grafen »zu Gast« war; und vernünftigerweise würde Natalia als erstes wissen wollen, was der Delaude denn bitteschön mitten in der Nacht am Strand gewollt habe; und wahrscheinlich würde Sandra, wenn Monforti sie wecken würde (was er aber nicht tut), um ihr zu erzählen, was geschehen ist, Genaueres über diesen Auffahrunfall wissen wollen, den Roggiolani miterlebt hat; und Ettore würde sagen, daß er Cortina vorziehe, daß die Gualdana nicht mehr das sei, was sie mal war, und daß man nicht vergessen solle, die Türen und Fenster gut zu verschließen und ein solideres Schloß anzubringen als das, welches sich in diesem Augenblick mit einem leisen Klicken öffnet und wieder schließt, während draußen ein bleiches Leichenlicht dämmert, gezeichnet durch die Totenstarre von 18300 Pinien.

IX.
Vor der Porta Vecchia in Grosseto

1.

Vor der Porta Vecchia in Grosseto kontrollieren zwei Carabinieri die Autos, die auf der Via dei Barberi in die Stadt hineinfahren. Der eine sagt zum andern: »Es ist gleich Mittag. Stellen wir noch drei Strafzettel aus, und dann gehen wir.«

»Stellen wir noch sechs aus«, sagt der andere.

Das ist entschieden nicht witzig. Aber die Schuld liegt nicht bei Max & Fortini. Denn obwohl heute die Effektivstärke der Diensttuenden sehr reduziert ist, sind die beiden Carabinieri nicht imaginär, und alles andere als imaginär sind die Strafen, die sie den ohne Sicherheitsgurt erwischten Autofahrern aufbrummen.

»Schönes Weihnachtsgeschenk!« sagt denn auch gerade einer zu seinem Mitfahrer, den der Scherz fünfzehntausend Lire gekostet hat, während er selbst das Dreifache hat berappen müssen. »Statt daß sie sich mit Einbrüchen, Vergewaltigungen und Morden beschäftigen!«

Aber auch hier gibt es wenig zu lachen, da die örtlichen Carabinieri – ob Weihnachten oder nicht und ungeachtet der üblichen Witze, die über sie gemacht werden – durchaus nicht geneigt sind, die Beschäftigung mit Obigem zu vernachlässigen.

Denn wer sich von der Porta Vecchia in die Via Santorre di Santarosa begäbe, wo sie ihre örtliche Kommandantur haben, und Zutritt zum »Konferenzzimmer« hätte (das neben dem sogenannten »Vollzugssaal« liegt), fände dort eine emsig tätige, schon seit zwei Stunden dauernde Arbeitssitzung vor, an der für die Kommandantur teilnehmen:

Oberstleutnant Papi, Gruppenkommandant;

Hauptmann Scheggi, Kompaniechef, mit seinen direkten Untergebenen Leutnant Amidei und Leutnant Scalera;

Maresciallo Ognibene, Leiter der örtlichen Dienststelle, dessen Untergebener Brigadiere Francia nicht an der Sitzung teilnimmt, sondern die Verbindung mit den für die Kommunikation zuständigen Kräften im Vollzugssaal hält.

Für die Örtlichkeit, von der die Pineta della Gualdana abhängt, ist zudem der zuständige Dienststellenleiter Maresciallo Butti anwesend.

Die sechs Militärs sitzen einander an den beiden Langseiten des Konferenztisches gegenüber. An den beiden Kopfenden sitzen indessen zwei Zivilisten, nämlich:

Staatsanwalt Dr. Veglia, der in den ersten Morgenstunden, nachdem er von Maresciallo Butti informiert worden war, den Abtransport des mutmaßlich Ertrunkenen genehmigt, seine Verbringung nach Grosseto veranlaßt und eine Autopsie im dortigen Ospedale della Misericordia beantragt hatte;

Prof. Dr. Meocci, Anatom und Pathologe an besagter Klinik, der die Autopsie heute morgen vorgenommen und dem Staatsanwalt unverzüglich mitgeteilt hat, was aus dem Befund zu schließen ist: Tod durch Gewalteinwirkung, Mord oder Totschlag.

*

Prof. Meoccis Schlüsse beruhen in erster Linie auf dem Fehlen von Wasser in Luftröhre und Lunge. Was bedeutet, daß der Tote schon tot gewesen sein muß, als ihn die Wellen oder was immer ins Meer gespült haben. Tod durch Ertrinken, ob versehentlich oder gewollt, ist damit auszuschließen.

Was die vielerlei Verletzungen an Gesicht und Schädel betrifft, so hat die Autopsie ergeben, daß sie alle – bis auf eine – »postmortal« sein müssen, da sie nicht zu hämorrhagischen

Infiltrationen geführt haben. Die einzige »prämortale« Verletzung besteht in einer tiefen Ruptur des linken Scheitelbeins mit daraus folgendem Austritt von Gehirnmasse. Und es besteht kein Zweifel, daß dies die Todesursache war.

Schwerlich hätte im übrigen diese Verletzung wie die anderen durch Aufschlagen des Körpers auf steinerne Wellenbrecher, versunkene Schiffsaufbauten oder ähnliche Hindernisse verursacht worden sein können. Die Ruptur (die partiell auch das Stirnbein in Mitleidenschaft zieht) ist eher auf einen sehr heftigen Schlag mit einem nicht dafür vorgesehenen, aber vergleichsweise scharfen Gegenstand zurückzuführen, zum Beispiel mit einem...

Das Beispiel, das Prof. Meocci genannt und mit Dr. Veglia erörtert hat, ist das eines Vierkanteisens von ungefähr drei Millimetern Dicke gewesen.

»Aber ein solches Vierkanteisen«, hat Leutnant Amidei zu bedenken gegeben, »hätte dann doch eher breit sein müssen, um das erforderliche Gewicht zu haben.«

»Könnte es sich nicht auch um ein landwirtschaftliches Gerät wie eine Hacke oder einen Spaten gehandelt haben?« hat Maresciallo Butti gefragt.

Er hatte nicht »Gartengerät« gesagt, obwohl er tatsächlich sofort an Orfeo denken mußte, dessen Anwesenheit vorgestern nacht in der Pineta immer noch unerklärt ist. Aber er hätte ungern den Verdacht der Kommandantur (und insbesondere des stirnrunzelnden Maresciallo Ognibene) auf den armen Gärtner gelenkt. Den würde er sich schon noch selber in passender Weise vorknöpfen.

Die Hypothese einer Hacke oder eines Spatens hat dann jedenfalls die Zustimmung des Professors Meocci gefunden, mit Einverständnis des Staatsanwalts und sogar des Obersten Papi. Und Leutnant Scalera, der das Sitzungsprotokoll führt, hat nicht versäumt, sie festzuhalten.

Dann ist kurz die Frage der Todeszeit diskutiert worden. Dazu kann jedoch im Moment nur so viel gesagt werden, daß der Tote, als man ihn fand, nicht länger als vierundzwanzig Stunden tot gewesen sein konnte.

Nach den bereits gestern von Maresciallo Butti angestellten Ermittlungen (die er »mit lobenswertem Eifer« angestellt habe, wie Oberst Papi hervorzuheben nicht überflüssig fand) war es nämlich gegen Mitternacht des 23. gewesen, daß der Delaude, als er in Gesellschaft einer angeblichen Freundin seiner Tochter in die Pineta zurückkam, das Auto des Zeme angefahren hatte; worauf er nach Aussage jener selben, nicht genauer identifizierten und im Moment leider unauffindbaren Freundin mit dieser nach Hause gegangen, aber seitdem nicht mehr gesehen worden sei.

Im übrigen haben weder die Körpertemperatur (nach dem langen Aufenthalt im kalten Wasser) noch das Fehlen von Leichenstarre (vermutlich verursacht durch das Rütteln und Rollen des Körpers über den seichten Grund) dem Doktor Scalambra erlaubt, einen genaueren Todeszeitpunkt zu bestimmen. Und was die Autopsie betrifft, so fehlen bisher noch die Ergebnisse einiger Analysen.

Aber da kommt gerade der Brigadiere Francia aus dem Vollzugssaal mit einem Telefax vom Laboratorium für Prof. Meocci. Der es liest, die entscheidenden Zeilen unterstreicht und es dem Staatsanwalt reicht, der es nach Lektüre dem Obersten reicht, der es nach Lektüre dem Maresciallo Butti reicht, auf den sich daher nun die Aufmerksamkeit der restlichen Runde konzentriert.

»Wenn ich recht verstehe«, sagt der Maresciallo, nachdem er das Schriftstück gelesen hat, »ginge es darum, möglichst genau zu wissen, wann der Delaude an jenem Abend gegessen hat.«

»Ideal wäre, auch zu wissen, *was* er gegessen hat«, sagt der Mediziner. »Aber das Wichtigste ist die Uhrzeit.«

Butti versucht sich zu erinnern.

»Nach Aussage der angeblichen Freundin seiner Tochter«, sagt er, »haben die beiden in einer Trattoria oder Pizzeria gegessen, vermutlich irgendwo in der Stadt oder in der Umgebung. Deshalb werde ich jetzt«, fährt er fort und macht Anstalten, sich zu erheben, »wenn Herr Oberst erlauben, sofort die nötigen telefonischen Ermittlungen anstellen.«

Der Oberst erlaubt es ohne weiteres, und der Maresciallo verschwindet mit dem Brigadiere Francia in den Vollzugssaal.

★

Assistiert von Leutnant Scalera, der das Protokoll durchgeht, nutzt Staatsanwalt Dr. Veglia die Unterbrechung, um die Lage und die ersten Ermittlungsansätze zu rekapitulieren.

Familie Delaude:

Nach erfolgter Identifizierung im Leichenschauhaus hat die Witwe bekräftigt, nicht zu wissen, warum sich ihr Gatte, mit dem sie »keine engen Beziehungen« unterhalte, in der Gualdana befand. Mit einer vielsagenden Grimasse schloß sie aus, daß ihre Tochter die angebliche »Freundin« aus der Nähe oder von weitem kenne. Alsdann beauftragte sie ein örtliches Bestattungsunternehmen, sich »um alles zu kümmern«, erteilte den Justizbehörden großzügig die Erlaubnis, ihre Villa für die nötigen Ermittlungen zu betreten, und fuhr wieder zurück nach Castellina.

Über die Kommandantur von Siena sind die Carabinieri in Castellina für alle Fälle beauftragt worden, sich nach eventuell für die Ermittlung relevanten Gerüchten umzuhören und sie unverzüglich nach Grosseto weiterzuleiten.

Angebliche Freundin der Tochter:

Die Suche nach ihr in der Pineta bleibt Sache des Maresciallo Butti, der zu ihrer Identifizierung schreiten wird und, falls er das für geboten hält, zu ihrer Festnahme.

Zeme Antonio:

Abgesehen von dem Auffahrunfall, der sich im übrigen mit höflichem Austausch von Entschuldigungen und Verschiebung der Versicherungsfragen auf den nächsten Morgen erledigt hatte, scheint er noch nie irgendwelche sonstigen

Beziehungen zu Delaude gehabt zu haben. Das zeitliche Zusammentreffen seines Verschwindens mit dem Todesfall durch Gewalteinwirkung wirft allerdings einen ernsten Verdacht auf ihn. Nach einer Tötung Delaudes in einem Anfall von Wahn oder aus sonst irgendwelchen Motiven könnte er sich selbst getötet haben (aber wie?) und ebenfalls von den Wellen fortgerissen worden sein; oder er könnte in einem Anfall von Panik geflohen sein und versuchen, sich irgendwie nach Rom durchzuschlagen.

Die Carabinieri des römischen Viertels Prati (wo er seine Wohnung und sein Büro als Generalvertreter der Firma Volvo für Latium hat) sind daher instruiert worden, ihn sofort festzunehmen, falls er auftauchen sollte.

Zeme Magda geb. D'Alessio:

Aus dem Kassenzettel der Bar und der Bahnsteigkarte des Bahnhofs Santa Maria Novella, die Maresciallo Butti im Mantel des Ehemannes gefunden hat, würde hervorgehen, daß selbiger Ehemann sie effektiv zum 21-Uhr-Schnellzug nach Florenz gebracht hat. Doch abgesehen von der Tatsache, daß ihre Verwandten in Bozen immer noch auf sie warten, weiß man bisher nicht einmal, ob sie überhaupt in Mailand angekommen ist, wo sie für den nächsten Morgen einen Termin bei einem bekannten Neurologen hatte.

Die Carabinieri in Mailand versuchen gerade, den betreffenden Neurologen zu kontaktieren, der sich zur Zeit auf Urlaub befindet, sowie das Hotel zu identifizieren, in welchem die Zeme telefonisch ein Zimmer vorbestellt hatte.

Eventuelle Entführung zu Erpressungszwecken:

Bar jeder Grundlage wäre somit die in der öffentlichen Gerüchteküche ventilierte Hypothese einer Entführung des Ehepaars Zeme zu Erpressungszwecken. Außerdem ist es unmöglich, zwischen den beiden Vermißtenfällen irgendeinen Zusammenhang herzustellen, ebenso wie zwischen...

*

Die Rekapitulation wird unterbrochen durch die Rückkehr des Maresciallo Butti, dem es gelungen ist, das Lokal zu identifizieren, in welchem der Delaude und seine Begleiterin vorgestern abend gegessen haben.

»Es handelt sich«, berichtet er, »um die Pizzeria ›Las Vegas‹, die einzige am Ort, die zu dieser Jahreszeit noch bis spätabends offen hat. Die beiden sind gegen 23 Uhr gekommen, und außer einer Coca-Cola und einem Viertel Wein haben sie, wie aus der Steuerquittung hervorgeht, zwei Pizzen ›Quattro Stagioni‹ verzehrt, das heißt«, präzisiert er mit einem Blick in sein Notizbuch, »mit Schinken, Oliven, Artischocken und Pilzen.«

»Eher schwerverdaulich«, sagt Prof. Meocci nickend, als hätte er es vorausgesehen.

»Denke ich mir«, sagt lächelnd der Maresciallo. »Im übrigen – was ich allerdings noch nie durch persönliche Ermittlungen überprüft habe – gelten die Pizzen der Pizzeria ›Las Vegas‹ als...«

»Besonders schwerverdaulich?«

»Reines Gift, nach dem, was man so hört.«

»Perfekt«, nickt der Mediziner erneut. »Im Verein mit der Analyse des Mageninhalts und in Anbetracht der lediglich partiellen Entleerung des Magens erlauben diese Feststellungen nunmehr die Aussage, daß der Tod gegen zwei Uhr morgens eingetreten sein muß. Ich werde den schriftlichen Autopsiebericht so bald wie möglich übergeben«, fügt er mit einem Blick auf die Uhr hinzu, »aber einstweilen...«

Alle erheben sich, um den Professor zu verabschieden, und während er hinausgeht, kommt der Brigadiere Francia herein, um zu melden, daß der in Urlaub befindliche Mailänder Neurologe noch nicht habe kontaktiert werden können, aber daß es gelungen sei, das Hotel zu identifizieren, in dem die Zeme ein Zimmer vorbestellt hatte. Es handle sich um das »Michelangelo« gleich neben dem Hauptbahnhof. Aber die Zeme sei dort nicht eingetroffen.

»Wenn sie in verwirrtem Zustand war«, sagt der Staatsanwalt, »könnte sie ihre Vorbestellung vergessen haben und in ein anderes Hotel gegangen sein.«

Der Brigadiere verneint diese Möglichkeit. Aus den angestellten Ermittlungen gehe hervor, daß eine Zeme Magda geb. D'Alessio in keinem Mailänder Hotel abgestiegen sei, weder in der Nähe des Bahnhofs noch anderswo.

»In gewisser Weise«, bemerkt Hauptmann Scheggi, »sind die Hotels in der Nähe von Bahnhöfen weniger leicht zu erreichen als andere. Kein Taxi bringt einen hin, und wenn man schweres Gepäck hat, wird der Fußweg zu einem Problem.«

»Zumal in Mailand, wo der Bahnhof und seine unmittelbare Umgebung nur so wimmelt von Drogensüchtigen, Dieben, Räubern und noch Schlimmerem«, kommentiert grimmig der Maresciallo Ognibene.

»Meine Mutter hat einmal...«, sagt der Maresciallo Butti. Aber er bricht verlegen ab, da es ihm unangebracht erscheint, in dieser Runde einen privaten Fall darzulegen, und er würde nicht weitersprechen, wenn ihn nicht alle bereits neugierig ansähen. Aus seiner knappen Darlegung geht hervor, daß seine Mutter, als sie einmal nach Scandicci zu einer kranken Verwandten fuhr, ihren Koffer am Bahnhof gelassen hatte, um ihn später von jemandem holen zu lassen. Dasselbe könnte auch die Zeme getan haben, in welchem Falle man feststellen könnte, ob sie, wenn auch nie im »Michelangelo« eingetroffen, ihr Gepäck in der Gepäckaufbewahrung am Bahnhof gelassen hatte.

Aber dazu brauche man eine genaue Beschreibung dieses Gepäcks, wendet Hauptmann Scheggi ein. Sollte der Maresciallo Butti zufällig in der Lage sein, sie zu liefern?

Nicht aus dem Stand. Aber da, wenn ihn nicht alles trüge, der Wächter Vannuccini den Zemes bei den Reisevorbereitungen geholfen habe, würde es ihm ein leichtes sein, telefonisch festzustellen, ob...

»Sehr gut, stellen Sie das sofort fest, lieber Butti«, stimmt Oberst Papi zu.

Und in zwei Minuten ist der Unteroffizier mit der von Vannuccini gegebenen Beschreibung zurück, die der Brigadiere Francia sogleich an die Bahnhofspolizei von Milano Centrale durchgeben wird. Das Gepäck bestand nur aus einer einzigen, aber schweren und voluminösen Reisetasche aus grauem Segeltuch mit blauen Streifen und braunen Ledergriffen sowie einem gleichfalls aus braunem Leder gefertigten Schildchen mit Name und Adresse.

*

Es ist ein Uhr vorbei.

Niemand – weder der Staatsanwalt, der seit heute früh um drei auf den Beinen ist, noch der Maresciallo Butti, der um vier zu Bett gegangen ist, noch die fünf Militärs aus Grosseto, die von ihren Familien zum Weihnachtsfestessen erwartet werden – hat noch Lust, sich den Kopf zu zerbrechen über die Unbekannten dieser doch eigentlich einfachen Gleichung:

$$\text{DELAUDE G.} + \frac{\text{ZEME A.}}{\text{ZEME M.}} = 0$$

Was die Information der Medien betrifft, so beschließt die Runde, sie fürs erste auf das bloße Tötungsdelikt zu beschränken, um zu vermeiden, daß es außer zu einem massenhaften Einfall der Medien in die Gualdana zu allerlei phantastischen und beängstigenden Spekulationen kommt, die den Gang der Untersuchung nur behindern würden.

Der Maresciallo Ognibene erklärt sich pflichtschuldigst einverstanden und gibt der Meinung Ausdruck, daß die Ermittlungen sich auf zwei Personen konzentrieren müßten: erstens auf die angebliche Freundin der Tochter und mutmaßliche Prostituierte (Drogen? Beziehungen zur Unterwelt?), die mit dem Opfer gekommen ist und bei der man seines Erachtens unverzüglich zur Festnahme, wenn nicht zur Beschuldigung und Inhaftierung schreiten sollte, und zweitens auf die Witwe Delaude, bei der die Carabinieri in Castellina feststellen sollten, ob sie für die Nacht auf den 24. ein Alibi habe.

Nachdem dann der Maresciallo Butti darauf hingewiesen hat, daß wegen der Festtage die Effektivbestände seiner Dienststelle auf ihn selbst und den Gefreiten Macchia reduziert sind, beschließt Hauptmann Scheggi, den Gefreiten Oliva von der örtlichen Kommandantur in Buttis Dienststelle abzuordnen und den Brigadiere Farinelli schnellstens aus dem Urlaub zurückzurufen.

Der Staatsanwalt kündigt seinerseits an, daß er morgen einen »Ausflug in die Pineta« machen werde, und die Versammlung löst sich eilig unter wechselseitigen Frohe-Weihnachten-Wünschen auf.

2.

Durch die Lande ziehend, begegnete Frau Armut einem Menschen, der weinte und sich darüber beklagte, daß er alle seine Güter verloren hatte.

»O Mensch«, hielt sie ihm vor, »worüber beklagst du dich? Habe ich dir etwa die wahren Güter genommen? Die Besonnenheit? Den Gerechtigkeitssinn? Den Mut? Mangelt es dir an irgend etwas Notwendigem? Schau dich um! Wachsen nicht Ackerbohnen am Wege, sprudeln die Quellen nicht reichlich von frischem Wasser?«

Ugo der Einsiedler wiederholt sich zum drittenmal diese Lehrfabel von Bion dem Borystheniten (3. Jh. v. Chr.), ohne jedoch daraus viel Erleichterung zu beziehen. Nach den gekochten Wurzeln von gestern abend kommt ihm die Emmer-und-Johannisbrot-Suppe, die er sich als Weihnachtsfestessen bereitet hat, besonders deprimierend vor, er kriegt sie einfach nicht runter.

Dabei wären auch heute die Gherardinis oder die Salvanis oder womöglich gar einige Gualdanesen froh gewesen, ihn bei sich zu haben. Oder er hätte nach Tavernelle gehen können, wo seine einzigartige Predigt die Stammgäste immer erheitert hat. Oder er hätte auch predigend und bettelnd durch die Bauernhöfe der Gegend ziehen können, um sich ein paar Eier oder gar ein Hühnchen zu ergattern.

Aber das Problem ist gerade dies, nämlich daß ihm gerade die Lust, sein zynisches Evangelium zu predigen, anscheinend vergangen ist. Und wenn man die abzieht – überlegt er –, wo ist dann der Unterschied zwischen einem ambulanten Philosophen und einem bloßen Schmarotzer, einem simplen Tagedieb? Die Sache ist die, daß Everardo, als er, sicher mit Blick auf ihn, den Seligen Pettinaio aus dem Ärmel zog, einen wunden Punkt bei ihm berührt hatte. Ugo fühlt sich nicht im mindesten aus dem Stoff des Seligen gemacht. Nächstenliebe ist nie seine Stärke gewesen. Und selbst dem Krates, dem ob seiner weisen Ratschläge doch so hochgeschätzten, zieht er im Grunde den Myson vor, jenen großen Menschenhasser im sechsten Jahrhundert, der in Sparta einst lachend an einem einsamen Orte gesehen ward.

»Warum hast du denn so gelacht, wo doch weit und breit niemand zu sehen war«, fragte man ihn hinterher.

»Eben darum«, antwortete er, »eben darum habe ich so gelacht!«

Aber auch dies entspricht noch nicht wirklich Ugos heutiger Stimmung. Rings um seine Hütte, auf dem kahlen Hügel und auf den Feldern, die sich zum Sumpfland hinunter ziehen, ist keine lebende Seele zu sehen, aber ihm, wie er da vor seinem naturwüchsigen Weihnachtsmahl sitzt, ist überhaupt nicht zum Lachen zumute.

3.

Wirklich ein frohes Weihnachten für Orfeo Baldacci, ein schöner Fest- und Freudentag in Familie, ganz wie der Pater es immer predigt. Sie, die Hure, die sich erst zwei Stunden lang schon wieder die Haare wäscht und dann eine große Schachtel mit Waffeln und Kuchen füllt und sich davonmacht, um diesen andern bei Laune zu halten, samt Freunden und Gevattern. Und er hier vor der Haustür sitzend, um die sechsundzwanzig Reihenhäuser zu betrachten, die den Platz des Olivenhains eingenommen haben, und die heute geschlossene Tankstelle, die das Bauholzlager des Holzhändlers Gori abgelöst hat.

Vor zwölf Jahren, als Orfeo geheiratet hatte, war das alles noch Land gewesen, ringsum gab es nichts als andere einstöckige Häuschen wie das seine und sonst nur Felder, Gärten und Wege. Und seiner Frau war's ganz recht so gewesen, sie beschwerte sich über nichts, sie baute Salat und Erbsen an, sie machte ihm Leberspießchen und Schweinerippchen, und sie sang sogar. Wenn sie etwas haben wollte, bat sie ihn lieb und artig darum. Ein Bad? Schon hatte er ihr ein gekacheltes Bad eingerichtet mit Hilfe seines Freundes Grechi, des Klempners. Zwei Zimmerchen mehr? Schon hatte er sie angebaut (schwarz) mit Hilfe seines Freundes Marsilio, des Maurers. Ein Moped zum Einkaufenfahren? Da hast du's, Schätzchen, mach's dir bequem damit.

Zu großzügig ist er gewesen, zu schwach, nie hat er nein sagen können. Und dann ist diese verdammte Erbschaft gekommen, diese verdammte Idee mit der Boutique für Strohhüte und mit der Selbständigkeit, während gleichzeitig auch die Bagger kamen, die Kräne und die Betonmischmaschinen, um ihn von allen Seiten einzukreisen, nicht mitgerechnet, wie seine Hündin Fede unter einem Laster krepiert ist und wie der Feigenbaum hinterm Hühnerstall verdorrt ist, eingegangen an Altersschwäche oder an einer Krankheit.

Eins hier, eins da, heute dies und morgen das, aber am Ende schließt sich der Kreis, und der Keiler ist eingekesselt, mit allen Hunden und allen Flinten gegen sich.

Orfeo stößt ein drohendes Grunzen aus, wie es Wildschweine tun, wenn sie sich in Gefahr fühlen, und spuckt genau in dem Moment auf den Boden, als der Maresciallo Butti am Gartentürchen erscheint. Pech gehabt, soll er die Geste doch auffassen, wie er will.

»Servus, Orfeo. Frohe Weihnachten.«

»Servus.«

Aufgabe der Carabinieri wäre es, sich mal ein bißchen um ihn zu kümmern, nachzuforschen und rauszufinden, was und wer hinter dieser Misere steckt, in der er sich befindet. Aber von wegen, der da kommt doch auch bloß, um ihn zu schikanieren, der steht doch bestimmt auch auf *ihrer* Seite, auf der von dem Pater, von ihrem Romeo und all den andern. Er wird nicht eingeladen, sich zu setzen, aber der Maresciallo setzt sich trotzdem auf die Bank neben Orfeo, nimmt sich die Mütze ab und streckt die Beine lang.

»Bin ganz schön erledigt, hab letzte Nacht kaum geschlafen.«

Orfeo schweigt.

»Bist du allein?«

Orfeo starrt auf den Boden.

»Du hast dich ja nicht mal rasiert.«

Orfeo zuckt die Achseln.

»Wozu soll ich mich rasieren, wenn ich nicht in die Gualdana gehe?«

Der Maresciallo gähnt.

»Was hast du eigentlich in der Pineta gemacht, vorgestern nacht? Du hast es mir nicht verraten wollen. Was hast du da angestellt?«

»Nix, hab ich Ihnen doch schon gesagt. Erst hab ich in verschiedenen Gärten gearbeitet, und dann war ich bei den Prestifilippos, wo ich mich um alles kümmere, wenn sie nicht da sind. Na, und weil ich mir was zum Essen mitgebracht hatte, bin ich dann gleich dageblieben. Ich mußte ja mal was zu mir nehmen, oder? Ich mußte ja wieder zu Kräften kommen. Weil, ich bin nicht so einer, der sich einfach so alles gefallen läßt, auch wenn die meinen, daß inzwischen...«

»Wer die?«

»Die«, wiederholt Orfeo. »Die eben.«

Er sagt nicht, wer »die« sind, aber er sagt, daß sie alle darin übereinstimmen, ihn zu schwächen, ihm alle Kraft auszusaugen und ihn dann wegzuwerfen wie einen alten Lumpen. Aber aufgepaßt, wenn der Keiler gereizt wird, wird er böse, er hat die Mittel, sich zu wehren, und wenn eine Frau auch eine Frau ist, gibt es doch ein paar Sachen, die sie nicht machen darf, diesen Schmarrn mit der Selbstbestimmung und dem ganzen Rest, den muß sie aufgeben, eine Ehefrau ist eine Ehefrau, und er ist der Ehemann, und ein Ehemann kann ja schon eine Zeitlang was vertragen und die Lage hinnehmen, aber schließlich weiß er schon, wie er's machen muß, um wieder zu Kräften zu kommen, und dann wird man ja sehen, wie die Sache ausgeht, dann wird man ja sehen, wer sich durchsetzt.

»Und was willst du tun?«

Orfeo schüttelt grimmig den Kopf über die Argumente, Argumente hier und Beziehungen da, die seine Frau ihm ständig vorhält, aber die auch ihr vorgehalten worden sein müssen, um ihr den Kopf zu verdrehen, und wenn hier schon vom Kopf die Rede ist, er wird ihr schon zeigen, wer den härteren hat, und früher oder später wird sie ihm geben müssen, was ihm zusteht.

Der Maresciallo ahnt einen Ehestreit sehr intimen Charakters, den zu erörtern ihm nicht nur die Kompetenz, sondern auch der passende Wortschatz fehlt. Im übrigen ist er hier, um seinen eigenen Wortschatz zu gebrauchen.

»Sag mal, Orfeo, hast du den Grafen Delaude gekannt, in der Gualdana?«

Orfeo kennt ihn und hat auch schon mal seinen Garten gepflegt, vor fünf Jahren, ein ganzes Jahr lang. Aber dann hat er sich mit der Gräfin zerstritten, eine sture und geizige Frau, unmöglich zufriedenzustellen.

»Weißt du, daß er tot ist?«

»Nein«, sagt Orfeo, ohne weitere Fragen zu stellen.

»Wir haben ihn tot am Strand gefunden, gestern nacht.«

»Ertrunken?« fragt Orfeo lakonisch.

»Nein, erschlagen. Mit einem Hieb auf den Kopf.«

Orfeo schweigt.

»Er muß vorgestern nacht gegen zwei gestorben sein, als du auch in der Pineta warst.«

Orfeo grunzt, zuckt die Achseln und starrt auf den Boden.

»Er kann am Strand erschlagen worden sein, aber es kann auch sein, daß er dorthin gebracht worden ist, als er schon tot war. Du hast nicht zufällig jemanden gesehen, in jener Nacht? Autos, die herumgefahren sind, seltsame Bewegungen, irgend was?«

Orfeo schweigt lange, fährt mit der Hand in sein dickes Flanellhemd, um sich an der Brust zu kratzen, richtet dann seine flinken kleinen Augen in dem unrasierten Gesicht auf den Maresciallo.

»Ich hab einen gesehen.«

»Wen?«

»Den Pettinaio.«

»Welchen Pettinaio?«

»Den der Pater in der Predigt genannt hat. Der immer nur Wurzeln und Johannisbrot ißt und in Lumpen rumläuft und sich Eier schenken läßt.«

»Meinst du den Professor? Der auf dem Hügel der Gherardinis lebt?«

»Ja, den. Ich hab ihn gesehen und hab ihn erkannt, als er über die Großherzogsbrücke gegangen ist mit seiner Lampe und seinem Mantel. Er ist Richtung Poggiomozzo gegangen.«

»Und wie spät war es da? Erinnerst du dich?«

»Spät. Nach Mitternacht.«

»Und wo warst du? Was hast du gemacht?«

»Bin rumgelaufen. Erst hab ich die Nachrichten gesehen, im Fernsehen bei den Prestafilippos, aber da gibt's ja auch immer bloß Schmarrn zu sehen und Stuß zu hören, die sind doch auch mit schuld an allem. Na, jedenfalls ist mir da wieder die Galle hochgekommen, und da bin ich raus, um ein bißchen rumzulaufen.«

»Also nach den Spätnachrichten?«

»Ja, als Sendeschluß war.«

»Also nach halb eins. Und hat er dich gesehen?«

»Mich sieht keiner, wenn ich's nicht will.«

Jetzt ist es der Maresciallo, der lange schweigt. Am Ende setzt er sich die Mütze wieder auf und erhebt sich.

»Sag mal, hast du eigentlich einen Rasenmäher, der gut funktioniert?«

»Ja, ich beklage mich nicht«, sagt Orfeo mit schlauem Lächeln. »Die andern sind's, die sich beklagen, weil er so 'nen Krach macht.«

»Würdest du mir den mal zeigen? Mein Bruder in San Savino denkt nämlich dran, sich einen anzuschaffen.«

Über Preise, Verbrauch und Wartung redend, gehen sie zu einer schilfgedeckten Wellblechbaracke, in der sich der Rasenmäher befindet, nebst einem großen Industriestaubsauger zum Aufsaugen von Blättern und Piniennadeln (der jedoch in der Gualdana verboten ist, weil er einen Höllenlärm macht) sowie einem ganzen Sortiment von Sensen, Sicheln, Harken, Reisigbesen, Schaufeln, Spaten und Hacken, alle säuberlich nach Zweck und Größe aufgereiht.

»Bravo, du hältst deine Sachen ordentlich«, sagt der Maresciallo und mustert die Geräte eins nach dem anderen.

»Ich arbeite damit«, sagt Orfeo. »Ich arbeite mich tot, und die macht nicht bloß ihre Sauereien, sondern hat dazu auch noch beschlossen, daß ich... nix, nie, nicht mal ab und zu wenigstens! Und all diese andern sagen auch noch, sie hätte recht damit, also wirklich! Aber wenn sie glauben, sie könnten mich...«

»Geh dich rasieren, Orfeo, glaub mir.«

»Wer sieht mich denn?«

»Ich zum Beispiel.«

Orfeo zuckt die Achseln, geht zurück und setzt sich wieder wie vorher auf seine Bank, den Blick zu Boden gerichtet, die Hände schwielig und schwarz unter den Nägeln.

»Mach's gut, Orfeo. Wiedersehn.«

Orfeo schweigt, das Kinn in die Hand gestützt, und kaum ist der Maresciallo fort, spuckt er in hohem Bogen aus.

4.

Was kommen wird, kommt – denkt Eladia und verzichtet darauf, dem Rad eine neuerliche Kontrollkarte beizugeben –, und was geschehen ist, ist geschehen. Aber was ist denn geschehen? Die Spiele, welche die Karten am 23. Dezember so dunkel angekündigt hatten, müssen bereits in den ersten Morgenstunden des 24. beendet gewesen sein, wie die Kontrolle von gestern ergeben hat. Aber was für Spiele?

Jetzt, wo das Rad stillsteht und die zwölf Großen Arkana fest in ihren jeweiligen Häusern ruhen, kann man anfangen, die Entsprechungen zu den einzelnen Ereignissen, Personen, Tieren und Dingen zu studieren.

Der schreckliche libysche Wüstensturm zum Beispiel und dieser Tote, der am Weststrand jenseits des Alten Grabens gefunden worden ist, scheinen deutlich in einer Beziehung zu jenem üblen Einfluß des Wassers und mithin der Schwerter zu stehen, der von Anfang an zu erkennen war. Und das Stachelschwein, das zu einem dem Anschein nach leichten Zusammenstoß geführt hat, könnte dem Fall des MAGIERS aus dem Haus des *Lebens* in das der *Feinde* entsprechen, wo das Animalische dominiert. Und was den NARREN betrifft, der sich anfangs im Hause der *Gattin* befand, aber durch die Schwankung des Rades in das des *Todes* befördert worden ist, so scheint er ohne weiteres mit dem Grafen Delaude identifizierbar zu sein.

Aber Vorsicht. Die dem Rad eingeschriebene Katastrophe ist zu komplex und verwickelt, als daß die einfachen Gleichsetzungen nicht Gefahr liefen, auch die trügerischsten zu sein. Besser noch einmal über die allgemeinen Wertigkeiten der Schwerterkarten nachdenken, deren schlimme Bedeutungen von »Duell« und »Bruch« bis »krankhafter Zustand« und »perverser Trieb« reichen, ohne jedoch den »Gewissensbiß« und die »verdiente Strafe« auszuschließen.

In der gutartigen Bedeutung des Arkanums ist andererseits letzte Nacht schon der *Ritter* in Gestalt des Unteroffiziers Butti erschienen – über den Milagros außerdem von Vannuccini erfahren hat, daß er heute morgen nach Grosseto gerufen worden ist.

Weshalb zu erwarten steht, wie Eladia zu Signora Borst sagt, daß heute oder morgen auch der *König* auftauchen wird, vermutlich in Gestalt eines Richters oder Offiziers.

»Aber dann wird man erst noch sehen müssen, ob sie ohne die Karten überhaupt irgend etwas kapieren«, meint Signora Borst.

»Jetz jedenfalls«, meint Milagros, »kapiert man auch mit die Karten überhaupt nix.«

5.

Das einzige, worum der Maresciallo Butti den General Bonaparte jemals wirklich beneidet hat, ist die legendäre Fähigkeit, jederzeit in jeder Lage die Augen zu schließen, um fünf Minuten später frisch und ausgeruht wieder aufzuwachen. So fällt ihm auf der Fahrt von Orfeos Gartentürchen zum Eingang der Gualdana nicht ein Gramm Müdigkeit von den gesenkten Lidern, obwohl der Gefreite Oliva sehr rücksichtsvoll fährt.

Die Wächter Vannucci und Guerri halten seine übermüdete Miene für schweren Ärger und verbergen ihre offensichtliche Neugier hinter der Neugier der Medien.

»Von ›La Nazione‹ und von ›Telepadùle‹ haben sie schon angerufen«, verkünden sie, »um zu wissen, ob es ein Unfall oder ein Selbstmord war. Und spätestens morgen früh wollen sie Leute herschicken. Was sollen wir ihnen sagen?«

Ein kürzlich angefügter Zusatz zur »Kondominiumsordnung« der Gualdana schreibt vor, daß kein Journalist, Fotograf oder Fernsehreporter ohne ausdrückliche Erlaubnis des oder der involvierten Bewohner eingelassen werden darf. Die Medien haben manchmal freien Zutritt gehabt (etwa zum achtzigsten Geburtstag des Maestro Kruysen), sind manchmal von anderen auf unterschiedliche Weise »öffentlichen« Persönlichkeiten, Bewohnern oder vorübergehend anwesenden, abgewiesen worden, oder sind auch schon vergeblich erwartet worden (zum Beispiel vom Abg. Bonanno, der doch anwesend und durchaus bereit war, in kritischen Augenblicken der nationalen und internationalen Politik das seine zu sagen).

Aber ein Vorfall wie der von gestern nacht gehört allen, und in jedem Fall ist die Gualdana keine undurchdringliche Festung, ein entschlossener Reporter kann sich jederzeit vom Strand her einschleichen und zwischen den Villen herumtreiben, um Fragen zu stellen und Fotos zu machen, mit denen er dann wer weiß was für phantastische Versionen fabriziert. Besser, man hält diese Leute unter Kontrolle.

»Weist sie nicht ab, wenn sie kommen. Und wenn sie die Villa des Grafen filmen wollen, bringt sie hin, aber natürlich ohne sie reinzulassen.«

»Und am Strand, wo die Leiche gefunden wurde?«

»Führt sie auch an den Strand. Aber als besondere Vergünstigung, nur fünf Minuten und dann wieder weg, ihr habt zu tun, ihr müßt sofort wieder hierher.«

»Aber angenommen, sie wollen uns interviewen?«

»Euch?«

»Ja, uns. Wenn sie uns persönlich fragen...«

Aber Vannucci hat bereits eine eigene Linie.

»Also ich weiß nichts und sag' ihnen nichts.«

Guerri ist nicht einverstanden.

»Man muß kooperieren, weil, die Tatsachen finden sie ja doch raus, und dann stehst du belämmert da.«

»Ich sag' ja nicht, daß man die Tatsachen nicht zugeben soll, ich sage nur...«

»Je weniger ihr sagt, desto besser«, empfiehlt der Maresciallo. »Redet so wenig wie möglich, nur das Nötigste.«

»Gut, also zurückhaltend«, resümiert Vannucci.

»Nein nein, doch nicht zurückhaltend!« ruft der Maresciallo.

»Also dann vorsichtig zugebend?«

»Was willst *du* denn zugeben? Wo du doch keinen Deut zuzugeben hast!«

»Na, zum Beispiel: ich gebe zu, daß der Lotti den Toten gefunden hat und daß Roggiolani Dienst hatte.«

»Laß den Lotti aus dem Spiel und den Roggiolani auch. Was geht's dich an!«

»Aber wenn sie's schon wissen?«

Dem Maresciallo dämmert, wie viele infernalische Alternativen sich im Kontakt mit den Medien bieten können, und der Gedanke, daß diese beiden Wächter am Ende zu mehr oder weniger offiziellen Sprechern der Gualdana werden könnten, beruhigt ihn ganz und gar nicht. Auch der Gefreite Oliva scheint im übrigen nicht sehr geeignet für diese Art von Konfrontation: Er ist jung, errötet leicht und hat immer einen leicht übertriebenen Ernst im Blick.

»Und wie steht's mit der Autopsie?« fühlt sich Guerri schließlich ermächtigt zu fragen. »Weiß man da schon was? Kann man darüber reden?«

Butti entscheidet sich für die größtmögliche Knappheit:

»Es ist Mord oder Totschlag. Delaude ist am 24. gegen zwei Uhr morgens mit einem Hieb auf den Kopf getötet worden.«

Guerri stößt einen Pfiff aus, Vannucci ruft »Mammeglio!« in der Bedeutung von »ist ja unglaublich!«.

»Der Autopsiebericht wird morgen schon publik sein, also gibt es keinen Grund zur Zurückhaltung. Aber ihr seid gebeten, nichts vom dem Auffahrunfall vorgestern nacht zu sagen und davon, daß Zeme verschwunden ist...«

»Aber seine Frau ist auch verschwunden«, gibt Guerri zu bedenken. »Das wissen inzwischen alle.«

»Genau, ihr wißt nur, was alle wissen, nichts weiter, nichts über irgendwelche Zusammenhänge oder zeitliche Übereinstimmungen oder Verdachtsmomente.«

»Bis jetzt«, sagt Guerri.

»Bis jetzt. Und bis jetzt wißt ihr auch noch nichts von dem Mädchen, das mit dem Opfer gekommen ist. Ihr habt noch nie von ihr reden gehört und habt sie nie gesehen, ist das klar?«

»Eine große Brünette, größer als er, hat Roggiolani gesagt. Ein schönes, schön knackiges Weibs...«

Vannucci beißt sich auf die Zunge, als wäre er in Gegenwart von Journalisten.

»Na, ich hab sie jedenfalls nie gesehen«, schließt er zerknirscht.

»Aber so eine Brünette habe *ich* gesehen«, sagt Guerri. »Ich weiß nicht, ob sie's wirklich war, sie ist mir kleiner vorgekommen, nur etwa so groß wie der Roggiolani. Aber ich war ja auch auf dem Fahrrad.«

»Und wann war das?« fragt der Maresciallo sehr ruhig.

»Heute morgen, hier in der Pineta. Sie suchte trockene Pinienzapfen für den Kamin, aber die sind noch alle ganz feucht von vorgestern nacht, und da hat sie drei von vier weggeworfen. Ein schönes Mädchen, schön kna...«

»Wo war sie?«

»Auf der Straße. Sie hatte eine Plastiktüte und...«

»Schon gut, aber wo genau? In der Nähe der Villa Delaude?«

»Ja, da in der Gegend. Aber ein paar Villen weiter hinten, eher da, wo diese zwei Schauspieler wohnen.«

»Max & Fortini«, präzisiert Vannucci. »Die sind nämlich auch hier, sie arbeiten an einem neuen...«

Er bricht ab und sieht schuldbewußt auf den Maresciallo und den Gefreiten Oliva.

»Das hat mir Milagros erzählt«, fügt er zu seiner Rechtfertigung hinzu. »Mehr weiß ich nicht, und mehr sage ich nicht.«

Das Gelächter des Maresciallo klingt wie das erste Knakken einer dreißig Meter hohen Pinie, die im nächsten Augenblick umfallen wird.

»Gebenedeite Maremma! Willst du jetzt *mir* gegenüber den Zurückhaltenden spielen?«

»Nein, es war bloß, weil Milagros heute morgen...«

»Hör mir doch von Milagros auf! Oder hat sie dir noch was anderes erzählt?«

»Nein, das heißt, nur daß bei diesen zwei Schauspielern jetzt ein Mädchen wäre, das sie in der Mitternachtsmesse kennengelernt hat, und dieses Mädchen wäre...«

»Na los, wer, was für ein Mädchen?«

»Ein sympathisches, eine große Brünette, sagt Milagros.«

»Und was sagt sie noch?«

»Daß sie vorher bei dem Grafen gewesen wäre. Sie wäre mit dem Grafen aus Florenz gekommen, aber dann zu Max & Fortini gegangen, und da wäre sie jetzt ganz glücklich. Ihr Name wär' Katia, sagt Milagros.«

Die Pinie fällt nicht, der Maresciallo stößt einen Seufzer aus.

»Heilige Maremma!« sagt er.

*

Aber wenn diese Katia eine grimmige Mörderin wäre, wie sein grimmiger Kollege Ognibene nicht ausschließen möchte, überlegt der Maresciallo, dann wäre sie jetzt schon in weiter Ferne. Und gestern während des kurzen Gesprächs an der Tür schien sie nichts von Delaudes Schicksal zu wissen. Im Gegenteil, sie schien eher böse auf ihn zu sein, sie redete wie eine Frau, die schmählich sitzengelassen worden ist von einem, der durchaus noch lebt.

Besser gleich mal eine kleine Überprüfung vornehmen und den zerknirschten Vannucci damit beauftragen.

»Jawohl, verstanden: Wenn niemand rangeht, heißt das, sie sind zum Essen aus, und wenn doch jemand rangeht, soll ich bloß nach Grechi fragen, verstanden.«

Doch ans Telefon kommt genau das Mädchen, das den Klempner nicht gesehen hat und nichts davon weiß, daß er herkommen soll, es ihm aber ausrichten wird, falls er kommt.

»Sie war's, sie ist zu Hause«, berichtet Vannucci glühend vor Stolz über den brillant erledigten Auftrag.

»Woher willst du das denn wissen? Hast du sie wiedererkannt?« fragt Guerri höhnisch.

»Na, *sie* ist es doch, die *mich* nicht wiedererkannt hat, du Hornochse!« triumphiert Vannucci. »Wenn sie eine von den Hausherrinnen gewesen wäre, hätte sie mich doch begrüßt und mir frohe Weihnachten gewünscht, oder?«

Der Maresciallo weiß genug, um sich die Schlüssel zu der Villa Delaude geben zu lassen und zu beschließen, mit ihr anzufangen. Es könnten sich dort ja Indizien finden, die ihm beim Verhör der Gesuchten nützlich sein würden. Grausige Indizien eines grausigen Verbrechens.

Bevor sie eintreten, läßt er auch den Gefreiten Oliva Handschuhe anziehen, für den Fall, daß die Spezialisten von der Spurensicherung bemüht werden müssen. Aber schnell wird ihm klar, daß hier nichts passiert ist, in keinem Raum sind Anzeichen eines Kampfes zu finden, weder Blutspuren noch Gehirnmasse: Der Delaude ist nicht zu Hause umgebracht worden. Vielleicht in einer der Umkleidehütten am

Strand? Auch das wird der Staatsanwalt überprüft haben wollen, in Ermangelung neuer Erkenntnisse.

Mehrmals während dieser Ortsbesichtigung fühlt sich der Maresciallo an seine Ortsbesichtigung im Hause Zeme erinnert. Die Zimmer vielleicht etwas kleiner, aber Türen und Klinken gleich. An Fenstern und Fenstertüren Rolläden statt Schiebeläden, aber hier wie dort die Fußböden, Bäder und Duschen in lebhaften Farben gekachelt. Und derselbe Eindruck, beim Gang durch die Zimmer von einer leeren Schachtel in eine andere zu gehen, alle fast wie aus feuchtem Karton, mit immer den gleichen Doppelbetten und mal geblümten, mal karierten oder gestreiften, sommerlich dünnen Decken. Eines der Betten ist benutzt worden und sehr zerwühlt.

Auch im ehelichen Schlafzimmer, das sehr viel nüchterner möbliert ist als bei den Zemes, ist das Bett zerwühlt. Auf der Ablage daneben eine vermutlich durchgebrannte Glühbirne, ein Pappbecher mit einem Restchen Wasser und eine Pakkung Präservative.

Fünf von acht fehlen darin, aber das muß nichts bedeuten, denkt der Maresciallo.

Plötzlich ertönt ein fernes Rumpeln wie von losgaloppierenden Pferden, und Butti geht hinunter, um einen Blick ins Souterrain zu werfen, wo ein Thermostat die Heizung hat anspringen lassen.

»Sollen wir sie abstellen?« fragt Oliva.

»Ja«, sagt der Maresciallo. Denkt aber dann an die Kälte im Leichenschauhaus und sagt: »Nein, laß an, darum werden sich die Wächter kümmern.«

Sie werden sich auch um das schmutzige Geschirr in der Küche zu kümmern haben und um die Calvados-Flasche, die im Wohnzimmer auf dem Sofatisch steht, mit dem Korken daneben. Ein Gläschen bloß hat er getrunken, um die Pizza »Quattro Stagioni« zu verdauen. Vielleicht während er auf jemanden wartete? Oder auf einen Anruf? Auf die Weihnachtsgrüße von seiner Frau? Der Maresciallo hat sie heute morgen in Grosseto nicht gesehen, und sie hat auch ihn nicht sehen wollen, um mit ihm zu sprechen, ihn zu fragen, wie es war, als er da tot am Strand lag, ihr armer Hund von Ehemann. Eine eiskalte Frau mit einem zu Stein gewordenen Herzen wegen wer weiß wie vieler Präservative. Oder waren die Präservative die Folge ihrer Kälte?

»Rapporti... rapporti...«, murmelt der Maresciallo in Gedanken an das Ehepaar Baldacci.

»Gibt's einen PC in der Kaserne?« fragt der Gefreite Oliva. »Ich kann damit umgehen, ich kann mich um die Rapporte kümmern.«

Butti sieht ihn wohlwollend an.

»Nein«, sagt er, »ich hab von anderen Rapporten gesprochen. Komm, gehen wir uns mal das Auto ansehen, mit dem er den anderen angebumst hat.«

*

Der Rapport des Mechanikers wird lang und kompliziert sein wie der des Gerichtsmediziners, es sei denn, die Gräfin Delaude beschließt, wenn sie herkommt, das Auto verschrotten zu lassen. Scheußliche Beule am Kopf des Grafen, scheußliche Beule am Bug seines alten Wagens. Düstere Zusammenhänge, die einem Monforti in den Sinn kommen könnten, denkt der Maresciallo, von denen man sich aber nicht beeindrucken lassen sollte – auch wenn, um die Wahrheit zu sagen, Monforti mit seiner Besorgnis und seinen schwarzen Vorahnungen gar nicht so weit neben der Wahrheit lag...

»Nichts da?«

»Nichts Besonderes, nur die üblichen Sachen«, antwortet der Gefreite Oliva, der mit der Durchsuchung des Wagens betraut worden ist.

Er klappt den Kofferraum wieder zu, öffnet eine der hinteren Türen und beugt sich zwischen die Sitze. Ein paar Werbeprospekte, ein halb zerkrümelter Kräcker, und auf der

Ablage vor dem Rückfenster ein kleiner beiger Regenhut und ein Guide Michelin von 1978.

»Gehen wir«, sagt der Maresciallo. »Morgen sehen wir uns vielleicht auch den Volvo des Angebumsten mal an.«

Das Auto des Anbumsers bleibt allein zurück wie ein vernachlässigtes Grab, übersät mit Piniennadeln und vergilbten Oleander- und Steineichenblättern, zwischen denen winzige Spinnen krabbeln.

6.

Sogar aus Kanada, von wo er angerufen hat, um frohe Weihnachten zu wünschen, hat Signora Neris geschiedener Mann gemerkt, daß die Kinder »etwas hatten«, sie sind ihm »ein bißchen *down*« vorgekommen. Aber sie haben gesagt, es sei nichts, sie hätten nur schlecht geschlafen. Dann sind sie zum Pförtnerhäuschen gelaufen, wo sie vielleicht ein Geschenk finden würden, wie ihr Vater gesagt hatte. Und als sie zurückkamen – auf zwei prächtigen, perfekt ausgestatteten Mountainbikes, die schon gestern für sie eingetroffen waren –, hatten sie nicht mehr diese seltsame Miene. Nicht einmal die Nachricht von dem grausigen Fund am Strand scheint sie sehr beeindruckt zu haben.

»Denk nur, Mama, sie haben ihn da hinten am Weststrand gefunden, genau an der Stelle, wo früher das Wrack der *Viktor Hansen* war!« hat Andrea gesagt, als wäre neben dem Wrack anstelle des Grafen Delaude die Leiche von Captain Kydd aufgetaucht.

Und jetzt nach dem Mittagessen (aber haben sie nicht ein bißchen lustlos gegessen? fragt sich die Mutter) besteigen sie gleich wieder enthusiastisch ihre Mountainbikes, um zu der Fundstelle hinzufahren.

Die Kurven, die sandigen Abschnitte, das steile Auf und Ab des Dünenwegs bieten zudem ein hervorragendes

Übungsgelände für die neuen Räder, deren 21 Gänge ein gewisses Training erfordern, bevor man sie voll ausnutzen kann. Selbst die Großherzogsbrücke mit ihren schwierigen Zugängen wird mehrmals experimentell hin und zurück überquert.

Doch »vor Ort« ist dann nichts weiter Interessantes zu sehen außer Fußspuren, die sich überschneiden, verdichten und gegenseitig verwischen, rings um einen zentralen Punkt, der die Stelle sein muß, an der die Leiche aufs Trockene gezogen worden ist, bevor sie nach Grosseto abtransportiert wurde.

»Madonnina!« ruft Giudi trotzdem nach Art der Wächter, die Tatsache nutzend, daß ihre Mutter nicht da ist, um sie dafür zu schelten.

Dann tritt sie mit ihrem Bruder an die Wasserkante, um das Meer aus der Nähe zu mustern. Aber keinem der beiden gelingt es, unter dem von der Libecciata angeschwemmten Treibgut etwas zu erkennen, was den Aufbauten der *Viktor Hansen* ähnlich sieht. Dabei sollte doch laut Roggiolani, wie Vannucci berichtet hat, gerade die Libecciata das Wrack wieder aus dem Sand hervorgeholt haben.

»Roggiolani spinnt«, sagt Andrea. »Daniele hat gesagt, das Wrack ist für immer versunken.«

Die beiden Kinder steigen wieder auf ihre *montapicchi*, wie sie die Mountainbikes zu nennen beschlossen haben, und legen nach der Brücke den größten Gang ein, flitzen über die asphaltierten Straßen mit Geschwindigkeiten, die nicht von der Kondominiumsordnung gestattet sind, sausen vorbei an den Villen der Tavellas, der Bonannos, der Kruysens... nach der sie hart abbremsen und blitzschnell in einen Seitenweg einbiegen. Ein Stück weiter vorn an der Korkeichenkreuzung stand der kleine Fiat der Carabinieri.

7.

Katia hat gerade auf die kleine Schiefertafel in der Küche geschrieben, was sie alles morgen im Städtchen besorgen muß (die Geschäfte sind am Stephanstag vormittags offen), da hört sie die Türglocke klingeln. Das wird der Klempner Grechi sein, denkt sie, nach dem vorhin aus dem Pförtnerhaus gefragt worden ist. Und man muß schon sagen, diese Pineta ist wirklich exklusiv, wenn hier ein Klempner sogar am Weihnachtstag arbeiten kommt. Dann geht sie öffnen.

»Oh«, sagt sie überrascht, aber ganz ruhig, da sie ja nun die volle Rückendeckung durch Max & Fortini hat, die drinnen in ihrem »Comicomio« arbeiten, wie sie ihr Arbeitszimmer in einer Mischung aus *comico* (komisch) und *manicomio* (Irrenhaus) nennen.

Vor ihr steht derselbe Maresciallo wie gestern und hinter ihm am Ausgang des Weges zur Straße neben dem wartenden Auto ein zweiter Carabiniere, ein junger, der sofort den Blick abwendet. Ja, sie ist ganz ruhig, aber ein Nichts genügt, und man sitzt wieder voll in der Scheiße. Schon an seinen ersten Worten: »Ich muß Sie sprechen« (und nicht: »Kann ich Sie mal sprechen?« oder »Ich müßte Sie mal sprechen«) erkennt Katia, daß jetzt eine andere Musik gespielt wird.

Was tun? Die Hausherren rufen? Selber die Hausherrin spielen, ach kommen Sie doch bitte herein und nehmen Sie im Wohnzimmer Platz? Sie bleibt am Eingang stehen, und diesmal macht der Polyp keine langen Umstände, sondern wirft es ihr hin, wie man eine Handvoll Erde auf einen Sarg wirft, daß Gimo tot und umgebracht worden ist, und wann und wo und wie. Katia vergißt alles, was sie tausendmal im Fernsehen gesehen hat, und macht genau das, was sie tausendmal im Fernsehen gesehen hat.

»O Gott«, murmelt sie erbleichend, schließt die Augen und faßt sich mit einer Hand an die Kehle, während ihr die

Knie echt zittern. Sie lehnt sich echt an die Wand. Sie ist ehrlich erschrocken.

»Aber wieso?« sagt sie mit rauher Stimme. »Was ist denn passiert? Wer ist es gewesen?«

Der Maresciallo nimmt sie am Arm, führt sie seinerseits ins Wohnzimmer und läßt sie Platz nehmen. Dann zündet er ihr die Zigarette an, die sie jetzt ganz unbedingt braucht, wie sie ehrlich spürt. Auch ihre Finger und ihre Lippen zittern echt.

Kaum hat sie sich ein bißchen beruhigt, zieht der Maresciallo ein Notizbuch hervor und fragt sie nach ihren Personalien. Natürlich, das machen sie immer so, die Carabinieri, immer wollen sie als erstes deine Papiere sehen, um zu wissen, wer du bist und woher du kommst. Und in so einem Augenblick sollst du dich dann erinnern, wo die Handtasche mit dem Ausweis geblieben sein kann, in der Küche, im Schlafzimmer, im Bad, gottweißwo.

»Macht nichts«, sagt er, »den zeigen Sie mir dann später. Sind Sie aus Florenz?«

»Nein, aus Prato, aber ich wohne in Florenz bei einer Tante.«

Sie gibt ihm die Adresse der Wäscherei »Lavasecco 2000« und den Namen ihrer Tante, der Inhaberin.

»Wir wohnen über der Wäscherei, aber ich habe mein eigenes Zimmer und zahle Miete dafür.«

Sie erklärt ihm in großen Zügen, was sie beruflich macht: Arbeit als Fotomodell für Supermarktwerbung, ab und zu auch als Mannequin in Modenschauen, gelegentlich als Hosteß bei Empfängen und Kongressen, dazu ein paar Werbespots, ein paar Auftritte bei einem kleinen lokalen TV-Sender. Ein modernes, unabhängiges Mädchen, das in einer harten, erbarmungslosen Welt seinen Weg zu machen versucht.

»Keine Pornos?« fragt der Maresciallo, als frage er, ob sie Jogging mache.

Katia ist peinlich berührt und verneint mit Nachdruck

und Überzeugung. Nicht einmal Tante Ines (die freilich nichts davon weiß) könnte die Serie von Aktfotos »Pornos« nennen, die Giorgio letztes Jahr von ihr gemacht hat; wo doch schließlich auch Marylin Monroe zu Anfang...

»Es ist nur, um das Bild abzurunden«, erklärt der Maresciallo, »um gewisse Aspekte auszuschließen. Besser, ich weiß es direkt von Ihnen.«

Und immer um das Bild abzurunden, läßt er sich alles über Gimo erzählen, wobei er ihn hartnäckig »der Delaude« nennt, während sie den Ärmsten jetzt, wo er tot ist (und auf welche Weise umgekommen!), in Gedanken wieder als Gimo führt. Ja, ziemlich neue Bekanntschaft, erst ungefähr seit einer Woche. Nie vorher gesehen. Seine Frau überhaupt noch nie gesehen. Nein, von niemandem vorgestellt worden und keine gemeinsamen Freunde. Zufallsbekanntschaft auf einer Party.

»Keine Drogen?« fragt der Maresciallo, als frage er, ob sie vor dem Einschlafen ihr Nachtgebet spreche.

Harte, erbarmungslose Fragen. Katia zieht sich den linken Ärmel hoch, dann auch den rechten, und zeigt ihm die glatte Innenseite ihrer Arme.

»Hab noch nie welche genommen, nicht mal zum Probieren«, sagt sie stolz, »weder harte noch weiche. Die sind verheerend für die Arbeit.«

»Stimmt«, bestätigt der Maresciallo. »Und der Delaude?«

»Weiß ich nicht, kann ich mir aber nicht vorstellen. Er hatte genau abgezähltes Geld, der arme Gimo...«

Sie unterbricht sich, schüttelt den Kopf.

»Ich kann's noch gar nicht glauben, daß er tot sein soll. Kommt mir so... so völlig...«

Aber es ist nicht erlaubt abzuschweifen.

»Dann hat also der Delaude bei dieser Party...«

Party zur Einweihung der neuen Niederlassung einer Möbelfabrik, anwesend auch ein städtischer Dezernent sowie der Vizepräsident der Handelskammer. Und der Delaude in seiner Eigenschaft als Graf. Viele Komplimente, viele

Versprechungen für wichtige »Kontakte«, dann der Vorschlag zu diesem »Ausflug« in die Gualdana, um sie mit ein paar Leuten bekannt zu machen.

»Mit was für Leuten?«

»Leuten vom Fernsehen, Produzenten, großen Werbefritzen, Sponsoren, Schauspielern. Alle mit Villen in der Pineta und alle mit ihm befreundet. Schien eine gute Gelegenheit... Denn wer sich in meinem Beruf nicht bekannt machen läßt...«

»Und mit wem *hat* er Sie dann bekannt gemacht? Wen haben Sie gesehen?«

»Niemanden!« schnaubt Katia. »An einem bestimmten Punkt hab ich begriffen, daß er eine Heidenangst hatte, sich mit mir sehen zu lassen. Wegen seiner Frau.«

Und sie erzählt von der langsamen Annäherung an die Pineta in Erwartung der Dunkelheit, von dem Durchpreschen an der offenen Schranke im Gefolge des Wagens von Max & Fortini und später, nach der Pizzeria, dem erneuten Durchpreschen im Gefolge des weißen Volvo, von dem Stachelschwein, dem harten Bremsen, dem Auffahrunfall.

»Haben Sie ihn genau gesehen?«

»Den Unfall? Nein, nicht genau, und das Stachelschwein überhaupt nicht.«

Aber der Maresciallo hat den Fahrer des Volvo gemeint. Was er gesagt habe, was er getan habe. Katia strapaziert ihr Gedächtnis. Nein, kein Geschrei, keine Beschimpfungen, da sei sie ganz sicher. Dieser Zeme habe am nächsten Morgen vorbeikommen wollen, um die Versicherungsfragen zu klären, das sei alles gewesen. Aber er sei dann nicht gekommen.

»Und nach dem Unfall hat der Delaude nichts über den Zeme gesagt? Ob sie freundschaftlich miteinander verkehrten, ob es zwischen ihnen irgendwelche alten Feindschaften gab? Oder daß er vielleicht noch am selben Abend zu ihm gehen wollte?«

»Nein, er hat nichts gesagt. Ich glaube, er kannte ihn bloß

vom Sehen, so wie er hier alle ein bißchen gekannt hat. Bloß vom Sehen, nicht mehr. Und genau deswegen hab ich ihn ja dann zum Teufel...«

Katia wird von ehrlichen Gewissensbissen geplagt. Sie hat ihn als Wurm beschimpft, sie hat ihm eine scheußliche Szene gemacht, wenige Stunden, bevor er auf so gräßliche Weise ums Leben gekommen ist. Schöne Erinnerung für die letzte Reise, wirklich. Voller Scham, aber wie zur Sühne, beichtet sie dem Maresciallo Punkt für Punkt die scheußliche Szene.

»Und so bin ich dann in ein anderes Zimmer gegangen und hab mich eingeschlossen«, endet sie zerknirscht.

Aber der Maresciallo sagt nichts dazu. Er fragt nur: »Und wann war das?«

»Ich weiß nicht, um zwölf, halb eins oder so.«

»Und danach haben Sie ihn nicht mehr gesehen?«

»Nein.«

»Auch nicht gehört? Haben Sie vielleicht gehört, ob er noch telefoniert hat?«

»Nein, ich bin gleich eingeschlafen. Ich war völlig fertig.«

»Also haben Sie auch nicht gehört, wie er weggegangen ist, ob noch jemand gekommen ist, ob es geklingelt hat?«

»Nein, nichts. Später hab ich's dann donnern gehört, aber ich war todmüde, ich hab weitergeschlafen.«

Der Maresciallo klappt langsam sein Notizbuch zu, als ob er sich überlegte, was er noch fragen könnte, und Katia sinkt (echt) in sich zusammen unter einem niederschmetternden Gedanken: Jetzt hat sie's gehabt, ihr schönes, langes Interview, erschöpfend und mediengerecht.

»Und was wird jetzt mit mir?«

Der Maresciallo steckt Notizbuch und Stift weg, ohne etwas zu sagen.

»Ich meine, was mache ich jetzt, was soll ich tun?«

»Sie müssen hierbleiben, um verfügbar zu sein. Morgen kommt der Staatsanwalt vorbei und wird mit Ihnen sprechen wollen.«

Noch ein Interview, auf einmal hagelt es Interviews.

»Aber hier kann ich doch jetzt nicht...«, stammelt Katia. »Also ich weiß nicht... ich möchte nicht...«

»Besser, Sie rühren sich hier nicht weg«, sagt stirnrunzelnd der Carabiniere. »Wir müssen sicher sein, daß wir Sie hier vorfinden, andernfalls...«

Andernfalls was? fährt Katia zusammen. Und während sie ihren Interviewer zur Tür begleitet, läßt sie ein Aufschrei aus dem »Comicomio« vollends und echt erstarren.

»Nein, nein, das ist nicht witzig, willst du das endlich begreifen, das ist nicht witzig!«

Diese beiden Heiligen haben sie buchstäblich von der Straße aufgelesen, haben sie als Rotkäppchen willkommen geheißen, ihr zu essen und ein Bett zum Schlafen gegeben, und sie bringt ihnen den Wolf höchstpersönlich ins Haus, die Polizei! In den Boden versinken könnte sie, umbringen könnte sie sich, echt und ehrlich!

»Aber...«, sagt sie mit trockener Kehle, »werden dann nicht auch die Journalisten kommen, die Leute vom Fernsehen, bei einem solchen Verbrechen?«

Das Verbrechen in der Pineta – Max & Fortini verhört – Berühmtes Komiker-Duo beherbergt Unbekannte, und der Staatsanwalt sagt: Wissen Sie nicht, daß diese Top-Idiotin in einen Mordfall verwickelt ist, in den auch Sie nun heineingezogen werden?

Und das gerade jetzt! denkt Katia kurz vor dem Losheulen, gerade jetzt, wo diese positive, vielleicht entscheidende Wende in ihrem Leben eingetreten ist!

Eine Tür klappt, eilige Schritte nähern sich. Wie finster, wie streng, wie unheilschwanger ist die Uniform der Carabinieri zwischen den Wänden einer Villa am Meer! Wie groß die Pistole an seiner Hüfte! Wie schwer und wie unerbittlich sind diese schwarzen Stiefel!

Max erscheint am Ende des Flurs, sieht, bleibt stehen und sagt nichts. Und hinter ihm erscheint Fortini, sieht gleichfalls, tritt näher, streckt die Handgelenke vor und sagt resigniert:

»Endlich haben sie uns entdeckt. Besser so, wir hätten's nicht länger ausgehalten, dieses Leben in der Macchia, im Untergrund!«

»Nein!« schreit Katia auf. »Nein, nein, das ist nicht witzig, das ist überhaupt nicht witzig!«

8.

Sandra schließt den zweiten Koffer, läßt nicht ohne Mühe das Schloß der Vuitton-Tasche einschnappen, hebt den Kopf wieder und sagt noch einmal: »Es hat keinen Zweck, ich fühle mich schuldig.«

»Was soll denn bloß immer dieser Quatsch mit der Schuld!« rebelliert Monforti.

»Es ist mir ganz unlieb, dich ausgerechnet zu Weihnachten hier allein zu lassen...«

»Also hör mal, die Geschenke haben wir uns gemacht, oder? Das Festessen in Familie haben wir...«

»Wir könnten noch ein bißchen bleiben und erst zu Neujahr nach Cortina fahren.«

»Damit *ich* mich dann schuldig fühle! Ettore stirbt vor Langeweile hier in der Gualdana. Er erträgt sie im Sommer gerade zehn Tage, und auch das nur mit Mühe. Alle seine Freunde, alle Leute, mit denen er sich amüsiert, sind in Cortina. Hier kommt er bloß her, damit er sich dir gegenüber nicht schuldig fühlt, während du herkommst, damit du dich mir gegenüber nicht schuldig fühlst. Was ist das, ein neuer Abzählreim, sowas wie ene mene muh, schuld bist du?«

»Da siehst du's«, ist Sandras Antwort, »du bist nervös, du bist erregt, es wäre besser, wir würden bleiben.«

»Ich bin nur müde, hab letzte Nacht kaum geschlafen.«

Sandras Hände flattern wie zwei aufgescheuchte Schmetterlinge. »Ah!« begnügt sie sich zu schnauben.

Sie kann ihrem Bruder nicht sagen, daß es für einen abwechselnd von Katastrophenangst Geschüttelten und von Depressionen Gelähmten so ziemlich das Letzte war, die Nacht am Strand mit einer Leiche zu verbringen. Aber kann er seiner Schwester darauf erwidern, daß es gerade diese Leiche war, die ihn wieder belebt, animiert, ermuntert hat? Lauter Wörter, die Sandra nicht nur höchst geschmacklos finden, sondern als sichere Anzeichen einer krankhaften Stimmungslabilität ansehen würde.

»Immerhin war's interessant. Feucht, aber interessant.«

Sandra sieht ihn tadelnd an, aber dann lacht sie schuldbewußt auf.

»Wie mag es zugegangen sein? Ich kann's mir einfach nicht vorstellen.«

Sie haben seit Stunden darüber geredet.

»Und denk nur, wenn Scalambra recht hätte«, erwägt Monforti, während er sich hinunterbeugt, um die Koffer zu nehmen. »Denk nur, wenn es am Ende ein Mord wäre – *Das Verbrechen in der Gualdana.*«

Sandra hat eine unverkennbar bekümmerte Miene, als sie erwidert: »Nun ja, was kann man da machen, ich werd's dann ja in der Zeitung lesen.«

»Was willst du denn in der Zeitung lesen? Wo du doch nie eine liest!« ruft Ettore munter, während er hereinkommt und sich die Koffer schnappt. »Gib her, das mache ich.«

Er zeigt das männlich-überlegene Lächeln dessen, der sich nicht schuldig fühlt. Er hat seine Pflicht getan, hat Weihnachten mit seinem Schwager verbracht, den er gern hat, aber nicht besonders amüsant findet, und er wäre bereit, in dieser langweiligen Pineta auch noch bis Neujahr zu bleiben, wenn es etwas nützen würde. Doch abgesehen davon, daß bei einem Depressiven sowieso nie etwas nützt, scheint dieser Schwager sich deutlich erholt zu haben, er ist wieder auf stabile Weise lebhaft, hat wieder angefangen, Auto zu fahren, hat aufgehört, immer alles und jedes in das Sandwich zwischen schlecht und noch schlechter zu packen, und so gibt es jetzt keinen Grund mehr, nicht nach Cortina zu fahren, besonders an einem Tag ohne Verkehr wie am Weihnachtstag.

Dies alles spürt Monforti voller Verständnis und Sympathie in der Munterkeit seines Schwagers, und so überläßt er ihm lächelnd die Koffer, greift sich die Tasche und folgt ihm damit zum Auto, das schon mit geöffnetem Kofferraum draußen wartet. Rein damit!

Dann umarmen sie sich und wünschen sich noch einmal alles Gute.

»Bleib nicht zuviel allein, geh zu Natalia, vergiß nicht, daß du heute abend bei ihr zum Essen bist!« ermahnt ihn die Schwester durchs Wagenfenster.

Und als das Auto schon anfährt, ruft sie noch: »Paß gut auf, wie's weitergeht, du mußt mir alles über Delaude erzählen, ich rufe dich an!«

Es ist kein weißer Volvo, sondern ein dunkelroter Alfa, der da zwischen den Pinien davonfährt, sich rechts an den Straßenrand drücken und fast anhalten muß, um den entgegenkommenden Fiat der Carabinieri vorbeizulassen, dann wieder losbraust und um die Kurve verschwindet.

Monforti erkennt am Gesichtsausdruck und in Wahrheit bereits an der Gegenwart des Maresciallo, der jetzt aussteigt und auf ihn zukommt, daß der Doktor Scalambra recht hatte und es sich also um Mord oder Totschlag handelt.

Doch gerade eben hat ihn etwas gestreift.

Sandra und Ettore (wieder ein Ehepaar) im Auto abfahrend mit ihrem Gepäck... Die Begegnung ihres Wagens mit dem der Carabinieri, in der Kurve, wo es leicht hätte zu einem Unfall kommen können, wäre der Fiat nicht eben von einem Carabiniere gesteuert worden und wäre Ettore nicht der gute Fahrer, der er ist... Nicht zu einem Auffahrunfall natürlich. Sondern zu einem frontalen Zusammenstoß. Aber gerade dieser Unterschied ist es gewesen, der Monforti hat stutzen lassen, der etwas vor ihm hat aufschimmern lassen...

Eine Idee?... Ein Bild eher, oder zumindest den *Schatten* eines Bildes, aber so undeutlich, daß...

Ach was.

★

Die Prozedur sieht bestimmt nicht vor, ja sie schließt wahrscheinlich sogar aus, daß ein Unteroffizier der Carabinieri einem Außenstehenden alle Informationen gibt, die er in einer laufenden Untersuchung hat. Aber ein echter Außenstehender ist Monforti jetzt nicht mehr, die gemeinsam am Strand verbrachte Nacht zählt schließlich auch etwas. Und außerdem zählt die sozusagen verbale Hypertonie des Maresciallo Butti, der seit heute morgen am Konferenztisch in der Kommandantur kein einziges Wort mehr hat sagen können, ohne dabei auf die eine oder andere Weise seine Zunge zu hüten.

So läßt er sich nun nach einer Tasse Instantkaffee mit viel Milch in einer – nach Monfortis Urteil – zwar immer noch verhaltenen, aber deswegen nicht minder erschöpfenden Formlosigkeit gehen. All diese Telefonate und Telefaxe, diese Überprüfungen... Schon im eigenen Bett zu sterben zieht nicht wenige Komplikationen nach sich, aber sich totschlagen zu lassen, noch dazu von unbekannter Hand, scheint etwas zu sein, was man um jeden Preis vermeiden sollte.

»Nicht mitgerechnet«, fährt der Maresciallo düster fort, »das Problem der Medien.«

»Tja, das kann ich mir denken«, sagt Monforti und deklamiert: *Mysteriöser Mordfall in der Gualdana. Adliger barbarisch massakriert.*«

Die beiden lächeln sich ohne Heiterkeit zu, während sie die ebenso unsinnigen wie unvermeidlichen Aufbauschungen abschätzen, die der dunkle, im Mondlicht angespülte Körper erleiden wird, der Halbkreis schweigender Hunde und der nasse Sand und das monotone Schwappen der Dünung.

Die Ermittler werden bemüht sein, mit größtmöglicher Diskretion vorzugehen, das ist klar. Sie werden weder die Namen von Lotti und Roggiolani noch den von Monforti nennen, schon gar nicht die der beiden Schauspieler Max & Fortini, die sich als verständnisvolle Personen erwiesen haben, einfühlsam und gerne bereit, die... Begleiterin des Opfers so lange bei sich zu behalten, wie es nötig sein wird. Aber wenn das Mädchen sozusagen »entdeckt« werden sollte...

»Die Pineta der Sünde«, deklamiert Monforti. *»Ausgrabungen in der Vergangenheit des Opfers.«*

»Aber was den Delaude angeht...«

Monforti kann wenig über ihn sagen. Ein Choleriker? Ein Gewalttäter? Wohl kaum. Notorisch gespannte Beziehungen zu seiner Frau, wie der Maresciallo zweifellos schon erraten hat. Vor Jahren ein heftiger Krach mit den Tavellas, wegen eines gemeinsam besessenen Katamarans. Ein paar Skandälchen, mit öffentlich ausgeteilten Ohrfeigen, im Zusammenhang mit gewissen deutschen oder englischen Au-pair-Mädchen. Feinde, Rivalen, eifersüchtige Ehemänner im Zeichen der Präservative mit entsprechenden Aggressionen und Krächen?

»Nicht hier«, überlegt Monforti, »zumindest nicht in dieser Jahreszeit.«

»Tja, natürlich.«

Butti schweigt eine Weile, mehr desorientiert als ermüdet, bevor er seiner Pineta der Ratlosigkeit einen weiteren schwankenden Zweig hinzufügt.

»Und dieser Ugo De Meis, dieser Professor, der...«

»Der Einsiedler? Hat denn der auch etwas mit dem Fall zu tun?«

»Das wird sich noch zeigen. Ich weiß es nicht. Hat er das Opfer gekannt?«

Monforti kann nichts dazu sagen, außer daß Ugo der Einsiedler eine Art vagabundierender Philosoph ist, ein harmloser Exzentriker...

»Ja, wir wissen, daß er begrenzte Subsistenzmittel hat und gelegentlich Propaganda und Proselytenmacherei für eine natürliche Umwelt betreibt.«

»Aber er ist absolut kein Fanatiker, und ich sehe wirklich nicht, welche Beziehungen er zu Delaude gehabt haben könnte. Möglich, daß er ihn vom Sehen gekannt hat, daß sie sich bei irgendeiner Einladung kennengelernt haben. Er wird oft eingeladen hier in der Gegend. Aber wieso...?«

Butti erklärt, wieso.

»Aber das ist doch ganz einfach«, sagt Monforti. »Er war hier bei uns zum Essen an jenem Abend. Orfeo wird ihn gesehen haben, als er nach Hause ging.«

»Um welche Zeit?«

»Er ist früh gegangen. Wir hatten ihm angeboten, ihn im Auto nach Hause zu bringen, aber er wollte unbedingt zu Fuß gehen. Er ist ein eigenwilliger Typ, er hat seine Prinzipien. Es wird so gegen zehn gewesen sein.«

»Der Baldacci sagt, es war eine halbe Stunde nach Mitternacht, nach den letzten Nachrichten im Fernsehen.«

Eine Diskrepanz von über zwei Stunden, die der Einsiedler wie verbracht hat? Wo? Womit?

»Nach Mitternacht auf der Großherzogsbrücke? Mit seiner Laterne?«

»So behauptet es der Baldacci.«

»Seltsam.«

Wieder streift etwas Monforti, eine Feder, ein winziges Teilchen, ein weiterer ungreifbarer assoziativer Schatten. Der Kyniker und der Graf? Der Türenöffner und der Ehebrecher? Der Naturapostel und der Konsument von Präservativen? Nichts verbindet diese beiden Figuren miteinander, die vielleicht nur in Eladias Tarot einen Platz finden würden, einen Sinn... Oder sind es die finster blickenden, stechenden Augen Orfeos während der Mitternachtsmesse, sein störrisch gebeugter Kopf auf den Quadern in der Mündung des Alten Grabens, die sich arkanisch-geheimnisvoll mit Pater Everardo verbinden, mit Ugo dem Einsiedler, mit Signor Zeme und seiner Frau, von denen der Maresciallo jetzt zu Monforti spricht, genauso ratlos wie er und vertrauensvoll seine Ratlosigkeit bekennend?

»Ich finde mich nicht mehr zurecht«, brummt er. »Das einzige, was man, glaube ich, bisher sagen kann, ist, daß es zwischen dem gewaltsamen Tod des Delaude und dem Verschwinden der beiden Zemes irgendeinen Zusammenhang geben muß, auch wenn wir das offiziell dementieren werden, jedenfalls vorerst.«

Aber dann macht er eine Kehrtwendung und dementiert sich selbst.

»Andererseits ist es noch zu früh, um von einem echten Verschwinden zu sprechen, die beiden Zemes können immer noch jeden Moment wieder auftauchen. Vielleicht zerbrechen wir uns hier die Köpfe, und sie sitzen seelenruhig in Monteriggioni? Solche Sachen passieren doch dauernd.«

Er steht widerwillig auf, wenig erbaut von der Aussicht auf den Rapport, den er jetzt in der Kaserne wird schreiben müssen.

»Können Sie den nicht Ihrem jungen Kollegen diktieren?« legt Monforti ihm nahe, während er ihn zum Auto begleitet, in dem der Gefreite Oliva wartet.

Butti zuckt die Achseln.

»Er sagt, er könne mit dem Computer gut umgehen. Na, wir werden's ja sehen.«

Er steckt den Kopf durch das Wagenfenster.

»Ruf mir mal Grosseto.«

Er zieht den Kopf wieder zurück.

»Jetzt sehen wir erst mal, ob er das Funkgerät gut bedienen kann.«

Das Funkgerät antwortet, meisterhaft bedient, daß die Signora Zeme in Mailand offenbar nicht dieselbe Idee gehabt hat wie die Mutter des Maresciallo in Scandicci. Jedenfalls ist in der Gepäckaufbewahrung am Hauptbahnhof keine Reisetasche gefunden worden, die Vannuccinis Beschreibung entspricht, ob mit oder ohne Namensschildchen.

9.

Die Herrschaften Kruysen sind vielleicht die einzigen unter den Dauerbewohnern der Gualdana, die nicht den Informationsdienst der Ivella Vannuccini nutzen. Nicht, daß diese sich weigern würde, ihnen Auskünfte zu erteilen. Im Gegenteil, in den Stunden, die sie bei ihnen verbringt, um der alten Haushälterin Emma bei den schwereren Arbeiten zu helfen, hat sie immer versucht, wenigstens die Signora für die Chronik der laufenden Ereignisse und den örtlichen Tratsch zu interessieren. Aber das ebenso freundliche wie stumme Lächeln, mit dem Frau Ute jedesmal darauf geantwortet hat, hat sie schließlich entmutigt. Die Haushälterin Emma ihrerseits, die nie aus dem Haus geht, versteht kein Wort Italienisch; und was den alten Maestro angeht, der immer da ist mit seiner Musik und seinen alten Büchern, so wäre es gar nicht vorstellbar, ihm mit dem Neuesten vom Tage zu kommen.

Das erklärt, wieso jetzt weder Ute noch Hans Ludwig Kruysen, während sie in einer Ecke ihres großen, imposanten, als Bibliothek eingerichteten Salons beim Tee sitzen, etwas von den laufenden Ereignissen wissen. Er hat den Nachmittag sinnend über dem *Orgelbüchlein* von J. S. Bach verbracht, das er in einem Faksimile des verehrungswürdigen Autographs P 283 der Deutschen Staatsbibliothek Berlin besitzt. Seine Frau hat vor ein paar Stunden das Auto der Carabinieri vorbeifahren sehen und sich vielleicht kurz gefragt, was die wohl in der Pineta zu tun haben. In Wirklichkeit aber kann nichts, solange es nicht irgendwie ihren Mann betrifft, ihr Interesse oder ihre Neugier wecken. Eher schon hat sie ihre Aufmerksamkeit melancholisch den beiden vorübersausenden Kindern der Neri gewidmet, die wahrscheinlich angehalten hätten, um sie zu begrüßen, ja vielleicht sogar zum Tee dageblieben wären, wenn ihre blitzblanken neuen Räder sie nicht davongetragen hätten. Selbst die Mädchen Bonanno wären noch bei ihr zu Gast, wenn diese Mäuse die gute Idee gehabt hätten, über Weihnachten in jener Villa zu bleiben...

Hans Ludwig hat seine Tasse abgestellt und schlägt das *Orgelbüchlein* wieder auf. Er rückt sich die Brille zurecht. Ute errät, daß er über den liebenswürdig lehrmeisterlichen Untertitel nachdenkt, der mit den Worten beginnt »Worinnen einem anfangenden Organisten Anleitung gegeben wird, auf allerhand Art einen Choral durchzuführen...«, mit der darunterstehenden Widmung »Dem höchsten Gott allein zu Ehren, dem Nächsten, draus sich zu belehren«.

Obgleich ihr Mann in seiner Freundlichkeit – denkt sie – und in der Angst, mit seinem Alter Trübsal oder Langeweile zu verbreiten, selbst den Wunsch gehabt hat, allein zu bleiben, muß dieser einsame Weihnachtsnachmittag ihn doch bedrücken. Er wäre glücklich, wenn er sich von »Anfangenden« umgeben sähe, selbst wenn sie keine Organisten wären, wie diese beiden aufgeweckten Kinder der Neri oder die stets freundlichen, wenn auch zurückgebliebenen Mädchen Bonanno, Anfängerinnen auf ihre Weise auch sie...

Nur kann Frau Ute nicht schon wieder die Neri bitten, ihr die Kinder herzuschicken, damit sie ihrem Mann beim Klavierspielen zuhören. Aber sie könnte vielleicht an einem dieser Tage einen musikalischen Nachmittag veranstalten, zu dem alle eingeladen wären, die kommen wollen. Im Winter, auch während der Feiertage, sind von den Pineta-Bewohnern so wenige da, daß Hans Ludwig sich nicht verweigern würde.

10.

Vor dem sperrangelweit offenen Kleiderschrank in ihrem Schlafzimmer stehend weiß Natalia Neri nicht, was sie anziehen soll, wobei der Fall natürlich bei ihr ganz anders liegt als bei all den anderen Frauen, die nicht wissen, was sie anziehen sollen. Es ist kein förmliches Abendessen, nur ein umstandsloses, einfaches Mahl, zu dem sie Daniele als Freund und Nachbarn eingeladen hat, weil er sonst den Weihnachtsabend allein verbringen müßte; von daher gesehen könnte sie auch einfach nichts anziehen, das heißt so bleiben, wie sie ist, mit der Hose und dem drei Jahre alten Pulli. Andererseits handelt es sich immerhin um einen Gast, der als solcher eine gewisse Achtung verdient. Das Rote mit Fransen auf keinen Fall. Das Schwarze oder das Türkisgrüne? Auch zu aufwendig, alle beide. Das Reinweiße würde gehen, wenn es nicht diesen tiefen Ausschnitt hätte, in dem Daniele – und mehr noch die Kinder – einen absurden Willen zum Aufsehenerregen erblicken könnten. Im übrigen wird Daniele sicherlich einfach so kommen, wie er gerade ist, im Pullover, sei's aus männlicher Achtlosigkeit, sei's im Gegenteil, um sich an den informellen Charakter der Einladung zu halten. Die jedoch immerhin eine Weihnachtseinladung ist, mit Austausch von Geschenken und so, und die daher etwas verlangen würde, was zwar nicht glanzvoll oder betörend sein muß, das fehlte grad noch, aber mit dem man doch auf dezente Weise *angezogen* ist, etwas, das auf nüchterne Weise... auf elegante Weise... Eine ganz bestimmte Note, die Natalia im Sinn hat, aber die sie leider nicht im Schrank finden kann.

Und genau dies ist der Moment, den Daniele wählt, um an der Tür zu klingeln.

Schade, denkt Natalia und macht sich im gleichen Moment bewußt, daß sie im Grunde nur einer Gelegenheit nachtrauert, sich einmal anders als gewöhnlich anzuziehen. Doch während sie den Gast empfangen geht, sagt sie sich, was sie sich allzuoft sagt: Besser so, eine Komplikation weniger.

Der Gast mit seinen drei Päckchen in buntem Glanzpapier

ist schon von den Kindern hereingelassen worden. Er trägt eine feine Kaschmirjacke und sogar ein seidenes Halstuch im Hemdausschnitt. Schade, denkt Natalia erneut.

»Du bist zu früh gekommen«, wirft sie ihm vor, um sich zu entschuldigen. »Ich habe noch gar keine Zeit gehabt, mich umzuziehen.«

»Aber grad vorhin hat mich der Weihnachtsmann über Funk aus Grosseto angerufen«, sagt Daniele mit einem Augenzwinkern zu Giudi, »und hat mir geraten, mich zu beeilen.«

Giudi deutet ein gezwungenes Lächeln an, und Andrea versucht es erst gar nicht. Was zum Teufel ist denn bloß los mit den Kindern? Ob gelungen oder nicht, Danieles kleine Späße bringen sie doch sonst immer zum Lachen.

»Hier, das ist für dich«, beginnt er bei Giudi. »Und das für dich«, sagt er zu Andrea und gibt ihm sein Päckchen. »Und dies«, wendet er sich an Natalia, »ist für die Mama.«

Unerwartet hat das Wort in Danieles Mund einen Klang, der sie rührt.

»Los, gehen wir's drinnen auspacken«, sagt sie schon im Gehen.

»Nein«, sagt Giudi, »der Baum ist hier, und ich packe es hier aus.«

Die Erwachsenen gehen ins Wohnzimmer und lassen die Kinder im Flur bei dem reich geschmückten, aber ökologischen und daher aus Plastik gefertigten Weihnachtsbaum.

»Ich verstehe diese plötzlichen Stimmungswechsel nicht«, murmelt Natalia. »Es geht ihnen bestens, aber sie ziehen ein Gesicht, und nach einer halben Stunde...«

»Sie langweilen sich bestimmt, du solltest sie mal mit Freunden zum Skifahren schicken.«

»Das werde ich tun. Aber jetzt will ich erst mal das hier auspacken.«

Monforti, der sich lange mit Sandra beraten hat, sieht

schon ein trostloses Bild vor sich: Natalias Schmuckkästchen, vollgestopft mit ähnlichen oder genau gleichen Anhängern wie der, den er ihr schenkt.

Aber der Erfolg ist total und die Freude allgemein. Giudi hat sich das Armband mit dem kleinen silbernen Kompaß schon übergestreift (»so kannst du dich nie in der Pineta verirren«), Andrea sucht bereits von der Tür aus den häuslichen Horizont mit dem alten Marinefernrohr aus glänzendem Messing ab (»so kannst du uns immer gleich melden, wenn die Fischer einen Schwertfisch gefangen haben«), und Natalia hängt sich den kleinen Pyritpolyeder am schwarzen Schnürsenkel um den Hals.

»Ist der nicht tonnenschwer?«

»Nein, er ist wunderschön.«

»Müßte gut zu deinen Augen passen.«

Natalia schenkt ihm einen kurzen nichtmütterlichen Blick, Andrea erfaßt sie mit dem Fernrohr und meldet es.

»Mama hat keine Prismenaugen.«

»Das war doch ein Kompliment, du Blödmann«, raunt Giudi ihrem Bruder zu.

»Das ist ein Pyrit aus Massa Marittima«, erklärt Monforti. »Da gab's schon Minen zur Zeit der Etrusker.«

»Er ist wunderbar. Aber dieser Pulli erschlägt ihn, ich muß mir sofort was anderes anziehen, was ihn richtig zur Geltung bringt. Holt schon mal den Champagner.«

Während er vorsichtig den Korken aufdreht, fragt sich Monforti, ob und wann es wohl nötig sein wird zu sagen, daß der Delaude umgebracht worden ist. Nicht daß der Tote ein Freund der Familie gewesen wäre, nicht daß Natalia und die Kinder seinen eingeschlagenen Schädel gesehen hätten. Aber ein Mord setzt einen Mörder voraus, und bisher weiß man noch nicht, wer dieser Mörder ist. Zu denken, daß er frei herumläuft, womöglich nicht weit von hier, ja vielleicht ganz in der Nähe, ist nicht gerade die beruhigendste Art und Weise, einen Festtag zu beenden. Man wird kontrollieren müssen, ob alle Läden gut geschlossen sind, und was die große Veranda mit ihren spektakulären Glaswänden angeht...

»Da bin ich.«

Natalia tritt herein, leicht verunsichert durch ihren eigenen Exhibitionismus. Das enganliegende Dunkelblaue also, das hochgeschlossen ist, aber die Arme frei läßt und auf dem das schimmernde Schmuckstück ins Auge sticht: lauter winzige Prismen, die alle gleichzeitig aufgeblüht sind gemäß unausweichlichen Prozeduren.

»Du bist vollkommen«, sagt Daniele bewundernd mit glücklichem Mangel an Emphase.

»Ein solcher Stein«, sagt Andrea und wiegt ihn prüfend in der Hand, »kann notfalls auch als Verteidigungswaffe dienen, wenn du ihn dem bekifften Handtaschenräuber über den Schädel haust.«

»Ach, du bist langweilig, laß das. Seid lieb, ihr beiden, und geht den Tisch in der Veranda decken, es steht schon alles auf dem Wägelchen.«

»Und der Champagner?«

»Für euch später.«

Natalia nimmt eine Schale, auf der Schnittchen mit Leberpastete dekorativ angerichtet sind, stellt sie auf den niedrigen Tisch vor dem Sofa, hebt ihr Glas und stellt es gleich wieder hin, weil ihr eingefallen ist (»wie dumm von mir«), daß sie ihr Geschenk noch nicht überreicht hat.

Unter dem scharlachroten Lackpapier findet Monforti eine Schachtel aus elegantem, glänzend schwarzem Karton mit der Aufschrift:

BLIND JIGSAW
500

»Ein blindes... Puzzle?« fragt er perplex.

»Ja. Mach's auf.«

In der Schachtel liegt das Säckchen mit den 500 Teilen.

»Es ist kein Bild da«, stellt Monforti fest, nachdem er Schachtel und Deckel hin und her gedreht hat.

»Genau, es ist eins von diesen extrem schweren ohne Bild. Das heißt, du siehst das Bild erst, wenn du es fertig zusammengesetzt hast.«

»Das schaffe ich nie, aber ich weiß die Idee zu schätzen: völlig blind vorzugehen, in der Hoffnung, daß am Ende alles seinen Platz findet und einen Sinn ergibt. Ich nehme es als therapeutisches Geschenk, danke.«

»Aber nein, nimm's als Herausforderung an deine überlegene Intelligenz. So war es gemeint.«

»Ich sehe es als eine Allegorie auf mein Leben.«

»Eigentlich auf jedes Leben, oder?« sagt Natalia mit kalkuliertem Brio. »Man weiß immer erst hinterher, welches Bild es war.«

Sie schauen sich mit einer Art nachsichtiger Verlegenheit an, jeder das bisher noch unabgeschlossene, fragmentarische, roh zusammengesetzte Bild seines Lebens abschätzend und sich gleichzeitig vorstellend, wie es dem anderen erscheinen mag: eine so schöne Frau, die sich von ihrem Mann hat sitzenlassen; ein so sympathischer Mann, der sich in die Depression hat abgleiten lassen.

»Trinken wir drauf.«

Sie trinken auf das Weihnachtsfest, aber in Wirklichkeit darauf, daß ihnen noch Gelegenheit bleibt, die restlichen Teile des Puzzles einzuordnen und das komplette Bild zu entdecken: Dieser Ehemann war ein Idiot und hatte Natalia gar nicht verdient; die Depression überfällt, wen sie überfällt, und sie dauert nicht ewig.

»Ich würde auch auf den Maresciallo Butti trinken«, sagt Monforti versuchsweise, »und auf das Puzzle, das ihm geschenkt worden ist.«

»Was?«

Sind noch genügend Bläschen im Champagner, um die Nachricht erträglich zu machen?

»Es ist Mord oder Totschlag, Delaude ist umgebracht worden.«

»Nein! Von wem? Warum?«

»Ebendies ist das Puzzle. Ein blindes.«

Mit den gebotenen Auslassungen erzählt Monforti.

»Die Sache kam einem ja schon gestern ein bißchen seltsam vor: drei Personen gleichzeitig verschwunden«, kommentiert Natalia schließlich. »Jetzt wird eine davon wiedergefunden, aber ermordet. Das kann doch nicht alles bloß Zufall sein.«

»Das denken auch die Ermittler, aber sie hoffen trotzdem noch sich zu irren. Morgen kommt der Staatsanwalt her, um weitere Ermittlungen anzustellen.«

»Was ist, Andrea, seid ihr fertig?«

Der Junge steht reglos in der Tür mit schlaff herunterhängenden Armen.

»Soll ich die Kerzen anzünden?«

»Ja, geh und zünde sie an.«

Er dreht sich um und dreht sich halb wieder zurück.

»Was ist ein Staatsanwalt?«

Daniele (sehr geistesgegenwärtig!) verbreitet sich über die Zuständigkeiten, Pflichten und Rechte der Staatsanwaltschaft, um den Schluß so bürokratisch wie möglich klingen zu lassen: »Verstehst du, und aufgrund bestimmter Indizien haben sie den Verdacht, daß Delaude nicht durch einen Unfall gestorben, sondern umgebracht worden ist, und in einem solchen Fall muß natürlich...«

»Deswegen also!« platzt Andrea los, und es klingt, als ob ein Sektkorken knallt.

»Weswegen was?«

»Nichts, ich meinte nur«, sagt Andrea zögernd. »Die Carabinieri, die wir heute in der Pineta gesehen haben... die suchten also den Mörder?«

»Ja, mehr oder weniger. Nicht daß er in der Pineta...«

»Na, hoffen wir, daß sie ihn finden.«

Uninteressiert an Ermittlungen und Indizien geht der Junge auf die Veranda zurück, und kurz darauf hört man ihn aufgekratzt mit seiner Schwester kichern.

»Zum Glück nehmen sie's leicht«, sagt Natalia.

»Mehr noch, sie amüsieren sich, für sie ist es wie ein Fernsehfilm. Du wirst sehen, ab morgen wird ihnen alle Nervosität vergangen sein. Noch einen Schluck?«

»Ja, danke.«

Aber vom Grund des Glases steigen hartnäckig weiter die kleinen Bläschen der Unruhe und der Angst auf.

»Und doch, ich weiß nicht... ich möchte nicht...«

Ist es erlaubt, fragt sich Natalia, während sie die übergeschlagenen Beine ihres ruhig dasitzenden Verehrers betrachtet (der vergessen hat, seine alte, an den Knien etwas abgewetzte Cordhose zu wechseln), ist es klug, von einem Ängstlichen zu erwarten, daß er dich beruhigt?

»Ich meine, es könnte doch sein, daß die Kinder etwas wissen, daß sie etwas gesehen haben.«

»Den Delaude betreffend? Das würde mich wundern.«

»Oder die Zemes. Oder irgendwas im Zusammenhang mit diesem mehrfachen Verschwinden. Mir sind sie nervös vorgekommen, aber vielleicht sind sie ja auch erschreckt worden.«

Monforti läßt das nachdenkliche Brummen hören, das er in diesen Tagen unbewußt von Butti übernommen hat, aber er weiß die Vorteile der Prozedur sehr wohl zu schätzen, als er vernünftig einwendet: »Hör zu: falls sie etwas gesehen haben, kann es nicht direkt das Verbrechen betreffen. Delaude ist nachts umgebracht worden, und die beiden waren doch in jener Nacht hier bei dir, oder?«

»Ja, ich hab sie mit eigenen Augen in ihren Betten liegen sehen«, erinnert sich Natalia und muß über sich selber lachen. »Als sie klein waren, fürchteten sie sich vor Donner, und so kommt es, daß ich noch heute bei Gewitter... Ich geb's ja zu, ich bin eine ängstliche Mutter.«

»Aber damit lieferst du ihnen ein Alibi für die Nacht«, gibt Daniele ihr zu bedenken. »Und was können sie tagsüber schon gesehen oder gehört haben, was sie nicht zu sagen wagen?«

»Vielleicht haben sie irgendwas kombiniert? Oder irgendwas gefunden?«

Monforti denkt an die Tatwaffe oder sonst irgendein entscheidendes Indiz, das den unbekannten Mörder belasten könnte, und an die Möglichkeit, daß dieser unbekannte Mörder weiß, daß Andrea und Giudi...

»Na gut, behalt sie im Auge«, stoppt er sich selbst.

»Direkt fragen möchte ich sie lieber nicht«, redet Natalia weiter, »sonst verschließen sie sich sofort, wie die Zugehfrauen, wenn sie eine Tasse zerbrochen haben, weißt du? Muß wohl runtergefallen sein, sagen sie, ist wohl von selber zerbrochen. Sie leugnen das Offensichtliche!«

Monforti, der weiß, daß Zugehfrauen noch aufregender als ungelöste Verbrechen sein können, läßt sich die Gelegenheit nicht entgehen, das Thema zu wechseln und sich über seine Giovanna zu beklagen.

»Sie zerbricht nur sehr wenig und hält das Haus gut in Schuß, sie ist ein richtiger Putzteufel. Aber sie kocht immer schlechter.«

»Na, wenigstens hast du sie noch, meine Tiziana läßt mich am 15. Januar im Stich. Sie heiratet endlich.«

»Wen?«

»Den Bruder von Guerri. Er ist Angestellter bei der Kommune, aber er arbeitet auch als freischaffender Elektriker. Er hat mir versprochen, mal mit der Tochter von Mori zu reden, aber die könnte bloß vormittags drei Stunden kommen.«

»Hatte Milagros nicht mal eine Freundin in Rom, die bei einem Regisseur war und sich dort nicht wohl fühlte und was anderes suchte?«

»Ja, aber soweit ich verstanden habe...«

So gewinnen die Zugehfrauen und Hausmädchen allmählich wieder die Oberhand über Verbrecher und Ermittler, Verdächtige und Verdachtschöpfende, die Pineta der Rätsel wird wieder vertraut und freundlich, die Krippe fügt sich friedlich wieder zusammen, und der Tag gelangt endlich wieder zu seiner traditionellen weihnachtlichen Identität.

X.
Dieser 26. Dezember

1.

Dieser 26. Dezember, der Tag des hl. Stephanus (des ersten christlichen Märtyrers, der in Jerusalem gesteinigt wurde), wird noch lange im kollektiven Gedächtnis der Gualdanesen bleiben, denen die penible Instandhaltung ihrer Villen am Herzen liegt. Ungeachtet des halben Festtages nämlich erscheint da doch tatsächlich frühmorgens am Pförtnerhaus der Klempner Grechi, auch Vogel Phönix genannt, weil er so selten zu sehen ist, dazu der Schlosser Temperani, ein ebenfalls überaus rares Exemplar seiner Gattung, sowie der Elektriker Ciacci alias der Meineidige.

Wer seit Wochen oder Monaten vergeblich auf sie gewartet hat, glaubt seinen Augen nicht zu trauen. »Also machen Sie mir jetzt diese verflixte Spüle?« »Kommen Sie nachher wegen der Antenne bei mir vorbei?«

Die flüchtigen Handwerker versprechen es. Sie werden vorbeikommen, nicht jetzt gleich, aber sie werden eine Möglichkeit finden, im Laufe des Vormittags einen Sprung rüber zu machen, sie sind ja extra deswegen da. Und sie bleiben da, wo sie sind, nämlich bei der illuminierten Weihnachtssteineiche, um zu rauchen und mit den Wächtern der Gualdana zu plaudern. Aber sei's, um sich an die Instruktionen des Maresciallo Butti zu halten, sei's um es diesen Freundchen, deren auf die Palme bringende Ungreifbarkeit so oft auf sie zurückfällt, gewissermaßen mit gleicher Münze heimzuzahlen, bleiben die Wächter recht lakonisch in ihren Antworten. Ob der Delaude allein war? Ja, wieso? Aber dieses Mädchen, mit dem er in der Pizzeria war? Nie gesehen, keine Ahnung. Stimmt es, daß Roggiolani die Leiche gefunden hat? Roggiolani ist heute nicht im Dienst. Aber war der Tote nicht schon bei einem Zusammenstoß mit einem anderen Gualdanesen schwer verletzt worden? Nach allem, was man weiß, kann er auch gegen einen Baum geprallt sein. Und die Witwe? Früher oder später wird sie herkommen. Vielleicht, wer weiß, wird sie dann auch eine kleine Dachreparatur brauchen, wegen diesem Eulennest? Kann sein, kann sein.

Angesichts der Stimmung, die in der Luft liegt, wagt niemand, den Wächter Roggiolani anzusprechen, als er von seinem Moped steigt und sich dem Grüppchen nähert. Im übrigen grüßt er die Runde nur mit einem kurzen Wink und begibt sich sofort ins Pförtnerhaus wie ein lang erwarteter Minister. Kurz darauf hebt sich die Schranke für den Maresciallo Butti und den Gefreiten Oliva, die ebenfalls wortlos hineingehen. Und fünf Minuten später erscheint nicht (wie man hoffen durfte) der Oberst mit weiteren Offizieren, womöglich gefolgt vom Präfekten oder vom Polizeipräsidenten, sondern nur ein gewöhnlicher Zivilist in einem gewöhnlichen Auto, das in gewöhnlichem Grün gehalten ist, weit entfernt von dem repräsentativen Blau und Grau der amtlichen Dienstwagen.

Auch dieser Besucher geht, nachdem er sich kurz umgesehen hat, von Vannucci begleitet ins Pförtnerhaus. Vielleicht der Gerichtsmediziner. Oder ein Gerichtsschreiber, der das Protokoll der Besprechung führt. Oder ein weiterer Zeuge. Oder wahrscheinlich eher ein Angehöriger, ein Anwalt der Familie des Toten.

»Wer das wohl gewesen sein mag?« entschließt sich Ciacci schließlich zu fragen. »Ein Angehöriger?«

Vannuccini betrachtet einen heruntergefallenen Pinienzapfen, ehe er mit kaum geöffneten Lippen enthüllt: »Nein, das war der Staatsanwalt, der die Ermittlungen leitet.«

Es klingt immer noch zu feierlich, auch in seinen eigenen Ohren.

»Er will sich ein bißchen umsehen«, schwächt er ab, »um sich ein Bild von der Pineta zu machen.«

Aber Dr. Veglia kennt die Pineta recht gut, er hat Freunde aus Siena, die ihn im Sommer zu ihren Picknicks am Strand einladen, und er wäre froh (und noch mehr wäre es seine Frau), wenn er selbst eine Villa an einem solchen Ort hätte, einem Ort, der reich ist, ohne damit zu protzen, erholsam, zurückgezogen, mitten in der Natur und zugleich mit allem Komfort ausgestattet. Daß solch ein Ort auch voller Geheimnisse ist, überrascht ihn nicht, diese Tausende von ineinandergreifenden Baumkronen erinnern leicht an einen riesigen Deckel, unter dem alles mögliche brodeln kann.

»Ein Stachelschwein, eh?«

Roggiolani nickt und setzt seinen detaillierten Bericht fort, den er, um ihn eines Staatsanwalts würdig sein zu lassen, mit überflüssigen Einzelheiten anreichert, mit Auskünften über seine privaten Gefühle, sein Erstaunen oder seine inneren Gewißheiten. Der Maresciallo wirft ihm immer wieder strenge Blicke zu, aber vergeblich, und Dr. Veglia hört ihm nur mit einem Ohr zu. Ein Stachelschwein! Was, wenn am Ende alles nur wegen eines Stachelschweins passiert wäre...

Quietschende Bremsen und eine heftig zugeschlagene Autotür lassen ihn aufschrecken. Hereingestürmt kommt der Präsident des Genossenschaftsrates der Gualdana, Ingenieur Laguzzi, der aus Bologna herbeigeeilt ist. Er hat eine etwas gestreßte, aber entschlossenen Miene. Ein Mann voller Tatkraft und Effizienz, gewohnt zu befehlen und die Situation »in die Hand zu nehmen«, ein Mann, der wie die anderen sechs Ratsmitglieder (lauter erfolgreiche Freiberufler wie er) einen Teil seiner kostbaren Zeit unentgeltlich der Leitung des Kondominiums widmet. Er verliert kein einziges Wort zum Gedenken an Delaude, nennt seinen Tod »den Vorfall« und muß auf der Fahrt von Bologna (mit 180 km/h, wo es möglich war) auch schon über den anderen unangenehmen »Vorfall« nachgedacht haben, den er von den Wächtern erfahren hat: das Verschwinden der Zemes.

»Hier ist es zwecklos, sich hinter einem Finger verbergen zu wollen«, erklärt er. Und hebt tatsächlich einen Finger, um mimisch vorzuführen, daß man sich nicht dahinter verbergen kann.

»Ich sage nur eins«, fährt er fort. »Vorhin habe ich im Städtchen haltgemacht, um einen Kaffee zu trinken, und was sehe ich vor der Bar ›Il Molo‹ stehen? Einen Übertragungswagen von ›Telepadùle‹! Das erste Vorzeichen!«

»Aber die müssen dort wegen der Demonstration sein«, sagt der Maresciallo. »Es gibt da heute vormittag eine Art ökologische Kundgebung.«

»Mag sein«, konzediert Laguzzi, »aber danach werden sie hierherkommen, darauf können Sie Gift nehmen. Und wenn dann die Geschichte mit den Zemes ans Licht kommt«, er kreuzt Daumen und Mittelfinger der rechten Hand mit denen der linken, »wird es bald heißen, daß zwei und zwei vier macht. Und dann bleibt es nicht bei Telepadùle! Dann haben wir bald die RAI und die großen Networks hier, mindestens, und darüber hinaus alle Tages- und Wochenzeitungen aus ganz Italien. Die Sache wird zu einem nationalen Fall aufgebläht, das können Sie sich vorstellen. Deswegen, ohne irgend etwas verbergen zu wollen, denn hier gibt es wirklich nichts zu verbergen, im Gegenteil, und während wir uns der Justiz zur Verfügung halten...«

Der Staatsanwalt, an den diese Rede gerichtet ist, nickt mit gebührender Dankbarkeit, während Laguzzi die Anweisungen erteilt: Volle Kooperation, größtmögliche Verfügbarkeit, wenn nötig, können auch noch mehr Wächter herbeigeholt werden (im Winter ist die Mannschaft reduziert) für eventuelle Recherchen, Razzien, Durchsuchungen. Aber alles nur im Inneren der Pineta, unter dem grünen, dichten, schützenden Deckel.

»Meines Erachtens sollten wir versuchen, den Deckel zuzuhalten«, fährt der Ingenieur tatsächlich fort und mimt einen erbitterten Kampf mit einem Dampfkochtopf »Denn erstens können dann die Untersuchungen ungestörter und rascher voranschreiten, ohne unzuträgliche Einmischungen, Entstellungen oder Übertreibungen. Habe ich recht?«

»Vollkommen«, sagt Dr. Veglia, an den die Frage gerichtet war.

Doch es ist das Zweitens, das dem Präsidenten dieser gedeckten Oase am Herzen liegt. Und wie könnte man ihm darin unrecht geben? denkt Dr. Veglia. Hätte er selber hier eine Villa, er würde ebenfalls alles tun, um den Skandal fernzuhalten, den unerquicklichen, krankhaften Medienlärm um den »Vorfall« Delaude und den »Vorfall« Zeme, damit nicht all diese anständigen, wohlhabenden, ruhigen und bisweilen auch berühmten Leute mit hineingezogen werden, die ihn dann umgeben würden unter dem gemeinsamen Deckel...

»Natürlich innerhalb der Grenzen, die von den Umständen und den Justizbehörden gezogen werden...«

»Natürlich.«

»... und mit Zustimmung der anderen Ratsmitglieder, die ich deswegen kontaktieren werde, möchte ich den Bewohnern und vor allem dem Personal der Gualdana eines empfehlen: Ohren auf, Mund zu!«

Er hält sich die Hände kurz hinter die Ohren, dann drückt er sich mit sechs Fingern die Lippen zusammen. Ein geborener Mime.

Der Staatsanwalt erhebt sich und macht dem Maresciallo ein Zeichen.

»Sehr gut, ich danke Ihnen, Herr Ingenieur«, sagt er und drückt ihm die Hand. »Und jetzt müssen wir an die Arbeit gehen.«

Er drückt zwei Finger auf den Tisch und mimt zwei gehende Beine.

2.

Nehmen wir, denkt Monforti, bevor er die Schachtel mit dem Puzzle »ohne Bild« öffnet, ein leeres Blatt Papier und zerreißen es in tausend Stücke. Das heißt, wenn das Blatt das normale Format von etwa 30 x 21 Zentimetern hat, sagen wir: in zweihundertfünfzig Stücke. *Was haben wir dann?*

Die letzten Worte hat er laut gedacht, und Giovanna, die Nichte des Gärtners Agostino, die gerade die Glastür im Wohnzimmer putzt, sieht ihn besorgt an. Hat er sie etwas gefragt, oder hat er wieder angefangen, Selbstgespräche zu führen, was ihm seit einiger Zeit nicht mehr passiert ist? Vielleicht hat ihn die Abreise seiner Schwester und seines Schwagers wieder in Erregung versetzt?

»Weiß nicht«, sagt sie. »Haben Sie mich gefragt?«

»Was?«

»Was wir dann haben.«

»Ah, nein, Entschuldigung, ich habe gedacht, wenn man ein leeres Blatt Papier nimmt... Ach nichts, war nur eine Dummheit.«

Aber so dumm war es gar nicht, denn die zweihundertfünfzig Stücke oder wie viele auch immer, wenn man die mit größtmöglicher Geduld und aller verfügbaren Zeit wieder zusammensetzen würde, könnte es schließlich gelingen, sie wieder so zusammenzufügen, daß das ursprüngliche Blatt genau rekonstruiert wäre. *Und was würden wir dann sehen? Welches Bild hätten wir dann vor uns?*

Giovanna findet es klüger, sich mit ihrem Lappen und dem Spray zu anderen Scheiben im Flur zu begeben.

Das Bild des Nichts! denkt Monforti befriedigt, als wäre dieser nihilistische Einstieg das Vorspiel zur Lösung aller denk- und vorstellbaren Puzzles »ohne Bild«.

Allerdings sieht er, nachdem er die Schachtel geöffnet und das Säckchen mit den 500 Teilen ausgeschüttet hat, daß auch die verschiedenen Farben berücksichtigt werden müssen. Die große Anzahl von blauen Teilchen in verschiedenen Abstufungen ließe an eine Meereslandschaft unter einem intensiv blauen Himmel denken, zumal die sandfarbenen Teilchen kaum weniger zahlreich sind und die grünen (Baumkronen?) an dritter Stelle kommen. Ein Ort am Meer also, vielleicht so etwas wie die Gualdana?

Aber es könnte sich ebensogut auch um einen kleinen See in Südtirol handeln (einen von jenen, bei denen die Zeme nie eingetroffen ist?) oder sogar um ein Schwimmbassin im Vordergrund. Kommt ganz auf die Perspektive an. Man müßte ein Objekt von bekannter Größe haben, zum Beispiel...

Ja, hier, auf einem amöbenförmigen Teilchen ist eine winzige Hand zu erkennen, am Handgelenk abgeschnitten, die ein Fragment von einem Stock zu umklammern scheint. Ein kleines Männchen am Strand?

Oder auch ein großer Mann, je nachdem, wie weit er entfernt ist. Ugo der Einsiedler in seinem Mantel? Signor Zeme? Jedenfalls der Mörder des Grafen.

3.

»Die Villa der beiden Schauspieler ist dort drüben, auf der linken Seite«, erklärt der Maresciallo. »Und das Mädchen ist jetzt bei ihnen zu Gast. Dürften ungefähr zweihundert Meter sein bis dahin.«

Der Staatsanwalt wirft einen letzten Blick auf den zerbeulten Wagen des Grafen (»wegen eines Stachelschweins...«) und fragt: »Zu Gast als...?«

»Nein, nein«, antwortet Butti. »Richtig zu Gast diesmal. Nichts mit... Sie arbeiten Tag und Nacht an einer neuen Show und wollen nicht...«

»Verstehe«, unterbricht ihn der Staatsanwalt. Und fügt

hinzu: »Mir bedeuten sie nicht soviel, aber zum Beispiel für meine Tochter sind Max & Fortini soviel wie...«

Er macht eine vage Handbewegung, und der Maresciallo denkt im stillen: *Berühmtes Komikerduo begünstigt junge Mörderin.* Mit verhaltenem Auflachen sagt er: »Aber so als Personen sind sie sehr witzig.«

»Schon möglich, schon möglich«, räumt der Staatsanwalt ein. »Trotzdem denke ich, daß ich erst später bei ihnen vorbeischauen werde, ich möchte vorher schnell noch einen Blick in dieses andere Haus werfen.«

Er hat sich kommentarlos durch die leeren Räume im Hause Delaude bewegt und wird nun dasselbe im Hause Zeme tun. Kalte, abgetakelte, wenig begehrenswerte Behausungen, aber es ist diese Jahreszeit, in der sie alle gleichermaßen verdächtig erscheinen, ob mit oder ohne Leichen, mit oder ohne Verschwundene. Im Sommer dagegen, wenn sie wieder mit Leben erfüllt sind durch helleres Licht, durch das bunte Hin und Her der Bewohner...

»Und die Nachbarn? Sind die schon befragt worden?«

»Nein«, sagt der Maresciallo. »Denn hier zum Beispiel haben wir bloß vier leere Villen, und in der ersten Reihe am Meer ist es genauso. Aber ich habe daran gedacht, den Gefreiten Oliva sicherheitshalber eine Kontrolle machen zu lassen, die Wächter werden uns eine genaue Liste der An- und Abwesenden geben.«

»Der in der fraglichen Nacht An- und Abwesenden«, präzisiert Dr. Veglia.

Die fuchsroten Fransen im Wind, kommt ein irischer Setter dahergerannt, der die drei anderen ein gutes Stück hinter sich gelassen hat.

»Sind das die Hunde?«

»Ja, und gleich müßte auch ihr Herr auftauchen, der Lotti. Wollen Sie ihn sprechen?«

»Nein, jetzt nicht«, sagt der Staatsanwalt. »Vielleicht später. Muß ein seltsamer Kauz sein, dieser Lotti.«

Er setzt sich ans Steuer seines Fiat Tipo und fährt nach den Angaben des Maresciallo langsam, vorsichtig bis zu einem der kleinen halbrunden Parkplätze, von denen aus man zum Dünenweg und an den Strand gelangt.

»Und dies wäre also der Weg, den Delaude in der Nacht zum 24. zurückgelegt hat, immer vorausgesetzt, daß er auf eigenen Beinen hergekommen ist?«

»Ja, von seinem Haus zum Meer ist es der kürzeste Weg. Im Sommer, sagen mir die Wächter, parkt er den Wagen hier, wenn er zu seiner Strandhütte geht.«

»Und wenn er hergekommen wäre, um Zeme zu besuchen, hätte er denselben Weg genommen?«

»Ja, der Zugang ist von hier aus, sozusagen an der Rückseite.«

Der Maresciallo geht einen schmalen Weg voran, der um das Grundstück einer anderen leeren Villa in der ersten Reihe am Meer herumführt, bleibt vor der Haustür der Zemes stehen und zieht den Schlüssel aus der Tasche.

»Aber wenn Sie lieber durch die Garage wollen...«

»Ja gut.«

Der Staatsanwalt macht eine Runde um den Volvo, wirft einen Blick ins Innere und beugt sich hinunter, um die Auffahrschäden zu prüfen: nicht schlimm, in der Tat. Aber die Stoßstange hat gelitten, und der Kofferraum schließt nicht mehr gut.

»Genug immerhin, um einen Streit auszulösen«, sagt er und denkt an die verschiedenen Fälle von Körperverletzung unter Autofahrern, auch mit Todesfolge, die ihm im Laufe der Jahre durch die Hände gegangen sind: wegen eines Überholmanövers, eines Parkplatzes...

»Gehen wir hinauf.«

Im Eingang durchsucht er die Taschen des an der Garderobe hängenden Mantels.

»War's hier, wo Sie die Bahnsteigkarte vom Hauptbahnhof Florenz gefunden haben?«

»Ja, und den Kassenzettel von der Bar. Der Kassenzettel von diesem Laden war im Auto, in der Tüte mit dem Geschenk für den kleinen Vannuccini.«

Viele, zu viele Möbel im Wohnzimmer. Viele, zu viele Medizinen im Schlafzimmer und im Bad.

»Und die Signora nimmt all dieses Zeug?«

Der Maresciallo wiederholt ihm, was Monforti über die Psychopharmaka gesagt hat.

»Ist er Mediziner?«

»Nein, aber er kennt diese Krankheit, er hat selber daran gelitten. Er ist mit mir an den Strand gegangen, wegen der Identifizierung, als wir noch dachten, der Tote sei Zeme. Er ist ein kultivierter und intelligenter Mensch, er hat gern mitgeholfen.«

»Hat er die Zemes gekannt, dieser Monforti? Hat er eine eigene Idee über den Fall?«

»Er hat die beiden gekannt, und ich muß sagen, er hatte als erster von einem Verschwinden gesprochen. Er ist in die Kaserne gekommen, um mir auf informellem Wege von dieser zerbrochenen Scheibe zu berichten, lange bevor...«

»Also ein Pessimist.«

»Ja, aber er hatte recht.«

»Vielleicht reden wir morgen auch noch mal mit ihm, wenn sich die Dinge bis dahin nicht geklärt haben... Und hier also, wenn ich recht sehe, hat die Signora diese berühmte Reisetasche gepackt, die dann in Mailand nicht zu finden war.«

»Genau.«

»Nun, wenn die Dinge so liegen«, resümiert der Staatsanwalt, das Durcheinander im Zimmer betrachtend, das auf den Seelenzustand der Zeme schließen läßt, »dann weiß nur Gott, wo sie gelandet sein mag, die arme Frau.«

*

Auf dem Dünenweg, fast direkt vor der Villa Zeme, steht das Auto der Carabinieri mit dem Gefreiten Oliva sowie den

Wächtern Vannucci und Roggiolani, die auf Anweisungen warten. Sie gehen alle zusammen zwischen den Sträuchern hinunter bis zu einer weit vorgeschobenen Strandhütte, der die Sturmflut heftig zugesetzt hat.

»Das Abteil der Delaudes ist dieses hier«, sagt Vannucci.

Roggiolani öffnet eine halb aus den Angeln gehobene Tür. Im Inneren, zwischen den arg mitgenommenen Wänden aus Schilfrohr, findet sich nichts als ein Kleiderbügel aus Plastik, der schief an einem einsamen Nagel hängt.

»Hat das Meer alles fortgespült?« fragt der Staatsanwalt.

»Nein, das glaube ich nicht, die Gräfin holt ihre Sachen immer herein, wenn die Saison zu Ende ist.«

»Ach so... Und die Zemes haben ihre Hütte hier daneben?«

»Nicht direkt daneben, weiter oben.«

Sie stapfen vorsichtig über den Teppich aus abgerissenen Zweigen und Ästen, Schilfrohr, Flaschen und Schachteln, Spraydosen, Plastikkanistern und Stuhlgebeinen hinauf. Auch das Abteil der Zemes ist leer.

»Sie haben hier nie etwas, sie kommen nie her, die Signora...«

»Ah ja, verstehe.«

Der Staatsanwalt geht zur Strandlinie hinunter. Nach der Besprechung im Pförtnerhaus hatte er sich als erstes zu der Fundstelle jenseits des Alten Grabens führen lassen, wo die Leiche angespült worden war. Jetzt, etwa zwei Kilometer weiter südlich, geht es darum, den anderen Endpunkt zu finden, um Delaudes anderen nächtlichen Weg zu bestimmen, den, welchen er als Toter im Meer zurückgelegt hat. Von wo mag die Leiche am ehesten »aufgebrochen« sein?

Die Augen des Staatsanwalts wandern über den Strand nach Norden bis zu den Wellenbrechern des Alten Grabens und nach Süden bis zu dem fernen Vorgebirge der Capriola: eine kaum merklich gebogene Küstenlinie, auf ganzer Länge gesäumt von einem bräunlichen Streifen toter Algen, der aussieht, als wäre er absichtlich hingelegt worden, um die

Anhäufung von Unrat zu unterstreichen. Die Möglichkeiten scheinen endlos zu sein.

»Aber...«, sagt Vannucci langsam und schüttelt den Kopf. »Ich weiß nicht...«

Der Maresciallo begreift, daß es diesmal eher Schüchternheit als Zurückhaltung ist, aber es ärgert ihn trotzdem.

»Na red schon!« treibt er ihn an.

»Ich weiß nicht, ob ich's falsch verstanden habe...«

Er hat ganz richtig verstanden: Wenn Delaude, als er von den Wellen fortgerissen und ins Offene hinausgeschwemmt worden ist, erst seit kurzem tot war, hätte seine Leiche mindestens einige Tage lang auf dem Grund liegen müssen, ehe sie durch die Körpergase wieder nach oben getrieben und von der Strömung davongeschwemmt worden wäre.

»Ja, aber es gibt Offenes und Offenes«, sagt Vannucci und dreht sich zu Roggiolani, wie um sich Bestätigung zu holen. Roggiolani nickt und deutet auf eine Stelle am Strand zur Linken, ungefähr vor der Villa Borst, wo im übrigen nichts Besonderes zu sehen ist.

Doch es gibt einen Unterschied, wie jetzt beide erklären. Denn von dort nach Süden bis fast hinunter zur Capriola ist das Meer sofort tief, schon nach wenigen Metern hat man »keinen Grund mehr«, wie im Sommer eigens aufgestellte Fähnchen signalisieren. Diesseits hingegen können kleine Kinder und Nichtschwimmer gefahrlos dreißig Meter und mehr hineingehen, dank einer breiten Sandbank, die dem Strand vorgelagert ist bis hinauf zu dem verhaßten Campingplatz von Poggiomozzo. Und genau diese Sandbank ist es, über die der Sturm und die Strömung den toten Körper bis zu der Stelle gerollt haben können, wo er dann gefunden worden ist.

Dr. Veglia blickt zu der Stelle vor der Villa Borst.

»Dann genügt es also, dort anzufangen«, sagt er direkt an den Gefreiten Oliva gewandt.

»In Ordnung, Dottore.«

Dr. Veglia geht ein Stück weiter den Strand hinunter und dreht sich zurück, um die in großzügigen Abständen voneinander entfernten Villen der ersten Reihe zu betrachten, von denen man die Dächer hinter dem Auf und Ab der Dünen, dem niederen Buschwerk und den krummen Strandkiefern sieht. Er läßt sich erklären, wem sie gehören und ob sie in dieser Jahreszeit bewohnt sind.

Die da vorne ist die der Holländer, wird ihm erklärt, die so genannt wird, weil sie einer holländischen Familie gehört, die aber nie kommt und jetzt wohl auch verkaufen will. Rechts daneben liegt die der Signora Borst und links daneben die der Zemes. Dann weiter zum Alten Graben hin die des Architekten Raimondi, der kommen sollte, aber nicht gekommen ist. Dann nach ein paar weiteren leeren die der Signora Melis, die heute morgen gekommen ist... Dann...

»Dann wird es also genügen«, sagt der Staatsanwalt direkt zu dem Gefreiten Oliva und den Wächtern, »die Suche ungefähr hier zu beginnen.«

Die mühe- und peinvolle Suche gilt der Tatwaffe (sei sie nun ein Vierkanteisen, ein Spaten oder was immer gewesen), für den Fall, daß sie noch am Tatort liegt. Und es ist schon eine beträchtliche Verringerung der Pein, die Vannucci sich und den beiden anderen mit seiner Unterscheidung zwischen »Offenem und Offenem« verschafft hat. Andernfalls hätten sie praktisch bei der Capriola beginnen müssen.

Doch die wahre Pein, denken Staatsanwalt und Maresciallo jeder für sich, während sie zum Dünenweg zurückgehen, liegt wie immer in dem Gedanken, daß dies alles wahrscheinlich zu nichts führen wird, wenn nämlich der Delaude an wer weiß welchem geschlossenen oder offenen Ort im Innern der Pineta umgebracht und dann zum Strand geschleppt worden ist, wo das Meer alle Spuren verwischt hat.

»Und jetzt«, sagt der Staatsanwalt, »komisches Zwischenspiel.«

Ein Staatsanwalt und ein Top-Model treffen sich in einer

Pineta, denkt der Maresciallo und unterdrückt ein Lächeln. Er würde nicht ungern dabeisein, aber der Staatsanwalt hat anders disponiert.

»Mit dem Mädchen werde ich ein paar Worte reden, fahren Sie inzwischen ruhig zu Ihren Umweltschützern zurück. Und wenn Sie Zeit finden, kann es auch nichts schaden, ein paar Worte mit diesem ambulanten Philosophen zu reden. So wie er gesehen worden ist in jener Nacht, könnte er ja mit seiner Lampe auch jemanden oder etwas gesehen haben.«

*

Der Mann in Zivil begibt sich zu seinem Fiat Tipo, der auf dem kleinen Parkplatz steht. Der Mann in Uniform nähert sich seinem Fiat Uno, der auf dem Dünenweg steht. Nichts entgeht dem Spezialagenten Andrea Neri, der die beiden seit einiger Zeit durch sein starkes Fernrohr beobachtet.

Den Vormittag hatte der Agent Neri, um die Wahrheit zu sagen, als Weltmeister im Querfeldeinrennen auf dem Gelände der Gualdana begonnen, und erst in einem zweiten Teil, als er auf das Dach der leeren Villa Raimondi geklettert war, verwandelte er sich dank einer schon nostalgischen Schwäche für die Phantastereien der Kindheit in eine furchterregende Kreuzung aus Piratenhäuptling und Bootsmann der *Viktor Hansen*, eines in diesen tückischen Gewässern abgedrifteten Schmugglerkahns.

Durch das voll ausgezogene Fernrohr hatte er eine nach der anderen die Inseln des Toskanischen Archipels ins Visier genommen: Elba, Montecristo, Giglio, Capraia und ganz hinten am Horizont eine flache gezackte Linie, die ein minder geübtes Auge für eine Wolkenbank halten könnte, die jedoch nichts Geringeres ist als Korsika.

Als dann die Ermittler kamen, hatte der Neo-Spezialagent mit einer gewissen Befriedigung ihr plumpes Hin und Her beobachtet. Lächerliche Idee, auf einem von der Flut überspülten und von Treibgut übersäten Strand nach Fußspuren suchen zu wollen! Oder nach der Tatwaffe? Es ist nicht schwer zu begreifen, daß der Täter sie weit ins Meer hinausgeschleudert haben muß, weshalb man lieber den Grund absuchen lassen sollte, am besten durch einen erfahrenen Taucher, wie der Spezialagent A. N. zufällig einer ist.

Der Staatsanwalt (denn der Mann in Zivil kann kein anderer sein) steigt in sein Auto, um die Ermittlungen anderswo ungekonnt weiter zu leiten. Dasselbe will offenbar auch der Uniformierte gerade tun, da erscheint hinter ihm ein Individuum von mittlerer Statur, das eine grüne Windjacke und eine karierte Mütze trägt und in dem das geübte Auge des Agenten A. N. alsbald den Abgeordneten Bonanno erkennt.

Ein Teil des Daches, das man über eine Außentreppe mit Betonstufen erreicht, kann als Solarium oder als Tanzfläche bei doofen Sommerfesten benutzt werden, und hinter der Brüstung, die diesen Teil umgibt, geht A. N. blitzschnell in Deckung, ohne jedoch das Auge vom Fernrohr zu lösen.

Schwer zu sagen, woher der Abgeordnete plötzlich aufgetaucht ist, aber die Begegnung scheint kein Zufall zu sein. Eine Verabredung? Wohl nicht von seiten des Maresciallo, der zwar respektvoll, aber nicht gerade begeistert dreinschaut. Eher ist es der andere, der ihn gesucht hat.

Tatsächlich ist es der andere, der nun zu reden beginnt, und nie hat der scharfsichtige Agent mehr als heute bedauert, daß er nicht gelernt hat, von den Lippen zu lesen. Es ist eine lange emphatische Rede mit weit ausholenden Gesten, die zu den Kronen der Pinien hinaufdeuten, und der Carabiniere hört aufmerksam mit gesenktem Kopf zu. Offensichtlich erhält er Informationen von großer Bedeutung.

Dann sagt auch er etwas, formuliert eine undechiffrierbare Frage und provoziert damit eine neue Flut von Wörtern mit neuen zum Himmel weisenden Gesten des sich erhitzenden Abgeordneten, der sich am Ende sogar die Mütze abnimmt. Zweifellos aus Respekt nimmt sich auch der Maresciallo die seine ab, betrachtet sie, fährt sich mit der Hand über den Kopf und hebt gleichfalls den Blick zu den Pinienkronen. Aber sein Gesichtsausdruck bleibt ernst und verschlossen, als er von neuem das Wort ergreift. Ganz wie Sie wünschen, sagt er vermutlich. Ich werde tun, was ein gewählter Vertreter des italienischen Volkes von mir verlangt. Ich werde der Sache ohne Ansehen der Person auf den Grund gehen. Der Abgeordnete hört ihm aufmerksam zu, erst mit gespannter Miene, dann immer zufriedener, mit lebhaften Zeichen der Zustimmung. Und als der Maresciallo schließlich auf die Uhr sieht, militärisch grüßt und ins Auto steigt, bleibt der Abgeordnete mit erhobenem Kopf und einem bezeichnenden Siegerlächeln zurück.

Andrea weiß genug, um rasch das Fernrohr zusammenzuschieben und geduckt hinter der Brüstung zur Treppe zu laufen, an deren Fuß ihn sein treues *montapicchi* erwartet, das Geschenk eines fernen Vaters, weit jenseits von Korsika.

4.

Nach längerer Betrachtung der Teile eines *jigsaw* kommt es bisweilen vor (infolge des Beharrungsvermögens der Bilder auf der Netzhaut, selbst wenn das betreffende *jigsaw* »ohne Bild« ist), daß das Auge des Betrachters die kapriziösen Umrisse jener Puzzleteilchen auf die umgebende Welt projiziert: Wölbungen, Höcker, konkave Beulen, keilförmige Auswüchse, amöbenförmige Ausstülpungen, dazu bestimmt, sich mit entsprechend geformten anderen Teilchen paßgenau zusammenzufügen. Dergestalt, daß dem Betrachter noch eine gewisse Zeit lang die ganze Welt in Puzzleteilchen zersägbar, zerlegbar und wieder zusammensetzbar erscheint.

In einer solchen psychophysischen Disposition befand sich Monforti, als er vor kurzem den Kopf hob und die Mitteilung seiner weitblickenden Haushälterin Giovanna entgegennahm: In der Küche fehle es an Salz und Zucker, und auch der Kaffee gehe sehr bald zur Neige. Im Puzzleteilchen ihres Gesichts lag ein Ausdruck von Genugtuung, der aufs beste zum Puzzleteilchen der Signora Sandra paßte, die immer bereit ist, die Haushälterin zu schelten und zu kritisieren, aber es fertigbringt, ihren Bruder ohne die wichtigsten Grundnahrungsmittel allein zu lassen.

Als Monforti dann zum Einkaufen fuhr, sah er unwillkürlich weiter überall Puzzleteile: Im Rahmen der Windschutzscheibe erschien ihm ein Stück von Milagros (eine ganze und eine halbe rote Stiefelette), passend zu einem Stück von Mongellis Fahrrad (linkes Pedal), dessen Besitzer am Straßenrand stand; vor dem Pförtnerhäuschen dann ein Stück von Ingenieur Laguzzi (angewinkelter Arm mit Handgelenk) und eines von Vannuccini (gebeugter Rücken auf trapezoidem Puzzleteil).

Jetzt im Städtchen verbreitet sich diese harmlose Obsession auf alle Größenordnungen: In fünftausend Teile zerlegt, wäre die graue Burg auf der Spitze des Hügels erst nach Monaten wieder zusammengesetzt; aber auch die in fünfzig Teile zerlegte Kaffeedose wäre kein Scherz. Während ein Stück dunkler Stoff, an dem sich ein großer glänzender Knopf befindet, unschwer mit den zehntausend anderen Fragmenten zusammenpaßt, die gemeinsam das Bild des Maresciallo Butti ergeben.

»Giovanna hat mich hergeschickt, es fehlen ein paar Sachen in der Küche«, verrät ihm Monforti vor dem Eingang des kleinen Supermarkts an der Piazza Garibaldi. »Sie versorgt mich bestens und läßt es mir an nichts mangeln, außer an der Lust, zu essen, was sie mir kocht.«

Butti nimmt Anteil mit einem mißbilligenden »Eh...«, das er dann in anderem Kontext wiederholt, als Monforti fragt, ob es Neuigkeiten gebe. Nein, es gebe noch keine, der Besuch des Staatsanwalts in der Gualdana habe bislang nichts Neues erbracht (»Da sehen Sie immerhin, Maresciallo, uns ist nichts entgangen!« – »Eh, aber nichts ist und bleibt eben nichts!«) – es sei denn, man wolle die Theorie des Abgeordneten Bonanno ernst nehmen.

»Über das Verbrechen?«

»Über das Verbrechen.«

Eine Theorie, die jeder Grundlage entbehre und die der Maresciallo schon drauf und dran gewesen sei, als eine der zahlreichen Extravaganzen abzutun, die bei jedem etwas komplexeren (er sagt nicht »mysteriösen«) Mordfall auftauchen. Aber dann habe er sich überlegt, daß es, um die Medien ein bißchen hinzuhalten bis zur hoffentlich baldigen Klärung, nichts Besseres gebe, als einem Abgeordneten das Wort zu erteilen.

»Die Theorie ist idiotisch«, präzisiert er, »aber sie hat den Vorteil, daß sie den Fall Zeme ganz draußen läßt. Und so habe ich ihm geraten, seine Hypothese direkt im Fernsehen darzulegen und sich von denen da zu einem schönen Interview bitten zu lassen.«

Mit »denen da« meint er den Ü-Wagen von »Telepadùle«, der schräg gegenüber vor der Metzgerei Righi parkt.

Monforti hat einen kurzen Anflug von Mitleid für den armen Abgeordneten, der sich bestimmt lächerlich machen wird mit seiner lächerlichen Theorie, was immer sie auch besagen mag. Doch er korrigiert sich: Es wird eine gerechte Strafe für den Mann sein, der, vergessen wir das nicht, die Gualdana mit einer Hecke aus 45 gänzlich unpassenden Thujen verschandelt hat (sogar der Gärtner Mazzeschi, der sie anpflanzte, war indigniert). Und dem Maresciallo gegenüber äußert er ein weiteres amüsiertes Erstaunen: »Aber praktisch führen Sie damit die öffentliche Meinung irre, lieber Butti. Das ist pure Vortäuschung falscher Tatsachen.«

Der Maresciallo muß lachen und kaschiert es sofort unter einem Hüsteln.

»Und was, bitte, wäre daran so schlimm? Für die Fernsehfritzen ist es ein Knüller, der Abgeordnete bringt sich mal wieder ein bißchen ins Gespräch, wir haben mindestens weitere vierundzwanzig Stunden Ruhe, und so verbringen wir alle einen schönen Abend und sehen uns das Interview im Fernsehen an. Wie wär's, wollen Sie nicht zu mir zum Essen kommen, dann sehen wir's uns zusammen an? Meine Mutter kocht bestimmt besser als Ihre Giovanna, das kann ich Ihnen garantieren.«

Monforti nimmt die informelle Einladung mit fröhlicher Informalität an, nicht ohne im Bruchteil einer Sekunde die Puzzleteilchen einiger Flaschen Brunello di Montalcino zusammengesetzt zu haben, die ihm noch im Keller verblieben sind und die er der Signora Butti als Gastgeschenk mitzubringen gedenkt.

»Sind die schon wegen Bonanno gekommen?« fragt er dann mit einem Blick auf den Übertragungswagen.

»Nein, die sind hier wegen der ›Freunde des Ozons‹ auf dem Rathausplatz. Kommen Sie, sehen wir uns das mal an.«

Sie zwängen sich in die enge Gasse, die hinter dem Zeitungskiosk beginnt (der heute geschlossen ist), und gehen zur Piazza Grande hinunter, wo die Kundgebung unter dem gleichmütigen Blick des Brigadiere Farinelli stattfindet. Die Vereinigung »Freunde des Ozons« hat noch keinen regelrechten Sitz am Ort. Sie ist vor drei Jahren von einer Grundschullehrerin in Livorno gegründet worden und verbreitet sich in der ganzen Toskana »wie eine Öllache«, wie ihre Anhänger gerne sagen.

Welche nun hier auf der Piazza ein Grüppchen von etwa dreißig Personen bilden, zum Teil aus dem Ort, zum Teil aus den Dörfern ringsum zusammengekommen mit ihren himmelblauen Fahnen und ihren Spruchbändern. »Wir wollen atmen«, »Rettet den Planeten«, »Ozon = Leben«. Sie haben sich um einen zum Podium hergerichteten kleinen Diesel-Lkw geschart, der unter einer der vier Platanen auf der Rathausseite geparkt ist. Das Rathaus selbst, in dem eine

Delegation der Ozonfreunde gern mit dem Bürgermeister konferiert hätte, ist natürlich heute geschlossen, mag sich Farinelli auch mit verschränkten Armen vor das Portal gestellt haben, als wolle er ganz allein die Bastille verteidigen. Aber die Stimmung der kleinen Schar ist nicht bedrohlich, der Schrecken, vor dem hier gewarnt wird, ist erst mittel- bis langfristig zu erwarten.

Von der Höhe seiner Tribüne herab hat ein alter Mann, der ein himmelblaues Tuch nach Apachenart um den Kopf geschlungen trägt, soeben seine Rede beendet und erntet spärlichen Beifall. Jetzt schwingt sich eine etwa fünfzigjährige Frau auf den Lkw, die auf der Stirn ein großes, aufgeklebtes oder angemaltes himmelblaues Abzeichen hat.

»Ist Ozon denn blau?« fragt der Maresciallo.

»Was weiß ich?«

Die Frau (vielleicht die Gründerin persönlich) weiß eine Menge schaudernmachender Daten auswendig, die sie nun ins Mikrofon zu rattern beginnt, »bevor es zu spät ist«. In rascher Folge steigen Worte wie »Verantwortlichkeit«, »Bewußtwerdung«, »gemeinsames Erbe«, »Menschheit« zur Ozonschicht auf, und Monforti schweift ab, folgt dem Flug zweier Möwen über dem Hafen und den Evolutionen des Kameramanns von »Telepadùle-News« um die Gruppe der Demonstranten.

So bemerkt er auf einmal den jungen Fioravanti und die Baldacci.

»Aber diese beiden dort auf der Bank...?«

Der Maresciallo nickt.

Es ist wirklich die Baldacci, die Ehebrecherin, die dort auf einer der vier Steinbänke sitzt, die den Brunnen unter den Platanen umgeben. Sie sitzt ein wenig gebeugt, die Hände verschränkt, die Miene schwer zu entscheiden, ob niedergeschlagen oder verdrossen, und sie hat die Stirn frei, das heißt ohne das himmelblaue Abzeichen (aus Recyclingpapier), das fast alle anderen Frauen tragen. Der junge Fioravanti steht einen Meter daneben an einen der Stämme gelehnt, kramt in seinen Taschen nach Zigaretten und findet sie schließlich, schiebt sich eine davon in den blonden Bart, steckt sie aber, vielleicht aus Rücksicht auf den Freund Ozon, schnell wieder weg. Auch er hat nichts Himmelblaues an sich.

»Man hat ausgerechnet, daß bis zum Jahre 2005 infolge des Schmelzens der Eiskappen an den Polen der Meeresspiegel...«, sagt die Rednerin gerade in ihr launisches Mikrofon.

Und von diesen wissenschaftlichen Prophezeiungen läßt das Fernsehen sich kein Wort entgehen.

★

Viele davon haben sich Pater Everardo und Ugo der Einsiedler entgehen lassen, die jetzt auf der Seite des Hafens erscheinen, jeder sein Zweirad schiebend. Der Einsiedler, der ins Städtchen gekommen ist, um sich das altbackene Brot abzuholen, das der Bäcker Spini für ihn beiseite gelegt hat (der es nur zum Teil für seine Hühner braucht), hat anschließend einen Sprung ins Kloster gemacht, um den Pater zu besuchen und sich von ihm ein Glas Brombeerkompott schenken zu lassen, das dieser ursprünglich von der Mutter des Maresciallo Butti geschenkt bekommen hatte. Die beiden haben freundschaftlich miteinander über den Seligen Pettinaio diskutiert, wobei jeder fest bei seiner Ansicht geblieben ist. Eine Einsiedelei nicht als stolze Abkehr von den Menschen, so der Kapuziner, sondern als Meditation, deren Früchte, in Gestalt von bescheidenen präventiven Warnungen, unter die Menschen verteilt werden müssen, wo immer das nötig ist. Also überall, so der Einsiedler. Aber ein Einsiedler, der als rettender Engel umherläuft wie ein Verkehrsschutzmann, ist ein Einsiedler, der seinen Nächsten liebt, und warum sollte er sich dann vorrangig auf die Einsiedelei verlegt haben?

Sie bleiben am Rand der Piazza stehen, ohne recht zu wissen, was sie tun oder sagen sollen, da jeder der beiden im Zweifel ist, wie der andere zum Ozon steht. So sehen und hören sie schweigend ein paar Minuten der Kundgebung zu.

»Sind wenige«, sagt der Einsiedler schließlich.

»Das besagt nichts«, erwidert der Pater und denkt an die zwölf Apostel.

»Alles bebaute Land nördlich des 45. Breitengrades wird…«, prophezeit die Frau auf dem Podium gerade.

»Einen ganzen Planeten zu retten!« sagt der Einsiedler. »Mir scheint, noch nie in der Geschichte hat es eine größere Ambition gegeben.«

»Aber es hat auch noch nie einen größeren Wahnsinn gegeben«, erwidert der Pater.

»Fünfundsiebzig Prozent der Flora am Äquator…«

»Also ich halte es letzten Endes«, bekennt der Einsiedler, »mit Hegesias von Kyrene. Er wäre kein Freund des Ozons gewesen, sondern einer des Ozonlochs, er hätte gepredigt, es noch zu vergrößern, es so weit wie möglich zu vertiefen, ihm täglich in aller Bescheidenheit etwas mehr auf die Sprünge zu helfen.«

»Chiliastischer Suizid«, sagt der Kapuziner mitleidig. »Selbstmord aus Angst vor dem Weltuntergang. Ziemlich naiv, abgesehen von allem andern.«

»Zig Millionen von Europäern werden gezwungen sein…«, fährt die Rednerin fort.

»Aber da der Planet nun einmal so ist, wie er ist«, ereifert sich der Einsiedler, »und wir nicht aus eigenem Willen auf ihm leben, hätten wir wenigstens die Genugtuung, ihn aus eigener Kraft vernichtet zu haben, ohne auf Katastrophen aus dem All oder andere Eingriffe von oben zu warten. Als sagten wir: ›Zur Hölle mit ihm!‹«

Pater Everardo dreht den Kopf und sieht ihn mit einem Lächeln an, das den Einsiedler verstimmt.

»Ach«, sagt der Mahner, »der Stolz, immer dieser luziferische Stolz!«

»Die Wahrheit ist«, übertreibt darauf der Hegesiasjünger, »daß mir an der menschlichen Gattung, sowohl in ihrer Gesamtheit wie Hohlkopf für Hohlkopf einzeln genommen, weniger als nichts liegt.«

»Reden Sie nicht so«, tadelt ihn der Kapuziner bekümmert, »Sie sind ein herzensguter und sehr sensibler, vielleicht zu sensibler Mensch, der sich bemüht...«

»Und Sie«, erbost sich der Einsiedler, »reden Sie nicht solchen pfäffischen Unsinn zu mir.«

Doch er schämt sich über die billige Retourkutsche, und als er sieht, wie betrübt nun der Pater sein Moped besteigt, schlägt er ihm vor, sich bei Signora Borst zur Teestunde wiederzutreffen und dann die Diskussion entspannter fortzusetzen. Aber Pater Everardo wird heute nicht zu Signora Borst kommen, seine »maremmanische« Predigt in der Mitternachtsmesse hat großen Anklang bei den Herren der Rocca gefunden, die ihn zum Argentario mitnehmen wollen, wo er eine Art »Gegenstück« in der Villa einer mit ihnen befreundeten »berühmten Senatorin« halten soll.

Ein Mann von Wert, denkt der Einsiedler, ein Mann mit Eigenschaften und doch so naiv geschmeichelt durch einen nichts weiter als snobistischen Anruf! Er fragt sich mit der Strenge des Kynikers, wie er selbst wohl auf einen solchen Anruf reagiert haben würde, als er plötzlich eine Stimme neben sich hört.

»Gestatten Sie ein Wort, Professor?«

Es ist der alles andere als snobistische Anruf des Maresciallo der Carabinieri.

★

Als Butti hinübergegangen ist, um den Professor De Meis einer »informellen« Befragung über sein nächtliches Treiben in der Pineta zu unterziehen, begibt sich Monforti zur Piazza Garibaldi zurück, wo er sein Auto geparkt hat. Aber er ist nicht der einzige, in dem die Freundschaft für das Ozon sich abgekühlt hat. Vielleicht angeregt durch die Mängel und Hungersnöte, die der Menschheit bevorstehen, muß die Baldacci sich heimlich von der Kundgebung entfernt haben, um einen Sprung zu Spini zu machen.

Jedenfalls sieht Monforti sie aus der Bäckerei kommen und gedankenverloren die wenigen Meter zur Metzgerei Righi gehen. In der Tür steht der spindeldürre bebrillte Inhaber, der aussieht wie ein Professor der Lehrerbildungsanstalt Pisa. Sie wechseln ein paar Worte, vermutlich über die Sonne und die Jahreszeit, dann gehen beide hinein.

Etwas streift Monforti. Muß er auch dort hinein? Hat er vielleicht eine Besorgung vergessen, um die ihn Giovanna gebeten hat? Beefsteak? Schinken?

Aber nichts klärt sich, kein Puzzleteilchen findet seinen Platz, und Monforti trollt sich mit seinem Salz und seinem Kaffee, in Gedanken schon bei dem köstlichen Essen, das ihn heute abend erwartet.

5.

Katia hat abgewaschen, räumt die Küche auf und denkt schon an das, was sie heute abend kochen wird, als sie es am Fenster klopfen hört. Es ist Milagros, die nicht an der Tür geklingelt hat aus Angst, die beiden Komiker könnten einen Mittagsschlaf halten.

»Was denn für einen Mittagsschlaf, den beiden reicht es schon, in der Nacht zu schlafen, die schlafen doch nicht bei Tage! Bei Tage laufen sie gleich nach dem Essen sofort in ihr *Comicomio* und erfinden Witze zum Totlachen«, erklärt Katia voller Stolz auf die beiden und voller Stolz darauf, daß sie das Wort »Comicomio« kennt.

Na jedenfalls, erklärt Milagros, hätten ihre beiden Herrinnen nicht durch einen Anruf stören wollen und hätten sie hergeschickt, um Katia zu sagen, daß sie Max & Fortini sagen soll, ob sie nicht alle drei zu ihnen zum Tee kommen wollten heute nachmittag.

»Ich auch?« fragt Katia eingeschüchtert.

Dieser arme Gimo hat sie wirklich ins Paradies geführt! Bei allem, was passiert ist, nie ist irgendwo irgendwer so nett zu ihr gewesen wie die Leute in dieser Pineta. Erst dieser Maresciallo, der so taktvoll war, gar nicht zu reden von Max & Fortini, die eine Stunde lang geblieben sind, um sie zu trösten, und sogar der Staatsanwalt, der heute Vormittag aus Grosseto gekommen ist, hat sie wie ein Vater behandelt. Und jetzt wollen auch noch zwei Damen wie diese Signora Borst und ihre Freundin sie zum Tee einladen!

»Na wieso nicht?« sagt Milagros. »Hier sind wir doch alle wie eine Familie.«

Nur daß, wenn Gimo wirklich ermordet worden ist – denkt Katia –, dann muß es doch einer gewesen sein!

*

Ohne Wissen Katias (die freilich inzwischen weit davon entfernt ist, sich für diese schäbigen kleinen Provinzsender zu interessieren) hat sich ein Ü-Wagen von »Telepadùle« an der Schranke eingefunden und um Einlaß gebeten. Der Abg. Bonanno sei einverstanden.

»Womit einverstanden, worum geht es?« wollen die Wächter Barabesi und Guerri wissen.

Es gehe, sagt ungeduldig der Fahrer, der auch als Kameramann fungiert, um ein Exklusiv-Interview über das Verbrechen, das der Abgeordnete persönlich den »Telepadùle-News« versprochen habe.

Die Wächter seien aber nicht informiert worden, erwidert Guerri. Und in jedem Fall, fügt Barabesi hinzu, sollten die Herren nicht glauben, sie könnten mit ihren TV-Kameras überall in der Pineta herumfahren. Die Kondominiumsordnung verbiete ausdrücklich...

Was habe die damit zu tun, das Interview würden sie in

der Villa machen, beschwichtigt der Regisseur Meniconi, der auch der Interviewer ist, und im übrigen würden sie sich mit ein paar Aufnahmen hier am Eingang oder am Strand vor einer der Villen in der ersten Reihe begnügen.

Nix da mit Strand, nix da mit Villen in der ersten Reihe! Nur die Villa und das Grundstück des Abgeordneten, immer vorausgesetzt, er hat dieses Interview wirklich versprochen, wobei im übrigen nicht so recht klar ist, was dabei rauskommen soll, denn was weiß der schon von...

Er habe eine Theorie, bringt Meniconi vor, die in der Redaktion sehr interessant gefunden worden sei und jetzt noch nicht enthüllt werden könne, aber heute abend könnten alle Telepadùle-Zuschauer sie von dem Herrn Abgeordneten selbst hören, in den »TP-News« nach dem Perry-Mason-Film »Der Fall der zerstreuten Sekretärin«, um halb...

»Worauf warten Sie denn noch?« ruft der Parlamentarier schon von weitem, während er zu Fuß aus seiner Villa herbeigeeilt kommt. »Und warum sind Sie so spät gekommen? Rasch, rasch, es wird bald dunkel!«

Der Regisseur erklärt ihm, daß sie durch den Bericht über diese Ozonfreunde aufgehalten worden seien, indes der Kameramann aus dem Wagen springt und, ohne daß Barabesi und Guerri noch zu protestieren wagen, die Kamera genau vor den Eingang postiert.

Wenn der Herr Abgeordnete sich jetzt bitte hier hinter die Schranke stellen möchte, schlägt Meniconi vor, und zwar in nachdenklicher Haltung und die Ellbogen direkt auf die Schranke gestützt? Das wäre ein hervorragendes Eröffnungsbild, besonders wenn er dabei einen Pinienzapfen sinnend in den Händen dreht. Dann, als unterhaltsame, witzige Einlage, könnte er auf den Ü-Wagen springen und sich ans Steuer setzen, als wäre er ein Reporter von »TP-News«. Wäre das nicht eine exzellente... Nein?

Nein, widersetzt sich Bonanno entschieden. Das wäre kaum würdevoll. Das heißt, die Schranke und die sinnende

Haltung mit dem Pinienzapfen könnten schon angehen, es handle sich immerhin um einen passenden Symbolismus. Aber sich ans Steuer des Wagens zu setzen, das würde wirklich nach Exhibitionismus aussehen, das wäre ein...

»Schon gut, ich habe nichts gesagt«, widerruft Meniconi sofort jovial. »Also dann einen Pinienzapfen«, fordert er im Befehlston von den Wächtern. »Ja, dieser geht, danke. Aber die Schranken lassen wir eine unten und die andere halb oben. Ja, so. Und Sie, Herr Abgeordneter, stützen sich bitte hier auf. So. Sehr gut. Nur den Pinienzapfen noch etwas mehr ins Bild und die Ellbogen etwas mehr auseinander. Perfekt.«

6.

Es war nicht aus eitler Neugierde, daß Wilhelmine Borst und ihre Freundin Eladia nach der Begegnung vorgestern abend bei der Mitternachtsmesse das Duo Max & Fortini mitsamt ihrem neuen »Au-Pair-Mädchen« eingeladen haben. Die beiden Komiker sind im Hause Borst immer gern gesehen, und das Mädchen ist ihnen brav und anständig vorgekommen. Jetzt erweist es sich zudem auch als sehr anstellig, hat es sich doch sofort bereit gefunden, Milagros bei ihrem Hin und Her zwischen Küche und Wohnzimmer zu helfen, als handle es sich statt um den üblichen Tee mit einigen Freunden um eine Party mit dreißig Personen.

»Noch ein Stück Torte, Signor Ugo?... Noch etwas Tee, Signora Neri?... Mrs. Graham?«

Katia ist sich sehr wohl darüber im klaren, daß ihre besondere Lage inzwischen allen in der Pineta bekannt sein muß, und hat die intelligenteste Art gewählt, keine Verlegenheit aufkommen zu lassen.

Doch das Unbehagen bleibt. Wie vermeidet man, daß die Fragen offen auf den Tisch gelegt werden, die allen im Kopf herumgehen?

Eladia hätte ja wirklich die Entschuldigung mit den Karten. Schließlich ist sie es gewesen, die vor drei Tagen, als nichts das tragische Ende eines Pineta-Bewohners und das mysteriöse Verschwinden zweier anderer voraussehen ließ, vom Drohen einer rätselhaften Katastrophe gesprochen hatte. Aber ihr geradezu religiöser und fatalistischer Glaube an die Karten hindert sie daran, auf ihre Voraussicht anzuspielen und sich damit zu brüsten.

Monforti denkt wieder an sein Puzzle, mit dem er keinen Millimeter vorangekommen ist, und versucht, sich mit Hilfe der Phantasie ein Bild für das andere Rätsel zusammenzusetzen: ein Bild, in dem vielleicht irgendwie auch dieses Mädchen Katia vorkommen könnte und Orfeo mit oder ohne Spaten, die ehebrecherischen Ozonfreunde, die anomalen Mäuse Bonannos, der Einsiedler, der vorgestern nacht, statt auf seinen Hügel zurückzukehren, vielleicht...

Aber es ist der Einsiedler selbst, der in diesem Moment auf seine Weise zur Sache kommt.

»Rafel«, ruft er, »*mai amech zabi almi!*... Was bedeuten, teure Freunde, diese dunklen Worte?«

Katia und Milagros sehen sich verdattert an, niemand antwortet, nur Mrs. Graham, die ihre ganze Zeit mit dem Studium des Italienischen verbringt, hebt einen Finger.

»Niemand kann es sagen«, erklärt sie. »Dante bringt es im einunddreißigsten Gesang des *Inferno* extra als Beispiel für ein unlösbares sprachliches Rätsel. Nicht zufällig ist der Riese, der es ausspricht, jener Nimrod, der durch den Turmbau zu Babel die Verwirrung der Sprachen provoziert hat.«

Alle überschütten Colins Mutter mit Komplimenten für ihre italianistischen Kenntnisse, hoffen jedoch zu erfahren, was dieses andere Rätsel hier soll.

»Rafel und Mai Amech«, schlägt Max vor, »treffen sich in der Hölle, und der eine sagt zum andern: *Zabi almi!*«

»Das's nich witzig!« prustet Milagros los, die von Katia über Fortinis Wutanfälle ins Bild gesetzt worden ist.

»Nein, aber es paßt zur Dunkelheit der Fakten«, sagt der Einsiedler. »Im übrigen hatte ja Signorina Eladia deutlich genug gesagt, daß höchst seltsame Dinge passieren würden. Und das erste davon ist keinem anderen als mir passiert, der ich in jener Nacht gegen ein Uhr glaubte, endlich nach Hause gelangt zu sein, aber von wegen! Orfeo behauptet, ich sei noch hier gewesen, hier in der Pineta, auf der Großherzogsbrücke. Das hat mir der Maresciallo der Carabinieri gesagt. Kann etwas noch dunkler sein als dieses?«

Während die anderen in überraschte Rufe ausbrechen, denkt Monforti an den bitterbösen Blick, den Orfeo, als er aus der Kirche ging, dem Einsiedler und ihm selbst zugeworfen hatte, während Everardo seine Predigt über den Pettinaio fortsetzte. Könnte es sein, daß...

»Und andererseits«, fährt De Meis fort, alias Ugo da Borgomanero, alias Krates der Thebaner, genannt der Türenöffner, »wohin hat Dante, bildlich gesprochen, die turmgleichen Riesen im einunddreißigsten Gesang versetzt?«

»Nach Monteriggioni«, antwortet Mrs. Graham prompt. »Denn er sagt in der Tat, daß ihre riesigen Gestalten den Rand des Höllenschlundes in gleicher Weise umgeben wie

Monteriggion di torri si corona.
(Monterrigioni mit Türmen sich umkränzt.)

Weshalb sein Führer ihm warnend sagt:

Sappi che non son torri, ma giganti.
(Wisse, es sind nicht Türme, sondern Riesen.)«

Erneute Komplimente für die Italianistin, die, da sie in ihren freien Momenten auch Hispanistin ist, nicht zu bemerken versäumt, daß ihres Erachtens das Abenteuer des Don Quijote mit den Windmühlenflügeln sich von ebendieser Stelle bei Dante herleite. Mit dem Unterschied, daß Sancho Pansa seinen phantasievollen Herrn vor dem umgekehrten Irrtum warnt: »Seht nur, Euer Gnaden«, sagt er nämlich, »es sind nicht Riesen, sondern Windmühlenflügel.«

Max versucht noch einen Scherz über zwei Windmühlenflügel, die sich in Punta Ala treffen, aber ein drohendes Knurren von Fortini läßt ihn erstarren.

Der Einsiedler kommt endlich auf den Punkt.

Das unlösbare Rätsel des »zabi almi« sei ihm in den Sinn gekommen, als Pater Everardo seine Danteschen Hinweise auf die Maremma vorgebracht habe: Die rasende Sapìa, die durch den Pettinaio erlöst worden ist, sei nach Castiglione Alto verbannt worden, vier Kilometer vor Monteriggioni mit seinem Kranz von Türmen (wo ihr Ehemann Ghinibaldo Saracini herrschte). Und dieser Umstand habe ihn dazu gebracht, eine Theorie über das Verbrechen in der Gualdana zu formulieren.

Während der effektvollen Pause, die diesen Worten folgt, trifft Monfortis Blick auf den der Neri. Oje, oje, sagen sie sich mit vorgreifender Ironie. Aber Monforti denkt auch an die noch unbekannte Theorie eines Kretins wie Bonanno (der und seine Thujen!), die ihn nachsichtig stimmt. Nicht mitgerechnet, daß Monteriggioni... Wann war es gewesen, daß jemand von dieser turmreichen Ortschaft gesprochen hatte, an der man vorbeikommt, wenn man von der Gualdana nach Florenz fährt oder umgekehrt? Der Maresciallo war es, der gestern in scherzendem Optimismus gemeint hatte, vielleicht machten die beiden Zemes sich dort ein paar schöne Tage. Und irgendwann vorher... aber wann... hatte er auch gesagt... aber was?

»Sie wollen uns doch nicht sagen, Signor Ugo«, hat unterdessen Mrs. Graham gefragt, »daß der Graf Delaude von einem Riesen getötet worden ist?«

»Nein, aber von einem Tier«, sagt der Angesprochene zur Verblüffung aller und besonders Monfortis. Dem im selben Augenblick einfällt, was der Maresciallo gesagt hatte.

In gewisser Weise sei es jedoch dasselbe, fährt De Meis fort. Denn nach Dantes Urteil seien die Riesen, die biblischen ebenso wie die des griechischen Mythos, nichts anderes gewesen als Tiere. Allerdings prähistorische, die zum Glück ausgestorben sind, verbanden sie doch ihr tierisches Wesen (dessentwegen sie nicht sprachen, abgesehen von dem unverständlichen Nimrod) und ihre riesige Statur (etwa zwanzig Meter hoch) mit einer gefährlichen Schläue. Darum lobt der Dichter die Natur dafür, daß sie aufgehört hat, solche Wesen zu schaffen:

Natura certo, quando lasciò l'arte
di siffatti animali, assai fe' bene!
(Natur hat wahrlich, als sie solche Wesen
zu schaffen aufgehört, sehr wohlgetan!)

Aber jetzt hat Signora Neri genug davon, sich auf den Arm nehmen zu lassen. »Hören Sie, Ugo«, sagt sie, »ich verstehe nicht, wie man über den Tod dieses armen Grafen so scherzen kann. Rätsel her oder hin, ich ziehe es nachgerade vor, an einen Unfall zu denken.«

»Aber ich doch auch, was unterstellen Sie mir?« verteidigt sich der Einsiedler. »Erinnern wir uns an jene Nacht, als Signor Lopez von einem Wildschwein aufgeschlitzt worden war; angenommen, Eladia und Signora Borst wären damals nicht rechtzeitig hingekommen, bevor er starb: Was hätten die Carabinieri wohl am nächsten Morgen angesichts der Leiche am Strand gedacht?«

»Mammeglio!« ruft Milagros (im Sinne von »Na klar!«, »So ist es gewesen!«). »Den hier, hätten sie gedacht, den hat Orfeo mit seine' Mistgabel umgebracht!«

»Oder jemand anders mit etwas anderem«, sagt der Einsiedler. »Aber irgendwen hätten sie sicher verdächtigt. Während man mit der Theorie von einem Tier als Mörder nicht Gefahr läuft, jemandem unrecht zu tun.«

Die Neri und Monforti wechseln einen reuigen Blick. Sie haben dem armen Ugo unrecht getan – sie, indem sie ihm einen dummen Scherz unterstellt hat, und er, indem er ihn mit dem spinnerten Bonanno gleichsetzen wollte. In

Wirklichkeit ist seine »Theorie« nur eine phantasievoll vorgetragene Mahnung zur Vorsicht.

Doch Eladia faßt sie nicht so auf.

Auch sie habe an ein Tier gedacht, sagt sie. Aber an welches? Es gebe so viele Tiere, die normalerweise ganz harmlos seien, aber gefährlich werden könnten, wenn der MAGIER sich im Haus der *Feinde* befinde.

Dann vielleicht das Stachelschwein! meint Katia. Oder die Schleiereule. Kann eine Schleiereule gefährlich sein?

»Nicht sehr, aber ein großer Uhu schon, wenn man nicht aufpaßt«, wirft Signor Mongelli ein, der regelmäßig die Zeitschrift »Natur« liest. Und übrigens, wer könne schon sagen, wie viele synanthropische Tiere es in der Pineta gebe?

Die Hunde von Lotti, schlägt Fortini düster vor, während Max den Schneemenschen vorzieht.

Nein, erklärt Mongelli, unter »synanthropischen Tieren« verstehe man solche, die, ohne Haustiere zu sein, nicht mehr richtig wild leben, sondern sich daran gewöhnt haben, das Habitat mit den Menschen zu teilen. So zum Beispiel die hiesigen Schildkröten, die problemlos zwischen den Villen umherspazieren; so die Eichhörnchen und die eher scheuen *talponi*, die sich ausnahmsweise zu den Bonannos getraut haben; so das Stachelschwein und der kräftige Dachs, ein Nachttier auch er; um nicht von den großen und kleinen Vögeln zu sprechen, die auf den Dächern nisten, in Kirchtürmen und Burgtürmen...

»Der TURM ist im Haus der *Krankheit* gelandet«, murmelt Eladia, »was bedeutet, daß etwas zusammengestürzt oder jemand hinuntergestürzt sein muß. Das einzig Gute in alledem ist, daß der LIEBENDE ins Haus der *Kinder* übergewechselt ist.«

Monforti spürt, wie er lächerlicherweise errötet, er weiß nicht, wohin er sehen soll, er würde am liebsten zusammen mit dem Turm im Boden versinken, während ein verlegenes Schweigen ihm signalisiert, daß Eladias Fauxpas (oder ihre altjüngferliche, kupplerische Ermutigung?) aufmerksame Zuhörer gefunden hat.

Es rettet ihn brüderlich der Einsiedler, der bemerkt, daß man bei so vielen so verworrenen Indizien schon den Kopf verlieren könne.

»Hier bräuchte man ein *lectus lucubratorius*«, sagt er, und schon erheben sich neugierige Fragen, die das Interesse der Boshaften von dem LIEBENDEN ablenken und von der HERZ-DAME alias der schönen Signora Neri, auf deren Lippen Monforti, als er die Augen hebt, ein kleines, nicht unbedingt mißbilligendes Lächeln wahrnimmt.

Ein *lectus lucubratorius* also, erklärt der Einsiedler, war eine Art Kanapee oder besser noch Schlafsessel, der jedoch nicht zum Schlafen diente, sondern zu dem, was die Lateiner *lucubrare* nannten, das heißt denkend und nachdenkend wachliegen. Der große Gelehrte Varro, die gebildete Kaiserin Julia Domna und sogar der Philosoph Seneca, obwohl ein Anhänger des Stoizismus, hatten eins im Arbeitszimmer. Kaiser Mark Aurel dagegen, der als wahrer Stoiker auf der nackten Erde zu schlafen pflegte, verabscheute es. Um die trostlosen Gedanken zu denken, die er in seinen *Selbstbetrachtungen* festgehalten hat, zog er es vor, bei Nacht durch seine von Nebel erfüllten Feldlager an der Donau zu streifen.

»Kaiser Mark Aurel und ein Legionär der Wache treffen sich am Ufer der Donau«, probiert Max, »und der eine sagt zum andern...«

»Was ist Liebe? Einfache Schleimausscheidung«, sagt Ugo der Einsiedler.

Es dauert einen Moment, bis man begreift, daß es sich um einen der erwähnten trostlosen Gedanken des Kaisers Mark Aurel handelt und nicht um einen der zynischen Scherze des Professors De Meis, aber Fortini stimmt sofort zu: Das sei schön, das sei jetzt wirklich mal witzig!

Mongelli erklärt sich einverstanden.

Mrs. Graham, Signora Neri und Milagros geben jedoch ihrem Mißfallen Ausdruck, während Katia ratlos schweigt.

»Alles hängt von der Kontrollkarte ab«, sagt Eladia vermittelnd. »Wenn es eine der Schwerter ist, könnte der Gedanke richtig sein.«

»Aber was sind denn Schwerter? Letztlich doch einfach nur Spaten«, bemerkt Mrs. Graham unter Anspielung auf das englische Wort *spade*.

Mithin wäre alles am Ende im dem Zeichen des Spatens oder der Hacke geschehen? fragt sich Monforti verblüfft, während er sich dem Astrologischen Rad nähert und den NARREN betrachtet, der ihn zynisch aus dem Haus der *Gattin* angrinst. Aber wessen Gattin?

Nein, es hat keinen Zweck, denkt Monforti, hier bräuchte man wirklich ein *lectus lucubratorius*; es sei denn, man legte sich auf die nackte Erde oder man streifte bei Nacht durch die nur selten von Nebel erfüllte Gualdana.

7.

Die Prozedur der Signora Butti ist folgende: hausgemachter Nudelteig zu Röllchen von der Dicke eines kleinen Fingers gedreht, diese in Stückchen von der Länge eines Fingergliedes zerteilt, die einige Sekunden lang in siedendes Öl getaucht werden (wie lange genau, ist eine Frage der Intuition, des Augenmaßes, des persönlichen Genies der Köchin), um sich in jene ländlichen Köstlichkeiten zu verwandeln, die man hierzulande »Bighelloni« nennt.

Aber die Bighelloni, denen Monforti nicht widerstehen kann, wobei er sich die Finger verbrennt, dienen lediglich als Zeitvertreib in Erwartung des richtigen Essens, und ihre einfache, um nicht zu sagen primitive Natur verbietet ihre Paarung mit dem edlen Brunello, den Signor Monforti liebenswürdigerweise mitgebracht hat. Ein weniger erlesener

Wein aus der Gegend wird daher den beiden Männern serviert, die es sich in den zwei Sesseln mit rundem Tischchen davor gegenüber dem kleinen Fernseher mit 26-Zoll-Bildschirm bequem gemacht haben.

Es ist 19.25 Uhr, und auf dem Bildschirm läuft die Werbung von Telepadùle: eine Möbelfabrik, ein Sport- und Fitneßcenter mit Hallenbad, eine Handlinienleserin, ein Brautkleidergeschäft, noch eine Möbelfabrik... Der Maresciallo hat den Ton abgestellt, hält aber die Fernbedienung startbereit in der Hand.

»Ich habe den halben Nachmittag damit verbracht, mir Theorien anzuhören«, sagt Monforti, nachdem er seinen letzten Bighellone verdrückt hat.

»Waren sie interessant?«

»Ja, aber ein bißchen kompliziert...«

Seine Hand greift automatisch nach der Schale und nimmt mit zwei Fingern einen weiteren Bighellone.

»Mai amech zabi almi.«

»Und das heißt?«

Der Bighellone verschwindet.

»Das ist ein Rätsel ohne Lösung. Ein Dantesches Rätsel.«

»Ah, Dante...«, sagt Butti halb ehrfürchtig, halb nostalgisch, während er Monforti nachschenkt.

Höchst suggestive Geräusche und Gerüche kommen aus der Küche, wo Signora Butti zugange ist. Der Tisch ist hier gedeckt, unter der Lampe, die von der Deckenmitte herab auf die schon entkorkte Flasche Brunello scheint. Der Maresciallo hat zu Ehren des Gastes die Uniform anbehalten; er hat, als er vom Dienst kam, nur die Breeches und Stiefel gegen eine lange Hose vertauscht, und nun streckt er die Beine bequem auf dem »orientalischen« Teppich aus.

Teppiche von gleicher Provenienz ziehen lautlos über den Bildschirm, gefolgt von Automobilen, von Lederkleidung, vom Schaufenster einer Parfümerie in Ribolla.

»Ah, jetzt ist es soweit«, sagt Butti und drückt den Tonknopf.

Ein ohrenbetäubender Krach erfüllt den Raum, doch der Finger des Maresciallo reduziert ihn sofort zu einem kleinen Gedudel, der Erkennungsmusik von »Telepadùle-News«.

»Wir bringen nun unsere Nachrichtensendung um 19 Uhr 30«, verkündet zwitschernd eine nur schwer von einem Brotlaib zu unterscheidende, frisch ondulierte Ansagerin.

Es erscheinen Reihen von lächelnden Greisen hinter großen Panettone-Scheiben: das Weihnachtsessen für die Alten, offeriert von der Provinzregierung, deren Präsident die karitative Initiative weitschweifig erläutert. Zu einer festlich bewegten Tonart moduliert, geht dann die Stimme der brotlaibähnlichen Ansagerin dazu über, ein Grüppchen von behinderten Kindern vorzustellen: Der Bischof bewegt sich köpfchenstreichelnd zwischen ihnen, indes seine Laienhelfer weihnachtliches Spielzeug verteilen. Die Stimme wird jovial, als auf dem Bildschirm die Freunde des Ozons erscheinen. Obwohl recht wenig Weihnachtliches in ihren apokalyptischen Prognosen ist (die daher auch praktisch weggelassen werden), präsentiert das Fernsehen die Versammlung als eine Art fröhliche Begegnung im Zeichen der Farbe des Himmels, der universellen Solidarität und einer besseren Zukunft für unsere Kinder. Da ist der blonde Bart des jungen Fioravanti. Da eine brutale Nahaufnahme der Baldacci. Ein müdes Gesicht, denkt Monforti zwischen zwei Bighelloni, ein ausgelaugtes, verlebtes Gesicht. Vielleicht hat ihr junger Liebhaber genug von ihr. Vielleicht fängt die häusliche Atmosphäre an, sie zu belasten, oder es sind die Florentinerhüte, die sich nicht gut verkaufen... Oder womöglich eine Vergewaltigung? Der kleinwüchsige, aber nervige Orfeo, der sie ungeachtet ihrer Proteste aufs Bett geworfen hat und...?

Für den ruchlosen Mord in der Gualdana räumt die Brotlaibfrau ihren Platz einem Ansager mit Baritonstimme.

Haben die Ermittlungen etwas Neues erbracht? Nicht offiziell. Die Kamera erfaßt die örtliche Kaserne der Carabinieri und den Brigadiere Farinelli, der sich an der Tür zeigt und sofort wieder zurückzieht. Der Schnitt auf zwei Hände in Großaufnahme, die einen Pinienzapfen halten, ist dramatisch.

Dem Team von Telepadùle-News, erklärt der Ansager, ist es gelungen, in die Pineta des Verbrechens einzudringen und ein Exklusiv-Interview mit einem der dort residierenden VIPs zu erhalten. Der betreffende VIP erscheint im Bild, auf eine Schranke am Eingang der Gualdana gestützt: Die Hände mit dem Pinienzapfen sind die des Abgeordneten Gianpaolo Bonanno, eines hochgeachteten Mitglieds des Parlamentarischen Ausschusses für Landwirtschaft und Forsten.

Schnitt. Der VIP steht vor seiner Villa und kommt langsam näher, tritt zu einer Thujenhecke, bleibt stehen, dreht sich ins Halbprofil, und der Interviewer hält ihm ein Mikrofon mit gelbem Schwammkopf hin. Ja, er habe Delaude gekannt, aber nur sehr oberflächlich. Nein, er habe nichts Besonderes über ihn zu sagen, und in jedem Fall sei er überzeugt, daß der Tod des Grafen nichts mit seinem Privatleben zu tun habe.

Aber wie ist denn der Herr Abgeordnete zu einem so überraschenden Urteil gelangt?

»Ich bin kein Polizist«, schickt Bonanno voraus, »und ich habe volles Vertrauen in die Arbeit der Ermittler, denen ich selbstverständlich nicht das Recht abspreche, andere Hypothesen zu verfolgen und in anderen Richtungen zu suchen.«

»Wie nett von ihm«, murmelt der Maresciallo.

»Ich bin kein Mediziner«, schickt der Parlamentarier weiter voraus, »und ich habe die größte Hochachtung vor dem Pathologen, der die Autopsie durchgeführt hat, aufgrund derer man auf Mord oder Totschlag geschlossen hat.«

»Was ist nun Ihre Hypothese?« drängt der Interviewer aus Furcht vor weiteren Präambeln.

»Meine bescheidene Hypothese«, beginnt mit weiten

Armbewegungen der Abgeordnete, der nun endlich in vertrauten Gewässern schwimmt, »ergibt sich aus meiner bescheidenen Kompetenz auf dem Gebiete der Landwirtschaft sowie aus der Tatsache, daß ich hier in dieser Pineta ein eigenes *buen retiro* habe, wohin ich mich zurückziehe wie Cicero in sein Tusculum, wenn mich das Bedürfnis ankommt, die Urbs zu verlassen, um gute Luft zu atmen und mich meiner Lektüre zu widmen, meiner...«

»Der Herr Abgeordnete«, erklärt der Interviewer schnell dazwischen, »ist ein passionierter Leser der Klassiker, und eben durch einen Klassiker, nämlich Lamanna, den großen Mathematiker des achtzehnten Jahrhunderts...«

»Alamanni, Luigi A-la-man-ni«, korrigiert leutselig der passionierte Leser, »und er war kein Mathematiker, sondern ein Verfasser von Lehrgedichten im sechzehnten Jahrhundert, als es üblich war...«

»Und Sie haben in einem Buch dieses Dichters...?«

»Ja, in Buch III des Lehrgedichtes *La Coltivazione*, das eine einzige Hymne an denjenigen ist, den Alamanni ›L'Invitto Zappator‹, den ›Unbesiegten Hackenschwinger‹ nennt und den wir heute prosaischer, aber mit nicht geringerer Achtung und Bewunderung den Kleinbauern nennen.«

»Sehr richtig, Herr Abgeordneter. Und was haben Sie nun in diesem Gedicht gefunden?«

Lächelnd greift sich Bonanno in eine Tasche seiner ländlich-informellen Windjacke. Das Lächeln zieht sich zusammen, als er in eine zweite und eine dritte Tasche faßt. Bei der vierten wird es wieder breiter. Die Hand erscheint mit einem Blatt Papier.

»Ich habe«, sagt er, »die folgenden sehr bedeutsamen Verse gefunden.«

Und er beginnt vorzulesen: *»Qui l'altissimo Pin...«*

Doch seine trockene Kehle läßt ihn innehalten, zwingt ihn, sich zu räuspern und noch einmal klarer und sonorer neu anzusetzen:

Qui l'altissimo Pin saetta a terra,
il durissimo frutto, con periglio
di chi sta presso.
(Hier schießt die überaus hohe Pinie pfeilgleich
ihre steinharte Frucht zu Boden, gefährlich
für den, der unter ihr steht.)

»*Il durissimo frutto*, der steinharte Zapfen!« schreit der Interviewer ganz aufgeregt.

»Jawohl«, bestätigt Bonanno, »der, wenn er von einer sehr hohen Pinie gewissermaßen abgeschossen, zu Boden geschleudert wird, sehr leicht jemanden...«

Die Kamera fährt den Stamm einer sehr hohen Pinie hinauf und erfaßt in Großaufnahme einen Zapfen, der drohend aus der Krone herabhängt.

»Herr Abgeordneter, Sie haben die Mordwaffe gefunden!«

»In der Tat. Womit es dann freilich kein Mord mehr wäre, sondern...«

»Maresciallo«, sagt Monforti, »Sie haben soeben einen politischen Mord begangen.«

Butti zuckt die Achseln und grinst, begnügt sich jedoch, »Mammeglio!« zu sagen, was wohl diesmal soviel heißen soll wie »Schön wär's – es bedarf mehr als eines Pinienzapfens, um einen Politiker unter die Erde zu bringen«.

Ohne in die laufenden Untersuchungen eingreifen zu wollen, regt der in Frage stehende Politiker nun an, den Fall unter diesem neuen Blickwinkel neu zu betrachten. Der Interviewer stimmt zu, die Pinienzapfen seien bekannt für ihre Gefährlichkeit, ungeachtet des Sprichworts, demzufolge sie Augen haben, und es könne gut sein, daß der Graf Delaude, von einem besonders harten und dicken Zapfen am Kopf getroffen, als er gerade vorbeikam...

»Jetzt kommt die Verbindung mit dem Sturm«, sagt Butti, »der zwei Stunden später losgebrochen ist.«

»Und vergessen wir nicht den Libeccio in jener Nacht, der die Geschwindigkeit des Geschosses, wie wir es nennen können, noch verstärkt hat. In diesem Zusammenhang frage ich mich, ob nicht eine ballistische Untersuchung angebracht wäre.«

Der Abgeordnete nimmt sich die Mütze ab, um seinen Schädel gleichsam dem Feind darzubieten.

»Nun«, fährt er fort, »wenn die Verletzung nicht sofort tödlich gewesen ist, kann man vermuten, daß der Delaude betäubt, halb ohnmächtig, ohne zu wissen, was er tat, sich mit letzter Kraft an den Strand geschleppt hat, wo er dann... Ich wiederhole, ich bin kein Mediziner, aber meines Erachtens könnte eine erneute Untersuchung der Schädelverletzung unter diesem Blickwinkel...«

»Zu Tisch!« ruft die Mutter des Maresciallo und erscheint mit einer dampfenden Suppenterrine in der Tür.

Die beiden Männer setzen sich einander gegenüber, werden bedient, streuen sich Pfeffer und Kichererbsen in die Suppe und reservieren dabei immer ein Auge und ein Ohr dem Abgeordneten.

»Oioi...«, sagt Butti auf einmal und läßt alarmiert seinen Löffel sinken, »jetzt kriegt er mich mit seinen ›Baummäusen‹ dran!«

In der Tat ist Bonanno zwar noch immer bei den sehr hohen Pinien, aber in einer kryptischen Abschweifung (wer's verstehen soll, wird's schon verstehen) spricht er jetzt von den großen »Talponi«, die in ihren Kronen nisten und vor einigen Tagen unerklärlicherweise ihr luftiges Habitat verlassen haben, um in seinen Keller einzudringen. Eine ziemlich mysteriöse Invasion, um nicht zu sagen, eine verdächtige, die vielleicht eine kleine Untersuchung nicht nur naturkundlicher Art gerechtfertigt hätte...

»Oioioi...«, murmelt der Maresciallo.

Aber es gibt keinen Grund zur Besorgnis. Die Mäuse sind nicht wiedergekommen, die Villa ist wieder bewohnbar geworden, und der Naturkundler ist bereit, gnädig den Mantel des Schweigens über die anomale Episode zu breiten, was immer ihre Ursache gewesen sein mag, eine öko-biologische, eine klimatische oder gar... eine menschliche.

»Da fällt mir aber ein Stein vom Herzen!« sagt Butti, während Bonanno, nachdem er ein letztes Mal die steinharte Frucht vorgezeigt hat, hinter seinen Thujen verschwindet. »Ich sah mich schon in der Kaserne die Katzen verhören.«

»Zurück zu den ernsthaften Dingen«, schlägt Monforti vor, »zu dieser exzellenten Minestra, die direkt aus dem sechzehnten Jahrhundert kommt.«

Signora Butti wehrt ab, räumt lediglich ein, daß man auch bei den einfachsten Gerichten wissen müsse, wie man sie zubereite, läßt durchblicken, daß sie oft sogar größere Sorgfalt verlangten als manches hochanspruchsvolle und hochdelikate Mischmasch, das vielleicht gut aussehe, aber keine Substanz habe. Und als sie dann schließlich eine große Platte mit Schweinerippchen und Leberspießchen auftischt und ihren Gast strahlen sieht, verbirgt sie ihren Stolz nicht länger. Signor Monforti müsse bitteschön mit diesem einfachen Mahl vorliebnehmen, fleht sie ihn heuchlerisch an, auch das seien wirklich keine besonderen Sachen, ein bloßes Bauerngericht, ein Arme-Leute-Essen...

Ihr Sohn stoppt sie.

»Sie spielt gern die Bescheidene«, sagt er, »aber sie ist eine exzeptionelle Köchin. Wenn die Jagdsaison ist, müssen Sie wiederkommen und ihr Wildschwein probieren, ihren Hasen... und wie sie den Fasan zubereitet!«

Noch mehr Tiere, denkt Monforti, den schon wieder etwas gestreift hat.

Die exzeptionelle Köchin hat eine besitzergreifende Hand auf die Schulter ihres Sohnes gelegt.

»Eines weiß ich«, erklärt sie fröhlich. »Die Liebe geht durch den Magen, oder wie man bei uns sagt: Den Mann packt man am Gaumen.«

Etwas streift Monforti, der Ausschnitt eines Bildes, ein Puzzleteilchen, das in dem chaotischen Haufen einen Moment lang zu einem anderen zu passen schien. Der breite Rücken seiner Giovanna vor dem Herd? Natalias Hand, die Leberpastete auf ein Schnittchen streicht? Die Greise vorhin im Fernsehen, die in ihren Panettone beißen? Ugo der Einsiedler, der seinen Tee bei der Borst nippt…?

Doch das Teilchen will nicht einrasten, oder es wird verdrängt von den wunderbar knusprigen Schweinerippchen, die den Mann, in diesem Fall den Daniele Monforti, am Gaumen packen.

XI.
Wenige Orte in Italien

1.

Wenige Orte in Italien haben mit der Pineta della Gualdana weniger gemein als der Mailänder Hauptbahnhof. Errichtet im assyro-teutonischen Stil in einer Epoche, in der man die Entwicklung der Zivilisation in assyro-teutonischer Richtung zu denken vermochte, das heißt in den Gleisen der Großartigkeit und der Ordnung, ist er heute zu dem geworden, was in den »Telepadùle-News« je nachdem, mit entsprechendem Wechsel der Tonart, mal ein ernstes soziohumanitäres Problem, mal eine imposante Kathedrale der Verruchtheit, des Lasters und des Verbrechens genannt werden würde.

Seine unmittelbare Umgebung, seine monumentalen Hallen, seine toten Winkel und die kilometerlangen verschlungenen Gänge im Untergrund wimmeln von Hunderten auf unterschiedlichste Weise verlorenen Seelen, die von den Gesetzeshütern nur schwer im Auge und gewiß nicht unter Kontrolle gehalten werden können. Nichts Durchgreifendes wissen sie gegen diese sich ständig heimlich selbstfortzeugende Plebs zu unternehmen und begnügen sich daher mit periodischen »Säuberungen«, die alles beim alten lassen.

Im Morgengrauen werden die Fixer und Diebe, die Alkoholiker und kleinen Dealer, die Bettler und Immigranten aus drei Kontinenten für ein paar Stunden aus ihren übelriechenden Löchern und Stollen vertrieben, in denen sich die Beamten der Bahnpolizei genauso behutsam voranbewegen wie Vannucci und Roggiolani auf dem Strand der Gualdana nach einer Sturmflut. Nur besteht das über diese verwahrlosten, finsteren Gestade verstreute Treibgut zum größten Teil aus Injektionsspritzen und leeren Flaschen, Lumpen, alten Zeitungen, Papp- und Plastikfetzen, diversen Essensresten sowie einer beträchtlichen Anzahl von ausgeräumten Brieftaschen, Handtaschen, Portemonnaies, Koffern, Reisetaschen und verstreuten Personalpapieren, die nach dem Handtaschenraub oder Raubüberfall achtlos weggeworfen worden sind.

Ohne viel Überzeugung, aber mit resigniertem Skrupel sammeln die Beamten alles ein, was ihnen der »oberen« Welt und dem »assyrisch-teutonischen« Volk entwendet zu sein scheint, und machen sich dann ohne Eile, aber mit resigniertem Skrupel an die gebotene Inventur.

Eine dieser zyklischen Durchkämmungen war für den vergangenen 6. Dezember geplant (»Man kann den Hauptbahnhof nicht über die Festtage in diesem Zustand lassen!«), war dann wegen anderer Notstände um ein paar Wochen verschoben worden, war erneut auf den 20. festgesetzt worden (»Soll man ausgerechnet zu Weihnachten über diesen Unrat stolpern?«) und ist schließlich in den ersten Morgenstunden des heutigen 27. Dezember durchgeführt worden – nach der üblichen Prozedur: zwecklose Identifizierungen, platonische Warnungen, vergebliche Beschlagnahmungen.

Wie vorauszusehen war, ist das Material, das die beiden Beamten am Ende vor Augen haben, reichlicher als gewöhnlich, da das vorweihnachtliche Gedränge mehr als gewöhnlich den geschickten Taschendiebstahl, den raschen Griff nach der Handtasche, den Blitzüberfall begünstigt hatte. Die beiden Kollegen – ein Mann und eine Frau – gehen ans Werk, um nach Möglichkeit die Besitzer jener Objekte ausfindig zu machen, und so wird früher oder später, im italisch-schleppenden Stil, etwas aus dem Haufen hervorgehen.

2.

Um ernsthaft ein Puzzle ab 300 Teilen aufwärts in Angriff zu nehmen, müßte man, wie Monforti sehr wohl weiß, zwei Tische haben: einen, um die Teile darauf auszubreiten und einer ersten Sortierung nach Farben zu unterziehen, den anderen für die eigentliche Zusammensetzung. Doch Ernsthaftigkeit, angewandt auf ein Spiel oder einen Sport, hat Monforti immer als eine lächerliche Verschwendung betrachtet, mit der Folge (und auch das weiß er sehr wohl), daß er sich vom gesellschaftlichen Umgang mit einem Großteil seinesgleichen selbst abgeschnitten hatte.

Spielen Sie doch mal Schach, aus einem ergibt sich das andere, versuchen Sie's mal mit Golf, was weiß ich, lernen Sie segeln, spielen Sie Boccia, gehen Sie angeln – so ist ihm tausendmal von »Spezialisten« geraten worden. Dies sind die berühmten »Interessen«, die einer entwickeln müßte, wenn er Depressionen hat, und schon das bloße Wort läßt ihn schaudern. Besser eine Signora Zeme mit starr auf Perry Mason gerichteten Augen oder verloren zwischen Tropfen und Koffern als eine mit irgendwelchen »Interessen«, die ihr wie Prothesen angeschnallt worden sind. »Wissen Sie, es geht ihr schon viel besser, seit sie mit diesen Sammlern von alten Ansichtskarten in Kontakt ist und Bridge spielt...« Schauerlich.

Das Puzzle ohne Bildvorlage, kunterbunt ausgeschüttet auf einem niedrigen Tisch vor dem Sofa, muß sich daher *einfach so* zusammensetzen lassen, ohne besondere Vorkehrungen, ohne Systematik, mit der linken Hand. Hier ein annähernd quadratisches Teilchen, das auf einer Seite sogar schnurgerade ist: offensichtlich ein Randstück. Hier noch eins von ähnlichem Zuschnitt und noch weitere, verstreut da und dort, die gesammelt und aneinandergelegt sein wollen, geordnet nach verschiedenen Brauntönen, von Rötlich bis Golden und Gelblich mit ein paar grünen Flecken. Es wird doch nicht am Ende das höhnische Foto eines Omeletts sein, eines jener immer leicht angebrannten Kräuteromeletts, die Giovanna ihm zu servieren pflegt? Und das Blaue wäre dann eine Tischdecke. Aber da ist eine kleine Hand, wohin mit der kleinen Hand?

»Weißt du, ich hab gerade gedacht, es könnte vielleicht ein Omelett sein, dein Bild«, sagt Monforti kurz darauf zu Natalia, die ihn angerufen hat.

Sie tut, als verstünde sie nicht, und gibt sich beleidigt.

»Ich ein Omelett? Siehst du mich so?«

»Ich sehe dich wie... ja, wie sehe ich dich? Jedenfalls nicht als etwas Eßbares.«

»Dann bin ich also deiner Ansicht nach ungenießbar? Na, das ist ja fein!«

»Aber nicht doch, ich hab nur einen weniger prosaischen Vergleich gesucht, ich weiß nicht, irgendwas bei Dante vielleicht, hier kennen doch offenbar alle außer mir Dante auswendig...«

»Hör zu, sag einfach eine Rose, und wir reden nicht mehr davon.«

»Eine Rose, einverstanden. Ich werde nach einer suchen, aber sie muß eher blaßgelb mit dunklen Rändern sein, leicht bräunlich...«

»Sag ruhig: von Läusen angefressen! – Komm, lassen wir's, du bist heute nicht in Stimmung, anscheinend ist dir dieses Essen bei Mamma Butti schlecht bekommen.«

»Überhaupt nicht, es war erstklassig, und außerdem habe ich gelernt, daß man den Mann am Gaumen packt.«

»Nur am Gaumen?« versetzt Natalia gewagt. »Scheint mir ein bißchen wenig.«

Monforti, der nie sehr schlagfertig ist, weiß nicht, was er antworten soll, und Natalia wechselt rasch zum Thema des Abgeordneten Bonanno mit seinen Pinienzapfen, den sie zusammen mit den Kindern in »TP-News« gesehen hat.

»Ich hab ja gelacht, aber es war mir fast peinlich. Die

beiden dagegen, die haben sich buchstäblich auf dem Boden gewälzt, wie nicht mal bei einer Show von Max & Fortini. Aber auch heute morgen geht es ihnen wieder sehr gut, was wir gestern über sie gesagt haben, scheint mir ausgeschlossen, sie sind wie zwei losgelassene Grillen. Deswegen fahren wir heute abend zu den Tamburis, du weißt schon, zu denen, wo *sie* die Tochter von Nicoletta ist, die mit diesem tollen Bauernhof oberhalb von Scansano, so kommen die Kinder mal für ein paar Tage hier raus, wie du's mir geraten hast.«

»Und du? Bleibst du auch dort?«

»I wo, nein, das ist ein reines Kindertreffen: die drei von Tamburis, meine beiden und die beiden von Berenice, die hinterher die ganze Bagage zu sich nach Volterra holen will, die Gute. Nein, nein, ich liefere sie dort nur ab, bleibe über Nacht und komme morgen abend *single* zurück. Mamma Neri macht ihre Küche für eine Weile zu.«

»Schade«, sagt Monforti gewagt, »ich hatte gehofft, mich ein bißchen am Gaumen packen zu lassen.«

»Kannst du immer nur an das *eine* denken?« erwidert Natalia gewagt.

Dem immer zu langsamen Monforti bleibt nichts anderes übrig, als ja zu der gleich anschließenden Frage zu sagen: Ja, auch er ist zu dem Nachmittagskonzert bei Kruysens eingeladen, ja, er wird hingehen, natürlich, nein, nein, er wird es nicht vergessen, von 16 Uhr bis 17 Uhr 30, okay, einverstanden, wir sehen uns dann dort, mach's gut, und du mach dich ruhig wieder an dein Omelett.

»Da ist auch viel Himmelblau in dem Bild«, versucht es Monforti noch einmal zum Abschluß. »Vielleicht ist es Ozon, Ozon ist gleich Leben, und du bist für mich...«

»Mit einem Gas verglichen zu werden, davon hab ich mit fünfzehn als romantischer Backfisch geträumt«, sagt Natalia versonnen.

Monforti sagt nichts mehr.

3.

In dem kahlen Raum (Büro kann man ihn nicht nennen, aber auch nicht Lagerraum) ist die Durchsicht des bei der »Säuberungsaktion« im Mailänder Hauptbahnhof gefundenen Materials fast abgeschlossen. Kaffees sind getrunken, Zigaretten geraucht, Listen aufgestellt und mit anderen Listen verglichen worden. Eine läppische, sinnlose Arbeit, gewiß, aber keine, die man ohne Systematik mit der linken Hand erledigen kann. Die Prozedur zahlt sich aus; nicht immer, aber sie zahlt sich aus. Vorausgesetzt, das Gedächtnis kommt ihr zu Hilfe.

Dieser Name da auf dem Tisch, den meint die Inspektorin der Bahnpolizei schon in einem Fernspruch gelesen zu haben, der gestern oder vorgestern aus Grosseto gekommen war und eine Nachfrage in der Gepäckaufbewahrung betraf.

»Weißt du nicht, diese Kontrolle in der Gepäckaufbewahrung, um die sie uns aus Grosseto ersucht hatten?«

Ihr Kollege schüttelt automatisch den Kopf.

»Doch doch, die Carabinieri, es war von den Carabinieri in Grosseto gekommen. Warst du's nicht, der sich dann drum gekümmert hatte?«

Der andere läßt ein paar Sekunden verstreichen, weniger um nachzudenken, als um auf Distanz zu gehen.

»Wann soll das gewesen sein?«

»Gestern oder vorgestern.«

»Gestern war ich nicht da. Und vorgestern... na, da war Weihnachten.«

Die Inspektorin reicht ihm den Fundgegenstand.

»Sagt dir dieser Name nichts?«

»Überhaupt nichts«, sagt der Kollege und zupft sich an der Lippe. »Frag doch mal Fabio, wenn er da ist.«

Fabio ist nicht da. Die Inspektorin tritt hinaus unter die großen verglasten Bögen der Bahnhofshalle, die von dröhnenden Lautsprecherdurchsagen in der rätselhaften assyrisch-teutonischen Sprache widerhallt. Eine alte Pennerin, vermutlich eine von denen, die vor ein paar Stunden aus ihren Höhlen verjagt worden sind, schlurft mümmelnd in eine Unterführung, drei Araber hocken reglos wie Steine in einer Ecke, ein Junge mit einem Gesicht wie zermanschter Kaugummi versucht, die weniger eiligen Reisenden mit ausgestreckter Hand anzuhalten.

Es ist zehn Uhr morgens, und alles läuft gut, denkt die Inspektorin. Sie zuckt die Achseln und geht entschlossen mit ihrem Fundgegenstand zu dem winzigen Raum, in dem die zehn diensthabenden Carabinieri des Bahnhofs Milano Centrale untergebracht sind.

4.

Das Ozon beiseitelassend ist Monforti zu der winzigen, aber unverkennbaren braunen Hand zurückgekehrt, die einen Stock oder Stab zu halten scheint, da er sich gesagt hat, wo eine Hand ist, muß auch ein Gesicht sein, müssen auch Beine sein. Jetzt sucht er nach ihnen, ohne Erfolg, aber nicht ohne gewisse Übereinstimmungen zu bemerken: einige schmale, scharfe Spitzen, dunkelgrün vor einem beigen Hintergrund; kuriose schuppige Formen zwischen Nußbraun und Grau; und jene bräunlich gestreiften Teile, die ihn an Sumpfbinsen denken lassen, die aber auch an abgemähte Stoppelfelder erinnern. Die gelblichen und rötlichen Teile, alle stumpf in den Farben und von welligen Schattierungen überzogen, könnten auch die Marsoberfläche sein, fotografiert von einer Weltraumsonde, wäre da nicht eben auch diese kleine Hand eines vermutlich »unbesiegten Hackenschwingers«.

Oder gehört sie einem Einsiedler, der seine Hacke in einer ausgetrockneten Wüste schwingt? Doch die Väter der Wüste, die dort in ihrer Einsamkeit genauso von Depressionen geplagt werden konnten wie unsereiner im Zentrum von

Mailand, arbeiteten nicht mit der Hacke, sie hatten kein »Interesse« an der Bestellung des Bodens, wenigstens schien es Monforti neulich so aus den Reden der Gebildeten im Hause Borst hervorzugehen. Und jedenfalls würde es sich dann nicht um eine Fotografie handeln, sondern um ein Gemälde. Oder gar um einen vergrößerten Ausschnitt eines Gemäldes? Vielleicht ein sakrales Motiv? Der heilige Antonius mit seinen Versuchungen, zum Beispiel, und im Hintergrund dann diese Nebenszene? Die Pinselführung sieht zwar nicht danach aus, aber die schlechte Qualität der Reproduktion könnte ja alles eingeebnet und gleichgemacht haben.

Monforti denkt an das Alte und das Neue Testament. Jesus, wie er vom Teufel versucht wird (den Teufel suchen). Oder der Auszug aus Ägypten (ein ganzes Volk auf der Wanderschaft suchen). Moses auf dem Berg Sinai (den Sinai und die Gesetzestafeln suchen). Moses vor dem Felsen, aus dem das Wasser hervorspringt.

Der Klempner Grechi, der seit mehr als einer halben Stunde im Haus herumläuft, erscheint in der Tür.

Moses und der Klempner Grechi begegnen sich in der Wüste vor einem Felsen, denkt Monforti, und der Klempner Grechi sagt:

»Zwei Dichtungen waren hinüber, und ich hab sie erneuert, aber bei dieser Dusche fürchte ich, daß die ganze Anlage neu gemacht werden muß.«

Es war Sandra gewesen, die ihn ohne viel Hoffnung vor einigen Tagen hergebeten hatte, aber es ist das Verbrechen in der Pineta gewesen, das ihn jetzt wirklich hat kommen lassen. Monforti hat ihn mit Giovanna reden hören, als er die Hähne in der Küche kontrollierte, und jetzt ist deutlich zu sehen, so wie er da in der Tür steht, daß er auch mit ihm sehr gern reden würde.

Resignierend läßt Monforti über sich ergehen: erstens bewegte Rückblicke (»Er war so ein freundlicher Herr, wie oft ist er dageblieben, um ein bißchen zu schwatzen, während ich ihm die verstopften Abflüsse freigemacht habe!«), zweitens abfällige Äußerungen über die Pineta-Bewohner und die Autoritäten im allgemeinen, einschließlich des Abgeordneten Bonanno (»Ist doch alles dieselbe Sippschaft, ist doch alles dieselbe Bande, die von unseren Steuergeldern lebt!«), drittens persönliche Ansichten über den Täter (»Das war keiner von hier, sag ich Ihnen, das war ein Zigeuner, ein Drogensüchtiger, einer von diesen Verbrechern, die sie, kaum daß sie sie gefaßt haben, gleich wieder auf freien Fuß setzen!«) und viertens Sarkasmen über Orfeo.

»Er sagt, es wär seine Frau gewesen!«

»Orfeos Frau?« wundert sich Monforti.

»Nein, die Gräfin. Er sagt, sie wär 'ne entschlossene Frau, die durchaus so was fertigbringt, wenn ihr danach ist. Aber ich sage, wenn sie auch vielleicht die Muskeln und die Nerven dazu hat, braucht sie doch auch die nötige Statur, und von der Statur her ist die Gräfin...«

»Ist Orfeo jetzt in der Pineta?«

Grechi weiß es nicht, aber er hat Orfeo gestern abend in der Bar »Il Molo« gesehen, wo er munter und wieder ganz obenauf gewesen sei, er hätte über dies und das geredet, gelacht und gescherzt und sich Scherze gefallen lassen.

»Er hat wohl Frieden mit seiner Frau gemacht«, sagt Grechi unschuldig, womit er durchblicken läßt, welche Art von Scherzen Orfeo sich hat »gefallen lassen«.

Na, dann sind sie ja alle drei wieder bester Laune, denkt Monforti, das Bild Orfeos zwischen die der beiden Kinder einfügend, die sich gestern abend so köstlich über die Show von Bonanno amüsiert haben.

»Also wegen dieser Dusche«, sagt er zu Grechi, »können Sie dann morgen noch mal vorbeikommen, um sie zu ersetzen? Kann ich mich darauf verlassen?«

Das prompte »Mammeglio!« von Grechi hat nach dem Tonfall zu schließen die Bedeutung von »na und ob Sie das können!«.

Monforti denkt daran, sich von »TP-News« interviewen zu lassen, um folgende Theorie über das Verbrechen darzulegen: Der Graf Delaude ist von den Bewohnern der Pineta gemeinsam umgebracht worden, damit Grechi, Ciacci und die anderen Handwerker, von der Neugier getrieben, sich endlich einmal hier blicken lassen.

*

Die fleischlosen, bei zu großer Hitze gekochten Tortelli waren zum großen Teil aufgeplatzt und zerlaufen; die Rouladen sehen zäh aus.

»Und für heute abend habe ich Ihnen ein Omelett gemacht«, verkündet Giovanna vielversprechend.

»Ah, gut«, sagt Monforti.

Seine Schwester Sandra ist überzeugt, daß die Frau eine Simulantin ist, die nur vortäuscht, nicht kochen zu können, um in gewisser Weise von dieser Pflicht entbunden zu sein. Aber Monforti, der sie jeden Tag vor Augen hat, weiß, daß die Gute sich wirklich Mühe gibt. Ihr fehlt einfach nur die Berufung.

»Mmm«, murmelt er kauend, »guuut, diese Rouladen!«

Giovanna, die stehengeblieben ist, um sein Urteil zu hören, geht befriedigt hinaus.

Als kurz darauf der Maresciallo anruft, will Monforti ihm herzlicher als nötig für das Essen von gestern abend danken. Aber Butti läßt ihn nicht lange reden, er hat eine Nachricht, die soeben via Grosseto aus Mailand gekommen ist: Im Hauptbahnhof ist das Namensschild von der Reisetasche der Zeme gefunden worden. Nicht die Tasche selbst? Nein, nur der lederne Anhänger mit Name und Adresse, offensichtlich vom Handgriff abgerissen und irgendwo in einem unterirdischen Durchgang weggeworfen.

»Das sagt uns lediglich, daß die Zeme in Mailand angekommen ist«, bemerkt der Maresciallo, »daß sie mit dem Gepäckstück ausgestiegen ist, denn sonst hätte die Putzkolonne es ja im Abteil finden müssen, und daß sie dann vermutlich im Bahnhof bestohlen oder beraubt worden ist. Aber es sagt uns nicht, wo sie gelandet ist.«

Die Nachfragen in den Krankenhäusern und den Aufnahmezentren für Obdachlose und Immigranten haben nichts ergeben. Der Neurologe, in Taormina aufgespürt, sagt aus, er habe die Zeme vergeblich am Vormittag des 24. erwartet; sie habe nicht angerufen, sie sei einfach nicht zum Termin erschienen, was jedoch bei seiner Art von Patienten öfter vorkomme. Die überaus besorgte Schwester in Bozen hat die Absicht bekundet, Rundfunk und Fernsehen und Presse zu mobilisieren. Auf der anderen Seite ist auch der Ehemann, der Zeme Antonio, immer noch unauffindbar. In Rom sind die Carabinieri zu einer Überprüfung in seine Wohnung eingedrungen, um nach eventuellen Spuren seiner Anwesenheit zu suchen, nicht ohne auch die Möglichkeit des Suizids in Betracht zu ziehen. Nichts. Und auch nichts in seinem Büro bei Volvo, wo er nicht gesehen worden ist und auch keine schriftliche oder telefonische Nachricht hinterlassen hat.

»Aber bei dieser Suchaktion in Mailand«, fragt Monforti, »hätte man da denn die Zeme gefunden, wenn sie zwischen Fixern und Pennern gelandet wäre?«

Der Maresciallo überlegt einen Moment.

»Theoretisch ja. Ich habe zwar noch nie an so einer Aktion teilgenommen, aber ich stelle mir vor, daß sie einigermaßen gründlich durchgeführt wird, daß dabei, Bahnpolizei und Carabinieri zusammengenommen, mindestens hundert Leute eingesetzt werden. Sie kämmen alle leeren Waggons durch, die unterirdischen Gänge, die verlassenen Lagerräume... Sicher, das sind Quadratkilometer, das ist fast eine ganze Stadt...«, räumt er ein, um Monfortis Pessimismus Tribut zu zollen.

Tatsächlich ruft sich Monforti gerade seine erste Vision in Erinnerung, die ihn neulich beinahe dazu gebracht hätte, Magda Zeme von der Reise abzuraten: eine zarte Frau allein im Gedränge, herumgestoßen, überrannt und plötzlich von brutalen Untermenschen in eine dunkle Ecke geschubst, zusammengeschlagen, beraubt, danach in verwirrtem Zustand in die infernalischen Untergründe des Bahnhofs geraten und dort hängengeblieben, total apathisch, ohne Gedächtnis, eine traumatisierte Larve ihrer selbst.

Aber der Pessimist ist auch Mailänder und weiß, daß bei der Ankunft eines Zuges im Hauptbahnhof nicht als erstes die Putzkolonne erscheint. Der letzte Reisende ist noch nicht ganz ausgestiegen, da stürzt bereits eine Meute blitzschneller Plünderer durch die Wagen, rafft alles an sich, was in den Abteilen liegengeblieben ist, und flitzt mit ihrer Beute davon. So könnte, weniger pessimistisch gedacht, die Tasche im Abteil vergessen worden sein – die Zeme steigt aus, geht zwanzig Meter den Bahnsteig entlang, merkt plötzlich, daß sie die Hände leer hat, eilt mit klopfendem Herzen zurück, doch im Abteil ist nichts mehr, die Tasche ist bereits wer weiß wohin verschwunden.

»Aber hätte sie sich dann nicht an die Polizei gewandt? Oder wäre ins Hotel gegangen, um von dort aus ihren Mann anzurufen, ihre Schwester...«

Nein, so verhalten sich Gesunde. Bei Depressiven muß man außer ihrer enormen Ängstlichkeit immer auch die enorm tiefe Beschämung mitbedenken, die ein solcher Vorfall ihnen verursachen würde. Sie selber war es ja gewesen, die darauf bestanden hatte, allein zu reisen, um ihrem Mann zu beweisen, daß sie sehr gut zurechtkommen würde nach all den Jahren der Abhängigkeit und der Passivität. Es war ein erster Schritt, die erste zu erklimmende Stufe, eine Art Probe. Und wenn sie die nicht bestanden hatte...

»Dann meinen Sie also...?« sagt der Maresciallo.

»Ich meine, daß man sie trotz allem noch jeden Augenblick wiederfinden kann.«

»Lebendig...?« schlägt der Maresciallo ermutigend vor.

»Ja.«

»Aber auch tot«, weicht der Maresciallo entmutigend zurück.

»Nun ja, auch tot, natürlich.«

*

Deprimiert geht Monforti zu seinem Sofa zurück und macht sich mit unerwarteter Dankbarkeit wieder an sein Puzzle. Ein Spiel, gewiß, aber es hält einem alles andere vom Leibe, solange man sich hineinvertieft. Und das wäre demnach die letzte Funktion jedes Zeitvertreibs, ob Ski oder Tennis oder Bridge, den man ernsthaft betreiben muß, um sich die Wölfe fernzuhalten, aus keinem anderen Grund. Eine tolle Entdeckung, in seinem Alter, eine tolle Erkenntnis!

Um sich auch diesen anderen alten Wolf fernzuhalten (»Ich habe nie wirklich etwas vom Leben kapiert«), vertieft sich Monforti jetzt mit aller ihm zu Gebote stehenden Ernsthaftigkeit in das Spiel und wird alsbald dafür belohnt. Ein weiteres braunes Segment fügt sich nahtlos an das mit der kleinen Hand des unbesiegten Hackenschwingers. Und gleich noch eins und noch eins, die nun auch enthüllen, was für eine Kleidung der Mann trägt, nämlich eine Art langen Mantel, unförmig und dunkel, von dem ein Stück sein Gesicht verbirgt. Es ist kein hackenschwingender Landmann, sondern jemand, der einen langen gebogenen Stock in der Hand hält, mit dem er zu jenen gelbbraunen Streifen deutet, die Sumpfbinsen oder Stoppeln sein könnten... Und da, ein Stückchen weiter oben, öffnet sich (»mammeglio!«) ein Auge, jawohl, ein halb verborgenes Auge, halb verborgen von... Sand... Erde... Rinde... Gebüsch... Stroh?

Aber nein, das ist Fell, struppiges Fell, das Auge gehört einem Tier, bei dem Monforti zuerst wieder an das Neue Testament denken muß (»der Esel auf der Flucht nach Ägypten!«), aber das er mit Hilfe einiger weiterer Teile schließlich identifiziert: Die dicken, vorgewölbten Lippen, der längliche Kopf, der gebogene Hals, und nun auch der Bogen des

Höckers, natürlich, das ist ein Kamel, das am Zügel (nicht an einem Stock) von einem Kameltreiber im Kaftan geführt wird. Der Rest ergibt sich fast wie von selbst, die graubraunen Schuppen sind Palmenstämme, die grünen Spitzen die lanzenförmigen Blätter, und man braucht nur den Himmel umzukehren, um im Vordergrund das blaue Wasser des Nils zu haben, und drüben am anderen Ufer ein oder mehrere Kamele mit Kameltreibern vor einem bewegten, unregelmäßigen Wüstenhintergrund. Nichts Sakrales. Ein simples Foto, eine banale Ansichtskarte, die zu vervollständigen jetzt kaum noch die Mühe lohnt.

★

Die Auflösung des Rätsels hat Monforti keine große Befriedigung gebracht, sie hat keine außerordentliche Anstrengung erfordert, und am Ende ist ein banales Bild herausgekommen. Er hatte recht gehabt, wie gewöhnlich: Dreh's, wie du willst, diese Zeitvertreibspiele sind immer eine Enttäuschung. Der Vergleich mit dem Leben (»So viele Mühen und Plagen, um am Ende die Banalität zu entdecken!«) hebt knurrend das Haupt, und um sich nicht von ihm packen zu lassen, steht Monforti auf, geht im Zimmer umher, geht hinaus und macht zwei Runden ums Haus, wobei er die Pinienzapfen, die ihm vor die Füße kommen, unwillig wegkickt.

Manchmal ist die Frucht, denkt er mit einem Lächeln, tatsächlich steinhart, man spürt sie sogar noch durch die Spitze eines soliden Schuhs hindurch. Ein braver Mann, der arme Bonanno, aber deswegen nicht weniger gefährlich, im Gegenteil. Lieber nicht an seine Initiativen auf dem Gebiet der Land- und Forstwirtschaft denken; wer es fertiggebracht hat, fünfundvierzig Thujen in die Gualdana zu pflanzen, und das nicht aus Arroganz, sondern aus purer Blindheit, wer so wenig Gespür für botanische Diskrepanzen hat, der würde nicht zögern, besten Gewissens Rom mit Tannen zu schmükken und Zypressen in die lombardische Landschaft oder an die Ufer des Nils zu setzen. Ein schrecklicher Wirrkopf, ein gefährlicher Konfusionsrat...

Doch als Monforti dann wieder hineingeht und sich gelangweilt aufs Sofa setzt, um zu warten, bis es Zeit für das Kruysensche Nachmittagskonzert wird, versucht er sich vorzustellen, was geschähe, wenn Bonanno im Parlamentarischen Ausschuß für das Puzzlewesen säße. Unmögliche Kombinationen von Palmen und Pinien, Kameltreibern und Tankwarten, Sandflächen und Wolkenkratzern, die sehr viel schwerer zu unterscheiden und auseinanderzuhalten wären. Vielleicht gibt es ja in manchen Londoner Spezialgeschäften schon solche Puzzles zu kaufen, oder einfacher, vielleicht gibt es Fanatiker des Komplizierten, die sich zwei, drei, vier Puzzles ohne Bildvorlage kaufen, die Teilchen auf dem Tisch ausschütten, sie kunterbunt durcheinanderrühren und allesamt miteinander vermischen, einen Rembrandt mit einer Ansichtskarte von Grosseto und dem Foto eines Supermarktschaufensters und dem Bild eines Gletschers in den Schweizer Alpen. Wäre das nicht übrigens ein getreueres Abbild des Lebens, dieses Wechselspiels von unzähligen Überlagerungen und Kontaminationen, unerklärlichen Auswüchsen und Fragmenten von der gleichen Anomalität wie Bonannos Mäuse?

So ist es im Grunde genommen dann gerade er, der Abgeordnete, der Monforti die erste Idee über die Prozedur eingibt, an die er sich halten muß, um mit den Rätseln der Gualdana zurechtzukommen. Denn auf einmal erscheint ihm der Theoretiker des Pinienzapfens alles andere als unerklärlich. Keines der Teile seines Rätsels, wie man es auch drehen und wenden mag, will zu den anderen passen, keines läßt sich irgendwie mit Delaude, mit Orfeo, mit den Zemes, mit dem Einsiedler oder mit Katia verbinden. Er stellt ein Rätsel dar, das aus dem Haufen der heterogenen Puzzleteilchen ausgesondert werden kann, ja muß. Er ist ein Eindringling, ein Unbefugter, von außen hinzugekommen wie seine Thujen, um Verwirrung zu stiften, weshalb man sich seiner so schnell wie möglich entledigen muß. Die Prozedur der Aussonderung, das ist es, was hier weiterhilft, um endlich ein bißchen klarer zu sehen.

Ein Komplott von Bonannos politischen Feinden, um ihn mit Mäusen und Ratten zu plagen? Die Aufforderung an den armen Butti, eine diskrete Untersuchung vorzunehmen? Alles Unsinn! Das Komplott (wenn es nicht eher eine Lektion war, eine ökologische Rache) kann nur innerhalb der Gualdana ausgeheckt worden sein oder muß zumindest sein Motiv im Innern der Gualdana haben. Und der Schuldige...

Monforti lächelt. Mehrere Teile und Teilchen fügen sich plötzlich zusammen, die Aussonderung funktioniert. Der Schuldige hat sich mehr als einmal verraten, hat in den letzten Tagen für den, der zu sehen vermag, eine sichtbare Spur hinterlassen, die scheinbar ungleichmäßig und undeutlich war, de facto aber klar und gerade wie ein Hinweispfeil. Jetzt geht es darum, ihn zu entlarven, doch Monforti ist sicher, das allein zu schaffen, ohne die mehr oder weniger diskrete Intervention der Carabinieri erbitten zu müssen.

5.

Niemand applaudiert im Salon der Kruysens, als der Maestro Schumanns *Kinderszenen* beendet hat. Beifall ist hier verboten, und wie immer hat es sich Ute Kruysen vor dem Konzert angelegen sein lassen, ihren Gästen das Verbot in die Ohren zu flüstern, aber jetzt tut es ihr leid. Der Flügel ist alt und schlecht erhalten, außerdem ist Klavier nicht Hans Ludwigs Instrument, und auch seine Hände sind alt und schlecht erhalten. Der Maestro würde den Applaus als unverdient, deplaziert, dem Anlaß und dem Vortrag nicht angemessen empfinden und könnte sich darüber grämen, sich melancholisch wieder zu anderen Podien entfernen, zu anderen, weit zurückliegenden Triumphen...

All das hat sich Ute gesagt, und doch erscheint es ihr nun als Übereifer. Denn nachdem Hans Ludwig die Hände von den Tasten gehoben hat, schaut er jetzt mit einem familiär zwinkernden Lächeln umher, das einen familiären Applaus sehr wohl gestatten, ja erfordern würde, eine Beifallsbekundung, wie man sie hier in diesem Salon, an diesem Winternachmittag am Ufer des Meeres, von in so freundlicher Runde versammelten guten Bekannten durchaus entgegennehmen könnte. Der Beifall ist sozusagen in die Musik mit einkomponiert, er war als ihr Abschluß gedacht. Doch die jungen Zuhörer halten gehorsam ihren Impuls zurück, die Erwachsenen verharren in regloser Andacht, und der Moment verstreicht ungenutzt.

Ute serviert die Marzipanplätzchen, wobei sie Hans Ludwig erlaubt, vor dem Debussy zwei zu nehmen. Die Töchter Bonanno nehmen sich wohlerzogen jede eins. Andrea Neri wirft blitzschnell eins in die Luft und läßt es sich treffsicher in den aufgesperrten Mund fallen. Ein Enkel von Signora Melis, ein knochiger Junge mit Brille, versucht es ihm nachzutun, und das herzförmige Plätzchen landet auf dem Teppich. Woraufhin es nun auch (so viel vermag das schlechte Beispiel!) Hans Ludwig höchstpersönlich versucht, und es gelingt ihm auf Anhieb. Andrea und Giudi klatschen ihm Beifall. Der Maestro lächelt mit unverhohlenem, seligem Stolz.

*

Signora Melis, die heute morgen mit einem ihrer Enkel (dem zehnjährigen Leonardo) in der Pineta eingetroffen ist, ist die einzige, die diese Versammlung als ein mondänes Ereignis betrachtet. Ihre Finger sind überladen mit Ringen, ihr silbrigweißes, violett schimmerndes Haar wölbt sich zu einem ausladenden, majestätischen Baldachin. Eine Form von generösem Snobismus bringt sie dazu, so gut wie allem, was in ihren Dunstkreis gerät, einen höheren Wert zuzuschreiben, so daß man sich in ihrer Gegenwart wie auf der Schwelle zu einem endgültigen Pantheon fühlt, in den aufgenommen zu werden letztlich wenig genügt.

Monforti jedoch, dessen Depression weder mit einer künstlerischen oder intellektuellen Tätigkeit verwoben ist noch mit einem Familiendrama oder einer tragisch ausgegangenen großen Liebe, hat nicht einmal dieses Wenige, und doch hegt Signora Melis immer noch Hoffnung für ihn.

»Er ist immer noch großartig«, sagt sie den Maestro meinend zu ihm. »Er ist ein entzückender Mann.«

»Ja, er ist sympathisch«, erwidert Monforti nur.

»Sie sehen ihn sicher oft, wo Sie doch immer hier sind.«

»So ab und zu. Er lebt ja sehr zurückgezogen.«

Als Kruysens Vertrauter hat er die Prüfung nicht bestanden.

»Aber hat er von Debussy nun die ersten zwölf *Préludes* vorbereitet oder die anderen zwölf? Oder wird er sie alle vierundzwanzig spielen?«

»Ich weiß nicht, ich hab das Programm nicht gesehen.«

Die Mädchen Bonanno haben es mit der Hand abgeschrieben und an die Gäste verteilt, aber Monforti hat es irgendwo liegengelassen, als er mit Natalia und Signora Borst sprach.

»Ich finde meins nicht mehr«, sagt Signora Melis in ihrer Handtasche kramend. Dann wendet sie sich an Eladia: »Meine Liebe, leihst du mir für einen Augenblick dein Programm?«

Eladia steht auf, um es ihr zu reichen, aber der näher sitzende Signor Mongelli kommt ihr zuvor.

»Danke, mein Lieber«, sagt die Melis, als empfinge sie von einem Fischer einen im Meer verlorenen kostbaren Ring.

»Nur die zwölf ersten«, teilt sie Monforti mit. »Es sind kurze Stücke von zwei bis drei Minuten, aber sehr anspruchsvoll. Er wird sich in den Pausen etwas länger als sonst ausruhen.«

Ein blutroter Fingernagel, über dem drohend ein mächtiger Ring lastet, unterstreicht für die Nachbarn die beiden letzten Zeilen des Programms.

»Eigenartig, er hat anscheinend die Reihenfolge geändert, wenn das nicht ein Fehler der beiden lieben Abschreiberinnen ist.«

Ce qu'a vu le vent d'ouest, liest Monforti, *La cathédrale engloutie*, und angesichts dieser suggestiven Titel (»Was der Westwind gesehen hat« und »Die versunkene Kathedrale«) fühlt er sich nicht bloß von etwas gestreift, sondern tief eingetaucht und in den sandigen Grund des Rätsels der Pineta gestoßen. Ah, könnte man ihn doch fragen, könnte man ihn doch festhalten zwischen den hohen Pinien, diesen Wind, der nicht von Westen kam, sondern von Süden, diesen anomalen Libeccio! Den Zeugen, der alles gesehen hat und alles weiß, der gleichmütig über den Schauplatz des Verbrechens geblasen hat, über den Mörder, der mit der blutigen Waffe floh, über den Leichnam, den die Wellen mehr und mehr umspielten, überspülten, davonschwemmten...

»Kraft hat er ja nicht mehr viel, er wird einige Akkordnoten weglassen«, raunt die Signora Melis zweifelnd.

Wen sie einmal in ihr Pantheon aufgenommen hat, den verschont sie deswegen nicht mit ihrer Kritik. Im Gegenteil, die Tempelpriesterin erachtet es als ihr Privileg, gütigst auf die Mängel derjenigen hinzuweisen, die von ihr selbst zu ewigem Ruhm erhöht worden sind.

»Mit der Flüssigkeit wird's weitgehend vorbei sein...«

Sie schüttelt unmerklich den Kopf, aber Monforti schwimmt mittlerweile in der heftig bewegten Flüssigkeit jener Nacht, und der »verhaltene« Anschlag des Meisters sowie sein Pedaleinsatz, der die Töne so lange nachklingen läßt, daß sie beinahe eine Art Orgelpunkt bilden, stören ihn nicht nur nicht, sondern verzaubern ihn, tragen ihn von Prélude zu Prélude immer weiter, heben ihn über die Pausen hinweg, wiegen ihn ein wie das weiche Rollen der Dünung.

Er sieht in der Tiefe des Meeres den vagen Umriß der *Viktor Hansen* und hört das geheimnisvolle Geläut ihrer Glocke. Er läßt sich ergreifen von den klingenden Böen, erschauert unter dem G/A des drittletzten Taktes, das wie ein letzter, krachender Donner verebbt...

»Gewaltig, es war gewaltig«, entscheidet Signora Melis, die Hände verschränkend, so daß man ihre Ringe klicken hört. Und wie einem lange unterdrückten Drang nachgebend, springt sie auf, eilt zu dem erstarrten Maestro hin und umarmt ihn, ehe irgendein anderer nahen kann.

*

Auf der Straße vor der Villa Kruysen lädt der Abgeordnete Bonanno alle zum Essen in die Trattoria von Tavernelle ein. Er ist in heiterer Stimmung: Er hat sich gut gefallen, als er sich im Fernsehen sah, und dieses Konzert hat ihn an die schönen und reinen Dinge erinnert, die es schließlich auch noch gibt auf der Welt, die Natur, die Musik, die Familie, die Freunde.

»Was für eine schöne Idee, mein Lieber!« sagt Signora Melis und faßt ihn unter.

Auch Signor Mongelli nimmt die Einladung an.

»Und Sie, Monforti, wenn Sie auch allein sind...«, versucht es der Abgeordnete brüderlich.

Monforti hat keine Lust, aber er fühlt sich in der Schuld dieses unbezahlbaren Unfugstifters, der ihn immerhin auf den Weg der Aussonderungsprozedur gebracht hat. Was kostet schon eine Lüge? Er lehnt die Einladung unter einem Vorwand ab, kompensiert es aber damit, daß er seiner lebhaften Freude über das Interview in »TP-News« Ausdruck verleiht.

»Sie sind sehr telegen.«

»Oh, ich bitte Sie!«

Ein glücklicher Mensch.

»Aber Daniele!« protestiert Andrea in einem Atemzug, während sie sich zu Fuß auf den Heimweg zur Villa Neri machen. »Das hast du doch nicht im Ernst gemeint!«

Natalia geht ein Stück vor ihnen mit Giudi.

»Nein, aber ich wollte ihn in gewisser Weise... entschädigen, nach allem, was der arme Mann mit diesen Mäusen durchgemacht hat.«

Andrea geht schweigend.

»Es war ein echtes Trauma, für ihn und die ganze Familie. Es gibt viele Leute, die vor Mäusen und besonders vor Ratten eine zwanghafte, tiefsitzende Abscheu haben, genau wie vor Schlangen... Ich glaube, das geht zurück auf die Zeiten des Schwarzen Todes, der Pest.«

»Aber im vierzehnten Jahrhundert hat man noch nicht gewußt, daß die Ratten schuld daran waren«, beginnt Andrea zu argumentieren. »Der Bazillus ist erst viel später entdeckt worden, als...«

»Na jedenfalls, manchen Leuten kann es glatt den Verstand rauben, so fürchterlich graust es ihnen. Sie werden verrückt, sie sind nicht mehr sie selbst.«

Andrea schweigt. Monforti ist etwas langsamer gegangen, das leuchtende Oval von Natalias Taschenlampe bewegt sich inzwischen gut zwanzig Meter vor ihnen.

»Dann meinst du, es könnte sein«, fragt Andrea, »daß er diese Theorie mit den Pinienzapfen aufgetischt hat, weil er verrückt geworden ist?«

Mit einer beträchtlichen Anstrengung gelingt es Monforti, ernst zu bleiben.

»Um das zu sagen, ist es noch zu früh, aber sicher ist, daß, wer immer sich den Plan ausgedacht hat, ein kriminelles Hirn erster Güte haben muß. Bonanno hatte an ein Komplott mit Auftraggebern in Rom gedacht, aber ich glaube nicht, daß seine politischen Feinde bis zu einer solchen Perfidie gehen würden. Meiner Meinung nach handelt es sich hier um eine lokale Verschwörung, und was mich bedrückt, ist, daß der oder die Täter unerkannt entkommen sind, wie es scheint. Sie könnten es jederzeit bei einer anderen Villa wieder tun, bei der Melis zum Beispiel, meinst du nicht?«

»He, ihr beiden, was trödelt ihr da so herum?« ruft Natalia von vorn. »Kommt schon, beeilt euch, wir müssen los, wir sind schon spät dran!«

»Ja, wir kommen.«

Aber die beiden trödeln noch weiter herum und senken die Stimmen. An einem bestimmten Punkt bleiben sie sogar stehen, einer vor dem anderen im Dunkeln, und erst nach ein paar Minuten endet ihr Getuschel mit einem schrillen Gelächter von Andrea, der losrennt und Mutter und Schwester einholt, und kurz darauf sind sie alle beim Auto versammelt, um das Gepäck im Kofferraum zu verstauen (rein damit!), wegen einer letzten vergessenen Sache noch mal ins Haus zu laufen, sich Monfortis Ermahnungen anzuhören, es ist spät geworden, die Straße vor Scansano ist schmal und kurvenreich, und dann ist da auch diese scheußliche Steigung bei Torracce, die...

»Aber nein«, sagt Andrea, »die ist nicht mehr da, die haben sie schon letztes Jahr beseitigt, indem sie den halben Hügel weggesprengt haben, und auf der alten Trasse machen sie jetzt Motocross, und wo doch Nicolò und Vittorio...«

»Nicolò und Vittorio sind älter als sechzehn«, erinnert ihn Natalia streng, »und du bist gebeten...«

»Die würden ihn doch ihre Motorräder nicht mal anfassen lassen!« sagt Giudi.

»Was weißt denn du davon?« faucht Andrea sie an, auf der Suche nach einer vernichtenden Beleidigung. »Hast du dein Plüschbärchen zum Heiamachen nicht vergessen?«

»Und du dein Teleskopfernrohr des unbezwinglichen Piraten?«

»Und du dein Parfüm ›Ohnmachtsanfall‹?«

»Und du deinen Nasenring?«

»Und du...«

»Schluß jetzt, basta, steigt ein! Mach's gut, Daniele, wir sehen uns dann morgen abend, ich rufe dich an, wenn ich wieder da bin.«

Die Scheinwerfer leuchten auf, die Pinien lösen sich aus dem Dunkel, der Motor springt an. Und in der Düsternis, während das Auto davonfährt, beginnt Monforti nachzudenken.

6.

Das südliche Ufer des Alten Grabens ist nicht neblig wie das der Donau, und das nördliche wimmelt nicht von Quaden und Markomannen, die bereit sind, sich auf die römischen Lager zu stürzen. Auch stehen auf der Großherzogsbrücke keine Wachen der »Legio Fulminatrix«, die nächtens den in seinen kaiserlichen Mantel gehüllten Mark Aurel vorbeikommen sehen, versunken in unsterbliche Betrachtungen.

Im übrigen ist es, obwohl inzwischen stockdunkel, noch nicht eigentlich Nacht. Aber Monforti hat es vorgezogen, in dieser Umgebung nachzudenken, anstatt sich zu Hause in seinen lucubratorischen Sessel zu legen. Es drängt ihn, gewisse Gedanken, Fragen, vage Bildausschnitte zu überdenken, die ihm Maestro Kruysens Klavierspiel nahegelegt hat.

Was könnte der Westwind gesehen haben – fragt er sich erneut –, wenn er in den frühen Morgenstunden des 24. Dezember, statt an den bretonischen Küsten zu heulen (an denen von Douarnenez bis Concarneau in langer Reihe Mütter und Ehefrauen, die Hände über den Augen, den Horizont absuchen nach Fischerkähnen, die nie mehr zurückkommen werden), sich zum Mistral gedreht und an dieser Küste geblasen hätte, um das Meer von Castagneto Carducci bis Porto Ercole aufzuwühlen?

Aber dann, denkt Monforti weiter, kann er sich genausogut fragen, was der Libeccio gesehen hat.

Allerdings ist genau dies der Punkt. Der Südwind aus der libyschen Wüste hat nicht nur etwas gesehen. Er hat auch aktiv, wiewohl nur akzessorisch, an dem Verbrechen mitgewirkt, indem er die Leiche bis zu dem Punkt gerollt und getrieben hat, an dem sie gefunden worden ist. Und am Tatort selbst hat er das Meer dazu getrieben, alle Spuren zu verwischen. Mithin ist es zwecklos, ihn nach Einzelheiten zu fragen, sei's über Kathedralen oder andere eventuell versunkene Dinge...

Vom Dünenweg jenseits der Brücke sieht man jedoch auf dem mondhellen Strand die schwarzen Spuren der amtlichen Leichenbergung neulich nacht. Keine Sturmflut hat sie verwischt. Und Monforti könnte vermutlich, wenn er wollte, sogar seine eigenen Spuren im Sand wiederfinden.

Doch während er zurückgeht, die Brücke erneut überquert und den Dünenweg in südlicher Richtung nimmt, kommt ihm ein anderes Bild in den Sinn: die Kathedrale von Ys, aber nicht bloß untergegangen, sondern wahrhaftig *engloutie*, versunken, vom Sand verschluckt, begraben wie das Wrack der *Viktor Hansen*, aber so, daß man ihre Glocken in stürmischen Nächten noch manchmal läuten hört...

Interessant, gewiß. Suggestiv. Aber man kann nicht sagen, daß ihn der Westwind sehr weit gebracht hätte. Und das Mißlichste ist, daß er, nachdem er sozusagen ein Nebenrätsel vom Tisch geräumt hat, ein »parasitäres Puzzle« wie das der Bonannoschen Mäuse, sich mit dem gleichen Problem erneut bei Orfeo und Ugo dem Einsiedler konfrontiert sieht. Sind auch sie Parasiten, der eine mit seinen Hacken und Spaten, der andere mit seiner behaupteten (aber von ihm bestrittenen) Anwesenheit zur Tatzeit in der Pineta? Lassen sich ihre farbigen Puzzlestücke überhaupt irgendwie mit den inzwischen eher verblaßten des armen Gimo und der beiden Zemes zusammenfügen? Ganz abgesehen davon, daß ja auch diese drei zu drei ganz verschiedenen Puzzles gehören könnten, jedes mit (oder vielmehr ohne) seinem eigenen Bild auf dem Deckel:

a) Gimo, am Strand angegriffen von einem unbekannten

Menschen oder Tier, womöglich einem prähistorischen wie den Riesen von Monteriggioni, oder auch getroffen – warum nicht, an diesem Punkt – von der steinharten Frucht einer gleichfalls riesigen Pinie;

b) die Zeme, nicht nur ihrer Tasche beraubt, sondern auch verschlungen von kannibalischen Immigranten in den Untergründen des Mailänder Hauptbahnhofs;

c) ihr Mann, auf die Dauer angesteckt von der Depression seiner Frau, der die Sturmflut nutzt, um sich wie Sappho von einem Felsen der Capriola zu stürzen, aber völlig unabhängig von Gimos Tod.

Doch nein, überlegt Monforti, während er die Lichter der Villa Melis hinter sich läßt. Das ist nicht möglich. Lassen wir meinetwegen Orfeo und den Einsiedler erst mal beiseite. Und lassen wir äußerstenfalls sogar Gimo beiseite. Aber zwischen dem Verschwinden der Zeme in Mailand (in Mailand?) und dem ihres Mannes hier (ja, sicherlich hier) muß es irgendeine Beziehung geben. Schon der »unbesiegte Hakenschwinger« im Puzzle, der sich dann als bescheidener Kameltreiber entpuppte, hatte Monforti auf etwas gebracht... auf eine vage Ahnung von einem Bild... das weder mit Orfeo noch mit dem Einsiedler, noch auch mit Gimo etwas zu tun hatte, sondern ihn auf seine eigene Erfahrung als (ehemaliger?) Depressiver zurückverwies: War's nicht der Maresciallo gewesen, der im Zusammenhang mit den Psychopharmaka zu ihm gesagt hatte...?

Nein, er selber war es gewesen, der es zum Maresciallo gesagt hatte, und zwar im Zusammenhang mit der »Zerstörung lebloser Sachen« und dem zwanghaften Wechsel, bei Manisch-Depressiven, zwischen »euphorisch-logorrhöischen« Krisen und Zuständen totaler Apathie.

Ach, Maresciallo – hatte er zu ihm gesagt –, Sie ahnen ja nicht...

Nur führt ihn leider auch diese Art von Straße nirgendwohin. Oder vielmehr, sie bricht mittendrin ab. Denn er kann sich absolut nicht vorstellen, wie es *danach* weitergegangen sein soll.

★

Das Omelett »nach Bauernart«, das Giovanna ihm für den Abend dagelassen hat, hat seine Vorstellungskraft nicht zu steigern vermocht. Er hat die Hälfte in den Mülleimer geworfen, hat den Kaffee getrunken, und nach einer halben Stunde vor dem Fernseher, mit peinvollem Wechsel zwischen euphorisch-logorrhöischen Shows und wortreichen Features (die er dann selber durch Betätigung der Tontaste hatte verstummen lassen), hat er sich träge daran gemacht, das *jigsaw* mit dem Kameltreiber zu vervollständigen.

Aber das präsentiert ihm keine weiteren Unbekannten, abgesehen von einigen Teilchen, die heller als der Sand und als die Kamele sind und die er alsbald zu einem gelben Hund zusammengesetzt hat, der den Zug beschließt.

Es ist vielmehr der zum Schweigen gebrachte Fernseher, der seine unterbrochenen Assoziationsmechanismen wieder in Gang setzt.

– Sie *ahnen* ja nicht, Maresciallo, Sie machen sich keine *Vorstellung*...

Tja, doch viel weitergekommen sind wir damit nicht. Die Ahnung müßte *er* haben, Monforti, *seine* Aufgabe wäre es, sich eine Vorstellung zu machen, wenn der Maresciallo nicht dazu in der Lage ist. Aber es hilft nichts, von einem bestimmten Punkt an fügen die Teile sich nicht mehr zusammen, und mit dem Bild, das er zusammenzusetzen begonnen hat, kommt er nicht weiter, im Gegenteil, er ist versucht, es wieder zu zerstören, um...

Siena schuf mich, zerstört hat mich die Maremma.

Andererseits ist (war?) Signora Zeme aus Bozen gebürtig, und man kann nicht ausschließen, daß es Mailand oder Südtirol waren, die sie zerstört haben. Doch erst nachdem sie selbst etwas zerstört hatte, das am Ende mehr war als bloß eine Fensterscheibe, mehr als bloß eine leblose Sache.

Hier jedenfalls fängt alles an. Aber wo endet es? Wie?

Dieser Sessel, der noch nie sehr bequem war und den Monforti in seiner Entschlußlosigkeit nie ersetzt hat, taugt nicht als *lectus lucubratorius*. Lieber nach Art der Stoiker meditierend umherwandern, jetzt, wo es wirklich Nacht ist, oder auch nach der (laut Orfeo) verdächtigen Art des kynischen Einsiedlers.

Nein: den Einsiedler und Orfeo hatte er auszuklammern beschlossen. Ohne sich durch sie ablenken zu lassen, wird er nun jedoch zu der Stelle gehen, von der aus, wie es scheint, Gimo bis zum Grab der *Viktor Hansen* gerollt worden ist.

Aber hatte er nicht beschlossen, auch Gimo »auszusondern«, um sich allein auf die beiden Zemes zu konzentrieren?

Er wird an Ort und Stelle weitersehen, beschließt er. Und jetzt wird er erst mal, nachdem er seine lange Jacke wieder angezogen und seinen Tweedhut wieder aufgesetzt hat, in die Garage gehen und den Wagen herausholen. Es hat keinen Zweck, bis dort unten zu Fuß zu gehen, wenn er doch ohnehin vorhat, von dort aus meditierend umherzuwandern.

*

Er hat das Auto auf dem kleinen asphaltierten Parkplatz gelassen und steigt den Dünenweg hinauf. Von einer Düne nahe der leeren, verlassenen Villa »der Holländer« betrachtet er zuerst den Strand und dann die Villa der Zemes auf der rechten Seite und die der Signora Borst hundert Meter weiter links.

Aus keiner dieser Villen scheint um diese Zeit noch Licht, und drüben in Richtung des Alten Grabens sind auch die Lichter der Signora Melis schon seit geraumer Zeit erloschen. Der noch hoch am Himmel stehende und fast volle Mond läßt jedoch die Gegend so gut wie taghell erscheinen, während es neulich in jener Nacht – überlegt Monforti – stockdunkel gewesen sein muß. Unter diesen Bedingungen ist es zweifelhaft, ob seine nächtliche Wanderung ihn tatsächlich zu inspirieren vermag.

Automatisch lenkt er die Schritte nach rechts, zur Villa Zeme. Automatisch biegt er auf den schmalen, gewundenen Pfad durch die Büsche ein, den Andrea am Morgen nach der Sturmnacht hinaufgerannt ist, um zu der offenen Fenstertür mit der zerbrochenen Scheibe zu gelangen, die hinter dem schlecht geschlossenen Laden schlug.

Der Laden ist immer noch schlecht geschlossen, die Fenstertür immer noch offen, die zerbrochene Scheibe ist noch nicht ersetzt worden. Alles ist (vermutlich auf Weisung des Staatsanwalts) so gelassen worden, wie es war.

– Sie machen sich keine Vorstellung, Maresciallo...

Aber das war, bevor der Maresciallo zur ersten Ortsbesichtigung hergekommen war und mit eigenen Augen gesehen hatte, in welchem Zustand sich das Schlafzimmer befand. Hier hatte er sich dann schon selber eine gewisse Vorstellung machen können.

– Sie ahnen ja nicht, bis zu welchem Punkt...

Bis zu welchem Punkt denn? Ist er sicher, daß er selbst, Monforti, es sich vorstellen kann?

Nicht direkt automatisch, vielmehr entschlossen schiebt er den Laden ganz auf. Er braucht kein Licht anzuknipsen, um vor sich und rings um sich her, klar und deutlich in allen Einzelheiten, die trostlose Szene wiederzusehen, doch in diesem weißen, gespenstischen Mondlicht erscheint sie jetzt noch...

Angstvoller. Das ist der richtige Ausdruck für den, der sich mit diesen manisch-depressiven Stimmungswechseln auskennt:

– Ja, bravo, bravissimo, danke, vielen herzlichen Dank! Jetzt fahre ich! Jetzt kann ich fahren!

– Aber ja, fahren Sie ruhig, Signora.

– Vannuccini hat angerufen, er hat die Fahrkarten.

– Bravo. Aber die Koffer... Mir geht's schlecht, mir geht's schlecht, mir geht's schlecht!

– Aber *wie* denn schlecht, Magda? *Wie* denn?

– Genug, seid still, seid alle still! Ich fahre nicht mehr.

Man macht sich keine Vorstellung.

Im Wohnzimmer sind die große Glastür und die Fenster geschlossen. Aber das hereinscheinende Mondlicht erlaubt, den Flur und die Treppe in den Keller und die Garage zu finden, wo man das Licht anknipsen kann, ohne irgendwessen Aufmerksamkeit zu erregen. Im übrigen wird schwerlich jetzt nachts um eins jemand (außer dem Einsiedler? außer Orfeo?) hier vorbeikommen. Allenfalls könnte Gimo herkommen (wiederkommen?), wenn er nicht tot und inzwischen auch (falls der Staatsanwalt seine Einwilligung erteilt hat) schon begraben wäre.

In der Garage ist auch der Volvo exakt so geblieben, wie er war, mit dem eingebeulten Kofferraum, schlecht geschlossen wie der Laden oben, und auf dem Beifahrersitz der Pinocchio, der auf der Rückfahrt von Firenze S. Maria Novella den Platz der Signora Zeme eingenommen hatte.

Es reicht, ich fahre nicht mehr.

Dabei ist sie dann doch gefahren, aber nicht angekommen, die Ärmste. Es sei denn, daß...

Nein, die Straße bricht jedesmal ab, es geht nicht weiter, und das Gesamtbild läßt sich nicht rekonstruieren; kaum meint er es zu erblicken, ist es wieder zerbröselt, zerstört...

Siena schuf mich...

Auch Sapìa war aus Siena. Auch jener Selige Pettinaio, dessen Person es gewesen sein muß, wenn man's recht bedenkt, die Orfeo gegen Ende der Predigt so in Rage gebracht hatte. Denn Pater Everardo war gerade dabei gewesen, die Figur des strengen Asketen zu preisen, des ökologisch bewußten Wurzel-und-Beeren-Essers und, wer weiß, des Schutzpatrons der Ozonschicht, als Orfeo...

Ein imaginärer Ozongeruch (vielleicht ausgelöst durch den Funken des Lichtschalters?) scheint die Garage zu erfüllen, als Monforti das Licht ausknipst und die Treppe wieder hinaufgeht, um in das verwüstete Schlafzimmer zurückzukehren.

7.

Auf der Bettkante sitzend, inmitten von leeren oder halbleeren Taschen und Koffern, kunterbunt durcheinandergeworfenen Schuhen und anderen Kleidungsstücken, weiß Monforti jetzt, daß Orfeos Puzzle genauso selbständig ist wie das der Bonannoschen Mäuse, wenn auch komplizierter.

Tatsächlich findet jetzt Stück für Stück jedes Teilchen seinen Platz. Die Hacken und Spaten und das Wasser (außer dem frischen) gehören nicht dazu. Dazu gehört jedoch die Ehefrau, die ihn »nicht ranlassen« wollte, nach der derben Ausdrucksweise des Maresciallo, die ihn aber jetzt doch wieder rangelassen haben muß, bedenkt man sein Verhalten am Abend nach der ökologischen Kundgebung.

Auch der Einsiedler gehört dazu, aber nur in den Rollen des Türenöffners und des Bion von Borysthene, deren makrobiotische Theorien er in Gegenwart des einen oder andern der beiden Ehebrecher oder auch beider in der Bar »Il Molo« oder in Tavernelle propagiert haben muß.

Und schließlich gehört sogar Mamma Butti dazu mit ihrer althergebrachten, konservativen Theorie vom Mann, den man am Gaumen packt. Über diese nämlich hätte die Ehebrecherin etwas mehr nachdenken müssen (aber auch Pater Everardo, anstatt das Feuer noch zu schüren), um in Ruhe ihren Ehebruch fortsetzen zu können. Denn das mit den Hörnern konnte der ewig grantige, schweigsame Orfeo gerade noch angehen lassen (ähnlich dem philosophischen Kaiser mit seiner mannstollen Gattin Faustina), ausgehend von dem Prinzip, daß Liebe bloße Schleimausscheidung ist. Aber das übrige, wenn man den ganzen Tag lang schuftet wie er, das nicht!

⋆

Der Mond beginnt langsam zu sinken. Auf dem Nachttisch zeigt ein kleiner Wecker mit Leuchtziffern zwei Uhr – ungefähr die Zeit (wie es scheint), zu der Gimo gestorben sein müßte, gar nicht weit von hier (immer wie es scheint). Und jetzt, wo Gärtner, Ehebrecher, Einsiedler, Prediger, Umweltschützer nicht mehr dazwischenkommen, um einem die Gedanken zu verwirren, wollen wir es ruhig so annehmen. Man kann vernünftigerweise nicht daran zweifeln, daß Gimo sozusagen zum selben »Spiel« wie die Zemes gehört; richtig zusammengesetzt, wird sein Bild sicher irgendwo auf demselben bisher noch bildlosen Deckel erscheinen müssen.

Aber es empfiehlt sich nicht, bei ihm anzufangen, wie es der Staatsanwalt und die Carabinieri zwangsläufig tun mußten.

Fängt man noch einmal ganz von vorn an (oder quasi), so tut man am besten daran, in die Mitte eines hypothetischen Tisches das einzige Puzzleteilchen zu legen, an das sofort weitere angelegt werden können: das Namensschildchen, das in den Untergründen des Mailänder Hauptbahnhofs gefunden worden ist.

Gesagt, getan. Unter den umherliegenden Reisetaschen ist auch eine aus Leder, vermutlich ausgesondert, weil zu schwer, aber das Namensschildchen hängt schon am Griff. Denken wir uns nun an diesem Griff die zarte Hand von

Magda D'Alessio Zeme
Via G. Ferrari 22
ROMA

und folgen wir ihrem mageren Arm hinauf, vervollständigen wir das Bild der Ärmsten, wie sie mit der schweren Reisetasche in Florenz in den überfüllten Zug einsteigt. Und wie dann eine andere Hand in Mailand...

Nein. In Florenz. Die Tasche wird ihr Mann ihr hinaufgereicht haben, als sie eingestiegen war, oder, wahrscheinlicher noch, er ist selber mit eingestiegen, um die Tasche auf der Gepäckablage zu verstauen. Und dann...

Aber auch dies ist noch nicht die richtige Vorgehensweise. Das Ganze muß aus noch viel größerer Nähe verfolgt werden und genau hier beginnend: hier in diesem Haus mit Vannuccini, der die Fahrkarten gebracht hat und die Tasche nimmt, um sie in den Kofferraum zu stellen oder auf den Rücksitz, von wo Zeme sie dann in Florenz wieder nehmen wird und...

Ja, aber einen Moment noch. Oder auch mehr als einen.

*

Auf dem Wecker mit Leuchtziffern ist es vier Uhr vorbei, als Monforti fröstelnd erwacht. Im Zimmer ist es fast dunkel, da der Mond gerade hinter dem Vorgebirge La Capriola untergeht, und Monforti, der sich wundert, daß er da in der langen Jacke auf dem Bett liegt, braucht eine Weile, bis er begreift, wo er ist.

Dann trifft seine umhertastende Hand auf allerlei Gegenstände und schließt sich endlich um den Griff der ledernen Reisetasche. Seine Gedanken gehen die Etappen der imaginären Reise durch, die er mehrere Male gemacht hat, hin und zurück, bevor er eingeschlafen ist.

Die Straße war auch im Halbschlaf immer wieder abgebrochen, aber er hatte sich nicht aufhalten lassen und hatte sie schließlich wiedergefunden, nach einem Hindernis, bei dem er zwar begriffen hatte, was es war, aber nicht, wo es sich befand. Im übrigen war die Unterbrechung auch nur am Anfang gewesen. Bei der Rückfahrt war die Tasche nicht mehr da, und das Problem stellte sich nicht mehr, aber dafür stellte sich dann unvermeidlich ein anderes.

Jetzt steht er vor dem Bett und überlegt, ob er die Reisetasche wirklich mitnehmen soll auf die nicht mehr imaginäre Reise, die er zu machen gedenkt, um sich auf dieselbe Straße, in dieselbe Situation wie das verschwundene Ehepaar zu begeben. Mit dem identischen Namensschildchen versehen, gefüllt mit den über das Bett verstreuten Kleidungsstücken und anderen, die er tastend vom Boden aufzusammeln beginnt, wird diese Tasche die ebenso vollgestopfte, ebenso schwere andere symbolisieren, mit der die Zeme in Bozen hätte ankommen sollen.

In seinem Perfektionismus als (ehemaliger?) Manisch-Depressiver denkt er sogar an den Pinocchio, der als Geschenk für den kleinen Vannuccini gedacht war und noch immer in Embryonalhaltung auf dem Beifahrersitz liegt. Er beschließt, noch einmal in die Garage hinunterzugehen, um die Figur zu holen und sie neben sich auf den Beifahrersitz zu plazieren, als Symbol für die arme Signora Zeme.

Diesmal muß er jedoch das Licht anknipsen, um den Weg durch das Labyrinth der Wohnzimmermöbel zu finden, auf die Gefahr hin, die Aufmerksamkeit von Roggiolani zu erregen, der gerade draußen mit dem Fahrrad vorbeipatrouillieren könnte. Und als er mit dem Pinocchio in seiner durchsichtigen Schachtel aus der Garage zurückkommt, knipst er sogar das Licht im Flur an, da ihm eingefallen ist, daß es dort an jenem Morgen, als sie alle nach dem NZ-Fläschchen suchten, auf einer Ablage eine große Stablampe gab. Er wird sie gebrauchen können, um sein Auto wiederzufinden, zumal ja die Haustür verschlossen ist und er dort hinaus muß, wo er hereingekommen ist, um den Pfad durch die Büsche hinunterzugehen und die ganze Tour über den Dünenweg zu machen.

Auf der Ablage liegt jedoch keine Lampe mehr. Wer kann sie genommen haben, wenn nicht Zeme selbst in jener Nacht? Und übrigens: Mußte nicht auch Gimo eine Lampe bei sich gehabt haben, obwohl man keine bei ihm gefunden hat?

An diesem Punkt fällt Monforti ein, daß er selbst eine bei sich hat, in einer der Taschen seiner langen Jacke, und er knipst sie an. Die anderen Lichter löscht er. Im Schlafzimmer nimmt er die lederne Reisetasche an sich, und als er auf die Terrasse hinausgeschlüpft ist, dreht er sich zurück, um den Laden wieder zu schließen. Doch er muß aufpassen, daß er ihn nicht ganz schließt, behindert durch sein Gepäck, wie er ist. Denn wenn das Schloß einschnappen würde, könnte er nicht mehr hinein, um alles wieder an seinen Platz zu legen. Und dann würden der Staatsanwalt und selbst der Maresciallo sicher unverhohlen seinen Einbruch beklagen.

8.

Roggiolani war nicht gerade mit dem Fahrrad auf Patrouille, als Monforti an die Scheibe klopfte, um sich die Ausfahrtsschranke öffnen zu lassen. Er war vielmehr eingeschlafen und kam verwirrt wie eine beim Dösen erwischte Wache am Donauufer herausgestürzt, um sich zu rechtfertigen.

Bei dem ganzen Trubel mit dem Ingenieur Laguzzi und dem Staatsanwalt und all den anderen, erklärte er, habe er tagsüber nicht richtig schlafen können.

Er muß sich auch ganz schön gewundert haben, ihn um diese Zeit rausfahren zu sehen, aber er hat sich nicht getraut, irgend was zu fragen.

Jetzt fährt das Auto durchs Dunkel dem Städtchen entgegen, die aufklappbare Holzfigur bereits aufgeklappt und in voller Euphorie auf dem Beifahrersitz, wo sie nicht aufhört, sich selber dafür zu loben, daß sie sich zu dieser Reise entschlossen hat, und den Mailänder Neurologen dafür, daß er eingewilligt hat, sie am 24. Dezember zu empfangen, und die Schwester und die Mutter dafür, daß sie ihr helfen werden, ihr frühkindliches Trauma aufzudecken, das an allem schuld ist, wie sie inzwischen ganz sicher weiß, auch wenn natürlich auch die andern eine gewisse Mitschuld haben, weil sie ihr das Leben nicht gerade erleichtert haben, das muß man schon sagen, aber das ist jetzt inzwischen Schnee von gestern, jetzt will sie noch einmal ganz von vorne anfangen und als erstes mal Englisch lernen und Kurse in Geschichte nehmen und in Informatik und in Gymnastik und auch Klavierstunden, wo ihr doch das Klavierspielen als junges Mädchen so viel Spaß gemacht hat, aber dann hat sie es leider gelassen, weil *er* sie nicht dazu ermuntert hat, das muß man sagen, aber jetzt will sie es ernstlich wieder anfangen, weil es nämlich gar keinen Grund gibt, warum sie es nicht schaffen sollte, auch ohne der Maestro Kruysen zu sein, so was wie Schumann Debussy der Westwind zu spielen, he was machst du denn, du hast die Kreuzung mit der »Maremmana« verpaßt, jetzt müssen wir die ganze Tour über den Pfad durch die Büsche und den Dünenweg noch einmal machen, weil, hier kann man nicht wenden, das ist verboten, das ist unheimlich gefährlich, ich verbiete es dir, und dabei sind wir schon so spät dran, mein Gott, wir werden zu spät kommen, wir werden es nicht mehr schaffen, wir werden es *nie* mehr schaffen, ich hab's ja gewußt, aber das bist *du* gewesen, du hast mit Absicht getrödelt, um mich nicht fahren zu lassen, um mich dazubehalten, um mich zu zerstören, ich weiß es, *du* bist es gewesen!

Magda, ich bitte dich.

Die Kreuzung war nicht die richtige, da vorne kommt sie erst, aber selbst wenn sie's gewesen wäre – denkt der Fahrer beim Einbiegen –, hätte er sie vielleicht wirklich verpaßt unter diesem Sturzbach von sinnlosen Sätzen, der jetzt, nach einem erstickten Seufzen, zu einem leidvollen und drohenden Schweigen geworden ist.

Magda, wir sind auf der Maremmana, hast du gesehen?

S. S. »Maremmana«: Km 2... km 4... km 7

Schläft sie jetzt womöglich? Herr, ich bitte dich, mach,

daß sie schläft! Aber das hölzerne Auge ist offen und starrt geradeaus, nicht einmal auf den Asphalt im Scheinwerferlicht, der da und dort ausgebessert ist, auf die weiße Mittellinie oder die mit weißen Ringen bemalten Pinien- und Zypressenstämme, die sich am Straßenrand abwechseln, sondern auf das schwarze Armaturenbrett aus Plastik, an dem nichts zu sehen ist außer dem abgeschalteten Radio.

Km 12, 13...

Soll ich das Radio anschalten? Daß du ein bißchen Musik hast?

Km 14, 15, 16, 17...

Ja.

Was ja, Magda?

Musik. Debussy, oder auch Chopin oder Grieg, Vivaldi, besorg mir doch ein paar Platten, ich würde gern mehr Zeit mit Musik verbringen, aber ich weiß nicht mal, ob es bei meiner Schwester einen CD-Spieler gibt, ich hätte sie fragen sollen, die Platten könnte ich mir in Bozen kaufen oder auch gleich nachher in Florenz, wenn wir rechtzeitig ankommen, im Gift-Shop am Bahnhof müßte es welche geben, dann hätte ich sie gleich, wenn ich ankomme, obwohl das Problem nicht das ist, das Problem ist, daß sie immer den Fernseher anhaben, weißt du, ohne die Spur von Rücksicht auf mich, die ich so gern meine Platten hören würde, aber nein, du weißt ja, wie die sind, und wenn du's nicht weißt, sag ich's dir, nein, widersprich mir bitte nicht, und so werden sie's am Ende geschafft haben, daß es mir wirklich schlecht geht, richtig körperlich elend, weißt du, was das heißt, körperlich elend? Aber woher sollst *du* denn das wissen, nein, sag nichts, sag mir *bitte* nichts, du bist der letzte, der mich verstehen kann, du hast mich *nie* verstanden, *du* bist es gewesen, der mich so zugerichtet hat!

Magda, ich flehe dich an...

DU BIST ES GEWESEN!

Km 42...

Tack... tack... tack... tack...

Das finster blickende, starr aufgerissene Auge ist auf ein silbernes Döschen gerichtet, das der Fahrer wiedererkennt und das die Hand mit den spindeldürren Fingern unentwegt auf- und zuklappt, wobei sie den emaillierten Deckel leise knacken läßt: tack... tack... tack... In dem verzweifelten Schweigen, das seit fünfundzwanzig Kilometern andauert, wird die rasche Folge dieser Knackgeräusche bald unerträglich, terroristisch, Vorzeichen einer noch schlimmeren Krise.

Magda?

Tack... tack... tack...

Der Mann am Steuer versucht, seine Aufmerksamkeit auf die Straße zu konzentrieren, auf der noch immer recht wenig Verkehr ist, aber die Steigungen und Gefällstrecken werden häufiger und die Kurven gefährlicher. Wir nähern uns, fällt ihm ein, der »Todeskurve« bei km 52, deren Opfer regelmäßig in der Lokalzeitung am Kiosk im Städtchen beklagt werden. Aber er spürt auch den Punkt näherkommen, an dem die Straße irgendwie abbrechen oder abbiegen müßte oder...

Mit seinen Doppelscheinwerfern und seinen kleinen roten Konturenlichtern kommt ein Lastzug die Steigung heruntergerast, braust donnernd und scheppernd vorbei, und als es allmählich wieder still wird, hat auch das »Tack... tack...« aufgehört.

Instinktiv geht der Fahrer vom Gas, aber er wagt nicht, zur Seite zu blicken. Seine Augen registrieren weiter die Hinweiszeichen für Kurven und Gefällstrecken, das Kilometerschild mit der Angabe km 49, den Hinweis auf einen Nothalteplatz in 200 m Entfernung, einen touristischen Hinweis mit Türmen...

ICH FAHRE NICHT MEHR.

Wie bei einer plötzlichen Unebenheit auf der Fahrbahn oder durch einen Ruck am Lenkrad schleudert das Auto heftig nach links, fängt sich aber wieder.

ICH WEISS, ES KOMMT DIR GELEGEN, ABER ICH FAHRE NICHT MEHR. FAHR ZURÜCK.

Das Auto, das noch hundert Meter weiter gefahren ist, geht rechts ran und hält auf dem Nothalteplatz.

UND SAG MIR NICHTS, ICH BITTE DICH... SAG NICHTS!... SAG MIR NI-I-ICHTS!!!...

Der Fahrer sagt nichts.

*

Nach Kilometer 50 schaut Monforti nicht mehr auf die Hinweisschilder. Er sucht jetzt den Straßenrand und die Bäume rechts nach der Stelle ab, von wo aus die Straße sich früher einen Hügel hinaufwand, der jetzt zur Hälfte weggesprengt worden ist wie der von Andrea bei Scansano. Die Einmündung der alten Trasse ist, soweit er sich erinnert, noch gut zu erkennen, wenn man bei Tag vorbeikommt.

Da vorne rechts ist sie tatsächlich, in einer Lücke zwischen den Bäumen, nach der die Asphaltdecke rissig wird, aber noch ein gutes Stück sichtbar bleibt, bevor die steil ansteigende Straße in die Macchia abbiegt. War das die Unterbrechung oder Umleitung, die er sich vorgestellt hatte?

Kurz nach der Biegung beleuchten die Scheinwerfer eine Lawine von Geröll und Gestrüpp, die den Weg versperrt. Aber von hier aus ist die neue Straße nicht mehr zu sehen, und so hindert nichts mehr den Fahrer daran, bei ausgeschaltetem Licht auszusteigen, den Kofferraum zu öffnen und die makabre Symbolfigur, die sich noch zusammengesunken auf dem Beifahrersitz befindet, wieder hineinzulegen. Das Problem ihres letzten Bestimmungsortes wird sich noch später stellen, zunächst gilt es das der Reisetasche zu lösen.

Monforti klappt den Kofferraum zu, setzt sich wieder ans Steuer und schaltet das Licht ein. Das Gestrüpp, das er vor Augen hat, erinnert ihn an das Durcheinander der Puzzleteilchen, das er für Sand oder Binsen gehalten hatte, bevor er das Kamel identifizierte. Er denkt an das Namensschildchen, das ihm erlaubt hat, einen ersten Teil dieses anderen *blind jigsaw* zusammenzusetzen. Für den verbleibenden Teil jedoch ist das »Schlüsselstück« nicht schildchenförmig. Es erinnert eher an das Spielzeug, das der kleine Colin in der Hand gehabt hatte, letzten Sommer am Strand, als Mrs. Graham mit einem Aufschrei hingelaufen war, um ihn von seinem Spiel wegzureißen.

XII.
Aufsteigend hat die Nacht

1.

Aufsteigend hat die Nacht am linken Horizont eine dunkle Hügelkette hinterlassen, deren Konturen sich immer deutlicher abzeichnen. Die Gefahr, am Steuer einzuschlafen, ist vorbei, denkt Monforti, während er aussteigt, um sich die Beine zu vertreten.

Vor einer Stunde hat er auf diesem kleinen Parkplatz am Ende eines Viadukts angehalten und sich bei laufendem Motor, damit die Heizung in Gang blieb, im Sitz zurückgelehnt und die Augen geschlossen. Er hat getan, was zu tun ist, wenn die Hände am Steuer spüren, daß ihnen der Zugriff jeden Moment zu entgleiten droht. Die Pause war jedoch nicht nur eine Notwendigkeit, sondern mehr noch eine Pflicht, da es galt, die Unversehrtheit des einzigen zu erhalten, der begriffen hat und nun seinerseits berichten, erklären, begreiflich machen muß.

Aber er hat nicht wirklich geschlafen, er hat nicht aufgehört, jedes Teilstück zu verifizieren, jede Einzelheit des Bildes, das er in seiner Gesamtheit rekonstruiert hatte, zu überprüfen. Und nun hat er keine Zweifel mehr. Die »Puzzleteilchen« sind diese und keine anderen, es ist ausgeschlossen, daß ihre Zusammensetzung ein anderes Bild ergeben könnte. Was fehlt, sind nur die konkreten Beweise, und Monforti hat keine Ahnung, wo er sie finden könnte.

Die kühle Morgenluft und das Licht helfen ihm nicht weiter. Er reckt sich und stampft mit den Füßen auf, aber echte Beweise fallen ihm keine ein, er hat keine, es gibt keine. Unter ihm lösen sich die an den Hang geklammerten Ginsterbüsche aus der Dunkelheit, setzen sich dicht an dicht nach unten hin fort, scheinen ihr Grau dem ganzen weiten Tal aufzuprägen.

Mit kurzen, schnellen Schritten geht er auf dem Parkplatz hin und her, doch aus der Steifheit, die nicht von ihm ablassen will, kommen ihm erneut Zweifel und Ungewißheiten. Den materiellen, konkreten Beweis, den er bräuchte, nicht er ist es, der ihn...

Die Hunde, denkt er, als unten im Tal jemand einen Motor anläßt und ein Hund in der Ferne zu bellen beginnt. Das einzige, was er noch tun kann, ist, mit Butti zu reden und ihn zu überzeugen, daß Hunde eingesetzt werden müßten.

Er steigt wieder ein, während etwas näher, auf halber Höhe, ein Hahn und gleich darauf noch ein zweiter auf ihre Weise die Stille durchbrechen. Ja, Butti wird ihn zumindest anhören. Und dann wird er vielleicht handeln, wenn auch nur, »weil man nie wissen kann«. Er wird den gewissenhaften Motor der Prozedur in Gang setzen.

2.

Der Maresciallo ist noch nicht da, aber dem Brigadiere Farinelli genügt ein Blick, um zu erkennen, daß dieser Mann mit Stoppelbart und geröteten Augen, gezeichnet von den Runzeln und Falten einer schlaflosen Nacht, nicht um diese Zeit in die Kaserne käme, noch ehe die Büros für den Publikumsverkehr geöffnet sind, wenn er nicht einen sehr dringenden Grund hätte. Ich muß aussehen wie einer, der sich endlich entschlossen hat, alles zu gestehen, sagt sich Monforti, während er in das Büro des Maresciallo geführt wird, wo schon das Licht brennt.

»Er wird in ein paar Minuten hier sein.«

Damit ihm die Augen nicht zufallen, verbringt Monforti die paar Minuten damit, in dem *Handbuch des Polizeiwesens* zu blättern, das er auf einem Wandregal zwischen einem Wörterbuch der italienischen Sprache, einem Exemplar des Bürgerlichen Gesetzbuches und anderen juristisch aussehenden Bänden findet. Er liest ein bißchen darin herum und verweilt dann (das kann er brauchen) auf der Definition von »Indiz«:

> Ein anderes Beweismittel ist das *Indiz*. Es beruht auf der Schlußfolgerung und führt zur Feststellung eines Sachverhalts, für den man keine direkten Beweise hat oder haben kann, dessen Vorhandensein man jedoch aus einem bewiesenen oder auf andere Weise bekannten Umstand erschließt.
>
> Indizien können sich beziehen auf Umstände, die der Straftat vorausgehen, sie begleiten oder ihr folgen; sie reichen von Indizien für die Fähigkeit des Straftäters zur Begehung von Straftaten und für die Gelegenheiten, die ihn zu der Straftat verleitet haben können, bis zu denen, die das Begehen der Straftat begleitet haben, um schließlich zu denjenigen zu gelangen, die sich auf die von der Straftat hinterlassenen Spuren beziehen sowie auf das Tun und das ganze Verhalten des Täters nach der Tat.

Für wie viele meiner – fragt sich Monforti mit dem Gefühl eines Mannes, der mit dem Rücken zur Wand steht –, für wie viele der Indizien, die sich in meinem Kopf so schön zusammengefügt haben, mag diese Definition zutreffen? Für alle im nachhinein, falls sich das rekonstruierte Bild als richtig erweist. Aber hier und jetzt, im anonymen, prozeduralen Licht dieser Amtsstube, kommen sie ihm alle wieder völlig unhaltbar vor, absolut nicht präsentierbar in einer Kaserne der Carabinieri. »Auf welchen Indizien beruht Ihre Theorie?« – »Ach, wissen Sie, bei einem Spaziergang am

Ufer der Donau hatte ich ein langes Gespräch mit Pinocchio...«

Als Butti hereinkommt, hat Monforti schon fast beschlossen, mit einem Gruß und einer Entschuldigung wieder zu gehen. Aber da war der kleine Colin...

Auch Butti sieht sofort den zermürbten Täter, der alles auspacken will.

»Hatten Sie eine schlaflose Nacht?«

»Ich habe die ganze Zeit darüber nachgedacht.«

»Ah«, sagt der Maresciallo.

Er setzt sich an seinen Schreibtisch und bietet Monforti an, einen Kaffee aus der Bar von Celso kommen zu lassen.

»Ja, danke, den kann ich brauchen. Und ein Glas Mineralwasser bitte.«

Dann die Zigarette, das hingehaltene Feuerzeug. Alles, was zur Erleichterung eines Geständnisses dient.

»Tatsache ist, daß ich Ihnen leider nichts erklären kann, die Sache ist wirklich zu kompliziert«, schickt Monforti mit aggressiver Bestimmtheit voraus. »Aber ich glaube, begriffen zu haben, wie es gelaufen ist.«

Der Maresciallo bleibt ruhig, aber in seine Augen tritt ein seltsamer Glanz. Monforti kommt ihm zuvor.

»Ich will kein Interview in Telepadùle-News«, sagt er. »Jedenfalls nicht sofort. Ich bin zu Ihnen gekommen, weil... ich habe gedacht, Sie hätten vielleicht ohne... allzu große Komplikationen die Möglichkeit, diese Hunde aus Florenz anzufordern...«

»Welche Hunde?«

»Die damals den kleinen Colin suchen sollten, den kleinen englischen Jungen, Sie erinnern sich, voriges Jahr am Strand, den dann Vannucci...«

»Ah ja, sicher. Aber inzwischen haben wir auch welche in Grosseto, wir sind tipptopp ausgerüstet. Zwei Suchhunde. Sie sind uns im September zugeteilt worden, und seitdem...«

»Sehen Sie, und die bräuchten wir nun, um meine Pinienzapfen... äh, meine Theorie zu verifizieren.«

»Eine pessimistische Theorie?«

»Eine *sehr* pessimistische. Aber bedenken Sie, daß diese Garibaldi-Büste damals wirklich kurz vor dem Umkippen war, als ich...«

»Aber nicht doch, ich bitte Sie!« sagt Butti ganz ernst. »Ihr Leumund ist über jeden Verdacht erhaben.«

Beide lachen, der Maresciallo steht auf, um das Licht auszuschalten, und stellt fest, daß der Tag noch ziemlich grau ist. Er tritt ans Fenster und schaut auf den Platz mit dem konsolidierten Garibaldi hinaus, bis er vermeldet:

»Da kommt der Kaffee.«

Er schaltet das Licht wieder an und setzt sich wieder, während Monforti (»Ich habe versucht, im Wagen zu schlafen«) sich ein kiefernknackendes Gähnen erlaubt.

»Und Sie meinen, die Hunde sind unverzichtbar?«

»Die einzige Möglichkeit.«

Monforti stürzt sein Mineralwasser hinunter, Butti sieht ihm zu und verrührt den Zucker in seiner Tasse.

»Und Sie ersuchen mich also um den Einsatz der Hunde auf der Basis Ihres Pessimismus. *Wollen* Sie mir nicht mehr sagen, oder *können* Sie nicht?«

»Ich könnte... ich könnte...«, sagt Monforti schwach.

Doch er faßt sich wieder.

»Ich fürchte, es würde nicht sehr überzeugend klingen, verstehen Sie? Ja, ich fürchte sogar, ich wäre der erste, der mich auseinandernähme, wenn ich mich meine... Indizien vortragen hörte.«

Der Maresciallo deutet auf das *Handbuch*, das Monforti auf die Tischkante gelegt hat.

»Aber da drin«, sagt er, »steht meines Wissens nichts von einer Verpflichtung der Strafverfolgungsorgane zum Glaubensakt.«

»Sagen wir mal so«, sagt Monforti. »Wenn es gelaufen ist,

wie ich denke, erkläre ich Ihnen alles hinterher. Wenn es jedoch ein Schlag ins Wasser wird, fragen Sie mich nichts mehr, vergessen alles, und ich verpflichte mich, für den Rest meiner Tage mit dem Foto des Abgeordneten Bonanno über dem Bett zu schlafen.«

»Und Sie meinen, das ist ein faires Angebot?« fragt der Maresciallo im Ton großer Fairneß.

Monforti protestiert.

»Sie dürfen das nicht als ein Angebot sehen! Diesem Nachschlagewerk zufolge sind Sie ermächtigt, was sage ich, aufgefordert, es als einen unabweisbaren Versuch zu nehmen, als eine vollkommen legitime Initiative, eine Möglichkeit, die sich uns, sagen wir: von selbst dargeboten hat und die zu verifizieren sich in jedem Fall lohnt. Betrachten Sie mich doch einfach wie einen anonymen Brief.«

Der Maresciallo betrachtet lange den zerknitterten Brief, der da vor ihm Kaffee trinkt.

»Was ist denn das Wesentliche an diesem Brief?« fragt er schließlich.

»Das Wesentliche«, sagt Monforti, »ist implizit.«

»Ah.«

Butti trinkt den letzten Schluck von seinem Kaffee, sieht auf die Uhr, zieht ein schwarzes Notizbuch aus einer Schreibtischschublade und ruft direkt den Stellvertretenden Staatsanwalt Dr. Veglia an. Die Ermittlungen hätten nichts Neues ergeben, sagt er, die Zemes seien noch immer unauffindbar, und so wäre es nun vielleicht an der Zeit, die bereits gestern morgen von Dr. Veglia selbst erwogene Durchsuchung der Pineta zu veranlassen, ob Dr. Veglia das nicht ebenfalls meine? Mit entsprechendem Einsatz von Hunden natürlich, damit man sich ein großes Aufgebot von Männern ersparen könne, das unter den gegebenen Umständen...

Monforti nimmt erneut das *Handbuch* zur Hand, liest erneut Zeile für Zeile die Definition von »Indiz« und hat das

Gefühl, immer mehr im Leeren zu schweben, je präziser der Maresciallo seinen Wunsch artikuliert, sich mit dem Staatsanwalt über die hierarchische Prozedur abspricht, mit der die Operation in Gang gesetzt werden muß, und schließlich ein allgemeines Plazet erhält.

»Er wird zurückrufen«, sagt Butti, während er den Hörer auflegt, »aber er schien ziemlich überzeugt. Im übrigen ist es ja wahr, daß man nichts unversucht lassen darf in dieser Lage.«

Er verstummt, es wird still im Raum.

Der Maresciallo hat sich darauf eingelassen, er hat seine Entscheidung getroffen, denkt Monforti, er hat sich meine erratische und mimetische Nacht auf seine militärischen Schultern geladen und sie zurechtgestutzt auf die Dimensionen der »Feststellung eines Sachverhalts«, und nun wartet er ruhig, gleichmütig, ohne Neugier.

Die Stille hält an, eine gelassene Arbeitsstille. Es ist, als könnte man die Stimmen hören, die in Grosseto Vorschläge machen, Einwände vorbringen, Einzelheiten spezifizieren, Anweisungen erteilen. Bis der Gleichmütige in gleichmütigem Ton eine Frage stellt.

»Sagen Sie mir wenigstens dieses eine: Konnten wir nicht von allein darauf kommen? Gibt es Dinge, die Sie wissen und wir nicht?«

»Nein, nein, so ist es durchaus nicht«, versichert ihm Monforti. »Wenn Sie so wollen: Es gibt Dinge, die nur ich wissen *konnte*, aber von denen ich nicht wußte, daß ich sie wußte.«

»Aber dann haben Sie sich langsam daran erinnert, haben sie sich zusammengesetzt...«

»Nicht mal das. Mehr als zusammensetzen habe ich sie erst mal trennen müssen, aussondern sozusagen. Es war Bonanno, der mich darauf gebracht hat.«

»Mit seinen Pinienzapfen?« sagt der Maresciallo fast wie beleidigt. »Das glaube ich nicht.«

»Nein, mit seinen Mäusen. Als ich mir klargemacht hatte, daß das Rätsel der Mäuse nicht wirklich mit dem Rest zusammenhängen konnte, war ich bereits einen guten Schritt vorangekommen. Und als ich dann dieses Rätsel gelöst hatte...«

Der Gleichmut des Maresciallo nimmt sichtlich ab.

»Gelöst? Was soll das heißen, gelöst? Gab es denn da wirklich ein Komplott, wollen Sie mir sagen, es hätte tatsächlich jemand in Rom...«

»Nicht in Rom, nicht in Rom.«

Und Monforti lädt ihn zu der Annahme ein, in der Gualdana selbst gebe es zwei noch sehr junge Menschen, genaugenommen noch Kinder, die sich oft einsam fühlen und sich nicht wenig langweilen, aber alle ökologischen Geheimnisse der Pineta kennen, und die sich nun mit einem vorgeschobenen Motiv (»um einen barbarischen Thujenpflanzer zu bestrafen«) Reusenfallen besorgen, sie mit Lekkerbissen bestücken (»Birnenviertel sind unwiderstehlich, wie es scheint«) und das Ganze auf den ersten Astgabelungen bestimmter Pinien plazieren, in deren Kronen die baumrattengleichen »Talponi« hausen. Nachdem sie etliche dieser Nager gefangen und in einen Sack gesteckt haben, bringen sie ihre Beute bei Einbruch der Dämmerung zur Villa des Abgeordneten, lockern ein rostiges Lüftungsgitter, lassen die Tierchen hinein, machen das Loch wieder zu und warten darauf, ihren Scherz zu genießen.

»Also war es ein strikt unpolitischer Scherz«, resümiert Butti.

Ja, aber einer, der dann eine politische Wendung genommen hat, denn der argwöhnische Parlamentarier regt sich auf und verlangt eine Untersuchung durch die Carabinieri. Zufällig ist bei der Szene ein Zeuge zugegen...

»Auf der Großherzogsbrücke...«, sagt der Maresciallo.

In der Tat. Und dieser Zeuge erzählt zufällig den Schuldigen (von deren Schuld er noch nichts ahnt), welche Wendung die Sache genommen hat, woraufhin die beiden in große Bestürzung geraten. Jedesmal wenn sie von nun an den Fiat der Carabinieri vorbeifahren sehen oder den Maresciallo mit dem Abgeordneten sprechen hören, zittern sie und wechseln ständig von vorübergehender Erleichterung zu beklommener Ungewißheit und zur Panik dessen, der sich ausweglos in die Enge getrieben sieht.

»Das Verhalten des Täters nach der Tat«, zitiert Monforti, »hätte mir die Augen öffnen müssen. Der Tod Delaudes hatte die beiden nicht weiter erschüttert, sie dachten noch immer, die Ermittlungen hätten ihnen gegolten. Erst vorgestern abend, als Bonanno seinen vermeintlichen Feinden vom Bildschirm herab vergeben wollte, haben sie sich endlich und endgültig wieder beruhigt, und nun sind sie aufgekratzt wie losgelassene Grillen, nach Aussage einer glaubwürdigen Zeugin.«

Der Maresciallo hebt eine Hand.

»Aber von alldem konnte ich nichts wissen. Sie waren es, der die Indizien vor der Nase hatte, immer vorausgesetzt, daß es keine eingebildeten Indizien sind.«

»Ich habe ein komplettes mündliches Geständnis«, erwidert Monforti. »Was wollen Sie mehr?«

»Von beiden?«

»Vom älteren der beiden, aber ich denke, das dürfte genügen, um den Fall als abgeschlossen zu betrachten. Und nicht nur dieses, auch das Rätsel Orfeos und des Professors habe ich ausgesondert und mit Gewinn vom Tisch geräumt, scheint mir. Sicher, in diesem Fall habe ich weder Beweise noch Geständnisse, lediglich weitere Indizien. Aber hier hatten auch Sie alles vor der Nase, genau wie ich, nicht mehr und nicht weniger. Und Sie hatten sogar die Person zur Hand, die Sie darauf bringen konnte.«

»Schon wieder der Abgeordnete?« fragt Butti bewundernd. »Der Mann wird es noch weit bringen!«

»Nein, Maresciallo, ich spreche von Ihrer Frau Mutter«,

sagt Monforti. »Und von ihrer wunderbaren Küche: Ich spreche von den Schweinerippchen vorgestern abend.«

In diesem Augenblick klingelt das Telefon.

3.

Als alles gebührend ermächtigt, abgestimmt, vorbereitet und in die Wege geleitet worden ist und noch eine gute halbe Stunde zu warten bleibt, bietet sich als natürliches Ziel die Bar-Gelateria von Celso an. Es ist kurz vor neun, und die Piazza Garibaldi ist für die winterliche Jahreszeit schon ziemlich belebt. Der Kurzwarenladen gegenüber der Kaserne hat noch geschlossen, ebenso der benachbarte Laden für Sportartikel. Aber drei Personen warten vor dem komplizierten Sicherheitseingang der Bank an der Ecke, die Bäckerei Spini und die Metzgerei Righi haben schon Kundschaft, und vor dem Kiosk steht ein Mädchen, das in einer eben erworbenen Illustrierten blättert (»Wende bei den Ermittlungen in der Gualdana?« fragt sich die Lokalausgabe des *Tirreno*. »Die Fahnder bewerten die These eines mit dem Opfer befreundeten Parlamentariers«).

Kaum ist Monforti in die Bar getreten, die von frischen Renovierungen nur so blitzt und glitzert, da taumelt er plötzlich vor Hunger. Celso, der Inhaber, bemerkt seinen Stoppelbart und sein übermüdetes Aussehen, wirft einen Blick auf den Maresciallo, der ihn begleitet, denkt flüchtig an eine sensationelle Verhaftung und fragt, was er servieren darf, während Monforti zu der langen Vitrine abbiegt, in der sich diverse belegte Panini reihen.

»Wie uns klugerweise Ihre Frau Mutter in Erinnerung gerufen hat«, sagt er nach den ersten Bissen, »wird der Mann am Gaumen gepackt. Und das ist der Punkt.«

Sicher, auch das Ozon habe mitgeholfen. Wie die Baldacci so bedrückt und niedergeschlagen dagehockt sei, gleichgültig gegenüber der Kundgebung einer Bewegung, der sie doch selber angehörte, und wie sie dann später, in den ersten Nahaufnahmen von »TP-News«, geradezu mißhandelt ausgesehen habe, eine total erledigte Frau...

»Ich hatte schon an eine Vergewaltigung gedacht«, sagt Monforti.

Eine Gewaltreaktion von Orfeo, die Revolte gegen eine unerträglich gewordene und demütigende Situation, in die er sich immer mehr hat hineinziehen lassen, er immer über seine neunzehn Gärten gebeugt, sie immer »moderner« und »autonomer«, immer im Begriff, ob gewollt oder nicht, ihn zu desorientieren, ihn einzuschüchtern mit Enthusiasmen und Fanatismen, die ihm fremd und verschlossen bleiben, ihm Schlag auf Schlag das Leben zu vergällen – die verrückten Kleider, die Florentinerhüte, die sonderbaren Gymnastikübungen, das Flötenspiel, der jugendliche Liebhaber vor den Augen des ganzen Städtchens, der Monokini, das Ozonloch, bestimmt auch die Tierversuche, bestimmt auch die Dritte Welt...

»Es war, als hätte sie ihn«, sagt Monforti, während er sich ein zweites Salamibrötchen nimmt, »nach und nach mit Arsen vergiftet.«

»Aber warum hat er sich das gefallen lassen?« fragt der Maresciallo.

»Weil kulturelles Arsen«, antwortet Monforti, »für einen wie Orfeo schwer zu erkennen ist.«

Dennoch begreift er dunkel auf seine Weise, was vorgeht, und konzentriert schließlich seine ganze Abneigung auf den Einsiedler, diesen Nichtstuer, der keine einzige Schwiele an den Händen hat, diesen Schmarotzer, der sich nicht schämt, um Almosen bettelnd durch die Gegend zu ziehen, schlimmer als ein Landstreicher, und den trotzdem alle zu achten scheinen, als ob er der Priester von wer weiß was für einer unverständlichen Religion wäre. Orfeo hat ihn vielleicht da und dort predigen hören, in einem öffentlichen Park oder einem Lokal, hat bestimmt seine Frau von ihm reden hören, mit Bewunderung, der Professor hier, der Professor da. Und am Ende hat er sich eingeredet, der Professor sei der Grund all seiner Übel. Er sei es, mehr als der junge Fioravanti, der seiner Frau den Kopf verdreht habe, er sei es, der das Arsen liefere. Und dann hat sich auch noch Pater Everardo mit eingemischt und hat in der Mitternachtsmesse das Lob des Seligen Pettinaio gesungen, noch so ein erlesener Müßiggänger, ein weiteres Beispiel von schmarotzendem Wurzelfresser.

»Da war's ihm zuviel, er ist aufgesprungen und wütend wie eine Furie hinausgerannt«, evoziert Monforti die Szene. »Aber als er an mir vorbeikam, warf er mir einen Blick zu, der mir das Blut gerinnen ließ. Reiner Haß. Nur daß der Blick nicht mir galt, sondern dem Einsiedler, der neben mir stand.«

»Ein Blick...«, sagt der Maresciallo. »Ein Blick, dem kann man nicht vorbeugen.«

»Aber es war der Blick eines Irren, Orfeo war inzwischen auf dem Weg des Verfolgungswahns. Alle waren sie gegen ihn, Pater Everardo, wir Gualdana-Bewohner, die wir den Professor unterstützten, vielleicht auch Sie, Maresciallo.«

»Noch ein Komplott.«

Noch ein Komplott, aus dem sich Orfeo jedoch in seiner ohnmächtigen Unterwerfung, in der er nicht wußte, wie er sich wehren, wie er sich ausdrücken sollte, am Ende womöglich mit Gewalt befreit hätte, indem er das Gewehr sprechen ließ.

»Zum Glück waren Sie es dann, Maresciallo, der ihm einen anderen Ausweg bot«, sagt Monforti. »Sie haben ihm die Gelegenheit gegeben, sich auf die einzige Weise an dem Professor zu rächen, die ihm außer durch den Griff zum Gewehr noch möglich war.«

»Sie meinen, er hat mich über die Uhrzeit belogen?«

»Sicher. Er hatte den Einsiedler um zehn Uhr über die Großherzogsbrücke gehen sehen, aber als ihm klar wurde, daß er ihn mit einer Falschaussage in Schwierigkeiten bringen könnte, hat er die Gelegenheit beim Schopf gepackt und behauptet, er habe ihn nach Mitternacht gesehen. Und er wäre damit bis zum äußersten gegangen, er hätte seine Version auch vor dem Staatsanwalt aufrechterhalten, er würde sie auch vor Gericht beeiden, wenn es nötig wäre.«

»Ein Dickkopf«, sagt der Maresciallo, »ist er ja schon.«

Er sieht auf die Uhr, er sieht auf Monforti, der nochmals die Hand zur Vitrine streckt.

»Ich konnte vorhin kaum noch stehen«, erklärt Monforti lächelnd, »ich dachte schon, mir schwänden die Sinne.«

»Wir können uns ja einen Augenblick setzen«, sagt der Maresciallo, schaut sich aber ohne Begeisterung um.

Die nagelneuen Tische von Celso sind aus grauem Marmor, so blank und grau wie der marmorne Fußboden. Alle Stühle sind im »Wiener Stil« gehalten, mit Rückenlehnen aus Messing und Sitzen aus imitiertem Strohgeflecht. An allen Wänden prangen »historische« Campari- und Coca-Cola-Plakate in dicken Stahlrahmen. Es ist unmöglich, sich Orfeo an einem solchen Ort sitzend vorzustellen; das Arsen ist inzwischen auch hier angelangt.

Bleibt immer noch, denkt der Maresciallo, die Sache mit dem Streit vor der Bar »Il Molo«, jenem alten, schmuddligen und anspruchslosen Lokal, das noch geeignet ist für die laut durcheinanderschwirrenden Reden über Sport und Politik, die lokalen Scherze und Raufereien. Dort sind der Baldacci und der Fioravanti handgreiflich aneinandergeraten, lange bevor Delaudes Leiche am Strand der Gualdana angetrieben war. Gehörnter Ehemann, der sich bisher schweigend dreingefügt hat, attackiert überraschend den Liebhaber seiner Frau. Unerklärlich.

»Bleibt noch der Streit vor der Bar ›Il Molo‹«, sagt Butti, »neulich abend, als die beiden aufeinander losgegangen sind.«

»Ich weiß, was Ihre Theorie dazu ist«, sagt Monforti lächelnd, »die Theorie des...«

Orfeo, der die Treulosigkeit seiner Frau runterschluckt, so wie er ihre Tiraden über den Regenwald im Amazonas, über die Vergiftung der Flüsse, über die Pestizide und das Asbest runterschluckt. Gehört alles zum selben mysteriösen Hagelschlag, der auf sein Dasein niedergegangen ist, aber er klammert sich an einige wenige solide Dinge in seiner nächsten Umgebung und glaubt, mit geschlossenen Augen und Ohren durchhalten zu können. Er ist ein Bauer, er hackt und gräbt und jätet und stutzt, er mäht den Rasen in neunzehn Gärten und in seinem eigenen dazu, und er würde so weitermachen, hart gegen sich selbst und ergeben ins Unvermeidliche, nicht so sehr in den Kompromiß, in das Gehörntsein, als vielmehr in eine schlechte Saison, die früher oder später vorübergehen wird. Seine Ergebenheit ist eine antike, sie hat nichts zu tun mit dem multiplen Orgasmus und der hedonistischen Emanzipation in jenen Wochenzeitschriften, die im Hause herumliegen. Aber alles hat eine Grenze. Nichts gegen die makrobiotische Diät seiner Frau, viel Spaß beim Kamasutra mit dem Fioravanti, okay für die Kassette mit the book is on the table oder mit der hysterischen Rockmusik, während die Runkelrüben auf dem Feuer stehen, einverstanden auch mit dem Anti-Drogen-Konzert oder dem Marsch gegen die Jagd auf Pelztiere; aber ein Ehemann hat schließlich auch seine Bedürfnisse.

»Das ist es, was ich meine«, sagt der Maresciallo. »Als die Baldacci mit dem Fioravanti zu mir gekommen ist, hat sie mir einen wortreichen Vortrag über ihre Ideen, ihre Prinzipien, ihre Ideale gehalten, aber der Sinn des Ganzen war nur einer: daß sie ihren ehelichen Pflichten nicht mehr nachkommen wollte.«

»Sie wollte ihn nicht mehr ranlassen«, sagt Monforti, »wenn ich Ihre Worte zitieren darf, Maresciallo.«

»Ja, das ist der wahrscheinlichste Grund«, sagt Butti, »und auch er ist ein antiker, wie Sie es nennen.«

Er sieht auf die Uhr und macht Anstalten, sich zur Kasse

zu begeben, wo Celso, der noch einen antiken handgestrickten Pullover trägt, vielleicht ratlos den Marmor, die Kristalle und Metalle betrachtet, mit denen er sich umgeben hat. Monforti besteht darauf, seine Rechnung selbst zu bezahlen.

»Ich habe mir eine schamlose Orgie geleistet.«

»Aber Sie sind im Dienst, Sie helfen uns bei den Ermittlungen.«

»Warten Sie's ab.«

An der Piazza hat jetzt auch der Juwelierladen offen, und vor der Metzgerei Righi entladen der Inhaber und ein Gehilfe Rinderviertel aus einem Kühltransporter.

»Die Sache ist nämlich die, daß ich gestern vormittag«, enthüllt Monforti, »die Baldacci gesehen habe, wie sie die Ozonkundgebung verließ und zu Righi hineinging. Und am Abend hat Ihre Frau Mutter dann praktisch den Fall abgeschlossen.«

»Meine Mutter«, sagt Butti, »ist über keinen Fall auf dem laufenden, sie weiß von den Baldaccis gerade soviel, wie alle hier von ihnen wissen, kein bißchen mehr.«

»Schade, denn wenn Sie mit ihr darüber gesprochen hätten, hätte sie sofort unseren Irrtum, unsere Blindheit erkannt.«

»Was denn für eine Blindheit?« protestiert der Maresciallo. »Wenn die Baldacci, ihre sonderbaren Prinzipien beiseite, ihn doch einfach nicht mehr ranlassen wollte...«

»Woran denn?«

»Na«, sagt der Maresciallo, »das ist doch wohl klar, den Ausdruck kennt jeder.«

Monforti sieht ihn an und schüttelt den Kopf.

»Eben das ist der Irrtum!« platzt er in einem amüsierten Flüsterton los. »Es war das Fleisch, das sie ihm vorenthielt, aber nicht das Fleisch, das Sie meinen, sondern das gebratene und gesottene Fleisch, wegen ihrer vegetarischen Ideale! Es waren die Steaks und Schnitzel! Es waren die Schweinerippchen, an die sie ihn nicht mehr ranlassen wollte!«

Der Maresciallo läßt fünf Sekunden vergehen, dann sagt er: »Wir müssen los.«

*

Das Treffen mit den Hunden soll am Eingang der Gualdana stattfinden, aber nach Ansicht des Maresciallo ist Monforti nicht in der Verfassung, allein dorthin zu fahren.

»Lassen Sie mich lieber fahren.«

Die Gefreiten Oliva und Macchia nehmen den Dienstwagen.

»Wie stellt man den Sitz hier weiter vor?« fragt der Maresciallo, der etwas kleiner als Monforti ist.

»Da unten links.«

»Ah ja.«

Erst auf der Höhe der Shelltankstelle fängt Butti an zu lachen.

»Die Schweinerippchen, eh?« prustet er los. »Mammeglio!«

Er lacht über die Länge von hundert Metern, als wäre er in Zivil und hätte die Ellbogen auf den Tresen der Bar »Il Molo« gestützt. Dann hört er auf, legt wieder Uniform an und lacht diszipliniert, wie er über den Witz eines Vorgesetzten lachen würde. Dann kommt ihm der Rapport in den Sinn, und er prustet von neuem los.

»Und der Rapport?« ächzt er kurz vor dem Ersticken. »Was schreibe ich in den Rapport?«

Er ist unwillkürlich vom Gas gegangen.

»Sie schreiben gar keinen«, sagt Monforti. »Sie begraben den Fall einfach stillschweigend.«

»Unter einem Beefsteak!« stammelt der Maresciallo bei Tempo 30. »Ich begrabe ihn unter einem saftigen Florentiner Beefsteak!«

Er reißt sich zusammen, beendet die Farce und kehrt zurück in die Prozedur.

»Einleuchtend ist das schon«, sagt er, während er wieder Gas gibt. »Erst wird sie versucht haben, ihn zu Sojabohnen zu bekehren, wird ihm die Hucke vollgequatscht haben über die Vorteile der vegetarischen Diät, und dann, als er sich nicht erweichen ließ, hat sie ihm einfach kein Fleisch mehr vorgesetzt und ihm dazu auch noch verboten, sich selber welches zu braten. Die letzte Demütigung.«

»Aber für Orfeo«, sagt Monforti, »muß es vor allem die letzte Teufelei der Verschwörer gewesen sein, der letzte Anschlag, um ihn zu schwächen, ihm das Blut und die Kraft auszusaugen, bis er schließlich an Auszehrung sterben würde. Meines Erachtens hatte er sich in jener Nacht, als er in der Pineta geblieben war, ein halbes Kilo Bratwürste mitgebracht und sie sich auf dem Grillrost irgendeiner Villa gebraten. Sie können ja mal eine kleine Überprüfung bei Righi vornehmen.«

»Ja, so muß es gewesen sein«, stimmt der Maresciallo zu. »Das war seine Art und Weise, sich aufzuraffen, um wieder zu Kräften zu kommen, wie er sich mir gegenüber ausgedrückt hat. Sie wollten ihm das Blut aussaugen, und er hat mit einem drei Finger dicken Beefsteak zurückgeschlagen. Und als er sich dann wieder kampfbereit fühlte, hat er seine Frau ohne viel Federlesens zu Righi geschickt.«

»Soll der Ausdruck ›ohne viel Federlesens‹ ein Euphemismus sein?« fragt Monforti.

»Für mich gibt's da keinen Zweifel. Er steht für ›mit ein paar Maulschellen‹, und zwar mit denen, die der Baldacci, als wir sie vorgestern abend in den Nachrichten sahen, noch im Gesicht geschrieben standen. Sie haben recht, eine Art Vergewaltigung hat es gegeben.«

»Per Schweinerippchen«, sagt Monforti sinnend. »Im Grunde war's für beide eine Frage der Ehre.«

»Die Ehre«, meint Butti, »regiert immer alles.«

Monforti ist sich nicht sicher, ob der Maresciallo jetzt dienstlich gesprochen hat, gleichsam mit der Hand an der Uniformmütze, oder im Scherz, wie am fleckigen Tresen der Bar »Il Molo«. Und im Zweifel antwortet er ernst.

»Nein«, sagt er, »meiner Meinung nach ist es der Schmerz, der alles regiert.«

»Sie sind ein Pessimist«, sagt der Maresciallo. »Wo ist der Blinker in diesem Wagen?«

4.

Die Schranke ist aufgegangen, die beiden Autos sind durchgefahren, um nach wenigen Metern anzuhalten, aber niemand steigt aus. Vannucci und Vannuccini, die beide sofort herausgekommen sind, um hinzueilen, werden nicht zu Hilfe gerufen und warten neben der Weihnachtssteineiche in einer Haltung, von der sie hoffen, daß sie weder zu neugierig noch zu müßiggängerisch aussieht.

Als Signor Mongelli auf seinem Fahrrad daherkommt, reichen sie ihm beflissen seine Zeitung. Als Signora Melis hinausfahren will, beeilen sie sich, die Schranke zu öffnen. Aber sie bleiben da, um die einzigartige Szene zu verfolgen: Das Auto von Signor Monforti (das Roggiolani heute früh um vier Uhr hatte hinausfahren sehen!) mit dem Maresciallo am Steuer und dahinter der blaue Fiat Uno. Beide reglos dastehend und wartend, als handle es sich um einen Kontrollposten oder um eine Falle, die irgendwem gestellt worden ist, oder gar schon um eine Festnahme.

Möglich? Alles ist mittlerweile möglich in der Gualdana. Dem Ingenieur Laguzzi wird das bestimmt nicht gefallen, dieses erneute Interesse amtlicherseits, diese erneute, wenn's glimpflich abgeht, Ortsbesichtigung oder Durchsuchung. Soll man ihn anrufen, um ihn ins Bild zu setzen? Vielleicht müßte er mal mit diesen Gesetzesvertretern reden, um zu erfahren, was eigentlich da vorgeht.

Es geht vor, daß an der Schranke der unscheinbare Wagen des Staatsanwalts Dr. Veglia erscheint und sich hinter den beiden anderen einreiht. Und es erscheint ein dunkelblauer

Kombiwagen der Carabinieri mit zwei Uniformierten vorn und zwei Deutschen Schäferhunden hinter einem Gitter. Suchhunde, großer Gott, Polizeihunde, keine Frage! Die ganze Karawane setzt sich in Bewegung, und während Vannucci den Ingenieur Laguzzi anrufen geht, nutzt Vannuccini die Gelegenheit, sich auf eines der Dienstfahrräder zu schwingen und hinterherzuradeln.

★

Auf dem kleinen Parkplatz an den Dünen, wo alle ausgestiegen sind, wird Monforti, nachdem er Dr. Veglia die Hand gedrückt hat (»Das ist sicher Ihr pessimistischer Freund, nehme ich an« – »Ja, sehr richtig«) Zeuge des folgenden verschlüsselten Dialogs:

Butti: »Ich hatte nicht gedacht, daß Sie auch kommen würden.«

Veglia: »Ich hatte auch gar nicht vor zu kommen, als Sie mich anriefen.«

Butti: »Wir haben keine wirklich neuen Erkenntnisse, es handelt sich lediglich um eine Überprüfung.«

Veglia: »Ja, sicher, verstehe, aber wenn man sie vor Ort verfolgt, kann man immer noch etwas lernen.«

In Wirklichkeit haben die beiden gesagt:

Butti: »Ich hatte gehofft, daß Sie nicht auch kommen würden, um diesem vermutlichen Schlag ins Wasser beizuwohnen.«

Veglia: »Sie haben mich zu Hause angerufen, sehr früh am Morgen, um mir zu verstehen zu geben, daß Sie neue Erkenntnisse hätten, die Ihres Erachtens interessant seien, aber in formeller Hinsicht schwach. So konnte ich, wenn ich wollte, in Grosseto bleiben und Ihnen allein die Verantwortung für den Schlag ins Wasser überlassen.«

Butti: »Die Wahrheit ist, daß wir uns auf einer nicht weiter präzisierten Hypothese oder Intuition oder Deduktion des hier anwesenden Pessimisten bewegen.«

Veglia: »Auch das habe ich verstanden, aber wenn Sie die Sache ernstgenommen haben, muß es sich um eine Hypothese handeln, die zu Ergebnissen führen kann, und in diesem Fall ist es besser, wenn der Staatsanwalt zugegen ist.«

Keiner der beiden hat die Zemes erwähnt.

Die Hunde sind ebenfalls ausgestiegen, an der Leine gehalten von Maresciallo Ognibene und dem Gefreiten Rosi, der der eigentliche Experte ist. Aber Ognibene hat den angebotenen Lehrgang besucht, so wie er den Fallschirmspringerlehrgang, den Taucherlehrgang und den Computerlehrgang besucht hat und gegenwärtig, angesichts der Art, wie sich die Dinge in Italien entwickeln, Arabisch lernt (das er sehr schwierig findet).

Der Staatsanwalt und Butti treten zu ihm.

»Brav«, sagt Ognibene zu seinem Hund, der kreuzbrav dasitzt, »brav, Diki.«

»Dann wären wir soweit«, sagt der Staatsanwalt. »Gehen wir die Kleider des Ehemanns holen.«

»Auf!« sagt Ognibene mit einem heftigen Ruck an der Hundeleine.

»Auch die Kleider der Frau«, sagt Monforti, der etwas abseits geblieben ist, »auch die der Frau, wenn wir schon mal dabei sind.«

»Kein Problem«, sagt Ognibene, als wären die Fähigkeiten seines Diki in Zweifel gezogen worden.

Der Staatsanwalt und Butti sehen sich nicht an, sie sehen auch Monforti nicht an, als hätten sie ihn nicht gehört, und trennen sich wortlos, der Maresciallo geht mit Monforti zum Strand, Veglia begibt sich mit den Hundeführern zur Fenstertür der Villa Zeme, läßt sich den Laden aufschieben und tritt ins Zimmer.

»Gib acht auf die Pfoten«, sagt Ognibene zu Rosi, »hier liegen Glasscherben am Boden.«

Der Staatsanwalt hat sofort den Eindruck, daß im Zimmer etwas verändert ist seit seinem ersten Besuch vor zwei Tagen mit Butti. Das Durcheinander sieht anders aus, die verstreuten Kleidungsstücke scheinen bewegt und durchwühlt worden zu sein, auch geringer an Zahl. Es ist keine Ordnung, aber eine andere Unordnung. Die umgekippten Schubladen liegen nicht in derselben Position, die Bettdecke hat viele Falten, und zwischen Bett und Nachttisch steckt ein eigenartiger Herrenhut, der vorgestern sicher noch nicht da war.

Veglia zieht ihn hervor und dreht ihn in den Händen.

»Der war nicht da«, sagt er.

»Soll ich ihn Diki geben?« fragt Ognibene.

»Nein.«

Es ist ein sportlicher Hut, der innen weder Futter noch Initialen hat und aus lauter verschiedenen Tweedstücken zusammengesetzt ist. Patchwork. Die Frau des Staatsanwalts hatte sich vor Jahren eine Decke in dieser Art genäht, die sie »lustig« fand.

»Nehmen Sie den an sich, Maresciallo. Der hat nichts mit dem Fall zu tun, stecken Sie ihn in die Tasche.«

»Wem gehört er denn?«

»Einem, der nach mir hier gewesen ist«, sagt Veglia mit einem erneuten Blick in die Runde, »und der vielleicht auch etwas weggenommen hat... Da haben Röcke auf dem Boden gelegen... da war ein Stapel Blusen...«

»Ein Dieb?«

»Wir werden sehen.«

»Aber offenbar ist doch etwas entwendet worden?«

»Wir werden sehen.«

Die Hunde haben schon angefangen, an den verstreuten Sachen zu schnuppern, aber auch Ognibene macht mit, liest dies und das auf, schnüffelt daran, verwirft frisch gewaschene Hemden und Socken, Pullover, die nach Mottenkugeln riechen, gebügelte Schlafanzüge. Er geht ins Bad und kommt mit Zemes Pyjamajacke wieder.

»Auch ein Schuh wäre gut«, sagt Rosi. »Oder ein Pantoffel.«

»Für mich ist Unterwäsche besser.«

Schließlich nehmen sie ein rosa Polohemd, einen Schuh und einen kleinen weißen Büstenhalter mit einem Hauch von Auspolsterung und gehen damit in den Flur, wo sie den Hunden auch Zemes Schal, die Handschuhe neben dem Telefon und seinen Hut zum Beschnuppern geben.

»Such, such!« sagt Ognibene, der vorangeht und als erster durch die Fenstertür wieder hinaustritt.

Draußen senkt Diki die Nase zu Boden und beginnt ein bißchen phlegmatisch über die mit Platten ausgelegte und von Piniennadeln übersäte Terrasse zu traben, erreicht die gemauerte Grillnische an der Ecke des Hauses, macht kehrt und begegnet dem Hund von Rosi.

»Der Sturm hat alles weggefegt«, sagt Ognibene mit unzufriedenem Kopfschütteln.

Der Hund hebt die Nase, verharrt einen Augenblick reglos, läuft dann entschlossen in Richtung des Waldes los und zieht Ognibene hinter sich her ins Dickicht der Macchia.

»He!« ruft Ognibene, während er ihn zu bremsen versucht. »He, he!«

Sie verschwinden geräuschvoll im Unterholz, und der Hund fängt zu bellen an; andere Hunde antworten ihm, und im Nu ist das Ganze ein wüstes Konzert von Gekläff und Geschimpfe. Es sind die vier Setter von Signor Lotti, die sich neugierig bis hierher vorgewagt haben, aber nun rasch den Kampf- oder Festplatz wieder verlassen, folgsam dem fernen und geheimnisvollen Signal ihres Herrn gehorchend.

Ognibene erscheint wieder zwischen den Besenkraut- und Rosmarinsträuchern, hält das Polohemd erneut unter Dikis Nase, aber inzwischen hat sein Kollege bereits den Pfad zum Dünenweg eingeschlagen und folgt mit gestrecktem Arm seinem Hund, der zielstrebig, mit wenig Zögern und wenig Zickzack, über die Dünen läuft, die Linie der Strandhütten erreicht, sie hinter sich läßt, ebenso die Linie der vom Sturm zerzausten und zerstörten Sonnendächer hinter sich läßt und schließlich zum Strand hinunterläuft, direkt zu der Gruppe von Männern, die wartend vor der glatten, perlmuttfarbenen Weite des Meeres stehen.

Es ist der Abschnitt, den vor zwei Tagen Roggiolani und der Gefreite Oliva mit großen Holzrechen vergeblich nach einer Tatwaffe abgesucht haben. Von einer Linie, die etwa in Höhe der Villa Borst beginnt, sind sie zweihundert Meter weit in Richtung des Alten Grabens vorgerückt, wobei sie das heterogene Strandgut da und dort zu Haufen zusammengekehrt haben, die, von Schilfrohr und Zweigen starrend, Nestern riesiger Vögel gleichen.

Zwischen diesen verstreuten Haufen scheint der Sand leergefegt und geharkt, obwohl er noch immer zahllose Teerklümpchen birgt.

»Bis hierher waren wir gekommen«, sagt Dr. Veglia. »Ungefähr von dieser Stelle aus müßte der Delaude ins Meer gespült worden sein.«

Er hat sich an Butti gewandt, aber er hat es für Monforti gesagt, der zerstreut herumsteht und gedankenverloren auf die Hunde blickt, auf den fernen Bergrücken der Capriola, auf die beiden Männer mit den Kleidungsstücken in der Hand, auf den Schuh und das rosa Polohemd.

Das Kinn und die Augen des Staatsanwalts fragen stumm, wo man anfangen soll.

Der Kopf und die Augen Buttis deuten stumm in die Runde.

Diki geht geradewegs zu Vannuccini, um ihn zu beschnuppern, und der Wächter streichelt ihm über den Kopf.

»Was machen Sie denn da?« fährt Ognibene ihn an. »Der ist an der Arbeit, der will nicht spielen!«

Die Hunde schnuppern, umkreisen einen der Haufen, laufen zurück in die Dünen, kommen wieder zum Strand herunter, einer bleibt kurz vor Monforti stehen, trabt aber gleich weiter, Diki läuft ein Stück weit nach Süden, immer mit Ognibene im Schlepptau, der ihn abwechselnd antreibt und an der kurzen Leine zurückhält. Doch das Hin und Her ihrer Spuren im Sand wird allmählich weniger verworren, das bizarre Spinnennetz ihrer Zickzackbewegungen scheint sich langsam zu einer Art von System zu ordnen, von olfaktorischer Geometrie, als betrieben die beiden Tiere eine Arbeit sukzessiver Aussonderungen, bis sich immer deutlicher eine Reihe konzentrischer Ellipsen abzeichnet.

Niemand sagt etwas, niemand bewegt sich, niemand raucht, man hört nur das leise Hecheln der Hunde und ab und zu den krächzenden Schrei einer Möwe.

Rosi und Ognibene lassen die Hunde von der Leine, aber die Tiere bleiben jetzt in einem genau abgesteckten Bereich, laufen nervös im Innern eines engen Geruchsrasters hin und her, bis sie beide auf einmal im Sand zu scharren beginnen, und das ist der Moment, da die beiden Männer wieder eingreifen, um sie zurückzuzerren, die Füße in den Boden gestemmt, die Arme angewinkelt, um die Leinen straff zu ziehen, mit Zurufen und beruhigenden Worten im Tonfall barscher Gutmütigkeit.

Die von den Hunden bezeichnete Stelle liegt am oberen Teil des Strandes, wo die Dünen anfangen, mehr oder weniger vor der leeren Villa »der Holländer« in einer Art Einbuchtung zwischen den Dünen. In wenigen Sätzen hat der Staatsanwalt sich mit Butti verständigt und läßt in gebührendem Abstand rings um die Stelle ein Quadrat mit Schilfrohrstengeln abstecken. Die Gefreiten Oliva und Macchia zücken ihre militärischen Kurzspaten, doch Ognibene, der seinen Diki dem Kollegen überlassen hat, kehrt an die vorderste Front zurück, rät zum Einsatz von Schaufeln und Harken, schickt Vannuccini zum Pförtnerhaus, um welche zu holen, und beginnt selbst mit Olivas Spaten zu graben, indem er das Quadrat an einer Ecke ansticht und sich an einer Seite entlang vorarbeitet. Fast gleich darauf ist es jedoch der Spaten von Macchia, der an der gegenüberliegenden Seite auf etwas Hartes stößt, das der Gefreite vorsichtig auf das Spatenblatt nimmt, um es Butti und dem Staatsanwalt zu zeigen.

»Das ist Delaudes Taschenlampe«, sagt Monforti.

Was die anderen sehen, ist eine rote Dynamolampe, die sich hier, dreißig Zentimeter tief im Sand, auch schon seit dem letzten Sommer befinden könnte.

Doch niemand erhebt Einwände oder fragt Monforti etwas, und der Staatsanwalt bedeutet Macchia, die Lampe wieder dahin zu legen, wo er sie gefunden hat, und weiterzugraben.

»Soll ich sie fotografieren, Maresciallo?« fragt Oliva.

»Warten wir noch«, sagt Butti.

Sie brauchen jedoch nicht lange zu warten, denn noch ehe Vannucci und Vannuccini mit Schaufeln und Harken zurückgekommen sind, hat Ognibene bereits einen zweiten Gegenstand aus dem Sand zutage gefördert, einen Spaten, der wie die Lampe in gutem Zustand zu sein scheint, weder am hölzernen Stiel zerfressen noch verrostet am dicken Stahlblatt, über das sich der Staatsanwalt nun lange beugt, bevor er sich wieder aufrichtet und zu Butti sagt: »Machen wir ein paar Fotos, wegen der Position.«

Dabei schaut er jedoch erneut zu Monforti, der schweigend dasteht, die Hände in den Taschen, die Miene nun wieder todmüde und erschöpft.

Als Oliva mit seinem dreibeinigen Stativ kommt, treten alle zurück, damit er die beiden Fundgegenstände aus diversen Winkeln und einigen Metern Abstand aufnehmen kann, bevor sie auf eine Plastikplane gelegt werden.

»Langsam, Herrgottnochmal, langsam!« mahnt Ognibene, als die beiden Wächter sich mit ihren großen Schaufeln ans Werk machen.

Sie graben jetzt zu viert an den vier Seiten des Quadrats, sehr vorsichtig, mit sehr langsamen Bewegungen, um bei allem, was aus der rieselnden Gleichförmigkeit des Sandes auftaucht, innezuhalten und es zu untersuchen: ein Flaschenkorken, eine Glasscherbe, eine dünne Wurzel, die sich von den nächsten Dünen bis hierher vorgeschoben hat. Nach und nach bildet sich ein quadratischer Wall, wie zur Vorbereitung eines Kinderspiels, mittelalterliches Schloß oder Autorennen, wobei die neu aufgeschütteten Mauern ständig wieder abrutschen, auch wenn die Männer jetzt schon bis zu den Knien im Loch stehen und ihre Schaufeln und Spaten immer dunkleren, festeren Sand herauswerfen.

Niemand sagt etwas, niemand hört auf, nur Vannuccini unterbricht sein rhythmisches Schaufeln, um sich die Jacke auszuziehen und den Schweiß abzuwischen. Nach und nach werden die vier Mauern höher und die Ecken stumpfer, das Quadrat rundet sich zu einem Kreis, und Ognibene ruft die beiden Carabinieri heraus, denn das Loch verengt sich zu einem Trichter, und die vier Männer können nicht mehr gemeinsam graben, ohne sich gegenseitig zu behindern.

»Los, komm schon!« sagt Ognibene und reicht dem Gefreiten Macchia die Hand, der bis zu den Schultern im Loch steht und Mühe hat herauszukommen. Oliva klettert ohne fremde Hilfe heraus, läßt dabei aber einen Haufen Sand in die Grube zurückstürzen.

Die Hunde sind es, die schließlich das Schweigen brechen. Unter dem Sonnendach, wohin sie der Gefreite Rosi geführt hat, brechen sie in lautes Gebell aus, zerren an den Leinen, die Schnauzen zum Himmel, die muskulösen Leiber zur Grube gereckt.

Welche einen Augenblick später zum Grab wird, als nämlich Vannucci und Vannuccini gleichzeitig innehalten und sich über etwas beugen, woran ihre Schaufeln beide zugleich gestoßen sind.

Vannuccini schaut nach oben zu der Reihe bewegungsloser Beobachter an der brüchigen Kante.

»Da ist Stoff«, meldet er knapp, aber mit der unverkennbaren Implikation, daß es nicht seine Aufgabe ist, daß nicht er es sein will, dem es obliegt, herausfinden, was unter dem Stoff ist.

Butti hilft ihm heraus und steigt an seiner Stelle hinunter, kniet sich nieder und beginnt mit vollen Händen Sand wegzuscharren, dann nähern sich seine Finger immer feinfühliger dem »Stoff«, der sich ausdehnt, sich rundet, die Umrisse einer Schulter annimmt, den Konturen eines gestreckten Arms folgt und dann aufhört. Die Finger, fast zärtlich jetzt, legen in groben Zügen eine zur Faust geballte Hand frei, einen Schädel, ein Profil, ein geschlossenes Auge, einen zusammengepreßten Mund, und an diesem Punkt steht der Maresciallo auf, und obwohl er auf andere Zeugen zählen kann, auf die Wächter, auf sich selbst, ist es Monforti, an den er sich wendet.

»Ist er es?«

»Ja, er ist es«, sagt Monforti leicht über die Grube gebeugt. »Es ist Zeme.«

*

Die Ausgräber werden nun umdirigiert und erhalten den Auftrag, den Rand der Grube so abzuflachen, daß er fest genug für das Stativ von Oliva wird, der seine Fotos schießen muß. Butti ist zum Auto geeilt, um Grosseto anzurufen und den Gerichtsmediziner sowie die Experten der Spurensicherung kommen zu lassen. Mit langen Schritten ist der Ingenieur Laguzzi mit dem Wächter Barabesi den Dünenweg heruntergekommen. Sie treten gar nicht besonders nahe heran, dennoch macht Ognibene es sich zur Pflicht, sie in gehöriger Distanz zu halten, nicht ohne einen gewissen vorwurfsvoll barschen Ton, als wäre diese friedliche Kondominal-Pineta durch irgendeine Pflichtverletzung oder Schlamperei seitens ihrer Verwaltung in die Schlagzeilen gekommen.

Als Oliva fertig ist, tritt der Staatsanwalt zu Monforti und bleibt einen Augenblick neben ihm stehen, ohne ihn jedoch anzusprechen. Gemeinsam beobachten sie die am

Grund der Grube aus dem Sand auftauchende Gestalt, die so, wie sie da auf der Seite liegt, den linken Arm vorgestreckt, die Hand zur Faust geballt, zum größten Teil noch in der Erde und der freigelegte Teil farblos, grau gefärbt von den Sandresten, nicht so sehr tot als vielmehr archäologisch erscheint, ein Fundstück, ausgegraben nach Jahrtausenden, das bei der ersten Berührung zu Staub zerfallen könnte.

Dann befiehlt Veglia, den Körper freizulegen.

Macchia und Oliva ziehen sich Handschuhe an und steigen schräg hinunter, um das Rieseln und Rutschen des Sandes auf ein Minimum zu beschränken. Sie knien an den beiden Enden der Leiche nieder und graben, ohne sie zu berühren, rings um sie eine Rinne, die sie immer weiter vertiefen, so daß die Leiche allmählich auf einem Sockel ruht, der ungefähr ihren Umrissen folgt, den zusammengedrückten, angewinkelten Knien, dem linken Fuß, dem linken Arm, dann der rechten Schulter und dem anderen Arm, dem angewinkelten Ellbogen, der Hand...

Aber die Hand, die sie da aus ihrem feuchten Bett heben, paßt nicht. Sie ist geöffnet und kommt aus einem zarten Handgelenk, sie hat sehr zarte Finger und lange lackierte Nägel.

»Darunter liegt eine Frau!« schreit Macchia.

Sie graben weiter, soviel wie nötig ist, um die Konturen der zweiten Leiche freizulegen, die ordentlich ausgestreckt mit dem Gesicht nach oben unter der verkrümmten Leiche von Zeme liegt. Der Staatsanwalt stoppt die beiden Ausgräber, läßt sie heraussteigen und steigt selbst hinunter mit Butti, der unterdessen zurückgekommen ist.

»Ich würde nichts berühren«, sagt er, »ehe nicht unsere Leute gekommen sind.«

»Sie werden in zwanzig Minuten da sein«, sagt Butti.

Von neuem hat Veglia den Eindruck, zwei in grauer Vorzeit begrabene Gestalten zu betrachten, die längst jenseits aller kleinen Gesten der Pietät sind; dennoch akzeptiert er die

Anregung von Laguzzi und läßt die Leichen mit einer Segeltuchplane bedecken.

»Mann und Frau«, sagt er zu Butti. »Wie auf den etruskischen Sarkophagen.«

»Hmm...«, macht Butti philosophisch.

»Und wo ist Ihr Freund, der Pessimist?«

Sie suchen ihn mit den Augen.

»Ich habe ihn weggehen sehen«, sagt Ognibene. »Gleich nachdem wir die Frau gefunden haben, ist er gegangen.«

»Er kannte sie gut«, sagt Butti. »Vielleicht wollte er sie nicht so sehen.«

»Oder er ist schlafen gegangen«, meint der Staatsanwalt. »Er sah ganz erledigt aus.«

»Ja, kann sein.«

Sie gehen langsam auf und ab, rauchend, immer weiter entfernt von der Grube, die schon die ersten Neugierigen anzuziehen beginnt. Die Pelzmütze von Milagros erscheint als erste zwischen den Sträuchern, die den Dünenweg säumen, und kurz darauf ist das Mädchen am Strand. Dann erscheint Lotti, der seine Hunde zu Hause gelassen hat und leise mit Vannucci zu reden beginnt. Auch Mongelli kommt daher, geht in weitem Bogen um das Grab herum, tritt dann zu Milagros, die sich bereits darüber gebeugt hat, und läßt sich von ihr berichten. Lotti geht unter das Sonnendach, wo sich die Schäferhunde befinden, und fängt ein Gespräch mit dem Gefreiten Rosi an. Der Ingenieur Laguzzi geht ruhelos von einem Wächter zum andern, bis die Signora Melis zur Visite erscheint, sich von ihm an den Ort des grausigen Fundes geleiten läßt und gnädig die ausgedehnte Huldigung seiner erklärenden und bekümmerten Gesten entgegennimmt.

Und schließlich kommt der Wächter Guerri, zum Sonderdienst aus dem Urlaub geholt, an der Spitze einer langen Reihe von Uniformierten und Zivilisten, und Ognibene läßt alle aus der unmittelbaren Umgebung des Loches zurücktreten, und alle finden sich, als sie zurückgetreten sind, unwillkürlich in kleinen Grüppchen versammelt und drängen sich still aneinander und stehen schweigend auf ihrem Strand, der heute so freundlich und mild daliegt in der Wintersonne, wenige Schritte neben der rhythmisch artikulierten Gutartigkeit des Meeres.

Dann wird der brüchige Sarkophag bürokratisch entweiht, und Zeme Antonio und Zeme Magda treten in die Prozedur ein, um nach Grosseto zur Autopsie verbracht zu werden.

5.

Aus dem Schlaf gerissen durch das Klingeln des Telefons, das er auszustöpseln vergessen hatte, überschlägt Monforti, als er die Stimme seiner Schwester erkennt, wie endlos lange er jetzt am Apparat verweilen müßte, wenn er...

Deshalb beschränkt er sich darauf zu antworten, es gehe ihm bestens, alles laufe sehr gut, und auch mit Natalia, nun ja, da könne man nicht sagen, daß die Dinge schlecht liefen, aber seine Schwester wisse ja, wie es sei, besser, man mache sich keine Illusionen... Was? Ah, nein, in *der* Sache gebe es nichts Neues, obwohl der Maresciallo ihm anvertraut habe, daß er Entwicklungen erwarte.

»Und bei euch da oben, wie geht's da? Habt ihr Schnee? Amüsiert sich Ettore? Na wunderbar. Aber entschuldige, es hat geläutet, das muß Grechi sein, der wegen dieser Dichtungen kommt. Ja, ich habe ihn noch mal angerufen, du siehst, ich denke an alles. Also dann Küßchen, ciao, mach's gut.«

Seine wiedergewonnene Dreistigkeit im Lügen muß ein weiteres Zeichen seiner psychischen Gesundung sein. Das wird er Sandra sagen, denkt er, während er öffnen geht, wenn sie ihn beim nächsten Mal mit Vorwürfen überschüttet, weil er sie nicht auf dem laufenden gehalten hat.

Er öffnet.

»Signor Monforti?«

Natürlich hatte er nicht im Ernst den Klempner Grechi erwartet. Aber er hatte auch nicht (oder doch?) diesen formvollendeten Offizier der Carabinieri erwartet, der sich als Leutnant Scalera vorstellt, ihm versichert, er sei zunächst einmal gekommen, um ihm im Namen der Kommandantur für seine wertvolle Hilfe bei den Ermittlungen zu danken, und ihn sodann fragt, ob er nichts dagegen habe (»in aller Ruhe selbstredend«, fügt er hinzu, als er den Pyjama unter dem Jackett bemerkt), nach Grosseto mitzukommen, mit ihm und »unserem exzellenten Butti«, um...

Am Steuer des auf dem Kiesweg draußen wartenden Autos – ein blauer Dienstwagen mit E.I. auf dem Nummernschild, aber ohne Blaulicht auf dem Dach und ohne die Aufschrift CARABINIERI an der Seite – sitzt in der Tat der Maresciallo Butti, der ihm einen Gruß zuwinkt.

»Bitte, Herr Leutnant, kommen Sie doch herein. Ich habe eine... etwas bewegte Nacht hinter mir, sagen wir mal... und habe erst jetzt ein paar Stunden schlafen können. Aber wenn Sie sich einen Moment setzen und auf mich warten wollen, bin ich in wenigen Minuten...«

»Tausend Dank, und entschuldigen Sie, daß ich Sie geweckt habe. Wir dachten... der Stellvertretende Staatsanwalt dachte... Ihre weitere Mitarbeit könnte für die Zwecke der Ermittlung entscheidend sein.«

*

Wieso entscheidend, überlegt der Mitarbeiter in spe noch immer, als das Auto bereits in Grosseto ist. Klärend für viele Einzelheiten, ja, aber wieso entscheidend? Was bleibt denn da noch zu entscheiden?

Leutnant Scalera hat die Konversation während der Fahrt klugerweise auf Themen allgemeinen Charakters beschränkt, wenn nicht geradezu auf den Wechsel von Regen und Sonnenschein. Sogar Butti hat sich daran gehalten, abgesehen von einem speziellen Hinweis auf die exzellente Beobachtungsgabe des Signor Monforti, der voriges Jahr, obwohl sich die Garibaldi-Büste direkt gegenüber der Kaserne befindet, der einzige war, der bemerkt hatte...

Auch mit der Ankunft in der Via Santorre di Santarosa und der zuvorkommenden, zeremoniösen Einführung des neuen Mitarbeiters in den Konferenzsaal wird die Sache nicht klarer. Der Oberst und drei seiner Offiziere (dazu der omnipräsente Maresciallo Ognibene), die bereits mit dem am oberen Tischende sitzenden Staatsanwalt Dr. Veglia versammelt sind, springen auf, um militärisch zu salutieren und dem Doktor Monforti ihren Dank und ihre Komplimente für den großen Schritt nach vorn auszudrücken, den sie ihm...

Aber woher wissen sie, daß er Doktor ist? Seine Promotion in Volks- und Betriebswirtschaft hatte er selber seit Jahren vergessen, und er kann sich auch nicht erinnern, jemals den Titel »Dr.« auf Visitenkarten oder anderem verwendet zu haben. Um dieses Detail zu kennen, schließt er verblüfft, müssen die Carabinieri von Grosseto eine ganze Dokumentation über ihn zusammengetragen haben.

»*Prego, dottore*«, bittet ihn Leutnant Scalera, der ihn jetzt ebenfalls mit dem akademischen Titel anredet, was er vorher wohl vergessen hatte (oder hatte er vielleicht, umsichtiger als die andern, an Monfortis gepriesene »Beobachtungsgabe« gedacht?), »kommen Sie, machen Sie es sich hier bequem.«

Als alle sich wieder gesetzt haben, findet Monforti sich zwischen die beiden Marescialli placiert und gegenüber dem Staatsanwalt, der am anderen Tischende zwischen Oberst Papi und Hauptmann Scheggi sitzt, während Scalera gegenüber Leutnant Amidei das Protokoll führt.

»Gut«, beginnt Dr. Veglia. »Ich glaube, als erstes sollten wir Doktor Monforti erklären, an welchem Punkt genau wir uns befinden.«

Alle Militärs nicken zustimmend.

»Die erste Untersuchung der Leichen«, fährt der Staatsanwalt fort, »hat uns, was Zeme betrifft, noch nicht erlaubt, die Todesursache festzustellen. Was seine Frau betrifft, so ist Professor Meocci zu provisorischen Schlüssen gelangt, die erst durch die Autopsie bestätigt werden können. Und das Ergebnis beider Autopsien bekommen wir erst in...«

»In etwa zwei Stunden, um es optimistisch zu sagen«, sagt Hauptmann Scheggi, der die Verbindung zum Ospedale della Misericordia hält.

»Dabei wäre es doch so dringend!« sagt der Oberst, ohne jedoch zu präzisieren, was da so drängt.

»Tja, da wartet die übliche Pressekonferenz«, sagt Veglia vertraulich zu Monforti.

Was ihn betreffe, erklärt er, hätte er diese Konferenz gerne auf morgen verschoben und die Reporter nach Hause geschickt. Aber wie sei das möglich? Drei Leichen in drei Tagen an einem Ort wie der Gualdana, da lasse sich die Öffentlichkeit nicht so leicht hinhalten. Und es liege in niemandes Interesse, wenn die Reporter von sich aus loslegten und irgendwelche Hypothesen vorbrächten, die dann von der Justizbehörde weder bestätigt noch dementiert werden könnten.

Oberst Papi, Hauptmann Scheggi und Leutnant Amidei stimmen zu. Leutnant Scalera bringt das Gesagte sorgfältig zu Protokoll. Maresciallo Butti schweigt. Maresciallo Ognibene scheint etwas sagen zu wollen, verzichtet aber darauf, die Miene finsterer denn je.

»Ich verstehe nicht«, sagt Monforti.

Doch im selben Moment versteht er auf einmal glasklar: *Die* haben noch nicht verstanden! Deswegen haben sie gedacht, daß seine »weitere Mitarbeit« (in Form einer informellen, wenn auch intensiven Befragung) für die Ermittlungen entscheidend sein könnte.

Sein entschiedenes »Ich verstehe nicht« hat unterdessen eine allgemeine Verblüffung hervorgerufen, die Maresciallo Ognibene nutzt, um wie für sich, aber so, daß alle es hören können, vor sich hin zu knurren: »Der Hut... Das nächtliche Eindringen des Zeugen ins Domizil der...«

Dr. Veglia hebt streng eine Hand.

»Doktor Monforti ist eben deswegen hier«, sagt er. »Also lassen wir ihn uns selbst erklären… uns aufklären über… das besondere Indizienverfahren, das es ihm erlaubt hat, mit beneidenswertem Scharfsinn zu schließen, daß Zeme getötet und unweit von seinem Domizil vergraben worden ist, auch unweit von dem Ort, wo vermutlich bereits der Delaude getötet worden ist.«

Alle stimmen dieser erneuten Verbeugung vor den Deduktionsfähigkeiten Doktor Monfortis zu.

Der jedoch wirkt in seinem nachdenklichen Schweigen eher bekümmert als geschmeichelt. Er scheint die ihm gebotene Gelegenheit zu einer schnellen Klärung und Aufklärung nicht zu begrüßen.

»Und der Spaten?« fragt er schließlich.

»Sehr richtig«, sagt der Oberst und dreht sich zu Hauptmann Scheggi, der als Verbindungsmann auch zum Laboratorium schon hätte referieren sollen, was es mit dem Spaten auf sich hat.

Der Hauptmann referiert. Der Spaten, der am Tatort circa zwanzig Zentimeter tief im Sand gefunden worden ist und vermutlich dazu gedient hat, die Grube für die beiden Zemes zu graben, ist auch derjenige, mit dem Delaude getötet worden ist. Die Spuren von Blut und Gehirnmasse, die man an ihm gefunden hat, lassen keine Zweifel.

»Infolgedessen«, sagt der Staatsanwalt zu dem genialen, aber zurückhaltenden Mitarbeiter, »sehen Sie jetzt, vor welcher Alternative wir stehen. Die Zemes können getötet worden sein, wir wissen nicht, wie, wo und warum, von jemandem, der dann die Leichen im Sand vergrub, als überraschend der Delaude auftauchte und daher gleichfalls getötet wurde.«

»Aber nicht vergraben«, bemerkt Monforti.

»Stimmt. Aber der Sturm, der seine Leiche fortgerissen hat, könnte aufgekommen sein, bevor der oder die Mörder Zeit dazu hatten.«

Monforti schüttelt den Kopf. Es ist klar, daß der Gedanke ihn nicht überzeugt.

»Oder«, fährt der Staatsanwalt etwas trocken fort, »wir können die umgekehrte Hypothese erwägen. Nämlich daß es der Delaude gewesen ist, der die Zemes umgebracht hat und gerade dabei war, sie zu vergraben, als ein anderer aufgetaucht ist und *ihn* umgebracht hat. Doch in beiden Fällen bleibt uns ein unbekannter Täter zu entdecken, und wir verfügen über keinerlei Zeugenaussage und keines jener Indizien, die offensichtlich Ihnen erlaubt haben, Doktor Monforti...«

»Ja, gewiß, ich verstehe«, unterbricht ihn letzterer, optimistische Erwartungen weckend. »Aber«, enttäuscht er sie wieder, »in puncto Indizien glaube ich nicht, Ihnen behilflich sein zu können. Im Gegenteil, ich fürchte eher, die Dinge noch dadurch verwirrt zu haben, daß ich meinen Hut liegenließ, der mein nächtliches und vermutlich widerrechtliches Eindringen in die Villa Zeme verraten hat.«

Durch dieses freimütige Geständnis entspannt sich die Atmosphäre ein bißchen, und die Erwartungen steigen wieder. Doch Maresciallo Ognibene hört nicht auf, die Brauen zu runzeln, trotz des konzilianten Lächelns, das ihm Monforti zugeworfen hat.

»Da wäre auch noch der Sachverhalt mit den weggenommenen Kleidungsstücken«, sagt er, bevor der Oberst ihn mit einer unwilligen Geste stoppen kann, »und die nächtliche Ausfahrt aus der Gualdana, die der vereidigte Wächter Roggiolani bezeugt hat.«

»Hör mal, Ognibene«, sagt Maresciallo Butti, »wir sollten hier nicht...«

Doch es ist der Oberst persönlich, der das Thema beendet. Über die Kleidungsstücke sei bereits diskutiert worden, sagt er, und es sei evident, daß sie kein Indiz darstellten. Sie seien bloß für die Hunde bestimmt gewesen. Und über seine Ein- oder Ausfahrten aus der Gualdana, ob zur Nachtzeit oder bei Tage, sei Doktor Monforti niemandem Rechenschaft schuldig. Sollte er jedoch, wie Doktor Veglia meinte, tatsächlich Erkenntnisse gesammelt haben, die...

»Genau, das ist es«, stimmt der Staatsanwalt zu. »In diesem Fall...«

»Entschuldigen Sie, daß ich Sie unterbreche«, sagt Monforti, »aber die Kleidungsstücke waren nicht für die Hunde bestimmt. Ich habe mir erlaubt, mit ihnen eine Reisetasche der Signora Zeme zu füllen, die mehr oder weniger derjenigen glich, mit der sie abgefahren war, und die ich bei meiner nächtlichen Ausfahrt mitgenommen habe. Außerdem habe ich auch den am Bahnhof in Florenz gekauften Pinocchio mitgenommen. Beide befinden sich noch im Kofferraum meines Wagens, da ich bisher keine Zeit hatte, sie zurückzubringen. Aber kann man sagen, daß sie irgendeinen Wert als Indizien hätten? In einem gewissen Sinn mögen sie ihn gehabt haben, insofern sie zur ›Feststellung der Sachverhalte‹, also zur Klärung der Tatsachen geführt haben. Aber hier und jetzt kann ich wirklich nicht sehen...«

»Entschuldigen Sie«, unterbricht ihn seinerseits Dr. Veglia, »aber Sie reden so, als ob die Tatsachen schon geklärt wären. Dabei sind sie es doch gerade, die es zu klären gilt! Wir wissen ja nicht einmal, wie die Zeme, die doch in Mailand angekommen sein müßte, schließlich wieder hierher gelangt ist.«

Monforti denkt so lange darüber nach, daß selbst Butti anfängt, Zeichen des Unbehagens von sich zu geben.

»Ich würde sagen, die Tatsachen«, sagt er endlich, »muß man nur richtig zum Sprechen bringen. Und offen gesagt, als ich vorhin hier ankam, war ich überzeugt, daß sie bereits gesprochen hätten. Ich hatte mir absolut nicht vorgestellt, daß Sie noch einen weiteren Mörder suchten. Der ja im übrigen«, fügt er nach einer Pause hinzu, »auch ich selber sein könnte.«

»Aber ich bitte Sie, Signor Monforti!« ruft der Staatsanwalt, den Doktortitel weglassend und die Arme hebend. »Sie werden sich doch nicht einbilden, daß wir...«

»Und warum nicht?« sagt der Ex-Doktor. »Ich war mit der armen Zeme befreundet, die an schrecklichen Depressionen litt, ähnlich wie ich, der ich jahrelang von ihnen geplagt worden bin, und so hätte ich doch den Wunsch haben können, sie zu rächen. Am späten Abend des 23. Dezember, unterwegs auf einem meiner nächtlichen Streifzüge, könnte ich ungesehen Zeuge des Auffahrunfalls geworden sein, und die darauffolgende Szene könnte einen vagen Verdacht in mir erregt haben. Wonach...«

Die überraschende Bezugnahme auf den Auffahrunfall macht den protestierenden Gesten und Rufen ein Ende, mit denen alle außer Ognibene Monfortis Erhabenheit über jeden Verdacht zu betonen suchten.

»Wonach«, fährt er fort, »als ich nach Hause zurückgekehrt war und mich auf meinem *lectus lucubratorius* ausgestreckt hatte, dieser vage Verdacht...«

Jetzt aber, nachdem der Ex-Depressive eine weitere Parenthese eröffnet hat, um zu erklären, worum es sich bei besagtem *lectus* handelt, erhebt sich zwangsläufig ein ganz anderer Verdacht, nämlich daß der Ärmste von der Depression direkt zur Paranoia übergegangen ist. Womit dann keineswegs auszuschließen wäre, daß er tatsächlich...

Sein vager Verdacht also, fährt der Paranoiker fort, hätte sich verdichten und vergrößern können, bis er, Monforti, wieder aufgestanden und zur Villa Zeme gegangen, dort durch den schlecht geschlossenen Laden gespäht und niemanden drinnen gesehen haben könnte, daraufhin mit seiner Taschenlampe an den Strand hinuntergegangen und dort ein dumpfes Geräusch gehört haben könnte, wie wenn jemand im Sand gräbt. Näher getreten und den Zeme dabei ertappt, wie er seine Frau vergrub, die er zuvor erwürgt hatte, hätte er sich auf ihn stürzen, ihn in die selbstgegrabene Grube stoßen und die Überraschung nutzen können, um den rings an den Rändern aufgehäuften Sand über ihm zusammenbrechen zu lassen. Nur könnte dann der Delaude, überraschend aufgetaucht, nicht um die Zeme zu rächen, sondern mit vagen Selbstmordgedanken, seinerseits ihn, Monforti, auf frischer Tat ertappt haben, weshalb er, Monforti, ihn, den Delaude, dann umgebracht haben könnte, ohne jedoch, überrascht vom plötzlich aufkommenden Sturm, die Leiche noch rechtzeitig vergraben haben zu können.

Der erste, der nach dieser hypothetischen (?) Rekonstruktion des Tatverlaufs etwas sagen möchte, scheint Oberst Papi zu sein, der es sich jedoch anders überlegt und den Staatsanwalt ansieht, der seinerseits den Hauptmann Scheggi ansieht, der daraufhin aufsteht und in den angrenzenden Vollzugssaal geht.

»Sie sind heute morgen«, sagt der Staatsanwalt zu Monforti, »bei uns gewesen, als die Leichen in der Grube gefunden wurden. Aber als sie dann geborgen und vom Gerichtsmediziner untersucht wurden, waren Sie doch, wenn ich mich recht erinnere, nicht mehr dabei?«

»Nein. Ich bin gegangen, sobald ich die Bestätigung hatte, daß zusammen mit der Leiche Zemes auch die seiner Frau in der Grube lag.«

»Die Bestätigung, sagen Sie«, bemerkt der Oberst, womit er sich zur Teilnahme an der Befragung entschließt, die allmählich die Züge einer formellen Vernehmung annimmt. »Aber Sie haben uns noch nicht gesagt, wie Sie zu dem Schluß gelangt sind, daß auch die Frau...«

»Das war's, was ich anläßlich des Auffahrunfalls erklären wollte. Ich habe die Hypothese meiner Mittäterschaft nur angeführt, um mich ein bißchen auf Ihren Gesichtspunkt zu stellen, da Ihre Rekonstruktionen ja beide einen zweiten Mörder voraussetzen.«

»Aber *haben* Sie diesen Auffahrunfall denn nun gesehen?« fragt der Staatsanwalt etwas ungeduldig.

»Nein, aber ich habe am nächsten Tag Roggiolani davon erzählen hören. Also denselben Zeugen, der auch Ihnen den Unfall beschrieben hat.«

Das heißt, wie der Staatsanwalt mit einer gewissen Unruhe begreift, daß Monforti ein Indiz gesehen und einen Verdacht geschöpft haben könnte, wo ihm, dem Staatsanwalt, nichts Besonderes aufgefallen ist.

»Ach so«, sagt er, seine Ungeduld zügelnd. »Und aus dem Auffahrunfall haben Sie dann jedenfalls gefolgert...«

»Habe ich zu folgern begonnen«, präzisiert Monforti. »Zu meinen Schlüssen bin ich ausgehend von dem Indiz des in Mailand gefundenen Namensschildchens gelangt. Ein zweischneidiges Indiz sozusagen, das noch nicht gebührend berücksichtigt worden ist.«

Ein Blick von Maresciallo Butti ruft Dr. Veglia die Garibaldi-Büste in Erinnerung, an der den Carabinieri nichts Besonderes aufgefallen war, obwohl sie sie vor der Nase hatten. Es war vielleicht etwas vorschnell gewesen, überlegt er, von Indizien zu sprechen, die der andere allein besessen und der Justiz habe vorenthalten wollen.

»Das Namensschildchen«, erklärt Monforti, »beweist nämlich nur, daß die Reisetasche in Mailand angekommen war, jedoch nicht im mindesten, daß...«

Er wird von dem wieder hereinkommenden Hauptmann Scheggi unterbrochen, der mit Prof. Meocci telefoniert hat. Die Autopsie habe die Ergebnisse der ersten Untersuchung bestätigt, jedenfalls was die Zeme betreffe.

»Das heißt, sie ist erwürgt worden?« fragt der Oberst.

»Ja, wie es Signor Monforti... gefolgert hatte. Und was den Zeme betrifft, so zeichnet sich die Möglichkeit ab, daß er an Erstickung gestorben ist, und zwar genau auf die Art und Weise, wie Signor Monforti es uns beschrieben hat.«

Der Maresciallo Ognibene wendet sich drohend an den vermeintlichen Mörder: »Aber dann...«

»Ognibene, sei brav«, sagt tadelnd sein direkter Vorgesetzter Leutnant Amidei mit einem entschuldigenden Lächeln zu dem vom Haushund belästigten Gast. Er hat den Rückzieher des Staatsanwalts bemerkt und sagt sich, daß man bei diesem

Monforti auf der Hut sein muß, sonst kommt es am Ende noch dazu, daß *er* die Pressekonferenz abhält.

Der Oberst hat dasselbe gedacht, aber ihn drängt es nun auch, auf den Punkt zu kommen, so oder so.

»Also wie wär's, Herr Doktor Monforti«, schlägt er vor, »wenn wir mit dem Namensschildchen beginnen würden?«

6.

Monforti dankt Oberst Papi für seinen freundlichen und konkreten Vorschlag. Doch anstatt mit dem Namensschildchen zu beginnen, für das es vielleicht noch ein bißchen zu früh ist, fängt er lieber mit dem Auffahrunfall an. Und so geht er nun Punkt für Punkt der Reihe nach an seine Darlegung, wenn auch bisweilen abschweifend in Betrachtungen marginalen, um nicht zu sagen unwesentlichen und irrelevanten Charakters, jedenfalls in einer Kommandantur der Carabinieri. Leutnant Scalera versäumt gleichwohl nicht, alles säuberlich zu protokollieren, beginnend mit der Überschrift:

ERKLÄRUNGEN DES DR. MONFORTI

AUFFAHRUNFALL

Der Unfall an sich, wie er von Roggiolani minuziös beschrieben worden ist, hatte nichts Verdächtiges: Weder konnte das Stachelschwein absichtlich genau in dem Moment über die Straße gelaufen sein (wenn wir von einem eventuellen Einfluß der Gestirne absehen wollen), noch konnte Delaude aus irgendeinem dunklen Grunde geplant haben, den Zeme anzufahren. Es war vielmehr das Verhalten des letzteren nach dem Unfall, das mir seltsam oder zumindest widersprüchlich erschien: Kaum aus dem Wagen gestiegen, kümmert er sich unverzüglich um die Versicherungsfragen, zieht ein Stück Papier aus der Tasche und macht sich, auf seinen regennassen und eingebeulten Kofferraumdeckel gestützt, in Gegenwart des vereidigten Wächters Roggiolani Notizen. Danach verliert er mit einem Schlag alles Interesse und fährt eilig davon, nachdem er erklärt hat, er werde am nächsten Morgen selbst bei Delaude vorbeikommen, um die Sache zu regeln.

Leicht zu begreifen, welchen Verdacht dieses Verhalten Zemes in mir geweckt hat, nachdem ich erfahren hatte, daß seine Frau nicht in Bozen eingetroffen war.

> *Anm. von Ltn. Scalera:* Monf. läßt offen, welcher Verdacht es war, sagt aber, daß er bestärkt worden sei durch die Bahnsteigkarte vom Hbf. Florenz S. M. Novella sowie den Kassenzettel der Bar im selben Bf. und den Pinocchio, ebenfalls mit Kassenzet. und Herkunftsangabe »Gift-Shop« im selb. Bf.

Bahnsteigkarte und Kassenzettel

Auch hier, wie im Falle des später im Hauptbahnhof Mailand wiedergefundenen Namensschildchens, handelt es sich um ein zweischneidiges Indiz. Denn gewiß beweisen Bahnsteigkarte und Kassenzettel, daß Zeme in Florenz gewesen war. Aber beweisen sie es nicht ein bißchen zu deutlich?

Es stimmt zwar, daß man für den Hauptbahnhof von Florenz, wie für jeden Bahnhof mit kontrolliertem Zugang, eine Bahnsteigkarte lösen muß. Aber diese Vorschrift ist rein theoretisch. Niemand, der irgendwelche Angehörigen mit Gepäck zum Bahnhof bringt, käme auf die Idee, sich eine Bahnsteigkarte zu lösen. Schon gar nicht im Gedränge eines Vorweihnachtstages, noch dazu behindert durch eine schwere Reisetasche und eine manisch-depressive Ehefrau, die beide gleichzeitig zu bewachen sind.

Dasselbe gilt für den Kassenzettel der Bar, den Zeme nach dem Buchstaben des Gesetzes zwar tatsächlich aufzubewahren gehalten war bis zu »vernünftiger Entfernung« von der Gaststätte, in welcher er »den Verzehr getätigt« hat.* Aber in einer Bar und zumal einer Bahnhofsbar, wo man zahlt, *bevor* man etwas verzehrt, weiß jeder, wie es in Wirklichkeit zugeht: Man zahlt an der Kasse und gibt den Kassenzettel dem Barmann am Tresen, der ihn überprüft, einreißt und zusammen mit dem Kaffee, dem Whisky oder was man sonst bestellt hat auf den Tresen legt; wem aber würde es je in den Sinn kommen, den Zettel wieder an sich zu nehmen und einzustecken? Ja, ich frage mich, ob einer von Ihnen hier, so gesetzestreu Sie zweifellos sind, wohl schon jemals...

Anm.: Heiterkeit. Alle außer Maresc. Ognibene, der sich nicht äußert, geben zu, daß sie niemals daran gedacht hätten, den Kassenzettel wieder an sich zu nehmen. Sowohl der Herr Oberst wie Dr. Veglia finden die Ausführungen des Zeugen »sehr interessant« und bitten ihn fortzufahren.

Was nun den Pinocchio betrifft, so war Zeme anscheinend wirklich gebeten worden, ein Geschenk für den kleinen Vannuccini zu besorgen. Merkwürdig ist aber, daß er, wenn es sich doch um ein Geschenk handelte, den Kassenzettel mit dem Preis in der Tüte gelassen hat. Ein Versehen? Oder eine wohlüberlegte Absicht, um Vannuccini und damit auch Ihnen, wenn Sie sich für das Verschwinden seiner Frau zu interessieren beginnen, einen Beweis dafür zu liefern, daß er sie tatsächlich an den Bahnhof gebracht hat? Der Beweis würde um so überzeugender sein, als er ihn nicht selber vorgelegt hätte.

* In Italien ist jeder, der einen Laden, ein Restaurant, eine Bar etc. verläßt, nachdem er dort »einen Kauf oder Verzehr getätigt« hat, unter Androhung einer Geldbuße gehalten, den Kassenzettel »bis zu einer vernünftigen Entfernung von dem Lokal« aufzubewahren, und zwar damit die eventuell in der Nähe lauernden Steuerfahnder kontrollieren können, ob der Laden- oder Gaststätteninhaber die automatische Kassenbuchung betätigt hat (Anm. der Autoren für die deutsche Ausgabe).

Das Namensschildchen

Nicht einmal er konnte indessen erwarten, daß ein für ihn so günstiges Indiz wie das des Namensschildchens auftauchen würde, das die Ankunft seiner Frau in Mailand noch zusätzlich »bewiesen« hätte. Er hoffte nur, daß man die Tasche, intakt mit Namensschild, auf der Gepäckablage finden würde. Damit Sie dann dachten, daß die Zeme, in verwirrtem Zustand angekommen, sie beim Aussteigen dort vergessen hatte und selbst wer weiß wo gelandet war. Aber natürlich wußte er, daß Sie auch etwas anderes hätten denken können.

Freilich hat dann der Fund des abgerissenen Namensschildchens Sie zu dem Schluß gebracht, daß die Ärmste, wenn auch ihrer Tasche beraubt, tatsächlich angekommen sein mußte. Ich hingegen glaube in meinem Pessimismus nicht, daß ein Gepäckstück, das bei der Ankunft im Mailänder Hauptbahnhof im Zug vergessen worden ist, irgendeine Chance hat, vom Reinigungspersonal gefunden zu werden und im Fundbüro zu landen. Und deswegen habe ich, ohne mich von diesem täuschenden Indiz irreleiten zu lassen, mir schließlich die folgende »Abfahrtsszene« im Bahnhof S. Maria Novella vorgestellt.

Die Abfahrtsszene

Der Schnellzug von Rom nach Bologna und Mailand hat endlich Einfahrt an Gleis 5, fährt ein, hält. Die Menge der auf dem Bahnsteig wartenden Reisenden stürzt und drängt sich hinein, das Aussteigen der ans Ziel gelangten behindernd, um jeden Platz zu besetzen, ob reserviert oder nicht. Zeme ist unter den ersten, und ich schließe nicht aus, daß er sich zur Verstärkung eventueller Zeugenaussagen umdreht und laut sagt: *»Magda, ich gehe vor, um die Tasche zu verstauen«* oder so etwas Ähnliches. Eventuell Streit mit einem unrechtmäßigen Besetzer des reservierten Platzes, sodann Verstauung der Reisetasche auf der Gepäckablage. Vielleicht Belegung des Platzes mit am Bahnhof gekauften Zeitungen und Illustrierten. Überstürzte Rückkehr durch den vollgestopften Wagen, da der Zug bereits anfährt. Ausstieg im letzten Moment und Winken zu irgendeinem Fenster, eventuell mit erbostem Schimpfen über den schlechten Service der Bahn.

Abfahrt des Zuges mit der Tasche.

Gang zur Bar, um sich einen Whisky zu genehmigen, der außer jetzt dringend nötig auch als Indiz willkommen ist wegen des Kassenzettels. Kauf des gleichfalls als Indiz willkommenen Pinocchio. Rückkehr zum bewachten Parkplatz, Einstieg ins Auto und düstere Fahrt zurück, während der sich die Anspannung langsam legt, aber dafür der andere Alptraum beginnt: »Was tun, jetzt?«

WAS TUN?

Anm.: Dr. Monforti schickt voraus, daß er bei der Rekonstruktion des Tatgeschehens nicht streng chronologisch habe vorgehen können. Die Szene der vorgetäuschten Abfahrt aus Florenz, berichtet er, habe er zuerst rekonstruiert. Dann aber habe er mehrmals, wenn auch nur theoretisch, die Strecke Gualdana–Florenz–Gualdana zurücklegen müssen, auf der Suche nach der Stelle, wo es, jedenfalls auf der Hinfahrt, eine Unterbrechung der Straße oder eine Umleitung oder dergl. gegeben haben müsse. Die betreffende Stelle glaube er einigermaßen sicher in der vergangenen Nacht identifiziert zu haben, als er nach seinem widerrechtlichen Eindringen in die Villa Zeme ein Stück der genannten Strecke faktisch und leiblich zurückgelegt habe.

Des weiteren schickt Dr. Monforti voraus, daß er in einem Gespräch mit Maresc. Butti erwähnt habe, wie unmöglich es für einen Nicht-Depressiven (oder Nicht-Nahen-Angehörigen-von-Depressiven) sei, sich vorzustellen, bis zu welchem Grad die fraglichen Depressiven nicht nur destruktiv in bezug auf leblose Sachen wie Nippesfiguren oder Fensterscheiben sein könnten, sondern auch und sogar noch mehr in bezug auf die psychische Unversehrtheit ihrer Angehörigen.

So sei es durchaus zu verstehen, erklärt er, daß nichtdepressiven Ermittlern die Dynamik der Tat habe entgehen können. Während es für ihn, der sich unter anderem daran erinnere, wie tief die Zeme bei der Abfahrt mitten in einer euphorisch-logorrhöischen Krise gesteckt habe, nicht unmöglich gewesen sei – als er dann seinerseits mit einer ähnlichen Reisetasche und ihr selbst in symbolischer Form auf dem Beifahrersitz losgefahren sei –, die Hinfahrt bis ca. km 50 der S. S. Maremmana zu rekonstruieren. Dies vorausgeschickt, fährt er fort:

Bei besagtem Km, kurz vor der sogenannten »Todeskurve«, gibt es einen kleinen Notparkplatz. Und da muß es gewesen sein, wo Zeme, nachdem er die Kontrolle über sich vollends verloren hatte, nicht aber die über seinen Wagen, schließlich angehalten hat, um seine Frau zu erwürgen. Noch zwei Kilometer, denke ich mir, und die berüchtigte Kurve hätte zwei weitere Opfer gefordert. Freilich wären die Leichen dann in dem zerschellten Auto gefunden worden und nicht zwei Meter tief im Sand vor der Villa der Holländer.

Jetzt aber stellt sich dem unseligen Gattenmörder das Problem seiner eigenen Rettung: Vor allem muß er die Leiche verschwinden lassen. Doch gleich darauf überlegt er sich's anders: Vor allem muß man glauben, seine Frau sei *nach* ihrer Ankunft in Mailand verschwunden. Und dies ist der Moment, da in seinem Kopf, ein gutes Stück früher als in meinem, die Szene der falschen Abfahrt Gestalt annimmt. Er braucht sie nur noch zu realisieren, ohne weitere Zeit zu verlieren, nach vorausgegangener Verfrachtung der Leiche vom Beifahrersitz in den Kofferraum.

Allerdings kann er diese Verfrachtung nicht auf dem Notparkplatz vornehmen, da er dort gesehen werden könnte. Also fährt er weiter, um einen besser geeigneten Platz zu suchen, und findet ihn vermutlich nach wenigen hundert Metern an der Stelle, wo die alte Trasse der »Maremmana« noch bis zu einem Punkt zugänglich ist, den man von der jetzigen Straße aus nicht einsehen kann. Dort nimmt er die besagte Verfrachtung vor.

Anm.: Beiliegend eine von M. gezeichnete Skizze des angegebenen Ortes. Dr. Veglia bemerkt, daß ein Lokaltermin vielleicht noch die Reifenspuren des Volvo zu finden erlauben würde. Monf. zweifelt daran wegen des sintflutartigen Regens in jener Nacht, glaubt aber, daß ein Lokaltermin zur Entdeckung anderer Spuren führen könnte.

Zeme fährt weiter nach Florenz, wo er das Auto mit der Leiche im Kofferraum auf dem bewachten Parkplatz von S. Maria Novella läßt. Er nimmt die beschriebene Inszenierung vor, kommt zurück und steigt wieder ein.

WAS TUN? (Zweiter Teil)

Damit sind wir nun, wenn ich so sagen darf, auf der Rückfahrt. Wir befinden uns auf der autobahnähnlichen Schnellstraße von Florenz nach Siena, schon hinter San Casciano, Poggibonsi, Colle Val d'Elsa... und wir haben noch immer die Leiche der Zeme im Kofferraum. Was tun?

Ich schließe nicht aus, daß Zeme, nachdem er die Schnellstraße auf der Höhe von Monteriggioni verlassen hat, das direkt mit Sapìa assoziiert wird und indirekt mit jener Pia, die von der Maremma zerstört worden ist...

Anm.: Anspielung auf Dante, die der Herr Oberst sich zu erläutern anbietet, indem er schildert, wie besagte Pia von einem bezahlten Meuchelmörder an den Füßen gepackt und in eine tiefe Schlucht gestürzt worden ist.

... daß Zeme daran gedacht hat, sich der Leiche auf ähnliche Weise zu entledigen. Doch die Gefahr, daß sie dann wiedergefunden werden könnte, war zu groß, auch wenn es in der Gegend dort nicht an Schluchten von beträchtlicher Tiefe mangelt. Und im übrigen wüßte ich nicht zu sagen, ob ihm nicht schon kurz vorher, an der Abzweigung nach Volterra, eine ähnliche Idee von den schroffen und bröckligen *Balze* nahegelegt worden ist, jenen sandigen Steilhängen, die seit Jahrhunderten die alte Etruskerstadt verschlingen. Ich weiß nur, daß diese Hänge *mich* darauf gebracht haben, bei meinem theoretischen Hin und Her auf derselben Strecke, aber nicht nur die Zeme allein betreffend. Auf diesen Punkt werde ich noch im Zusammenhang mit *La Cathédrale engloutie* und *Ce qu'a vu le vent d'ouest* zurückkommen.

> *Anm.:* Nach Auskunft des Kollegen Amidei handelt es sich um Klavierstücke des französischen Komponisten Debussy: »Die versunkene Kathedrale« und »Was der Westwind gesehen hat«.

Wir befinden uns jetzt wieder auf der S. S. Maremmana und nähern uns erneut dem Km 50. Die naheliegende Idee ist, die Leiche an jenem nicht von der Straße her einsehbaren Ort zu vergraben, den ich vorhin genannt habe. Allerdings verfügt Zeme, der ja (wie auch aus diesem Umstand ersichtlich) seine Tat nicht im mindesten vorbedacht hatte, über kein geeignetes Werkzeug.

Als einzige Möglichkeit bleibt ihm, sagt er sich, während die Kilometer immer weniger werden und die Gualdana immer näher rückt, seine Frau in der Gualdana selbst zu vergraben. In der Garage mangelt es nicht an Gartengeräten, und eine tiefe Grube am Strand zu graben ist leichter als anderswo.

AUFFAHRUNFALL (Zweiter Teil)

So kommen wir nun noch einmal zu dem Auffahrunfall zurück, aber jetzt hat Zemes Verhalten überhaupt nichts Widersprüchliches mehr an sich. Man versteht sehr gut, daß er, als er sieht, daß der Kofferraumdeckel sich verzogen und leicht gehoben hat, sofort hinläuft, um sich darauf zu stützen unter dem Vorwand, sich Delaudes Versicherungsnummer zu notieren, in Wahrheit jedoch, um zu verhindern, daß der Deckel ganz aufklappt. Und man versteht ebenso gut, daß er hernach Eile hat, wegzukommen.

Ich übergehe die Rückkehr in die Garage und die Herausnahme der schmächtigen Leiche aus dem Kofferraum, die Auswahl eines robusten Spatens, das Hinaufsteigen in die Wohnung mit beiden, das Abwarten, bis es wenigstens ein Uhr nachts ist, um auf dem Pfad durch die Büsche zum Strand hinunterzugehen. Ich verweile jedoch einen Augenblick beim Hinaustreten durch die Fenstertür des Schlafzimmers.

Diese war keineswegs aus Versehen offen geblieben, und auch der Schiebeladen war nicht aus Unachtsamkeit schlecht geschlossen worden. Aber einmal hinausgetreten mit seiner Last – dem Spaten in der einen Hand, der Stablampe in der anderen und der Leiche auf der Schulter –, muß auch ein großer Mann wie Zeme Schwierigkeiten gehabt haben, den Laden wieder richtig zu schließen, ohne dabei das Schloß einrasten zu lassen – was ihn daran gehindert hätte, an derselben Stelle wieder hineinzugehen, wie er es vorhatte. Ich selber habe mich heute nacht in der gleichen Lage befunden, obwohl meine Last nicht so beschwerlich war.

Anm.: Maresc. Butti gibt zu bedenken, daß Dr. Monforti, als er heute morgen in aller Eile von zu Hause abgeholt wurde, vermutlich nicht einmal Zeit gehabt hatte, einen Kaffee zu trinken. Alle entschuldigen sich, und Maresc. Ognibene, der die Verbindung zur Bar hält, steht sofort auf, um besagten Kaffee zu bestellen und sogar, auf Anweisung des Staatsanwalts Dr. Veglia, Kaffee für alle. Die Sitzung geht danach lebhafter fort, allerdings auch schwerer zu protokollieren wegen der Vielfältigkeit der Beiträge.

Anm.: Der Staatsanw. schlägt vor, daß an diesem Punkt jeder erst einmal sagen solle, was er von den Hypothesen hält, die Dr. Monf. in seiner persönl. Rekonstr. des Tatgescheh. bisher vorgetragen habe. – Der Herr Oberst fordert den Maresc. Ognibene auf, anzufangen. – Ognib. sagt, er könne kein Urteil darüber abgeben, bevor sich Dr. Monf. nicht klar u. unmißverständl. hinsichtl. des Doppelgrabes ausgelassen habe. Er müsse nichtsdestow. anerkennen, daß die vorgetrag. Hypoth. begründet seien, besonders in Hinbl. auf die fehlende Schließg. der Fenstertür und das nicht eingeschnappte Schloß. – Maresc. Butti gesteht, daß er bis vor einig. Augenbl. noch die Vorbehalte seines gleichrang. Koll. geteilt habe. Aber da er sich plötzl. an best. Unfälle erinnert habe, die tatsächl. in best. Badeorten am Meer passiert seien, teile er jetzt nicht nur die Prämissen, sond. auch die voraussichtl. Schlußfolgg. der betr. Rekonstr. – Koll. Ltn. Amidei sagt, er sehe zwar nicht, worauf sich Butti beziehe, sei aber überzeugt, daß die Schlußfolgg. auf der Höhe der Prämissen stehen würden. – Unterfertigter Ltn. Scalera begreift plötzl., was für Unfälle es sind, die sich in besagt. Badeorten ereignet haben, aber er hält den Mund, um Dr. Monf. nicht den Effekt seiner unwiderlegl. u. exzell. Auflösg. zu ruinieren. – Der Freund Hptm. Scheggi wurmt sich offensichtl., weil er nicht als erster darauf gekommen, macht aber gute Miene zum bös. Sp. und erklärt sich »im voraus einverst. mit den zit. Komposit. von Debussy«. – Der Hr. Oberst und der Staatsanw. vermeiden geschickt, sich zu kompromitt., indem sie auf ihre ungenüg. musikal. Bildg. verweisen. Beide erklären sich jedoch einverst. mit den vorgetrag. Hypoth. bis zu dem Mom., als Zeme am Strand zu graben beginnt. – Dr. Veglia bittet Dr. Monf. fortzufahren. – Letzterer bittet seiners. um die Fotografien, die heute morgen vor Ort gemacht worden sind, und fährt fort, während er sie betrachtet:

Zeme hatte kein Interesse daran, sich mit seiner makabren Last weit fortzubewegen. Trotz der späten Stunde und der Dunkelheit hätte ihn jemand sehen können; im übrigen wäre seine Schuld ohnehin evident gewesen, falls die Leiche seiner Frau eines Tages gefunden würde. Man versteht daher, daß er sich genau diese Stelle am Strand ausgesucht hat.

Anm.: Monf. zeigt die ersten Fotos.

Gut geschützt in einer Einbuchtung zwischen den Dünen und vor der nahen, aber leeren Villa der Holländer gelegen, bot der Ort die optimalen Bedingungen zum Vergraben einer Leiche, ohne daß zu fürchten stand (so jedenfalls schien es), dabei jäh überrascht zu werden.

Es gab nur eine einzige nicht optimale, ja *alles andere* als optimale Bedingung, die der Grabende nicht bedacht hatte und die, wie mir scheint, auch Ihnen entgangen ist, obwohl Sie sie die ganze Zeit vor Augen gehabt haben.

Anm.: Monf. zeigt die nächsten Fotos.

Was mich betrifft, der ich sie vermutet hatte, so hat mir die Ausgrabung von heute morgen nur noch die Bestätigung dafür gebracht. Kehren wir noch einmal zu unserem anfänglichen Dilemma zurück:

Frage: Wenn es Zeme war, der seine Frau vergraben hat, wer hat dann Zeme vergraben?

Antwort: Vielleicht Delaude.

Frage: Aber wer hat dann Delaude getötet?

Hier sind mir nun erneut die rätselhaften Türme von Monteriggioni zu Hilfe gekommen, indem sie eine ganze Serie von blitzartigen Eindrücken, Gedankenfetzen, mehr oder weniger vagen Erinnerungen in mir weckten, die schließlich zu einem einzigen Bild zusammengeschossen sind.

Anm.: Monf. macht eine lange Pause, sicherl. um die genannten Eindr. usw. zu sammeln, womit er jedoch wachs. Unruhe unter den Anwes. auslöst, da es höchste Zeit für die Pressekonf. ist.

Die **Hunde**, um mit ihnen anzufangen. Nicht die von Signor Lotti, sondern die, die vor einem Jahr, als es in Grosseto noch nicht die tüchtigen Tiere des Maresciallo Ognibene gab, aus Florenz angefordert werden mußten und die eben bis Monteriggioni gekommen waren, als sie, da der kleine Graham inzwischen gefunden worden war, wieder zurückgeschickt wurden. Diese Hunde jedoch, so nützlich sie auch als allgemeiner Hinweis waren, haben mich von dem speziellen und entscheidenden Hinweis abgelenkt, den gerade der **kleine Colin** hätte darstellen können. Und so habe ich eine ganze Runde drehen müssen, um wieder darauf zurückzukommen, angefangen beim **Turm der Tarotkarten**, der einstürzend zwei Personen mit sich reißt und als Symbol für den **Turm zu Babel** einerseits zu dem Riesen **Nimrod** mit seinem tierischen Grunzen führt (womöglich Zeme?), andererseits zur **Cathédrale engloutie**, deren Glocke in stürmischen Nächten läutet. Doch ebendiese Kathedrale, versunken, wie sie ist, hat mich ihrerseits zu dem im Sand begrabenen Wrack der **»Viktor Hansen«** geführt und von dort zur fatalen **Zwei der Schwerter** (oder engl. **Spades = Spaten**?), dem Symbol für Katastrophen natürlicher wie auch menschlicher Art, sowie zu den abgründigen **Balze**, die unaufhörlich die Stadt Volterra verschlingen, das antike Felathri, das Volaterrae der Römer, dem es nichts half, die mächtigste der zwölf etruskischen »Lucumonien« zu sein, da es auf **Sandschichten** gegründet war, die instabil auf mergelhaltigen Tonschichten lagern.

Anm.: Es erhebt sich und wächst der Verdacht, daß Monf. uns auf die Folter spannen will (oder auf die Schippe nehmen, um es themagerechter zu sagen), aber niemand wagt ihn zu bitten, sich etwas mehr zu beeilen. Wir sind es schließlich gewesen, die ihn um erschöpfende Erklärungen gebeten haben. Maresc. Ognibene scheint zudem ganz begeistert über das Lob auf seine Hunde, während Butti ganz danach aussieht, als ob er sich hinter unserem Rücken amüsiert (na, dann soll er doch bitteschön runtergehen, um sich der Reportermeute zu stellen!).

Und so wären wir nun... das heißt, wären wir fast... bei dem eben erwähnten entscheidenden Hinweis, zu dem ich dank der **Kamele** gelangt bin, die ich in meinem Puzzle »ohne Bildvorlage« mit dem umgebenden **Sand** vermengt hatte. Einmal als solche erkannt, hat mich ihr Gebiß dann an die leicht pferdezähnige, wiewohl durchaus ansehnliche Mrs. Graham erinnert, die im vergangenen Sommer... Voilà, da haben wir wieder den Sand... Und da haben wir den **kleinen Colin**, der, obwohl gerade erst zwei Jahre alt, mit seinem Spielzeug-Spaten ein Loch in den Sand gegraben hat, in dem er schon bis zu den Schultern steckt... Und da kommt seine Mutter, die sich einen Moment entfernt hatte, mit einem Schrei herbeigelaufen, um ihren Sprößling herauszuziehen, wobei sie ihm mit dem Finger droht und zugleich mit dem Fuß das Loch zuschüttet, indem sie den ringsum aufgehäuften Sand hineinstürzen läßt...

Ich hatte damals nicht gleich begriffen, in welche Gefahr sich das Kind gebracht hätte, wenn es unbeaufsichtigt weitergegraben hätte. Erst später hörte ich von Tragödien, die sich aus demselben Grund in anderen Badeorten abgespielt haben. Aber erst heute nacht, als ich mich überzeugt hatte, daß Zeme seine Frau umgebracht hat, und als ich über das mysteriöse Verschwinden **beider** Ehegatten nachdachte, dämmerte mir, wo die Lösung lag.

Und als ich dann...

Anm.: Monf. hebt eine Hand, um die in erregte Ausrufe ausgebroch. Anwes. zum Schweig. zu bringen (von denen einige Anstalten machen, sich zu erheben, sei's um ihm lebh. zu gratul., sei's um zu der Pressekonf. zu eilen), und fährt fort:

... als ich dann heute morgen bei der Ausgrabung sah, wie in jener Einbuchtung zwischen den Dünen die ganze Masse des aufgehäuften Sandes jeden Moment von neuem in die Grube zurückzustürzen drohte, da begriff ich, wie nahezu unvermeidlich das Desaster für Zeme war.

Dennoch ist nicht gesagt, daß die Dinge nicht auch hätten anders laufen können; allerdings hätten dann die so unerklärlich wie unauffindbar Verschwundenen **die Zeme und der Delaude** gewesen sein müssen. Aber sehen wir uns erst noch einmal die letzte Fotografie an.

Die Zeme scheint nicht in die Grube geworfen, sondern sorgfältig auf den Grund gelegt worden zu sein, als ob ihr Mann, nachdem er das tiefe Loch gegraben hatte, noch einmal hinuntergestiegen wäre, um sie pietätvoll hinzubetten. Ich zweifle nicht daran, daß der Unglückliche ebendies getan hat, und ich bitte Sie, in der Pressekonferenz eigens darauf hinzuweisen. Es ist ein Detail, das mehr besagt als jeder Kommentar.

Vervollständigen wir nun die Rekonstruktion.

Delaude, der an den Strand gekommen ist, ich glaube nicht so sehr mit ernsten Selbstmordabsichten als vielmehr mit vagen Betrachtungen über das Dasein, wird von Geräuschen in der Einbuchtung angelockt und erscheint dort mit seiner Cricket-Lampe. Zeme schaut aus der Grube und richtet seine Stablampe auf den zur Unzeit Aufgetauchten, der sich da neugierig über den Rand beugt, springt heraus, packt den Spaten und führt seinen tödlichen Hieb. Zugleich aber rutscht er nach hinten aus, fällt in die Grube zurück und reißt den ganzen ringsum aufgehäuften Sand mit sich und auf sich hinunter.

Anm.: Unterfertigter interveniert, um an den tragischen Fall am Strand von Tarquinia zu erinnern, bei welchem nicht ein kleines Kind, sondern ein 16jähriger Junge im Sand erstickt ist, begraben in einem selbst gegrabenen Loch; und das trotz der Anwesenheit eines Freundes, dem es nicht gelang, ihn rechtzeitig auszugraben. – Maresc. Butti erinnert an ähnlich gelagerte Fälle, die sich an adriat. Stränden zugetragen haben, während er als junger Gefreiter in Cervignano (Udine) Dienst tat. – Dr. Veglia seiners. gibt der Hoffnung Ausdr., daß der Fall Zeme durch die Publizität, die ihm die Medien sicherl. verleihen werden, wenigstens dazu dienen möge, anderen Unglücksfällen dieser Art vorzubeugen. – Monforti schließt sich dieser Hoffnung an, bittet aber um noch einen Augenblick Aufmerksamkeit.

Zu bedenken bleibt nämlich noch, sagt er, der **Westwind**. Der sich in Gestalt seiner hiesigen Form als Libeccio noch nicht erhoben hatte und daher auch noch nichts sehen konnte. Aber dann hat er mehr getan als bloß zuzusehen. Denn vergegenwärtigen wir uns die Szene, wie sie sich nach dem Einsturz dargestellt hatte: mit der Leiche Delaudes neben der wieder halb zugeschütteten Grube und den noch gut erkennbaren Spuren des Sandrutsches. Am Morgen des 24. Dezember, als Pineta-Bewohner und Wächter an den Strand kamen, um sich die Schäden anzusehen, hätte das Auffinden einer Leiche sicherlich auch zur Entdeckung der beiden anderen geführt. Aber der Sturm, der sich in jener Nacht erhoben und sie ins Meer gespült hatte, nicht ohne zugleich den ganzen Strand glattzufegen, hatte alle Indizien und Spuren verwischt. Er war der vergeblich von Ihnen gesuchte »dritte Mann«.

Anm.: Der Umstand, daß die Reporter inzwischen schon seit einer halben Stunde warten, hindert den Staatsanw. nicht, ebensowenig wie den Hrn. Oberst, Dr. Monf. im Namen der ganzen Kommandant. ihren herzl. Dank auszuspr. und ihn einzulad., an der Pressekonf. teilzunehmen.

Aber Monf. lehnt entschied. ab mit der Erklärung, er lege großen Wert auf seine Privacy und bitte darum, seine Rolle bei der Rekonstr. des Tatgescheh. nicht im mind. zu erwähnen; zumal er nichts herausgefunden hätte ohne das Vertrauen und die Freundsch., die ihm der Maresc. Butti entgegengebr. habe, sowie auch, wie er ausdrückl. hinzufügt, dessen Frau Mutter.

Besagt. Maresc. kann im übrig. nicht umhin, so gern er es wollte, sich der Mitarbeit an dem förml. und detaill. Rapport zu entziehen, den Unterfert. jetzt für die Staatsanwaltsch. abfassen muß, mit Kopie z. Ktn. an die Oberkommandant. in Florenz. Wer also wird nun Dr. Monf. in die Gualdana zurückbegleiten? Der Maresc. Ognibene natürl., der jetzt von der Unschuld des Gen. so gut wie überzeugt und unverkennb. begierig ist, weiteres Lob auf seine Hunde zu hören.

Abgeschlossen, durchgelesen und unterzeichnet an oben gen. Ort und Datum von

(Unterschrift) Ltn. Alberico Scalera

7.

Eines späten Abends gegen Ende Dezember kann ein dunkles Auto am Pförtnerhaus der Gualdana erscheinen, von einem der Wächter (zum Beispiel Barabesi) eingelassen werden und ins Innere der Pineta fahren. Und nach ein paar hundert Metern kann eine Stimme, zum Beispiel die des

Signor Monforti, zum Fahrer sagen: »Jetzt bitte links einbiegen.«

Der Maresciallo Ognibene wird prompt gehorchen, und die Scheinwerfer, die auf eine dichte Reihe von Pinienstämmen geleuchtet haben, werden auf eine andere dichte Reihe von Pinienstämmen leuchten.

»Wie soll man sich denn hier zurechtfinden?« wird der Unteroffizier vielleicht fragen. »Hier müßten ein paar Laternen hin, auch aus Sicherheitsgründen.«

Womit er andeuten würde, daß eine so finstere Pineta nicht umhin kann, jede Art von verbrecherischer Tätigkeit zu begünstigen, wenn nicht gar anzustiften.

»So, und jetzt wieder rechts.«

In der Ferne scheint sich ein kleines Licht, das zwischen den Bäumen aufscheint und wieder verschwindet, aufscheint und wieder verschwindet, einer präzisen Ortung entziehen zu wollen. Solange man nicht direkt davor steht, kann man nicht sagen, über welcher Tür es schimmert.

»Hier können Sie mich rauslassen, wir sind da.«

Der Carabiniere wird anhalten, ebenfalls aussteigen und unsicher zwischen einem Händedruck und einem militärischen Gruß schwanken. Dann wird er mit der Zögerlichkeit dessen, der eine Order ausführt, von der er nicht ganz überzeugt ist, in seine Tasche greifen und einen Hut aus Tweedstoff hervorziehen.

»Ah, danke, mein Hut. Schön, daß Sie ihn gefunden haben.«

»Doktor Veglia hat mir aufgetragen, ihn Ihnen zurückzugeben. Achten Sie nächstes Mal besser darauf, ihn nicht herumliegen zu lassen.«

»Aber Ihre Hunde würden ihn doch sofort wiederfinden, lieber Maresciallo!«

Ognibene wird sich ein Lächeln gestatten, wird aber den Signor Monforti und mehr noch seinen Hintergrund aus dunklen Baumstämmen mit der Miene dessen mustern, der an mögliche Rückfälle denkt.

»Das ist wahr«, wird er befriedigt sagen. Und wird sich konzentriert einige essentielle Angaben über den Weg zum Ausgang anhören, um dann wieder einzusteigen und sich in mißtrauischem Tempo durch das Labyrinth zu entfernen.

In der offenen Tür wird ohne Zweifel bereits die schöne Signora Neri stehen, eine Hand in Kopfhöhe an den Türpfosten gelehnt.

»Ich bin vorbeigekommen, um zu sehen, ob noch Licht war, und...«

»Ich habe das Auto gehört und mir gedacht...«

»Die Carabinieri haben mich zurückgebracht.«

»Dachte ich mir. Haftverschonung gegen Kaution oder freigelassen?«

»Freigelassen, und sogar mit Hut«, wird Signor Monforti sagen. »Den hatten sie mir nämlich als belastendes Beweisstück konfisziert.«

Es ist nun wahrscheinlich, ja natürlich, daß er genau bei dem Hut beginnen wird, seine Geschichte zu erzählen, nicht ohne zuvor, versteht sich, dankbar einen Wodka oder Gin-and-Tonic akzeptiert und sich auf einem Sofa niedergelassen zu haben, neben der schönen Hausherrin, die den schönen Pyrit-Anhänger um den Hals trägt, der farblich so gut zu ihren Augen paßt. Und indem sie mit ihm herumspielt, ihn fallen läßt, ihn pendeln läßt, ihn sich ans Kinn führt, die Faust um ihn ballt, wird die Zuhörerin von Mal zu Mal ihre Gefühle verraten: Überraschung, hingerissene Aufmerksamkeit, Widerwillen, entsetztes Grauen, schmerzliches Mitgefühl und grenzenlose Bewunderung.

»Dann hast *du* ja alles gemacht! Siehst du, wie recht ich hatte, an deine überlegene Intelligenz zu glauben!«

Signor Monforti, nie draufgängerisch, wenn er eine gewisse Art von lächelndem Elan vor sich hat, begnügt sich mit einem schamhaften Murmeln und hält den Augenblick für gekommen, sich an eine Mutter zu wenden, die noch nichts von dem kriminellen Plan weiß, den ihre Kinder gegen den Abgeordneten Bonanno ins Werk gesetzt hatten.

»Nein, das ist doch nicht möglich! *Die* sind das gewesen?! Und ich hatte nie begriffen, warum sie andauernd so... Weiß Bonanno davon?«

»Niemand weiß davon, niemand außer Butti und mir und jetzt auch dir.«

»Was meinst du, soll ich so tun, als ob nichts wäre?«

»Sicher. In einem Monat werden sie dir alles von selber erzählen, im Grunde haben sie sich amüsiert. Und Andrea schien eher stolz auf sein Werk.«

»Ein Sack voll dieser ›Talponi‹, mein Gott, wie grausig! Die sind doch nicht etwa zwei Ungeheuer, die beiden?«

Signor Monforti, immer hilflos, wenn eine schöne rechte Hand sich ihm nähert, um seinen Unterarm zu drücken, begnügt sich damit, sie beruhigend mit der Linken zu tätscheln; derweil beginnt er zu erzählen, auf welchen Wegen, durch welche einfachen Bilder und Redewendungen aus dem Leben des Städtchens – die Piazza Grande, der Metzger Righi in seiner Ladentür, die Kundgebung der Ozonfreunde, die »TP-News«, das alte Sprichwort der Mamma Butti – es ihm gelungen ist, auch das dunkle Rätsel Orfeos zu lösen.

»Ein rein sprachliches Mißverständnis. Das, woran seine Frau ihn ›nicht ranlassen‹ wollte, war in der Tat das Fleisch, aber nicht das Fleisch in... äh... übertragener Bedeutung, verstehst du, sondern das Fleisch in der Pfanne, die Schweinerippchen und Beefsteaks!«

Nach einer verblüfften Pause, in der sie sich verzweifelt bemüht, eine Haltung zu wahren, bricht die schöne Signora Neri in ein unbändiges Gelächter aus, das minutenlang anhält. Dann wird sie mit einemmal ruhig.

»Aber glaubst du denn daran«, fragt sie, »an dieses alte Sprichwort?«

»Daß der Mann am Gaumen gepackt wird?... Na ja, das

hängt wohl von der Art des Mannes ab. Und von der Anmut der Frau, um alles zu sagen. Insofern als...«

Aber nun ist er es, der sich verlegen fühlt, und daß er mit ihr allein im Hause ist, hilft ihm nicht im geringsten, sondern macht seine Verlegenheit nur noch größer.

Beide schauen ins Kaminfeuer, mit einem Schweigen, wie es großen Entscheidungen manchmal vorausgeht.

»Also gut«, sagt die schöne Signora Neri schließlich, »an diesem Punkt fühle auch ich mich verpflichtet, dich r... na, du verstehst schon, was ich meine.«

Epilog

Außer dem trägen Ächzen der alten Stämme und hin und wieder dem schwarzen Geflatter eines Vogels stört nichts mehr die Nachtruhe der Gualdana. Hinter dem Dickicht der Büsche leuchten noch vereinzelte, aber freundliche helle Rechtecke, und von einigen Dächern verbreiten sich die aromatischen Schwaden eines Feuers aus Pinienzapfen und -zweigen.

Vom Meer dringt nicht der geringste Laut herauf an das unvollkommene Gehör der Signora Borst, und die Flammen in ihrem Kamin verzehren friedlich die letzten Späne dieses unvermeidlichen Tages. Was gewesen ist, ist gewesen, und was geschehen mußte, ist geschehen, wie immer.

Ihr gegenüber ist ihre Freundin in der etwas verschlissenen Gegenwart des Sessels eingedämmert, aber auf dem Tischchen neben ihr liegen noch die Karten der Zukunft, die alles schwindelerregend enthalten. Vor kurzem hat sie dem Drängen von **Milagros** nachgegeben, die wissen wollte, nachdem so gewaltige, unerhörte Dinge geschehen sind (aber weiß sie denn nicht, daß man - nach dem Einsiedler und dem alten Horaz - nicht fragen soll, da es unheilvoll ist, zu wissen?), welches Schicksal die Karten für ihre junge Person bereithielten. Eladia hat sie mit der einfachen »Richter-Methode« zufriedengestellt, und die vier für das Mädchen gezogenen Karten liegen noch da mit ihrem Fächer an Möglichkeiten.

Zum Glück sind keine bedrohlichen Schwerter dabei, und die HERRSCHERIN, unterstützt von einer KELCH-SIEBEN, gewährleistet eine höchst zufriedenstellende Position, was

Wohlstand und Ansehen betrifft. Aber wie steht es mit der Liebe? Der MÜNZEN-BUBE ist nicht gerade ein besonders zuverlässiger Kandidat, indes der WAGEN vielleicht eine Reise in ferne Länder bedeutet, womöglich Milagros' Rückkehr auf die Philippinen, aber es könnte sich auch ganz einfach um den Lieferwagen des guten Ciacci handeln, des braven und fleißigen, wenn auch teuren Elektrikers.

Eine etwas fade Aussicht für die muntere Asiatin, auf die im übrigen der vermögende **Signor Mongelli**, seiner Einsamkeit überdrüssig, ein Auge geworfen hat. Im Halbschlaf sieht Eladia die für ihn bestimmten Karten sich aneinanderlegen: den LIEBENDEN (ihn selbst, als er zaghaft an eine kompensierende, symmetrische Überkreuzbeziehung mit, warum nicht?, der schönen Natalia Neri dachte), gehemmt durch die desillusionierende Gegenwart der SCHWERTER-KÖNIGIN und vielleicht unterstüzt durch die PÄPSTIN (er wird doch nicht etwa die verwitwete Tochter der **Signora Melis** heiraten? Ach nein, das ist kaum sein Geschmack).

In der Reglosigkeit des Salons zeichnen andere Arkana andere Schicksale vor. **Signor Lotti** wird von der strengen Dame der GERECHTIGKEIT bedroht. Wird er den Prozeß verlieren, den er seit Jahren gegen einen Ex-Kompagnon führt, einen dreisten Lügner, um nicht zu sagen Dieb, Schuft, Schurken? Wenn es allerdings nach dem danebenliegenden MAGIER geht, der normalerweise positiv ist, wird er den Prozeß eher gewinnen, mag auch ein KÖNIG DER STÄBE vielleicht zwei seiner kostbaren Setter bedrohen.

Max & Fortini haben die Krise, die ihre Kreativität blockierte, unterdessen überwunden, wie aus dem Arkanum XIX hervorgeht, mit dem Eladia sie unfehlbar assoziiert. Die SONNE, die da ihre goldenen Tropfen über zwei Zwillinge ausgießt, ist ein sicheres Zeichen: Das Komikerpaar wird eine höchst erfolgreiche neue Show herausbringen, bei der niemand außer einigen Miesepetern es wagen wird, ihre exzellente Qualität zu bestreiten. Wer aber wird in genau dieser Show nun genau die Sonne sein, wenn nicht genau **Katia**, die auf einem Sofa sitzend genau Max & Fortini als unbezahlbares »Au-pair-Mädchen« dient, indem sie sich über jeden ihrer Witze totlacht. Vergeblich werden andere Komiker und ihre mächtigen Sponsoren sie mit astronomischen Summen abzuwerben versuchen; denn es ist keine Frage des Geldes (wie sie selber glücklich sagen wird), sondern es ist, weil *niemand* sie jemals so sehr zum Lachen bringen wird wie diese beiden.

Unklar und ambivalent ist hingegen das Arkanum XVI, das die existentialpolitische Laufbahn des **Abg. Bonanno** bezeichnet. Die Flammen, die da auf den TURM niederprasseln und seine Zinnenkrone ruinieren, weisen offensichtlich auf eine Regierungskrise hin. Aber wer sind die beiden Gestalten, die da kopfüber hinunterstürzen? Der unfähige Ministerpräsident und der heimtückische Unterstaatssekretär Ciaffi? So ist zu hoffen, aber nichts sagt uns, ob der Abg. Bonanno in den Sturz mit hineingerissen werden oder im Gegenteil im nächsten Kabinett eine seinen Fähigkeiten eher angemessene Position innehaben wird, zum Beispiel als Minister für Puzzles ohne Bildvorlage.

Zwei verschiedene Arkana scheinen sich um die Zukunft von **Orfeo** zu streiten. Zum einen die KRAFT, symbolisiert durch eine Frau, die das Maul eines Löwen aufreißt (Orfeo als Gezähmter, der sich mit faden Sojagerichten abfinden muß?), zum andern der TEUFEL, der über zwei verschiedengeschlechtliche Teufelchen herrscht, die mit einem Strick um den Hals an sein Podest gefesselt sind (gleichfalls Orfeo, aber mit den beiden Ehebrechern unter seiner Fleischfresserfuchtel?).

Signora Borst seufzt, ordnet mit der Feuerzange die Holzscheite im Kamin und genehmigt sich ein Schweizer Schokolädchen. Eladia seufzt, schlägt die Augen auf, lächelt, lehnt mit einer dankenden Geste die Schokoladenschachtel ab und taucht wieder in ihre divinatorische Schläfrigkeit ein, in der jetzt für einen Augenblick der unheimliche Sensenmann des Arkanums XIII über **Maestro Kruysen** schwebt... Doch nein, er hat sich in der Villa geirrt, der TOD trifft den **Signor Tavella** (Herzinfarkt), und das Arkanum des Maestro ist die Nummer XVII, der STERN mit seinen kosmischen Harmonien und den Fluten, gespendet aus vollen Händen von der reinsten musikalischen Inspiration (der keuschen Jungfrau, die da aus zwei Krügen Wasser gießt), wer weiß, wie viele glückliche Jahre noch oder wenigstens doch Momente.

Der PAPST (Arkanum V) sendet eine nebulöse Botschaft aus, er flüstert einen Namen, den Eladia nicht gut versteht. Vielleicht will er sagen, daß **Ugo der Einsiedler** zum verehrten Haupt einer immer zahlreicher werdenden Sekte wird, seine kynischen Meditationen auf die 286 S. eines Bestsellers überträgt und nicht nur von TP-News interviewt wird? Oder handelt es sich eher um **Pater Everardo**, dem es bestimmt ist, auf seinem Moped eine sensationelle Karriere in der kirchlichen Hierarchie zu durchlaufen? Eladia öffnet ihre inneren Lider etwas mehr... Nein, das Arkanum, das sich da selbst aus den unergründlichen Tiefen des Universums zieht und auf den Pater legt, ist die Nummer XX, das GERICHT. Nicht, daß dem Kapuziner sein Erfolg in der mondänen Gesellschaft des Monte Argentario zu Kopfe gestiegen wäre und er sich nun für den Engel hielte, der da oben in der Höhe seine unanfechtbare Posaune bläst. Im Gegenteil, seit er von der Tragödie erfahren hat, macht er sich Vorwürfe, weil er es nicht vermocht hat, ihr vorzubeugen, und er nimmt sich schon vor, in der Predigt am nächsten Sonntag den Engel um Gnade für sich zu bitten - sowie um unterschiedslose Gnade für die drei nackten Gestalten, die da unten rings um eine düstere Grube sitzen, zwei Männer und eine Frau, die ohne Zweifel der unbesonnene Ehebrecher Gimo, die leidgeplagte Signora Zeme und der verzweifelte Mörder beider sind...

»Was meinst du, werden die **Neri** und **Monforti** heiraten?« fragt Signora Borst.

Eladia blinzelt, dann klappt sie die Augen ganz auf.

»Nicht gleich, wenn sie nicht blöd sind,« antwortet sie wenig mystisch. »Hier haben sie doch alle Zeit und alle Möglichkeiten, erst mal zu sehen, wie's läuft, und dann eventuell... Er wird in jedem Fall Schwierigkeiten haben, sich völlig von seinen Ängsten und seinem Pessimismus zu befreien.«

»Ach, weißt du, wenn's das ist, kann er ja jederzeit ins Städtchen gehen und die Standhaftigkeit der Garibaldi-Büste überprüfen.«

»Und dann macht er sich Luft beim Maresciallo, inzwischen ist er doch wie zu Hause in der Kaserne.«

Die beiden Frauen lachen leise und wissend, nehmen sich noch ein Schokolädchen, werfen die Hüllen aus Silberpapier ins Feuer, wo sie sofort schwarz anlaufen, lassen die weiteren Einzelheiten der Zukunft auf sich beruhen und vergessen die Tarotkarten, die gewiß auch in irgendeiner höheren Kombination von Arkana wenn nicht den Namen, so doch die Geste einer Prostituierten im Dritten Lebensalter enthalten, die im kommenden Herbst, wenn sie sich am Rande einer verlassenen Straße von ihrem Lager aus toten Blättern und niedergetretenen Gräsern erhebt, unter der Handfläche einen kleinen harten Gegenstand spürt und ein Döschen aufhebt, ein silbernes Döschen, schwarz von Erde, mit den Initialen M Z auf dem emaillierten Deckel.

Verzeichnis der wichtigsten Personen und Tiere der Handlung

IN DER PINETA DELLA GUALDANA

DAUERBEWOHNER UND REGELMÄSSIGE BESUCHER:

Daniele Monforti, ein Depressiver auf dem Wege der Genesung, der gelegentlich seine Schwester **Sandra** und seinen Schwager **Ettore** beherbergt.

Natalia Neri, von ihrem Mann verlassen und mit ihren beiden Kindern, dem 13jährigen **Andrea** und der 12jährigen **Giudi**, in der Pineta zurückgeblieben.

Signor Mongelli, von seiner Frau verlassen, die den Ex-Mann von Signora Neri geheiratet hat.

Signor Lotti, ehemaliger Juwelier aus Florenz, der seinen vier Hunden Befehle mit einer Ultraschall-Pfeife erteilt.

Wilhelmine Borst aus Zürich mit ihrer alten Freundin **Eladia**, einer Tarot-Expertin aus Lugano.

Milagros, philippinisches, aber schon eher toskanisch redendes Dienstmädchen von Signora Borst.

Hans Ludwig Kruysen, berühmter Organist, Cembalist usw. im Ruhestand, mit seiner Frau **Ute** und der alten Haushälterin **Emma**.

Giovanna, Zugehfrau bei Monforti.

Pater Everardo, Kapuziner aus einem nahen Kloster.

Ugo De Meis, genannt Ugo der Einsiedler, Eremit auf einem nahen Hügel.

SAISONALE BEWOHNER:

Signor Zeme und seine Frau **Magda**, für die Weihnachtstage aus Rom gekommen.
Graf Girolamo (»Gimo«) Delaude, dito aus Florenz, mit **Katia**, einer Top-Model-Aspirantin.
Abg. Bonanno, römischer Parlamentarier mit einem schweren Verdacht gegen seinen Parteifreund, den Abg. Ciaffi, Unterstaatssekretär für Landwirtschaft und Forsten.
Max & Fortini, bekannte TV-Komiker.
Signora Melis, Musik- und Bougainvillea-Liebhaberin.
Mr. und Mrs. Graham, Eltern des kleinen **Colin**.

WÄCHTER:

Vannuccini mit seiner Frau **Ivella** und ihrem Söhnchen **Luca**; ferner **Vannucci**, **Barabesi**, **Guerri**, **Roggiolani**.

HANDWERKER:

Orfeo Baldacci (Gärtner), verheiratet mit **Amelia**, die kulturelle Beziehungen zu dem jungen **Fioravanti** unterhält; ferner **Grechi** (Installateur), **Ciacci** (Elektriker) u.a.m.

TIERE:

4 **Irische Setter** des Signor Lotti.
2 **Polizeihunde** des Maresciallo Ognibene.
Diverse **große Mäuse**, die in die Villa Bonanno eingedrungen oder böswillig eingelassen worden sind.
1 **Schleiereule**, die sich im Dach der Villa Delaude eingenistet hat.
1 **Stachelschwein**, das unversehens über die Straße gelaufen kommt.
1 **Wildschwein**, das vor vielen Jahren in verletztem Zustand den Signor Lopez angegriffen und getötet hat; ferner **Uhus**, **Schildkröten**, **Eichhörnchen** und andere »synanthropische« Tiere.

IM NAHEN STÄDTCHEN

Maresciallo Aurelio Butti, Kommandant der örtlichen Carabinieri, mit seiner Mutter, **Signora Butti**.

Pater Albino, Pfarrer in Santa Maria delle Preci.

Dr. Scalambra, Amtsarzt.

Favilli (Eisenwaren); **Lilli** (Autoelektrik); **Magnolfi** (Maurer); **Nannini** (Tankwart); **Righi** (Metzger); **Spini** (Bäkker); **Sguanci** (Friseur); ferner **»Il Molo«** (Bar); **»Il Patio«** (Diskothek); **»Las Vegas«** (Pizzeria); **»L'Omino Blu«** (Geschenkartikel).

IN GROSSETO

Staatsanwaltschaft: Stellvertr. Staatsanwalt **Dr. Veglia**.

Carabinieri-Kommandantur: Standortkommandant **Oberstltn. Papi**, **Hptm. Scheggi**, **Ltn. Amidei**, **Ltn. Scalera**, **Maresc. Ognibene**.

Ospedale della Misericordia: **Prof. Meocci**, Anatom und Pathologe.

Aufnahmeteam von ***»Telepadùle-News«****:* **Meniconi**, Regisseur und Interviewer; ein **Fahrer**, der auch als Kameramann fungiert.

Inhalt